我的奮鬥

Meningsfullt, meningsløst,
meningsfullt, meningsløst, det er bølgen som
går gjennom livet vårt og utgjør
dets grunnleggende spenning.

——童年島嶼

3

Min Kamp

Karl
Ove
Knausgård

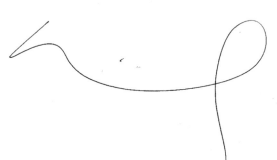

挪威最重要的當代作家——
卡爾・奧韋・克瑙斯高

郭騰堅／譯

名為「父親」的記憶孤島

曹馭博（作家）

「人的生活永遠處在威脅當中，是為了從心態上準備好迎接那些罕見且珍貴的時刻：在這一刻，人們認識了自己，並且認出了自己。」

——《知覺的世界》〈從外部看人〉Maurice Merleau-Ponty著；王世盛、周子悅譯；王恆審校

經過了兩千多天，在大量感官的協商之下，愛哭的小男孩離開了童年——或著說，是童年在父親與兄長的爭吵之間，一瞬間離他而去。這種深刻的銘記，就如同他對母親之於自己重要性的描述，竟是井底反射的，由波光交織而成的記憶寶藏；這些事物將會伴隨著那些閃耀著島上春季森林和湖泊的絢麗色彩，永藏於腦皺褶的深處。但寶藏終究只是寶藏，並不會隨著年歲伴隨他成長，與之相伴的，是和父親相處的創傷片段。我們可以用小說中一個小小意象來概括這傷停時刻——小男孩懼怕吞嚥牛奶的沉澱結塊物，那種微小的阻塞感，似乎在告訴我們：難以磨滅的烙印有時並非表痕，而是內心永藏但不顯眼的瘀痂。

撇除第一部與父親的關係，《我的奮鬥3：童年島嶼》幾乎可以視為一部獨立的作品，涵蓋了克瑙斯高在挪威東南海岸小島上開學後的七年時光；比起前兩部回憶的交叉與意識流寫法，本部幾乎都是順

敘，唯一有敘事抽離的是小說後三分之一，主人公簡短地暗示父親將來的外遇，以及童年的一切如何造就現在的自我——我們可以說，這是作者對於前兩部的暴躁與執拗做自我解套。但這本小說特殊又庸常的部分在於，主人公的童年並非克里斯多福《惡童日記》的戰爭殘酷、迪特萊弗森《童年：哥本哈根三部曲1》工人階級地區「一具令人窒息的棺材」或是許多浪漫主義詩人讚美的古老永恆、充滿神性的大自然童年。克瑙斯高筆下的童年是一個半農鄉的中產階級，父親是教師（儘管在家毫無身教素養），母親則是溫柔與知識兼備的家管（並且持續在職業學校進修），彼時是七〇年代，挪威已經加入EFTA（歐洲自由貿易聯盟），經濟逐漸起飛，物質生活的急速增長，資訊與娛樂傳播飛起。我們可以看到逐漸長大的男孩熱愛樂隊、把性器放進玻璃瓶口，電視上有許多有趣的節目等等——但繁茂物質的背後，帶來的是內在精神的極度退卻，以及情感教育的缺漏。

讀者能發現，克瑙斯高最大限度地描述每一次旅行、爭吵、責罵、摩擦、排擠、愛情、崇拜以及主人公止停不住的哭泣——父親並非英雄，更像是軍人；而母親更像是護理師，不但治癒了他，也在他內心留下僅存不多的，關於愛的詞條。例如，什麼是情感呢？在一次兄長英格威嘲笑年紀只有七歲的主人公戀慕鄰居安妮．麗瑟蓓時，母親斥責說，這不可笑，因為：「不管是七歲還是七十歲，情感就是情感。」這是你我都會擁有，永不感到自卑的武器。而真正做到父親角色的，反而是經常與之打鬧的兄長英格威，在失落時給予安慰，在犯錯時給予指正，甚至在小說末尾，當父親執意搬家，身高已經與父親齊等的英格威勇於向父親反抗，希望用自己的力量獨立。而男孩要用怎樣的方式，來處理上述大量的情感資訊呢？

《我的奮鬥3：童年島嶼》其實是一個具有陰性特質、敏於環境與人文的孩子，對於自身情感世界之框架進行建造——也許我們可以這樣說：第一部《父親的葬禮》的主題是毀滅（與父親的緊張關係），第二部是掙扎（激情與子嗣的矛盾），第三部就是孤獨。這份孤獨並非黑暗中的無以名狀，它擁有繁茂的過程：當無數個散落在各處的「我」的鏡像被搜齊之後（這些鏡像可能是『娘炮』、『足球員』、『演奏者』、『兒子』、『弟弟』、『不被愛的人』、『渣男』、『純真男孩』），朦朧的自我也隨之消失。或許在這樣的描述下，我們可以用拉岡的鏡像階段（Mirror Stage）來解釋一具人格的養成；拉岡所提到的鏡像是關於精神分析與嬰幼兒成長：嬰兒會對鏡像顯現極大的興趣，試圖藉由鏡像所提供的完形（Gestalt），認識自己，以便未來實現自己期望的成熟。但拉岡繼續提出，這鏡像其實是他者；嬰兒認知的不但不是真正的自己，而是一種幻象；人類透過這樣照鏡子，在不斷的人際互動中，形成「自我形像」。也就是說，我們常談論的「自我認同」其實是藉由他者想像的、期望的、異化的、扭曲的，甚至是被誤認的——更可怕的是，鏡像是複數的，人的一輩子會看見無數個鏡像，也許都是他人的眼光。

但我更傾向於，這是一個孩童試圖用五感來理解這個複雜的世界——不只是外在世界的經驗風景，更多的是內在世界的創傷地圖：父母的離婚、父親的酗酒與死亡、失敗的戀愛。為什麼他會在第一部與父親相處不愉快？為什麼會有如此繁多的沉默和疏離場景？克瑙斯高直到第三部才給出一個壓抑的自我解答：因為來自父親權威的壓迫，導致自己無法適性揚才，而且同儕之間又會否定他的陰柔與敏感，但她們卻在性啟蒙的激化下與主人公相處，這使得他陷入了與他人好好相處的障礙（例如主人公經歷了『五天的戀愛』，女同學們厭惡他但依舊願意與他親熱）。

而細心的讀者將會發現，當我們一遍又一遍聽主人公複述失敗經驗的細節時，與之而來的片段是島嶼上各種顏色、氣味、溫度。甚至到後來，音樂成為他最重要的救贖——因為單有視覺是不可靠的。一個孩童的自我塑形，在搜集鏡像之外，也許還有其他行動——用凝視改變關係。凝視不只是單純地，只用眼睛瞪著一個東西，而是打開感官，用知覺來理解「被看」的東西有什麼引起我們心靈震撼的原始欲望；這也是人類賴以維生的，認識世界的方式。

此時，剛滿七歲的男孩已經度過了「嬰兒經驗失憶」（Infantile amnesia）的時期，他開始學會用語言、社會和文化框架來固定自己的感知能力，原本不經過文字和概念，如同洪流一般的世界觀物質間有了形狀；鳥兒不再是無限延長的連續體，原本在餘痕中關於溫度、氣味、顏色、時間的感官，都漸漸有了名字，這些名字可能是母親、大海或是天空——而在檢索記憶的過程中，他發現這些記憶中被指認的名字，形狀都不完美，充滿雜質卻又印象深刻，像一個又一個獨立於整體記憶的孤島。在那之後，他依舊長大，結婚，面對死亡；孤島之間的記憶——宛如海上美麗的魚群銀光帶——它們開始貧化，如同海水乾涸，顯露出揮之不去的夢魘。直到他再次檢索，他發現每一座島的組成，都是灰暗如礁岩的父親。

男孩常常被父親壓迫，無情地被嘲笑、羞辱，甚至毆打，因為說話的方式、堆放木頭的方式、無故獲得錢財、弄丟襪子、不小心碰到了汽車座椅、吃了「太多」蘋果或借了一把鏟子幫助鄰居。但隨之而來的，是男孩開始凝視外在的景色；小男孩並不怕疼痛，他害怕的是父親，但這並不阻礙他發覺萬物的細節，儘管過程扭曲蜿蜒。

這份痛苦，只能藉由感官的協商來調和，這也許是克瑙斯高一再書寫感官經驗，以及為什麼許多寫創傷的作家一再藉由環境的複述，來達成心靈的共識：協商並非妥協，而是交換，任何在受挫記憶中受傷的個體，都需要重建一個「新體驗」來將好的因子整合進創傷體驗，例如一個人對海洋的氣味感到恐懼，因為他曾經為了拯救母親險些溺斃；而我們經過一系列活動，一個個細節取代、交換、釐清原本不好的知覺感受，讓他意識到，自己不再危險。寫作也是一種協商，意味著在了解痛苦的前提下，一點一滴爬梳痛苦的細節，用全身的感官知覺去理解世界，到頭來，世界也將會給予你理解的懷抱；一個小孩子用感官認識閃耀的世界，來探究內心破敗的版圖到底有多麼巨大。這也許是這部小說最悲傷，但也最無可奈何的自我時刻。

那是一九六九年八月的某一天，天候溫和而多雲。一輛巴士在挪威南部一座島嶼最外圍的一條狹路上行駛著，在牧草地與小山之間、在草原與樹叢之間穿梭著。巴士在小小的坡道上起伏著、開動著，並且開過相當曲折的彎道。有時候，它彷彿行駛在一座由兩旁的樹木構成的綠色隧道之中；而有些時候，大海就在它的正前方。巴士隸屬於愛蘭達爾蒸汽船俱樂部[1]；一如這家公司的所有巴士與客車，車身被漆成淺褐與深褐色。巴士開過一座橋，沿著一座狹窄的海灣行駛，打著方向燈、向右轉，然後停了下來。車門被拉開；一個小家庭從車上走下。那家人的父親是一名身材高大而纖瘦、穿著白色襯衫與亮色滌綸褲的男子，他手上提著兩只行李箱。那家人的媽媽身穿米黃色風衣，以一條淺藍色頭巾圍住一頭長髮，其中一手拉動著一輛嬰幼兒推車、另一手則牽著一個小男孩。那輛巴士駛離以後，排放出的肥膩、灰濛濛廢氣在瀝青路面上方還殘留片刻。

「要走一段路。」爸爸說。

「英格威，你行嗎？」媽媽一邊說，一邊低頭望著小男孩。小男孩點點頭。

「我當然行。」他說。

當時的他四歲半，有著閃亮近於發白的金髮，晒了一整個漫長夏季的太陽以後，他的皮膚已成了古銅色。他的弟弟那時還不到八個月大；他坐在嬰兒推車裡、呆望著天空，既不知道他們現在在哪裡，也不曉得他們將要往何處去。

他們緩慢地踏向上坡路。那是一段礫石路面。戶外稍早下過一場豪雨，路面上滿是大大小小的水窪。道路兩旁是一片片的田野。這道原野也許延伸達到半公里左右，原野末端有一座森林。那座森林靠向那

1　Arendals Dampskibsselskab AS（ADS），一八五七年成立於挪威愛蘭達爾（Arendal）的航運與客運企業。

座碎石海灘；林中植被相當低矮，彷彿被海上吹來的風所壓制。

他們的右邊是一座最近剛建起的房屋。除了這棟建築以外，四周無法發現其他聚落。嬰兒推車上的彈簧發出「嘎吱嘎吱」的聲音。過了一會兒，小嬰兒闔上雙眼。他被美好、輕微擺蕩的動作哄入睡夢之中。留著深色短髮與濃密黑鬍鬚的爸爸將其中一只行李箱放下，擦了擦前額的汗水。

「有夠悶的。」他說。

「是啊，不過比較靠近海邊的地方，也許會比較清爽。」那位媽媽說。

「希望是這樣。」他一邊說，一邊再度抓起行李箱。

從所有方面來看，這是一個非常普通的家庭。這對年輕的雙親，就像那個時代裡幾乎所有的雙親那樣年輕；他們養育兩個小孩，這一點又與那個年代的幾乎所有家庭不約而同。先前，他們在奧斯陸（特蕾絲街上、比斯萊特體育場旁）住了五年，現在搬到了特隆姆島，一座位於某個新建立、由小型獨棟透天住宅構成社區裡的房屋，正為了他們興建起來。等待房屋落成期間，他們要先租賃另一間位於霍夫爾營區、比較老舊的房子。男方在奧斯陸時修讀日間部的英語和挪威語課程，夜間則擔任警衛；女方則就讀烏勒沃爾護校[2]。雖然他還沒有真正完成學業，但已申請了羅亭根學校初中部的教職；而她則將在收容神經衰弱者的庫克園安養院區上班。兩人於十七歲時，在克里斯蒂安桑相遇；當她十九歲時，她就已經懷孕了。兩人二十歲時，他們就在她度過童年與青春期、那座位於挪威西部的農場結婚了。男方的家人當中，沒人出席這場婚禮。就算他在婚宴上所拍攝的每一張照片中都面露微笑，他的身邊仍然環繞著一層孤獨，你可以看出：他和她所有的兄弟姊妹、嬸嬸、伯伯、姑姑、叔叔，乃至於堂表兄弟姊妹，處得並不那麼融洽。

如今他們二十四歲，真正的現實生活呈現在他們眼前。自己的工作、自己的家、自己的小孩。他們生養的就是這兩個小孩；而他們所迎向的，也正是他們自己的未來。

不然呢？

他倆都出生於一九四四年，也都同屬於戰後的第一代人。從許多方面來說，他們面對某種全新的事物。他們是將要接受在大規模都市與社區規畫的區域生活的第一批人。一九五〇年代，地方政府的各式行政局如雨後春筍般設立——學校行政局、醫療行政局、社會事務行政局、公路行政局——再加上各類事務單位與機關處室，共同造就了大規模的中央集權化，在極短的時間內對人們的生活方式造成重大影響。女方的父親生於二十世紀初；他來自她所成長、位於蘇格奈峽灣外圍索貝爾沃格社區的同一處農場，從來沒受過教育。她的外公來自同一地區的其中一座外島；他的父親，乃至於他的外公，想必也都來自同一區域。她的母親來自一處離該地大約一百公里、位於約爾斯特的農莊；同樣地，她也從來沒上過學。在那個社區，她家族的血緣可以一路上溯到十六世紀。然而，由於男方的父親以及他的幾位叔叔們，學歷都比較高，他的親族具有較高的社會地位。但就連他們也像自己的雙親一樣，定居在克里斯蒂安桑。他的母親沒受過學校教育，來自奧斯嘉德灘；她的父親是船舶領航員，而在她的家族當中，也有人擔任過警察。當女方認識自己將來的丈夫時，她跟著他一同搬到他的故鄉。這就是當時的模式。發生在一九五〇與一九六〇年代的改變，實際上是一次革命；然而，它缺少傳統革命所具備的暴力、不可捉摸的性質。漁民、佃農、產業工人與店員的子女開始上大學，最終成為教師、心理學家、歷史學家、社會學家，他們當中許多人的住所，遠離與自己家庭有著血緣關係的社區；然而，情況還不僅止於此。他

2　Ullevål sykehus，挪威奧斯陸大學醫院的附屬護校。

們做出這一切舉動，而且顯得那樣理所當然——這說明了時代精神的力量。這股時代的精神起源於外在，卻影響我們的內心。對所有人來說，從表面看來似乎完全一樣；但對某個個體來說，卻並不相同。對那位生活在六〇年代的年輕媽媽來說，與某個來自鄰近農莊的男子結婚，並在那裡度過一生的期望顯得荒謬之至。她只想遠走高飛！她要過**自己的**生活。同樣的心態也適用於她的兄弟姊妹們；這麼一來，全家人就散居在全國各地。可是，他們為什麼想這樣做？這麼堅定的信念，究竟從何處而來？是啊，這些**新的**現象是從何而來的？在她的家族當中，這種事情毫無任何傳統可言。唯一遠走他鄉的，是她的伯父馬格努斯。他想擺脫在家鄉的窮困生活，因而來到美國討生活，而他在美國的長期生活，充其量只是重複了他在挪威西部地區的經歷。對這位生活在六〇年代的爸爸而言，情況就有所不同了；他的家族期望孩子繼續深造，但他們或許並不希望子孫和一個來自挪威西部、出身小佃農家庭的女孩結婚，一起住在挪威南部某個小鎮外、一處由小型獨棟透天住宅構成的新建社區裡。

但在一九六九年八月，那個溫暖而多雲的日子裡，他們還是踏上了前往新家之路。男方推著兩只裝滿六〇年代式樣衣服的沉重行李箱；女方則拉著一輛屬於六〇年代的嬰幼兒推車，上面坐著一名身穿六〇年代式樣童裝（白色、鑲有花邊）的小嬰兒。他們家的長子英格威則在他們之間跑來跑去。他很開心、相當好奇，既興奮又充滿了期待。他們沿著原野的邊際走著，穿過那一小片森林地帶，走到那道敞開的小門前方，而後踏入那片寬敞的營區。他們的右手邊是一間汽車修理廠，老闆是某個姓福拉德森的人；左手邊則是圍繞著一塊開放式碎石路面的大型紅色木屋，松樹林從碎石路面的邊際延展開來。

由此地往東一公里處，就是特隆姆島教堂，在西元一一五〇年左右以石塊所建成；不過，某些建材的年代可能更為久遠。特隆姆島教堂想必是全國最古老的教堂之一，座落於一小塊高地之上，長久以來總是被經過此地的船隻視為路標，所有的航海圖上也必定標識出它的位置。外海群島區有一座馬爾德島；

島上有一間年代久遠、為船長們服務的客棧，它見證了此地在十八與十九世紀所經歷過的極盛期。當時此地與外界的貿易極為熱絡，木材產品的交易尤其繁盛。學校舉行校外教學活動，前往歐斯特－阿格德爾博物館時，學生可以在館內看到起源於當時、甚至年代更為久遠的古老中國與荷蘭製商品。特隆姆島上有著一些不常見的外來植物，隨著那些排出壓艙水的船舶來到此地。你在學校裡還會讀到：特隆姆島是挪威第一個開始種植馬鈴薯的地區。斯諾里[3]所撰寫、關於歷代帝王的故事集裡多次提到這座島嶼。你在田野以及草坪下都能找到來自石器時代的箭頭；那一道道由碎石構成的綿長海灘上、渾圓的石礫之間埋藏著化石。

然而，當這個遷入此地的小家庭帶著大包小包的行囊，緩慢地踏過那片空曠區域時，在他們周邊留下清晰印記的，並非西元十世紀、十三世紀、十七世紀或十九世紀，而是第二次世界大戰。這塊區域在二戰時為德國人所使用；正是他們修築了棚屋、其中許多棟樓房。森林中有著完好如初、結構低矮的磚製碉堡。海灘上方處的岩壁頂端還設有幾尊砲座。這裡甚至還留有一座能供小型飛機起降、年代已顯久遠的德軍機場。

他們接下來這一年內要住的屋子位於森林裡。屋牆漆成紅色，有著白色窗框。雖然海面離這間屋子僅有數百公尺，從那裡卻無法望見大海。屋子散發出森林與海水的鹹味。你能聽見從海面上傳來均勻而規律的「嘶嘶」聲。

爸爸擱下手上的行李箱，從褲袋裡撈出鑰匙，解開門鎖。屋內設有門廳、廚房、有著開放式壁爐的客廳、一間有著洗衣用水槽的浴室，樓上則配置了三間臥室。牆壁並未確實經過隔熱處理。廚房的設備

3 Snorri Sturluson（1179- 1241），冰島詩人暨政治人物。

極其簡陋。沒有電話，沒有洗衣機，沒有電視機。

「我們來了。」爸爸說道，並提著行李箱進入門廳。英格威則從一扇窗戶前跑到另一扇窗戶前，朝外面張望。媽媽將熟睡中小嬰兒所乘坐的推車安置在門外的階梯上。

我當然記不得那時候的事情了。要與我雙親所拍攝照片中那名還在襁褓中的小嬰兒產生自我認同，完全是不可能的——是的，如此困難。比如說：要使用「我」來形容那個躺在幫小孩換尿布的桌面上、雙頰明顯發紅、四肢不住地揮動、臉孔因不知何故發出的尖叫而扭成一團，或者躺在地板上的毛皮氈上、身穿白睡衣、臉孔仍然通紅、深色大眼睛還有著輕微斜視跡象的小東西，感覺簡直就是個錯誤。這和此刻待在馬爾摩，寫下這些東西的，難道是同一個人嗎？而這個現年四十歲，在這陰沉的九月天待在一個位於馬爾摩（被來自窗外的嘈雜車流聲，以及通過老舊通風系統恣肆發出尖叫聲的秋風所填滿）的小房間裡，書寫著這一切的人，再過四十年，或許還會再變成一個頭髮花白、彎腰駝背、在瑞典森林裡某個老人長照中心不住地顫抖、流口水的糟老頭？還有，那具最終將直挺挺地躺在太平間長凳上的死屍？人們仍然會繼續將它稱為「卡爾・奧韋」。一個簡單的名字居然能夠涵蓋這一切，真是令人不可置信，不是嘛？它涵蓋了還在母親肚子裡的胎兒、更衣桌上的小嬰孩、坐在電腦前的四十歲男子、龜縮在椅子上的老頭、倒臥在長凳上的死屍耶？由於它們的身分、認同與自我解讀差異是如此巨大，用不同的名字來稱呼，難道不是比較自然嗎？比如說：胎兒可以叫做顏思・奧韋，小嬰孩可以取名為尼斯・奧韋，年齡介於五歲與十歲之間的小男孩可以叫做派爾・奧韋，十到十二歲之間的男孩取名為耶爾・奧韋，十三到十七歲之間的青少年叫做柯特・奧韋，十七歲到二十三歲之間的青少年取名為約翰・奧韋，二十三歲到三十歲之間的成人可以叫做托爾・奧韋，三十二歲到四十六歲的中年人則取名為卡爾・奧韋，然後依此類推？這麼一來，名字就能體現每個年齡層各自的獨特之處；中間名代表著某種延續性；而姓氏則意謂著家族的歸屬與傳承。

不，我對那個時期的事已經毫無記憶可言，我甚至不知道我們當時住在哪一棟房屋——即使爸爸指給我看過一次。我對那段時期的所知完全來自於我的雙親、他們的敘述，也來自我所觀看的照片。那一年冬天，積雪的厚度達到數公尺（南挪威常有這種情況）；通往那棟房屋的道路，簡直成了一條細長的溝壑。英格威把我放到一輛推車上，拉著推車，在那裡走動著。他腳上套著短短的滑雪板，對著拍照的人露出燦爛的微笑。在屋內，他會指著我哈哈大笑；而我也可能會扶著嬰兒床的扶手，站起身來。我用「阿哇」來稱呼他——這是我會說的第一個單詞。大家告訴我，他也是唯一聽得懂我的話的人；他將我的話翻譯給爸爸與媽媽聽。我也知道：英格威曾經挨家挨戶地按門鈴，詢問對方家裡有沒有小孩。往後的日子裡，祖母經常提起這件事情。「這裡有沒有住小孩啊？」她用做作的孩童口音說著，哈哈大笑。而我也知道：我曾經從階梯上摔下來，經歷了某種休克狀態，停止呼吸、臉色發紫、全身痙攣。媽媽抱著我，衝到離我們最近且設有電話的房屋。她以為我是癲癇發作，不過其實並不是，其實我啥事也沒發生。而我也知道：爸爸相當喜歡從事教職，他是個好老師，在某一年帶著他任教的班級到山區郊遊，留存了幾張照片；在所有的影像中，他看起來是那麼年輕、充滿喜樂，圍繞在他身邊的則是一群身穿七〇年代初期典型可愛服裝的青少年。手工針織毛線衣，喇叭褲，膠靴。他們的頭髮濃密、厚重，但不像六〇年代的人們那樣，挽起高聳的髮髻。他們反而任由那濃密又柔軟的頭髮垂落、覆蓋住自己那屬於青春期的稚嫩臉龐。媽媽曾經說過：或許，他此後不曾像當時那樣快樂。還有一些祖母、我與英格威的合照：在其中兩張以一座結凍的湖泊為背景的合照裡，我和英格威都穿著祖母親手織成的羊毛衫，我穿的那件顏色接近深黃與褐色。我們的另外兩張合照，則是在克里斯蒂安桑、祖父母家裡的露臺上拍攝的；其中一張是在秋季拍的，背景是湛藍的天幕與低垂的太陽，我們向外眺望遠方的市容，祖母的臉頰貼著我的臉頰。當時的我，想必也才兩、三歲大。

我們可以這麼思考：這些照片代表某種往事，它們是某種記憶，但是並不包括那個通常會從記憶中迸出的「我」——而問題當然在於，它們究竟有何意義。我曾看過無數張來自同一時期、以朋友們的家人及我所交往過的數任女朋友的家人為主題的照片，它們之間竟是如此相像、非常容易搞混。相同的顏色；相同的服裝；相同的房間；相同的事務。但是我不會與這些照片產生任何連結，就某種層次而言，它們毫無意義。當我進一步檢視前幾代人所遺留的照片，這樣的情勢就愈發明顯了：那只不過是穿著奇裝異服的一群人，忙著某些目的不為我所知曉的事情。相片捕捉到的是我們拍攝的時間點，而不是相片裡的人——他們是不會任由自己被鏡頭捕捉的。就算是在我附近的人們，也不會。那名身穿淺藍洋裝、在自己位於特蕾絲街的家中電爐前擺出六〇年代的典型姿勢（雙膝併攏、小腿反而岔開）的女子是誰啊？那名綁著髮髻的女子？那雙藍眼睛，還有那淺到不能再淺、以致於簡直不像是微笑的微笑？那名握著紅色蓋子、閃亮咖啡壺手把的女子？嗯，她就是我媽媽，就是我媽本人沒錯，可是，她又是誰啊？她在想什麼呢？她如何看待自己的人生，如何看待自己走過的生命旅程，如何看待自己所期望的事物？這些只有她自己知道，照片不會告訴你這些東西。一名身處陌生房間裡的陌生女子——對，就只有這樣了。而那名十年後待在山上，由於在他們出發時忘記一併帶上咖啡杯而只能用同一只紅色蓋子喝咖啡的男子，他又是誰啊？就是那名鬍鬚修得整齊、留著濃密黑髮的男子？那名有著敏感雙唇、充滿喜樂雙眼的男子？喔，唉唷，這人就是我父親，就是我老爸本尊。但是，如今已經沒有任何人知道：他在那一瞬間、乃至於其他時刻，在自己的思緒中究竟是個什麼人。同樣的道理也適用於這所有的照片，就連那些有我出現的照片也不例外。它們完全是空虛的；你從中唯一能夠推論出的意義，就是時間所賦予的那一層意義。在此同時，這些照片是我的一部分、也是我最私密的過往——同理，其他人的照片也道出了這些人最私密的過往。充滿意義、毫無意義、充滿意義、毫無意義——也正是這一道宛如波浪的律動貫串了我們的人生、構成最原始的張力。我恣意吸吮著我對自己人生中最初六年的一切記憶，以及源自於那段期間，碩果僅存的照片與物品所遺留下的一切涵義——它們是構成我身分認同的重要成分，如果沒有它們填補的意義與延續性，「我」只不過是個空虛、毫無意義的輪廓。我根據這些零星的片段與蛛絲馬跡，建構出卡爾・奧韋、英格威、媽媽、爸爸、一間位於霍夫爾的房子、一間位於提貝肯的屋子、還有祖父與祖母、外公和外婆、一定數量的鄰居以及一票小孩子們。

我將這一團破敗不堪、臨時拼湊出來的記憶，稱為「我的童年」。

在人的一生中，記憶並非某種可信賴的特質。不可信賴的原因倒也很簡單：記憶一點也不重視真相。對真相的要求，從來就不是決定記憶是否真確還原某個事件的關鍵。私利才是關鍵。記憶是務實的；它既狡猾又奸詐，但一點都不邪惡、更不具備敵意。相反地，它盡全力使自己的寄主感到滿意。它將一部分往事推向遺忘與空無，又對另一部分往事進行了扭曲，使我們再也認不出原貌；記憶誤解某些事情的方式，簡直就像玩遊戲一樣輕鬆；而一部分本質上完全無足輕重的事情，則被犀利、清晰、準確地牢記著。至於什麼事情才會被正確地記住呢？瞧瞧它吧，你永遠無權自己作主。

在我的例子中，我對自己人生中最初六年的記憶簡直是蕩然無存。我幾乎啥事都記不得了。我不知道當初是誰來照顧我；我不知道我做了什麼事情；我不知道自己跟誰玩，一切全都隨風而逝。我人生中一九六八年到一九七四年就是一片偌大的真空。我能夠憶起的微小片段，本身並沒有多少價值：我站在一座位於地貌幾近於山岳、稀疏森林裡的木橋上，一條寬大的溪流在下方流動，發出「嘶嘶」聲，溪水顏色綠白相間；我在橋面上雙腳跳動，橋面晃動著，我笑了起來。我旁邊則是鄰居家的小男孩，耶爾．普雷斯巴克摩；他也在橋上雙腳跳動，笑得開心。我坐在一輛車的後座，我們在紅綠燈前停下，爸爸轉過身來，說道：我們現在在彌約尼爾谷。我從他口中得知，我們要去看一場斯塔特俱樂部[4]的球賽；但對於前往比賽場地的去程、比賽本身、甚至於賽後返家的整段過程，我什麼都不記得了。我踏上通往家門口的那條上坡路，同時滑動一輛塑膠玩具卡車；它的顏色黃綠相間，帶給我一種不可置信的富足、飽滿與喜悅。

一切僅止於此。這就是我人生中最初六年的歲月。

但這些是已經被神化過的記憶影像，在我七到八歲左右就已經定型，堪稱童年時期的魔法，這是我最初的記憶耶！不過，其他類型的記憶當然存在。這種記憶是不固定的，也不受到意志的力量所召喚；然而它有時似乎會鬆動、憑著自己的力量升起、躍向我們的意識層，在意識層裡到處跳動了好一會兒，活像透明無色的水母，某種特定的氣味，某種既定的口味，某種特別的聲音都能喚醒它……某種劇烈、即刻的快感，總是伴隨著這些記憶出現。我們的另外一部分記憶，與身體有著緊密的連結；當你做出某個之前做過一次的動作、伸出手遮擋刺眼的陽光、接住一顆從空中落下的球、拉著一根風箏線在草原上跑動，你的孩子則緊緊跟在你後面。這些記憶與情感相連；突發的憤怒、突發的哭泣、突發的恐懼，你彷彿被自己的力量猛然往後一拋，疾速下墜、穿過時空，回到當時的情景。然後，我們還有與景觀產生連結的一切記憶。原因在於，童年時期的景觀和你在往後的人生中所面對、迎視的景觀是不一樣的。它們能以一種截然不同的方式，激起你的情感。在那片景觀中，每一顆石頭、每一棵樹木都自有涵義；因為我們是第一次見到那一切、也因為我們見過它許多次，它被存放在我們意識的最深處，它的形影極其精確、細膩，而不像成年人家門外的景觀那樣、在閉上雙眼時才模糊不清地閃現、在記憶中被召喚出來。

在思緒中，我只需要打開門、走到外面，這些畫面就會排山倒海地湧向我。夏季時節，馬路上的小卵石看起來幾乎是藍色的。只要一想起童年的馬路，就使我興奮！還有馬路上那些屬於七〇年代的汽車！金龜車、雪鐵龍DS車、福特金牛座、千里馬、歐寶掀背車、歐寶凱特車、福特的領事系列車款、俄產拉達車、富豪的亞馬遜……不過，好吧，穿過那條礫石質的單行道，沿著那道染著褐色汙斑的籬笆行進，接著再跨越那道低淺、位於我們家所在的那條路（北丘圓環路）與駝鹿巷（貫穿這一整片區域，除了我們所屬、以獨棟小屋為主體的住宅區之外還穿過另外兩個住宅區）之間的溝渠。那片一路從路邊延伸到森林中、有著肥沃黑土的斜坡！矮小、單薄的青草幾乎立刻從那片沃土中竄出；它們從那片嶄新、廣袤的黑土中冒出，起先是那樣的脆弱、孤獨，而後在接下來的幾年之中以幾近殘酷的方式繁衍，直到那道斜坡完全被一層繁茂、緻密的灌木叢所覆蓋為止。小草、矮樹、指頂花、蒲公英、蕨類與灌木叢，抹滅了道路與森林之間曾經如此明顯的差異。就在斜坡的上方，沿著人行道分布的細長混凝土質路障；還有那條溪流，下雨時，水面會呈現一片片的漣漪、順勢流下，終致淹到溪岸上！那條向右拐的小徑，乃是一條通往新開幕的B-Max超市的捷徑，旁邊有著一塊小小的沼澤，面積不超過兩個停車格；低垂在沼澤表面的樺木枝似乎感到口渴，想靠在上面喝點水。奧爾森家的房子就高踞那座小丘的頂部，另外還有一條路切穿它的後方；那條路叫做獾皮路。位於左邊的第一棟屋子裡住著約翰與他的姊姊卓魯德，他們家座落在一片簡直像是由小石塊和垃圾堆積成的空地上。當我必須經過那棟房子時，我總是怕得要命。一部分原因在於約翰會躺在那裡，對著所有路過的小孩扔石塊或雪球；另一部分是他們家養了一條德國牧羊犬……那條牧羊犬……嘔，現在我想起來了。那狗雜種可真是不折不扣的畜生。牠頸上套著鍊圈、待在

4 IK Start，挪威克里斯蒂安桑當地的足球俱樂部。

露臺上或車道上，對所有的行人狂吠，在牽繩所允許的最大範圍內來回跑動著，同時還不住地嚎叫、嗚咽。牠的體型削瘦，一雙病懨懨的黃色眼睛。某一次，牠在坡道上對著我衝來、卓魯德則在牠的後方，鍊條在地面上拉動著。我聽說過，當一隻動物（比如說，森林裡的一頭熊）朝你直奔而來時，你得紋風不動，假裝什麼也沒發生。因此我就這麼做了：當我看到牠靠近我，我立刻停下腳步。結果一點幫助也沒有。牠完全不在乎我紋風不動，張開嘴巴、咬了我的下臂（正好在手腕上）。卓魯德在下一秒鐘趕到，用力拉動牽繩——她的力道是如此之猛烈，使得牠被向後方拖。當我逃開時，我哭了起來。與那頭畜牲有關的一切，都使我驚恐。吠叫聲、黃色的眼睛、從狗嘴裡流出的唾液，以及此刻在我下臂留下咬痕的圓環狀利齒。我在家裡完全沒提過這件事。由於這樣的一起事件必定會招致大量的責難，由於害怕被臭罵一頓，我沒有提起；我本不該在那時出現在那裡。或者說：我不應該逃跑的，不過就是一條狗而已，有啥好怕的？從那天起，只要我看見那畜牲，我全身上下始終感到一陣恐懼。這一點是致命的；因為我不只聽說過人類在危險動物襲擊時應該紋風不動地站著，我也聽說過：一條狗能夠憑嗅覺辨識出恐懼、撲上去。我不知道這番話是誰說的，但人們就是會對這種事情口耳相傳，這種事情人盡皆知：如果你感到害怕，牠們聞得出來。此時牠們也會感到害怕，進而充滿攻擊性，然後就是咬你一口。如果你不怕，牠們是很好相處的。

這種話使得我深思。牠們怎麼可能感覺得到恐懼的**氣味**？恐懼怎麼會有**氣味**？我們是否可能假裝自己不害怕，讓那動物感受到另外一種氣味，讓牠們察覺不到隱藏我們內心深處，那種**真正的**感覺？

坎尼斯壯家在我們家的上方，中間隔著另外兩棟房屋。他們家也養了一條名叫亞歷克斯的黃金獵犬，牠可是像羔羊一樣乖順。不管坎尼斯壯先生走到哪裡，牠總是能夠辨識出他身上散發的氣味；然而，如果真的有必要，牠也能夠辨識他們家裡四個小孩當中任何一人身上的氣味。牠的雙眼和善，動作靈巧且友善。然而，我竟然也害怕這條狗。只要我一出現在那道斜坡上，準備經過他們家的外牆並且按門鈴時，牠就開始吠叫。不是謹慎、友善或詢問式的吠叫，而是高亢、深沉、猛力的咆哮，讓我猛然停下腳步。

「哈囉，亞歷克斯。」如果當時四下無人，我會這麼說。「你懂嗎，我並不覺得害怕。我不怕唷。」

假如當時有其他人在現場，我就只能假裝啥事也沒發生，繼續往前走，彷彿穿過一片吠叫聲那般，勇往直前。隨後，當牠就在我的面前、張開大嘴的時候，我會彎下腰來，拍拍牠的側身兩下，同時心臟在胸中劇烈地搏動，全身筋肉因恐懼而變得軟弱。

「亞歷克斯，給我閉嘴！」無論達格・羅薩爾是從地下室的門邊走出、跑上那道狹小的礫石路面，還是將大門一把推開，他總會這麼說。

「你這條大笨狗。你這樣吠，會嚇到卡爾・奧韋。」

「我又沒有被嚇到。」我會這樣說。達格・羅薩爾只是望著我，臉上掛著一抹生硬的微笑；這就意謂著，我試圖撒謊沒有用、毫無助益。

然後，我們走了出去。

走到哪裡去？

走進森林裡。

往下方走到烏比基爾[5]。

往下方走到突出的浮動碼頭上。

向上走到橋邊。

5 Ubekilen，特隆姆島上的聚落。

往下方走到提貝肯舊社區。

走到那座鍛造橡皮艇的工廠。

向上走到山頂。

走進歐爾納。

往上方走到B-Max超市。

往下走到芬那加油站。

假如我們沒在我們所住的那條街道上繞行，或者沒有坐在那裡的其中一棟房屋外面，坐在路緣，坐在那棵所有權不明的大型櫻桃樹的其中一根樹枝上，我們就會採取上述的行程。

這就是一切。這就是世界。

這該是一個什麼樣的世界呵！

一座新動工、由小型透天獨棟房屋組成的社區並未根源於過往，也不會像往昔的郊區那樣，將自己的支脈伸向未來的天幕。這個社區是應對現實問題的務實解決方案。所有新搬進來的人要住哪裡呢？嗯，就住在那座森林裡吧。我們畫分幾塊空地，拍賣掉吧。那裡唯一來自於過往的房屋，屬於一個姓貝克的家族。這家人的父親來自丹麥，他自行在森林裡蓋起了這棟房子。他們沒有車、沒有電視機、沒有洗衣機。沒有庭院，只有樹叢間一片被用力踐踏過的土壤。他們家的防水布下就堆著取暖用的柴薪，到了冬天，他們的擺設還會多上一艘船底朝天的小艇。他們家的兩姊妹英格麗與麗莎當時就讀初中；我們定居在那裡的最初數年，她們倆照料過我和英格威。她們的弟弟名叫約翰，比我大兩歲；他總穿著由自家人縫製、相當奇怪的衣服，他對我們感興趣的一切事物完全不感興趣，只專注在某個不為我們所知的其他事物之上。當他十二歲，他自己建造了一艘船；這跟我們很不一樣。當我們還在嘗試編織出各種夢想、渴望探險，而沒有一艘真正的划艇時，他們就已經揚帆出海了。他本來應該是會那種遭到霸凌的孩子，但這並沒有發生——我們之間的距離實在太遙遠了。他並不是我們的一分子，而他壓根不在乎。他們的爸爸（那位騎腳踏車的丹麥人）也許打從自己還在丹麥生活時，就懷抱著在森林獨居的強烈渴望；當那些針對小型獨棟透天住房的企畫完成、獲得核准，第一批重型動力機械一路開上他家正後方的森林時，他想必很沮喪。搬進這些透天厝的各個家庭來自全國各地，每一家都育有子女。古斯塔夫森住在道路另一邊的房子裡，他是消防員；妻子則是家庭主婦。他們來自洪寧斯沃格[6]，孩子名叫勞夫與雷夫．托爾。普雷斯巴克摩住在我們家上方的房子裡，他擔任初中教師，妻子是助理護士，他們來自挪威北部的特羅姆斯，家中的孩子名叫葛蘿與耶爾。坎尼斯壯一家人則住在他們家更往上的位置；坎尼斯壯先生在郵局上班，妻子是家庭主婦，他們來自克里斯蒂安桑，子女分別叫做施泰納、英格麗．安妮、達格．羅薩爾與烏妮。對面則住著卡爾森一家人；他是船員，妻子則擔任店員，都來自挪威南部地區，子女名叫肯特．雅恩與安妮．蕾妮。再過去則是克里斯汀生一家人；他也是船員，但我不知道他太太從事什麼職業，他們子女名叫瑪麗安娜與伊娃。再過去還有雅各布斯一家人，印刷工人與家庭主婦，兩人都來自卑爾根，孩子分別叫做耶爾、特隆德與文琪。他們隔壁則是來自挪威南部地區的林德蘭一家人，子女名叫耶爾．霍康與摩頓。從某個定點開始，我的整體認知逐漸變得模糊——至少，這一點適用於家長的姓名，以及他們所從事的職業。蓓塔、圖妮．伊麗莎白、圖妮、麗芙．貝莉特、施泰納、寇爾、魯尼、楊．阿特勒、歐德勞爾、賀佛爾——這些是住在較遠處的孩子們。他們當中的絕大多數人年齡與我相仿，最年長的幾

---

6 Honningsvåg，挪威地理位置最北的城鎮。

個大我七歲，最年幼的幾個則比我小四歲。日後，他們當中的五個人將會與我同班。

我們在一九七〇年夏季搬到那裡。當時，那個社區裡絕大多數的房屋都仍還在施工。爆破即將執行前的淒厲警報聲，是我成長期間經常聽到的聲音；當起源於爆破點的衝擊波透過地面傳遞、使屋內地板震動不止時，我會經歷一種詭異的毀滅感，這在我的成長期間，也是一種常見的感覺。存在於地面上的連結，是相當自然且可理解的——比如說，道路、電路、森林與海洋——但地底下居然也存在這類的連結，這使人更加不安。我們腳踏的定點，難道不應該是完全不可動搖、無法被貫透的嗎？在此同時，地面上的所有開口對我，以及對與我一起成長的其他孩童們產生了一種特別的吸引力。這個社區的地面上，有著許多孔隙；它可能是汙水下水道、準備接受安裝的電纜線，或者是一道即將開鑿的地下室地板，而我們也常常聚集在其中一個孔隙前，低頭凝視它的深處。黃色的部分是沙；黑色、棕色或紅褐色的部分是土；灰色的部分是泥漿；它的底層遲早將會持續地被一道灰黃、混濁的水面所覆蓋，而一顆，或者兩顆玄武岩的尖頂也許能夠穿透這道水面。一輛黃色或橘色、閃閃發亮的挖掘機，正蹲踞在這道孔隙上方。它其實很像一隻鳥——泥鏟就像懸掛在長頸末端的鳥喙，旁邊停了一輛貨車（它的燈光與眼睛極其相似），通氣柵板活像一張嘴，藏在防水布裡面的貨箱則是牠的背部。如果牽涉到大規模的營建案，現場也可能停著幾輛推土機或自卸貨車；車身通常是黃色的，有著超級大的輪胎，輪胎上紋路的深度簡直就像我們的手一樣長。要是我們運氣好，我們還能在下方的洞裡，或者在附近找到一綑綑導線；由於導線很貴也很有用，我們會帶走。再不然，這附近總還有一些圓筒，以木材製成，差不多與人同高，結構近似於捲筒，可以將纜線從桶內捲出。還有那一堆堆平滑、紅褐色的塑膠管，我們可以用下臂測量出它們的直徑。此外還有許多水泥管與灌鑄完畢的水泥製井口，如此嚴厲而優雅，稍微比我們高一點點，它們是最完美的攀爬物；以老舊、被割裂的汽車輪胎所製成，長而穩健的地毯能在爆破時派上用場；那些長條狀、以木材製成的電話亭，由保護劑染成了綠色；那些裝著炸藥的箱子；還有那些小棚屋，建築工人就在那裡更衣、用餐。這些工人若是在現場，我們就與他們保持一段相敬如賓似的距離、觀察他們的工作；如果他們不在場，我們就爬到坑內、跳到翻斗卡車的車輪上，一邊在堆疊起來的水泥與塑膠管上走動、一邊保持平衡，拉動一下那幾間棚屋的門把、湊近窗口窺探，鑽進水泥製的井口內，試著將裝有電纜捲的推車推走，褲袋裡還裝滿了被咬斷的電源線、塑膠柄與導線。在我們的世界裡，沒有人比這些勞動者更加崇高；所有的工作當中，就屬他們的工作看起來最有意義。構成其工作的所有技術性細節、乃至於開挖機的廠牌，都未引起我的興趣；除了這些工人所造成、屬於景觀方面的變化以外，對我來說最為古怪的，就是他們私人生活所遺留的殘跡。比如說：當他們從橘黃色連身工作服，或者那條寬大、簡直毫無形狀與特色可言的藍色長褲褲袋裡掏出一把梳子，把頭盔夾在腋下，就在所有的工地用營建車輛與嘈雜、撞擊聲不斷的勞務之中開始梳理頭髮的時候，或者當他們在午後時分身穿完全無異於普通人的服裝走出小棚屋，坐進自己車內，宛如尋常男子駕車離開工地的那一刻——這樣的時刻不僅神祕，甚而近於不可理喻。

我們亦曾聚精會神、不屈不撓地觀察其他行業工人的勞動情形。只要某個來自挪威廣電署的工人出現在附近某處，這個消息就會在小鬼們之間不脛而走。車子就停在那裡；那名工人（電話線安裝工人）就站在那裡，還有他那副**絕妙的**上桿腳扣！他將上桿腳扣扣在雙腳上、腰間繫著一條綁滿各式工具的腰帶，將一條纏繞住他身體與電線桿的安全帶固定好；接著，他以緩慢而謹慎、但對我們而言全然**不可思議**的動作開始攀爬。這怎麼**可能**呢？他的背挺直，看起來毫不費勁，肌肉看起來也沒怎麼出力，就這樣一路**滑**上頂端。他在頂端幹活的同時，我們睜大雙眼注視著他——要我們離開那裡，那可是門都沒有，因為他很快就要回到地面了，而且動作是同等的輕巧、迅捷、不可思議。設想一下：要是我們穿著這種鞋，這種有著象鼻一般、能夠纏住電線桿分支的鞋子，我們豈不是無所不能了嘛？

我們也觀察在下水道工作的人。他們會將車子停在路面上眾多水溝蓋的其中一個蓋子旁邊；要麼會先躺臥在柏油路面上，要麼貼靠在旁邊某處、微微隆起的凸面上，接著套上那雙**高度及腰**（！）的長靴——然後，他們會用一根鑿子撬開那只極為沉重、圓形的鋼鐵製水溝蓋，把它推到一旁，接著往下方爬。小腿首先沉入路面之下、進入孔內，再來是大腿，接著是腹部，然後是胸部，最後就是頭部……如果那底下沒有隧道，還有什麼別的東西呢？水在那底下流動啊？總得有個可以讓人走動的地方吧？噢，這真是太奇妙咯。說不定他現在就在那裡，就在肯特．雅恩那輛擱在人行道上的腳踏車的旁邊，離這裡大概二十公尺，只不過是在……地底**下！**還是說，那些水溝蓋就只是某種形式的崗位，就像水箱，讓你能走下去、檢查管線，並且在發生火災時取水？這一點實在沒人確知，我們始終被告誡：當他們爬下去，我們得閃到一邊去。沒人敢多問他們什麼。沒人能憑一己之力舉起那塊鐵製宛如硬幣一般、無比沉重的水溝蓋。因此這始終是一個謎，就像那個時代的其他許多事情一樣。

直到我們開始上小學，我們才可以想去哪裡、就去哪裡；不過，仍然有兩個例外。其中一個例外是那條從橋面開始、一路延伸到加油站的主要公路。另一個例外，則是那座湖。大人們耳提面命：不准你獨自到那座湖邊！可是這又有何不可呢，他們難道還以為我們會失足落水？我們有時會在那片小草原外的山上踢足球；某一次，當我們坐在山上，向下俯望著那道陡直地切入水際的岩壁時，某人對此這麼說：不是的，原因不在於此。原因在於水怪。它會抓走小孩。

「這是誰說的？」

「爸爸和媽媽說的。」

「就在**這裡**？」

「是的。」

我們低頭俯望著烏比基爾湖灰濁的表面。看上去，水面下還真可能藏著什麼東西。

「只有這裡有水怪？」有人說。「這樣的話，我們去個別的什麼地方不就得了。去歇爾納湖呢？」

「還是小夏威夷？」

「那邊有其他的水怪。很危險。這是真的。爸爸和媽媽都這麼說。它們會抓小孩，淹死他們。」

「它們會爬上來，到這裡來嗎？」

「這我不知道。不，我不這麼覺得。不。這裡太遠了。只有在灘頭，才會很危險。」

在這番對話以後，我很害怕水怪；然而我更害怕狐狸，我只要一想到狐狸，就害怕得要死。只要我看見牠在灌木叢裡面移動、聽見某個「稀稀簌簌」的聲音一閃而過，那我可得確保自身安全了——也就是說，我得逃到森林裡某處開闊的空地上，或者向上方溜到營建的施工地點——狐狸從來不敢衝上那裡。是的，我對狐狸的恐懼是如此強烈，以致於躺在上鋪的英格威只需要對躺在下鋪的我說一句「我是狐狸，我要來抓你咯」，就足以讓我嚇得要死、全身僵硬。我那時會說：「不是，你不是狐狸。」他會說他「就是狐狸」，並且靠到床邊、伸出手來要逮我。即使我們之間的相處模式是這樣、即使他有時會嚇我，當我們分到各自的臥室，我突然得一個人獨睡的時候，我仍然會想念他。這樣很好啊，新的房間也還是在同一棟屋子的**裡面**啊，但和他睡在雙層床的上鋪床位時的情景相較，就沒那麼好了。如果我們仍然分睡同張床的上下鋪，我只需要問他：「英格威，你害怕嘛？」而他可以回答：「才不，我為啥要害怕？這裡又沒啥好怕的。」這樣一來我就知道：他是對的。隨後我的心情就會再度平靜下來。

當我七歲時，我算是擺脫了這種對狐狸的恐懼感。然而，它所遺留的空缺很快就被其他事物所填滿。

某天早上，我從電視機前方經過；當時電視開著，卻沒人在看，播放的是一部早場電影。噢不，噢不，片中浮現一個沒有頭，正在走上樓的男人！啊啊啊啊！我逃進自己的房間，但完全於事無補，我在房裡依舊是孑然一身、無依無助，所以我就只能找媽媽（前提是她得在家），或者去找英格威。那名無頭男子的形影緊跟著我不放；這還不僅止於黑暗之中（在黑暗中，我的其他那些可怖、陰暗的想像本來就會緊跟著我）。不——即使是在光天化日之下，那名無頭男子仍然會突然出現在我面前，要是我當時獨自一人，無論陽光如何閃耀、鳥兒如何啼叫，對我都沒有任何幫助——不管怎麼樣，我的心怦怦直跳，恐懼一路直奔，進入每一條微小的神經。這簡直更糟糕——即使是光天化日之下，陰影仍然存在。悲慘之處在於，你對此居然還無能為力。開口大喊媽媽是沒有用的；站在某個開放空間的中央處是沒有用的；拔腿開溜是沒有用的。除此之外，爸爸還曾經向我展示《偵探畫報》（一份他小時候閱讀過的報刊）的一張封面照片。圖片是一副骷顱；骷顱的背上揹著一名男子。那副骷顱扭過頭來，用那雙空洞、貼在頭骨上的眼睛直直瞪著我。我對那副骷顱也感到害怕。就連它也在各種各樣的情境與場合出現。對於浴缸裡的熱水，我也感到害怕。是這樣的：當我們轉開熱水的開關時，管線會傳出一陣切割般的噪聲。要是你沒有盡早關上，管線隨後就會開始震動不止。這聲音是如此粗暴且高亢，嚇得我魂飛魄散。有一種可以避免這種情況的辦法：你得先轉開冷水，然後再緩慢、一點一點地將熱水轉開。媽媽、爸爸和英格威都這麼做。我曾經試過；但只要我一轉開熱水的水龍頭，率先傳出的就是那陣淒厲、切穿牆壁的聲音，隨之而來的是迅疾加速的撞擊聲，彷彿下方有某個物體正在崩裂。我盡速關上水龍頭，逃了出去，恐懼感在我全身上下劇烈地搏動著。因此，我要嘛就是洗冷水澡、要嘛只能在早上使用英格威用過，那骯髒但仍然溫熱的洗澡水。

狗、狐狸和水管屬於具體、實際存在於空間的威脅，這一點協助我來釐清；要麼存在，要麼不存在。

但是那名無頭男子與齜牙咧嘴的骷顱屬於死者的世界，你無法以相同的方式克制它，它可以無所不在，比如說：當你半夜拉開櫃子時、你上下樓梯時、在森林裡，對，沒錯，甚至可以藏在你的床底或浴室裡。我將自己在玻璃窗上留下的映影連結到這些屬於死者的形體；這或許是因為它們只會在窗外天色陰暗時出現。然而，望著自己在黑暗窗格上留下的映影、心裡想著這個影像不是我，是某個死人在瞪著我——這真是個悲慘的想法。

當我們開始上小學時，我們都已經不再相信水怪、聖誕老人或魔法，甚至還會取笑那些仍然相信這些玩意兒的人。然而，對於幽靈與鬼魂的臆想依舊存在；這或許是因為我們沒有膽量閉上雙眼、無視它們的存在。我們大家全都知道：不管怎麼說，死人確實存在。我們所懷抱、且源自於同一項多元而富麗領域的其他臆想（比如說：一道彩虹的基點處藏著寶藏）就顯得比較明亮而無邪——說穿了，這與神話有關。一直到我們就讀小學一年級的那年秋天，我們對這個說法的信念仍然夠堅定，以致於仍然會出發尋寶。當時應該是九月某個週六，下了一整天的暴雨，我們在耶爾．霍康家門口那條下坡路上玩耍著，或者更精確地說：我們在因雨水而氾濫的邊溝裡玩耍。在這裡，道路掠過岩壁上某個受過爆破的區段，它的頂部覆蓋著苔蘚、小草與泥土，還滲著水，水不停從上方滴落。我們身穿雨靴、厚重的塑膠褲、鮮豔的雨衣，雨衣上隨附的兜帽緊緊套住頭部——為了壓制住所有聲音。當我們的雙耳摩擦到雨衣兜帽的內側時，我們會一直聽到高亢、清晰的摩擦聲，同時其他一切聲音都被抑制住，彷彿是從遙遠的地方傳來的。在路面彼端的樹木與我們上方的山之間，是一道濃密的霧。在灰暗的日光映照之下，更下方處那排房屋的紅黃相間屋頂承接了一道羸弱的餘暉。籠罩住下坡處森林地的天空，猶如鼓脹的胃部——持續噴濺著的雨滴始終輕輕地敲打著雨衣的兜帽與我們那一時間變得極其敏銳的雙耳，並且將天幕鑿穿。

我們蓋起一道堤；但我們鏟起的沙很快就再度流散，而當我們看到雅各布斯家的車開上坡時，我們毫不猶豫，當即扔下手中的鏟子，往下奔向他們家的屋子。同時，那輛車停了下來。廢氣排放管後方的空中，飄升出一道藍色的煙氣。他們家那位瘦得像根火柴棒的父親，從車身的一邊走出，嘴角刁著一根菸，並且彎下腰來，拉起座椅下方的手杆，把座椅向前推，讓他的兩個兒子——大耶爾與特隆德——可以鑽下車。同時他們家那位（身材矮小而渾圓、面色蒼白、留著紅髮）媽媽則從自己的座位上，將女兒文琪放下。

「嗨。」我們說。

「嗨。」特隆德與耶爾說。

「你們剛剛上哪去啊？」

「城裡。」

「哈囉，小男生們。」他們家的爸爸說。

「哈囉。」我們說。

「你們想知道，德文的七百七十七怎麼說嗎？」

「想。」

「Siebenhundertsiebenundsiebzig！」他用嘶啞的聲音說。「哈哈哈！」

我們也笑了起來。他的笑轉變為咳嗽。

「是啊，是啊。」當咳嗽止息，他一邊說著，一邊將汽車鑰匙插進鎖孔，轉動一下。他的雙唇，乃至於其中一隻眼睛，始終不住地抽搐著。

「你們要上哪去啊？」特隆德問道。

「不知道。」我說。

「我可以跟嗎？」

「你當然可以跟囉。」

特隆德與我、耶爾同年齡，身材卻比我們矮小得多。他有著牛鈴一般圓的眼睛、厚實而紅潤的雙唇還有小小的鼻子。他那頭半鬈的金髮，覆蓋著那張玩偶般稚嫩的臉孔。他哥哥的相貌就截然不同：細小而狡猾的雙眼、經常充滿輕蔑之意的微笑、黃褐色的直髮、長著雀斑的鼻梁。但是，他的身材也很矮小。

「那你就去把雨衣穿上。」他媽媽說。

「我這就去把雨衣穿上。」特隆德一邊說，一邊跑進屋內。我們站在原地，一語不發地等著，雙手抱胸，活像兩隻企鵝。雨已經停了。下方遠處那幾座庭院裡，遍布著高聳、削瘦的冷杉，樹冠被一陣微風拂過，輕輕搖曳著。一條小溪沿著路邊流動；在某些區段，溪水一併帶走散落各處、形狀宛如小餅乾的松針。黃色的松針散落各處，形狀既像V，又有點像人的雙腿。

我們後方天幕的雲層已然裂開。我們所處的這一整片景觀——包括所有的屋頂、草坪、山丘、樹叢、以及斜坡——均被某種燐光所覆蓋。我們習慣將那座位於我們家屋子上方的高地稱為「那座山」，一道彩虹正從那裡升起。

「瞧，彩虹！」我說。

「喔唷！」耶爾說。

特隆德從上方的屋內走出，將門帶上。他開始奔向我們。

「山上有彩虹！」耶爾說。

「我們要不要去尋寶？」

「好啊，我們去尋寶！」特隆德說。

我們跑下斜坡。

肯特．雅恩的妹妹——安妮．蕾妮，就站在卡爾森家的草坪上；她的目光緊盯著我們。她的身上綁著一條連結到一根長繩子的安全帶，確保她不會跑掉。他們家媽媽的那輛紅色轎車，停在私人車道上。牆面上的一盞燈閃閃發亮。特隆德在古斯塔夫森家門外停下腳步。

「雷夫．托爾鐵定會想要跟來。」他說。

「我不覺得他在家。」我說。

「我們就問問看嘛。」特隆德說道。他穿越那兩道抹上灰泥的門柱（由於這兩根門柱並沒有被連接到任何柵門，常被我爸爸訕笑），接著踏上私人車道。兩根門柱上方各自立著一顆中空、被一根箭所穿透的金屬球，而這所有的一切全落在一名赤裸男子那彎駝著的背上。那是一座日晷；也成了我爸爸訕笑的對象，在同一個地方擺上**兩座**日晷——這樣有很聰明嗎？

「雷夫．托爾！」特隆德喊道。「你要出來玩嗎？」

他望著我們。接著，我們三個人大聲喊著。

「雷夫．托爾！你要出來嗎？」

數秒鐘過去了。然後，廚房的窗口被拉開；他們家的媽媽探出頭來。

「他現在就來。他只是要穿上雨衣。你們不必再吼了。」

對於寶藏，我有極為清晰的理解。一只大型黑色三腳汽鍋，裡面塞滿了閃閃發亮的物品。黃金、白銀、鑽石、紅寶石、藍寶石，就出現在彩虹與地面相接的基點處，而且兩端基點都各自藏有寶藏。我們先前尋寶過一次，但沒有成功。事不宜遲，畢竟彩虹很快就要消失了。

在一段時間裡，雷夫．托爾就只是門上黃色窗玻璃後方的一道黑影；此時，他終於開門了。他周圍散發出一股暖熱的空氣。他們家裡總是相當暖熱。我感到一股微弱、夾雜著酸味與甜味的水氣。這就是他們家散發出的氣味。除了我們家的房子以外，其他所有房屋都各有獨特的氣味——而這就是他們家房子的氣味。

「我們要做啥？」他一邊說，一邊重重地掩上門，門板上的玻璃發出「喀喀」的聲響。

「山上有彩虹，我們要去尋寶。」特隆德說。

「那就來吧！」雷夫．托爾說著，開始跑動起來。我們跟在他後面跑著，衝過最後一小段下坡路，跑上那條通向山頂的道路。

我看到英格威那輛腳踏車仍然不在；但是媽媽那輛綠色的福斯金龜車，以及爸爸那輛紅色的歐寶凱特車都停在固定的位置。我出門的時候，媽媽正在吸塵；這是據我所知最糟糕的情況，我痛恨那種聲音，那就像一面向我靠過去的牆壁。他們打掃時會開窗，屋內便會冷得要死，這股冷氣似乎也連帶傳遞到媽媽的身上，當她彎腰湊向拖地用的水桶、擰乾抹布時，或者當她揮動掃帚，或用吸塵器對地板吸塵時，她身上再也沒有多出能與人分享的暖熱。而由於我只能分到她多出的餘熱，我在那幾個星期六的午後也覺得發冷，而且是如此冰冷，以致於這種酷寒狠狠地扎入我的頭部，使我就算想要像平時那樣，躺在床鋪上看一集又一集的漫畫都不可得。到最後，我走投無路，只能穿上衣服、跑到外面，希望戶外能有些好玩的事情。

在我們家裡，爸爸和媽媽會分擔打掃工作；這在當時可不那麼常見。就我所知，其他人的爸爸可不會這麼做；也許普雷斯巴克摩家的爸爸會打掃，但我不曾親眼見過，而我其實也很懷疑：他是否真會處理這些家務。

不過，就在這一天，爸爸開車進城，在克里斯蒂安桑的魚市場買了螃蟹，接著就待在自己的工作室，抽著菸，也許還改了幾篇作文，也許讀著教師工會的報刊，也許忙於自己所蒐集的郵票，或許正讀著《幽靈》。

那條引向B-Max超商的小徑起點，正是我們家那道被染黑的籬笆。籬笆外圍的一道人孔已然被水所淹沒，森林的地面被水所覆蓋。勞夫（雷夫．托爾的兄弟）一、兩天前說過：他們的爸爸負責管理它。一般的情況下，「負責」一詞不是他會說的話；所以我理解到，這個詞必定源自於他的父親。他爸爸是市政府委員會的成員；這座島上的事情都歸他們決定，當古斯塔夫森（也就是勞夫與雷夫．托爾的爸爸）這樣說的時候，這想必才是他的意思。他爸爸必須針對淹水進行匯報，這樣才能派人前來修理。當我們往那個方向走，而我再一次看到那位於削瘦的小樹之間，異常龐大的積水時（水面上還漂浮著幾張衛生紙），我決定：一旦有機會，我要跟他說這件事，我要他在星期一的市政會議上提及此事。

他就在那裡。他那件藍色雨衣的兜帽並未被拉起，還穿著自己平時在庭院裡幹活時所穿的藍色牛仔褲，腳上是及膝的綠色長筒雨靴，一邊繞過屋角。由於他扛著一座梯子，在草坪上走動時必須保持平衡，他的上半身有點扭曲。下一刻，他便將梯子放在地面上並立起，推向屋頂。

我再度轉身、加速，以追上其他人。

「彩虹還在！」我喊道。

「我們也看到咯！」雷夫．托爾喊道。

我在小徑的起點追上他們，跟在特隆德後方一小段距離處，走進樹叢之間。只要你彎下腰、閃避一根樹枝，大量、甚而成團的雨滴就會從樹上落下。樹叢位於墨登家那棟棕色房子下方；他們家除了一名留著長髮、戴著大眼鏡、常穿棕色衣服與長褲、雙腿習慣岔開的青少年以外，沒有任何其他子女。我們甚至不知道他叫什麼名字；因此我們不妨也稱他「墨登」。

通向山頂的最佳路徑，會經過他們家的庭院。現在我們正緩慢地向上爬，因為那裡地勢很陡峭，而那一帶所生長、泛黃而高聳的草堆相當溼滑。有時候，我得抓住一棵小樹，才能將自己稍微往上拉動。那座山的頂部正下方一片光禿，形成一塊突出；在那裡，我們無法繼續往上爬，至少像現在這樣溼滑，我們是無法向上爬的。但是在邊緣，有著一道介於峭壁與小型突出之間的裂隙；你可以先在那裡站穩腳跟，接著再輕鬆地走完登頂的最後幾公尺距離。

「可是，彩虹跑到哪裡去了？」特隆德率先站上山頂的時候，他說。

「不就在那裡嘛。」耶爾說道，指著幾公尺外，更加深入那片高原的某個定點。

「喔，不對，在下面。你們看！」雷夫．托爾說。

所有人都轉過身來，往下方看。彩虹立在遠處下方的森林裡，其中一端的盡頭貼近那片貝克家房子下方的樹林裡；另一端的盡頭，大概在往下通向海灣，那道長滿綠草的臺地上。

「我們去那邊找吧？」特隆德說。

「可是，寶藏也許還在這裡。」雷夫．托爾說。「不管怎樣，我們總可以找一下。」或者說，這句話在我們的方言腔裡會變成：「可使偶們膧口已棗伊嚇。」

「寶藏就不在這裡，它只會在彩虹的盡頭出現。」我說。

「這樣的話，誰來得及找到啊？我真的很想知道耶。」雷夫．托爾說。

「當然，誰都來不及。」我說。「你是笨蛋嗎，啊？如果你以為有人帶著它到這裡來，那你就錯了。那可是彩虹啊。」

「你才是笨蛋。」雷夫．托爾說。「寶藏又不會自己消失。」

「它會自己消失。」我說。

「不會。」雷夫．托爾說。

「會。」我說。「那你就去找吧，看你能不能找到！」

「我也要找。」特隆德說。

「我也想去。」耶爾說。

「我不跟。」我說。

他們轉過身，開始往山區的內側走去；同時，他們的視線到處飄移著。我察覺到：其實我還挺有興致跟著他們走，但現在是不行了。我轉而看向外圍。這裡真是最棒的觀景點。你會看到那座彷彿從樹冠上騰起的橋面，你會看到那道總是有船舶通過的海峽，看到那些存放在對岸、外觀肥大的白色煤氣槽。你看到耶爾斯塔德島；你看到那條新建好的道路，看到它所跨越的低矮混凝土橋身，看到位於內陸的烏比基爾湖。你看到那座由小型房屋構成的新社區。那些位於樹木之間，所有呈紅色與橘黃的屋頂。那條路。我們家的庭院；古斯塔夫森家的庭院；其他建築則被遮蔽住。

現在，籠罩住小型房屋住宅區上方的天幕，幾乎完全變成了藍色。接近市區的雲朵一片潔白。而在另外一邊，接近烏比基爾湖外圍的雲層仍灰暗沉重。

我可以看到待在下方的爸爸。一個相當微小、不比螞蟻大的身影，靠著屋頂的梯子頂端。

他能看到上方的我嗎？

一陣碎雨雲飄過。

我轉過身，望向其他幾個人。兩個黃色的斑點，以及一個淺綠色的斑點在樹木間到處移動。那座高地上的山頂呈現深灰色，顏色差不多與更遠處的天幕相同，裂縫間則夾雜著黃色，以及（在特定某幾處）

幾乎發白的草葉。那裡還有從一根粗大的樹枝伸出，但並未觸及地面的一小叢嫩枝，完全貼靠在那為數眾多、如針一樣尖細的小樹枝上——看起來很詭異。

我幾乎沒走進過那座在更遠處開展的森林。我曾經走到森林裡大約三十公尺、一棵被連根拔起的大樹旁邊，但這就是我循著那條路到達過的最遠處。從那裡，可以向下俯瞰一道斜坡，斜坡上除了歐石楠以外，沒有生長其他任何植物。兩側高聳、纖細的松木枝與下方那猶如一堵牆、比較密集的雲杉林，使得空間像是一個大房間。

耶爾說，他那次曾經看到一隻狐狸。我並不相信，但我們是不會拿狐狸來開玩笑的；因此，為求保險起見，我們便帶上餐盒與瓶裝的甜果汁，來到山邊；對我們而言，已知的全世界就位於我們腳下。

「就在這裡！」雷夫．托爾喊道。「我靠！寶藏！」

「靠！」耶爾喊道。

「你們騙不了我的！」我吼回去。

「喔唷，喔唷。」雷夫．托爾叫著。「我們現在變得有錢咯。」

「靠，天殺的！」特隆德吼道。

接著，四周陷入一片死寂。

他們難道真的找到了？

不，他們只是在騙我。

但是，彩虹的根部確實就在這裡。

想像一下，如果雷夫．托爾說的是真的，那只汽鍋會不會隨著彩虹一起消失？

我朝那個方向跨上幾步，企圖望穿遮蔽住他們的那片杜松。

「喔唷！看啊！」雷夫．托爾說道。

我在轉瞬間決定，要快步趕向那裡，在一根根樹幹之間小跑步，穿過那片灌木叢，停下腳步。他們望著我。

「你上當咯！哈，哈，哈！你上當咯！」

「這我一直都知道啊。」我說。「我只是來接你們，要是我們不快點，彩虹就消失咯。」

「好啦，我們成功騙到你了。你就承認吧。」雷夫．托爾說。

「來吧，耶爾，我們到下面尋寶去吧。」我說。

他望著雷夫．托爾與特隆德，他並不喜歡這個主意。不過他是我最要好的朋友，他還是跟著我走。特隆德與雷夫．托爾很快就跑起來，跟在後面。

「我得尿尿。」雷夫．托爾說。「我們來比賽尿尿吧？看誰能尿到對面？一定會尿得很遠！」

在戶外尿尿？而且還是爸爸就在下方，可以看見我們一舉一動的時候？

這時候的雷夫．托爾已經拉下雨衣，用雙手貼住褲襠處的拉鍊。耶爾與特隆德則分別站在他的兩旁，搖搖屁股，將雨衣從身上抖掉。

「我不需要尿尿，我剛剛尿過了。」我說。

「你哪有尿過。」耶爾說道，扭過頭來，同時用雙手握住自己的小雞雞。「我們明明一整天朝夕相處。」

「你們還在尋寶的時候，我就尿過啦。」我說。

下一秒鐘，一股蒸氣便從他們的尿液中升起。我稍微往前走了幾步，看看是誰贏了。贏家是特隆德，真是使人驚訝。

「勞夫會把自己小雞雞外面的皮往下拉。」雷夫．托爾一邊說，一邊拉起褲襠。「這樣他馬上就可以尿得比較遠。」

「彩虹不見了啦。」耶爾說道。他搖了搖小雞雞，才又把它擺回原位。

所有人都望向下方的森林。

「我們現在該怎麼辦？」特隆德說。

「不知道。」雷夫．托爾說。

「我們走到下面的船庫，怎麼樣？」我說。

「我們到那裡要幹麼？」雷夫．托爾問。

「爬到屋頂上啊，之類的。」我說。

「好耶，就這麼辦！」雷夫．托爾說。

我們向下切穿那道斜坡，穿過茂密的雲杉林；五分鐘以後，我們來到那條沿著海灣伸展的礫石路。小灣的對岸長滿青草；冬季時節，我們常在那裡滑雪。夏秋，我們很少去那裡，在那種時候，我們到那裡是能幹麼？那座小灣的水很淺，還遍布泥濘，你根本無法在裡面游泳，浮橋相當破爛，位於對面的那座小島則淪為一群群海鷗的棲息地，已經極其破敗。當我們在那一帶走動時，我們既無目標、亦無意義可言——這就是那天上午的寫照。在我們上方的最高點，也就是那座陡峭的草原與森林的邊緣之間，有著一座老舊的白色房屋，住著一名白髮老婦人。我們對她一無所知。我們不知道她叫什麼名字，不知道她在那裡做些什麼。有時候我們會朝屋內窺探，將雙手湊向窗戶，將鼻子貼靠在玻璃窗上。我們這樣做並沒有任何特定的理由，甚至也不是出於好奇心——我們就只是因為可以這樣做，才這樣做。我們的目光會望向一間擺設著陳舊家具的客廳，或者一間有著老舊物品的廚房。一座紅色、看起來似乎已經縮成一團的牛棚，座落在那棟房子旁邊，位於那條狹窄礫石路面的另一側。最下方，就在那條從森林裡湧出的小溪旁邊，有著一座老舊、未曾以油漆粉刷過的船庫，屋頂上鋪著瀝青油氈。毛蕨以及一些有著巨大葉片與相較之下細小莖柄的植物，沿著溪溝生長。如果你要用手撥開它們，像在游泳時揮臂那樣（以便看清後面藏著什麼），你會看到光禿禿的地面，彷彿那些植物欺騙了我們，它們彷彿假裝那是一片翠綠的沃土——而事實上，在那密布的葉片底下，就只有光禿禿的土壤。較接近溪流的土壤（或許應該被稱為泥濘，還是別的什麼東西）則偏向紅色，大概就像鐵鏽。有時不同的東西會凝固在那裡，例如塑膠袋的碎片或保險套；但在像今天這樣的日子，當水量挾帶著強勁的勢頭從道路底下的管線內湧出，直到奔流至小灣，才在那片類似三角洲的小區域上止步，不再直冒白沫時，那裡是不會出現沉積物的。

隨著歲月的摧殘，那座船庫已經顯得陳舊、破敗。船庫的牆面由木板構成，你可以隨心所欲地伸手進去；因此即使我們當中沒人真正進入那座船庫，我們仍然知道裡面是什麼樣子。我們透過縫隙朝內部窺探片刻之後，轉而注意起屋頂上——而我們正是要嘗試爬上屋頂。要爬上去，我們得找個能讓我們站上去的物體。這附近沒有任何能夠派上用場的東西。因此，我們輕手輕腳地朝上方的牛棚走去，四下張望，首先要確保牛棚大門沒有停放任何車輛；有時確實有車，車主是一名男子（也許是老婦人的兒子）。有幾次，我們在那裡滑雪，而且想要滑得更遠時，他禁止我們滑過私人車道——而她不曾禁止我們這樣做。所以我們對他格外提防。

那裡沒車。

幾只白色的罐子被擱在牆邊。外公和外婆的農場也有過這種罐子，我認得；那是蟻酸。一只生鏽的大桶子；一扇靠上的門。

不過，看那邊，那邊！有一塊貨板！

我們舉起原本深陷進地面、像是生了根的貨板，扳起來的時候，一大團的潮蟲、酷似蜘蛛的小型昆蟲頓時爬向四面八方。我們繼續各自托住貨板不同的角，一路穿過草原，往下走到船庫前，將它靠在牆邊。雷夫．托爾被視為我們當中最勇猛的人；他率先嘗試。當他站在那塊貨板上時，他能將手肘放在屋頂上，用另一隻手牢牢抓握屋頂的邊緣，然後將一條腿**往上伸**。他的腿的確掠過了屋頂的邊緣；片刻間，搆住了屋頂。但由於他身體的軀幹明顯較重，他沒能抓牢，整個人像一只沙袋直往下墜，根本沒有機會抓住任何固定物。他側身摔在傾斜的貨板上，然後滑落到地面上。

「喔！」他說。「該死！唉呀！噢！噢！噢！」

他緩慢地站起身來，望著自己的手掌，摩搓一下臀部。

「幹，有夠痛的！現在該換別人試試了。」

他盯著我。

「我手臂力氣不夠大。」我說。

「我來試試看。」耶爾說。

如果雷夫．托爾以勇猛而聞名，耶爾則以狂野著稱。他倒是不會自動自發地表現這種狂野；假如他可以根據自己的意志行動，他會鎮日待在屋內、一邊畫畫一邊噴屁。但如果有人慫恿，他就會想要表現。也許，他有點容易上當。那年夏天，我和他蓋了一輛肥皂盒賽車[7]，他的爸爸幫了我們不少忙。完工以後，我告訴他，推著這輛車到處跑，就會變得很強壯。因此，我坐在車內，而他則推著我到處跑。他不只容易上當，而且還很魯莽——對他來說，有時一切的界線都可能不再適用，到了那一步，他什麼事都幹得出來。

---

7 Soapbox Car，以肥皂盒製成小車，流行於青年間的競賽遊戲。

耶爾的方法與雷夫・托爾不同。他站在那塊貨板上，雙手握住屋頂向外突出的邊緣；然後，他竟嘗試要**走上**牆面，這導致他全身的重量都集中到他牢牢抓著屋頂邊緣的手指上。這白痴到了極點。如果他真的成功了，他那具位於屋頂下方的軀體將呈橫向、抵住牆面——這種姿勢，比他剛開始嘗試時還要糟得多。

他的手指一滑，摔了下來，背部先是砸到貨板上，接著他的後腦也撞了一下。

他發出一道微小的「呼嚕」聲。當他站起身時，我看出他這一摔可不輕。他相當決絕地前後走了幾步，又悶哼了幾聲。**蹭！**他再度向上爬。這回他沿用了雷夫・托爾的方法。當他把腿越過屋頂時，好像有某一股電流貫串他的全身；他的腿踢向瀝青油氈，身體一扭，「蹭」的一聲，他這就蹲坐在屋頂上，向下俯望著我們。

「太容易咯！」他說。「現在，上來吧！我可以把你們拉上來！」

「想都別想，你哪有那麼強壯。」特隆德說。

「不管怎樣，我們總可以試試看。」耶爾說。

「你得下來。」雷夫・托爾說。「反正，我很快就得回家了。」

「我也是。」我說。

然而，屋頂上的他看起來一點都不氣餒，反而毅然決然。

「那我就跳下去。」他說。

「會不會太高了啊？」雷夫・托爾說。

「不會。」耶爾說。「我只是得先專心一點。」

他蹲坐良久，凝視地面，深吸了一口氣，彷彿正在準備潛入深水區。有那麼一秒鐘，他身上所有的緊繃竟消失無蹤；他當時想必後悔了。不過，他的身子旋即再度緊繃；接著他就跳了。落地、在地上滾動、像彈簧一樣蹦起——而在他還沒有站穩以前，他就已經開始拍拍自己的大腿，顯示他對此是多麼的無動於衷。

要是那唯一爬上屋頂的人是我，那可真稱得上是一場大勝利。要是真的如此，雷夫．托爾絕對不會罷休。如果他一整個晚上都不斷地爬上又滑落，他還是會繼續這樣做，藉此彌平這種突如的失衡狀態；但耶爾就不一樣了。他其實能夠幹出完全不可思議的事情，例如從五公尺高的地方直接跳進一大團積雪中，而且毫髮無傷——其他人可都不敢這麼做。所謂的後果，似乎都不適用於他。耶爾就是耶爾，不管他玩的是什麼花招。

我們沒有多做討論，再度往上坡走。在某幾處，大水蓋住了部分的人行道；而在另外幾處，則生成了大型水坑。我們佇足片刻，將腳踝伸進一處特別潮溼的區域，那溼漉漉的小鵝卵石散落在靴筒的上緣，這種感覺真舒服。我的雙手感到一陣冷涼。當我握緊雙手時，手指在原本紅潤的皮膚上留下白色的印痕。但是那些疣（我的其中一只大拇指上有三個，另一只大姆指上有兩個，食指上有一個，手背上則有三個）的顏色，卻並未改變。一如往常，都是紅褐色的；上緣泛著一大堆細細小小的斑點，你可以將它們刮掉。然後我們走到草原另一邊，那堵石牆標誌著盡頭，而躲在後方的森林彷彿被框在一道布滿樹枝、瘦長且極其陡峭，或許有十公尺高的山脊內，而這道山脊上還有著幾處裸裎、光禿的突出。當我在這裡，或者在類似的場所走動時，我經常心想：鄉間景觀居然和海邊的地貌如此相似，這真是太有趣了。草原就像海面，突聳的山峰則宛如海上的小島。

噢，想想看，如果有人能夠駕船通過森林！如果有人能夠在樹木之間游泳！如果真能做到，那真是妙不可言！

有時，天氣相當良好時，我們會來到島嶼的外圍，將車子停放在那座老舊的射擊場旁邊，順著被海水磨平的岩石表面走到下方。我們常常來到特定的位置，離那座位於斯普尼斯[8]的沙灘並不遠，我最想要待在那裡，因為那裡有沙，我可以蹚水，想走多深就走得多深。岩壁邊的水位深不可測。那裡甚至還有一處小小的海灣；一座被水灌滿、削瘦的峽谷，你可以緩步從邊緣爬下，在裡面游泳，但峽谷很小，底部並不平坦，而且被蘆葦、水藻與牡蠣的殼所覆蓋。浪濤衝擊著外圍的山，這導致小灣裡的水位升高，有時甚至一路淹到我們的喉嚨高度；這時，我所穿的救生背心上，以舒泰龍泡沫塑料製成的薄夾層會一路欺上耳畔。那陡峭的岩壁增強了漣漪發出的潺潺聲與撲通聲，聽起來有某種空洞、寂寥之感。這時候，站在那裡的我會怕得要死，突然喪失正常呼吸的能力，僅能夠急促、劇烈地喘息著。當這些波浪退潮，氣氛是同等的陰沉、邪惡；小灣內的水位會降低，連帶發出一陣「咂咂」聲。海面顯得風平浪靜的時候，爸爸會將那張黃綠雙色的水床灌滿氣；我可以躺在水床上，在離岸不遠的地點隨波蕩漾，赤裸又黏膩的肌膚接觸著水床表面那溼漉漉的塑膠片，後背則在驕陽的映照下變得乾熱。我的雙手小幅度地移動，在那清澈且泛著鹹味的水面拍打著，注視著緩慢來回漂動、實際上卻被定牢在岩壁邊緣的水藻，同時搜找著魚類與蟹類的蹤影，目光盯住遠處的一艘船。午後，往返丹麥的客輪會駛抵港口。當我們到達此地時，我們能看到輪船出現在遠端的地平線上；而當我們離開時，客輪已然到達海峽外圍，雪白的船身在那低矮的島嶼及浮礁之間散發出深沉的光澤，看上去很是顯赫。難道它是金星的化身？還是克里斯蒂安四世[9]的化身？住在這座小島西側與南側、住在那座對我們而言極為陌生的希爾斯島[10]，想必還包括住在雄豬海峽對面的小孩子們，常常趁客輪接近海峽時到這裡來游泳，因為船身駛過水域後的餘波相當壯闊，廣為人所知。還真有那麼一個下午，當我躺臥在水床上，用雙手拍打著水面時，那使人驚駭的波浪居然讓我半站起身來——然後我便掉進了水裡。我像一顆石頭往下沉。當時的深度也許有三公尺。我猛力揮動四肢，恐慌尖叫，吞了好幾口冰冷海水，而這沖淡了恐懼感——由於爸爸將這一切盡收眼底，我的恐懼感實際上也許還不超過二十秒。他潛入水裡，將我拉上岸。我咳了幾口水，打了幾下寒顫；隨後，我們就回家了。這並未真正構成任何實質的危險，而除了當我回到家，接著再往上方走到耶爾家裡，對他描述我的經驗時那股牢牢攫住我的感覺以外，這件事並未在我內心留下任何陰影——我彷彿行走在世界之巔，它剛硬、深不可測、無法被穿透，無論是那陡峭、突起的尖山還是那深沉的峽谷，都無法貫穿它。我本來就知道，實情是如此；但我在此之前並未真切感受到這一點，我們只不過行走在它的表面。

撇開那起事件，以及那次經驗有時會在我到那狹窄的溝壑內游泳時籠罩住我的不適感不談，我總是極為珍視這樣的短途旅行。英格威身旁鋪著一塊毛巾，我坐在那上面，向外眺望著如鏡面般閃閃發亮、隱沒在地平線交會處的淺藍色海面——海面上，航速如時針一般遲緩的大型船舶持續駛過。或者，我們也可以將視線投向那兩座位於托恩爾島上，對著湛藍天空射出強烈白光的燈塔，那光線的強度，鮮少有其他光體可堪比擬。我也可以喝著裝在滿布紅色條紋冷藏箱裡的汽水，啃著小甜餅，或許在爸爸頂著一身肌肉與晒成古銅色肌膚走到岩壁邊緣，在幾秒鐘後躍入下方兩公尺處的海面時，打量著他的動作。我打量著他浮出水面時搔著頭，將頭髮從眼前撥開的方式；那些在他周圍騰起的氣泡；以及他在順著波瀾起伏，緩慢而沉重地朝我們游來時，目光中那罕見的喜悅。又或者，我可以走到山區更深處的那兩座壺穴邊；其中一座的深度大約等同一個人的身高，石壁上有著清晰、螺旋狀的紋路，裡面灌滿了海水，邊

8 Spornes，特隆姆島外圍的沙灘。
9 Christian IV（1577-1648），自西元一五八八年起統治丹麥與挪威聯合王國，直到一六四八年。
10 Hisøya，挪威東南岸的小島，曾在一八八一至一九九二年之間具備自治市的行政地位。

緣覆蓋著翠綠的海生植物，底部則是幾大叢水藻。另外一座壺穴比較淺，卻同樣美麗。再或者，我可以向上走到那些在石塊縫隙間匯聚而成、布滿大量鹽分、極度暖熱，只有在暴雨到來時才會被新降雨水填滿的小池塘邊，水面是成群嗡嗡作響的小昆蟲，覆蓋住蟲子底部的黃色水藻看上去則病懨懨的。

爸爸正是在這樣的一個日子下定決心，要教我游泳。他命令我，跟著他一起到下方的水畔去。水中有一處被水藻所覆蓋、溼滑的小丘，也許位於水面半公尺之下，我可以站在上面。他則游到一處距離陸地大約四、五公尺的沙洲上。然後，他轉身面向我。

「現在，換你游到我這裡來。」他說。

「可是水很深欸！」我說。水的確很深；在兩座小小的沙洲之間，你只能微微地瞥見水底，或許深達三公尺。

「卡爾．奧韋，我就站在這裡，如果你往下沉了，你難道不相信我會救你？你現在開始游泳吧。這一點都不危險！我知道你辦得到。往前撲，開始划水。如果你做得到這一點，你就學會游泳了。你了解吧！你就會游泳了！」

我龜縮著，進入水中。

水底散發出綠光。我是否能夠在上面游動？

當我打從內心怕得要死的時候，我的心臟只是一味地在胸口怦怦直跳。

「我做不到！」我吼道。

「哪會，你做得到！」爸爸吼回來。「這明明就很簡單！你只需要滑出來，划水一兩下，然後你就站在這裡了。」

「我做不到。」我說。

他注視著我。接著，他嘆了一口氣，游到我這邊來。

「那好吧，我跟在你身邊游。我可以從下方撐住你的肚子。這樣一來，你總**不會**往下沉了吧！」

但我就是**做不到**！他為什麼就不能理解這一點？

我開始哭泣。

「我做不到。」我說。

水的深度直直灌入我的腦海，填滿我的胸口，扣住我的四肢，而且一路延伸到手指與腳趾。水的深度將我全身上下都填滿。我是否能夠將它排除在思緒之外？

現在迎接我的不再是微笑。他表情陰沉地走上岸，走到我們放置私人物品的地方，取來我那件救生衣，然後走回來。

「把這個穿上。」他說道，一邊扔給我。「這樣就算你嘗試往下沉，你也沉不下去。」

即使我知道救生背心不會改變什麼，我還是穿上了。

他再度游走。接著，他轉身面向我。

「現在，來吧！」他說。「游到我這裡來！」

我稍微彎曲雙膝，水浸過泳褲的下緣。我將雙臂伸到水下，開始往前划。

「是的，很好。」爸爸說。

我只需要在水裡往前倒、划動幾下，一切就可以結束了。

但是，我做不到。我這輩子永遠克服不了這種水深，永遠無法游過去。

淚水蜿蜒地從我的雙頰落下。

「現在，小子，來吧！」爸爸吼道。「我們不能一整天都耗在這裡！」

「**我做不到！**」我大聲吼回去。「**你聽到沒有！**」

他整個人僵住了，瞪著我，神情暴怒。

「原來你這麼難管，啊？」他說。

「我沒有。」我說道，同時無法抑制住一聲嗚咽。我的雙臂顫抖著。

他游了過來，使勁拉住我的手臂。

「到這裡來。」他說。他試圖將我拉下水。我使勁將身子朝岸上扭動。

「我不要！」我說。

他放開我，深深地吸了一大口氣。

「這樣子啊。」他說。「這樣我們就知道咯。」

隨後，他走到我們放置私人物品的地方，用雙手取來毛巾擦臉。我解開救生衣的釦子，跟在他後面，但與他保持幾公尺的距離。他高舉其中一條手臂，擦乾，再將另一條手臂的下緣也擦乾。然後他趨身向前，擦乾大腿，接著將毛巾扔到一旁，一把拿起襯衫，一邊扣上襯衫的釦子、一邊望向遠處那平靜無波的海面。著裝完畢，他便將襪子套上雙腳，將雙腳塞進鞋子裡。那是一雙沒有鞋帶的棕色皮鞋，與那雙襪子、乃至於那條泳褲都極不相襯。

「你在等啥？」他說。

我將那件祖父和祖母送給我、印有拉帕爾馬島[11]徽標的淺藍色T恤套到頭上，並將藍色慢跑鞋的鞋帶綁好。爸爸將那兩只空汽水瓶與柳橙皮扔進冷藏箱內，揹到肩膀上，手裡拎著那條皺成一團的溼毛巾，開始往回走。走回停車處的途中，他一語未發。他打開汽車後車廂，將冷藏箱塞進去，一把從我手上取走救生背心，用他所用過的那條毛巾將它包起來。他似乎並沒有想到過，我也有帶一條毛巾；既然這樣，我就不準備麻煩他了。

即使他一開始將車子停在陰影之下，那個位置現在正被日光直直照射著。黑色的座位滾燙，使大腿有一種灼燒的感覺。我腦中飛快地閃過一個念頭：是否應該將自己那條白色溼毛巾鋪在座墊上。不過，他會察覺到這個舉動。我轉而將雙手的手掌貼在座墊上，坐在自己的手掌上，且盡可能往邊緣靠。

爸爸發動車輛，開始以爬行般的龜速駛離該地。那塊被稱為「射擊場」、寬闊的礫石場上，遍布著大型石塊。他隨後拐入的那條路上滿是大型坑洞；這導致他以同等緩慢的速度，行駛在那條道路上。青綠的樹枝與樹叢拂過車身與車頂，有時候，當樹枝迎面撲來時，還會伴隨著微小的震顫聲。我的雙手手掌仍感到一陣灼燙，但現在已經不再那麼劇烈。直到那時候我才會想起：爸爸也穿著短褲，坐在灼燙的座椅上。我飛快地朝他映在後照鏡裡的面孔投去一瞥。那是一張陰沉、嚴厲的面孔；但你從那張臉上無法判讀出，他的大腿正感受到灼燙。

當我們來到教堂邊的那條道路時，他旋即加速、超速，迅疾開完那五公里的距離，回到家。

「他很怕水。」那天下午，他這樣對媽媽說。

這話並不是真的，但我什麼也沒說；我也不是白痴。

一週後，外公和外婆來探望我們。這是他們頭一次到提貝肯來探訪我們。在索貝爾沃格的農場上，他們的形影並無任何怪異之處，他們和那裡的氛圍合而為一；外公身穿藍色連身工作服、戴著短邊的黑色毛線帽、足蹬棕色高筒膠靴，不停抽著菸；外婆穿著陳舊但整潔的碎花洋裝，留著灰髮，體型粗壯，

---

11 La Palma，西班牙加那利群島最西北端的火山島。

雙手總是極其輕微、幾乎完全無法被察覺地顫抖著。但在爸爸到謝維克接他們過來、當他們在我們家的私人車道下車時，我馬上就看出，他們和這裡格格不入。外公穿著灰細條紋西裝、淺藍襯衫，戴著灰帽，手握著菸斗。他不像爸爸那樣習慣握住菸斗的手柄處，而是用手指扣住菸袋。我之後才發現：當他們在我們家的庭院裡走動，聆聽導覽與說明時，他會用菸斗柄指著不同方向。外婆則穿著一件淺灰女版風衣、一雙淺灰鞋子、胳臂上掛著一只手提包。在這座城市裡，你不會看到有人像她這樣著裝、在外走動。他們彷彿來自另一個時代。

他們那使人感到陌生的存在，填滿了我們家的房間。媽媽和爸爸的舉止立刻變得與平時不同；爸爸的變化尤其明顯，他像是在過聖誕節一樣。他平時老掛在嘴上的「不行」變成了「有何不可？」；他盯著我們的目光從警覺變得友善。他甚至可能看似不經意地用手拍拍我或者英格威的肩膀，像是對待朋友一樣。但即使他饒富興致地與外公談話，我還是看得出來，他實際上一點都不感興趣；談話過程中，他不時、持續地將目光短暫地別開，在那種時刻，他的雙眼堪稱死氣沉沉。外公則是既開心又急切；但和在他自己家裡相比，他在這裡顯得比較脆弱，他似乎從來沒察覺到我爸爸的這種表情。或者說，他也可能只是假裝沒注意到。

他們到訪的某個晚上，爸爸買了螃蟹。這對他來說可真是開派對享用的美食；那時螃蟹的季節也才剛開始，但他買到的那幾只都已經被餵得肥肥的。不過外公和外婆不吃蟹肉。如果外公的漁網上撈到了螃蟹，嗯，他可會把牠們扔回海裡。稍後，爸爸會講述這個部分；他覺得這個動作與想法挺好笑，簡直是某種形式的迷信，螃蟹比魚類不潔淨——就只因為牠們在水底跑來跑去，而沒有自由自在地四處游動。螃蟹確實有可能啃食死屍，因為牠們會啃食所有落到海底的東西；但是某個死人在**這天**晚上倒在斯卡格拉克海峽[12]的海底，而剛好又被**這群**螃蟹給撞見的風險，又會有多高呢？

某天下午，我們本來坐在庭院喝咖啡和果汁，之後我來到自己在樓上的房間，躺在床上翻起漫畫集。這時我聽見外公和外婆上了樓梯。他們腳步沉重地走上樓，一語不發，進入客廳。映向我房間裡牆壁的陽光閃閃發亮。就算爸爸在能夠打開灑水器時就將它開啟，窗外的那片草坪仍然浮現出大片的黃色、甚至棕色的斑點。我能望見位於道路上的一切——我感覺到，所有的房屋、庭院、庭院裡的戶外家具擺設和玩具、所有車輛、被收到道路旁邊與門廊上的所有器皿似乎都還在沉睡中。我那直冒汗的胸口黏附著床罩，這感覺很不舒服。我站起身來，打開門，走進客廳。客廳裡，外公和外婆各自坐在一張椅子上。

「你們要不要看電視啊？」

「喔對啊，新聞不是快開始了嘛？」外公說。「我們對新聞很有興趣，這你知道的。」

我走上前去開電視。幾秒鐘以後，螢幕才浮現影像，遲緩地亮起。「新聞」的「N」字母[13]愈來愈大；在此同時，那聽來單純、宛如木琴般的「**叮——咚——叮——咚——**」則持續響著，起先聲響很微弱；隨後，愈來愈大聲。我往後退了一步。坐在椅子上的外公趨身湊向前，以菸斗的手柄指著電視。

「來看電視囉。」我說。

我其實沒有權限自己開電視，也無權將那只書架上的大型收音機轉開——每當我想看什麼，或者想聽什麼節目，我總是得向媽媽或爸爸提出請求，問他們能不能幫我打開。但現在，我幫外公和外婆開了電視機。爸爸總不會反對吧。

影像突然間飄動起來。螢幕上的色澤變得扭曲。隨之而來的是一道光，接著傳來響亮的「**噗！**」一

12 Skagerrak，位於北歐的海峽，連通了北海與卡特加特海峽。
13 挪威語中的「新聞」（Nyheter）以字母N開頭。

聲，螢幕一片漆黑。

噢不。

噢不。噢不。噢不。

「電視機怎麼回事啊？」外公說。

「壞了。」我說。淚水在我的眼裡打轉。

就像是我弄壞的。

「有時候就是會發生這種事情。」外公說。「而其實呢，我們最想聽收音機廣播的新聞哪。」

他從椅子上起身，躡手躡腳、小碎步走到收音機前方。我回到自己的房間，躺回床上，全身因驚恐而發冷，腸胃絞痛。床罩觸及我那暖熱、赤裸的皮膚，感覺很是涼冷。我從地板上那堆漫畫中取來一本，但是我無法閱讀。他很快就會走進屋內，走到電視機前面打開。如果電視機是在我一人獨處時壞掉的，我或許還能假裝剛剛下過雨，而他或許就會相信，電視是自己故障的。但他想必還是會理解到是我弄的，他對這種事情極其敏銳，只需要看我一眼，就能理解到某些事情不對勁，他立刻就能推斷出前因後果。現在，我再也不能假裝下過雨了；因為外公和外婆當時都在場，他們將會描述那時發生了什麼事，要是我不努力掩飾，一切將會變得糟糕，而且糟糕得多。

我在床上坐起身來，胃部感覺一陣刺痛；但那並非疾病所伴隨的柔軟與暖熱，那是一股冰冷的刺痛，如此堅硬，以致於世間所有淚水都無法將它溶解。

片刻間，我竟然哭了起來。

要是英格威在家就好了。如果他在，我就可以跟他待在他房間裡，而且想待多久，就待多久。不過，他現在跟施泰納與寇爾去游泳了。

我感覺到，即使他的房間空蕩蕩的，我仍能藉由走進他的房間更加親近他——這使我站起身來，打開房門，小心翼翼地溜過走廊，鑽進他的房間裡。他的床鋪被漆成藍色，我的床則被漆成橘黃色；他衣櫃的門把同樣被漆成藍色，我的衣櫃門把也被漆成橘黃色。那裡散發出英格威的氣味。我走到那張床邊，坐在床上。

窗戶還半開著呢！

這超出了我所不敢預期的。這麼一來我就能聽見他們從戶外露天座位傳來的聲音，而他們尚不知道我待在這裡。假如窗戶本來是關閉的，我如果打開，就會暴露自己的行蹤。

爸爸的聲音起伏與抑揚頓挫暗示著，當前他的心情很好。我三不五時會聽見媽媽那較為溫柔、輕快的話聲。我聽到客廳傳來的收音機廣播。出於某種原因，我認為外公和外婆正坐在各自的椅子上、張開嘴、閉眼呼呼大睡著——當我們到他們位於索貝爾沃格的家中拜訪他們時，他們偶爾會有這種表現。或許是因為如此，我才會這樣想。

窗外傳來咖啡杯互碰的噹啷聲。

他們在收拾餐具了嘛？

是的；媽媽涼鞋鞋跟蹬地的聲音隨即傳來，她正在繞過屋角。

既然這樣，我得逮到她！這樣一來，我就能搶先一步，告訴她實情！

我等著樓下所傳來的開門聲。當媽媽手上端著那只裝有杯子、小碟子、玻璃杯，以及有著紅色蓋子的閃亮咖啡壺（它放在一只由英格威在木雕工坊裡用晒衣夾製成的花環上）的托盤，進入樓梯間的時候，我才穿過走廊。

「外面這麼舒服，而你卻站在這裡？」

「是啊。」我說。

她正要走過我身邊，但我攔下她。

「發生什麼事了嘛？」她說。

我低下頭。

「怎麼了嗎？」

「電視機壞了。」我說。

「噢不。」她說。「那真是太糟糕了。外公和外婆還坐在裡面嘛？」

我點點頭。

「我正想要請他們出來，今天傍晚的天氣真的非常棒。你也到外面來坐坐嘛，你不一起來嗎？如果你想多喝點果汁，你可以多喝點。」

我搖搖頭，再度走回自己的房間。我就貼著門板的內側站著。或許跟著他們出去，才是最聰明的舉動？就算他發現是我弄壞了電視機，當外公外婆還在那裡的時候，他不會對我怎樣的。

但是，這也可能會讓他更加暴怒。上回我們在索貝爾沃格作客的某一天，大家圍坐餐桌旁。謝爾坦那時在說，英格威和隔壁農莊的小孩——比約恩·阿特勒打了一架。包括爸爸在內的所有人對此都哈哈大笑。但是，當媽媽帶我到超市，其他人都躺下來睡起午覺，英格威帶著一冊漫畫窩上床的時候，爸爸就走進來，將他一把拉起，因為他和人幹架的緣故痛揍他一頓。

不，最理想的應該還是待在房裡。如果外婆或媽媽提到電視機故障了，他內心的怒火或許將在他與其他人待在那裡的時候，平息下來。

我再度躺到床上。一股無法克制的震顫貫透我的胸口；新一波淚水開始湧出。

噢噢噢。噢噢噢噢。噢噢噢。

現在他快要來了。

我知道。

他很快就要來了。

我用雙手塞住耳朵，閉上雙眼，企圖假裝：除了這團黑暗與這一陣陣呼吸聲以外，其他任何事物都不存在。

但我很快就理解到，此舉是多麼徒勞、無益。因此我反其道而行，跪坐在床上，透過窗口向外望，望著那道落在地面上的光流，閃動著燐光的屋瓦，以及那耀眼的玻璃窗格。

樓下的門被打開，隨即被重重甩上，發出「碰」的一聲。

我絕望地環顧四周，接著跳起來，拉開那把擱在書桌旁邊的椅子，坐了下來。

樓梯傳來沉重的腳步聲。就是他。

我不能背對門而坐，因此我再度跳起來，坐在床沿。

他將門把扭開，走進房裡，停下腳步，注視著我。

「小子，你在幹麼？」他說。

「沒幹麼。」我說著，並且低下頭去。

「當你跟我講話的時候，看著我！」他說。

我試著望著他，但我實在無法做到，只能再度低下頭。

「你耳朵也壞了嗎？」他說。「**看著我！**」

我望著他。但他此刻的目光，是我所無法面對的。

他迅速地跨了三步，竄到我面前，扣住我的耳朵，狠狠地擰住，同時將我的身子拉起來。

「我告訴過你多少次，要你不要自己開電視？」他說。

我嗚咽著，因而答不上話。

「**我是怎麼告訴你的**？」他說道，並且愈擰愈用力。

「我……不准……自己……開電視。」

他鬆開我的耳朵，攫住我的雙臂，用力地搖晃我的身子。

「**現在，看著我！**」他咆哮道。

我抬起頭來。我的淚水，幾乎將他的影像從我的視域裡完全抹除。

他的手指愈攪愈緊。

「我不是早就告訴過你，要你離電視機遠一點？啊？我沒這麼講過嘛？現在我們得買一臺新的電視機，我們得從哪弄錢來？你說得出來嘛？」

「說……不……出來。」我嗚咽著。

他將我扔回床上。

「現在，你給我待在自己的房間裡，我叫你出來再出來！懂？」

「懂。」我說。

「今天晚上，你不准出家門一步。明天也一樣，不准出家門一步。」

「是。」

然後，他就走了。我哭了起來，以致於沒能聽出他往何處去。我斷斷續續地吸著氣，彷彿這些空氣是從一道樓梯上騰起的。我的胸口顫抖著；我的雙手顫抖著。我就躺在那裡，也許哭了二十分鐘左右。

隨後，這些情緒逐漸退散。此時我跪坐在床面上，透過窗口向外望。我的雙手、乃至於雙腿仍然在顫抖，但這樣的顫慄正在逐步鬆緩，我察覺到了這一點——這就像在一場風暴以後，走進一個寂靜的房間裡。

我從窗口能夠望見普雷斯巴克摩家的房子，以及他們那座庭院的整個正面，與我們家的庭院毗鄰；我能望見古斯塔夫森家的屋子與庭院的正面，微微地瞄見卡爾森家的屋子，還有最高處的克里斯汀生家房子的一角。我能夠望著那條路一路延伸到郵筒前方。午後的太陽似乎顯得比較飽滿，此刻正懸掛在高地上的樹冠。空氣沉靜無風，無論是樹木還是灌木叢，都沒有一絲一毫動靜。人們從來不會坐在自家房屋正前方的庭院裡，此舉就像爸爸常說的「成為展覽品」那樣，使自己成為眾目睽睽的焦點。所有人的戶外家具，社區裡的烤肉設備，全都安置在屋後。

突然間，肯特．雅恩從位於上方處、卡爾森家的門口走了出來。我只看到他的頭從停放的汽車周圍探出；他那白到閃閃發亮的頭髮往後梳著，就像木偶劇場裡的一只木偶。有那麼幾秒鐘，他從我的視域裡消失；接著，他騎著腳踏車，再度出現於我的視線裡。他站在踏板上，輕輕按了幾下剎車，在街道上拐了個彎，加速衝刺了一小段路，接著猛力剎車，並且拐進古斯塔夫森的家門前。兩年前，他失去了他的父親；他的父親是水手，我對他幾乎毫無記憶可言。嗯，是的，我與他僅有一面之緣；有那麼一次，我們跟著他一起走下坡去，當時的天候晴朗而寒冷，但沒有降雪，我手上拿著那雙在鞋底有著三道滑槽、紅黃相間的小溜冰鞋與用來將鞋子綁緊的皮繩。因此，我們那次一定是在前往歐爾納的路上。我也記得我們得知他死訊時的情景。雷夫．托爾站在那道區分兩條街，幾乎就位於我們家房子外面的路邊石子前方，說道：肯特．雅恩的爸爸死了。在他說話的同時，我們抬頭望向他們家的屋子。他試著將某人從一個正在清潔中的貯水池裡拉上來；那貯水池裡灌滿了天然氣，他們暈厥了過去，結果他自己掉了下去。

當肯特・雅恩在場的時候，我們從來不談到他的爸爸，也不談論那起死亡事故。最近，一名新入住的男子搬進那裡；很詭異的是，他的姓氏也是卡爾森。

如果達格・羅薩爾是一號人物，就算肯特・雅恩小我們一歲、比達格・羅薩爾小兩歲，他仍然稱得上是二號人物；雷夫・托爾是第三號人物，耶爾・霍康是第四號，特隆德是第五號，耶爾是第六號，而我則是老七。

「雷夫・托爾，你快點出來！」肯特・雅恩在他們家門口喊道。而他也很快就出來了，全身上下只穿著一條藍色丹寧短褲與一雙慢跑鞋。他跨上勞夫的腳踏車，飛快地騎下坡，消失在我的視域裡。普雷斯巴克摩家養的那隻貓，仍紋風不動地貼在那座位於古斯塔夫森家與韓森家庭院之間、地勢平緩的山上。

我再度躺到床上，讀了幾本漫畫，然後起身，將耳朵湊在門上，想聽聽另一個房間裡是否傳來任何動靜。但那裡毫無聲音，他們還在戶外活動。外公和外婆來到這裡拜訪我們，要是我不被獲准吃晚餐，這簡直是不可理喻。或者說……這其實是可以理解的？

半個小時以後，他們走上樓。有人走進那間緊貼著我房間的浴室。來人不是我爸；我從比較輕盈的腳步聲中，聽出了這一點。但我無法判斷是媽媽、外公還是外婆；直到熱水管線傳出的強烈撞擊聲緊隨著沖水的噪聲出現，我才確定是外公或外婆（只有他們會弄出這種噪音）。

現在我真的餓了。

落在地面上的影子是如此綿長而扭曲，以致於它們和它們所投映出的物體之間已不存在絲毫的相似性。影子彷彿憑藉自身的力量延展著，有如存在於某個平行的暗黑世界裡——那裡有著暗黑的田野、暗黑的樹、暗黑的房屋，住著暗黑的人類，而它們似乎在光線的映照下動彈不得，它們在光照下顯得如此畸形、無助，你可以想像：它們已然脫離了自己真實的本質，就像一座在退潮後浮現，被海藻、螃蟹、貝殼層層覆蓋住的小島。噢，這些黑影在傍晚愈來愈長，不就是出於這個原因嗎？它們奔向深夜，這道暗黑、漫過陸地、在幾個小時以內滿足陰影最深處渴望的潮汐？

我看了看時間。九點十分。再過二十分鐘，就是上床就寢的時間了。

午後遭到「居家軟禁」最糟糕的一點就在於：你只能待在窗邊，看著其他所有人在外面玩。而在晚間，最惡劣的一點則在於：一個構成正常夜晚的各個不同階段之間，不再有任何區別。我在坐了一會兒以後，也就只能換衣服、躺到床上。通常來說，這兩種狀態之間的差別是巨大的；但在居家軟禁期間，差異幾乎被完完全全抹除。這導致我以一種異於平時的方式理解自己。在我做出這些動作**的時候**——比方說吃晚餐、刷牙、洗臉、套上睡衣——我的本質不僅會顯現，而且還將我完全填滿，因為除了它以外，其他一切都在突然間消失了。當我穿著衣服坐在床上，以及當我只穿著睡衣躺在被子裡時，我就是同一個人。而這當中實際上不存在差異，也不存在任何轉移。

這是一種痛苦的感覺。

我走到門邊，再度將耳朵貼在門上。最初是一片寂靜，隨後我聽到一些聲音，接著一切又陷入沉默。我哭泣了一下，然後脫下T恤與短褲，躺到床上，將被子一路拉到下頷。月光仍映照在我正對面的牆壁上。我讀了幾本漫畫，之後，我將它們放到地板上，閉上雙眼。在我入睡以前，我腦中最後一個想法是：這不是我的錯。

我醒了過來，望了望腕錶。那兩根閃閃發亮、像蛇一樣的指針顯示時間為兩點十分。我紋風不動地躺了一會兒，努力想著：究竟是什麼東西喚醒了我。除了湊在我耳邊低語的脈搏聲以外，周圍一片死寂。道路上沒有任何車輛；海峽中沒有任何經過的船舶；天幕中不見任何飛機的蹤影。沒有腳步聲；沒有說話聲。什麼也沒有。我們家的屋裡，也沒發出任何聲音。

我微微抬起頭，使耳朵不致觸碰到其他物體，並且屏住呼吸。幾秒鐘以後，我聽見某個從戶外的庭院裡傳來的聲音。那是一個如此高亢、淒厲的聲音，我最初甚至沒能辨識它；但我一注意到，就覺得這聽來真是恐怖。

伊伊伊——伊伊伊——伊伊伊伊——伊伊。伊伊伊——伊伊伊——伊伊。伊伊。

我跪坐在床面上，拉開窗簾向外望。那片草坪浸漬在一片微弱的光澤中；一輪滿月高掛屋頂上。一陣碎雨雲，使那些草看起來向遠處跑動著。一只本來黏附在樹籬尾端的白色塑膠袋飄動起來；我心想，要是有人不知道風的存在，他一定以為塑膠袋會自己飄起來。我的手指與腳趾末端感到一陣刺痛，彷彿我正站在高處。我的心臟在胸口疾速搏動，胃部肌肉收縮著；我吞了一口口水，然後再度吞口水。深夜是屬於鬼魂與幽靈的時間，深夜是屬於那名無頭男子，以及那具發出訕笑聲的骷髏的時間。而能保護我免受它們侵擾的，只有薄薄的一面牆。

那個聲音又來了！

伊伊伊——伊伊伊——伊伊伊伊——伊伊。伊伊伊——伊伊伊——伊伊。伊伊。

我任由自己的目光掃過窗外那片灰色的草坪。普雷斯巴克摩家養的那隻貓，就在距離樹籬大約五公尺左右的地方。牠癱在草地上，用腳爪拍打某個東西。牠所拍打的，是一團看上去很像石頭或泥塊的灰色塊狀物。它被往前扔了幾公尺，更加接近窗戶。那隻貓挺起身來，緊跟在後。那塊團狀物體靜止地縮在草坪上。貓謹慎地用腳爪拍了它幾下，低下頭去，將鼻子貼湊上前，似乎在嗅聞它。接著，牠張開嘴，將它塞到口邊。當那「伊伊」的聲音再度響起時，我理解到，那是一隻老鼠。那意料之外的聲音，似乎讓那隻貓感到困惑。不管怎樣，牠一甩頭，將老鼠甩到一邊。此時老鼠已不再躺臥在草地上——相反地，牠使盡全力在草坪上飛奔。那隻貓則一動也不動地挺立著，目光盯著老鼠。看起來，牠簡直想任由老鼠跑動。但此時，就在那老鼠跑到普雷斯巴克摩家籬笆旁邊的花床前方時，貓咪便跑動起來。貓咪只躍動三下，就再次逮到那隻老鼠。

爸爸的聲音突然從隔壁的房間傳來。他的聲音低沉，彷彿在咕噥著什麼，既沒有開頭，也沒有結尾，很像是他在夢中說話時常見的情景。不久後，彷彿有人從房間裡的床位上爬下。我從那輕盈的腳步聲中聽出，是媽媽。窗外，那隻貓開始上下跳動。看起來就像某種舞步。剛吹來的一陣風，在草地上掀起一道道波紋。我抬頭望著松木，看到那敏銳善感、黝黑而纖細的松枝正隨風搖曳，伸向那一輪金黃、飽滿的明月。媽媽打開浴室的門。當我聽見她放下馬桶的環狀坐墊時，我用雙手堵住耳朵，開始哼唱、呢喃起來。此時由她所發出的聲音在某種層面上很像某種「嘶嘶」聲，她彷彿排出某種蒸汽，那是我所見識過最難聽的聲音。當爸爸發出那種近乎震耳欲聾的「撲通」聲時，即使這不像媽媽的嘶嘶聲那麼難聽，我通常還是會堵上耳朵。「**啊啊啊啊啊啊啊**。」我一邊哼唱著，一邊緩慢地默數到十，同時以雙眼盯住那隻貓。貓咪看起來覺得這場遊戲很無趣；牠將老鼠刁在嘴邊，輕巧地穿過樹籬，越過路面，上到古斯塔夫森家的前方，把那隻老鼠扔在露營拖車旁邊的地面上。牠佇立原地片刻，瞪視著老鼠。老鼠竭盡己身所能，一動也不動。貓咪跳上牆，恢復身體的平衡，然後奔向門柱頂端上的其中一只圓球狀日晷。我將手從耳畔放下，停止了呢喃。浴室裡的水箱，傳出沖水的「嘶嘶」聲。那隻貓猛然轉過身，望著那隻仍然一動也不動的老鼠。從水龍頭噴出的水柱，噴濺在陶瓷製的水槽上。那隻貓從牆上跳下，踏在路面上，隨後像一隻小獅子般沉下。就在媽媽按下門把、將門打開之際，老鼠全身上下一陣震顫，那些聲音彷彿誘發了牠體內的神經元。很快地，牠再度絕望地逃避貓咪的追殺；那隻貓想必也已算計過這種可能性，原因在於牠只需要不到一秒鐘的時間，就能從休息狀態轉換為追獵。但這回，一切為時已晚。草坪上的一塊白色石綿水泥救了這隻老鼠；牠在那隻貓趕來的前一刻，成功地擠進石綿水泥內。

動物們迅捷的動作，彷彿繼續在我內心晃蕩著；我再度躺回床上，過了許久，我的心臟仍然在胸腔迅速地搏動著。這也許是因為，牠本身也是體積很小的動物？過了一會兒，我變換姿勢，將枕頭放在床尾，將窗簾微微拉開一線，這麼一來，我就可以躺臥著，觀看滿布著沙粒般繁星的天幕——天空就像一片沙灘，我們望不見邊際，但它受到海流的沖蝕。

可是，在外太空以外，究竟存在著什麼物體呢？

達格．羅薩爾說：那裡什麼也沒有。耶爾說：那裡正在熊熊燃燒。這也是我所相信的說法；我們用「海」來比喻，其實最主要就只是因為繁星滿布的星空看起來很像大海。

媽媽和爸爸的臥室再度歸於沉靜。我掩上窗簾，闔上雙眼。整間屋子的黑暗與沉寂，緩步駕馭了我；很快地，我便沉沉睡去。

隔天早晨，當我起床時，媽媽、外公、外婆正坐在客廳裡喝咖啡。爸爸提著灑水機，在窗外的草坪上走來走去。他將機器放在草坪的邊緣；這麼一來，那宛如一隻揮動的手、細而單薄的水柱也能夠灑到一小段距離外的菜園上，而不僅僅是灌溉草坪而已。現在，太陽位於房屋的另一邊、立於東面的森林之上，光輝流瀉在庭院裡。此刻的空氣彷彿就跟前一天一樣，全然靜止不動。天空散布著薄霧；早晨的天空，也幾乎總會出現薄霧。英格威坐在擺好餐具的廚房桌前，正在用餐。白色的蛋裝在棕色的蛋杯裡，這提醒我今天是禮拜天。我在我的座位上坐定。

「昨天是怎麼回事？」英格威低聲說。「你為啥被禁足？」

「我把電視機搞壞咯。」我說。

他用不解的眼神望著我。他手上的三明治停在嘴邊不動。

「是啊，我幫外公和外婆開電視機。然後，就『噗』一聲壞掉了。他們對這件事啥都沒說嘛？」

英格威咬了一大口塗著香料起司的麵包，搖搖頭。我將餐刀伸向雞蛋的尖端，像蓋子一樣把它切掉，以湯匙挖進那柔軟的蛋白，一把取來鹽罐，用食指敲敲罐子，讓鹽粒撒出來。我在一片麵包上塗抹了人造奶油，倒了一杯牛奶。爸爸在樓下拉開門。我將蛋白吃掉，用湯匙在雞蛋內攪了攪，想看看裡面是稀的抑或煮成了全熟。

「我今天也得在家裡關禁閉。」我說。

「**整天**？還是只有晚上？」

我聳聳肩。那顆水煮蛋煮成全熟，蛋黃被湯匙一觸即碎。

「一整天吧，我覺得。」我說。

窗外，那條空無一人的街道在日光的映照下閃亮生輝。但在下方的邊溝裡、在雲衫那如布幔般緻密樹枝下方的空間仍是一片晦暗、陰森。

一輛腳踏車正全速衝下坡。坐在腳踏車上的那個男孩想必約有十五歲；他的其中一手握住手把，另一手則扶住他固定在腳踏車行李架上的一只汽油桶。他的黑髮在風中飄揚。

爸爸的腳步聲從樓梯口傳來。我在椅子上坐直，目光迅速地掃過桌面，確保桌面上的一切看來都整整齊齊。少許的蛋屑落在蛋杯外面，我迅疾地將它們掃過桌面，撥進我在桌面下方的手掌心，再搖搖手，使碎屑落在餐盤上。當英格威將椅子更貼近桌面、坐挺時，一切幾乎已經太遲了——不過也只是「幾乎」而已，爸爸走進門時，他可是直挺挺地坐著，雙腳貼在地板上。

「孩子們，收拾一下你們的泳具吧。我們今天去霍夫爾轉一圈。」他說。

「我也是嘛？」我正想要問；但他可能已經忘記我得在家關禁閉，而這個問題將會使他想起這件事，因此我還是閉上嘴。就算他記得，但是改變了心意，我們對此最好還是什麼都別說，因為此舉將會被解讀成：他昨天犯了一個錯誤，他幹了一件傻事。而我可不希望他這麼覺得。所以我到鍋爐室的狹長空間裡取來我的泳褲和一條毛巾，還帶上了蛙鏡（如果我們要去霍夫爾外圍兩座海灘的其中一座，蛙鏡就派得上用場），一同塞進一只塑膠袋裡，然後坐在自己的房間裡，等著出發。

半小時以後，我們駕車來到那座島嶼的外緣。那天或許是這一整年當中最美的一天——海面如此平靜，幾乎完全無聲，也因而賜予周遭（長期靜默的裸裎岩壁，以及長期沉寂、更高處的森林）某種不真實的氣息。踏在山上的每一步，以及瓶子相碰所發出的每一道「噹啷」聲，聽起來都像是第一次出現。高踞天頂、在空中閃閃發亮的太陽像是某種原始、在本質上極其陌生的事物。這一天，大海彎曲、縮進地平線後方的深谷，而那閃亮、柔和、透著半朦朧藍光的天幕則將海面覆蓋住。英格威和我、爸爸、媽媽換上了泳裝，以各自偏好的方式讓微溫的海水覆蓋住經日晒而變得暖熱的身體。此時外公和外婆則穿著他們所拿得出來、最好看的外出服飾，他們彷彿完全不受周遭一切動態影響，我外公和外婆身上那一九五〇年代、屬於挪威西部地區的典型特質似乎並不僅止於外在、衣著、方言腔與生活習慣，也就是某種外來的事物——相反地，還來自內心，來自他們各自靈魂的深處、源自於他們各自的內在性格。他們坐在岩壁上，瞇眼望著那刺眼、從四面八方撲向我們的豔陽——在我們眼中，此刻的他們看起來竟是如此陌生、詭異。

隔天，他們就回家了。爸爸載他們到謝維克，順便一併拜訪了祖父與祖母；同時媽媽則帶我和英格威到耶爾斯塔德[14]浴場郊遊。這趟郊遊的用意在於：我們可以狂啃小甜餅、游泳、開開心心地玩，不過首先媽媽找不到通往下方海灘的道路，因此我們得繞上一大段路，穿越一片遍布草叢與灌木的森林。其次，我們所抵達的那一片海灘遍布綠色水藻，岩壁既溼且滑。另外，我們還沒真正來得及放下裝著小甜餅與柳橙汁的水果籃、那只冷藏箱，天空就下起雨來了。

那時，我覺得媽媽真是可憐。她就只是想要快快樂樂地跟我們去郊遊，但一切全亂了套。而要想讓她理解到這一點，那真是門都沒有。有些事情是你必須盡快忘記的，這件事就屬此類。而這也並沒有那麼困難；在那幾個星期中，有那麼多不尋常的事情正等候著我們。也就是說，我快要開始上小學了；隨之而來的是，一連串的新東西將要歸我所有。第一樣東西就是我在隔週六上午和媽媽到城裡購買的背包。這只四邊形背包，外緣閃亮而耀眼，背帶是白色的，附有兩只內袋。我立刻將當時也收到的那只橘黃色鉛筆袋（裡面裝有一枝鉛筆、一枝原子筆、一塊橡皮擦與一只削鉛筆機），還有我們買的其中一本作業簿（附有棕色與橘黃色的方框，英格威的筆記本也有）、外加幾本漫畫一併塞進書包。每天晚上，當我上床就寢之際，書包總是靠在我書桌的桌腳旁邊；這其實讓我的內心感到苦痛，因為當時離我將要和我認識的幾乎其他所有人開始讀小一的那一天，仍有很長的一段時間。我們已經在當年春天到過學校一次，我們向一年級的那位女老師打了招呼，還待在那裡、畫了幾張圖，但這可不是在辦家家酒，這是玩真的。有些人說，他們憎恨學校。是啊，幾乎所有比較大的孩子都說他們痛恨學校，而我們其實也知道：我們的確應該要痛恨學校。但在此同時，即將要發生的事情實在太吸引人了；我們的所知甚少，因而滿心期待著。另外，開始上小學這件事情使我們高了一階，與那些年齡較大的孩子們在俱樂部屬於同一組，我們和他們同隊，而到了**那個時候**，我們就有本錢憎恨學校啦，但現在還不行……我們還有別的話題可聊嗎？幾乎沒有。我們住的地方，本來隸屬於爸爸與耶爾的爸爸任職、所有較年長小孩就讀的羅亭根小學

14　Gjerstad，挪威東南岸之一市鎮。

學區內；但那裡已經容不下我們，那些山丘的範圍太廣大了，搬到那裡的人太多了，因此我們要讀的學校位於島嶼的東部，離這裡或許有五、六公里遠，我們的同學是住在東部的小孩們，對我們來說全然陌生，而我們要坐校車上學。這是一項重大的特權，更是一場大冒險。每天都會有一輛巴士來接我們耶！

我也得到一條淺藍色長褲、一件淺藍色夾克、一雙有著白色橫紋的深藍色慢跑鞋。有幾次，當爸爸不在家，我就穿上這套新衣服，走進門廳，攬鏡自照，有時還將背包揹在肩上。因此當那一天終於到來，我站在門外的礫石路上，等著媽媽給我照相的時候，我胃部陣陣抽痛的可不僅是緊張與不確定感，甚至還包括穿著真正好看的衣服時，那種填滿我內心古怪而近於凱旋勝利的情感。

我在前一天晚上才洗過澡，媽媽還替我洗了頭髮。當我在早晨醒來時，這間處於沉睡中的房子仍是一片寂靜，而在更下方處、松枝後方的旭日正在升起。噢，我終於可以從衣櫃裡取出這套新衣穿上身——這是何等快意的一件事啊！鳥兒在窗外巧囀，當時仍然屬於夏季，藏在面紗般薄霧後方的天幕湛藍而無邊。位於道路兩側、此刻仍然處於沉寂之中的房舍很快就會像在迎接五月十七日[15]那樣，因著不耐與期盼而沸騰。我將背包裡的漫畫取出，把背包揹在肩上，調整背帶，接著再拿下來。我上下拉動著夾克的拉鍊，思考著：拉鍊拉到頂部看起來最帥，可是這樣別人就看不見底下的T恤……我走進客廳，透過窗口朝外面張望，看著綠樹後方那橘紅色、逐漸散發熱能的太陽；我走進廚房，沒有觸碰到任何物品，並且望向古斯塔夫森家的屋子，那裡一點生機也沒有。我來到門廳的鏡子前，上下拉動幾次夾克的拉鍊……這件T恤也真是帥氣啊，如果不能被看見，真是太遺憾咯……

我現在總可以刷牙吧！

我走進浴室，從玻璃杯裡取出牙刷，裝了一點水，擠了一點白色的牙膏。我一邊端詳著鏡中的自己，一邊仔細刷牙，刷了好長一段時間。牙刷觸及牙齒的聲音似乎從內而外、將我的腦海全灌滿，因此直到爸爸拉開門，我才察覺到他已經起床。他全身上下只穿著一條內褲。

「你在吃早餐以前刷牙？你是在耍笨還是怎樣？馬上把牙刷給我放下來，回你的房間去！」

我才剛踏上門外那塊紅色的寬幅地毯，他就已經重重地甩上門、開始撒尿；馬桶裡傳來陣陣「撲通撲通」聲。我跪在床上，抬頭望向普雷斯巴克摩家的屋子。出現在廚房窗前黑暗處的，是兩顆腦袋嘛？是，一定是。他們醒啦。現在我們可以通話一下，這樣我就可以跟耶爾說到話！這樣就太完美囉！

爸爸從浴室裡走出來，回到寢室。我先聽見他的聲音，然後再聽見媽媽的聲音。她已經醒過來了！

我持續龜縮在自己的房間裡，直到她下床、正要走進廚房為止。當時，爸爸已經在廚房裡胡亂翻攪了好一陣子。在她的背影掩護之下，我在我自己的位置上坐定。他們買了玉米穀片；我們幾乎從來不曾買過它。當她替我倒上一大盤穀片並把一根湯匙遞給我，我將牛奶倒在那金黃色、微微有著小孔洞、表面相當不均勻的穀片上時，我內心已經有了定見——當穀片仍然酥脆，也就是在牛奶來得及滲入這些穀片的內層以前，才是最美味可口的狀態。當我品嘗了幾湯匙的穀片，它們開始變得溼潤、充滿了自己本身與牛奶散發出的口味，以及我已經大量噴撒的糖粉口味時，我改變了主意——**這種情況下**，才是最為可口的。

不然呢？

爸爸手上拿著一只杯子，走進了客廳。他通常不吃早餐，習慣坐在客廳裡，一邊抽菸、一邊喝咖啡。英格威走了進來，一語不發地坐在椅子上，倒了玉米穀片和牛奶，撒了糖粉，開始狼吞虎嚥起來。

「你很期待嘛？」過了一會兒以後，他說。

15 即挪威國慶日。

「一點點。」我說。

「這完全沒有什麼好期待的。」他說。

「哪會啊，明明就有很多可以期待的東西。」媽媽說。「不管怎樣，你很期待開始上學。這一點，我記得很清楚唷。這件事，難道你記不得了嘛？」

「當然記得啊。」英格威說。「當我事後回想起來的時候。」

某些時候，爸爸得事先針對第一節課準備；不過，如果爸爸不需要準備的話，英格威通常會在爸爸駕車離家以前，自己騎腳踏車到學校。除非遇到極為特殊的狀況——比如說，前一天晚上下了整夜的雪——不然的話，英格威根本不會搭他的車到學校。就算他老爸是學校的老師，他也不會享有什麼優勢。

在早餐時間結束、他們各自離開家門以後，我和媽媽在廚房裡獨處了一小段時間。她在讀報；我開口問她。

「媽媽，妳覺得我們第一個小時會寫字嘛？還是說，我們最可能先學算術？雷夫．托爾說，我們會先畫畫，因為才剛開學，我們得慢慢來，而且也不是每個人都已經會寫字。或者算術。其實，也就只有我會寫字和算術。不管怎麼說，據我所知。我在五歲半的時候，就已經學會這些啦。妳還記得嘛？」

「你還記得你學會閱讀的情景？當時是怎樣呢？」媽媽說。

「那次在公車站外面，我讀出上面寫的東西？『治——豬——摻——廳』？妳那時候在笑。英格威也在笑。現在，我知道它叫做『自助餐廳』。我來讀讀這些標題吧？」

媽媽點點頭。我讀得結結巴巴，但一切都正確無誤。

「非常棒。」她說。「你在學校裡，會過得很好。」

她一邊讀報，一邊搔著耳朵。她搔耳朵的方式獨樹一幟——她用一只手扣住耳朵，然後無比迅速地亂扒一通，簡直就像一隻貓。

她擱下報紙，望著我。

「你很期待嘛？」她說。

「期待到不能再期待更多了。」我說。

她微笑，拍拍我的頭，然後站起身來，開始收拾餐桌。我走進自己的房間。由於今天是開學日，學校十點鐘才開始上課。但是弄到最後，我們仍然在趕時間——媽媽很常慌忙，對於這種類型的事情，她相當心不在焉。我透過窗戶看到，那股興奮感是如何地在那些有即將開學的小孩的家散播著——也就是耶爾、雷夫．托爾、特隆德、耶爾．霍康與瑪麗安娜的家裡，大家忙著梳頭髮、拍照、把洋裝和襯衫理平。當我獨自站在那裡，對媽媽微笑，舉起一隻手來遮擋已經高高掛在松枝頂端的陽光時，其他所有人早就已經出發了。就只剩下我們。媽媽突然說，我們已經晚了，她專程請假，就是為了要帶我上學；而我加快了動作，我打開那輛綠色福斯車的車門，將椅背盤起，坐到後座。她則從小背包裡取出鑰匙、插入點火開關。她點燃一根香菸，向後迅速望了一眼，倒車、在開了幾公尺後升檔，然後正式開車上路。引擎那幾近於「喀嚓喀嚓」的響聲掃向牆面。我將身子往中間挪，這樣才能看清前座兩張椅背之間、出現在我面前的視域。那兩座海峽對面的白色貯水槽；那棵野生的櫻桃樹；克里斯騰家紅色的屋子；然後我們取道那條通往小艇泊港的下坡路（我們過去幾乎不曾開上這條路）。我們沿著（那條我在接下來六年中無比熟悉、對一磚一瓦都瞭若指掌的）道路行駛，然後開往島嶼東端的那些小聚落——媽媽對那一帶並不怎麼熟悉，她有點緊張。

「是朝下方往那邊開嘛，卡爾．奧韋，你還記得嘛？」她一邊將香菸摁熄在用來裝菸灰的杯子裡，一邊望著後照鏡。

「我想不起來了。不過，我想是的。不管怎樣，是往左拐。」

下方有一座浮動碼頭；碼頭旁邊有一家商店，周邊則是一簇房屋，根本沒有什麼學校。那裡的海水是天藍色的，在那些房屋的陰影覆蓋之下，看起來幾乎呈黑色；它那不受暖熱所影響的飽滿程度，與經過數週之久的熱浪蹂躪，已經變得單薄、存在於地貌中的幾乎其他所有色澤相較，差異相當明顯。海面冷涼的藍色折射後，與其他的黃色、棕色與蒼綠色形成鮮明對比。

現在，媽媽開上了一條礫石路面。煙塵在我們的後方揚起。當它逐漸消散，而遠處前方的路面上似乎仍然沒出現任何具有重要意義的路標時，她開始往回開。在對面，下方的水畔有另外一條路；她嘗試開上那條路，卻也並沒有通往任何一所學校。

「我們太晚出發了嗎？」我說。

「也許。我竟然沒有帶地圖！」

「妳之前不是去過那裡嘛？」

「有啊，可是啊，你知道嘛，我的記性可沒有你那麼好。」她說。

我們駛上那條在十分鐘以前才開下的那條坡道，接著在一座禮拜堂旁邊拐上大路。每看到一塊告示牌、每經過一個路口，她都會放慢車速，湊向前觀望。

「媽媽，就在那裡！」我一邊吼，一邊指。我們目前還看不到它；然而我認出了那道位於右邊、長滿草的斜坡，學校就在後方那座平淺緩坡的最高處。一條狹窄的礫石路往下方通到那裡；那裡停了許多車，當媽媽拐進那座停車場時，我發現學校操場上擠滿了人，一名男子站在小丘頂端、旗桿下方處揮動雙臂。大家都望著那根旗桿。

「我們得動作快。他們已經開始了！媽媽，他們已經開始了！」

「是啊，我看到了。不過我們得先找到停車位。那裡也許就有一個。是的。」

我們開到下方，到那座進行體操與工藝課教學的綜合場館前。那是一座落成於前一個世代、白色的大型建物。媽媽就將車子停在場館外、一塊鋪著瀝青的地面上。正如我先前所說的，我們對校園的格局還沒有那麼熟悉；因此我們沒有繼續往下走到底、抄捷徑穿越足球場，而是從另外一端繞到操場上。媽媽攫住我的手臂，一邊拖著我、一邊小跑步。當我跑動的時候，那只背包觸碰著我背部的感覺真是妙不可言——每一道拍擊聲都提醒著我、我背後掛著什麼東西，閃閃發亮、光彩奪目，而我接下來想到的則是那條淺藍色的褲子，那件淺藍色的夾克、那雙深藍色的鞋子。

當我們終於來到操場時，人潮正遲緩地向那座低矮的校舍移動。

「我們鐵定錯過歡迎儀式了。」媽媽說。

「那又沒關係，媽媽。」我說。「現在，來吧！」

我看見耶爾和他的媽媽；我拉著媽媽的手、朝他們奔去，她們微笑著跟彼此打了招呼，我們穿過所有家長與孩童，走上樓去。耶爾有一只和我一模一樣的背包；幾乎所有的小男孩都有一只這樣的背包，而小女孩們的背包花樣可多了——至少，這是我觀望四周後得到的印象。

「我們該到哪去啊，這妳知道嘛？」媽媽對瑪莎（耶爾的媽媽）說。

「不知道，真的不知道。」瑪莎一邊說，一邊笑了起來。「我們跟著他們的老師走。」

她點點頭；我朝她所示意的方向望去。老師還真的在那裡耶！她在樓梯間停下腳步，說所有屬於她所任教班級的學生，請往下面走。我和耶爾拱起背，從所有人的夾縫中穿過、一階一階地向下走，穿過一整條走道，來到盡頭。但是老師在最接近樓梯的那個教室外停下腳步，因此我們並沒有像自己預先所想的第一個到達現場——我們反而差不多成了最晚到的。

這間教室裡擠滿了盛裝出席的孩子們，以及他們的母親。透過窗口往下看，你會望見一片狹窄的草原；較遠處、一小段距離之外的森林，生長得相當茂密。老師站在立於一座小講臺的講桌旁邊；她背後的黑板上則以粉紅色、周圍還綴飾著花環的字母寫著「**歡迎來到一年級乙班**」。牆壁上懸掛著各式地圖與圖表。

「嗨，大家好。」老師說。「歡迎來到桑德訥斯小學！我的名字是賀嘉．托耶爾森，我是各位的班導師。你們可知道嘛，這真是讓我感到開心。我們要在這裡，一起做許多有趣又好玩的事情。而且啊，你們知道嗎？今天在這裡的新人，可不只有你們。我也是新來到這所學校唷。你們是我教的第一個班唷！」

我環顧四周。所有的成年人都面露微笑。幾乎所有的小孩都謹慎地觀望四周，偷瞄了彼此一眼。我認識的人包括耶爾．霍康、特隆德、耶爾、雷夫．托爾和瑪麗安娜。還有那個經常對我們扔石頭、家裡養著那條賤狗的男孩。至於其他人，全都是陌生人。

「現在，我們來點名吧。」站在講臺的老師說。「有沒有人知道，點名是什麼東西？」

沒有人答話。

「妳會喊出一個名字，叫那個名字的人得起來答『有』。」我說。

幾乎所有人都望著我。我燦爛地微笑著，口中那幾顆暴牙也露了出來。

「就是這樣沒錯。」老師說。「我們就從A開始，因為它是第一個字母。關於這個部分，等一下你們就會全部學到了。我們就從A開始。安妮．麗瑟蓓！」

「有。」一個女孩的聲音答道。包括我在內的所有人，都轉身面向那個聲音。應答的人，是個身材削瘦、有著閃亮黑髮的女孩。她看起來像個印第安人。

「歐斯耶爾？」老師說道。

「有。」一名有著大顆牙齒、長髮的男孩回應。

點名結束以後，我們就坐在椅凳上；而家長們則得靠牆站著。老師將直笛、習字簿、素描簿、一份註明所有授課時間的課程表、一只存錢筒，以及一本由當地儲蓄銀行所印製（封面還印著一隻黃色螞蟻）的手冊，發放給每一個人。接著她稍微講述了今年秋季的活動：其中包括游泳課。因為特隆姆島一帶沒有任何游泳池，校方會在位於海峽對面、另外一所學校裡的一座游泳池教學。她針對這件事情，將一份意向聲明書發給我們。如果我們感興趣，可以填寫這張紙條再繳回。然後我們還畫了幾張圖；家長們就只能站在一旁呆望著。接著，今天的活動就結束了。第二天，真正的考驗才正要開始；次日，我們才將要獨自搭乘公車、沒有家長陪同協助，在學校待上三小時。

我們走出教室時，這新奇、陌生的一切仍然讓我興奮莫名。在新班級裡的其他所有人跟著各自的家長走出、鑽進各自的車內時，這種感覺仍存在於我的內心。除了五月十七日以外，還真沒有哪個場合會見到這麼多人同時開車、這麼多小孩同時離開某一個定點。但是，當我們開始往家的方向行駛時，我的內心因為失望而一沉。我們離家愈近，我就愈鬱悶。

畢竟啥事也沒發生。

我已經具備讀寫能力了，而且在我的預想中，我應該能在第一天就得到大顯身手的機會。不管怎麼說，總可以牛刀小試吧！而對於課間休息時間、對於能夠跑進又跑出，我本來是會感到滿心歡喜的。對於能夠使用放在簇新背包裡的鉛筆盒與夾層，我本來是會覺得很開心的。

不，這一天遠沒有達到我的預期——而我只能被迫將穿在我身上顯得如此帥氣的衣服脫掉、掛回衣櫥裡，等待日後的隆重場合使用。媽媽煮晚飯的時候，我坐在廚房的三腳凳上，和她談了一會兒；我在大白天能夠跟她獨處的機會，可不那麼常出現。而在比過往更加重要的這一刻，她也陪伴著我；因此我善加利用每一秒鐘的時間，喋喋不休地說著。

「我們可以養一隻貓，這樣我就可以跟貓咪玩。」我說。「我們就不能養貓嗎？」

「養貓很好玩的。」媽媽說。「我很喜歡貓。牠們很善解人意。」

「既然這樣的話，不喜歡貓的人，是爸爸咯？」

「我不知道。」媽媽說。「我覺得他對貓並不特別感興趣。他心裡所想的，應該就是這樣會有點麻煩。」

「可是，我可以照顧牠啊，這沒有問題啊。」我說。

「你一定可以照顧牠的。」媽媽說。「我們再看看吧。」

「我們再看看吧，我們再看看吧。」我說。「可是，如果英格威也想要養，我們這邊想養貓的就有三個人啦。」

媽媽笑了起來。

「沒那麼簡單哪。」她說。「不過，你得好好鍛練你的耐性唷。不管發生什麼事情，你都得好好鍛練耐性。」

她將已經去好皮的紅蘿蔔放在砧板上，開始切成丁，然後舉起砧板，將上面的所有食材倒進裝著大塊肉片與排骨的大燉鍋裡。我望向窗外。橘色的窗簾，是媽媽手工針織的；透過那上面的所有小孔隙，我看出窗外的街道上冷清、空無一人。日正當中時，這條街上幾乎總是如此。

突然間，一陣劇烈的洋蔥氣味撲來。我轉身面向媽媽。她眼裡泛著淚，伸出雙臂，正在剝下一顆洋蔥的皮。

當我再次轉向窗戶時，我看到耶爾從那條坡道上跑下。他也已經換回平常穿的便服。下一秒鐘，他便踏上我們家私人車道上的礫石；我們那扇半開的窗戶，透入一陣陣「沙沙」的刮擦聲。

「卡爾．奧韋，你快出來呀！」他喊道。

「我到外面待一下。」我對媽媽說，並從三腳凳上溜下。

「你就去吧。」她說。「你們要到哪去？」

「我不知道。」

「那就別跑太遠。」

「不會的。」我說道，並且趕緊往下跑，打開門。這樣耶爾才不致於以為我們家裡沒人在，進而轉身離開。我跟他打了聲招呼，一邊套上慢跑鞋。

「我這裡有火柴棒。」他低聲說道，拍拍短褲的口袋。

「不會吧！」我同樣低聲說道。「你從哪裡搞來的？」

「家裡，就放在客廳裡。」

「你是偷偷幹來的齁？」

他點點頭。

我挺直背、走出去，並將門帶上。

「我們得找個什麼東西來燒。」我說。

「是啊。」他說。

「那我們要燒啥？」

「燒啥不都沒差。我們就先看看能找到什麼。我拿了滿滿的一整盒。我們可以燒掉一大堆東西。」

「可是我們得選好地方，這樣才不會讓人看到煙。也許去那邊的山上？」我說。

「這樣很好。」

「而且，我們還得有可以滅火的東西。等一下。我去弄一瓶水來。」

我再次打開家門，將腳上的鞋子甩掉，走上樓來到媽媽身旁。她轉身看向我。

「我們要到森林裡去。我得拿一瓶水。」我說。

「你不想要喝果汁嘛？你知道嗎，你可以喝果汁的。畢竟不管怎麼說，這還是你第一天上學耶！」

我猶豫起來。我就是得弄到水。然而，這個舉動可能會引起她的疑心；換做其他的情況，我總是偏好果汁，而不是喝水。因此我注視著她，說道：「不要，耶爾有帶水，我也要帶水。」

當我說出這番話的時候，我胸中的心跳登時加速。

「那就順你的意思啦。」她說道。她打開流理臺下方的櫃子，取出一只墨綠色、近乎不透光、本來用來裝果汁的空玻璃瓶，接著裝滿水，扭上瓶蓋後遞給我。

「你要不要也帶幾個三明治？」

我想了一下。

「不要。」我說。「呃，還是帶一下好了。兩個塗鵝肝醬的三明治。」

就在她取來麵包、開始切的時候，我將窗戶推得更開一些，探出了頭。

「很快就來！」我叫道。耶爾抬起頭來，用相當嚴肅的雙眼望著我。他點點頭。

當她將麵包塗好、用裝三明治的餐巾紙包好時，我便將它們與那只瓶子放進一個塑膠袋裡，然後再度衝向他。很快地，我們就來到那條上坡路。路肩因為炙熱而變得柔軟起來，似乎可以被裂解。車輛開過的地面，則比較堅硬。有些時候，我們會像貓咪那樣在瀝青路面上躺平、任由地面所散發出的炙熱煎烤著我們的身子。不過呢，我們今天可有別的事幹。

「我可以看看嘛？」我說。

耶爾停下腳步，從褲袋裡取出那只火柴盒。我取過來，輕輕搖了搖。那可是滿滿一整盒。接著，我打開來，裡面的火柴棒全是紅色的。

燒吧，燃燒吧。

「這可是全新的。」我說道，還給了他。「他們沒注意到你幹走啦？」

「我不覺得他們有注意到。而且要是他們有注意到，我否認不就得了。他們又不能**證明**什麼。」

我們已經來到墨登家的房子旁，並且繼續走在那條小徑上。那是一塊既乾枯又發黃、某些定點甚至變成褐色的草地。在耶爾的家裡，他媽媽很嚴厲、他爸爸則很仁慈。而在達格・羅薩爾的家裡，他的雙親都相當仁慈；他的爸爸也許還是稍微嚴厲那麼一點點。而在其他人的家裡，嚴厲的一方總是爸爸、媽媽總是仁慈的。但是，沒有人比我的爸爸還要嚴厲，這一點無庸置疑。

耶爾停下腳步，手裡拿著那些火柴棒，趨身湊向前。他取來一根，作勢正要劃過火柴盒的摩擦面。

「你在幹麼！」我說。「不要在這裡弄！這樣大家都會看到！」

「哎呀。」他「哼」了一聲。不過，他還是挺起身子，將那根火柴棒塞進盒子裡，繼續往前走。

我們在山頂上轉過身來如常觀望四周的動靜。我可以算出海峽裡有四個小小的三角形，還有一艘比較大的船舶，甲板上擺著某個像是挖掘機的東西。兩條小艇停靠在耶爾斯塔德島的岸邊。

燒吧，燃燒吧。

當我們朝森林更深處走去時，我的內心興奮而震顫不已。一束束的陽光就像由光構成、顫抖的小動物，潛伏在森林地表上、枝條之間的陰影內。我們在那棵被連根拔起的樹後方停下腳步。我從塑膠袋裡取出裝水的瓶子，拿好、在一旁待命；耶爾則趨身湊向前，用一根火柴棒點火，並以那一抹微小、肉眼近乎不可見的火焰，觸碰生長在地面上、其中一束單薄的草株。它馬上就著了火，旁邊的幾株草也跟著燒起來。當火焰變得像一個成人的手那麼寬時，我澆下水。一抹煙飄上天際；彷彿憑著自己的動力往上飄，與剛剛才發生的事情無關。

「你覺得那邊會有人看到這個嘛？」耶爾說。

「煙從大老遠的地方就能被看到。」我說。「印第安人從好幾十公里外，就能看到煙霧信號。」

「燒得好快唷。」耶爾說。「你看到沒有？」

他露出一抹微笑，迅速地用手拂過頭髮。

「有啊。」我說。

「我們換個地方試試看吧？」

「行啊，只不過現在該換我點了。」

「好呀。」他將火柴盒遞給我，四下張望，找尋另一個適合的地點。

當我們正一起做某件事情，耶爾不能直接參與時，他總是十分急躁；而當他正參與其中時，他整個人便會陷進去。我所認識的人當中，就屬他最愛幻想。我們玩著角色扮演遊戲的時候，比方說探索旅行家、海員、印第安人、賽車手、太空人、強盜、走私犯、皇太子、猿猴或密使，他與感到厭倦、想要玩一些新招的雷夫·托爾或耶爾·霍康等人相反（這些人對幻想之中的光芒完全不感興趣，針對那堆遊樂場與足球場之間草地上、隱藏在由削瘦柳樹構成矮林裡的老舊廢車殘骸與車上所有完整無缺的設備——座位、方向盤、換檔杆、踏板、儀表板、小型置物櫃與車門——他們對這些物體的真實原貌，真是再滿意不過了），他們可以一連玩上好幾個小時。我們就經常在那輛廢車旁邊玩耍。在他們的遊戲裡，汽車就只是一輛汽車，他們按動接合器、拉動換檔杆、轉著方向盤、將碎裂的後照鏡裝好、在座位上不住地震顫以表達出對加速的遐想；耶爾則被我們所能追加的一切元素吸引。比方說，我們剛搶完銀行，正遭到追擊；已經破裂、活像礫石、仍然散落在黑色橡膠踏墊上的玻璃碎片，是被子彈擊破的；這時候其中一人可以擔任駕駛，另一人則能像蛇一樣扭動身子，通過擋風玻璃鑽上車頂，坐在車頂上、掃射追緝者。這場遊戲可以一路玩到我們將車停進車庫、從車內走出、準備瓜分戰利品。而且，其實還可以繼續玩下去——因為當我們在低垂的陽光下鑽過樹叢，偷偷摸摸地往家裡走時，追緝者不就在我們的近旁嗎？又比如說：我們實際上坐在一輛阿波羅月球車裡，這片草原、這座森林實際上就是月球表面的地貌，當我們從車內走出時，我們必須向前跳動，而不是像平常那樣用走的。又或者說：這一帶有著許多流動的小溪，而在我認識的所有人當中，只有耶爾有興趣沿著溪流向上走、探究源頭在哪裡。我們最常一起做的事情，就是出發探索、追尋新的地點，或者走到某個我們先前已發現的定點。可能是一棵樹幹裡藏著一個大洞、高大的老橡樹；一條溪裡的某處窪地；一座施工到一半的房子，地下室裡被灌滿了水；那座大型橋塔的混凝土基座，或者那些從森林裡的某個基點騰起、一路往頂部升竄的強力鋼線（你還可以試爬最底下的幾公尺）；也可能是一座位於歐爾納與對面那條路之間、破敗不堪的棚屋。當時，那條路標代表著我們探險的盡頭；我們未曾繼續往那個方向探索。那裡的木板因腐朽而變得溼滑、幾近於黑色；有兩輛廢車的殘骸；那座小湖裡有著三座面積不比草叢大的島，其中一座的表面幾乎完全被一棵樹蓋住，就算那座湖很接近一道路堤，那裡的水還是既墨黑又深邃；那座位於通向芬那的小徑旁邊、像水晶一樣的山，你若敲動山壁，碎片會隨之掉下；位於舊提貝肯社區、橋面另一端的小艇船塢，那裡所有的通道、船殼、生鏽的機械與升降滑輪組，以及夾雜著油料、瀝青與海水的美妙氣味。我們幾乎每一天都在這片向四面八方延展、達數公里的區域上恣肆縱橫、遊走，而我們所找到，或者追獵的一切事物必須是隱密的，而且只能屬於我們。我們跟其他小孩玩木棍投擲遊戲或踢罐子遊戲、踢足球或滑雪；而當只有我和他在場的時候，我們就動身追獵那些具備某種特色、使我們神往的地方。耶爾和我就是這樣相處的。

但這次，魔法隱藏在我們所做的事情中，而不是我們所處的地方。

燒吧，燃燒吧。

我們走到幾公尺外的一根松枝旁。那些低垂著、緊貼地面的樹枝是灰色的，沒有松針，而且看起來已經相當陳腐。我用拇指與食指捏下一小片。它相當脆弱，一捏即碎。那棵樹立在一座小丘上，而生長小丘上、位置介於小片乾枯土壤與一叢近於橘紅色的乾枯松針之間的草地，看起來也顯得單薄。我蹲坐下來，將紅色的火柴棒劃過火柴盒的摩擦面，將火焰伸向草地，立刻燃燒起來。最初那道火焰還是隱形的，幾乎只是草梗正上方空氣產生的一股顫動；草梗很快便蜷曲成一團。但整座草叢旋即也著了火，火勢蔓延開來——既緩慢又迅速，就像一群被嚇得魂飛魄散的螞蟻那樣，如果你觀察每一隻螞蟻，牠看似移動迅速；但如果你將整群螞蟻視為一體，牠們的動作就顯得緩慢。突然間，火焰已經延展到我的腰部。

「滅火，快滅火！」我對耶爾喊道。

他搖晃著那只瓶子，將水灑在火焰上，發出一陣「嘶嘶」聲，火滅了下來。我則將雙手伸向外緣開始燒起來的矮草，拍打著。

「呼！」約莫一分鐘後，一切就結束了。我吁了一口氣。

「嘿，就在我們眼皮子底下耶！」耶爾說道，並且放聲大笑。「真的燒起來了耶！」

我站起身來。

「你覺得是不是已經有人看到了？我們要不要走到懸崖那邊，檢查一下有沒有人從下方朝這裡望？」

我沒有等待對方回答便鑽進樹林裡，在那片被柔軟苔蘚與石楠覆蓋住的森林地面上跑動起來。那股突然降臨的恐懼，似乎使我內心的一切陷入糾結，我每次一想到已經發生了的事情，一道深淵彷彿就在我的內心裂開。而且深不見底。噢，現在會發生什麼事呢？現在會出什麼事呢？

我在山壁的邊緣停下腳步，用手遮蔽前額。爸爸的車停放在私人車道上。他本人不見蹤影。但是他很有可能先在外面待了一陣子，然後才走進屋內。古斯塔夫森在草地上走動。他很有可能已經看到這一幕，並且告訴了爸爸——或者說，他稍後就會告訴他。

只要一想到爸爸的存在，我全身上下就充滿了無盡的恐懼。

我轉身面向耶爾；此時他已跟了過來，手上還晃著我帶來的那只塑膠袋。一個看起來像是耶爾·霍康的弟弟的小孩，坐在下方街道之間，路邊石礫前方的沙堆裡，正在玩耍著。一輛像隻昆蟲那樣封閉、黑色擋風玻璃活像空洞無神眼睛的車開上坡，拐向左邊、消失無蹤。

「不管怎樣，我們不能直接下去。要是有人看到了煙，他們就會把這兩件事情連結在一起。」我說。

我們為什麼這麼做？噢，為什麼，為什麼？

「他們也可以看到我們在這裡。」我說。「來吧！」

我們踏上長著植被的下坡道，來到平地時，我們繼續跌跌撞撞地穿越那座距離道路大約有十公尺左右的森林，往家的方向走去，途中在那棵樹皮上沾滿黏滑樹脂的樅木前停下腳步。它的顏色頗似燒焦的糖粉。那條低淺、寬闊、混濁（裡面呈現出一股滯悶的綠）的小溪旁生長著檜屬植物，散發出一種濃烈的氣味。我們家的房子，出現在一小段距離外、花楸樹削瘦的樹幹之間。我望了望自己的雙手，想看看是否汙穢不堪，並不骯髒，但散發出某種近似汗臭的微弱氣味，因此我將手在水裡浸了浸，然後在褲腿上擦乾。

「你打算怎麼處理火柴盒？」我說。

耶爾聳聳肩。

「我看，就藏起來吧。」

「要是他們發現了，你可千萬別提到我。」我說。「關於我們所做的事情。」

「不會的，我不會說的。」耶爾說。「對了，這個袋子，你拿回去吧。」

我們開始朝上方的路面走去。

「今天你還打算燒別的東西嗎？」我說。

「沒這個打算。」他說。

「就算你跟雷夫．托爾玩，你也不打算？」

「明天吧，也許。」突然間，他容光煥發起來。「也許，我可以把這些火柴棒帶到學校去？」

「你真是個大白痴！」

他笑了起來。我們走上路面，穿越道路。

「再見囉。」他說道，然後跑回家去。

我走過媽媽那輛停在籬笆外圍一叢乾枯黃草上、緊鄰著灰色垃圾箱的福斯金龜車，踏上礫石路面。恐懼感再度騰起。爸爸的紅色轎車在強烈的陽光下閃閃發亮。我低下頭，不敢迎視那或許正等在樓上、廚房窗邊的目光。這個念頭，使得絕望感在我全身上下奔騰著。當我走到大門口的臺階前，已經避開從窗口能夠望見的範圍時，我十指交扣、閉上雙眼。

我心想：慈悲而良善的上帝呵，望祢能確保我這次平安無事，若能如此，我就保證以後絕對不再做出這種蠢事。永遠不，永遠不會，我可以隆重、莊嚴地發誓。阿門。

我打開門，走進屋內。

前廳比戶外還要寒冷。在通過刺眼的日照區之後，接下來的空間幾乎陷入全面的昏暗。一股濃厚的麵糊肉菜雜燴氣味，瀰漫在空氣中。我彎下腰，將鞋帶鬆開，謹慎地將鞋子靠向牆邊放好，一邊走上樓、一邊努力讓自己的表情看來完全正常，然後停下腳步、在樓梯間陷入猶豫。我最可能做出什麼樣的舉動呢？是直接走進我自己的房間，還是到廚房去，看看是否還有剩下的餐點？

交談的聲音傳來，餐具與餐盤碰觸所發出的「噹啷」聲。

我太晚到了嘛？

他們已經坐下來，開始用餐了嘛？

噢，不，噢，不。

我該怎麼做呢？

在這團糾結的紊亂思緒中，掉頭離開、心平氣和地走出家門，來到山上、遁入森林中，永遠不再回來的想法驟然降臨，好似一道歡欣鼓舞的喇叭聲。

「卡爾．奧韋，是你嗎？」爸爸從廚房裡喊道。

我嚥了一口口水，輕輕地搖搖頭，眨了幾下眼睛，屏住呼吸。

「是我。」我說。

「我們現在在吃飯！」他喊道。「過來！」

上帝聽見了我的禱告，也應許了我所祈求的。當我一走進廚房時，我就看出爸爸的心情很好。他坐在椅子上，身子微微向後，雙腿岔開，雙臂展開，眼角閃動著一抹狡猾的微光。

「你這麼不遵守時間，是在忙些什麼？」他說。

我在英格威的身旁就座。爸爸與媽媽分別對坐在餐桌左右兩側。餐桌的美耐板有著灰色鑲邊、灰白色大理石條紋。金屬製桌腳閃閃發亮，套著外觀近似於腳掌、灰色的小橡膠護墊。餐桌上擺著褐色的晚餐餐盤、底部印著Duralex字樣的綠色玻璃杯、一只裝有硬餅乾的籃子，還有那只大鍋子。一根木勺從鍋內伸出。

「我跟耶爾在外面玩。」我一邊說，一邊將身子湊上前，確保自己用勺子撈起一塊肉片。

「既然這樣，你們到哪裡去了？」爸爸說著，並將叉子往嘴裡送。一小塊淡黃色、像是洋蔥的東西，殘留在他的鬍鬚上。

「我們到下面的森林裡。」

「喔，這樣喔？」他說著，咀嚼了幾口，將食物吞下肚，目光始終緊盯住我。「我怎麼覺得，我看到你們朝山上走去？」

我彷彿陷入癱瘓，一時無法自主。

「我們不在那裡。」最後，我這麼說。

「講這是什麼蠢話。」他說。「既然你不想承認你們在那裡，很好，那你們在上面搞些什麼殺千刀的爛事來著？」

「可是我們明明就不在山上啊。」我說。

媽媽和爸爸四目相對。爸爸沒再多說什麼。我可以再度移動雙手，托住餐盤、開始吃東西。爸爸又給自己打了一點菜，他的動作仍顯得有些逡巡、游移。英格威已經用完餐，他就坐在我的旁邊、低下頭，一手擱在大腿上，另一手則靠在桌邊。

「第一天上學的小男孩，過得怎麼樣啊？」爸爸問道。「你們有沒有回家作業啊？」

我搖搖頭。

「你們的老師，她好不好？」

我點點頭。

「嗯，她是叫什麼名字來著？」

「賀嘉．托耶爾森。」我說。

「是這樣啊。」爸爸說道。「她住在……嗯，她有說她住哪裡嗎？」

「桑德訥斯。」我說。

「她看起來很和善，她很年輕，而且，她很高興能擔任老師。」媽媽說。

「可是，我們太晚到了。」我說。對於談話目前的方向，我全身上下感到徹底的解脫。

「是這樣啊？」爸爸說道，並且望向媽媽。「妳可沒提起這個。」

「我們開錯路了，所以，我們晚到了幾分鐘。不過我覺得，我們沒錯過最重要的資訊。不是嗎，卡爾．奧韋？」她說。

「是啊。」我咕噥著。

「嘴裡有東西的時候不要講話。」爸爸說。

我吞嚥了一下。

「嗯。」我說。

「英格威，那你又過得怎麼樣？」爸爸問。「開學第一天，有沒有什麼驚喜啊？」

「沒有。」英格威說道，並在椅子上挺起背。

「你的足球隊今天要練球，對不對？」媽媽說。

「是這樣沒錯。」英格威說。

他最近轉隊了。他本來效力於「創傷」隊——這座島嶼上唯一的足球隊，他所有的朋友與同學都在這裡踢球，藍色球衣上繪著一道對角白色斜紋，還有白色的褲子與藍白雙色球襪，顯得很是亮眼。如今他已轉到「鹽紅」隊；這是一個位在海峽正對面小都會圈的俱樂部。今天，他將第一次隨著新隊伍練球。他會獨自騎腳踏車穿越那座橋梁，他過去可從沒這麼做過，他還得一路騎到足球場去。他說過，這段路總共五公里。

「卡爾・奧韋，今天在學校裡還有什麼新鮮事沒有？」爸爸說。

我點點頭，吞了一口食物。

「我們會上游泳課，六堂。要到另外一所學校上課。」我說。

「瞧瞧這個。」爸爸一邊說，一邊用手背抹了抹嘴巴；然而那一小片洋蔥仍然附著在他的鬍鬚上。「聽起來挺聰明的啊，住在島上，總不能不會游泳吧。」

「而且是免費的唷。」媽媽說。

「但是我得有一頂泳帽。」我說。「所有人都得有泳帽。另外，我也許還得買新的泳褲？我說的可不是一般的短褲，而是那種……是的，你們知道的。」

「我們應該可以弄來泳帽。不過，一般的短褲就已經堪用了。」爸爸說。

「還有游泳時配戴的那種蛙鏡。」我說。

「游泳還要戴蛙鏡？」爸爸一邊說，一邊用惱人的眼神望著我。「拜託，這些花招還真多。」

他將餐盤推到一旁，向後靠在椅背上。

「孩子的媽，感謝妳煮了這頓飯。真是可口！」他說。

「感謝妳煮了這頓飯。」英格威說道，然後偷偷溜了出去。五秒鐘以後，我們聽見他房門關上的聲音。

我又多在餐桌待了一會兒，想看看爸爸是否會跟我多說些什麼。他朝窗外凝視了好一會兒，望著那四名在另一處路口旁、跨在各自的腳踏車上的小孩子；接著他站起身來，將餐盤放進水槽，從食品室裡取來一顆柳橙，將那份報紙夾在腋下、走到樓下的工作室，沒再對我們多說些什麼。媽媽開始收拾餐桌。我則走進英格威的房間裡。他正在收拾行囊。我坐到他的床上，望著他。他穿著一雙貨真價實的足球鞋（一雙底部有著鋼釘、黑色的愛迪達足球鞋），一條真正的Umbro運動短褲，以及一雙黃黑雙色的斯塔特俱樂部球襪。最初媽媽替他買了一雙黑白雙色、繪有格拉訥徽標的運動襪，但那並不是他所想要的；因此，它們就歸我了。但他手上最漂亮的衣服就是那件愛迪達連身運動衫，那是一件有著白色條紋、以閃亮而平滑材質製成的藍色運動衫（而非過去那所有以無光澤、容易起皺、可伸縮、類似體操服裝材質製成的運動衫）。我曾經嗅聞過它，將鼻子貼到那使人感到滿心歡喜的織料上，因為它的氣味聞起來真棒。或許正是因為我非常想要一件這樣的運動服，我才會這麼覺得；如此一來，這股氣味便沾染上了我自身的欲望。又或許：這股氣味完全是人工合成的，與其他事物毫無相似之處，因而並不隸屬於這個塵世，我才會這麼喜歡。它以某種方式，承載了對未來的承諾。除了那件連身運動服裝以外，他還有一件藍白雙色的愛迪達雨衣。戶外下雨時，他會披上這件雨衣。

他一言不發地收拾著行囊，將那紅色的大拉鍊拉上，在書桌前坐定，望著擺在桌面上的課表。

「你們有回家作業嘛？」我說。

他搖搖頭。

「我們也沒有。」我說。「你開始包裝你會用到的課本沒有？」

「還沒。我們有一整個星期的時間可以處理這件事。」

「我今晚會來包裝。」我說。「媽媽會幫我。」

「很好啊。」他一邊說著，一邊站起身來。「要是我沒能趕在半夜以前回來，那就意謂著無頭騎士已經把我吃掉了。瞧瞧，這下該怎麼辦才好唷！」

他哈哈大笑，然後奔下樓去。我從浴室的窗戶探出頭，目光緊跟著他。他先是將其中一腳踏到踏板上，然後用另一腳將側柱踢開。我望著他以最高檔使盡全力踩著踏板，直到在下坡處的盡頭成功加速，而這使他能夠一路滑動到路口。

當他的身影從我的視域中消失時，我便走進樓梯間，一動也不動地站了一會兒，想聽出爸爸和媽媽在哪裡。然而四周一片死寂。

「媽媽。」我低聲喊道。

沒有任何回應。

我走進廚房，而她不在那裡。因此，我走進最內側的小房間，也沒有看到她。難道她已經在寢室了？

我走到寢室前，在門外站了幾秒鐘。

她並不在那裡。

那麼，她在庭院裡嗎？

透過各扇不同的窗戶，我能夠將整座庭院的每一個角落盡收眼底，但我就是沒看到她的蹤影。

而她的車停在外面。應該是停在外面，沒錯吧？

的確如此。

我竟然不知道她到哪裡去了——這彷彿使我失去了自己在這棟屋子裡的立足點，我感到困惑、簡直令人不安的方式被拉開，為了要能夠戰勝這種感覺，我走進自己的房間、拿著幾本漫畫、坐到我的床上，而我直到這時才想到：她一定待在樓下——爸爸的工作室裡。

我幾乎不曾踏入那裡一步。就算我進過那裡幾次，原因也都是要獲得某種許可——比方說我能不能待在樓上觀賞某個特定的電視節目。不過我得先敲門，等他說「進來」。敲那扇門可是很麻煩的一件事；

常是如此麻煩，以致於我索性直接上床睡覺，不看什麼電視節目了。有那麼一兩次，他也要求我們進去；那時，他是想要向我們展示某個東西，或者想給我們一些諸如貼有郵票的信封之類的物品。我們會將它們放在出租室小廚房裡的水槽上（據我所知，這就是那間小廚房唯一的用途）；信封上的膠水會逐步溶解。我們接著會將它們風乾；經過一、兩個小時，就可以放入我們自己的集郵冊了。

除此之外，我根本不會到那裡去。就算我獨自在家，我也從不會興起到那裡看看的念頭。他發現我潛入的風險實在太過顯著，他能夠看出任何異狀，他能夠以某種幽微的方式嗅聞出這些異常狀態，就算我多麼努力隱藏這些異狀，都是於事無補。

就拿我們那天下午到山上的事情來說吧。他看到我們在上山的途中；但就算他除了這個以外沒看到其他任何景象，他還是能弄懂，我們在那裡搞一些見不得人的勾當。要不是他當時心情很好，他鐵定會一路查到底我們到底在山上幹麼。

我趴在床上，開始閱讀一本名叫《節奏》的漫畫。那是英格威的漫畫；他當初向楊．阿特勒借來的，而我已經看過好幾次。它的受眾是年齡偏大的小孩們；對我來說，它散發出某種強烈、屬於一個遙遠但充滿光明世界的魅力。其實，我無法區分那些漫畫集的不同設定——這包括《奮戰》或《振翅高飛》裡的第二次世界大戰，《泰克斯．威勒》、《西部英雄約拿．哈克斯》、《藍莓》裡的十九世紀美國，《保羅．坦博爾》的戰間期英國，或者孕育出《幽靈》、《超人》、《蝙蝠俠》、《神奇四俠》與所有迪士尼人物的幻想世界。但我對不同漫畫的情感還是有些許差異的，我內心激蕩起不同的情愫。像是《節奏》的其中幾集（比方說，以賽車場為背景的那集）或《小子》的其中幾集（例如〈彪馬強尼〉與〈金足班尼〉）格外引人入勝——這或許是因為，這些情節更接近我認知中存在的那個現實。夏季，我們會看到機車騎士，看到一級方程式賽車手身穿皮質連身裝，戴著附有面罩的頭盔。還有那些出現在電視上，附有擾流板的低矮轎車——有時車子會撞上護欄，或者和其他車輛相撞，轉著圈圈，車身開始起火，駕駛要麼被困在車裡燒死，要麼就從灼燒的殘骸裡脫身，平靜地離開現場。

通常我會十分天真、全心全意地被這些故事所吸引，而且完全不加思考——而這當中的重點就在於千萬別思考，至少，不能有自己的想法，只要任由故事的情節牽動著你。然而，就在那個下午，我很快就將那本漫畫擱到一邊去。出於某種原因，我無法安安靜靜地坐著；時間還不到五點鐘；因此我決定再度到戶外逛一會兒。我在樓梯口停下腳步，什麼聲音也沒聽見，她還待在樓下呢。她究竟在做些什麼呢？她幾乎不曾待在那裡。不管怎麼說，我心裡想著，她不曾在一天當中的這個時候待在那裡。我彎下腰、拿取放在門廳的鞋子，綁起鞋帶。隨後，我敲打著爸爸工作室的房門。或者應該說：我敲打的門板通向一條長廊，這條長廊則通往三個依序相鄰的房間，也就是浴室、工作室，以及那個最遠端、附設小型儲藏室的廚房。我們其實本來打算將那個房間租出去，但那裡不曾住過任何房客。

「我要出門囉！」我喊道。「我要到耶爾家去！」

這就是我所受到的教養與叮囑——我在出門前始終得通報父母，說出我要到哪裡去。

即便如此，待在工作室裡的爸爸在經過幾秒鐘的沉默以後才回答。他的聲音充滿了惱怒。

「好啦，好啦！」他喊道。

又過了幾秒鐘。媽媽的聲音傳來。她的口吻比較友善，彷彿要讓爸爸的聲音聽來和善一些。

「好的，卡爾．奧韋！」

我溜了出去，謹慎地將門帶上，往上方奔去，跑向耶爾的家。我站在他的家門外，喊了幾聲；接著，他的媽媽才繞過屋角走了過來。除了卡其色短褲、一件藍色襯衫與一雙黑色木鞋以外，她還配戴工作手套、手上則握著一把園藝用的紅色鏟子。

「嗨，卡爾・奧韋。耶爾剛剛跟雷夫・托爾出去了。」她說。

「他們要上哪去？」

「這我就不知道了，他沒說。」

「好吧。再會！」

我轉過身去，緩慢地往下走到路面上，雙眼因淚光而閃爍。他們為什麼沒有到我家按門鈴？

我在十字路口中央處的路障旁止步，安靜地站了一會兒，仔細聆聽他們是否發出任何動靜。我什麼聲音都沒聽到。我在一處路障上坐了下來。那粗糙的混凝土摩擦著我的大腿。下方的邊溝裡生長著蒲公英，被塵埃覆蓋，幾乎全成了灰色。旁邊的地面上則是一片已經崩壞、生鏽的鐵絲網，橫槓之間還塞著一只閃亮、金黃色的香菸盒。

他們到哪裡去了？

往下方走到烏比基爾？

往下方走到那幾座浮橋上？

走到足球場與遊樂園？

說不定，耶爾帶著雷夫・托爾到我們的其中一處祕密基地去？

還是說，到山上去？

我朝山上的方向窺探。但那裡並沒有他們的蹤跡。我站起身來，開始往下方走。在那道櫻桃樹邊的路口處，如果你打算走到那幾座浮橋邊，你有三條路可選。我選了右邊的那條路，穿過門柵，沿著那條被泥土與小樹枝覆蓋、被龐大的橡樹樹冠深厚陰影籠罩住的小徑行走。即使那片我們經常踢足球的草坪兩側呈下降的斜坡、那及膝且早在春季就已遭到踐踏的草間還生長著小樹木，我仍往下方走，來到那裡。

隨後我經過那片陡坡（由一系列的圓丘所構成；某些表面被地衣所覆蓋，呈現灰色，但其他部分則光禿禿的），然後穿過那片通往道路的森林。最近才被鑿開、那座專供小型船艇停放的港口，則位於另一端，由三座一模一樣的浮動碼頭所構成，每一座碼頭都設有橘色的浮筒、以木板條製成的人行橋。

而他們也不在那裡。然而，我還是走到其中一座碼頭上。一艘輕便小艇停靠在碼頭的最外圍，那是坎尼斯壯家的小艇。我走過去，瞧瞧那邊正在玩些什麼花樣。坎尼斯壯先生獨自一人待在小艇上；當我在艇首前方停下腳步時，他幾乎沒有抬頭。

「你就這樣在外面走動啊？」他說。「你知道嘛，我剛剛才到海上轉了一圈，去釣魚哪。」

他眼鏡鏡片中映出的日光，正閃閃發亮。他蓄著鬍鬚，留著短髮，頭皮上有一小塊微禿，足蹬一雙涼鞋，穿著藍色的丹寧短褲與方格襯衫。

「你要不要瞧瞧？」

他將一只紅色水桶伸向我，裡面滿是纖瘦、活蹦亂跳的鯖魚，身上閃閃發亮著藍光。其中幾條魚舞動起來；這個動作一路擴散到另外幾條緊貼著彼此的魚兒身上，以致於讓人誤以為這群魚是單一的生物。

「哦唷！」我說。「你撈起這麼多條魚喔？」

他點點頭。

「只花了幾分鐘而已。外海這邊就有一大群魚。這下子，我們一連好幾天的晚餐都不用愁囉！」

他將那只水桶放在狹窄的吊橋上，拉起一只陳舊的汽油桶，放在水桶的旁邊。接著是幾捲釣魚線，還有一只附有彎鉤與繩索的罐子。他始終哼唱著某支古老的旋律。

「你知道達格．羅薩爾到哪兒去了嗎？」我說。

「不知道耶，不好意思。」他說。「你在找他嘛？」

「是啊，我算是在找他沒錯。」我說。

「那你要不要一起上船來，我們開一小段？」

我搖搖頭。

「沒關係好了。你知道嘛，我還有很多事情需要處理。」

「那就這樣吧。」他一邊說，一邊爬上碼頭，彎下腰來撿拾自己的物品。我快步走到陸地上，藉此避免和他一起上船。我跑過那座表面布滿小石塊的停車場，以玩平衡木的方式踏在那幾塊路障上面、一路走上主要道路。一條相當陡峭的小徑就從那裡開展、穿越森林，並止於那座被稱為「岬角」、這個地區內的所有人都會造訪的浴場。在那邊，你可以從一處兩公尺高的岩壁上躍下，游到一座寬度或許達到十米運河另一端的耶爾斯塔德島上。就算那一帶的水很深，而我也不會游泳，由於那裡經常發生許多有趣的事情，我有時還是會到那座島嶼上。

現在，森林裡傳來人聲。一個稚嫩的孩童在說話，以及一個聽來比較陰沉、屬於青少年的話聲。達格．羅薩爾與施泰納的身影，旋即出現在被斑斕日光所映照的樹幹之間。他們的頭髮都溼漉漉的，兩人的腋下各夾著一條皺巴巴、塞作一團的毛巾。

「哈囉，卡爾．奧韋！」達格．羅薩爾看到我的時候，他大聲喊道。「我剛剛才看到一條小青蛇唷！」

「這樣喔？」我說。「在哪裡？在這裡嘛？」

他點點頭，在我面前停下腳步。施泰納也停下腳步；他的姿勢暗示著他無意和我聊天，他只想盡快離開這裡。施泰納就讀初中部，在爸爸執教的班上課。他留著深色的長髮，毛髮在他的上脣留下一抹黑影。他演奏低音聲部樂器，他的房間位於他們家裡的地下室、有著自己專用的出入口。

「就那邊啊，我往下面跑。」達格．羅薩爾一邊說，一邊指著那條小徑。「我幾乎是全力衝刺。當我繞過那個彎道的時候，小徑上就有一條青蛇。我甚至還來不及停下來耶！」

「然後呢，發生什麼事了？」我說。

如果這世界上真有什麼使我害怕的東西，那就是蛇和蚯蚓了。

「牠就像一道閃電那樣，輕巧地閃進樹叢裡了。」

「你確定，那真的是一條青蛇？」

「確定啊，很確定，牠的頭上有鋸齒狀的條紋。」

他的微笑十分燦爛，注視著我。他有著三角形的臉孔輪廓、質地柔軟的金髮、藍色的雙眸；通常，他的目光既急切又激烈。

「怎樣，你現在不敢往下面走啦，啊？」

「這我就不知道了。」我說。「耶爾跟其他人，他們在下面嘛？」

他搖搖頭。

「就只有楊恩和他的弟弟。伊娃，以及瑪麗安娜的爸爸和媽媽也在。」

「我可以跟你們一塊到上面去嘛？」我說。

「你當然可以跟啊。不過我不能玩遊戲了，我們要吃飯了。」達格．羅薩爾說。

「那我也得回家了。我得用包裝紙將我的課本包好。」我說。

我們朝上方走，來到我們家房子所在的那條街；然後達格．羅薩爾與施泰納繼續往他們家的方向走去，但我仍然沒走進家門，反而又在外面站了一會兒，觀望四周，找尋耶爾和雷夫．托爾的影子。他倆不見蹤影。內心遲疑的我繼續朝上方走。此刻的太陽矗立在山脊的正上方，日光灼燒著我的雙肩。我朝下方的路面投去最後一瞥，想看看他們是否已經出現在那裡；接著，我就奔上那條房屋後方的小徑。那條小徑首先會沿著我們的籬笆伸展，接續圍繞著普雷斯巴克摩家的石牆，差不多有一半的面積，隱藏在生長於該地、整個夏季都隨著海風輕輕搖曳起舞的小山楊樹後方。在那之後，小徑從那座獨棟小屋住宅區岔開；它穿越一片長滿新生闊葉木的原野，進入一片泥沼區——泥沼區最遠端的一棵大型山毛櫸（樹從那道陡坡上斜斜地生長、將周邊的一切全收納在自己的陰影下）下方則座落著一小塊空地。

所有的大樹都各有其獨特的性格，而這些性格又會藉由每一棵樹獨有的姿態、樹幹、樹根、樹枝、樹皮、光線、陰影共同帶來的特徵表達出來——這真是太詭異了。它們彷彿在交談。當然不是用聲音交談，而是用本質交談；這種本質會**伸向**望著樹木的來者。而這些樹木所談的也就僅止於它們的特徵，沒有別的話題了。不管我在森林裡，還是在屋舍之間走到何處，我始終能夠聽見這些聲音，或者感受到這些持續緩慢延展的形影所留下的意象。屋舍下方溪邊那棵冷杉最底層的樹幹周圍顯得如此肥厚、其樹皮卻又如此溼潤——還有那些如礦脈般露出地面、從樹幹下方延伸、像粗厚的繩索般拓展到**遠處**的樹根。愈是位於下方處的樹枝，外觀就愈像寬廣的金字塔形；從一小段距離外望去，它顯然緻密而平滑。但若是從近處觀察，你就能看出它是大量呈墨綠色、形狀完美無瑕的細小松針。那所有乾枯、呈淺灰色、如海綿般多孔的樹枝，能夠在雲杉那屋頂般的枝葉**內側**生長——雲杉枝並**不是**灰色，而幾乎完全呈黑色。普雷斯巴克摩家空地上那些如船隻桅杆一樣細長的松樹有著通紅的樹皮，每一根樹枝的最外圍還布滿著綠色、搖搖擺擺的小串松針——直到接近樹枝的最頂端，它們才開始生長。那棵足球場後方的橡樹，其樹幹的底部看起來更像是石質，而非木質；但除了這點以外，它並不具備樹種本身那緊密而結實的外觀。橡樹的樹枝向外延展，樹葉就像一道拱頂般的單薄天幕覆蓋住森林的地表，這道天幕是如此的輕薄，導致你**永遠**無法相信：連接樹幹最底層與那最外圍、瘦削樹枝的，其實居然有著相同的根源。樹幹的正中央處有著某個酷似洞穴的結構；樹木彷彿突起、形成一道形狀柔和但質地仍然僵硬且多節的橢圓，其內裡的空間就像一顆頭那樣大。無論那些樹葉是從哪裡長出的，當葉片以翠綠、厚實且溼滑的外貌在樹枝上搖晃，以及在幾個月後轉成紅褐色，質地變得脆弱、落到地表時，它們全都重複著那美麗、既彎曲又多刺的圖案。到了秋季，這棵樹周圍的地面總是覆蓋著一層如地氈般厚實的落葉，最初相當鮮豔，夾雜著黃色與綠色，隨著時序的演進，會變得愈來愈溼潤，顏色漸深。

再來還要聊聊那棵朝下通往泥沼區斜坡上的樹。我不知道那是哪一種樹。它並不像其他大樹那樣，以一個獨立的完整形象出現，反而分岔成四根大小相同的樹幹，被附有長刻痕的灰褐色樹皮所包覆。它們就像蛇身一般向外延展著，覆蓋的面積因而與橡樹或冷杉覆蓋的面積相當；但予人的印象則沒有那麼壯觀，反而更顯得謹慎、躡手躡腳。其中一根樹枝上，掛著一道以繩索製成的鞦韆；那想必是住在高處那條街的孩子們掛上去的，他們和我們住的地方離這裡一樣近。此刻那裡空無一人；我往上走到那裡，站在那些樹枝下方，以雙手抓住木條，盪了出去。我又多盪了兩下。隨後我在樹下站了一會兒，想著自己該搞些什麼花招。一對育有一個小嬰孩的夫妻住在斜坡上方的那棟屋子裡；屋內傳出話聲與餐具輕觸所發出的「啷噹」聲。我什麼都看不到，但我猜他們正待在庭院裡。飛機的轟鳴聲從遠端傳來。我跨了幾步，登上那片已經乾涸的泥沼表面，並且望向天空。一架水陸兩棲的小飛機從海上飛來，飛得很低，日光照亮著白色的機體。當它消失在山脊後方時，我再度跑動起來，奔入由對面那片高地所投射出的陰影下（那裡稍微涼爽一些）。我望向坎尼斯壯家的房子，心裡想著：他們家的戶外空間毫無人跡，因此他們現在想必坐在屋內吃著鯖魚。接著我望向下方的小徑；我對小徑上的每一顆石頭、每一個坑洞、每一株灌木叢、乃至於每一束草都瞭若指掌。如果有人要舉辦賽跑，從我們家的屋子奔上小徑、一路飆到B-Max超市前，絕對沒人能跑贏我。就算我的雙眼被眼罩綁住，我還是能沿著那條路跑。我從來不需要停下來，總是知道下一處彎道周圍會出現什麼東西，也始終深知哪裡才是落腳的最佳位置。當我們在下方的圓環路上賽跑時，雷夫．托爾總是贏家；但我知道，我在這裡將能夠跑贏。這個美妙的想法使人舒暢，我盡力保持住這種感覺。

即使我離足球場還有好長的一段距離，我已經聽見從那裡傳來的聲音；發自遠處的叫喊聲、笑鬧聲被森林所捕捉，有點像猿猴的叫聲。我在那片林間空地上停下腳步。遠處的足球場上滿是各個年齡層的孩童與青少年，我完全沒見過他們當中的許多人，而絕大多數人都追著那顆所有人想要一腳踢飛的球跑，因此這股騷亂總是隨著短促的拉動與攻擊，到處游移著。球場的土質呈暗色，且經過重重的踩踏。球場位於林間，在其中一端微微地向上隆起（那裡還冒出了幾道樹根）。兩端各擺上一座由木製門柱構成、但沒有裝網子的大型球門。一處凸起的岩脈大幅縮減了其中一道長邊的長度，另外一道長邊則沿著一塊無垠、生長著大片硬草的原野伸展。我所有的夢境，幾乎全數在這裡湧現；能夠在這裡跑來跑去，那可真是最純淨的快感。

「我可以加入嘛？」我喊道。

皮球每被踢動一次，回音便會躍動著、從岩壁傳回。

站在球門內側的勞夫轉身面向我。

「如果你願意，你可以站在這裡。」他說。

「好。」我一邊說，一邊跑到球門內。勞夫則緩慢、有點搖晃地退出球門區。

「卡爾．奧韋負責防守我們這一隊的球門！」他喊道。

我在兩根門柱之間站定位，開始專注盯著賽場的狀況，漸次辨識出哪些人跟我同隊。當那顆球愈來愈接近我們防守的半場時，我便縮起身子、嚴陣以待，直到第一次射門發起。球在地面上鬆鬆垮垮地滾動著；我彎下腰來、抱起那顆球，讓它在地面上彈三下，然後一腳踢走。被腳踢到的球皮微微地凹陷；球大而柔軟，顏色呈現塵埃一般的灰，就像被太陽晒乾的土壤色澤。紅色的打氣孔則在一道裂縫中閃閃發亮。球在空中劃出的弧線並不高，但仍然飛得夠遠，最終彈向球場右半部的長邊區。看著這一整群小鬼頭追著球跑，感覺真是美妙。我就是想要當守門員。只要我一得到機會，我盡可能多擔任守門員；那種撲向對手的射門、屢救險球的感覺無與倫比。但問題就在於：我只能向其中一邊飛撲，也就是左半邊。撲向右半邊看起來很不自然，我就是辦不到這一點。因此要是球飛向那裡，我只能伸出一條腿阻擋。

樹木拖曳出綿長的陰影，籠罩足球場，斑駁點點的閃爍黑影緊跟著這些男孩，它們持續不斷地交融在一起、而後又分開。但在球場上，已經有好幾個人停止跑動，轉為步行；幾個人的身體微微向前彎、雙手貼在膝蓋上。我理解到，這場球賽已近尾聲。這使我失望不已。

「好啦，我得回家了。」有人說道。

「我也是。」另一個人說。

「我們再踢一下啦。」第三個人說。

「我也得閃人咯。」

「我們現在要不要重新分隊？」

「我現在要閃人啦。」

「我也是。」

短短幾分鐘內，這道舞臺上的人們就一哄而散。球場一片空蕩。

媽媽所買的那一款包裝紙，是藍色、半透明的。我們坐在廚房裡，我拉出一段包裝紙後剪下。如果裁切的邊緣顯得太不平整、歪歪斜斜，媽媽就會進行修飾。然後我會將書本放在上面，打開那兩只有如翅膀一般的書封，將包裝紙摺好、覆蓋住書封，在書角處以膠帶黏貼。在這一切都忙完以後，媽媽會針對所有需要調整、修飾的細節進行加工。除此之外，她正在手工編織要送給我的毛衣。我從她訂閱的其中一本設計雜誌裡，親自挑選了毛衣的圖案；那是一件有著暗褐色鑲邊的白毛衣。款式有點特別，原因就在於筆直的衣領、兩側下緣還各有一處裂口，穿起來就像是纏腰布。我對這種類似印第安人的風格相當入迷，而我也緊盯著她的進度。

媽媽花上許多時間製作手工藝品。客廳及廚房裡的窗簾，是她用鉤針所編織的。我們房間裡的白色窗簾（英格威房裡的窗簾有著棕色的鑲邊，繡著棕色的花朵；我房裡窗簾上的鑲邊與花朵則是紅色的）也是她縫製的。此外她還打針織毛線衣與毛線帽、修補破襪子、縫補長褲與夾克。當她沒在忙著這些事情、沒有煮飯、洗衣服、或者烤麵包的時候，她會閱讀。我們家的書籍擺滿了一整個書架；其他人的雙親家裡，可都沒有這種東西。和爸爸相反的是，她在生活中也有朋友。這些朋友主要是她工作中認識、與她年齡相仿的婦女；如果不是她們到我們家裡作客，就是她到她們的家裡拜訪。我相當喜歡她們所有人。比如說達芬妮；她的一對兒女——托爾與麗芙，是我上幼稚園時的同學。還有那體型肥胖、總是笑口常開而且會帶巧克力給我們的安妮．梅恩：她有一輛雪鐵龍轎車，住在格里姆斯塔德，我上幼稚園的時候，某次全班曾經到她家作客。還有梅莉特；她的兒子拉許和英格威同年齡，她的女兒瑪麗安娜則比他們小兩歲。他們不那麼常來，因為爸爸對此感到不悅；不過，他們（有時是一個人，有時是好幾個人）大概一個月會來作客一次；在這種場合，我可以陪他們坐一會兒，浸淫在這些會面所賜予我的光輝之中。而在某幾個晚上，我們還會前往庫克園的木雕工坊；你在這間工坊裡可以從事所有你能想到的手工藝活動，其他小孩也會到那裡探訪職員，我們也正是在那裡親手製作要送給別人的聖誕禮物。

媽媽的表情溫和，但相當凝重。她將自己的長髮撥到耳後。

「達格・羅薩爾剛剛才看到一隻小青蛇耶！」我說。

「真的？」她說。「在哪裡？」

「就在那條往下通到岩壁的小徑上啊。他差一點就踩到牠咯！不過還好，牠和他一樣，都被嚇到了，直接閃進樹叢裡，不見了。」

「聽起來挺幸運的。」她說。

「妳成長的地方，有沒有小青蛇？」

她搖搖頭。

「挪威西部海岸地區，沒有小青蛇。」

「為什麼沒有？」

她輕笑一下。

「我不知道耶。或許，那裡對牠們來說太寒冷了。」

我的雙腿不住地搖晃、用手指頭敲著桌面，一邊輕聲哼著：**吻我，所有的吻都獻給我，拜拜，拜拜，寶貝，拜，拜**[16]。

「坎尼斯壯先生今天釣到了一大堆鯖魚。我親眼看到的。他讓我看了他的水桶。裝得滿滿的。妳覺得呢，我們要不要盡快買一艘船啊？」我說。

「先緩緩吧。」她說。「要買船，也要買貓！這並非不能考慮的。不過今年不行，這一點是可以確定的。也許，等明年吧？這會花很多錢，你是知道的。不過，你總是可以問問爸爸。」

她再度將那把剪刀遞給我。

問問爸爸，噢，是啊，那當然咯；我心裡這麼想，不過並沒有把這話說出口。我試著讓那把剪刀往前滑動，而不動手裁剪；但是，它卡住了。我將剪刀的柄擠在一起，切面變成了鋸齒狀。

「看這樣子，英格威遲到囉。」她一邊說，一邊探頭望向窗外。

「他可安全得很哪。」我說。

她面向我，露出微笑。

「希望是這樣沒錯。」她說。

「那張紙條。」我說。「游泳課的那張紙條。妳現在可以簽一簽嘛？」

她點點頭。我站起身來跑過走廊，奔入我的房間裡，從背包裡掏出那張文件，正準備衝回去時，樓下的大門被拉開了。我的心臟登時驚跳了兩下，意識到我剛剛做了什麼。

爸爸那沉重的腳步聲從樓梯上傳來。我一動也不動地站在浴室門外；此時他就在下方的樓梯口，目光迎視著我。

「叫你不要在屋子裡跑步！」他說。「到底要我講多少次才夠？整間屋子都在晃動，像是地震。懂不懂？」

「懂。」

他走上樓，從我的身邊經過。他穿著白襯衫，背寬而厚實。當我看到他進入廚房時，我的喜悅頓時消滅殆盡。但是，我也不得不進入廚房裡。

媽媽就像剛才那樣，坐在廚房裡。爸爸站在窗邊，向外望著。我謹慎地將那份表格放在桌上。

16　英國流行樂團「兄弟情誼合唱團」（Brotherhood of Man）創作單曲〈將你的吻獻給我〉（*Save Your Kisses for Me*）歌詞。

「這裡。」我說。

還剩下一本書要處理。我坐下來，開始打包。只有我的雙手在移動，我身上的其他部分都像靜止的。

爸爸嘴裡咀嚼著某個東西。

「英格威還沒回家啊。」他說。

「還沒。」媽媽說。「我開始有點擔心了。」

爸爸低頭望著桌面。

「你拿來的這玩意，是什麼東西？」他說。

「游泳課的東西，這是要給媽媽簽的。」

「我瞧瞧。」他說著，並取來那份文件開始閱讀。接著，他取來那根放在桌面上的筆，在上面簽了字，遞還給我。

「好囉。」他說道，並對桌面點點頭。「現在，你給我把你那些材料都弄到你的房間裡去。你可以在裡面弄完。我們現在要在這裡吃晚飯。」

「是的，爸爸。」我將那些書疊成一堆，把文件捲起來夾在腋下，用其中一隻手抓起剪刀與膠帶，另一手將書本抱起，離開廚房。

就在我在書桌前坐定，為最後一本書剪裁封面時，一輛腳踏車從窗外的礫石路面上滑過。接著，大門就被打開了。

當英格威踏上通往大門的臺階時，爸爸就站在門廳內堵他。

「你這是什麼意思？」他說。

英格威的聲音太低沉，以致於我聽不清楚。不過他的解釋顯然夠用，因為他之後獲准進入自己的房間。我將那本書放在已經剪裁好的包裝紙上、套進去，用另外一本書壓在上面，並且試著拉動黏附在膠臺上的膠帶。當我終於扣住膠帶的邊緣、開始拉動時，它就斷開了。這麼一來，我得重新弄起。

我後方的門被拉開。英格威走了進來。

「你在忙些什麼啊？」他說。

「我在包書啊，你應該看到了吧。」我說。

「我們練球完以後，他們供應汽水和肉桂捲麵包。」英格威說。「就在俱樂部的場館裡面。隊上的女生們也有來參加。有一個妹子超正的。」

「妹子？」我說。「原來還可以這樣啊？」

「看起來就是這樣啊。而且，卡爾．菲列克人超好的。」

路面上的說話聲與腳步聲，從敞開的窗口傳進來。我將那一小片掛在我食指上的膠帶按壓在包裝紙上，走到窗邊，想瞧瞧那些人是誰。

是耶爾和雷夫．托爾。他們在雷夫．托爾的家門外停下腳步、為了某件事哈哈大笑起來。然後他們與彼此互道再見。耶爾跑了一小段路，衝到他家的私人車道上。當他拐向內側時，我終於能夠看清楚他的臉孔；他的雙脣還留有一小抹微笑。他的手握成拳頭，塞在褲袋裡面。

我轉向英格威。

「那你以後要踢哪個位置？」我說。

「不知道啊。」他說。「不過我肯定是防守組的。」

「你們穿的球衣是什麼顏色？」

「藍色和白色。」

「不就跟『創傷』一模一樣？」

「幾乎一樣。」他說。

「過來吃飯啦！」爸爸從廚房裡吼道。當我們走進廚房時，我們座位前的桌面上擺著一只餐盤，裡面裝著三個三明治，旁邊是一杯牛奶。這些三明治分別塗著香料起司、乳清乾酪與果醬。媽媽和爸爸坐在客廳裡，正在看電視。窗外的街道成了灰色，路肩那些樹枝也幾乎完全成了灰色；在此同時，海峽對面、樹木上空的天幕仍然湛藍、開闊，天空所覆蓋的，彷彿是有別於我們所生存世界的另外一片天地。

隔天早上，爸爸開門的聲音喚醒了我。

「給我起來，你這個小貪睡鬼！」他說。「太陽都出來了，鳥兒已經在叫了！」

我將被子摺上、推到一邊，踩到地面上。除了爸爸那往走廊移動、逐漸消失的腳步聲以外，整間屋子寂靜無聲。今天是星期二。媽媽很早就去上班了；英格威老早就前往學校了；爸爸則只需要在上午的第二節課到校。

我走到衣櫃前，在成堆的衣服裡翻找著。我選了我那件最帥氣的白色襯衫，搭配藍色燈芯絨褲。可是我心想：這件襯衫會不會太過於體面啦，他會注意到的，他或許會問我幹麼穿得那麼正式，也許還會要我換衣服。還是穿那件白色的愛迪達球衣，比較妥善。

我將衣服夾在腋下，走進浴室裡。很幸運的是，英格威還記得替我在水槽裡留了點溫熱的水。我從內反鎖門，掀開馬桶蓋開始尿尿。尿液是黃綠色的，並不像某幾個早上會看到的那種暗黃色。即使我在輕輕搖乾小弟弟的時候努力讓所有尿都滴落在馬桶的內緣，仍然有那麼幾滴落在地板上；藍灰色的亞麻油地氈上，泛著幾小滴透明、冒著泡泡的液體。我用一小片衛生紙擦乾，再扔進馬桶裡沖掉。馬桶發出沖水聲時，我便退到一旁、站在水槽前方。英格威所留下的那盆水，泛著某種微弱、近於綠的色澤。水裡漂浮著某種透明、成薄片狀，但我不知道是什麼東西的物體。我將雙手湊在一起、讓手心浸滿水，把頭部湊上前，再浸到水裡。水溫居然比我的體溫還要冷一些。當水觸及我的皮膚時，一股寒意竄過我的背脊。我在雙手上抹了肥皂，一邊閉上雙眼、一邊迅速地將肥皂塗抹在臉上、沖洗掉，再用那條掛在我專用的鉤子上、以毛線織成的黃褐色毛巾將雙手和臉都擦乾。

好咯！

我將窗簾拉開，望向窗外。朝陽才剛升到樹冠的高度，日光拖曳出深沉、黝黑的陰影，覆蓋住本應該被陽光所照亮的瀝青路面。我穿上衣服，走進廚房裡。

我的座位上擺著滿滿一餐盤的玉米穀片，旁邊則是盒裝的牛奶。爸爸並不在那裡。

他是否已經到樓下的工作室去，準備收拾行囊了？

不是這樣的。我聽見他在客廳裡移動的聲音。

我坐了下來，將牛奶倒在玉米穀片上，插入湯匙舀了一口，遞到嘴邊。

噢，靠，天殺的。

牛奶臭酸了；那股塞滿我口腔的味道傳遞到我的胸口，使我感到作嘔。爸爸這時恰好走來，我只能強行嚥下。他通過門口、走進廚房、來到流理臺前，身子輕輕地靠在流理臺邊。他望著我，露出一抹微笑。我再度將湯匙插進麥片裡，遞到嘴邊。我光是想到恭候我品嘗的那種口感，頓時就覺得反胃。我只好改用嘴巴呼吸，咀嚼了一、兩下以後就吞下。

噢，操他媽的！

爸爸並沒有離去的打算。我只能繼續吃。假如他此時走到樓下，回自己的工作室去，我就可以將這碗麥片全扔進垃圾桶，再用其他垃圾掩蓋過去；但是，只要他還在廚房，或者還賴在樓上不走，我就沒別的選擇。

過了一會兒，他轉過身去、打開櫥櫃，取來一只和我眼前同類型的餐盤，從抽屜裡取來一只湯匙，在餐桌的另一端就座。

他過去可從來沒有這麼做過。

「我也來一點。」他說。他將金黃色、酥脆的玉米穀片從那只繪著紅綠雙色公雞圖案的紙盒中倒出，然後伸手取來牛奶。

我停止進食。我知道，大災難要來了。

爸爸將湯匙插進碗裡，挖起一整匙的牛奶和麥片往嘴邊送。湯匙一送進嘴裡，他就露出一副怪相；他沒有咀嚼，直接吐在碗裡。

「呸！」他說。「這牛奶是酸的！操他媽的！」

然後，他凝視著我。在我有生之年，我將會永久記住他此時凝視著我的目光。那雙眼睛並未如我所預期的散發出怒意；相反地，呈現出驚訝之意，他似乎正在望著某個他完全無法理解的事物。是的，他似乎第一次真正仔細地打量著我。

「你在玉米穀片淋上**發酸的**牛奶？」他說。

我點點頭。

「但是你不必這樣做的！」他說。「你要喝新鮮的牛奶，這你總知道吧！」

他站起身來，動作誇大、晃動著雙臂，將發酸的牛奶倒進水槽裡，將牛奶盒沖乾淨、壓縮成一團並扔進流理臺下方的垃圾桶。接著，他從冰箱裡取來一盒新的牛奶。

「拿過來。」他接過我的餐盤，將所有東西全倒進水槽，刷洗那只餐盤幾下、沖乾淨，擺回我面前的桌上。

「好啦。」他說。「現在你有新的玉米穀片，搭配新的牛奶。這樣行了吧？」

「是的。」我說。

他以同樣的方式處理了自己的餐盤。然後，我們就在沉默中吃早餐。

在那些日子裡，與學校有關的一切都是嶄新的；但所有日子的形貌完全一樣，而我們對於這種形式竟變得如此習慣，以致於在短短幾星期以後，任何事情都不再能令我們感到震驚。老師在講桌前所講的東西就是真實的；而就因為這些內容是從講桌前發出的，最不可能成真的話也會變成可能。耶穌在水上行走是真實的；上帝在摩西的雙腳前現身、化作一團熊熊燃燒的樹叢，這也是真的。疾病來自於如此微小、以致於人類肉眼所無法看到的存在，這是真實的。包括我們在內的萬物都是由極其渺小、甚至比那些細菌還要小的顆粒所組成的，這是真實的。樹木藉著日光維繫生命，這是真實的。然而，我們的這種態度不僅止於老師們所說的一切；對於他們所做的事情，我們也是照單全收、不加以懷疑。教導我們的許多老師已經很年老；他們在第一次世界大戰以前、或者在一戰期間出生，他們的職業生涯從一九三〇或一九四〇年代就開始了。他們白髮蒼蒼、穿著西裝，而且從來記不得我們叫什麼名字。而他們所能提供的知識與智慧，也始終無法傳承給我們。其中一位名叫湯默森的老師每星期會有一次，在早餐休息時間為我們高聲朗讀。他整個人無精打采地躲在講桌後面，他的聲音彷彿在嗚咽；他的臉色蒼白、幾近於蠟黃，雙唇泛紫。他朗讀的那本書講述一名身處荒野中的女子；我們一個字都聽不懂。因此這段或許被他認為相當愉悅、對這些小學童的某種友善姿態的時光，對我們來說簡直是苦難與折磨——畢竟我們被迫安安靜靜地坐在那裡，聽他輕咳、喃喃自語般地講完這一整段不可理喻的故事。

另一位名叫密克爾巴斯特的老師則年過五十。他來自挪威西岸，住在希爾斯島上，對紀律的要求極其苛刻。我們和他相處的每一個小時，都得先在教室外列隊行進；而當我們走進教室時，我們還得先站在座椅旁邊，他則會站在講桌旁，緩慢地檢查我們的服裝儀容，直到教室裡變得鴉雀無聲為止。這時候他才會踮起腳尖、鞠躬，並且說「同學們，早安」，或者說「日安」。而我們則得回答「老師，早安」或者「老師，日安」。當他盛怒時，他會毫不遲疑地給學生一記耳光，或者將他們推去撞牆。他經常取笑那些他不喜歡的人。而他的體操課程就是純粹的練習。有幾位女老師也是差不多年紀；她們也相當苛刻、講規矩，她們身邊總圍繞著某種對我們而言相當陌生的氣息，但她們自然而然地受到尊敬，而且不時使人感到畏懼。我記得：當我某次講了一句不妥的話時，一名女老師曾拉扯我的頭髮。一般來說，她們認為寫張紙條給家長的警告就足夠了——原因在於公車的發車時間，使得課後留校查看，或正課開始前一小時到校處分無法執行。一些比較年長的人，屬於這個小圈子；有些人終其一生，都是這裡的職員。然而，這裡也有屬於新一代、與我們的雙親同年齡，甚至更年輕的老師們。指導我們的女老師賀嘉．托耶爾森，就屬於這一類人。她被稱為所謂的「好人」；這意謂著她對於教室內秩序受干擾不會大發雷霆，她從來不會暴怒，從來不會高聲吼叫，從來不會揍人、拉我們的頭髮，反而總是藉由沉穩、節制的方式談論這些衝突，進而解決所有紛爭。她依據自己的性格與我們互動，而非扮演老師職位那樣；因此，她在私下與他人的互動（例如和朋友們相處，或者在家與新婚不久的丈夫相處），與她在教室裡和我們的相處，差異就不會那麼顯著。會這樣處世的，並不只有她一個人；所有的年輕教師都是如此，而我們就喜歡和他們相處。學校的校長也屬於年輕世代；他名叫歐斯穆森，大約三十歲，留著鬍鬚、身材高壯魁梧，這一點和爸爸有幾分神似。然而在所有人當中，他或許是最令我們害怕的。這倒不是因為他所做的事情，而是因為他是校長。如果有人確實做了極其愚蠢的舉動，就得進他的校長辦公室。他不參與日常的教學活動，而只是像一道陰影般守在學校裡的事實，並不會減少我們的恐懼感。出於另外一種原因，他也具有某種傳奇、神祕的色彩。前一年，一艘奴隸販賣船在這座島嶼東側岩壁外、離岸僅有數公尺的水域內被發現。那艘船在一七六八年沉沒，所有大型媒體對這則新聞大書特書，這件事甚至還上了電視。我們的校長歐斯穆森，就是發現這條沉船的三名潛水員之一。對當時的我來說，潛水是除了駕駛帆船以外最使人感到驚異、敬畏的活動；因此他成了我想像之中最偉大的人物。這就像是讓一名太空人擔任校長。當我畫圖的時候，除了帆船以外，我畫的主題不外乎潛水夫、沉船的殘骸、魚群與大白鯊——我就這樣一頁接一頁、無止境地畫著。我在那個時候看到講述在珊瑚礁周圍潛水，或者在關著鯊魚的籠子周邊潛水的自然生態保育電視節目；之後一連幾個星期，我不斷地談論這些話題。而他就存在於我們的現實生活中，這名留著大鬍子、雙手套著象牙狀尖形物的男子就在前一年發現了這條奴隸販賣船的殘骸，而後上浮、劃破了水面。

第二天，他就來到班上介紹，他描述了一下學校事務、說明校規。當他離開時，我們的老師說，在將來的某一天，他會再度到我們班上，聊聊他發現那條沉船殘骸的事、參與的過程。當他在教室裡的時候，她總是呈稍息姿勢站好、臉上始終掛著一抹微笑；而當他履行自己的諾言，於兩星期後再度來到我們班的教室時，她的表現也是如此。我聽著他所講述的內容，感到如痴如醉；然而當我認知到那條沉船處的水深只有幾公尺時，我內心也不無失望之意。水沒有多深，使這項成就遜色不少。我本來還以為沉船處的水深達到一百公尺，潛水員在重返水面的過程中必須攀在一根繩索上休息；由於水壓極大，工作全程得花上一整個小時。一整片黑暗之中，他們身上探照燈所發出、搖曳著的光柱；也許他們動用了一艘小潛水艇，或是一座潛水鐘。不過，像這樣待在淺水區，就在那些游泳者的腳底下，屬於任何一個套著蛙鞋、配戴蛙鏡的小男孩能夠觸及的範圍之內？即使如此，他還是展示了自沉船處拍攝的一些圖片；一艘小艇停泊在港灣的深處，以便接應潛水夫；他們身穿潛水服、戴著氧氣輸送管，一切都經過精心、縝密的規畫，甚至還參照了古地圖、文獻，以及其他類似的材料。

曾經有過那麼一次，爸爸差點就上了電視。他接受了一次採訪，主題跟政治有關，本來要被播出的，但當我們觀看新聞時，爸爸並沒有出現。當我們次日再度在電視機前坐好、觀看新聞時，他的專訪仍未被播出。但不管怎麼說，他曾經因為某次的郵票博覽會受到廣播電臺專訪。不過當時我忘了有這回事——因此當我那天回到家時，節目早就結束了。為此，他臭罵我一頓。

一開始，有好幾個老師針對我的名字嘮叨不已。他們畢竟是我爸爸的同事，並且認定我沿用他的名字；而我很喜歡這個事實——他們因為我是我父親的兒子，而知道有我這號人物。打從上學的第一天開始，我在學校裡就全力以赴；最主要的動機當然是成為全班表現最優異的人，但我也希望，我爸將會得知：我是多麼的優異、不凡。

我很喜愛上學。我喜歡在那裡所發生的一切，以及作為這些事件場景的空間。

我們那低矮而陳舊的座椅由鐵桿與木板（其中一片是座位；另一片則讓我們靠背）組成；我們的桌上布滿刻痕與墨水的汙斑，像是在提醒我們那些曾坐在這些桌前的人。黑板、粉筆與海綿質的板擦。老師手執粉筆寫板書時的那些字母——「O」、「U」、「I」、「E」、「Å」、「Æ」——始終是白色的，而她的手也隨之染上了白色。當她用水蘸那塊乾枯的海棉質板擦時，它會變暗、膨脹，等到一切全擦乾淨，留下一道溼溼的軌跡，黑板在幾分鐘後再度變得像先前那樣乾淨且蒼綠時，那種感受真是舒暢極了。那位操著卡姆島[17]方言口音、戴著一副大眼鏡、留著短髮、總是穿著女用上衣與裙子的女老師，噢，還有她所講述，以及詢問我們的一切內容。我們得學會不要同時開口講話，也不能直接脫口而出。我們得先舉手，等到她指著我們當中的某個人，或者對其中一人點頭示意，才能說話。一開始，班上同學舉起的手簡直像樹林一樣茂密——那些手不耐煩地揮動著，有些人直喊著「**我！我！我！**」；因為她提出的都不是多麼困難的問題，就是那種大家都答得出來的問題。再來就是下課休息；那時所發生的一切、所有出現在那裡的小朋友、一大群人是如何聚集而後再散開，還有那些發光發熱，而後趨於死滅的活動。走道上那些被我們用來懸掛夾克的衣鉤；十年來刷洗與肥皂所積累的氣味；廁所裡的尿騷味；牛奶櫃裡散發出的牛奶氣味；還有二十個夾著不同佐料的三明治同時在一間教室裡被打開時，所散發出的氣味。還有值日生體系；每個星期，某個特定學生將負責分發必須分發的物品，在一節課結束以後擦黑板，並且在用餐休息時間把一盒盒的牛奶抬過來。那種被選為值日生的感覺。以及那種所有人都待在教室裡時，那種在空蕩蕩（除了掛在兩旁衣鉤上的夾克以外）長廊上走動所帶來的無比特殊情感；你經過每一間教室時所聽到的低沉咕噥聲，那迫使鋪著亞麻油地氈的地板發出微弱閃光的日照；如果當天有陽光，你還會看到數以千計的塵埃粒子在空中閃閃發亮，感覺就像《銀河系》[18]景觀的迷你版本。還有一扇門如何被推開，另外一個小男孩跑出來——這會改變一整條長廊上的氛圍，他彷彿吸走了一切關注與意義；突然間，他才是唯一重要的人。你可以想像一下：他似乎就像一顆劃破天幕的彗星拉走所有的氣味、所有塵埃、所有夾克與一切咕噥聲，將自己那冗長且（與其閃亮核心相較之下顯得）蒼白尾部能夠收納的垃圾與廢棄物，全都吸了進去。

17 Karmøy，挪威西南海岸的市鎮。

18 Vintergatan，瑞典的孩童電視節目。

我很喜愛耶爾來按門鈴、我們兩人手舞足蹈地往上走向商店的那一刻；競賽就是從那裡開始，關鍵在於老早就抵達公車站、將自己的背包盡可能地放在候車區域的前方，這樣才能挑選公車上最好的座位。我喜歡等在商店外面，望著其他的小孩迅速地從四面八方趕來。其中幾個小孩住在最高處、位於商店後方、那座由小屋構成的住宅區；另外一些人則是從下方的舊提貝肯社區前來；還有一些人從那座山岳對面的臺地前來。我特別喜歡凝視著安妮・麗瑟蓓。這並不僅僅是因為她有著黑亮的頭髮；她也有著深色的雙眸、一張紅色的大嘴巴。她總是那麼開心，總是笑口常開，而她的雙眸不只烏黑，還是如此的閃亮，她體內的喜悅彷彿如此豐盈，以致於連她的雙眸也被愉悅所填滿。她那位紅頭髮的死黨名叫希爾薇格；兩人是鄰居，也因而就像我與耶爾那樣總是黏在一塊，形影不離。希爾薇格面色蒼白、臉上長著雀斑，她的話不多，但有著一雙相當和善的眼睛。她們住在提貝肯社區海拔最高的地段；我只到過她們家所在的那條街一、兩次，而我在那裡也不認識任何人。班上同學被要求輪流自我介紹；輪到安妮・麗瑟蓓時，她提到自己有一個比她小一歲的妹妹、一個小她四歲的弟弟。班上另外一個名叫維孟德的男生也住在那裡，他的身材微胖，顯得很謹慎，甚至幾近於軟弱。在所有人當中，他跑得最慢，他也顯得最虛弱，丟球的姿勢跟女孩子沒有兩樣，他踢足球糟透了，也不能朗讀，不過他倒是很喜歡畫畫，以及其他許多可以在室內進行的活動。他的母親是一名高大、強而有力、精力充沛的女子，有著充滿怒意的雙眼與犀利的聲音。他的爸爸膚色蒼白、瘦弱，行走時拄著拐杖。他患有某種與肌肉相關的疾病；維孟德驕傲地描述道，他爸爸是一名「出血者」。有人問，那是什麼東西來著？維孟德說這個詞的意思，就是不斷地流血。當他的爸爸身上出現傷口、開始流血時，血會流個不停；他得用藥，或者到醫院去。否則，他將會死掉。

當我們開始上學時，安妮・麗瑟蓓、希爾薇格、維孟德，以及其他許多比我們大一歲或大幾歲孩子們所住的那一整片區域，突然被吸納進我們的世界裡。這一點也同樣適用於班上其他小孩所來自的所有街區。那種感覺好比一道帷幕被拉開；事實證明，本來被我們認為是一整片舞臺的區域，只不過是開場而已。就拿那座山坡上、附有一片平緩庭院（我們站在山頂上時，能夠望見它）的屋子來說吧；這座庭院盤踞在一道往下方急降、長度大約五公尺的白色牆壁邊緣上，最上方還用一道綠色鐵絲網格罩住，它不再僅僅只是一座房子，它更是西芙・約翰遜的家。循著那個方向，再往深處走上五十公尺，一條路就在那片茂密的森林後方來到盡頭；而斯維爾、耶爾・B與艾文德的家，就在那條路的旁邊。若是朝正下方直走，我們會進入另一片截然不同的區域，一個嶄新的世界隨之開啟——而克莉絲汀・塔瑪拉、瑪麗安與歐斯耶爾，就住在這個區域。

每個人都有自己專屬的區域，大家都各有自己的朋友，在暮夏時節的短短幾星期當中，一切就這樣在我們的面前開展。在此同時，有一點也是廣為人知的：我們彼此之間具有相似性，從事著相同的活動，也正出於這一點，對彼此敞開著。同時，每個人也都各有自己獨特的一面。索爾薇雅是如此的羞怯，以致於幾乎無法與人交談；烏妮每個星期六會跟雙親與兄弟們站在廣場上、擺起攤位，銷售自己親手栽種的蔬菜。克莉絲汀・塔瑪拉配戴著眼鏡，其中一邊還覆蓋著眼罩。看起來始終如此強悍的耶爾・霍康一站到黑板前面，頓時就陷入了恍神狀態、不知所措。達格・馬涅的臉上始終掛著訕笑。耶爾出生時，居然就已經接受過臨終前的膏油禮；當時，他們都認為他快死了。身上總是散發出微弱尿味的歐斯耶爾。像個男孩一樣強壯的瑪麗安娜。讀寫俱佳，而且足球球技相當精湛的艾文德。個頭矮小、動作迅雷不及掩耳的特隆德。非常擅於繪畫的希爾薇格。安妮・麗瑟蓓的爸爸是潛水夫。還有約翰；在全班之中，就屬他擁有最多個叔叔。

某一天，我們先是在學校裡待了三個小時；大約十二點鐘左右，我們在B-Max超市前下了公車，我和耶爾陪著約翰一同走回家。日光在湛藍的天幕中閃爍，路面顯得乾燥、塵埃滿布。當我們來到約翰的家門口時，他問我們要不要跟上樓去、喝一點果汁。這正如我們所願。我們跟著他上到露臺，擱下背包，在塑膠椅上坐定。他拉開露臺的門，朝屋內喊道：

「媽媽，我們要喝果汁！有同學來拜訪我啦。」

他的媽媽出現在門邊。她身著白色比基尼泳裝，肌膚晒成古銅色，長髮是暗金色的。她整張臉有一半被一副大墨鏡遮蓋住。

「真棒。」她說。「我去找找看，幫你們弄點果汁過來。」

她穿過客廳，走進廚房裡。約翰家的客廳瀰漫某種陰鬱的氣息，和我們家的客廳很像；但家具不像我們家的客廳那麼多，牆面上也沒有懸掛任何圖畫。與我們同班的兩名女孩，從下方的街道走過。約翰湊上前，上半身貼在欄杆上，對她們喊道：妳們看起來真像猴子唷。

耶爾和我都笑了起來。

女孩們完全不在乎，只管繼續往前走。瑪麗安娜的個頭比所有男生還要高，有著高聳的前額與顴骨，她那亮金色的長髮就像窗簾一般，筆直地從她的臉畔垂落。某些時候，當她震怒或難過時，她會皺起眉頭；這使她的雙眸散發出某種非常特別的目光，而我很喜歡。她會有暴怒，甚至極端任性的時刻——其他女孩子不會這樣表現。

約翰的媽媽走了出來，端著一只裝有三個杯子，以及一壺果汁的托盤。她在每個人面前各擺上一只杯子，在每個杯子裡斟滿果汁。紅色果汁最上層的冰塊浮動著、緊湊著彼此。當她走回屋內時，我凝視著她。她並不美麗；但她身上仍然散發出某種引人注目、多看一眼的特質。

「你在看我老媽的屁股啊？」約翰說道，並且高聲大笑。

我不理解他這番話是什麼意思，我為什麼要盯著他媽媽的屁股看？而且這也很令人困窘，他高聲說出這番話，她肯定也聽見了。

「沒有，我才沒有！」我說。

這下他笑得更大聲了。

「媽媽！」他喊道。「妳出來一下！」

她走了出來，身上仍然穿著比基尼。

「卡爾・奧韋盯著妳的屁股看耶！」他說。

她對他的臉頰賞了一巴掌。

對此，約翰只是笑得更大聲。我望著耶爾。他只是望向遠處空無的天際，並且吹著口哨。約翰的媽媽走回屋內，我則將那杯果汁一飲而盡。

「你們要不要瞧瞧我的房間啊？」約翰說。

我們點點頭，隨著他穿過昏暗的客廳，進入他的房間。其中一面牆上掛著一張機車的海報，另一面牆上掛的海報，則是一名皮膚在陽光映照下呈橘黃色的半裸女子。

「那是一輛川崎750機車。」他說。「你們還要喝果汁嗎？」

「我不用了。」我說。「我還得回家吃飯。」

「我也是。」耶爾說。

當我們走出去時，那條狗對著我們咆哮起來。我們朝下方的路走去，一語不發。約翰站在露臺上，對我們招招手。耶爾也朝他招招手。

我為什麼要盯著約翰媽媽的臀部？難道，我不理解臀部代表著什麼嘛？他為啥要這樣對我喊叫？他為什麼要把這些話告訴她？她為什麼要賞他耳光？而且，看在上帝的分上，在那之後，他為什麼繼續這樣笑個不停？一個人被自己的媽媽打了，怎麼還笑得出來？是啊，一個人被揍了，怎麼還有臉笑成這樣？

我確實有盯著他的媽媽看，由於她幾乎是全裸的，我看著的時候，內心泛起輕微的恥辱。但我絕對沒有盯著她的**屁股**看，我有什麼理由要這樣做？

這是我第一次，也將是最後一次到約翰的家裡作客。我們和約翰一起踢足球、一起游泳；然而，我們不會到他的家裡串門子。所有人都有點怕他；就算我們說他只是裝壞、說他實際上沒那麼壞，我們事實上知道：他就**是**個壞孩子。他和那些年齡比我們大的班級裡的男生們打成一片；在我們這些人當中，只有他幹過架；敢頂撞老師、拒絕照他們的話做，也就只有他一人。由於他可以隨心所欲地熬夜，他在早晨疲態盡現。我們所有人會在課堂上講起自己家裡發生哪些事情；輪到他講述時，他總會提到某個叔叔又暫住在他們家裡。他和我們都沒提到，那些中年男人在他的家裡幹麼——而我們又憑什麼要詢問這個呢？在我們認識的所有人當中，約翰擁有最多的叔叔與伯伯——事情就是這麼簡單，不必再多說什麼了。

幾天以後，也就是九月初某個週六，我和耶爾去郊遊。那是某個被夏季滲透、甚而盈滿的初秋日子——暖熱的地面塵埃密布，天空呈暗藍色，最初那幾片枯葉從空中飄落之際，它們看來竟顯得如此不自然——畢竟風勢還如此柔和，所有人臉上都還閃動著汗珠。我們各自帶著三明治以及裝著果汁的瓶子。我們打算走一條我們熟悉的路；它在那條筆直的長路盡頭，大約在那條通向芬那的小徑開端處往左邊拐。我們得通過那片隸屬於一棟房子的空地，才能到達那裡；而除了屋主可能會暴跳如雷的事實以外，我們對那棟房子一無所知。那年春季的某個星期天，我們一整票人就在他那片土地末端的草坪上踢足球；草坪的兩端分別被一道圓石丘與一條小溪所阻隔。半小時以後，他便大步踏了出來，在進入能夠被我們聽見的範圍以前就開始對我們大罵，同時朝我們揮拳。我們馬上一哄而散。可是，我們現在並不是要去踢足球。我們只是要穿過他那片土地、沿著小溪行走，來到那條實際上是一條小路的小徑；那是一條鋪有石板的小路（但最主要還是由白色小石頭所構成）。那裡有一道柵門，我們一把推開。如此一來，我們便置身於一個過去未曾見過的地方。那條小徑龜縮在陰影中；高大的樹木挺立在兩旁，感覺起來，我們簡直走進了一條隧道。再往前走上一小段路，它便拐了個彎；一座白色的山在日光映照下，閃閃發亮。我們所踩踏過的那些石頭，想必就是來自這座山。我們在山前止步。山勢並不像某些挺突、更顯得多孔的山岳那樣腐朽、呈現半腐爛狀態；也並不像我們可能在森林裡遇上的光禿岩壁和石板表面那樣陡峭、不平。並非如此。這座山完全是平滑的，簡直就像玻璃一樣，而且由許多斜斜的平面所構成。我們是否發現了一座生產鑽石的礦脈？它看起來簡直就是一座礦脈。但它如果真是礦脈，又未免太接近那片小型房屋的住宅區了。我們知道：如果發現了某個過去從沒被別人發現過的東西，那真是不可思議。儘管如此，我們還是在背包裡塞滿從那裡撿來的石塊。然後，我們就繼續大步向前走。那條小溪順著小徑流動，在頂部往下方急降、匯入一道有點像是深谷的溪溝內。在更下方處，也就是斜坡的起點向下流，穿越發出汩汩流水聲的小型突岩。我們試圖在那條小溪水位幾乎和小徑一樣高的某個定點上築堤，阻斷水流。我們將一塊又一塊石頭搬往那裡，用苔蘚堵住石頭之間的縫隙，忙了大概半小時以後，我們成功讓溪水淹上小徑。這時，我們突然聽見槍聲。我們四目相對。然後我們將背包揹上肩頭，開始向外跑動。槍聲，難道這一帶有獵人出沒嘛？跑了幾百公尺以後，那條小徑變得平緩，龜縮在由綿密、粗大、繼續向遠處延伸的松樹枝投射出的深長而墨綠色的暗影中。大約又往前跑了一百公尺左右，我們瞥見一條柏油路；這時我們猛然停下腳步，因為槍聲變得更加清晰，聲響從左方的某處傳來。我們鑽進樹木之間，踏在那片由藍莓細枝、歐石楠與苔蘚構成，如地氈一樣柔軟的平面上，走上一道疲乏無力的斜坡。在我們前方下面大約二十公尺處，一片樹木被砍伐殆盡的廣闊原野上，成堆的垃圾正浸淫在日光的映照下。

一座垃圾山！

一座森林裡的垃圾山！

幾隻海鷗從垃圾山最遠端掠過。牠們淒聲尖叫著，在那片有如海一般的垃圾堆上不住地盤旋。一股微甜，但同時也刺鼻的氣味，直撲我們的鼻孔。我們再度聽見槍聲。槍聲並不高亢，聽起來很枯乾，彷彿某種爆裂聲。我們緩步走向垃圾山的邊緣，看到兩名男子，他們站在更遠處、離此地有一小段距離的位置。其中一人站在一輛廢車的殘骸旁邊；另一人則臥倒在同伴的身旁。兩人手上都持槍，槍口均指向垃圾山。他們輪流擊發，每過幾秒鐘就擊發一次。那名躺臥的男子站起身來，他們拿著槍，直接走上垃圾山。我們走向他們剛剛才站過的那個定點。在那些如山丘、如冰河磧堆起起伏伏的垃圾堆之間，有著一條通道；他們就循著那條通道行走。他們穿著長靴、佩戴手套，儼然是道地的獵人裝束。兩人都是成年人，但並不老邁。我看到遍布各處的廢棄汽車殘骸、冰箱、冷藏箱、電視機、衣櫥與櫃子。我看到一張張沙發、椅子、桌子與燈泡。我看到滑雪板、腳踏車、附有釣線的釣竿、吊燈燈座、汽車的廢輪胎、紙箱、大型木製板條箱、材質為聚苯乙烯的箱子，以及一堆接一堆用垃圾袋包住、既腫脹又肥厚的垃圾。橫陳在我們面前的，就是一幕由各式廢棄物所構成的景觀。大多都是裝有廚餘和各式包裝的塑料袋（也就是家家戶戶每一天都會扔進垃圾桶的那些東西）；但此刻我們所站、也就是那兩名男子剛踩踏過的區域（差不多占總面積的五分之一左右），則放置著較大型的廢棄物品。

「他們在打老鼠！」耶爾說道。「看那邊！」

他們停下腳步。其中一人拉起老鼠的尾巴，將牠舉起。牠的整個側身似乎完全被打成了碎屑。他將牠轉了幾圈，然後鬆開手；牠被一把抛出、掉在幾只袋子上，滑落到他們之間。兩人笑了起來。另一人則一腳踹向另一具鼠屍，他用長靴的尖端插入死屍下方，將牠踢到一旁。

他們開始往回走，兩人在清朗、澄澈日光的照射下瞇起雙眼，跟我們打招呼。他們長得很像，簡直就像兄弟。

「小朋友，你們是在郊遊嘛？」其中一人說道。他那紅色的鬈髮從藍色鴨舌帽的帽沿下方透出。他有著一張寬闊的面孔，厚實的嘴唇上方留著濃密且同樣偏紅的鬍鬚。

我們點點頭。

「到垃圾山來郊遊！我只能這麼說啦。」另一人說道。他的髮色是那種幾近於白的淡金色，上脣邊沒有鬍子。除了這兩點以外，他與第一個人簡直維妙維肖。「這樣的話，你們打算在這裡用餐咯？在這座垃圾山的山頭野餐？」

他們笑了起來。我們也跟著陪笑一下。

「我們在打幾隻老鼠。你們想在旁邊看嘛？」第一個人說。

「是啊，我們想看看。」耶爾說。

「這樣的話，你們得站在我們後面。這很重要。懂嗎？還有，你們得一動不動地站著，這樣才不會干擾。」

我們點點頭。

這一次，他們兩人都躺臥下來。很長一段時間，他們一動也不動。我努力想看清楚他們正緊盯著的東西；但直到槍聲響起，我才看到那隻彷彿從地面上被突然穿來、力量強大的颶風一把攫起的老鼠。

他們站起身來。

「你們想要跟過來瞧瞧嘛？」其中一個人說。

「那又沒什麼好看的。」另一人說。「不過就是一隻死老鼠罷了！」

「我要瞧瞧牠。」耶爾說。

「我也想看。」我說。

然而，那隻老鼠可沒死透。牠伏在地面上，扭動著身子，尾部幾乎完全被打飛了。其中一名男子用力將槍托壓在牠的頭上。伴隨著一道噴濺般、甚至近於迸裂的「咚」聲，牠就此一動也不動。他面帶憂慮地望著自己的槍托。

「啊唷，我為什麼要這麼做哪？」他說。

「你應該就只是想看起來很屌。」另一人說。「現在，來吧！我們走吧。你可以在車邊把槍擦乾。」

他們再度走回「岸上」。我們則亦步亦趨，緊跟在他們後面。

「你們的爸媽知道你們在這裡嗎？」其中一人說。

「知道啊。」我說。

「非常好。」他說。「既然這樣，他們應該告訴過你們，不要觸摸這裡的東西？這裡到處都是細菌以及其他亂七八糟的髒東西，你們應該知道吧。」

「是的。」我說。

「很好！小朋友們，再見。」

幾分鐘以後，一輛車在下方的路邊發動。又只剩下我們了。有那麼一小段時間，我們就只是到處胡亂打轉、查看一些東西、清空袋子裡的物品，將櫃子掀翻，想瞧瞧後方是否放著什麼壯觀的玩意兒。我們不斷地叫喊著彼此，說著我們所找到的一切。我最重大的戰利品就是一袋相當精美、書況良好的漫畫與雜誌——當中包括《節奏》、《小子》與一本《泰克斯．威勒》的口袋書，還有幾本來自六〇年代，小而狹長的牛仔漫畫冊。耶爾找到一只扁平的手電筒、兩只嬰幼兒推車的車輪，以及一件雄鹿造型的刺繡品。當我們再也提不起勁東翻西找時，我們便走到石楠叢邊，帶著我們找到的戰利品，坐了下來，吃著我們帶來的三明治。

耶爾將三明治的包裝紙揉成一團，使勁往遠處扔。他所想的，應該是讓它落在垃圾山正中央的某處；但恰好就在此時，一陣風吹起，這導致它連垃圾山的邊際都沒能觸及，最後落在下方的歐石楠叢裡。

「我們來拉屎吧，嗯？」他說。

「行啊，沒問題啊。」我說。「在哪拉？」

「不知道。」他聳聳肩。

我們在森林裡游走了一會兒，找尋某個合適的地點。出於某種理由，光天化日在垃圾山上拉屎是不恰當的。我覺得這個舉動跟骯髒的豬仔很像；而且，由於四周都是垃圾和廢棄物，這樣做有點奇怪。不過，那些垃圾和廢棄物——不過就是閃閃發亮的塑膠袋與紙箱、已經報廢的家電用品、成堆的報紙。當那團軟綿綿、黏呼呼的玩意兒落在垃圾堆上時，等同為垃圾堆增添光彩。所以我們得走到森林裡去，解決這項生理需求。

「你看那邊的那棵樹！」耶爾說。

大約距離我們十公尺外的地方，有一棵倒塌的大松樹。我們爬到樹幹上，拉下褲子、伸出屁股，同時牢牢地握住樹枝。當那條香腸形狀的屎從耶爾的屁眼流出時，他甩了甩屁股，使得屎條看起來彷彿被拋到一邊。

「你看到了沒有！」他說道，並且哈哈大笑。

「哈哈哈！」我放聲大笑，並且嘗試不同的動作：像一架飛機那樣，從空中對一座城市投炸彈。當它不斷地往外擠、位置愈來愈朝外時，感覺真棒——以及它掛在那裡、搖搖晃晃，最終鬆開，「咚」一聲落到地面前的那一刻。

某些時候，我能夠一連憋住好幾天不拉屎——一方面我想要能夠大拉特拉，而在另一方面，這樣做也很暢快淋漓。當我真的已經阻擋不住便意、當感覺已經劇烈到我無法站直身子、必須向前傾的時候，要是我挺住、沒有屈服、繃緊全身肌肉繼續憋住，某一股暢快的感覺會震顫著、傳遍我的全身。那就像是將那坨屎硬塞回原位。但是這樣做是很危險的；要是你經常這麼做，那坨香腸般的屎會變得極為乾硬，你到了最後幾乎無法排便。噢，操他媽的，當這麼一大坨香腸將要被擠出時，那該是多麼痛苦呵！這其實是難以忍受的，我全身上下都被疼痛所填滿，簡直痛到要爆炸了。「**哦哦哦哦哦！！**」我喘息著。「**嘔嘔嘔嘔哦哦！！**」就在那一刻，就在情勢最為黑暗無望的那一刻，它突然出來了。

上帝呵，這真是太美妙咯！

此時充滿我內心的感覺，是如此美好！

痛苦終將過去。

那坨屎已然進入馬桶。

寧靜與祥和，傳遍了我全身上下。是的：這股祥和之感竟然是如此的濃郁，導致我無意起身擦屁股，我只想繼續坐著。

可是，這樣值得嘛？

在這樣的一次排泄以前，我可以終日走來走去、惶恐莫名。由於排泄會很痛，我不敢進廁所；但要是我不排便，之後疼痛只會有增無減。

最後你只能坐下來。還要知道：會痛得要死，痛到你求生不得、求死不能！

曾經有那麼一次，我惶惶不可終日，這導致我嘗試以別的方式將屎弄出體外。我先是半站起身，食指插入肛門，還要盡可能插得深一點。那裡！「香腸」就在那裡。像石頭一樣堅硬。現在我已經察知了它的位置；我開始以手指前後、來回抽插，又攪又扭，試著將通道拓寬。同時，我又稍微使勁擠壓；我藉著這種方式緩慢但確切地將那條屎摳到了邊緣。哎呀，要將那最後一小段弄到外面，還是會痛的，不過也沒**那麼**痛就是了。

這是一種方法！

整根手指都變成棕色並不特別恐怖，這總是洗得掉的。不過那股氣味就比較糟糕了，不管我怎樣努力地扭擰、擦洗，那根手指上就是會纏繞著某種微弱的屎味，日夜不退散。是的，就算我次日早晨醒來，我仍能感覺到那股氣味。

這一切好壞與利弊，都必須經過權衡、相互比較。

當我和耶爾拉完以後，我們各自用一片蕨類植物的葉子擦完屁股，然後走到後方，觀賞我們的傑作。我拉的那坨屎泛著一抹綠光，如此溼潤，以致於已經開始些微流洩到地面上。耶爾撇的那坨屎呈淺褐色，其中一端出現一片比較堅硬、更像是腫塊的黑色區域。

「我拉的香噴噴的，你拉的臭翻天，這不是很怪嗎？」我說。

「你的才臭翻天！」耶爾說。

「才不呢。」我說。

「噢，操，殺千刀的。」他用一根長枝條挖我所拉的屎，用手摀住自己的鼻子。

幾隻蒼蠅在糞便上方盤旋起來。牠們身上也散發著一抹綠光。

「好啦。」我說。「我們該走了吧？我們下星期六也許可以來瞧瞧它們那時變成什麼樣子，你說呢？」

「那時候我不在這裡。」他說。

「你要到哪去？」

「到利索爾[19]。」他說。「我們似乎要去那裡看一條船。」

我們跑動起來，取來我們的物品，然後踏上回家的路途。耶爾的雙手各抓著一只車輪。我則拿著那只裝滿漫畫的塑膠袋。我要他保證：等他到家時，他可不能說出我們到過哪裡，因為我感覺到，要是他們知道有這麼一回事，他們會禁止我們出門。關於那些漫畫，我想出了一套相當完善的說詞：要是爸爸發現、起了疑心，我就會說，我跟其中一個住在別的社區，名叫猶恩的小孩借來這些漫畫。

當我走到門廊上時，我寂靜無聲地站了一會兒。我沒聽見什麼特殊的聲音，就彎下腰來、解開鞋帶。深處的那扇門被拉開。我脫下其中一腳的鞋子，放在牆邊。下一扇門被拉開；爸爸站在我的眼前。我將另一只鞋子放到一旁，站起身來。

「你到哪去了？」爸爸說。

「到森林裡。」

我突然想起，我事先有準備一套說詞。我低著頭，補充道：「然後，我們還到高地去。」

「你那個袋子裡面，都裝些什麼東西？」

「幾本漫畫。」

「你從哪裡弄來這些東西？」

「我跟一個叫做猶恩的小孩借的。他就住在高地上。」

「讓我看看。」爸爸說。

我將袋子遞給他。他望向袋口，抓住一本封面畫有特克斯・維勒[20]的漫畫冊。

「這個我拿走了。」他接著就走回自己的工作室。

我走入門廳之後，才剛踏了幾階樓梯，他就大聲喊我。

難道他已經發現了？想像一下，如果那些舊漫畫發出垃圾的腐臭味呢？

我轉過身，再度往樓下走，膝蓋是如此軟弱無力，以致於雙腿幾乎支撐不住。

他就站在門口。

「你還沒收到你這禮拜的零用錢呢。英格威剛剛才拿到自己的零用錢。喏，拿去吧。」

他將一枚五克朗的硬幣放到我的手裡。

「喔，真是太感謝啦！」我說。

「不過B-Max已經關門了，要是你還想要買零食，你得到芬那去。」他說。

到芬那的路途很遙遠。首先，你得走過那條冗長的下坡道，接著，再走過漫長的筆直道路，然後是那條穿過森林的漫長小徑，往下走到礫石路面，最終會通往公路上，那座既美妙、又邪惡的加油站就位於該地。坡道與筆直的道路並不構成任何問題，路的兩旁布滿了房屋，而且人聲雜沓，車流不息。至於那條小徑就比較棘手了；只消走上幾公尺，你就會迷失在樹叢之間，你在那裡看不到什麼人，或者長得

19 Risør，挪威東南部海岸的市鎮，距離克里斯蒂安桑約一百公里。

20 Tex Willer，1948年在義大利推出的漫畫集《*Tex*》的主角。

像個人的東西。舉目所見淨是落葉、灌木叢、樹幹、花朵、被砍斷的樹木所覆蓋的沼澤與山丘以及草地。當我走在那裡時，我會唱歌。我唱起來：我在小徑上行走。一隻小藍鳥在飛翔，大熊正在熟睡，我穿越陸地與湖水。當我歌唱時，我感覺自己不再孤獨（哪怕我實際上還是孑然一身）；那首歌，彷彿是另一個小男孩的化身。如果我不唱歌，我會跟自己講話。我很好奇，對面是否有住人？還是說，這座森林將要永無止境地延伸下去？不會的，不會一直延伸下去的，我們住在一座小島上哪。這樣的話，那邊就是大海囉。也許，往返丹麥的郵輪現在要開船了？我要一包夜神軟糖，還有一包火狐糖。火狐和夜神[21]，夜神和火狐。火狐和夜神。夜神和火狐。

在我的右手邊，那些樹冠下方出現某種類似於廳室的空間。高大的闊葉木樹冠交織成一道屋頂般的綿密結構，使得地面上的植被極為稀疏。

我旋即上到礫石路，沿途經過老舊的白色房屋與陳舊的紅色牛棚，聽見下方公路來車的噪聲。當我來到那裡時，外觀可謂光鮮亮麗的加油站，離我僅有五十公尺。

四只加油唧筒擺放在原位，就像伸向鬢角、正在敬禮的手一般。以藍色寫著「芬那」的白色大型塑膠看板，在高聳柱子的頂端發出微光。一輛掛著拖車的貨車停在那裡；司機坐在駕駛座上，一手從搖下的車窗伸出，正與某個站在下方的人交談。小店外面停著三輛機車。一輛汽車駛到其中一座唧筒前方；一名後口袋因裝著皮夾而顯得沉甸甸的男子從車內鑽出，將油管弄鬆、把管口插進油箱裡。我停下腳步，注視著他。油管彷彿正以世界上最高的疾速不停閃動著。在此同時，那名男子將視線轉向他處。我覺得這種姿態、對手邊的動作心不在焉，真是棒呆了。這表示這個人對此事駕輕就熟，極其有信心。

我走到那家小店前，拉開門，心臟在胸口急速跳動。你永遠不知道，你在店裡會遇到什麼樣的情況。是否會有人對你講話？還是講個笑話，讓其他所有人笑翻天？

比如說，他們可能會講「這個就是小克瑙斯高」之類的話。「把拔今天在哪裡啊？他今天是待在家裡，改考卷嗎？」

那些經常在這裡出沒的小孩，多半是初中部的學生。他們會穿著牛仔夾克，甚至皮夾克，大多數人會將各種標誌繡在衣服上。比如說，他們會縫上龐帝克、法拉利或福特野馬跑車的徽標。其中幾個人的頸子上掛著用來擦拭鼻菸的手帕。所有人都留著低垂到眼眸的長髮。如果他們想要看什麼東西，他們會甩甩頭。一旦到了戶外，他們會不斷吐口水、狂喝可樂。有些人會直接將花生放進可樂瓶裡，這樣就可以一邊喝、一邊吃。就算抽菸是不被允許的事，他們當中幾乎所有人都在抽菸。他們當中年紀最小的已經有腳踏車；最年長的則騎乘機車；有時候，那些已經開車、年齡更大一些的男生還會加入他們。

邪惡正是存於此地；機車、長髮、抽菸、逃學、賭博，發生在加油站裡的一切都是罪惡。

如果他們認出我就是小克瑙斯高，他們那一陣陣總是會撲向我的笑聲，屬於我認知當中最糟糕、最惡劣的待遇。我無法回應任何話，只能低下頭去，迅速地溜到櫃檯前，購買我到這裡想買的東西。「小克瑙斯高真是窩囊廢！」當他們正在興頭上的時候，他們可能會這樣大呼小叫。他們有時會高聲叫喊我，有時則會讓我耳根子清靜一點。不過關於這種事，我永遠說不準。

這一回，他們沒有多干擾我。他們當中的三個人圍站在一座賭博遊戲機旁邊；另外四個人圍著一張桌子坐著，正大口喝著可樂。還有三個濃妝豔抹的女生圍坐在最內側的一張桌子旁邊，不停咯咯笑著。

我用所有的錢買了夜神和火狐軟糖，這次買了相當多，店員將糖果倒進一只透明的塑膠袋內。之後，我就腳底抹油地溜出店外。

21 Fox och Nox，北歐常見的散裝零食廠牌，生產檸檬軟糖、甘草糖等糖果製品。

此時的陽光已經無法照射到礫石路面上，這一帶的空氣變得淒冷。我走上礫石路面，進入那條小徑。還挺順利的嘛，我一邊說著，一邊用飄移的目光搜尋著，打量著「大廳內」所有樹幹之間的縫隙，想看清楚是否有東西在裡面移動。我現在到底要怎麼做才好？我思考著。我應該輪番吃這兩種軟糖呢，還是先把所有火狐糖吃掉，接著再清掉所有的夜神軟糖？

右手邊的灌木叢裡，突然響起一陣「沙沙」聲。

我停下腳步，笨拙地望向灌木叢，謹慎地向後退上幾步，以策安全。

「沙沙」聲再度響起。

那會是什麼呢？

「嘿。」我說。「有人在嗎？」

一片死寂。

我彎下腰來，撿起一顆石頭，狠狠扔進灌木叢裡，然後全速逃離那裡。當我再一次停下腳步，看到我後方什麼東西也沒有的時候，我就笑了起來。

「你看吧。」我一邊說，一邊繼續往前走。

嗯，是的，談到關於死者的問題，最重要的一點就是別去想。你得始終想著別的事物。因為只要你一開始想著死者、想著他們就在這裡——比如說，他們就在那棵老松樹後面——突然間，你將完全無法思考其他任何事情，你只會愈來愈害怕、愈來愈恐懼。最後，你除了使盡全力逃命、一顆心噗通直跳，外加一聲撕心裂肺的慘叫以外，沒有其他選擇。

因此就算這段路的進展相當順利，當那條小徑岔開、那一整片住宅區呈現在我眼前的時候，我仍然鬆了一口氣。

我朝那裡跑去。

其中一棟房子外面，站著兩個女孩子。當我在草地上行走時，她們盯著我看。然後她們開始衝向我。

她們到底想要怎樣？

當她們接近時，我望向她們，但仍繼續走動。

她們在我正前方停下來。

其中一個人是湯姆的妹妹。湯姆是這個區域最年長的男孩之一；他已經擁有專屬於自己、一輛紅到發亮的轎車。至於另一個女孩，我從來沒見過她。她們至少有十歲。

「你剛才到哪裡去？」其中一人說。

「芬那。」我說。

「你在那裡幹麼？」另一人說。

「沒幹麼。」我一邊說，一邊繼續走。

她們堵住我，使我無法通過。

「離我遠點。」我說。「我要回家。」

「你那袋子裡面裝啥？」

「啥都沒裝。」

「哼哼，裡面當然有東西。火狐和夜神。我們早就看到咯。」

「那又怎樣？我幫我哥買的。他十一歲。」

「把糖果交給我們。」

「想都別想。」我說。

湯姆的妹妹動手搶那只袋子。我將它藏到另一邊。另一人伸出手來，一把將我推倒。

「把袋子交出來。」她說。

「別想。」我用雙臂蓋住它，並且試著站起身來。

她再度將我推倒。我直挺挺地倒在地面上，哭了起來。

「它們是我的！」我尖叫起來。「不許妳們拿走！」

「那不是你哥哥的嘛？啊？」另一人說道，並一把將袋子從我手上扯走。隨後她們使盡全力、加速衝過那片草坪，跑到路邊，一路上笑個不停。

「它們是我的！」我尖叫起來。「它們是我的！」

我一路哭著回家。

她們偷了我的糖果。這怎麼可能呢？她們怎麼能就這樣大剌剌走到我面前，一把奪走？那明明就是我的！我從爸爸手上拿到零用錢，大老遠走到芬那！然後她們就這樣走出來，一把搶走！還推我！她們怎麼可以這樣？

當我快到家裡的時候，我用襯衫袖口擦乾臉，眨了幾下眼睛、用手搔了搔頭，確保不會被任何人看出我哭過。

我五歲時，特隆德的妹妹文琪曾經對我扔來一塊大石頭，正中我的腹部。我那時候哭了起來，跑到我們家庭院的籬笆旁邊，原因在於爸爸站在籬笆的內側、正在挖土。我本來滿心以為他會幫助我，但他可沒有。他反而說，文琪是個小女生，還比我小一歲，這種事有啥好哭的。他又說，他真為我感到丟人現眼，我得動手反擊，我必須學到這一點。但我不能理解。扔石頭是不對的，這難道不是人盡皆知的嘛？

這難道不是最惡劣、也最不應該做出的舉動嘛？

但爸爸就是不管這些，他才不管。他雙手抱胸而站，目光陰沉地望向街道的另一端；所有小孩正在那裡玩耍。他朝那個方向點點頭，告訴我到那裡去，繼續玩，別再煩他。

而現在，這些偷走我糖果的又都是女孩子。這麼一來，爸爸更不會幫助我了。

我在門廊上停下腳步，留神聆聽片刻，脫下鞋子、擱在牆邊，謹慎地偷溜上樓，走進英格威的房間——同時，我內心那些關於所有被搶走的火狐與夜神軟糖的思緒更加迅猛地重新襲來，我再度淚流滿面。

英格威正趴在床上，雙腳翹得老高，讀著《破壞狂》運動畫刊。一袋零食與糖果就擺在他和那份畫刊之間。

「你哭喪著臉，怎麼回事啊？」他說。

我將發生的事情一五一十地告訴他。

「你難道不會跑開嘛？」他說。

「跑不掉啊，她們把路堵起來了。」

「她們把你推倒。你難道不會動手回揍她們啊？」

「不行啊，她們比我大，也比我有力氣。」我一邊說，一邊抽抽噎噎著。

「為了這種事情就這樣哭哭啼啼，有必要嘛？我把我的糖果分你一點，這樣總行了吧？」

「好好——好。」我打著嗝說。

「很好，不過不會給你很多。但是，我可以分你一點。這個、這個，還有這個。也許這塊也行。就這樣了。這樣，有沒有好一點啊？」

「有。」我說。「我可以也坐在這裡嘛？」

「你可以坐在這裡，把糖果吃光。然後，你就得閃人了。」

「好。」

當我將那些糖果吃光舔淨，用冷水沖過臉以後，我感覺自己似乎可以重新開始了。我聽到抽油煙機的風扇正嗡嗡作響，媽媽正在廚房煮飯。我待在樓上時，一直沒聽到爸爸的任何聲響或動靜，所以，他想必還待在樓下的工作室裡。

我走進廚房，在椅子上坐好。

「你去買了週六的零食啦？」媽媽說。她站在電爐旁邊，翻攪著平底鍋裡像是絞肉的東西，發出一陣陣的「嘶嘶」聲。另一座電爐上則擺放著一只湯鍋。抽油煙機風扇發出的「嗡嗡」聲之中，你簡直無法聽清楚湯鍋的「嘶嘶」聲。

「對啊。」我說。

「你是一路走到芬那加油站嘛？」

她總是會完整地說出「芬那加油站」。不像我們，只說「芬那」。

「是的。今天我們吃什麼啊？」我問。

「煎絞肉炒米飯，我是這樣想的。」

「在裡面加鳳梨？」

她面露微笑。

「不，不加鳳梨。這是一道墨西哥料理。」

「那太好了。」

一陣死寂。媽媽將一只袋子撕開，將袋裡的食材澆淋在絞肉上，然後用那只以公升為單位的量杯裝水、澆在煎鍋上。她才剛剛完成這個動作，水就已經滾沸了。她隨即將米飯加進去。接著她在桌面的另一邊坐定，用雙手按壓背部，伸展一下身體。

「妳在庫克園到底都做什麼呢？」我說。

「這你應該知道吧？你自己都去過那邊好多次囉。」

「妳照顧住在那裡的人嘛？」

「是的，可以這麼說。」

「可是，他們究竟為什麼要待在那裡？他們為啥不住在自己家裡？」

她尋思良久。是的，她思考的時間是如此的漫長，以致於當她最後開口回答時，我已經開始想別的事情了。

「許多住在那裡的人，患有焦慮症。你知道那是什麼嘛？」

我搖搖頭。

「那是指某人很害怕某個東西，而又不知道自己在怕些什麼。」

「他們一直都覺得很害怕嘛？」

她點點頭。

「是的，他們一直覺得很害怕。這種時候，我會跟他們講講話，一起做點不同的活動，讓他們不再覺得那麼害怕。」

「可是……他們不是在怕某個特定的東西喔？還是說，他們就只是單純覺得害怕？」

「是的，沒錯，就是這樣。他們就只是覺得害怕。不過這些都會過去；在那之後，他們就會搬回自己家裡。」

接著是一陣沉默。

「你為什麼會問起這個？你一直都在想著這件事嘛？」

「不是啦，是老師在問。我們要介紹自己的爸媽做些什麼工作。我就說妳在庫克園工作，接著她就問起，妳在那邊都負責什麼。可是，我並不真的知道妳在那邊做什麼。不過，妳知道耶爾說什麼嘛？他說，他的媽媽指導住在那裡的人綁鞋帶耶！」

「她說的挺對的啊。她在那邊幫助的對象，內心並不覺得害怕。但是對他們來說，要完成一些被我們認為理所當然、再自然不過的事情，可是很麻煩的。比方說，煮飯和洗衣服。還有，穿衣服。因此瑪莎才會在那裡，幫助他們完成這些事情。」

她站起身來，攪拌一下煎鍋裡正在烹煮的食材。

「他們就是怪物，嗯？」我說。

「這個叫做精神障礙者。」她一邊說，一邊凝視著我。「用『怪物』這個詞，是很沒禮貌的。」

「真的是這樣喔？」

「是的。」

樓下的一扇門被打開了。

「我去找英格威一下。」我站起身來。

「去吧。」媽媽說。

我盡可能地快走，不要跑起來。如果我在聽見第一扇門被拉開時就起身，我就能趕在爸爸走到樓梯上、看到我以前就來到英格威的房間前。如果我在聽見第二扇門被拉開時才行動，他將會看到我。這時，就在我掩上門之際，我聽到樓梯間傳來的第一道腳步聲。

英格威仍然趴在床上，正讀著足球賽季回顧的雜誌。

「我們應該快開動了吧？」他說。

「是吧。」我說。「我可以跟你借一本雜誌來讀嘛？」

「請便。但是，請你小心翻閱。」

爸爸從門外走過。我在架上那成堆的書報、刊物與漫畫前方蹲坐下來。他專門蒐集雜誌與漫畫冊，他用箱子收藏《幽靈》，而我的收藏品則到處散落著。除此之外，他還加入《幽靈》漫畫的社團。

「我可以跟你借這一整箱的漫畫嘛？」我說。

「想都別想。」他說。

「那麼，這本年報呢？」

「那個你可以借去看。」他說。「但是，在你看完以後，請你將它拿進來！」

我們每週六早餐和晚餐都會吃米布丁；通常裝在一只大汽鍋裡，而且總是擺在餐室裡，而不是我們平常供餐的廚房裡。每個座位上都擺了一張紙巾。媽媽和爸爸會在用餐時喝葡萄酒或啤酒；我們則喝汽水。用完餐，我們會看電視，看的通常是從一間位於奧斯陸的錄音室傳送、某種類似百老匯的節目：身穿網襪與西裝外套、拿著手杖、戴著帽子的女人，與身穿吸菸裝、圍著白色圍巾、戴著帽子並拄著手杖的男人走下一道白色階梯，他們最常唱的是〈紐約，紐約〉。媽媽喜歡的索爾薇．汪雅，通常會在這個節目出演。另外幾個常在週六上電視的演員還包括雷夫．尤斯特、亞維恩．歐普沙爾，以及達格．弗羅蘭。

一年當中，溫布頓網球賽、英格蘭足總盃決賽、歐洲聯賽總決賽是電視節目的焦點；次要的焦點則是歌謠祭；如果當週沒有歌謠祭的節目，文琪．梅絲會展示一張她小時候就讀幼稚園時期的素描作品。

這天晚上，一名身上披著好幾片抹布的男子坐在屋頂上，以極其陰鬱的聲音唱著歌。他唱著：「老——人——河」。一整晚，我哼唱著這首歌。當我刷牙的時候，我哼唱著「老——人——河」。當我脫衣服的時候，我哼唱著「老——人——河」。當我躺到床上、準備就寢的時候，我哼唱著「老——人——河」。

爸爸和媽媽已經將那道滑門掩上，坐在客廳裡抽菸、談話、聽音樂，同時喝著晚餐喝剩的葡萄酒。在樂聲中，我相當勉強地聽見爸爸那陰沉的話聲。即使我聽不見媽媽的聲音，我還是能夠得知：她在暫停與空檔時，說了一句什麼。

我竟昏睡過去。當我醒轉過來時，他們仍然坐在客廳裡。難道他們要這樣徹夜促膝長談下去？我一邊想著，一邊再度沉入睡夢之中。

九月那溫暖而晴朗的日子，就是夏季的最後一搏；在那之後，天候驟變，取而代之的是一陣陣的雨勢。T恤、短褲被羊毛衫和長褲所取代；我們清晨出門時得穿上夾克。當綿密不絕的秋雨降臨時，登場的就是長筒靴、防雨長褲和雨衣。溪水漫流著；礫石路面上遍布著水窪；水勢沿著人行道的邊緣流動，還在旅程中一併刮走了砂土、小石塊與松針。游泳的逍遙生活告一段落；人們不再於週末白天駕著自家的小艇到外海郊遊，與浮動碼頭有關的一切交通、啟程與返航，全都與漁業有關。就連爸爸有時也會在週末取來自己的釣魚裝備，包括釣竿、捲線器、旋式誘餌與魚叉。他會套上自己那件墨綠色的雨衣，開到這座島嶼的外圍，獨自一連待上好幾個小時，釣魚，或者捕捉冬季在那片水域游動的大型鱈魚。在這個季節開始上游泳課的本意，就在於此：一想到戶外豔陽高照時到室內的游泳池裡游泳，我們就感到不甚自然。游泳課訂在每週二晚上，將持續一整個秋季；全班所有人都已經報名參加。由於媽媽每天清晨、在我起床前就去上班了，我在前一天晚上提醒她：她得記得在回家途中買一頂泳帽。我們老早以前就該買泳帽了，但我們就是遲遲沒買。當我聽見她的車開上路面，我便飛奔下樓、衝到門廳，等候她的到來。她穿著風衣走進來，肩上是斜背式的提包，她看到我時露出一抹疲倦的微笑。然而，我根本沒見到從運動用品店帶回來的購物袋。泳帽或許藏在提包裡？畢竟一頂泳帽不算大。

「妳有買到泳帽嘛？」我說。

「噢，你知道嘛，我還真沒帶。」她說。

「妳忘記了？妳總不會已經忘記了？游泳課就在今天，今天！」

「我真的忘記了。下班回家的路上，我一直在想自己的事情。不過，你聽著……游泳課是幾點鐘開始？」

「六點鐘。」我說。

她看了看時間。

「現在是三點半。商店四點鐘打烊。如果我現在就開車上路，我剛好趕得上。我可以搞定的。能不能請你幫個忙，跟爸爸打個招呼，就說我一小時後會再回到家。」

我點點頭。

「那妳就動作快點吧！」我說。

爸爸此刻正站在廚房裡，煎炒著肉排。電爐上方飄動著一片雲霧般的油煙。湯鍋裡裝著水煮的馬鈴薯；蓋在湯鍋上的蓋子因蒸氣的壓力，微微地顫動，發出「噹啷」聲。他開著收音機廣播，背對著收音機，一手握著炒菜用的鍋鏟、另一手則托住廚房流理臺的邊緣。

「爸爸。」我說。

他迅疾地轉過身。

「啥？」他說。當他看見我的時候，他再補上一句：「你想怎樣？」

「媽媽一個小時以後到家。她要我跟你打個招呼，告訴你這件事情。」我說。

「她剛剛還在這裡，現在就又開車走了？」

我點點頭。

「為啥？有什麼事情需要她忙成這樣子？」

「買泳帽。我今天要上游泳課。」

當他瞪著我的時候，他目光中的惱怒是如此劇烈，以致於我無法無視。不過這件事情還沒完呢，我可不能直接脫身，離開那裡。

接著，他朝我房間的方向點點頭。我便走進自己的房間，並竊自欣喜著：這次居然這麼容易就脫身了。

十分鐘以後，他叫喊著我們。我們從各自的房間裡來到走廊，之後小心翼翼地拉動靠在桌邊的椅子，坐好，等著爸爸將馬鈴薯、一片炸肉排、一小堆炒焦了的洋蔥，以及幾片水煮紅蘿蔔倒進餐盤裡，然後才能開動。我們得直挺挺地坐著，除了下臂、嘴巴和頭部以外，全身上下其他部位絲毫不能動彈。這一整頓飯期間，完全沒人開口。當我們的餐盤裡除了那根被啃得乾乾淨淨的肉排骨，以及馬鈴薯皮以外再無任何東西時，我們為這一餐飯向他道謝，然後就走回各自的房間裡。我從那陣自廚房裡騰起、如汽笛般的煮水聲中判斷出，爸爸正在泡咖啡。煮水聲沉寂下來以後，他就直接下樓、走回自己的工作室，手上鐵定還拎著一只咖啡杯。我一邊躺著看漫畫、一邊持續不斷注意著這棟房子外的各式聲音，例如行經車輛的引擎轟鳴聲。當媽媽一拐進下方遠處的那條道路時，我就能辨識出她的車聲。那輛福斯金龜車的聲音，是不可能誤認的；即使我認錯了，當車在幾秒鐘後開上圓環路時，我就完全能確定是她。我從房間裡走出來，站到樓梯上。由於爸爸待在工作室，樓梯口就是最理想的等候地點。

推門的聲音傳來。我聽出她先是脫下長靴，接著是夾克，然後將夾克掛在角落的衣鉤上，再來是踏在樓下門廳地氈上的腳步聲，當我瞥見她時，來自於階梯上的足音竟彷彿與她的形影合而為一。

「妳有買到嘛？」我說。

「有啊，順利買到了。」她說。

「讓我看看吧？」

她將那只印有Intersport運動用品店徽標的白色購物袋遞給我。我打開，取出那頂泳帽。

「噢，媽媽，上面印了花的圖案！我才不要那些花！不能這樣搞！這是女生戴的泳帽！妳買的是給女生戴的泳帽！」我說。

「可是，挺好看的啊？」她說。

我呆站原地，雙眼泛著淚水，望著那頂白色的泳帽；帽子上的花朵可還不僅僅是印在上面的圖案，是立體的小片塑膠花。

「妳現在就得馬上到店裡去，換掉這頂泳帽。」我說。

「嘿，小朋友，現在那些店全都下班啦。我真沒辦法啊。」

她將手放在我的頭上，凝視著我。

「你真覺得有這麼糟糕嘛？」她說。

「我不能戴這頂泳帽去上游泳課。我不去了。我要待在家裡。」

「嘿，卡爾．奧韋。」她說。

淚水從我的雙頰上滾落。

「你一心盼望的，就是開始上游泳課啊。」她說。「泳帽上面繡著花朵，這總沒有那麼嚴重吧？不管怎麼說，你總還是可以去上游泳課的。下次我們買一頂新的給你。這一頂，以後可以留給我戴。我需要一頂泳帽。而且，不管怎麼說，我覺得這些花挺漂亮的。」

「妳啥都不懂。我說行不通就行不通。這根本就是**老太婆戴的泳帽！**」我最後一句話簡直是用吼的。

「現在，我其實覺得，你真是不講道理。」媽媽說。

就在這一刻，爸爸工作室的門被「碰」一聲甩上。這種事發生時，即使他離事發地點好幾公里遠，他仍然能夠嗅聞出蛛絲馬跡。我迅疾地將雙眼裡的淚水擦乾，把那頂泳帽塞進袋子裡。但一切都太遲咯，他已經站在樓梯口。

「怎樣？」他說。

「卡爾．奧韋不喜歡我買給他的泳帽。他現在完全不想去上游泳課。」媽媽說。

「愚蠢的垃圾！」爸爸說。他走上樓來，一把托住我的下巴。

「你現在就給我去上游泳課，戴著媽媽買給你的那頂泳帽去上課，懂不懂？」

「懂。」我說。

「還有，這種雞毛蒜皮的小事情，哭個屁！沒用的窩囊廢。」

「是。」我一邊說，一邊再度用手將眼淚擦乾。

「滾回你的房間裡去，在那裡乖乖待著，等到要出發時再出來，就這麼簡單。」

我只能乖乖聽話。

「還有啊，當他到廚房來的時候，我聽他說，妳為了買這頂帽子，居然專程再度開車回城裡。」

「可是，他就真的一心期待游泳課啊。」媽媽說。「他簡直是迫不及待哪。我已經答應要買給他啦。結果，我又把這件事情給忘了。」

一小時以後，媽媽進到我的房間裡與我會合。我們下樓、走到門廳，我已經下定決心完全不跟她說話，因此我什麼也沒說，只是穿上長靴、套上雨衣。我拿在手裡的那只袋子，裝著泳褲、毛巾還有那頂泳帽。當我打開大門，耶爾和雷夫．托爾已經等在外面，手上各拎著一只袋子。戶外開始變得昏暗，空中還飄著濛濛細雨。他們的頭髮泛著溼氣，門上方的燈光照在他們的夾克上，使其閃閃發亮。

他們跟媽媽打過招呼；媽媽也跟他們打了招呼，接著迅速地穿過那條礫石路面，我們則緊跟在她後方。她拉開車門、將椅背往前推，我們鑽進汽車的後座。

她插入車鑰匙，發動引擎。

「排氣管有問題嘛？」雷夫．托爾說。

「是啊，這輛車已經很舊了。」媽媽說。她切換檔位，在私人車道上往後倒車。雨刷在擋風玻璃上緩慢地來回掃動著。燈光照亮那些黑暗、道路另一邊的松木；此時，那些松木看起來彷彿朝我們的方向跨上一步。

「耶爾已經會游泳了。」我說。隨後，我才想到我什麼話都不該說的。

「這真是太棒了。」媽媽說。她將閃光燈的手桿往下拉，瞥了一眼右側的車窗，然後才拐上道路，繼續往前開到下一個路口；此時所有的動作按照相反的順序重複一遍，她將手桿向上推，然後望了望左邊的車窗外。

「那你呢，雷夫．托爾，你會游泳了嘛？」她說。

當我們向上開往橋面時，路旁隆起的岩壁傳來引擎轟鳴聲的回音。船隻桅杆頂部的燈光，在黑暗中閃動著紅光。我心想，那些搞不清楚狀況的人想必會以為，它們飄浮在空中。

雷夫．托爾搖搖頭。

「只會一點點。」他說。

我們駛過橋面時，我看出那片夾雜著雨勢、更顯沉重的黑暗，已經開始將海峽與陸地上的小丘縮攏在一起。我們還是能夠區分地景的不同；原因在於，與那片沉靜且被某種光輝映照的水域相較，大陸上的陰鬱仍顯得更深沉、更緻密。那排向兩側延伸的燈彷彿懸掛在最遠端、虛無的空中，就像星空中的點點繁星；而那些離我們最近的燈光，其周圍環境都閃閃發亮、肉眼可以辨識，它們以一種截然不同的方式在這片景觀中扎根。燈飾或小型燈塔從各處綻放出綠色與紅色的光輝。我們往下行駛，來到對面的港灣區，其中一側是住房與各式庭院；另一側則是工業廠房建築，在路燈的映照之下顯得空洞且泛黃，暗夜就像一道滴著雨的百葉窗，懸掛正上方。擋風玻璃上的雨刷劇烈掃動著，此刻的雨勢變大了。雷夫．托爾說，勞夫曾上過同一所游泳學校。游泳課老師是一名四十來歲的女子，勞夫說她極其嚴厲。但是，勞夫經常信口雌黃。要是他有機會欺騙雷夫．托爾，或者我們當中的另一人，他絕對會把握機會。我說我還沒弄到泳鏡，但我在水面下還是能看清楚，所以不戴泳鏡也沒問題。耶爾則展示了他的泳鏡。那是一副 Speedo 泳鏡，藍色鏡片搭配白色綁帶。

「嗯，那泳帽呢？」雷夫．托爾問。

「我用我爸的。它有點太大咯！」耶爾說著，笑了起來。

「你爸爸有泳帽喔？不管怎樣，我爸可沒有。你爸爸有嘛？」雷夫．托爾望向我說道。

「我覺得應該沒有吧。媽媽，現在幾點鐘啦，我們趕得上嗎？」

媽媽舉起左腕，看了看時間。

「現在是五點三十五分。我們的時間很充裕。」

「為什麼只有老太婆和小孩，才會戴泳帽呢？」雷夫．托爾說。

「不是這樣啦。游泳比賽的選手也會戴泳帽。」我說。

「下次我們拿到零用錢的時候，我要買一頂畫有挪威國旗的白色泳帽。」耶爾說。「今天，我爸爸跟我保證這個。而且他還說，等到我游泳游得夠好的時候，我就可以開始參加游泳的俱樂部。在城裡喔。」

「可是，你跟我難道不是要先從踢足球開始嘛？」我說。

「是啊，是這樣啊。我可以兩個都做啊。」耶爾說。

媽媽打著方向燈，從大路上拐下，開進一條礫石路面上，通向一座被黑暗所籠罩的學校。她將車停在校門口。

「我覺得，就在那裡。」她指了指一棟一小段距離外的低矮建築。

「是那裡沒錯。」雷夫．托爾說。「瞧瞧，特隆德和耶爾．霍康就在那邊啊。」

「這樣的話，一個多小時以後，我就會來接你們啦。」媽媽說。「加油！」

我們拎著各自的袋子，從車上輪番跳下，奔向那棟建築的入口。媽媽那輛綠色的福斯金龜車則掉轉方向，循著來時路往回開。

更衣室相當冷，地板偏綠色、牆面是白色的，天花板光線相當刺眼。其中三面牆壁靠著一排黃白色的木製板凳，上方附設掛鉤。已經有五個小男孩待在更衣室裡；他們一邊脫衣服、一邊交談，笑聲不斷，與我們打招呼。

「游泳池的水有夠冷！」斯維爾說。

「是冰的。」耶爾．B說。

「你們已經進游泳池裡，體驗一下啦？」雷夫．托爾問。

「那當然啦。」斯維爾說。

我坐在板凳上，將襯衫拉起後脫下。接著我站起身來，脫掉褲子。那股微弱的氯氣氣味，使我滿心歡喜，是的，我喜愛氯氣、我喜愛游泳池、我喜愛游泳。耶爾．B、斯維爾與達格．馬涅一絲不掛地朝淋浴間走去。特隆德與耶爾．霍康則跟在後面。對此，我們可是收到了嚴格的指令：進入游泳池以前，我們得先淋浴。我看見其他人站在那裡，與蓮蓬頭保持一小段距離，伸出其中一只手臂、轉開水龍頭，動作謹慎到像是在對付一隻不可捉摸的動物——同時，他們用另一手感受流出的水溫。等到水夠溫了，他們就站到蓮蓬頭的正下方，所有人都背對著牆壁。他們的頭髮變得溼淋淋的，黏附在前額上。我將內衣褲脫掉，把衣物堆放在板凳上，站在那裡等了一會兒，直到耶爾和雷夫．托爾換下衣服。此時門被拉開，另外四個男孩子走了進來，其中包括約翰。我並不怎麼喜歡自己全身赤裸，而他們穿著正常服裝走進時的某種感覺；因此我從袋子裡取來肥皂盒與毛巾，走進淋浴室，還有三間是空的；我走進其中一間、也是最裡面的一間。幸運的是，耶爾和雷夫．托爾緊跟在我後面。

噢，能夠站在噴灑出熱水的蓮蓬頭下、待在緩慢地被蒸氣所填滿的淋浴間內，是多麼暢快淋漓的一件事呵！我簡直想要一直賴在這裡。但是我的皮膚可不允許，我淋浴的時候，膚色變得通紅，而臀部尤其明顯，只要在熱水下站個十分鐘，我看起來就像一隻屁股剛被灼燒過、變得紅通通的猿猴。必然會有人察覺到這一點，甚至忍不住說三道四。因此，沖了一兩分鐘的澡、迅速查看自己背部膚色的變化以後，我就將水龍頭關上，把身體擦乾，走進更衣室準備套上泳褲。當我沖澡時，我的顧慮可還不僅止於臀部變得通紅——它甚至會微微向後凸。爸爸經常說，我的屁股「很翹」。這是事實，重點在於不要讓別人注意到，否則很快就會傳得人盡皆知。

我在板凳上坐了一會兒，身體微微向前傾，雙手貼在膝蓋上，望著其他人一個接一個地從淋浴間走出來。每個人的腦袋都大大的；那閃亮的頭髮，現在都因為浸過水變暗；他們的皮膚變得蒼白，泳褲和T恤在他們皮膚上留下的印痕幾週前還如此清晰，現在則逐漸消失。而所有人的體型都如此削瘦——班上沒有人真正算得上肥胖，就連維孟德也不算，他只是有點矮胖、雙頰圓嘟嘟的，但即便如此，我們仍會稱他是胖子——全班最肥的人。總得有人接受這個稱號才行。在涼冷的空氣中，皮膚表面變得粗糙；我迅速地用雙手摩搓幾下。我努力將自己連結到氯氣所賦予我的那種感覺，但現在，我彷彿找不到它，它彷彿已經告罄，或者已經被周遭所發生的一切所吸納。

我透過那道微微敞開的門縫瞥見，游泳池上方的燈光已然被點亮。

「現在好戲開始咯！」有人這麼喊道。

少數仍待在淋浴區的人，迅速從那裡走出。其他人則穿上泳褲、戴上蛙鏡、套上泳帽。一聲哨響從裡面傳來。我將泳帽從袋子裡取出，把它捏成一團並握在手裡，在耶爾與約翰中間、跟著走到泳池邊。同時，女生們也從另一邊的更衣室裡走出。游泳課老師站在池邊，向我們招手，示意要我們過去。她的脖子上掛著一條綁著口哨的細繩。她手上拎著一只塑膠文件夾，裡面裝著一份文件。

她再度鳴哨。最後面的幾個小男生從更衣室裡跑出，同時還笑個不停。

「不要用跑的！」她喊道。「在這裡不能奔跑。地上很溼，地板很硬。」

她調整了一下自己的眼鏡。

「歡迎來到這所游泳學校！」她說。「今年秋天，我們會在這裡上六次課，我們的目標是：大家都得學會游泳。因為今天是第一次上課，我們可以輕鬆一點。首先呢，我們會在水裡玩一陣子。你們看到放在那邊的床墊了嗎。然後，我們會在床墊上訓練划水動作。」

「在陸地上？」斯維爾說。「我們要在陸地上學游泳？」

「是啊，沒錯，這就是我們準備要做的。然後，我們這裡有一些簡單、但所有人都得遵守的規定。你們大家在走進游泳池以前，都得先淋浴過。有人還沒淋浴過的嘛？」

沒有人答腔。

「非常好！然後，所有人都得戴泳帽。不准用跑的，就算我們已經上完課了，同樣不准奔跑。還有，不准把別人按在水底下。絕對不准！不准跳進游泳池裡。那邊有梯子，我們必須用那些梯子進出游泳池。」

「可以潛水嘛？」約翰說。

「你會潛水？」她說。

「會啊，一點點。」約翰說。

「不行，不准潛水。」她說。「哪怕只是『一點點』，都不行。不准用跳的，不准用跑的，不准潛水，就是這麼簡單。還有，每次我吹哨子的時候，你們就要到我這裡來。懂不懂？」

「懂。」

「既然這樣，我們開始點名。當我喊到你的名字時，你就答『有』。」

一如往常，安妮．麗瑟蓓是第一個被點到的。身穿紅色泳裝的她站在最後一排，露出微笑——是的，當她應答的時候，她幾乎笑了出來。在此同時，想到我的名字即將被喊出，我很是侷促不安。每一個名字就像一片麵包那樣被切掉，然後被擺到一邊去，直到輪到我的名字為止；對於這一點，我心生厭惡之感。通常來說，我覺得點名還滿有趣的；我們就這樣坐在教室裡，所有人的注意力在那一秒鐘之內全聚焦到我的身上，而我將會大聲又響亮地回答「有」……只不過，這裡的情況不一樣。

「約翰！」她說。

「這裡。」他說道，伸出手，並搖搖手。

「卡爾．奧韋！」她說。

「有。」我說。

她瞪著我。

「你的泳帽呢？你沒戴泳帽過來啊？」

「在這裡。」我微微舉高那只握著泳帽的手。我只讓她恰好能看到那頂泳帽。

「小子，那你就戴上去啊。」她說。

「我想要等到真正下水的時候再戴。」我說。

「我們這裡才不跟你講什麼『想要』。現在就戴起來！」

我將泳帽攤開、拉開邊緣，猛力一扭，套在頭上。然而，其他人都注意到了。

「你們瞧瞧，卡爾．奧韋唷！」不知是誰這麼喊道。

「他戴一頂女人泳帽！」

「繡了花的泳帽！還是老太婆才戴的那種！」

「好啦，別鬧啦。」女老師說。「在這裡，什麼樣的泳帽都可以。瑪麗安娜！」

「有。」瑪麗安娜說。

不過，這種關注可沒有那麼容易退散。到處都是訕笑、輕微的推撞、惡戲般的目光。那頂泳帽彷彿在我的頭顱上熊熊地燃燒著。

點完名以後，所有人都盡速走到游泳池角落的那兩座梯子前。池裡的水很冷，我們最好得迅速沉入水裡。我低下身子、往前撲，盡可能在池底多划了幾下水。我在水面下能夠游泳，真正對我構成問題的是水面。不過，這真是怎麼樣的一種感覺啊——池底就位於我身體下方幾公分處，上方則頂著一大片水！當我突破水面、挺起身子時，我以目光搜找著耶爾的身影。

「你這頂泳帽，是跟你老媽借的嗎？啊？」斯維爾說。

「沒有，你給我聽清楚了，我沒有。」我說。

耶爾與雷夫．托爾各帶著自己的浮板。他們雙手握住浮板、身子向前撲，雙腿則使盡全力踢蹬。我走向他們。

「我們再走遠一點，去那邊潛水，怎麼樣？」我說。

他們點點頭。我們以那種在水中行走的緩慢、沉重步伐走過去，直到水漫及我們的腋窩。

「你可以在水下睜開眼睛，這可是真的？」雷夫．托爾說。

「是啊。」我說。「只管把眼睛睜開就行啦。」

「可是這樣很痛耶！」他說。

「我不覺得痛就是了。」我說。對於他用這種方式開始和我對話，我感到很開心。我們花了一小段時間，嘗試著潛水員常做的那種動作——躺臥在水面上，讓身體向前延展，雙足則伸在空中。我們都沒能真正辦到這一點；不過耶爾差點就做到了。他相當擅長在水中的所有動作。

當哨音響起，我們聚集在那些單薄的藍色床墊前方，正準備練習划水之際，我幾乎已經忘記那頂泳帽的事情。但正是此時，瑪麗安娜走到我的面前。

「你為什麼要戴女人的泳帽呢？你覺得那些花很可愛嘛，嗯？」她說道。

「不要再講那頂泳帽了。」站在我們正後方的女老師說。「懂嗎？」

「懂。」瑪麗安娜說。

接下來，我們趴伏在床墊上，拍動著四肢，活像一隻隻蒼白的大青蛙。女老師則走來走去，糾正大家的動作。之後，我們再度躍入泳池裡，各自帶上一片浮板，練習腿部的動作。當我們按照指示練習一段時間後，正課時間突然就結束了。我們在池邊集合，待了一小段時間。老師誇了我們幾句、簡單說明下次上課要做些什麼，提醒我們得淋浴。隨後我們就走進更衣室裡。我坐到板凳上，正要將那頂泳帽塞進袋子裡時，斯維爾冒了出來，一把從我手上搶走。

「讓我瞧瞧唄！」他說。

「不行。還來。」我說。

我伸出手要抓他。他向後跳了一步，戴上那頂泳帽，開始扭腰擺臀，用東倒西歪的步態走著。

「唷，我泳帽上的小花花好美唷。」他裝出女聲、嗲聲嗲氣地說。

「還來！」我一邊站起身來。

他繼續擺弄臀部，再走了幾步。

「卡爾．奧韋戴女人泳帽，卡爾．奧韋戴女人泳帽。」他說。我衝向他。不過他就在此時扯下那頂泳帽，將它晾在我面前，同時往後退。

「還給我，那是我的。」我說。

我再次伸手試圖抓住。斯維爾則把泳帽扔給約翰。

「卡爾‧奧韋戴女人泳帽。」他吟唱道。我轉身面向他，試著搶回來。他扣住我的手臂、狠狠一擰，同時在我面前晃動著那頂泳帽。

我哭了起來。

「那是我的東西！」我咆哮著。「還給我！」

我的雙眼幾乎因為淚水而盲目。

約翰再度扔回給斯維爾。

他將泳帽高高舉著，仔細打量著。

「哦，瞧瞧這，多美的小花唷！哦，美呆了唷！」他說。

「還給他啦。」有人這麼說。「他已經不高興了。」

「哦，好可憐的小鬼頭，想不想拿回你那頂美美的小帽帽啊？」他說道，接著扔向了我。我往回走，將那頂泳帽塞進袋子裡，取來毛巾、走進淋浴間，在溫熱的水柱下方站了一會兒，接著把身體擦乾、穿上衣服，成了第一個離開更衣室的人。我在門廳上的鞋堆裡翻找出自己的靴子並穿上，拉開玻璃門，踏上那鋪著瀝青的路面。路面遍布著大而淺的水窪；它們只是因為比周圍的瀝青稍微亮一點點，才能夠被肉眼看見。這些水窪不停被雨點拍擊著；那裡連一個人的影子都沒有。我走向那棟外觀幾乎和我們家一模一樣的校舍建築，才發現那輛福斯金龜車就停放在媽媽一個多小時以前讓我們下車的同一個位置。

我拉開車門，鑽進後座。

「嗨。」媽媽一邊說，一邊轉向我。她的臉孔，幾乎被那盞像隻禿鷹般掛在校舍屋頂上的燈散發出的光線所照亮。

「嗨。」我說。

「一切都好嘛？」

「還行啦。」

「耶爾和雷夫．托爾跑到哪去了？」

「他們很快就來。」

「那你現在會游泳了吧？」

「幾乎算是會了吧，不過，我們大部分時間是在陸地上游啊。」

「在陸地上？」

「對啊，就在幾張床墊上。就為了學划水的動作。」

「是喔，原來是這個樣子喔。」媽媽說，一邊再度轉過身去。她手上刁著的那根香菸散發出濃厚、深灰色的煙霧；煙霧懸浮在陡斜的擋風玻璃下方。她又吸了一口菸，隨後拉出金屬製的小型菸灰缸，將那根菸摁熄。一整票人從游泳池所在的那棟建築裡蜂湧而出。一輛汽車的車前大燈光線掃過那片瀝青路面，接著是另外一輛。那兩輛轎車幾乎一路直接開到門口。

「也許我應該跟他們講一下，說妳把車停在這裡。」我說道，並打開車門。

「耶爾，雷夫．托爾！」我喊道。「車停在這裡。」

兩人的目光都轉向我所在的位置，但他們並沒有跟過來。一群人聚集在建築物的入口，他們還混在人群裡。

「耶爾，雷夫．托爾！」我吼道。「現在，馬上過來！」

這會兒，他們總算來了。他倆先是對其他人說了一句什麼，接著開始小跑步、穿過那片操場。他們身上唯一反射出光線的物體，就是那兩只在他們手上、像人的腦袋一樣晃來晃去的白色塑膠袋。

「哈囉，克瑙斯高太太。」他們說道，並在後座坐定。

「哈囉，上課好玩嘛？」媽媽說。

「是啊。」他們說。他們都望著我。

「嗯，還挺有趣的啊，不過，游泳課老師還挺嚴苛的。」我說。

「這男老師這麼嚴啊？」媽媽一邊說，一邊發動引擎。

「是女老師啦。」我說。

「喔，這樣喔。」媽媽說。

四天以後，我和耶爾、雷夫·托爾與特隆德一同到森林裡，想找到藏在彩虹底部的寶藏；探險的過程很簡短，我們最終什麼都沒有找到。當時，我腦海中浮現在樹木之間游弋的美妙影像。接著，我馬上開始納悶：我是否真的能學會游泳。我的外公可不會游泳，而他甚至還曾當過一陣子的漁夫哪。我不知道外婆是否會游泳，但我腦中實在難以想像她游泳的樣子。

透過那搖曳的松樹枝，你能望見雲層在天幕中競逐著。

現在究竟幾點鐘了呢？

「耶爾，你有戴錶嘛？」我問道。

他搖搖頭。

「我有。」特隆德一邊說，一邊將手臂朝前上方晃了晃，似乎是想讓袖口滑下，這樣他才能看清楚錶面。

「一點二十五。喔，不對，兩點半。」他說。

「兩點半？」我說。

他點點頭。我的腹部頓時一緊。每週六，我們家會在一**點鐘**吃稀粥。

不，噢，不。

我開始跑動起來，彷彿這樣做還真會有什麼幫助似的。

「你這是怎麼搞的，怎麼突然要閃了？」雷夫．托爾一邊說，一邊跟在後面。我轉過頭來。

「我們家一點鐘要開動。」我說。「我得閃人了。」

我奔上那道柔軟、被松針所覆蓋的林間坡道，越過那條藻類遍生、綠色的小溪，跑過那棵大型松樹，竄上那條通向道路的斜坡。媽媽和爸爸的汽車，可都停在那裡。然而英格威的腳踏車則不見蹤影。難道他已經先在家裡吃過東西，接著又騎車出去了呢？還是說，他也遲到了呢？

就算這個念頭是多麼的不可能，仍然帶給我一絲希望。

我穿過那條街，踏上我們家的私人車道。爸爸可能躲在屋子後面；他可能繞過屋角出現。他可能站在門廊上，等著我的到來，可能坐在工作室內，一聽到我發出的聲音就打開門。他可能站在廚房窗邊等著，直到我上樓。

我謹慎地將門帶上，不動地站了一兩秒鐘。樓上廚房的地板，傳來有人走動的聲音。那是爸爸的腳步聲。我脫下長靴、靠牆而放，解開雨衣，一把將雨褲拉下，拿著衣物走進鍋爐室，掛在晾衣繩上。我停下腳步，迅速地望了望掛在五斗櫃上方的鏡子。我的雙頰通紅，頭髮散亂，鼻子下緣有著少許發亮的鼻涕。一如往常，我的暴牙仍然顯露出來。人們總習慣說，它們簡直像是「放在外面晒乾」。我走上樓，進入廚房。媽媽正站著洗碗；爸爸則坐在桌旁，啃著幾只蟹鉗。他們倆人都望著我。裝著粥的湯鍋仍然放在電爐上，橘色的塑膠勺子插在稀粥裡。

「我忘記時間了。」我說。「真是對不起。我們在森林裡玩得太開心了。」

「坐。」爸爸說。「我想你一定很餓了。」

媽媽從櫃子裡取出一只餐盤，用勺子舀起稀粥，並且將還沒收走的糖碗、盒裝人造奶油與肉桂粉罐放在餐盤旁邊。

「你們跑到哪裡玩了？」媽媽說。「噢，對了，你還需要一根湯匙。」

「到處亂跑啊。」我說。

「你是跟誰……去玩？」爸爸問話的同時，並沒有望著我。他將那紅色毛蟹鉗的其中一端白色突出摺到一邊，將蟹鉗往嘴邊送，急促地吸了一口，發出「啵」的一聲。我能夠聽見那片蟹肉鬆開、溜進他嘴巴裡的聲音。

「耶爾、雷夫．托爾，還有特隆德。」我說。他將那根已經不剩任何蟹肉屑的蟹鉗關節處折斷，然後開始吸吮下一根。我將一抹人造奶油塗在稀粥上（哪怕這碗粥已經不夠暖熱，不足以將奶油融化），接著在粥上撒了一點糖與肉桂粉。

「我把屋簷的排水管清乾淨了。你本來是要一起幫忙的。」他說。

「是這樣的，是的。」我說。

「不過我現在要到外面去，劈一點柴薪。你吃完東西，就跟我來。」

我點點頭，努力擺出開心的表情；不過他當然能夠判讀出我的思緒。

「等到足球比賽快要開踢的時候，我們當然會進來。」他說。「今天的比賽，是誰對誰？」

「斯托克城對諾維奇。」我說。

「是諾里奇。」他糾正我的發音。

「諾——里——奇。」我說。

我喜歡諾里奇隊，也喜歡他們的黃綠色球衣。而我也喜歡穿著紅色橫條紋白球衣的斯托克城。但我最喜歡的還是穿著橘黑球衣、徽標上有著一匹狼的漢普頓狼隊。狼隊就是我的球隊。

我最大的心願原本是躺在床上看漫畫，直到比賽開踢；然而我又不能拒絕爸爸的要求。考量到情況本來可能會更惡劣，我只能暗自慶幸自己福星高照了。

那碗粥是如此涼冷，以致於我在幾分鐘內就吃光了。

「你吃飽啦？」爸爸說。

我點點頭。

「我們走吧。」他說。

他將那些空空如也的蟹殼扔進垃圾桶，把餐盤擱在廚房的流理臺上，走了出去。我則跟在他的後面。音樂聲從英格威的房間裡傳出。我疑惑地望向門板。**這怎麼可能呢**？他的腳踏車明明就不在平常停放的位置啊？

「你現在過來。」爸爸說道。他已經到了門廊。我跟了過去，套上夾克與長靴，接著踏上戶外的礫石路面，等著他準備妥當。他在幾分鐘後就出來了，手上握著一根斧頭，雙眸散發出一種淘氣的光芒。我跟在他的後方、踏過地磚，然後斜斜地穿越那片沼澤一般的草坪。平時我們不能踐踏草坪；但當我跟著他一同行動的時候，這種禁令就得以解除。

很久以前，他在菜園的籬笆旁邊砍下一棵白樺樹。如今那裡所留下的殘跡，就是一堆剩餘的大片木料；現在，他要進一步削砍這些木料。我只需要站在旁邊看、什麼事情都不必做——用他的話來說，這樣就是在「陪伴他」。

他將防水布拉下，取來一大塊木料，放在切木板上。

「喏。」他說著，將斧頭舉過肩膀，在一秒鐘的時間內聚精會神，接著一斧子劈下。斧頭的尖端切入那白色的木料內側。「你在學校過得好嘛？」

「挺好的啊。」我說。

他舉起那塊被斧頭插住的木料，敲了砧板幾下，直到木料裂成兩半。他拾起那些木片，安置到小山旁邊的地面上，用手擦了擦額頭的汗水、挺直了背。他全身上下散發出一種心滿意足的氣息。

「那老師呢？」他說。「托耶爾森。她就叫這名字，嗯？」

「是啊，她人滿好的。」我說。

「滿好的？」他說道，又取來另一大塊木頭，並重複相同的動作。

「是啊。」我說。

「既然是這樣，有誰不好的嗎？」

我一時間答不出話來。他暫時停下手邊的動作。

「是這樣的，既然你說她人滿好的，那就一定有人不好。要不然，這個單詞就完全失去意義了。你懂嘛？」

他繼續劈柴。

「我想，我懂這個意思。」我說。

隨之而來的是一片沉默。我轉過身去，望著小徑的另一端、那片已然漫過草坪的水窪。

「米克勒布斯特，他人可不怎麼好。」我說道，並且再度轉過身去。

「米克勒布斯特！我可是認識他的。」爸爸說。

「你認識他？」我說。

「認識啊，當然認識啊。教師協會開會的時候，我都會見到他。下次我再碰到他，我會告訴他，你說他對你們很不好。」

「不要，別這樣做，拜託！」我說。

他面露微笑。

「我當然不會這麼做啦。」他說。「你別擔心。」

接著又是一陣沉默。爸爸繼續工作。我的雙臂伸展開來、不動地站著，觀看他工作。我的長靴裡沒穿羊毛襪，雙腳開始發冷，同時手指也變得涼冷。

戶外一片空寂。除了偶爾駛過的少數一、兩輛汽車以外，我們視線所及不見任何人跡。屋內的燈光與照明開始變強。拜那廣闊無垠的天幕之賜，黃昏時分初探的薄暮彷彿直接從地面騰起；在薄暮的映照下，屋內的光線顯得專注而機敏。我們腳下彷彿有著一整片黑幕——每天下午，它便從地面上數以千計、甚至數以百萬計的小洞裡鑽出。

我注視著爸爸；汗水從他的前額滴落。我用雙手的手掌相互摩搓了幾下。他趨身向前。就在他抓起木塊、即將起身之際，他的屁噴了出來。千真萬確。

「你以前說過，只有待在廁所裡才可以放屁。」我說。

最初他沒有答話。

「當我們待在戶外，那就是另外一回事了。」他回道，並未迎視我的目光。「這種情況下，嗯，我們就可以不受拘束地放屁。」

他一斧劈下，木頭馬上裂開了。劈砍重擊聲的回音，從屋牆與上方的山壁拋回——山壁上傳來的回音還夾帶著某種詭異的遲滯，彷彿山上站著另一名男子，會在爸爸每次劈柴後的下一秒鐘劈柴。

爸爸再度劈柴，並將那四塊木片扔進庭院裡。他又取來一塊新的大木塊。

「卡爾．奧韋，你就不能把它們疊起來嘛？」他說。

我點點頭，走向那一小堆木料。

我該怎麼做呢？他腦子裡到底在想什麼？該沿著山壁擺放，還是從山壁前向外擺起？要將短木樁堆成一堆，還是將長木樁堆成一堆？

我再度望著他；他對此渾然不覺。我蹲坐在地上，手中握著一片小木條。我將它沿著山壁擺放，在它的旁邊再擺上一片。當我將五根木片呈一直線擺好時，我便在它們上面橫擺一根木片。橫的木片與那五條木片的寬度相等。我在上面再擺了四條木片，這樣一來就排出兩個面積相等的正方形。現在，我可以在旁邊再擺上兩個完全一樣的正方形——或者再往上堆疊。

「你**在**幹麼啊？」爸爸說。「你是白痴還是怎樣？木條不是這樣擺的。」

他彎下腰狠狠地用力揮了幾下，將那堆柴薪拍落。我站在一旁看著，淚水奪眶而出。

「你要並列排下去。你以前都沒看過柴薪是怎麼堆的啊？」他說。

他望著我。

「卡爾．奧韋，不要呆呆站在那邊，像個小女孩一樣哭喪著臉。難道你什麼事情都辦不好嗎？」

然後他就繼續劈柴。我開始按照他所說的方式堆放柴薪。我全身抽噎了好幾下，雙手與腳趾冷得直打哆嗦。不管怎麼說，成排、並列放好也不困難；而唯一的問題是，這堆柴薪究竟該延伸到哪裡。當我將所有的柴薪都堆成一排時，我就站起身，雙臂低垂著，就像之前一樣望著他。他一旦透過眼角偷偷瞄我，我就看出一點：他眼中出現過的光彩已經消失了。不過只要我沒說錯什麼，或者沒做出什麼足以惹惱他的事情，或許最後就會沒事了。同時，電視臺英超賽事直播的念頭噬咬著我的內心；比賽鐵定老早就開踢了。他已經忘記這回事了，但我不能提醒他，在這種情況下不行。我的腳趾與手指，感到愈發強烈的刺痛。爸爸只是一味地劈柴。他有時會停下手邊的工作，用他那經典而特有的手勢將頭髮撥到一邊去——他緩緩地一撥，頭部彷彿跟著手一齊向後擺。

最近，我們這個社區在普斯涅斯[22]設置了一個專用的郵箱；這意謂著信件將不會再送達我們家坡道上的郵筒，往後只有報刊會寄到郵筒裡。爸爸必須開車下坡、前去收取信件。上週六，我就跟著他去取信。他在車內攬鏡自照、梳頭髮，足足忙了大約一分鐘；梳理完畢以後，他輕輕地拍拍那如鏡面般閃閃發亮、濃密厚實的頭髮，下了車。我過去從未看過他的這種舉動。當他走進去時，一名女子竟回頭望著他。她居然不知道：有個認識他的人就坐在車內，將這一切盡收眼底。可是，她為什麼要回頭張望？她認識他嘛？我過去從沒見過她，她也許是他任教班上某個小孩的媽媽？

他將更多片木塊扔出來；我將它們呈一排放好。我的腳趾在靴筒裡伸展著、扭動著，但此舉毫無幫助。我感到刺痛，感到刺痛。

我正準備說出我凍僵了，深吸一口氣並拿起所有東西，但竟又將所有的話吞回去。我將目光投向那片晶亮生光、本不應該出現在那裡的小水潭，注視著一只透明的大型泡泡持續在那生鏽溝蓋正上方破裂。當我再度轉頭時，施泰納正在路上、朝這裡走來。他揹著一只裝有吉他的樂器護套。他走動時，頭部微微向前擺，那頭披肩的黑色長髮隨著他的步伐，輕輕地前後晃動。

「嗨，嗨，克瑙斯高。」當他經過的時候，他說道。

---

22 Pusnes，愛蘭達爾境內的小鎮。

爸爸挺直身子，向他點點頭。

「哈囉，哈囉。」他說。

「到外面來砍柴，老天爺！」施泰納嘴上這麼說，但並未放慢腳步。

「是啊，是這樣沒錯。」爸爸說。

他繼續進行手邊的工作。我來回踱步，然後又走了幾小步。

「不要再這樣搞小動作了。」爸爸說。

「是，可是我很冷！」我說。

他冷漠地瞪著我。

「你覺得粉——攏歐？」他說。

淚水再度盈滿我的眼眶。

「你不准模仿我。」我說。

「喔，這樣喔，所以我不種模謊你喔？」

「**不！**」我吼道。

他整個人僵住了。他放下手裡的斧頭，朝我走過來，一把抓住我的耳朵，狠狠地擰。

「你竟然敢頂嘴？」他說。

「沒有。」我說道，然後低下頭去。

他更加用力地擰我的耳朵。

「當我對你講話的時候，抬頭看著我！」

我抬起頭來。

「你不准頂撞我，懂不懂？」

「懂。」我說。

他鬆開手，轉過身去，又將一大塊新的木料放在砧板上。我因哭泣而難以呼吸。爸爸則繼續劈柴，完全無視我。他只需要再劈砍一、兩塊大木料，工作就算是完成了。

我走到那堆低矮的柴薪前，將新的小木條放好。我的腳趾又在靴筒裡扭動起來。哭泣已然止息，只不過，我不時仍會完全無法自主、愚蠢地啜泣起來，幾滴殘存的淚水從臉頰上流下。我用袖口擦擦雙眼，爸爸又扔來四根小木條，我便擺好；這時，我內心浮現一個能助我脫離苦海的念頭。我才不要看比賽呢。我要大步直接走進自己的房間，讓他和英格威自個兒看球。

很好。

很好。

「好囉。」他說道，並將最後四根木條扔過來。「我們現在弄好囉。」

我一語不發地跟在他後面；我將大衣脫掉、掛好，走到樓上。從客廳傳來的聲音中能聽出英格威正在看球賽。我溜進自己的房間裡。

我在書桌前坐定，假裝正在看書。

現在他最好能弄懂這一點。

他也的確弄懂了。幾分鐘後，他將門推開。

「比賽開踢了。」他說。「現在，出來吧。」

「我才不想看球呢。」我看都不看他一眼，說道。

「你現在還在頂嘴？」他說。

他走進房間，一把抓住我的手臂，把我拽起來。

「現在，出來。」他鬆開手，說道。

我呆站原地不動。

「**我不要看比賽！**」我說。

他一句話都不說，再度扣住我的手臂，將哭個不停的我拖出房間，穿過走廊、進入客廳，將我撂在沙發上，也就是英格威身旁的位置。

「你現在就給我乖乖坐在那裡，跟我們一起看比賽，懂不懂？」

假如他強逼我坐在電視機前面，我本來想要閉上雙眼；但現在我沒膽量這樣做。

他買了一袋極地布丁牛奶糖、一袋包有巧克力糖衣的英式太妃糖。太妃糖是我覺得最可口的甜食，不過，極地布丁牛奶糖也滿好吃的。一如往常，這些袋子放在他身旁的桌面上。他會三不五時丟一顆牛奶糖給我和英格威。他今天也是這麼做的。不過我根本不碰，放任它們擺在我前方的桌面上。到最後，他終於沉不住氣了。

「把你的零食吃掉。」他說。

「我不想吃。」我說。

他站起身來。

「現在，你把你的零食給吃掉。」他說。

「不要。」我說著，再度開始哭泣。「我不要，我不要。」

「你現在就**吃掉！**」他抓住我的手臂，狠狠地擰著。

「我——不——要——吃……零食。」我抽抽噎噎地說。

他用手托住我的後腦勺、猛力向前壓，幾乎一路壓到桌面上。

「它就放在那裡。你看到沒有？你得吃光。現在。」

「是。」我說。他放開我。他緊貼在我身旁，直到我將塗著巧克力糖衣太妃糖的包裝紙剝開，把糖果塞進嘴裡為止。

第二天，我們要前往克里斯蒂安桑，拜訪祖父與祖母。斯塔特俱樂部常於週日在主場出賽；我們很常利用這樣的時機，拜訪祖父母。通常我們會先在祖父母家裡吃過晚餐。接著，爸爸、英格威和祖父會步行前往比賽場地，有時候媽媽也跟著他們一起去。而年紀還太小的我，則和祖母待在家裡。

媽媽和爸爸的服裝，都比平時來得講究。爸爸穿著一件白色襯衫、淺褐色的棉質褲與一件在手肘處縫有棕色補丁的褐色花呢西裝外套；媽媽穿著一件藍色洋裝。英格威和我則穿著藍色的襯衫與天鵝絨褲；英格威的褲子是棕色的，我的則是藍色的。

戶外天氣多雲，不過那灰白色的雲層顯得單薄。雲確實遮蔽了天空，但不會挾帶任何雨勢。瀝青路面顯得灰暗而乾枯，乾燥的礫石路呈現藍灰色。那筆直挺立、一路伸向上方那座小屋住宅區的松樹樹幹同樣顯得乾枯，表面透紅、宛如鱗片。

英格威和我鑽進汽車後座。媽媽和爸爸則坐在前座。爸爸先是點燃一根香菸，然後才發動汽車引擎。我就坐在他的後面；因此我若沒將身子往旁邊靠攏，他無法從後照鏡看到我。當我們來到下方道路上的街口，即將往上駛上橋面時，我雙手合十、安靜地禱告起來：

良善的上帝呵，請保佑我們，讓我們今天不致於撞車。

阿門。

爸爸開車時總是開得很快、總是會超過速限、總是超車，每次我們長途旅行，我總會禱告。媽媽說，他是個很棒的汽車駕駛；他確實很會開車，但每次車身一加速、我們跨越白線時，恐懼感便貫穿了我的全身。

速度與憤怒是密不可分的。媽媽總是很小心地駕駛，不管前車的速度是否緩慢，她總是會留意周遭，耐心跟在前車後方行駛。她在家裡的態度與風格亦是如此。她不會勃然大怒；她總是有時間幫助我們；如果東西壞了，她並不在意，因為這種事情必然會發生；她喜歡和我們聊天，她對我們所說的話感興趣，她常常會給我們吃一些並不那麼必要的東西，比如說鬆餅、肉桂捲麵包、熱巧克力、剛烤好的長棍麵包。另一方面，爸爸則努力將我們生活中不實用的一切全部刪除、抹滅。我們因為得吃東西，所以才吃東西；我們一起用餐的時光本身毫無價值；當我們在看電視，我們就真的只是在看電視，不能交談，也不能同時做點別的什麼事情；當我們待在庭院時，我們得踏在地磚上，它們鋪在那裡，就是要讓人踩踏的——而那片寬敞的草坪是如此誘人，我們卻不准在上面走動或奔跑，也不准躺臥在草地上。出於相同的邏輯，我和英格威始終不曾在家裡舉辦過慶生派對；那根本沒必要。跟全家人吃一頓飯、餐後再上一塊蛋糕，就已完全足夠。我們不准帶同學到家裡玩，道理也是一樣的：原因在於，我們為啥要待在室內呢？我們在屋內只會搞破壞、製造噪音，為啥不待在外面就好了呢？另一個因素在於，我們的朋友在回到自己家以後，可能會說出我們家裡的模樣。因此，這件事情背後的原理還是相同的。其實，一切都再明顯不過了。我們不准觸碰爸爸的任何一件工具，包括槌子、螺絲起子、鉗子、鋸子、雪鏟或掃帚；我們同樣不准在廚房裡煮東西，就連自己切麵包、按下電視或收音機的開關都不行。

假如我們被允許做這些事情，屋裡的秩序必然會改變；但是按照現況，一切都沉默、安靜地擺放在固定的位置，如果他或媽媽要使用某件物品，他們的使用方式也必定井然有序，而且有著明確的目標。

開車的道理也是一樣的；在從某個定點移動到另一個定點時，他一心只想開快車，路上遇到的障礙愈少愈好。今天，這位三十歲的初中部教師將要從特隆姆島開到自己的老家——也就是克里斯蒂安桑。

童年時光飛逝的速度，是人生其他階段永遠無法比擬的；童年時期的一個小時，遠比人生中其他時期的一小時來得短促。一切都是敞開的；你一會兒跑到這裡、一會兒又跑到那裡；你一下子做這個、一下子又做起那個。然後，突然間，太陽就下山了；你發現自己身處愈發陰鬱的黑暗之中，時間就像一道迅疾落下的阻柵，猛然擋在你的面前。噢，不，已經**九**點鐘了啊？但是，童年的時間流逝也是最為緩慢的；童年的一小時，竟比人生中其他階段的一個小時來得漫長。那些本來敞開的事物一旦消失無蹤，到處跑來跑去的可能性也隨之消失，無論是抽象的思緒還是具體的實質環境，這一點都適用。在這種情況下，每一分鐘都像是一道阻柵；時間成了將你禁錮的一道空間。對一個小孩來說，還有比在一輛車內坐上整整一個小時、行駛在一條熟悉到不能再熟悉的道路上、駛向某個他所期待的目的地還要糟糕的事情嗎？而且，他的雙親吞雲吐霧、煙霧瀰漫車內，當他更換姿勢導致膝蓋不小心頂到爸爸座位的椅背時，這位爸爸還會氣急敗壞地咆哮——有比這還糟的事情嘛？

噢，時間怎麼過得這麼慢啊。噢，窗外的路標怎麼這麼晚才冒出來啊。我們從愛蘭達爾的市中心開上那道蛇形丘，駛過那一座又一座的住宅區、開過橋梁，來到希爾斯島，再沿著整座島嶼的內緣行駛，經過為神經官能衰弱患者開設、也就是媽媽任職的庫克園安養院區，接著下坡、行經社區的各家商店，開上橫越尼爾德溪的那座橋梁，然後是那一片片廣闊無邊，遍布屋舍、森林與田野、一路朝尼德訥斯延伸的臺地。我們都還沒經過費爾灣哪！從那裡到格里姆斯塔德還有好長的一段路途，至於從格里姆斯塔德開到麗樂桑德、從麗樂桑德再開到提米訥、從提米訥再開到瓦歐德橋、再從瓦歐德橋開到隆德的距離是如何遙遠，那就更不用說了……

我們安靜地待在後座。道路蜿蜒而曲折，我們望向窗外那片滿布丘陵、充滿變化的地景。車子開過那座遍布島嶼及礁岩的海峽，駛入茂密的森林區，開過小溪與激流、一處處住宅區與工業區、農莊與草原——一切對我來說竟是如此的熟悉，以致於我始終知道接下來會出現什麼樣的風景。只有在我們開過動物園時，我們才會從半昏睡狀態中醒轉過來——因為在那時候，你可以瞄見身處那高聳、綿長鐵絲網後方的一、兩隻動物，而且還是完全免費的唷！但我們很快就開過了那裡；不消多久，我們再度昏睡，就這樣靜靜在後座坐了一個小時，這真是漫長、無邊無際的一小時；隨後，這座城市才逐漸在我們身邊成形、顯現，介於這趟車程以及即將造訪祖父與祖母行程之間的重心，隨之發生了轉移與錯位。開入市區，就彷彿進入時間之流。現在，時鐘再度開始滴答作響；那家名叫「綠洲」的商店就在那裡，我們的遠親楊恩．奧拉夫與安妮．雪絲汀就住在那家商店的下方，他們的雙親是媽媽的姊妹雪爾蘭，以及她的丈夫馬格涅。道路的兩側長著西洋栗，樹後則是外觀髒兮兮、高聳的磚牆屋。藥局就在那裡。那邊則是那家名叫「羅亭根」的小商店；那裡就是路口的交通號誌燈；那邊是樂器與唱片行；那裡則是白色的木屋；那條狹窄的街道——接著，祖父與祖母那棟黃色的房屋突然間就出現在我們的左手邊。

在抵達那棟房屋以後，爸爸又將車往前再開上一小段，接著倒車，駛進那條屋舍正對面的小巷弄。直到這時，他才真正能夠開上那陡峭、而且略顯狹小的私人車道。

祖母的身影從廚房的窗邊閃現。車子就停靠在那扇塗抹了亮光漆、附有黑色鍛鐵製托架的車庫門板旁邊。我們從車內鑽出、往上坡跑，奔向那座漆成紅色的臺階。這時，她打開大門。

「你們可來啦！」她說。「進來吧！」

當我們走進那小小的門廊時，她說道：「小男孩們，你們可知道，我等你們很久咯！」

她給了英格威一個大大的擁抱，輕輕地前後搖晃他的身體。他微微將自己的臉孔別開；不過，不管怎麼說，他還是挺喜歡這樣的。接著她緊緊地擁抱了我，輕微地前後搖晃著我的身體。我也微微地別開自己的臉孔，但也同樣喜歡這個動作。她的臉頰很是暖熱，身上散發出的氣味相當宜人。

「剛剛我們經過動物園，好像有看到一匹狼！」當她放開我的時候，我說。

「真的唷！」她說著，笑了起來，並用手撥了撥我的頭髮。

「沒有啦，我們沒看到啦。」英格威說。「一切就只是卡爾．奧韋的幻想啦。」

「所以你們是沒看到咯！」她一邊說，一邊用手撥弄他的頭髮。「不管怎樣，看到你們這些小男生，真是太棒咯！」

我們將夾克掛在門廳裡；衣帽間就在門廳裡。我們踏上那塊藍色的寬幅地毯，走到二樓，客廳位於我們的右手邊、廚房則在左手邊。只有在聖誕夜以及其他重大的節慶及場合，他們才會使用客廳。一座鋼琴安置在客廳的側牆邊；鋼琴上則擺放著這家人三個兒子高中畢業時戴著畢業生紀念帽的個人照。照片上方的牆面懸掛著兩幅畫。客廳正面牆邊放置著附設有玻璃門的暗色書架，放著幾件過去旅行時帶回的紀念品；包括一條閃閃發亮的貢多拉小船，以及一只附有極長的壺嘴、以玻璃製成的黃褐色茶壺。壺嘴上布滿著某種我認為是鑽石與紅寶石的飾物。客廳的最深處擺放著兩張黑色皮製沙發，中間則是一張漆著玫瑰圖樣的轉角櫃，沙發前方放著一張低矮的茶几。透過那片偌大的窗戶，你能望見後方的溪流與這座城市的市容。但當我們只是尋常來訪時（就像這次），我們不會走進客廳。我們會通過左手邊的門走進廚房，或者緊鄰在廚房後方的那兩個房間——偏下方的那個房間藉由一道滑門以及幾級階梯與客廳相連，一面窗戶占據了長邊牆的大半部，如果你趨前張望，映入眼簾的首先是庭院，接著是那條在出海口拓寬的溪流，最遠處則是高聳著迎向地平線盡頭、白色的格寧根燈塔。

那裡散發出某種香氣，並不僅僅從廚房傳來（祖母正在廚房裡用肉汁烹調漢堡肉片；她煮這道菜的手藝，遠優於其他大多數人），那是一種潛藏在其他所有氣味之下、持續存在的香氣，當我在別處聞到這股帶有微弱溼氣的甜味時（比如說，當祖父和祖母拜訪我們的時候），我就會將它與這間屋子連結在一起。他們身上會挾帶著這股氣味，牢固地黏附在他們所穿的衣服上。只要他們一走進我們家的門廳，我就能感受到它。

「喏？」當我們踏進廚房時，祖父說道。「路上的車子多不多啊？」

他的雙腿微微岔開，坐在椅子上，身穿一件針織羊毛衫，底下則是一件藍色襯衫。深灰色長褲的腰帶，已經掩蓋不住他腹部的肥肉。除了一抹從前額垂落的瀏海以外，他的黑髮向後梳理。他雙脣間還刁著一根已經熄滅但仍飄著煙氣的香菸。

「不多，路上一切都很順利。」爸爸說。

「昨天的運動樂透彩，進行得怎麼樣啊？」祖父說。

「實在是不怎麼樣。」爸爸說。「我最多只拿到七分。」

「我兩次拿到十分。」祖父說。

「那還挺不錯的嘛。」爸爸說。

「第七和第十一號，我沒猜到。最後那一分，真是有夠讓人不爽。節目結束以後，他們才得分哪！」

「是啊。」爸爸說。「我也沒有猜到。」

「昨天有個學生跟恩林格講了一些話，你們有聽說嘛？」站在電爐旁邊的祖母說。

「沒聽說。他說啥？」爸爸說。

「早上，他到學校。那個學生就問他：『你贏了樂透嗎？』『沒有啊，』恩林格說。『怎麼啦？』『你看起來好高興！』那個學生說。」

她笑出聲來。「『你看起來好高興！』」她重複道。

爸爸臉上露出微笑。

「我們不喝杯咖啡嘛？」祖母說。

「好啊，很樂意。」媽媽說。

「那麼，我們就到客廳坐吧。」祖母說。

「我們可不可以到樓上去，拿幾本漫畫來看？」英格威說。

「好的，可以。」祖母說。「但是，請你們別翻箱倒櫃的！」

「不會的。」英格威說。

我們同樣不准在這棟房子裡跑步，因此我們再度安靜地穿過走廊，往上走到三樓。除了祖父與祖母的臥室之外，那裡還設有一間偌大的閣樓。幾只裝著老舊漫畫與報刊的紙袋，就堆放在閣樓的牆邊。那些舊刊物可以追溯到爸爸的童年時期，也就是一九五〇年代。此外那裡還擺了一大堆東西，包括一臺用以軋壓桌巾與床單的老舊軋布機、一臺陳舊的紡織機、一定數量的舊玩具（包括一只錫製的手轉陀螺），以及某個同樣以錫製成、外觀貌似機器人的東西。

然而，真正吸引我們的還是漫畫。我們不能借回家看，必須在這裡閱讀。我們一進到這間屋子就開始讀漫畫，直到要回家為止。我們各自搬著一整捆漫畫下樓、埋首讀起來，直到煮好的餐點上桌、祖母喊大家前來用餐，我們才再度抬起頭來。

用完餐，祖母洗碗，媽媽則站在一旁擦碗。祖父坐在桌邊閱讀日報。爸爸則站在客廳的窗戶旁邊，朝外張望。接著祖母走過去，詢問他是否能一起跟到庭院裡看看——她想讓他看看某個東西。媽媽和祖父坐在桌邊，兩人稍稍交談，但大多時候，他們之間陷入一片寂靜。我站起身走去廁所。廁所位於樓下，我對它的位置感到不甚喜歡，因此已經憋了許久，但現在實在憋不住了。我踏著那一階階嘎吱嘎吱作響的木製樓梯下樓，快步走過門廳上的地氈，感覺自己似乎被那三個空蕩蕩、門板緊閉的房間給包圍住，然後踏進浴室。裡面一片黑暗；打開電燈前的幾秒鐘以內，我心裡不住地顫抖。但就算燈已經亮起，我仍然感到害怕。我確保自己的尿液落在馬桶的邊緣；這樣做是為了不讓尿液噴入馬桶的水中、發出「撲通」聲、進而導致我難以聽出周圍其他的聲響。我先將手洗淨，然後才沖水；這麼做的原因在於，在我按下馬桶側邊手桿的同一秒鐘，我就得使出最快速度逃離那裡——馬桶水箱的轟鳴聲是如此高亢而恐怖，以致於我無法與它共處一室。有那麼一、兩秒鐘，我將手貼在手桿末端那小小的圓球邊，預備著。然後我壓下去，竄入門廳內，而此舉也同樣恐怖，因為在那裡，每一件微小的物品、每個小動作都會無聲無息地自行「擴散」出去。我走向樓梯；而當然了，我同樣不能在樓梯上奔跑。我感覺到樓下的某種事物緊跟我不放，直到我走進廚房，其他人的形影與存在才將它驅離。

在戶外的那條巷弄裡，人流開始匯聚，從市區往體育館移動。沒過多久，連爸爸、媽媽和英格威也出門了。祖父總是會騎著腳踏車到體育館去，並且總在其他人出門後不久才上路。當他騎著腳踏車下坡時，我看見他穿著一件灰色大衣、圍著一條鐵鏽色的圍巾、戴著一頂灰棕色棒球帽與一雙黑色手套。祖母則從冷凍庫裡取出幾個我們要在其他人回到家時一起吃掉的肉桂捲，她將麵包放在廚房的流理臺上。

她以有些鬼鬼祟祟的眼神看著我。

「我有個東西要給你。」她說。

「是什麼東西？」我說。

「你等一下就知道了。把眼睛遮起來！」她說。

我把眼睛遮蔽起來，聽見她翻動抽屜的聲音。接著，她在我面前停下腳步。

「現在你可以瞧瞧囉！」她說。

那是一盒巧克力，一盒三角巧克力，包裝造型不僅獨特，而且顯得美觀。

「這個是給我的嘛？」我說。「一整盒都是？」

「是啊。」她說。

「英格威沒有嘛？」

「不，這次沒他的分。畢竟他可以去看比賽嘛。你也應該好好開個派對慶祝一下，不是嘛！」

「真是太感謝了。」我說著，並且撕開包裝紙，被錫箔紙所包裹著的巧克力塊顯露出來。

「不過你聽清楚了，別跟英格威說這件事唷。」她一邊說，一邊眨眨眼。「這個就是我們之間的祕密。」

我大口將巧克力吞下。她則坐在一邊，玩著填字謎遊戲。

「我們很快就要裝電話了。」我說。

「是這樣啊？這樣的話，我們以後就可以講電話啦。」

「是啊。」我說。「其實我們本來還要等很久，不過爸爸是政治人物，所以我們還是可以裝電話。」

她笑出聲來。

「政治人物，嗯哼。」她說。

「對啊？」我說。「他就是政治人物啊。」

「是啊，的確，他是政治人物。他是政治人物沒錯。嗯，你喜歡上學嘛？」她說。

我點點頭。

「是的，非常喜歡。」

「這樣的話，你最喜歡什麼？」

「下課休息時間。」我說。我知道這個答案會讓她笑出聲來，或至少讓她噘起嘴來。

當我將一整條巧克力吃乾抹淨，而她再度聚精會神地玩著填字謎遊戲時，我便走到閣樓上，取來幾件玩具。

過了一會兒，她望著我、詢問我：我們要不要也一起去看比賽啊？我當然想去看比賽。我們換裝完畢，她將腳踏車從車庫裡牽出來，我坐到車後的包裹托架上，她躍上座墊，但一只腳掌仍貼在地面上，轉過頭來望著我。

「你準備好了嘛？」她說。

「準備好了。」我說。

「那就抓穩了，我們要上路了！」

我伸出雙臂將她抱緊。她踢開腳踏車的支架、踩住踏板，騎下那座小小的斜坡，再往右方拐，開始踩踏板。

「你坐得舒服嘛？」她問道。我點點頭。接著，我才想到她的位置看不到我。因此，我說：

「是啊，我有坐穩。」

我也的確坐得很穩、很舒服，抱住她的感覺很好；跟著她一起騎腳踏車，更是一件樂事。祖母是唯一會擁抱我和英格威的人；她也是唯一會擁抱你，並且用手拂過你的胳臂的人。也只有她會跟我們玩耍。爸爸確實會在聖誕節的時候跟我們玩，不過他玩的淨是那些他自己想玩的東西，比如說珠璣妙算[23]、西洋棋、象棋、快艇骰子[24]、翻八點[25]或火柴撲克牌魔術。當我們玩耍的時候，媽媽也會在場；但我們主要是跟她一起做點手工藝，地點可能是在家裡的廚房，也可能是庫克園安養院區的木雕工坊。這確實很有趣；

但與樂於跟我們一起玩我們喜歡玩的東西的祖母相較，這還是有區別的。比如說，當英格威向祖母展示自己化學實驗箱內的某個東西時，她會饒富興致地觀看；或者，她也會協助我拼拼圖。

車輪的轉速變得愈來愈緩慢，最終完全停下。祖母下了車，牽著車身、走完最後一小段上坡路。

「你可以繼續坐在車上。」她說。

我坐在原位，眺望著下方的市容；同時，微微喘氣的祖母繼續牽著腳踏車往上走。當我們來到頂端，當她再度坐上腳踏車的座墊時，那條路緩步往下、指向體育館。體育館內突然傳出一陣高亢、簡直是由一頭巨獸所發出的呻吟；隨之而來的是一陣陣富有韻律與節奏感的掌聲。很少有這麼能使人振奮的聲音。祖母騎到體育館一處盡頭，將車停靠在布告欄的旁邊，讓我在後座的行李架上站了幾分鐘、同時抱著我，使我能望見足球場以及場內的一切動態。我們離場內相當遠；除了在綠色草皮上跑動的黃色與白色球衣，以及圍繞在周邊那如波浪般翻滾、黑壓壓的群眾以外，所有的細節從我眼前一晃而過。但是我體驗到了這股氣氛，我將它吸入，在接下來的幾天當中，我會將它完善地保存在我的內心。

回到那棟屋子以後，她開始處理我們返家以前的餐點。沒過多久，樓下的大門被打開了，祖父走了進來，他的表情看起來很是決絕。當祖母看到他的表情時，她就問他：他們輸球了嘛？

他點點頭，一屁股跌坐進自己的座位上。她替他倒上一杯咖啡。我始終沒能真正理解，祖父和祖母之間的權力關係到底是怎麼樣的。她一方面總是服侍他、承擔起一切的烹飪事務、洗碗、打理其他一切

23 Master Mind，密碼破譯棋盤式遊戲，可供兩名玩家參與。
24 Yahtzee，透過投擲五個骰子，藉此判斷得分數的遊戲。
25 Vändåtta，瑞典一種至少須兩名玩家參與的紙牌遊戲。

家務，這讓她像是他的婢女；但在另一方面，她經常對他發火、生他的氣。她會和他吵架、惹怒他，用字相當尖刻，而且常顯得輕蔑。而他此時就不怎麼多話、也不怎麼頂嘴。這難道是因為他不需要頂嘴嘛？這難道是因為，她所講的一切對他完全不重要？還是說，他沒有能力回嘴？假如他們在我跟英格威在場的時候這樣子吵起來，祖母可能會對我們眨眨眼，彷彿在對我們說：事情沒有那麼嚴重啦。但當她對他窮追猛打的時候，她也會將我們當成某種武器來使用；比如說，當祖父望著我們、面露微笑、對祖母搔搔頭的時候，祖母就會講出「祖父連燈泡都不會裝」之類的話。除了口頭上或者她服侍他時所衍生出的那種親近感以外，我從來沒看過他倆之間顯現其他形式的親暱。

「我聽說他們輸球了。」當媽媽、爸爸和英格威在十分鐘後踏上階梯時，祖母又說了一次。

「是啊。不過，『凡是失去的，必將再得著』。」爸爸說。「你說呢，爸？」

祖父咕噥了一句什麼。

那天晚上回家時，我們收到一只裝滿李子的提袋，還有另一只裝滿梨子的提袋，加上一整袋的肉桂捲麵包。祖父在樓上跟我們說再見，他相當不願意從椅子上起身。同時，祖母則跟著我們下樓去，各給了我們一個大大的擁抱，走上臺階，向我們揮手，直到我們完全消失在她的視域之內。

有一點很奇怪：回家的路途總是比去程快多了。我喜歡在黑夜裡搭車，喜歡那閃閃發亮的儀表板、從前座傳來的低沉談話聲、我們行經路段的街燈投下的光束（宛若光波或浪濤，灑落在我們的身上），那不時會冒出、漆黑而綿長的路段——那裡的存在、我們所能夠見到的一切，乃是被車燈照亮的柏油路面，以及我們行經彎道時被車燈映出的一小片景觀。突然浮現的樹冠；突然浮現的岩壁、突然浮現的海灣。接著，回到陷入黑暗之中的家屋，聽著踩踏在礫石路面上的腳步聲、車門關閉時發出的僵硬碰撞聲、那一串鑰匙發出的「噹啷啷」聲響，門廊上那些被點亮的燈光，重新揭露擺放在原地、對我們而言極為熟悉的事物——而這一切又伴隨著某種詭異的歡樂感。猶如眼珠的鞋孔，鞋舌則酷似額頭；壁腳板上方白色排氣口投放出的冷酷目光，以及角落那略顯扭曲、用來懸掛大衣的衣架。我房間裡的景象則是這樣的：墨水筆與鉛筆活像一票初中生那樣聚集在筆筒裡，其中幾支筆更顯優越地靠向筆筒邊緣，準備好隨時啐出一口痰，藉此表現對所有人事物的冷漠。床上的毯子與枕頭要麼鋪得整整齊齊、一絲不苟，活像一具石棺或太空船的座艙，完全不容他人觸碰，要麼顯現出我最近一次在床上移動後留下的痕跡，對於能夠重新被調整感到很是開心、但又好像沒有表露真正的傾象。燈泡那僵硬的目光；有如嘴巴的鑰匙孔，那兩枚有如眼睛的螺絲接頭，以及修長、位置顯得可笑、宛若鼻尖的手把。

我刷過牙，向爸爸媽媽喊過晚安以後，便鑽到床上、準備閱讀半個小時。其中兩本書是我最喜歡的；我盡可能地將它們「隔離」得久一點，這樣我再度閱讀時，便能享受到初次相遇的新鮮感，但我總是沒能貫徹這一點，總是等不及便早早把書取來。其中一本是《杜立德醫生》[26]，描述一個能與動物對話的醫生；某一天，他和這些動物踏上漫長的旅途、一路來到非洲，他在那裡遭到追殺、被幾個何騰托人[27]囚禁。不過到了最後，他還是找到了他在找尋的東西——那罕見的香腸狀、在兩端各長有一個頭的動物。另一本則是《移動者》[28]，講述一個能夠在噴泉水柱上保持平衡的小女孩；她任由自己被噴泉拋起，並在經歷重重困境與苦難以後落到一頭巨鯨噴氣孔所冒出的水柱上，而且站穩了腳跟，跟著牠一同環遊大海。只不過，今天晚上我從書堆裡取來的是另一本名叫《小女巫》的作品；描述一名年齡還太小、因而不能參

26　*Doctor Dolittle*，英國作家休・洛夫廷（Hugh Lofting, 1886-1947）的作品。

27　Hottentot，指非洲南部的民族。如今是帶有貶義、冒犯性質的用語。

28　*Gangles*，澳洲作家羅納德・馬克雷格（Ronald McCuaig, 1908-1983）所著之童書。

加在布洛克堡所舉辦的女巫派對的小巫婆。然而，她還是偷偷溜了進去；她一連觸犯了好幾條禁忌，比如說在星期天下咒，這一段讀起來簡直慘不忍睹——她不應該在週日使用魔法的，她會被發現的……而她的身分也的確曝露了。不過最終，她過得還是挺好的。我閱讀了幾頁書，但由於我對於故事情節已經相當熟悉，我轉而開始看著書中的圖畫。當我翻閱完畢時，我就關上燈，頭靠在枕頭上，闔上雙眼。

我幾乎要睡著了，也許很可能已經睡著了。但隨著一道門鈴聲，我突然間從睡夢中被召喚回床上以及房間裡。

叮——咚。

見鬼去吧，這會是誰啊？除了我們已經在恭候的訪客以外，我們家的門鈴是不會響起的；若是門鈴響起，有九成機率是祖父與祖母。有時候也會有一些不那麼尋常的人來按鈴，比方說英格威的一個同學或是業務。不過他們都不會在夜晚按鈴。

我在床上坐起身子，聽見媽媽穿過走廊、走下樓的聲音。樓下傳來微弱的話聲。接著她再度上樓、與爸爸交談了幾句話，但我聽不清楚。她又走下樓，而且必定在樓下著裝——因為沒過多久大門就被帶上了，她那輛停在外面的汽車引擎隨之被發動。

現在到底是怎樣？她**現在**要去哪裡？都已經快要**十**點鐘了！

幾分鐘以後，爸爸也走下樓。不過他並沒有走出家門，而是進入自己的工作室。我聽見他的動靜以後就從床上爬起來，謹慎地將門打開、躡手躡腳溜進走廊，進到英格威的臥室。

他坐在床上讀書。他還沒有換上睡衣。當他看到我的時候，他面露微笑、在床上坐直。

「你只穿著內衣褲就跑來啦？」

「剛剛是誰來按門鈴？」

「我覺得，是古斯塔夫森太太。還有他們家所有的小孩。」

「現在？這是為什麼？還有，媽媽為什麼要把車子開走？她是要去哪裡？」

英格威聳聳肩。

「我想，她是要開車把他們載到幾個親戚家裡。」

「為什麼要這樣做？」

「古斯塔夫森喝醉了。他對著家人大吼大叫，你是都沒聽到嗎？」

我搖搖頭。

「我睡著了。可是，雷夫．托爾也有跟來嗎？還有勞夫？」

英格威點點頭。

「這真是在亂搞。」我說。

「爸爸肯定會回到樓上來。你最好還是回去睡覺吧。現在，我也準備要睡了。」他說。

「好的，晚安。」

「晚安。」

當我回到自己的房間時，我拉開窗簾，朝古斯塔夫森家的屋子望去，看不出絲毫異狀。不管怎樣，外面一片寂靜。

古斯塔夫森以前就喝得爛醉過，並不是什麼新鮮事。那年春季的某個晚上，關於他爛醉如泥的傳言不脛而走。我們一行三、四個人偷偷溜進他們家的院子裡，龜縮在他們家客廳的窗戶外，朝裡面窺探。不過，並沒有什麼好看的。他就只是一動也不動地坐在沙發上、瞪著自己的正前方。另外幾次，我們從打開的窗戶以及站在戶外的草坪上時，都聽見他的咆哮與吼叫。對此，雷夫．托爾僅僅是一笑置之。只不過，這次或許並不一樣？他們過去可沒像現在這樣，從他身邊逃開。

當我醒轉過來的時候，已經是早上了。我聽到浴室有人，想必是英格威。媽媽車子的行駛聲，從路面上傳來（位於那道三公尺高、循著古斯塔夫森家空地延展，並且撐起那片草坪的高牆下方）。她今天得老早就去上班。英格威關上浴室的門，走進自己的房間——隨後，他幾乎馬上就下樓了。

腳踏車！

他把腳踏車停在哪裡了？

我完全忘記詢問他這件事情了。

但是，這想必就是他這麼早離家的原因；他不能騎腳踏車，他得走到學校去。

我從床上爬起，帶著衣服走進浴室。他今天也依然記得替我留一點水，而我就用來洗臉。接著我穿上衣服，走進廚房。爸爸已經在我的座位前擺上一只裝了三個三明治的餐盤，還有一杯牛奶。他已經將麵包、盒裝牛奶和佐料收起來了。他獨自一人坐在客廳裡，一邊聽收音機廣播、一邊抽菸。

窗外正下著雨。雨勢持續流洩著，噴灑著；雨滴不時被一陣風颳起、掃向窗戶。因此，這聽來很像手指頭的敲擊聲。

一週當中，就只有星期一是我獨自一人回家，而且家裡沒有人會替我開門。因此我收到一只鑰匙；用一條細繩套在我的頸間。但我使用那把鑰匙時，有時會碰上麻煩——我就是無法順利轉開門鎖。當我首次在週一試著開門時，戶外正下著雨；我身穿雨衣雨靴跑過礫石路面、牢牢地抓住那把鑰匙、對於即將發生的事情感到既驕傲又開心。我成功將鑰匙插進了鎖孔，但居然無法轉動。不管我如何使勁，就是轉不開。鑰匙卡住了。過了十分鐘，我哭了起來。我的雙手泛紅、不住地發冷。傾盆大雨持續灑下，其他的小孩老早就躲回自己的家裡去了。這時候，其中一名我並不特別熟悉的鄰居出現了——這位年事已高的女士與丈夫住在那間位於最高處、足球場後方森林旁邊的屋內。此時她正走在街道上；由於她和我的雙親之間毫無聯繫，當我一看見她，我毫不遲疑，狂奔上前、淚眼汪汪地問她，是否能夠替我開門。她可以幫忙。而對她來說，這件事情一點都不困難！她用鑰匙稍微摳了摳、轉動著。隨著「噗」的一聲，門被打開了。我向她道了謝，然後走進屋內。這時我領悟到：那把鑰匙本身並沒有什麼問題，有問題的是我。下一個週一，戶外並沒有下雨；因此我索性將背包擱在大門外的臺階上，往上跑到耶爾家裡。爸爸回到家時，他注意到了背包。不管如何，背包總不能就這樣放在外面、任由風吹日曬。再接下來的週一，天氣乾燥而晴朗；因此我將背包帶在身上，我用的理由則是：我要到耶爾家裡寫作業，因此必須將背包帶在身上。

那段時間裡，我想出一個當天候在秋冬變得惡劣時（就像今天這樣），我所能使用的方法。鍋爐室有一扇小窗戶；或者應該說，更像個孔隙，但仍然能讓我鑽進去。假如我站在草坪上，小孔的位置就在我頭上半公尺處。我估算過：我可以在早上將那扇窗戶打開，即使你成功鬆開那兩只搭扣，窗戶也能緊貼著窗框，因此這樣做沒有什麼風險。這麼一來，在我回家的時候，我就能將垃圾桶搬過來、站到上面，整個人鑽進鍋爐室內，從內側打開大門，再將垃圾桶擺回原位，關上那扇窗戶，待在屋內——這麼一來，沒人能夠弄懂我如何不靠鑰匙開門。唯一在我心中有疑慮的，在於將窗戶搭扣鬆開的那一刻。然而，如果外面下了雨，下到鍋爐室就是再自然不過的事情了；雨衣最常掛在那裡，我就只需要將窗戶的搭扣鬆開。如果沒人緊貼著門邊而站，我這樣做根本不可能會被發現。要是爸爸就站在外面的門廳，我也不會笨到做出這個舉動呢！

我吃掉那幾個三明治，將牛奶飲盡，接著到浴室刷牙，從自己房間裡取來背包、下樓，走進那個設有兩座電熱水器、狹窄又溫暖的房間裡。幾秒鐘之內，我彷彿石化一般、僵立在原地。當我確定階梯上沒有傳來任何腳步聲時，我就將身子往上延展，撥開窗戶的搭扣。接著我穿上雨衣、揹上背包，走到放置著雨靴的門廊上。雖然我最想要的是一雙純白色長靴，我所有的仍只是一雙藍白雙色相間的維京牌雨靴。然後我向爸爸喊了聲再見、跑到屋外、向上奔到耶爾的家——他正好從窗口探出頭來，喊道他現在還在吃早餐，不過很快就會出來。

他們家的私人車道上有幾灘灰暗的水坑。我走到其中一道水坑前，開始將石塊往裡面扔。他們家的私人車道，並不像其他人家那樣以礫石鋪底，也沒有像古斯塔夫森家的私人車道那樣，用水泥製的路磚鋪底。那裡的質地是久經踩踏、偏紅色的土壤，表層還布滿了小圓石。他們家與眾不同的特質，還不僅止於此。房屋後沒有草坪；相反地，他們在那裡闢建出一小片菜圃，種起馬鈴薯、紅蘿蔔、球莖甘藍菜、小白蘿蔔，還有各式蔬菜。他們並沒有像我們那樣，沿著與森林區接壤的一側修築木製的籬笆，也沒有像其他許多人那樣架設起鐵絲網，而是採取與普雷斯巴克摩家相同的做法，自己蓋起一道石牆。他們並不像我們那樣，將所有廢棄物悉數扔進垃圾桶；比如說，他們會保存裝雞蛋以及裝牛奶的紙盒，廢物利用。他們還會將廚餘放入一只石牆邊的堆肥箱裡。

我挺起背，望向一名水泥攪拌工。綠色的圓桶被一塊白色的防水布遮蔽住了一小片，看上去就像披著頭巾。她微張著自己那大而無牙的嘴巴；她究竟看到了什麼東西，使她如此驚駭？

耶爾的爸爸駕駛著那輛綠色金牛座轎車，從坡道的底端駛來。我向他打招呼；他輕輕地將貼在方向盤上的手舉起，作為回應。

我突然想起了安妮·麗瑟蓓。這個思緒從我的胃部騰起，擴散著、最終在我的胸口爆開，使我充滿喜悅。

上週五，她沒來學校。希爾薇格當時說：她生病了。不過今天是星期一，她鐵定已經恢復健康了。

是的，她一定已經恢復健康了！

我滿心期待著想往上走到B-Max超市，在那裡見到她。

她那閃閃發亮的黑色雙眸。她那充滿喜悅的聲音。

「耶爾！你幾時才要出來啊。」我喊道。

他那壓低的話聲，從門的內側飄出。下一秒鐘，他就破門而出。

「我們就走那條小徑吧？」他說。

「好啊，就這麼辦。」我說。

我們馬上繞著這棟房子跑動起來、爬過那座石牆，開始在小徑上衝刺。那由一大片草叢所構成、中間還被乾枯的渠道隔開的泥坑，現在早就浸滿了水，就算你穿著長靴，要想在身子不被沾溼的前提下通過那裡，幾乎是不可能的。要是一不留神，你會一腳踩進深度高於靴筒的凹穴裡。不過我們仍然嘗試；我們在那搖晃不穩的泥坑上行走、保持平衡，然後跳到下一處坑上，腳跟一滑，以手撐住地面，並且感覺到地面的凹陷，感受到水滴從夾克的袖口滲入、鑽進毛線衣內。我們高聲對彼此報告著發生的一切，笑得不可開交。我們穿過已顯溼滑、滿是泥濘的足球場，穿過那條寬闊、座落在闊葉木之間的通道（這裡以前或許曾是一條僅能讓由牛馬拉動的雙輪運貨車通過的小徑；無論如何，現在比較寬敞，表面完全被葉片所覆蓋），朝右邊走。地上的葉子有黃色、紅色、褐色的，某些地方還有著綠色的葉脈。最上方則是一片小小的草原，草很長、呈黃白色，幾乎是黏附在地面上。正中央處則是一道鼓凸著、光禿禿的岩壁，上面還立著一根老舊的電線杆。那條舊道路再往深處延展了一小段，而後消失無蹤、被那條從原野外大約二十公尺處一掃而過的主幹道吞噬。位於正對面的那片森林最主要由橡樹所構成；其中兩棵橡樹之間擺放著一輛報廢汽車的殘骸，車況遠比平時我們玩耍地點的那輛廢車（位於更遠處的下方，離這裡也許有一百公尺）還糟糕，但這絲毫不減損它對我們的吸引力。這反而很吸引人——幾乎從來沒人進入這輛廢車內。

噢，想想老舊報廢汽車在溼潤森林裡所散發出的氣味！被扯得稀巴爛的座椅散發出的人工合成材質氣味，被泥土所覆蓋、顯得陳腐，但與那從地表各處騰起、由腐爛枯葉所散發出的沉重、陰鬱氣味相比，它卻又顯得濃烈、甚至近於清新。黑色車窗壓條已經鬆脫，像觸手一般從車頂垂落。車窗早已全被打得稀爛；大部分的碎玻璃早已陷入泥土中，但車底的地氈上、乃至於車門口仍然能看到鑽石一般、散發微光的玻璃碎片。噢，還有那黑色的地氈！請輕微地搖晃它們；一晃之下，一整群小昆蟲被嚇得驚起、四散奔逃。蜘蛛、大蚊、潮蟲。車底那三只踏板的阻抗力，是你幾乎完全無法動搖的。每當風勢將雨滴從其軌跡上拉下，或者將雨滴從正上方那飄動著的樹枝上的葉片搖下時，雨會直接落在擋風玻璃上，然後落到臉上。

我們偶爾會在附近找到一些東西。包括大量的瓶子、幾大袋的汽車雜誌或色情刊物、空空如也的香菸盒、原先用來裝擋風玻璃清潔液但現已空蕩蕩的塑膠瓶、幾只零星保險套；有一次，我們找到幾件仍然盛滿糞便的內褲。就因為這個大發現，我們笑了好久——原來還有人把屎拉在褲子裡，走進這裡，將內褲全扔掉。

不過，當我們大冒險的時候，我們也經常在森林裡拉屎。我們可能爬到樹上，從樹上噴屎；可能高踞一片岩壁的頂端，從上面拉屎；或者何不站在小溪邊，將屎拉進溪水裡。我們就只是為了想瞧瞧會發生什麼事、這會帶來什麼樣的感受。香腸般的糞便是哪一種顏色呢？是黑色、綠色、褐色、淺褐色？有多長，又有多粗？當它們就這樣躺臥在林間地面上、躺臥在石楠叢與苔蘚之間、晶亮生光之際，又會如何呢？成群的蒼蠅是否會在糞便上空盤旋，甲蟲是否會爬上去？而且，森林裡的糞便，就連氣味也顯得更濃烈、更犀利、更清晰可辨。某些時候，我們會回到先前拉過屎的地點，就只是為了瞧瞧它們現在變得怎麼樣了。有時，糞便完全消失無蹤；有時，殘留在原地的僅是一些小硬塊；還有另外那麼幾次，它們癱軟在原地，看起來像是已經融化了。

不過我們現在得到學校，沒有時間搞這些花樣。奔下坡去、跑過那座遊樂場（其實只不過是一座遍布鐵鏽的鞦韆架、一座生鏽的溜滑梯，以及腐爛、裡面幾乎完全不剩任何沙子的沙坑）、沿著那道陡峭的斜坡往上走、越過路障，那家位於對街的B-Max超市就出現在我們前方。揹著背包的小學生，已排成好長的一列隊伍。即便雨勢不住地傾瀉，幾個小女孩仍玩著跳橡皮筋的遊戲；其他人則龜縮在遮蔽住商店入口處的擋雨棚內。可是，安妮．麗瑟蓓跑到哪裡去啦？她不在這裡嗎？

這時，那輛巴士沿著上坡路開來。耶爾和我衝過街道，剛好趕在車子拐進超市前方那鋪著瀝青路面的停車場時衝到站牌前。我們是最後才上車的乘客，坐在最前排的座位上。被我們帶入車內的溼氣，旋即使那偌大的車窗布滿了霧氣。許多人馬上開始在車窗的霧氣上塗塗畫畫。司機關上車門，開始朝大路行駛。我跪坐在座位上，朝後方窺探。她並不在車上。生命的意義彷彿已經在人世間找到了一道孔隙，流淌進去、消失無蹤了。這下子我一整天都別想見到她了，而且第二天或許也將會是如此。希爾薇格同樣不在車上，因此我無從打探她究竟病得多嚴重、她還要缺課多久。

十分鐘後，巴士在校區外停下。我們衝過操場、奔進擋雨棚的下方，與全校幾乎所有的小孩爭搶著位子，直到上課鈴聲響起，我們才總算能挺起身子、開始列隊站好。現在我已經能認出絕大多數人的外貌，也知道少數幾個人的名字與名聲。我們與同年級的班級一同上體操課，而他們比我們優越——因為他們從小就在這裡長大，對於這一帶的形勢極其熟悉。這所學校是他們的，這些老師是他們的老師，在他們眼裡，我們不過是某種毫無權益可言的新人。不過他們也比我們強悍；簡單地說，他們更常打架、更喜歡搗蛋、也更常口出穢言，不管怎樣，他們當中有幾個人就是這副德行。而在我們這些人當中，就只有最強硬的傢伙──也就是說，約翰和歐斯耶爾──才能跟他們分庭抗禮。我們其他人則只能任由他們蹂躪、推擠。你會突然感受到一條手臂扼住你的喉嚨，然後狠狠一抽，你就倒地不起。排隊集合時間，或者大夥正準備從走廊上走進教室裡時，你的背部可能會突然挨上一拳──那可是最疼痛不過了。在踢足球的時候，可能會有人突然踩你的腳趾。不過他們很快就認知到，他們沒辦法欺負約翰或歐斯耶爾──因為他們會還擊，而且有潛力變得和施暴者一樣瘋狂。除此之外，這些住在島嶼東側的小夥子，衣著也與我們不一樣；至少某些人是如此。他們穿的衣服顯得更舊，也更破爛，彷彿他們自始至終都穿著這些從哥哥（而且不只一個──可能兩個、甚或三個哥哥）手上承接的舊衣、到處遊蕩。耶爾和我最怕的一件事莫過於：我們在自己的祕密遊樂地點，被這票人當中的某個小鬼頭盯上。不過他們並沒有構成什麼大問題；重點在於，你在外走動時，必須多加小心。若能謹慎點，通常都不會有什麼麻煩。或許最明顯的結果就是：我們變得更加團結，體驗到彼此就是一個整體，而教室就是一個絕對安全的場域。

上課鈴聲響起，我們列隊站好。老師的身形一如往常地修長。她以有點傾斜的的步態踏上階梯，因為緊張，手擺動了幾下。然後我們呈固定隊型向下方走到教室前，大家先脫下雨衣、掛在教室外的掛鉤上，接著立刻走進教室、坐到各自固定的座位上。

「安妮．麗瑟蓓今天也生病咯！」有人說道。

「希爾薇格也病咯。」

「維孟德也是喔。」

「還有雷夫．托爾。」耶爾說。

「維孟德病的是腦袋瓜喔。」艾文德說。

「哈哈哈！」

「不對，不對，不對。」老師說。「在我們班上，不准像這樣說別人的壞話。當他們不在這裡的時候，更不准像這樣講他們的壞話！」

「雷夫．托爾的爸爸昨天喝醉了！」我說。「我媽還得開車把他們載到某個親戚的家裡。就是因為這樣，他今天才沒來！」

「噓！」老師說著。她一邊將手指伸向雙脣，一邊望著我、搖搖頭。她在自己的手冊上寫了一些內容，隨後再度掃視全班。

「今天還有誰沒到嘛？都到了嘛？那好，我們開始上課。」

她走上前，在講桌邊坐定。「今天，我們要學習一些關於農場的事情。有沒有人之前去過農場？」

噢，我拚命地將手舉高、整個人簡直站了起來，同時叫喊起來：**我，我，就是我！我有去過！**

針對這個問題有話要說的人，可不只有我一個。而老師也沒有點到我，她示意由耶爾．B發言。

「我有在樂高樂園騎過一匹馬。」他說。

「喂，那個明明就不是**農場**。」我叫嚷著。「我去過農場好多次了。我外公跟外婆……」

「卡爾．奧韋，我有點到你嗎？」老師說。

「沒有。」我說道，並且低下頭去。

「的確是這樣，樂高樂園不算是農場。」老師繼續講下去。「但是，馬住在農場上。所以，耶爾，這一點是真的。烏妮？」

烏妮，那是誰啊？

我轉過頭去。噢，是啊，當然了，就是那個低聲輕笑的女生。那個有著閃亮頭髮、身材豐盈的女生。

「我就住在農場上。」她雙頰泛紅地說著。「只不過，我們家沒有養動物。我們種植蔬菜。然後爸爸把蔬菜載到城裡，在廣場上販賣。」

「喂，我去過有**養動物**的農場！」我說。

「我也有去過！」斯維爾說。

「還有我！」達格・馬涅也應聲。

「等我點到你們發言，你們再說話。每個人都輪得到。」老師說。

在那之後，她又點了五個人起來發言；隨後我才終於不必繼續舉手，總算能發表我急於描述的內容。是的：外公與外婆擁有一座大農場，他們養了兩隻母牛、一隻小牛，以及幾隻母雞。我曾經好多次到那裡收集雞蛋；當外婆在早上給母牛擠奶時，我也都在場。她會先將所有糞便掃到一邊去，接著餵牠們一點草料。然後，她就會給母牛擠奶。牠們三不五時還會揚起尾巴、噴尿或者拉屎。

一陣浪潮般的哄笑聲撲向我。這使我感到極其興奮。我繼續講下去，滿臉通紅地在教室裡說道：還真就有那麼一次，母牛直接尿在我身上！

我環顧四周，浸淫在隨之而起的劇烈哄笑聲中。老師沒多說什麼，只是讓我繼續發言，但我從她的表情看出：她並不相信我。

當所有想要發言的人都發表完以後，她朗讀了課本中關於歐拉・歐拉・賀雅爾[29]的某個段落。她全然忽視我的存在，並且問我們一些與她讀過的文本有關的東西。直到課間休息的鐘聲響起，她才要我稍等一下。

「卡爾・奧韋。」她說。「你等我一下，我得跟你談談。」

我站在講桌旁邊；在此同時，其他人則跑出教室。當教室裡只剩下我們的時候，她坐到講桌旁邊，注視著我。

「有些時候，我們不能將自己知道的事情全說出去。」她說。「比方說，你剛才所講的，雷夫．托爾爸爸的事情。雷夫．托爾會覺得很難過，你不這麼覺得嘛？」

「是啊，我想他會難過的。」我說。

「他不會希望別人知道這件事的。這一點，你懂嗎？」

「懂。」我說著，開始哭了起來。

「有一種東西叫做私生活。」她說。「你知道那是什麼嘛？」

「不知道。」我抽抽噎噎地說。

「這個是指，在家裡發生的事情——在我們家裡、在你們家裡，以及在所有人的家裡。假如你看到別人家裡出了什麼事情，並且說出去，這樣其實並不好。這一點，你懂嘛？」

我點點頭。

「很好，卡爾．奧韋。現在，不要再難過了。之前你並不知道這一點。但是你現在知道咯！好啦，到外面去玩吧。」

我奔上樓梯、穿過走廊，來到戶外的操場。我用目光掃視著在那裡活動、各個不同的小團體。幾個女孩子正在玩著跳橡皮筋的遊戲；幾個人在玩跳繩，還有另外幾個人互相追逐。我看到他們在下方足球場上，在最靠近的球門前方成群玩耍著。足球場的中場區域，被幾近於黃色的泥潭所覆蓋。耶爾、耶爾．

29　Ola-Ola Heia，挪威童書作家托畢恩．艾格納（Thorbjørn Egner, 1912-1990）作品中的人物。

霍康與艾文德站在小丘下方、架設著旗桿的長凳子旁邊。我跑向他們。他們正在玩著那副由耶爾・霍康所帶來、畫有船舶圖案的紙牌。

「怎樣，你剛才哭過喔？」艾文德說。

我搖搖頭。

「是風吹的啦。」我說。

「那老師說啥？」

「沒說啥。可以發一張牌給我嘛？」我說。

「你剛剛明明就哭過。」艾文德說。

在班上，艾文德的表現和我、斯維爾不相上下，表現都很優異。他在算術方面首屈一指；斯維爾排得上第二名，我排第三名。至於寫作與閱讀方面，我領先其他所有人，艾文德在這一環排名第二；而斯維爾的讀寫能力，可以在班上排第三位。不過，艾文德的速度比我快得多；在全班所有男生當中，只有特隆德的動作比他快。我的速度只能排到第六名。此外，他的力氣也比我大。全班的男生中，只有維孟德比我虛弱；而就因為他是全班最蠢笨、最肥胖的傢伙，他的處境很惡劣，因為根本沒人拿他當一回事。特隆德是全班個頭最矮的男生，但就連他也比我有力氣。我的身高在全班排第三，稍微比他高一點。論及足球球技，我可以排到第四位，在我之前的則是歐斯耶爾、特隆德與約翰，艾文德的足球技藝可以排第五名。我的畫圖能力好過他、僅次於耶爾（他能夠將一切畫得唯妙唯肖）與維孟德。至於扔擲小球，我在班上倒數第二名——只好過維孟德。

「我下樓梯的時候，一陣風直接吹到我眼睛裡。」我說。「我沒有哭。可以讓我抽牌，讓我加入嘛？」

我所抽到的第一張牌是「法蘭西號[30]」。是全球最大的客輪，噸位遠遠超過所有類型的其他船舶。

下一個小時，我們在作業簿寫著字母——包括「母牛」的o、「羔羊」的a、還有「鵝」的å。回家作業是在習字簿裡書寫同一批字母；老師問我們，是否有人住在今天沒來上課的同學家附近，可以幫忙將作業轉交給他們。

然而直到下一節課（也就是今天的最後一堂課），我們在那小小的體育館裡跑來跑去的時候，我才發現這個陡然出現的契機。我可以走到安妮．麗瑟蓓的家，告訴她作業是什麼！這個想法使我感到喜悅，讓我全身充滿暖意與眩惑。我們一穿戴好衣服、從更衣室跑出去，奔向列隊的集合地點、準備等待校車的到來時，我就把這個計畫告訴耶爾。他皺了皺眉頭。走到安妮．麗瑟蓓的家門前，這是為啥？我們不曾去過那一帶，這是一個理由。維孟德就住在那一區，這又是另一個理由。難道維孟德就不能把作業送過去嘛？你啥都不懂，我說。這就是奧妙之處，要由**我們**來做這件事情！

他仍然抗拒這個主意。但在我多嘮叨了一會兒以後，他表示願意跟去。

今天，這輛巴士並沒有在B-Max超市前放所有人下車，而是開過整片營建工地區，之後再沿途放我們下車。司機有時候會這樣做；每次發生這種情況時，這幕景象就顯得詭異，因為巴士那龐大的車體和那些狹窄的道路格格不入，那就像一艘在運河裡行駛的巨型客輪。我們站在人行道上，望著它駛向遠處的上坡——它彷彿正筋疲力竭地喘息著，排出肥厚、濃密的廢氣如雲層般，籠罩著瀝青路面。

「是我要上去，還是你要下來？」我說。

「你上來。」耶爾說。

30　SS France，一九六二年下水的法國製遠洋客輪。

「好的。」我說道，然後走到我們家的私人車道上。幸運的是，車道空空如也——而這也是再自然不過了。雨停了，但我舉目所見，一切都溼淋淋的。溼氣宛如大片的黑影，覆蓋著暗褐色的屋牆。戶外臺階表面上每一處微小的凹陷，都積滿了水。靠牆而放的那把鏟子的手把上同樣布滿了水滴，而且輕輕地搖曳著。我將夾克的拉鍊往下拉、取來鑰匙，打算試試看今天能不能成功地開門。然而情況還是沒變——鑰匙滑進了鎖孔，但並未能觸及、轉動那只小小的圓柱。我望向上方的道路，空無一人。接著我走到樹籬邊的那座垃圾桶旁，掏出桶內那只半滿的黑色垃圾袋、將它擱在地面上，握住垃圾桶蓋子的把手、扛起來走動。桶子的重量超出我的預估，因此在走到房屋邊的路途中，我不得不數度將它放在地上、稍事休息。坡道上仍然一條人影也沒有；一輛車駛了過來，不過那是一輛我完全不熟悉的車，因此我將垃圾桶扛到了草地上，接著放在窗戶下方。我爬上垃圾桶，將窗戶的遮板往上撥，將頭部與雙肩探進去。由於我無法看到是否有人發現我（而呈現在我面前的就只是那空蕩、陰暗又暖熱的房間），我感到自己失去主控權——這讓我一陣恐慌。我將身子往前扭動，當我的上半身已經鑽進室內的空間時，我抓住熱水器的金屬管，最終總算將全身擠進了房間裡。

我踏到地面上，脫下雨靴，提著那雙長靴穿過走廊，直到來到門廳，我才再度穿上鞋子，打開門，然後再度走到房屋前。恐懼與緊繃使我感到空虛；我再度望著下方的街道。沒有來車，什麼東西也沒有。要是他能在外面多待上兩分鐘，且沒有因為忘記帶東西或生病（這種情況從來沒發生過，爸爸不曾生過病）而回到家，一切就大功告成了。

我發出一聲微小、充滿喜悅的嗚咽，接著急忙奔向置於上方處的垃圾桶，將它扛回原位，把那只垃圾袋給塞回去、將袋子順著桶緣往下壓，然後再度奔向窗邊。我驚恐地看到，垃圾桶在草坪上留下了印痕——而且還是那種很深的印痕。我用手拂過印痕、試著撥弄草梗，希望草能蓋住當時垃圾桶往下陷、將黏糊糊的土壤向上擠而留下的凹痕。接著我站起身來，察看一下現況。

這會被人看出的。

但如果你不知道那裡發生什麼事，要看出痕跡也許比較困難吧？

爸爸能夠看出一切。他會發現這些跡象的。

我再度蹲踞下來，用手撥弄一下那幾株草梗。

就像這樣。

這樣就夠了。

要是他發現了，我只能否認。我將垃圾桶一路拖到那扇窗戶的下方、循著這條路徑爬進屋內——這恐怕是他永遠無法想像的吧？不，如果他看到了那些印痕，這將會成為一起懸案，完全不可理喻。但如果我帶著正常的表情、以正常的聲音對此予以否認，他也沒有什麼好吵的。

我將自己那骯髒、潮溼的雙手在大腿上擦乾，帶著背包，走到樓上的房間。我打開衣櫃，本想穿上那件白襯衫（我滿心認為安妮・麗瑟蓓會覺得很好看，這真是個好主意）；但我隨後考慮到，為了不讓爸爸詢問我為什麼要換衣服，同時避免被他拆穿我的意圖、讓我陷入麻煩，我終究沒有換上新的衣服。

因此我將大門鎖上、爬上燒水的裝置，轉過身來、在窗邊伸出雙腳，謹慎地往下降、然後才鬆開手，「咚」一聲著地。

我起身，以最快的速度往下走到車道，假裝什麼事也沒發生。

然而，我現在也仍看不到任何車輛。約翰・貝克、耶爾・霍康、肯特・雅恩，以及歐文德・桑特就站在遠端的路口。他們一看到我，就朝我的方向騎過來。我紋風不動地站著，恭候他們的到來。

「你聽說了沒有？」耶爾・霍康一邊說，一邊在我面前剎車。

「聽說了啥？」

「今天早上，風嶼的一個工人被一根纜線切成兩半。」

「切成兩半？」

「是啊。」約翰．貝克說。「當他們在進行拖吊工作的時候，纜線斷了。其中一片擊中一個男人，將他的身體從中間切成兩半。這是我爸爸說的。事發後一整天，大家都不用上班了。」

我眼前浮現這麼一幅景象：拖船上的一名男子身體從中間被劈成兩段，上半段（連接著頭與雙臂）落在下半段（連接雙腿）的旁邊。

「你那輛腳踏車，輪胎還在漏氣嗎？」肯特．雅恩說。

我點點頭。

「你可以坐在我的腳踏車上。」

「我要去找耶爾。」我說。「你們要去哪裡？」

耶爾．霍康聳聳肩膀。

「也許到下面停船的地方去吧。」

「你們又要到哪裡去？」肯特．雅恩問。

「到住在上面的一個同班同學家裡，把回家作業捎過去。」我說。

「喔，我可以問問是誰嘛？」耶爾．霍康說。

「是維孟德。」我說。

「你們跟**他**是朋友？」

「不是。」我說。「就只有今天要過去而已。我現在得閃人了。」

我衝上坡，喊叫著耶爾的名字。他很快就拿著一塊三明治，走了出來。

二十分鐘以後，我們再度經過B-Max超市，沿著一片在彎道過後開始向這塊區域的制高點延展的原野行進——通往安妮・麗瑟蓓、希爾薇格與維孟德家的那條路，就是從那裡岔出。假如從我們家循完全相反的方向走去，我們也能到達那裡——那條將住宅區內所有街區與旁路連結起來的街道構成一個圓圈，而我們家所屬的那條圓環路就位於內側。外面那條公路，同樣構成一個環繞整座島嶼的圓圈。所以我們住在一個接一個的圓圈裡面。兩條外圍街道從商店外的一百公尺處平行伸展，然而街道被一道或許有十公尺高、嵌入一堵牆內的岩壁所隔開，因此我們看不見。那堵牆的上方是一片綠色鐵絲格柵，再往上則是一道礫石坡，我們所行走的道路就在上方。然而，就算我們看不見那些在我們下方呼嘯而過的車輛，我們仍能聽見車聲，頗使人感到興奮。我們向下爬到鐵絲格柵邊。當車子從芬那加油站駛離、沿著上坡路行駛時，我們最初只聽到一陣微弱、呢喃般的雜音；隨後音量提高，從我們的正下方呼嘯而過，被牆面反射的引擎轟鳴聲變得更加強烈。我們決定對著車聲的來源扔石頭。由於我們看不見那些車輛，必須根據聲音精確地計算。我們手上各自拿著一顆石頭，等著下一輛車經過。石頭很大，比我們的手還要大，但其實並沒有到太重，我們的力氣還是足以將石頭扔過鐵絲格柵。石頭從十公尺的高度直直落到車道上。最先扔石頭的是耶爾。當車子在我們正下方的時候，他出手了——結果他當然沒有命中，我們聽見石子落在瀝青路面上那空洞而微弱的撞擊聲；隨後，那塊石頭又向前滾動了一小段距離。該我扔石頭的時候，我又太早出手了；因此，當石頭撞在瀝青路面時，與汽車的距離或許多達五十公尺。

一名女子在人行道上走來，她的雙手各提著一只袋子。就算我們從來沒見過她，她還是停下腳步，問我們：「你們在下面幹麼？」

「沒幹麼。」耶爾說。

「你們最好從那裡上來。」她說。「那裡很陡，很危險。」

她繼續走動，但目光緊盯我們不放。所以我們心想：那就照她說的話做吧。因此，我們便往上走。

我們像走在平衡木上一樣，在道路邊緣的磚石上行進，一路來到維孟德的家。他的姊姊坐在屋外的一道沙坑上，正在挖沙。她身穿鮮黃色雨衣、拿著綠色鏟子，身旁的水桶則是藍色的。

「我們先從維孟德家開始嘛？」耶爾說。

「不，我們不去那裡。」我說。「我們先從安妮．麗瑟蓓家開始。」

她名字所發出的聲響，就像一道電流。當我念出她的名字時，我內心無數刮擦著的迴路頓時被點燃、亮起。

「這是怎樣？」耶爾說。

「什麼怎樣？」我說。

「你有夠奇怪。」

「奇怪？不會啊，我就跟平常一樣啊。」

我們又沿著那條道路走了一小段。路的其中一邊被一道薄膜般、向下方流動的水域所覆蓋；那片水域是如此淺薄，以致於水面更像是在顫抖，而非流動。在那之後，我們就能看見安妮．麗瑟蓓家房子的三角牆。屋子位於一座高地的最頂端，正面設有一片草坪，屋後則與森林的尾端地區相鄰。房屋頂樓的一扇窗邊亮著燈光；或許，她的房間就在那裡？這條街的正對面就是米爾文家的房子，也就是希爾薇格的家——下方則是那座陰暗、泛綠色、顯得潮溼的森林。我們經過那裡；那條道路的盡頭是一道鋪有礫石的迴轉區，與森林的邊緣相鄰。通向安妮．麗瑟蓓家的車道，正是從迴轉區延展開來。大門上方亮著一盞燈。

「你來按門鈴吧？」當我們站在大門外時，我說。

耶爾踮起腳尖，按了按門鈴。我的心劇烈地震顫著。幾秒鐘過去了。接著，他們家的媽媽來應門。

「安妮．麗瑟蓓在家嘛？」我說。

「在啊。」她說。

「我們剛下課，從學校過來。我們把作業帶過來。」耶爾說。

「你們真好。」她說。「你們要不要進來坐坐？」

她有著亮色的頭髮、藍色眼睛，長得和安妮．麗瑟蓓一點都不像。不過，她長得也滿可愛的。

「安妮．麗瑟蓓！」她喊道。「妳的同班同學來找妳！」

「馬上就來！」安妮．麗瑟蓓從上方喊道。

「她不是生病了嘛？」我說。

她的媽媽搖搖頭。

「她已經好了。不過為了保險起見，我們讓她在家裡多待一天。」

「是喔，是這樣喔。」我說。此時樓梯間傳來腳步聲。安妮．麗瑟蓓的身影出現了。她手上抓著一塊三明治，嘴裡塞滿食物的她，對我們微笑著。

「哈囉。」她說。

「我們還在想，妳生病了。」我說。

「我們把作業帶過來給妳。」耶爾說。

她穿著一件有著紅色紋路的白色高領毛衣，一條藍色長褲。她的上唇仍留有一條白色的牛奶痕。

「你們能不能跟我到外面，一起玩？我已經在屋子裡窩了一整天了。昨天也是！」她說。

「這個倒是沒有問題啊。」我說。「不是嘛，耶爾。」

「可以。」耶爾說。

她穿上自己那雙白色長靴，套上紅色的雨衣。她的媽媽走到樓上去。

「媽媽，拜拜！」安妮．麗瑟蓓喊道，並且往外跑。我們則跟在她的後面跑著。

「我們要做什麼呢？」她說。她在礫石地面的盡頭停下腳步，轉過身來面向我們。「我們要不要到下面去，找希爾薇格？」

而我們也的確這麼做了。希爾薇格走了出來。安妮．麗瑟蓓提議我們來玩跳橡皮筋遊戲，因此我們就待在那裡一起玩。我們的腿上綁著橡皮筋，希爾薇格和安妮．麗瑟蓓則跳躍著、前後踏著舞步——她們的姿勢相當複雜，但是駕輕就熟。輪到我跳的時候，安妮．麗瑟蓓教我該怎麼做。她將手搭在我的肩膀上，我全身隨之感到一陣震顫。她那暗色的雙眸閃閃發亮。當我大惑不解的時候，她高聲笑了起來。噢，我聞到她頭髮所散發出的氣味，就這樣從我的臉上拂過。

這真是太美妙了。一切真是太美妙了。我們上方的天空變得緻密起來；原本灰暗的天幕滲入藍黑色調，就像一面牆那樣籠罩住森林，很快地，下起雨來了。我們用雨衣的帽子蓋住頭部，繼續玩著跳橡皮筋遊戲。雨滴拍擊著雨衣的帽子、落到我們的額頭上，我們腳下的礫石發出「嘎吱嘎吱」的聲音。迴轉區盡頭圍欄頂部的燈光突然亮起，一輛車旋即緩慢地駛來。

「那是我爸！」安妮．麗瑟蓓說。

那輛富豪客貨兩用轎車在私人車道的最深處停下。一名高大魁梧、身強力壯的男子從車內鑽出。他對她招招手。她奔向他；他彎下腰來，給了她一個擁抱。接著，他便走進屋內。

「我們現在要吃晚餐了。」她說。「你們收到了什麼作業啊？」

我將今天的作業告訴她。她點點頭，說了聲再見後奔入屋內。

「我也得回家了。」希爾薇格說。她的雙眸顯得陰鬱；她將橡皮筋收攏。

「我們也是。」我說。

當我們來到下方的路口時，我提議，我們一路跑到那間商店去吧。我們也真的這麼做了。到了那裡，耶爾提議，我們別走鞣皮路回家，也別走那條穿越森林的路，應該走那條大路，到霍爾特去。我們就這麼做了。一條小徑從那裡往上延伸、越過那道小山丘、通向圓環路；在那之後，我們繼續往家的方向走。但在我們循著這個方向走了一小段路以後，一件奇怪的事情發生了。巴士往下方開，我很自然地回頭張望；英格威就坐在車窗邊，離我們只有幾公尺遠、處在同一高度。

他到底在幹麼？他要進城去嘛？現在？他要在那裡幹麼？

「是英格威。」我說。「他坐在公車上。」

「這樣喔。」耶爾用略有興致的口吻應道。我們抄了捷徑、穿過那片房屋外的草坪，來到我們家所處的那條街上。

「上面真好玩。」耶爾說。

「是啊，以後我們再找機會溜上去，你看怎麼樣？」

「很好。」耶爾說。「不過，我看最好別跟任何人說起這件事？畢竟，她們是女生。」

「嗯，我們不必跟別人談這件事。」

在山頂上時，我望見爸爸的車已經停在我們家外面。耶爾的爸爸也已經到家了。他們是老師，下班的時間比其他家庭的爸爸們要早。

我想起那只被我用來鑽進屋內的垃圾桶。

「我們要不要找點別的事做做？到某個別的地方去？到那棵設有鞦韆的樹旁邊看看？」我說。

耶爾搖搖頭。

「現在外面下雨呢。我肚子也餓了。我現在要回家啦。」

「那好吧。再見。」我說。

「再見。」耶爾說道，然後跑回自己的家裡。他關上門的力道是如此的劇烈，以致於門上的玻璃窗發出「哐啷哐啷」的聲音。我望向古斯塔夫森家的屋子。他們家廚房的燈亮著。是他們已經回到家了呢，還是只有他們家的爸爸在家？他們家有車庫，我無法看出裡面是否有車。

我轉過身去，望向這條路的對面。瑪麗安娜的爸爸打開他們家垃圾筒的封蓋，將一只紮好的塑膠袋扔進去。他穿著一件針織毛衣，而且沒有刮鬍子。他看起來總是怒氣沖沖的；不過我不知道他是否真的常生氣，我從沒跟他談過話，也從沒聽說過跟他有關的任何事情。他擔任海員，一年當中大半時間都不在家裡。當他能回到家，他就會一直待在家裡。

他關上門，並未注意到我。

上方的路口處駛來一輛黃得發亮的卡車，貨箱裡載滿了石塊。車子駛過時，地面輕微地顫抖著。前端的一根廢氣管，排放出濃濁的煙霧。

英格威曾經向我展示過全世界最大型車輛的圖片。他從圖書館借來關於阿波羅登月計畫的書籍，圖片就在那本書上。與車子有關的一切，體積與規模都是世界第一。這輛車的製程相當特殊，可以將火箭載運幾公里、一路送到發射臺前。不過英格威說，由於車子太過龐大，車速也極其緩慢，簡直就像蝸牛在爬行那樣。

最刺激的一步，還是火箭發射的瞬間。我可以無數次觀看發射時的照片而不感到厭倦。某一次，我也曾在電視上看到火箭升空。人們期望看到的或許是迅猛、粗暴地從滑行軌道上射出的火箭；不過實際情況並非如此，甚至完全相反。它先是緩慢地向上探出幾公尺；噴灑而出的煙霧與火舌像枕頭般堆聚在下方，有那麼短暫的一瞬間，火箭似乎就「躺」在煙霧上面。接著它緩慢、幾乎像是在拍擊翅膀一般向上升起，發出一聲好幾公里外都能聽見的巨響。在那之後，火箭向上爬升的速度愈來愈快、直到達到一般人所設想的疾速為止。最後它就像一支箭，或者一道閃電般射入澄澈、湛藍的天空。

我有時候會想像：火箭從我們家旁邊這片森林裡射出。它會在一面山壁的掩護之下隱密地升起，有朝一日，我們將會看到它緩慢地升起、遲緩地突破這片下方的樹林，火箭白淨的表面與森林的灰綠構成鮮明對比，下方則是一層由火焰與煙霧構成的雲——有那麼一瞬間，它彷彿就懸掛在上方。接著逐步加速、騰向天際，巨型發動機傳出的巨響在屋牆之間震蕩不止。

我很喜歡想這些東西。

我小跑步奔向我們家的房子，踏上那片通往大門的礫石路，打開門，在門口的地氈上脫鞋子。這時，爸爸從工作室裡走出來。

我迅速地抬頭望著他。

他看起來並沒有很生氣。

「你跑到哪裡去了？」他說。

「我跟耶爾玩。」我說。

「我不是在問這個。你剛才到哪裡去了？」

「我們在B-Max超市那邊，在超市的後面玩。」

「喔，是這樣喔。你們在那邊幹麼？」

「沒特別幹麼，就只是玩而已。」我說。

「你得再去那邊一趟。」他說。「我們得吃馬鈴薯。你能去超市買馬鈴薯嗎？」

「可以。」我說。

他從褲腿後面的口袋裡掏出皮夾，取出一張紙鈔。

「讓我瞧一下你的口袋。」他說。

我站起身來，並將臀部往前挺。

他把那張紙鈔遞給我。

「好好放在口袋裡面。」他說。「快去快回。」

「是的。」我說。他走回自己的工作室。我穿上靴子，謹慎地將門帶上，然後跑動起來。

英格威在我們即將開飯前回到家；他剛好趕在爸爸喊開動以前，進到自己的房間內。爸爸煎了肉排與洋蔥，同時水煮馬鈴薯與花椰菜。媽媽說，有人會來家裡協助我們打掃；一位名叫賀雅爾的老太太每週一次會來我們家打掃。今天下午，她就會過來。媽媽說，她打電話要這位老太太來上工。她看起來很和善。我知道爸爸不想讓人進來協助清掃，他以前就表態過一次；不過他現在對此不置一詞。所以我理解到：他已經改變看法了。

我很期待她過來。我們家很少迎接訪客；訪客在場時的氣氛總是很輕鬆的，這或許是由於他們使這棟房子充滿某種新鮮、不同於以往的元素。這也跟他們總是關注我與英格威有關係。如果訪客先前沒見過我們，他們會說：「哇喔，這是你們家的兒子喔。」如果他們先前就見過我們，他們會說：「哇，他們已經長這麼大了。」有些時候，他們也會問我們事情，比方說在學校過得怎麼樣、踢足球是否有趣。

吃完飯以後，我溜進英格威的房間。他從架子上取來一捲卡帶並播放——那是現狀合唱團[31]的作品，專輯名稱是《打樁機》。

「我剛才看到你坐在公車上。」我說。「你那時候去哪裡？」

「去城裡。」他說。

他躺到床上，開始閱讀一本漫畫。

「你去那邊幹麼？」

「不要這樣嘮叨行不行。」他說。「我是要去買個腳踏車零件。」

「它**壞掉**了？」

他點點頭。接著，他正眼看著我。

「別對任何人說起這件事情，就算對媽媽也不行。」他說。

「我保證不說。」我說。

「腳踏車現在在法蘭克的家裡。銜接腳踏車手把的那個零件，你知道的，它掉了。但是他爸爸保證能替我修好。我明天就可以取車。」

「如果爸爸已經看到你了呢？」我說。「在城裡？或者說，某個他認識的人看到你？」

英格威聳了聳肩，他繼續看漫畫。我走進我的房間裡。過了一會兒，門鈴響了。我等到媽媽下樓走進門廳內，才從自己的房間裡出來。沒過多久，一名身材渾圓（或者應該說，體型龐大）、戴著眼鏡、頭

31　Status Quo，一九六二年成立於英國的搖滾樂團。

髮灰白的女士便走上樓來。

「這是卡爾・奧韋。」媽媽說。「我們家的小兒子。」

我向她點頭致意。她露出微笑。

「我是賀雅爾太太。」她說。「我們想必會成為好朋友。」

她伸手搭住我。我全身上下感到一股暖意。

「我們家的大兒子，英格威，現在待在自己的房間裡。」媽媽說。

「需要我喊他出來嘛？」我說。

媽媽搖搖頭。「不必了。」

她帶著賀雅爾太太四處走動、說明空間配置。同時，我走回自己的房間裡。窗外的天色變得昏暗。雨點低聲拍打著屋頂與屋牆。屋簷上的排水管發出陣陣呢喃聲與噴濺聲。豆大的雨滴撲向窗戶，蜿蜒流下、水滴的軌跡完全無法預測。一輛車頭燈散發出的光柱照射到郵箱架上方的冷杉；是雅各布森下班回家了。那些綠色的郵筒以及撐住郵筒的金屬支架在光照下閃耀著。「**不，不要**。」它們說。「**不要光線，不要光線**。」我躺到自己的床上，想著安妮・麗瑟蓓。明天，我們還要回到那裡去。不過在這之前，我會先在學校見到她！見到她，一切就已足夠，只要這個條件獲得了滿足，就足以使我全身上下感到濃烈的喜悅。總有一天，我會問她：讓我們在一起吧？總有一天，我會坐在她的房間裡，而她也會待在我的房間裡。就算我沒權限在房間裡接待任何人，她還是可以過來，我會捍衛這一點。就算我們得爬牆、從窗戶溜進對方房間，我也在所不惜！

我在書桌前坐了下來，從書包裡掏出各類書本、把作業寫完。賀雅爾太太離開了；然後，我聽見英格威溜進廚房裡。今天是星期一；他已經開始養成在每週一晚上製作烤鬆餅或華夫餅的習慣。當他烤東西的時候，我通常跟媽媽坐在廚房裡；那裡很是溫暖，鬆餅或華夫餅散發的氣味很是濃郁，而我們也無話不聊。英格威忙完以後，我們就搭配融化的奶油與棕色乳酪吃著鬆餅——如果他烤的是華夫餅，我們則會淋上奶油與糖（同樣會化開）、喝著摻有牛奶的茶。爸爸有時也會上樓待一會兒，但這不常發生。通常他很快就會回到樓下的工作室。

我三兩下就搞定了回家作業——我已經會寫字了，我只需要依照老師規定的數目，把字寫得大又整齊。寫完作業以後，我也跟著走進廚房。空空如也的烤箱裡還亮著燈；英格威站在流理臺邊，他的袖口捲起、圍著圍裙，用一只長勺子在碗裡翻攪著。媽媽則坐在一邊，打著針織毛線。

「妳還沒打完嘛？」我說著，並且在自己的座位上坐定。

「再一、兩天吧。」她說著，同時抽動紗線——光看那動作，會讓人覺得她正坐在一條船上、抽動著釣線。「這就取決於我的進度啦。」

「我今天跟耶爾去拜訪安妮・麗瑟蓓和希爾薇格。」我說。

「喔，這樣喔？」媽媽說。「那都是些什麼人啊？是你們班上的同學嘛？」

我點點頭。

「所以，你已經開始跟女生玩咯？」英格威說。

「是啊，怎麼啦？」我說。

「所以，你在談戀愛咯？」

我先是遲疑地望著媽媽，接著，我的目光轉向英格威。

「我想是的。」我說。

英格威笑了起來。

「你才七歲耶！你怎麼可能談戀愛！」

「英格威，這個沒有什麼可笑的。」媽媽說。

英格威滿臉通紅，低下頭去、目光僵硬地盯著眼前的碗。

「不管是七歲還是七十歲，情感就是情感。這一點是同樣重要的，這點你應該理解。」

隨之而來的是一陣沉默。

「可是，這樣不會有結果的！」英格威說。

「就這一點來說，或許你說得對。」媽媽說。「但是，我們總可以對其他人有感覺，不是嗎？」

「你自己不就喜歡安妮嘛。」我說。

「我哪有。」他說。

「你明明就講過，你喜歡她。」

「好咯，好咯，好咯。」媽媽說。「麵團弄得如何啦，應該很快就好了吧？」

「我是這麼覺得。」英格威說。

「可以讓我瞧瞧嘛？」媽媽說。她將針織品放進籃子裡，把籃子擱在自己腳邊，站起身來。

「卡爾．奧韋，你在烤盤上塗一點奶油吧。」

她擺出那只用來提煉奶油的小湯鍋、遞給我一根麵粉刷，從電爐底下的抽屜裡取出烤盤。從顏色可以看出奶油已經煮沸；黃色的淺層中浮現若干亮褐色的色塊，有些形狀小巧如小灣，另外一些則像是偌大的瀉湖。假如我們緩緩地加熱奶油，它的顏色就會變得更飽滿、更純粹。我用麵粉刷沾了沾奶油，在烤盤上畫動。緩慢加熱中的奶油可能會黏住刷筆；這導致你得拉動刷筆、而不僅僅只是輕點著。將化開的褐色奶油塗在表面上確實比較容易，這個過程花了十秒鐘，關於烤盤的工作就算是完成了。我再度坐下，英格威則開始捲動鬆餅。樓下的門被推開了；下一秒鐘，爸爸那沉重的足音就從樓梯間傳來。我在椅子上坐挺。媽媽則再度坐下，將針織品擺在膝蓋上，爸爸在門口止步的同時，她看向他。

「這裡可真是忙唷。」他說。他用雙手拇指扣住腰帶環，將長褲的褲頭往上拉。「所以如果我的理解正確，晚餐很快就好咯？」

「再一刻鐘就好。」媽媽說。

「英格威，你烤的是鬆餅嗎？」他說。

英格威只是點點頭，並沒有抬頭。

「好的，好的。」爸爸說。他轉過身，走進客廳，腳下的地板簡直發出「嘎吱嘎吱」的噪聲。他在電視機前停下腳步、按下開關，然後一屁股坐進那張褐色的皮質手扶椅。

我認得電視機裡傳出的話聲。是醫學節目的男主持人；那是個略顯嘶啞、有點像是生鏽般的聲音，發話的那張人臉總是向後仰、似乎正對著天花板講話，而他的雙眼又總是往下壓，彷彿想要將聲音控制在正確的位置上。

我站起身來，走進客廳裡。

電視螢幕顯示一道開口，人體的皮膚、血液與肉身穿透一道藍色的布料。

「這是手術嘛？」我說。

「一定是的。」爸爸說。

「我可以看嘛？」

「可以啊，這沒啥可怕的。」

我在沙發的最邊緣處坐定。我們可以直接望進人體的內部。那就像一道被好幾個金屬夾撐開、向下貫穿身體的漏斗，血液彷彿才剛從一層層肉裡流出，最底端則是一只晶亮、同樣染著血跡、薄膜般的器官，一道強烈、幾近發白的光束照亮一切。一雙配戴橡膠手套的手則在下方翻攪著。我們不時可以看到視角比較廣的影像。此刻我們可以清楚地看出：那個洞是在一個躺在一張桌上的人身上鑿出來的，他的全身被一片藍色、酷似塑膠的布料覆蓋住，五個身穿綠色衣服的醫師圍在一旁；螢幕上的那雙手就屬於最中央處的那名醫師。中間的那兩名醫師在環狀燈泡下方湊到那具人體上，其他三人手上則端著擺著不同儀器的托盤，他們身邊則是我不知究竟是何物的其他設備。

爸爸站起身來。

「不不，我實在看不下去咯。」他說。「他們居然可以在禮拜一的晚上，播出這種東西！」

「那我想要看，這樣總可以吧？」我說。

「可以，可以。」他一邊說，一邊走向樓梯間。

最底層的那道薄膜搏動著。血液沖灑在它的上面；而它將那些血滴擠開、微微地向上騰起，直到血液再度沖灑在它的表面，而它必須重新將血滴撥開，重新向上騰起。

突然間，我意識到：我看到的就是心臟。

這真是可悲到了極點。

這倒不是因為心臟不斷地搏動，而且無法掙脫，不是這樣的。可悲的原因在於：心臟本來就不應該被看見的，它應該要祕密地搏動、不被我們的目光所見，這是再自然不過了——當我們看到它的時候，我們都會理解，它就像一隻沒有長眼睛的小動物；當心臟在我們的胸口敲擊、搏動之時，它必須要能夠獲得不被看見的安寧。

不過，我還是繼續看下去。醫學節目是我最喜歡的電視內容之一。我尤其喜歡那些少數播出手術的節目。很久以前，我曾經決定：長大以後，要成為外科醫生。爸爸和媽媽有時會將這件事告訴別人；他們這麼說的目的是這聽起來很有趣，我那時還如此年幼——但我可是認真的，這就是我長大想要做的事情，將人體剖開、在體內動起手術。我經常畫出有著血液、刀具、護士與燈光的圖畫或素描。媽媽多次詢問過我，為什麼我的畫中出現這麼多血——難道我不能畫點別的什麼東西嘛？例如房屋、草地和太陽？我可以畫這些東西，但那並不是我所**想要**的。我想塗、想要畫的東西是潛水夫、帆船、火箭和手術，而不是太陽、草地和房屋。

當英格威年紀還小、他們仍然住在奧斯陸的時候，他曾經講過，等到他長大以後，他要當收垃圾的工人。祖母覺得這個挺好玩的；她常常提起這件事情，並且為此笑得不可開交。同時她還說，我爸還小的時候，他想要當一個萬事通。她對這件事同樣笑得不可開交——即使她先前已經講過這件事情無數次，她有時仍然會笑到流淚。我想當外科醫生，有趣的原因則不太一樣；我的志向道出了某種其他的事實。但我現在的年齡，已經比英格威說他想當垃圾清潔工時的年齡要大得多。

人體內那道漏斗中的所有金屬夾與軟管被緩慢、但確切地移除。接著節目主持人的影像浮現出來，他講到我們剛才所看到的東西。我站起身來，再度走進廚房，放在電爐平板上方托盤裡的鬆餅開始冷卻，旁邊則是冒著蒸氣、裝有泡茶水的湯鍋。媽媽正在將餐盤、茶杯、餐刀與佐料擺放到桌上。

隔天的氣溫有所下降，雨勢停止了。我去年穿過的踝靴，現在已經顯得太小；媽媽轉而取來我穿靴子的時候需要的長筒襪。我仍然穿得下那件藍色夾克，這是我自去年冬天以來頭一次穿上它。然後是那頂藍色的兜帽——只要我一到戶外，我就會將帽子往下拉、貼住額頭，在我視域的最上端會構成一道屋頂般的黑影。安妮·麗瑟蓓身穿一件淺藍色夾克，質料平滑而閃亮，與我那件稍微褪色、有點粗糙的夾克不同。她的黑髮從一頂白色毛線帽的下方探出；此外她還圍著一條白色圍巾、穿著藍色長褲，以及一雙有著防滑鞋底的嶄新紅色踝靴。她和那些女生們站在一起；當我接近時，她並沒有望著我。

她那件拉鍊夾克的顏色，實在非常漂亮。

我也想要一件這樣的夾克。

當我們來到學校，將背包擱在集合場上的時候，我和耶爾約好，要將她們的毛線帽摘下來。他負責摘下希爾薇格的毛線帽；我負責摘安妮・麗瑟蓓的毛線帽。她背對著我們而站；當我摘下她的毛線帽時，她尖叫一聲、轉過身來。我等到我們的目光交會，才開始跑動。我奔跑的速度不快不慢——這使她能夠趕上我，同時確保其他所有人還搞不清楚我究竟在等待什麼。

她踩踏在瀝青路面上的足音，從我後方傳來。

接著她張開雙臂，抱住我！

噢！噢！噢！

她那件美妙的拉鍊夾克壓向我的夾克；她面露微笑，叫喊著：**還給我**，**還來**。我實在無法藉由將毛線帽舉高、讓她搆不到，來延長這一個時刻；我內心的喜悅實在太過於飽滿、澎湃。我只是將毛線帽還給她，接著紋風不動地站在原地。我望著她將帽子戴回頭上，望著她離開。

隨後她轉過身來，對著我微笑！

而她的雙眼，噢，她的雙眼，那對黑色的美眸，是如此的閃亮！

我彷彿一腳踩進某個閃亮、燦爛無比的區域——那裡讓外在的一切變得蒼白，再無任何意義可言。

上課的鈴聲響了。我們列隊行進、走上樓梯、穿過走廊，坐在教室裡的椅凳上，取來課本與書籍。我做著我們所應該要做的事情、在應該要聽講的時候聽講、一如往常地喋喋不休、用畫筆畫著我習慣畫的沉船與正在潛入水下的蛙人，吃著三明治、喝光牛奶，在下課休息時間踢足球，在巴士上坐在耶爾身邊、在回家的路途上引吭高歌，在一整群學生之中揹著背包、衝刺完最後一段下坡路，而身心始終與我同在，但實際情況又並非如此——原因在於，我的心靈深處突然湧現一片嶄新的天空，在那蒼穹之下，所有原本再平凡不過的思緒與勞動看起來都無比新奇。

那天，我們來到安妮．麗瑟蓓的家門外——房屋外那道迴轉區上站著一群小孩子，她就在他們當中。其中兩個小孩平平無奇地甩動著一根繩子，就像一根鞭子般拍擊著地面。孩子們輪流跳進繩子拍擊的區域內；他們會站在那裡、跳個幾下，然後跳出去，換隊伍中的下一個人進來。她仍然戴著同一頂毛線帽、圍著同一條圍巾。當我們站在她們的面前時，她對我們露出微笑。

「過來一起玩嘛！」她說。

我們開始排隊。我急於想要讓她印象深刻，只管滑進那道由繩子所擘劃出、顫動著的迴圈之中，但才跳了兩下，繩子就掃中我的小腿。我退了下去。耶爾平時並不特別擅於駕馭自己的身體，他的四肢總會不由自主地晃來晃去——然而非常詭異的是，他這次的表現居然好得多。跳，跳，跳，跳，跳——接著，他迅猛有力、相當決絕地跳到圈外，力道是如此迅猛，而這使他不得不多跨上幾步，才不至於絆跤。他活像一個撲向終點線的跑者。

這下子她準會覺得耶爾比我行。

下一秒鐘，這個念頭帶來的陰影就消失了——因為輪到她跳了。她奔入繩子劃出的迴圈內，在裡面舞動著，體態是如此靈巧；她直視著眼前的空間，身體重心在雙腳之間移轉，她的頭部似乎與身體做出的動作無關。但當她躍到繩子之外、不再需要全神貫注時，她的目光轉向我，對著我微笑。**你看到沒！**

她的微笑如是說著。**現在你看到我了吧！**

在迴轉區周圍，我們所站立的地方，那些最大的窪地的水，顏色近於黃色。比較小的坑內，水則更接近灰綠色；那顏色簡直和周邊的礫石如出一轍，只不過稍微淡一些，而當然了，也比較閃亮一點。下方的森林裡，一條奔騰著的小溪發出「嘶嘶」聲。你也能聽見一臺機器所發出的咆哮。我從來沒到過那裡。因此我向前、走到邊際處，朝下方望去。一道寬廣、相當陡峭的石坡，從那棟位於更高處、森林邊緣的房屋向下方延伸。石坡的底部則是一片泛黃色的泥沼。再過去則是緊密相連的一棵棵松木。我看到一座位於樹幹之間、被塗成綠色的棚屋，以及一臺黃色發動機，正在轟鳴作響。

接著，不知是誰突然開始鑽孔。我看不到那人，但那單調、「喀擦喀擦」的聲音（金屬撞擊岩石所發出的酥脆、如歌唱般的重擊聲，就像一層面紗）是不會被誤認的。不管我置身何處，我都能夠辨識出這個聲音。

我再度走動起來，看到耶爾隨著繩子揮動的韻律與節奏點著頭，再度跳入迴圈內。但這回他表現得不好，才跳第一下，他的腳就被絆到了。當那些負責甩繩子的女生繼續自己手邊那單調的動作時，他緩緩地踱著步、朝我走來。安妮．麗瑟蓓跟在他後面躍入圈圈內；但她還沒找到正確的位置，繩子就抽中她的手臂。從這動作看來，她似乎是偏要刻意這樣做。

「希爾薇格，妳要跟來嘛？」她說。

希爾薇格點點頭，從隊伍中離開。她倆都走向我們。

「我們要做什麼呢？」安妮．麗瑟蓓問。

「我們去找瓶子，你們覺得呢？」我說。

「很好，就這麼辦！」耶爾說。

「要去哪裡找？瓶子在哪裡啊？」安妮．麗瑟蓓說。

「沿著那條大路。」耶爾說。「還有，那座遊樂場後面的森林裡。那幾棟棚屋的外面。有時候，那塊名叫『鳥喙』的空地上也能找到。喔對了，秋天一般來說找不到。」

「公車站也有，還有橋下。」我說。

「有一次，我們找到滿滿一**整袋**的空瓶子。」耶爾說。「就在那家商店下面的邊溝裡。那些瓶子能換到四克朗唷！」

希爾薇格與安妮．麗瑟蓓敬佩地望著他。但是，去找空瓶子這件事是我的主意！這點子是我想到的，不是耶爾！

我們沒有多想，開始往下方走。天空宛如發乾的灰色混凝土。樹木靜止著，好似正在醞釀著什麼，又彷彿深陷自己的思緒中。或者應該說，這番形容不適用於松木；它們正一如往常地向天空延展著，像往常那樣坦率而自由，看起來更像是在休息。至於冷杉，則在探究自己的內心、被內心的陰暗所籠罩。那些有著單薄樹幹與蜘蛛觸手一般樹枝的闊葉木則顯得焦慮，處於警戒狀態。此刻作為我們目的地的那片斜坡上，生長著好幾棵老橡樹；它們倒是不害怕，只是孤單而已。但是它們已經在那裡挺立了許多年，經受得起寂寞。在這之後的許多年，它們仍將屹立不搖。

「那邊有一條管線，通過整條車道的正下方。」安妮．麗瑟蓓一邊說，一邊指著那道往下通向道路的斜坡，表面被黑土所覆蓋；那些黑土最近才被鋪撒在那裡，土層中還沒有生長出任何花朵。

我們往下方走去。果真如此：道路的下方真的有一條管線，由混凝土所製成，直徑或許略微大於半公尺。

「妳們曾經從那裡鑽過去嘛？」我說。

她們搖搖頭。

「我們試試看嘛？」耶爾說。他的身體微微地向前傾、一隻手托住混凝土管的邊緣，望著那黑暗的管內側。

「要是我們陷在裡面，那就糟糕了。」希爾薇格說。

「**我們**可以鑽進去。」我說。「妳們可以走到對面去，在那邊等我們。」

「你們真的敢嗎？」安妮．麗瑟蓓說。

「那當然啦。」耶爾說。他注視著我。「誰先進去？」

「你先吧。」我說。

「好的。」他說。他趴下來、將身子探入管內。我看出管子的寬度不足以讓人靠著四肢爬動，不過，也沒有狹窄到扭著身子、像蟲一樣也過不去的程度。他扭動、掙扎了幾下，接著，人就消失不見了。我望了望安妮．麗瑟蓓，趴了下去，將頭部探入管內。一股發霉、有點接近泥土的氣味撲鼻而來。我用雙手的手肘頂住混凝土的管壁、拖曳著身體，爬動前行。在我全身都進入混凝土管以後，我盡可能地將身子撐起；我的下臂、雙膝與雙足觸及水泥管壁，在黑暗之中扭動身子、向前匍匐著。在我爬過最初的數公尺時，我還能看到在我前方、化作一道陰影的耶爾；不過我前方隨即變得一片漆黑，他消失不見了。

「你在嗎？」我喊道。

「在啊。」他應道。

「你會怕嗎？」

「有一點。你呢？」

「會啊。有一點。」

一切突然震動起來。一定是某輛車，或者某輛大卡車從我們的頭頂上開過去。萬一管子爆裂，該怎麼辦？要是前方空間愈來愈狹窄、導致我們動彈不得，又該怎麼辦？

一股輕微的恐懼感，開始在手指以及腳趾的末端震顫著。我認得這種感覺。當我在某一座山上攀爬、突然完全動彈不得時，這種感覺就會出現。我會嚇得要死、僵直地站著，無法往上走，也無法往下移動——即使我知道，我只能靠著自己的動作脫離這種處境。我無法移動；我必須移動，但做不到。我必須這樣做，但無法做到；我得這樣做，但是偏偏又做不到。

「你還是覺得害怕嘛？」我說。

「有一點。你聽見剛剛那輛車沒有？現在又來了一輛。」

我周邊的空間再度輕微地震動。

我覺得自己似乎被凍結了。管壁內側有著多處積水，水已然開始滲入長褲的褲管內。

「我看到光線了！」耶爾說。

我想到那壓向混凝土管的可觀重量，想到混凝土管壁的厚度只有幾公分。我的心臟劇烈、不間斷地怦怦直跳。我突然想要起身。想要站起身來的衝動，在我內心猛然變得無比強烈、近於粗暴；但我認知到，這是不可行的，管壁像繭一般緊貼住我的身體。我動彈不得。

有時候，英格威會在我蓋上被子、躺在床上時跨坐在我身上。他會牢牢地扣住我、讓我完全動彈不得。被子緊密地纏住我的胸口，我的雙手被他牢牢地扣住，雙腿被他身子的重量以及愈纏愈緊的被子壓制住。他就是知道，我覺得這樣很恐怖；所以他偏要這樣做。他知道我在被以這種方式牢牢鎖住幾秒鐘以後，會感到無以名之的恐慌——因此，他更是要這麼做。他知道我會凝聚全身的力氣，企圖一舉突破他的壓制——當我沒能突破封鎖、當他牢牢地攫住我的時候，他知道我會開始沒命般地慘叫。我就像中了邪那樣，一而再、再而三地慘叫——而我也的確中邪了，我被恐懼附身了，我就是無法掙脫，我被困住了，完全被困住了，徹底地受困，我不住地慘叫，喊得連肺臟都被掏空了。

如今，同樣的恐懼揪住我的心口。

我動彈不得。

恐慌正在增長。

我知道自己不能想著我無法起身；相反地，我只能沉靜、耐心地繼續往前方爬，若能如此，一切自然會水到渠成。然而我竟無力做到這一點。我腦中唯有一念：我動彈不得。

「耶爾！」我喊道。

「我快要出來了！」他喊了回來。「你在哪？」

「我被困住了！」

隨之而來的是數秒鐘的沉默。

接著，耶爾喊道：「我可以過去幫你！但是，我得先從這一端出來，然後轉向！」

恐慌簡直就像一口氣，現在正從我體內噴出。我將下臂往前移動，同時拖著雙膝。覆蓋住我的背、那件拉鍊式夾克的衣料刮擦著管內壁的上緣。我正上方幾公分處可是壓著成噸的石塊與泥土。我靜止下來，發現四肢變得黏答答、鬆垮垮，全身癱軟。

現在，安妮．麗瑟蓓與希爾薇格又將如何看待我？

不，不，不。

接著恐懼再度增長。我動彈不得咯！我被關起來了！我無法移動了！我被關起來咯！我走投無路咯！

我前方的那片黑暗中，某個物體正在移動著。衣服的織料刮擦著混凝土。我聽到了耶爾的呼吸聲；

我認得這聲音，他通常以嘴巴呼吸。

接著，我看到他了。黑暗中那張白色的臉孔。

「你真的被困住了嘛？」他說。

「沒有。」我說。

他扣住我夾克的袖口，往他的方向拉動。我拱起背，先將其中一條手臂往前移，另一條手臂隨即跟上；接著我移動其中一腳的膝蓋，然後是另一腳。耶爾向後爬，他始終牢牢地攫住我的外套袖口。就算此刻的我已經憑自己的力氣往前扭動，而不是被耶爾向前拉動，我仍然感覺他拉著我往前移動。看到他那張如狐狸般尖銳、異常專注的白臉，就使我不再想到那根混凝土管、不再想到黑暗、不再想到我動彈不得，這讓我能夠在那根潮溼的管內一寸接一寸地移動。光線愈來愈明顯。耶爾的雙腳先伸出洞外，上半身再跟著出來。而我終於能夠探頭出來，重見天日。

安妮．麗瑟蓓和希爾薇格湊在一起，站在洞口旁邊，打量著我。

「怎麼搞的，你真的被困住了嘛？」安妮．麗瑟蓓問道。

「是啊。一下下。不過，耶爾幫了我。」我說。

耶爾抹了抹自己的雙手，接著在褲子上將髒跡抹乾淨。我站起身來。那灰濛濛蒼穹之下的空間，真是使人感到敬畏。所有事物的輪廓都如此清晰。

「我們到小夏威夷去吧？」耶爾說。

「好主意。」我說。

在森林中奔跑真是美妙。那座小湖泊平靜的水面，已然變得一片漆黑。兩座小島上挺立的樹木靜止不動。我們各自跳到一座小島上——我與安妮．麗瑟蓓跳到其中一座小島上，耶爾與希爾薇格則跳到另外一座。

安妮・麗瑟蓓的雙唇是如此的靈巧，她的嘴很容易就張開，構成一抹微笑，即使有時她的雙眸不為所動，她的雙唇仍會自顧自地露出微笑。很顯然地，她的雙唇緊隨著思緒中最微小的刺激而脈動著。她想起某件事情，那紅潤、柔軟的雙唇就會滑過堅硬、潔白的牙齒。有時她還會隨之輕叫一聲，或者雙眼陷入一陣迷濛的喜悅之中——而有時候，她的微笑和舉止與神情之間並無關聯。

「你們是水手。」現在，她突然說道。「你們到我們家裡來拜訪，我們已經好久不見了。我們來玩這個遊戲吧。怎麼樣？」

我點點頭。耶爾也點點頭。

這兩個小女生跳到陸地上，遁入森林之中，走了一小段路。

「現在你們可以過來了！」安妮・麗瑟蓓喊道。

我們靠近岸邊、跟在後面一跳，朝她們走去。但是這樣可不夠快；安妮・麗瑟蓓站在那裡、不耐煩地跳動著，開始自顧自向我跑來。當她趕到時，她伸出雙臂擁抱我、緊緊摟住我，並將自己的臉頰緊貼著我的臉。

「我好想念你唷！」她說。「噢，我親愛的丈夫！」

她向後退上一步。

「再一次。」

我再度跑到那座小湖的邊緣，輕輕一躍、跳上那座小島，等到耶爾也跳上另一座小島，然後重複剛才的遊戲流程，差別則在於：我們這回可是全速衝刺、奔向這兩個小女生。

她再一次緊緊擁抱我。

我的心怦怦直跳；原因在於，我不再只是站在某一座森林的地上、被上方遠處的天幕所覆蓋。此刻的我也站在自己內心的深處，向上望著某個閃亮、坦率、快樂的事物。

她的頭髮散發蘋果般的香氣。

我隔著那件厚重的拉鍊夾克，感受到她的身體。她那平滑、涼冷的臉頰貼著我灼熱的面頰。

我們玩了這個遊戲三次。隨後，我們繼續走向森林的深處，才走了幾公尺，地勢便朝下方直墜；由於那一帶生長的大多是闊葉木，地面因而被紅色、黃色以及棕色的落葉所覆蓋，落葉宛若地板，朝著如高牆般的樹幹延展。一條小溪在某處發出奔流的呢喃聲；樹叢縮成一條陡峭地向下延伸、通向鄉間公路的小徑——我們必須走到那條公路的正上方，才能看得清楚地貌。

一座地勢陡峭、向下急降的草地位於正對面。更遠處則是像泥漿一樣灰濛濛的海峽，上方鼓動、漸次擴張的天空，則顯得稍微明亮一些。

這裡的車輛行駛速度很快，我們緊貼著道路的邊溝行走。往常，我們在這一區找到的空酒瓶總是嶄新而發亮的。而我們在森林中找到的空酒瓶通常黏覆著樹葉與草莖，裡面有時還會鑽出一堆小昆蟲。因此拾起這些酒瓶，就彷彿將一小塊地面連根拔起。

但是，我們在這一天偏偏沒看到任何空酒瓶。拉爾森家的房子是一棟破敗的建築物，簡直有點像棚屋，過去曾屬於某一座農莊，現在則夾在森林與道路之間的角落（謠傳屋主和我爸爸在同一所學校任職，曾經數度醉醺醺地來上班）。當我們來到這棟屋子前時，我們便穿越道路、順著礫石路面向下方走到提貝肯舊社區。我們一邊走，一邊注意路上是否出現空酒瓶；然而，我們愈來愈顯得心不在焉。很快地，我們就來到了聚落區。年代久遠的白色房屋，深藏在陳舊、長滿了果樹與醋栗灌木叢的庭院裡。我們所行走的下方區域色彩是如此鮮豔，所有的葉片閃動著黃色光芒，隨即又變換為紅色，在略顯冷涼、夾雜著霧氣的灰濛濛天幕中竟顯得如此羸弱——這給我一種在罐子底部行走的感覺，天空就是蓋子，在周邊隆起的山丘則是罐子的內壁。

又走了幾百公尺以後，我們經過一座大型房產區，這裡還附有一片向上方的森林延伸的草地。考量到整片空地的面積，座落在頂端的房屋真是小得令人驚訝。一條小礫石路將我們引入那裡；我們在小礫石路盡頭處的郵筒旁邊停下腳步。屋外有著一條從森林裡直接流下的小溪；一名老婦人就站在溪邊，拉扯著一棵牢牢嵌入地底的樹。

那棵樹的高度，或許是她身高的三倍；周邊還遍布著一層如網般綿密的細枝。

她透過某種方式，察覺到我們站在下方——她挺起身來、注視著我們。她招了招手。不過她的手勢並非問候，而是朝自己比劃著，總之，她希望我們趕到她那邊去。

我們全速衝上那條礫石路面，跑過那片溼潤、柔軟的草坪，在她面前停下腳步。

「你們看起來真是強壯。」她說。「你們是否可以行行好，幫助我這個老太婆呢？我想要將這棵樹從溪邊弄開，但是它實在太牢固了。」

我們禁不起這種奉承話，馬上開始幹活。耶爾盡可能地貼近小溪邊，握住一根樹枝；我則來到另一邊、採取和他相同的動作。安妮．麗瑟蓓與希爾薇格則抓住樹幹。最初，它簡直不可撼動，但耶爾隨後開始「嘿咻！嘿咻！」地叫嚷著、鼓舞所有人同時出力、拉動。我們開始緩步、逐漸將之拉起。在樹鬆動時，溪水漫過邊際、隨之流淌到我們所站的這一邊。不過我們並沒有鬆手，而是一起將那棵樹拉動到陸地上。

「噢，太棒啦！」老太太說。「真是太感謝你們啦。你們可知道嘛，這種事情，我一個人是絕對辦不到的。你們真是強壯哪！我真得這麼承認。稍等一下，我要拿個東西出來謝謝你們。」

她彎腰駝背地走到屋前，鑽進屋內。

「你們覺得，我們會得到什麼東西？」我說。

「也許是幾塊小甜餅。」耶爾說。

「也許是一袋肉桂捲麵包。」安妮・麗瑟蓓說。「我外婆家裡總是擺著一大袋肉桂捲麵包。」

「我猜是蘋果。」希爾薇格說。當她這麼說的時候，我也覺得會是蘋果。在一段距離以外，就生長著大量的蘋果樹。

然而當她從屋內走出，像剛才那樣駝著背、步履蹣跚地走到我們面前時，她兩手空空如也。她什麼都沒找到嘛？

「現在，你們瞧瞧吧。」她說。「這是一點零錢，算是答謝你們的幫助。有誰想要收下嘛？這個是給你們大家的。」

她遞上一枚硬幣。那是一枚五克朗的硬幣。

五克朗！

「那就交給我吧。真是太感謝您咯！」我說。

「是我要感謝你們才對。」老太太說。「你們各位，再見咯！」

我們興奮莫名地往下方跑，來到路面上，朝來時的出發點走回去，同時開始討論該怎樣使用這筆錢。我和耶爾打算直接到那家商店買點零食。安妮・麗瑟蓓和希爾薇格也想用這些錢買甜食；不過她們不想現在就到那家商店，晚餐時間快到了，她們得回家去。我們達成了一項協議：將這些錢保管好，第二天再用來買零食。

當我們來到那條小徑時，安妮・麗瑟蓓和希爾薇格就先各自回家了。不過我和耶爾則繼續沿著大路行走，走向那家商店。沒過多久，我們就站在商店外面。結果，我們無法按照自己之前所說的等到明天——放在口袋裡的五克朗硬幣似乎正熊熊灼燒著，我們只能想到這枚硬幣。等到明天再來買東西，已經完全行不通了——因此我們達成協議，現在就用零錢買甜食、將甜食保管好，明天再給安妮．麗瑟蓓和希爾薇格一個驚喜。

我們這麼說，也這麼做了。

但當我們才買完甜食，正要開始走向道路時，耶爾的爸爸就開著他那輛金龜車過來了。他在我們身旁停車，將身子湊到座位上，打開車門。

「進來吧。」他說。

「卡爾．奧韋可以一起來嘛？」

「不不，現在不行，我們現在可不是要回家，這你明白吧。我們是要到城裡去。下次吧，卡爾．奧韋！」

「好的。」耶爾應道。接著他轉過頭來、以那戲劇化的口吻耳語道：「不准你偷吃那些甜食！」

我搖搖頭、靜靜地站在原地，直到耶爾鑽進車內、那輛車駛向遠處，我才奔向一旁的路障、躍過去，衝下陡坡、進到遊樂場上，掠過報廢汽車的殘骸，越過足球場，穿越那座森林，並且沿著森林的邊緣地帶行進、掠過那片泥沼。直到那時為止，那些甜食都還放在一只袋子裡。就在我進入我們家窗戶的視域之前，我停下腳步，將所有甜食塞進夾克的四個口袋裡。我將原本的袋子扔掉、跑到路面上，接著向下跑、掠過房屋側邊，客廳的窗邊亮著燈。接著，我踏上我們家專用的私人車道。爸爸的車停在那裡；英格威那輛腳踏車就停靠在牆邊、擺放在平時停靠的位置上！

銜接腳踏車手把、用來固定的那一小片金屬晶亮生光；與其他所有零件的金屬相比，它的光澤顯得更強烈。這怎麼可能逃得過爸爸的雙眼呢？

我打開門走了進去。如果爸爸走向我，我會一如往常地將夾克掛好；但如果他待在自己的工作室，或者坐在樓上的客廳裡，我會穿著夾克上樓、將甜食藏在我的房間裡，再穿著那件口袋已經被清空的夾克下來。假如他那時候逮到我，並且詢問我為什麼穿著夾克，我就會說：我趕著要去廁所，我憋不住了。

屋內一片死寂。

噢不，在那裡。他坐在樓上的客廳裡。

我謹慎地將鞋子脫掉、走進門廳，上樓進到浴室裡。我拉下褲襠，掏出自己的小雞雞、開始尿尿。之後拉動馬桶的沖水繩，用冷水洗手、再將雙手擦乾，等到沖水聲停止才開門。我迅速地朝客廳投去一瞥；那裡什麼動靜也沒有。我走進自己的房間、將被子拉到一邊去，把口袋裡的甜食倒出、用被子遮蓋起來，再走進樓梯間。

「卡爾．奧韋，是你嗎？」爸爸的聲音從客廳裡傳出。

「是。」我說。

他走了出來。

「你到哪裡去了？」他說。

「我跟耶爾到提貝肯舊社區去。」我說。

「你們在那裡幹麼？」

他的雙唇緊繃著，雙眼顯得冰冷。

「沒特別幹麼。」我盡可能擺出開心的表情。「就只是在那邊晃晃而已。」

「你為什麼穿著夾克？」

「我剛剛急著上廁所，我現在就脫掉。」

我繼續下樓梯。他則回到客廳裡。我將夾克掛好、再度迅速地上樓，我不喜歡那種將糖果毫無防備擺著的想法。我打開書桌上那盞有著圓形燈罩的小桌燈。細長的燈泡散發出黃光，填補了自己所處房間的虛無與空洞。我坐到床上，用手撫平那蓋住甜食的被子。

現在呢？

各種矛盾至極的情感，在我的心中穿梭、奔流著。前一刻，我差點就要嚎啕大哭起來；下一刻，喜悅又宛如氣泡一般，在我的胸中騰起。

我取來一本探討外太空的書籍；那本來是爸爸的書，在我最近一次生病請假時，我向他借來這本書。書中有著大量人們根據未來太空之旅的臆測繪製的圖畫——他們猜想太空人的裝備、太空梭的外觀、各個行星表面的樣貌，逐一畫了下來。

爸爸走過走廊。

他一把將門拉開，瞪著我。

他沒有表現出要走進來，或者開口講話的態勢。我將那本書闔上、挺起身子，迅疾地朝那些糖果投去一瞥。

要想看出被子底下藏著東西，是不可能的。

「你在底下藏了什麼？」爸爸說。

「什麼，哪裡？」我說。「你這是什麼意思？我什麼東西都沒藏啊？」

「被子底下。」爸爸說。

「我沒在被子底下藏東西！」

他瞪著我。

接著他走到床邊，一把掀開被子。

「小鬼，你居然敢對我撒謊！你竟敢對自己的親生老子撒謊！」他說。

他一把抓住我的耳朵，使勁地擰著。

「我這不是故意的！」我說。

「你從哪裡弄來這些零食的？你哪來的錢買這些東西？」

「那是一個老太太給我的！」我開始哭起來。「我沒做錯什麼事情！」

「一個老太太？」爸爸說。他更加用力地擰著我的耳朵。「一個老太太，憑什麼給你錢？」

「喔！喔！」我尖叫起來。

「給我閉嘴！」他說。「你對我撒謊。嗯？」

「是，但我不是故意的！」

「當你講話的時候，看著我。你有沒有撒謊？」

我抬起頭望著他。怒火在他的雙眼灼燒。

「有。」我說。

「現在，關於這些錢是從哪裡來的，全給我從實招來。懂不懂？」

「懂，不過，就是那個老太太給我的啊！我們幫了她啊！」

「你們是哪些人？」

「我，耶爾，還有安……」

「你、耶爾，還有誰？」

「沒別人了，就只有我和耶爾。」

「你這個撒謊成性的小混帳。給我過來。」

他再次揪住我的耳朵，同時將我的手朝他的方向拉扯，這迫使我不得不站起身來。我打著哆嗦、抽抽噎噎的，內心陷入一片空白。

「到工作室去。」他說話的同時，手仍掐住我的耳朵不放。

「我沒有……做……什麼……錯事。」我說。「這些……錢是……我們得到的。」

他用力地頂開第一扇門，門重重地撞在牆面上。他拖著我通過下一道門，隨後才鬆手。

「你從哪裡弄來這些錢的？現在，不准撒謊！」

「我們幫了……一個老太太。」

「幫了什麼忙？」

「一棵……樹。一棵……陷在小溪裡面的樹。我們把它……拔起來。」

「她就為了這麼一點破事，給你們錢？」

「是的。」

「多少錢？」

「五克朗。」

「卡爾．奧韋，你撒謊！這些錢是從哪裡來的？」

「**我才沒有撒謊！**」我尖叫道。

他伸手到我的臉頰旁邊，一巴掌揮下去。

「不准叫！」他嘶吼道。

我挺起背。

「不過，要查清楚這件事情，總還是有辦法的。我打電話給那個老太婆，看看是否真有這回事。」

當他這麼說的時候，他的目光直視著我。

「她住在哪裡？」

「提貝……肯舊……社區。」我說。

爸爸走到書桌上的電話前，拎起話筒、撥打了一個號碼。他將話筒貼在耳畔。

「嗨，哈囉。」他說。「我的名字是克瑙斯高。我是因為我兒子的事情而打給您。他說他今天從您的手中收到了五克朗，真的有這回事嘛？」

隨之而來的是一陣沉默。

「沒有嘛？今天並沒有兩個小男孩來拜訪您？您也沒給出五克朗？噢，那我懂了。抱歉打擾了。非常感謝您。再會。」

他掛上電話。

我不敢相信自己的耳朵。

他望著我。

「她可沒看到什麼小男孩。而且不管怎樣，她沒給任何人五克朗。」

「可是，這是真的，我們真的**收到了**五克朗。」

他搖搖頭。

「不管怎樣，她可沒這麼說。事情就是這麼簡單。現在，拜託不要再撒謊了。錢是從哪裡來的？」

一陣想要嚎啕大哭的衝動，再度劃過我的內心。

「是那個……那個……老……太太給的！」我嗚咽著。

爸爸狠狠地瞪著我。

「我不打算繼續聽你的廢話了。你現在給我出去，把那些糖果扔到垃圾桶裡。然後，今天晚上剩下的時間裡，你給我待在你自己的房間裡。稍晚一點，我要再跟普雷斯巴克摩談一談。」

「可是，那並不是我的！」我說。

「那不是你的？你一直在講，**你**收到了五克朗？所以搞到最後，這些錢居然不是你的？」

「那也是耶爾的。」我說。「我不能將那些甜食全都扔掉。」

爸爸帶著憎恨與暴怒的眼神瞪著我，他的嘴巴半張開著。

「現在我說什麼，你就給我做什麼。」經過一段時間後，他說。「我**不想再聽到你說話**！懂不懂？你是個小偷、你是個騙子，更惡劣的是，你居然還敢頂嘴！好啦，給我滾到樓上去。」

他緊跟在我後面。我只能上樓、回到自己的房間裡，將所有糖果捧在手上，扔進廚房的垃圾桶裡，然後再回到房間裡。

那一年的秋冬，我們盡可能頻繁地到安妮．麗瑟蓓和希爾薇格的家玩。我們穿著雨衣玩耍、在黑暗中狂奔。在我們手電筒光線的映照下，那溼淋淋的雨衣晶亮生光。手電筒在她們家屋子下方的森林裡，投射出一道道細微的光柱。我們會輪流到她倆的家裡作客，一起畫圖、一起聽音樂；我們會走到那一區的船艇工廠與大型碼頭旁邊，來到那座我們當中不曾有人造訪過、高聳的丘陵上。我們還會往下鑽進位於橋下的森林裡，混凝土製的巨大橋墩可就挺立在森林裡。

某個星期六，我們往下方走到那座祕密的垃圾山前。她們的熱情還有興奮程度，與先前的我們簡直不相上下。耶爾和我將四張椅子、一張桌子、一盞燈，以及一座櫃子拖進樹林裡，我們擺設成一個房間的樣子。這一切真是太美妙了——我們可就在森林裡，在陽光的映照之下，但在此同時，我們可又身處一個華美的房間內，我們還跟安妮・麗瑟蓓和希爾薇格在一起。

我注視她時所感受到的那股顫慄，始終不曾退散。她是如此可愛，這使我內心感受到痛楚。她那件厚實、有著閃料織料的淺藍色拉鍊夾克。那頂白色的毛線帽。她那雙踝靴上緣的羊毛鑲邊。她出於某種原因，犀利凝視我們時的神情。她那宛如無數顆鑽石般閃耀的微笑。

當雪片開始飄落時，我們到處遊走著，找尋著適合跳躍、溜滑梯或者挖坑洞的好地點。那時她的雙頰顯得如此紅潤。雪的形狀隨著溫度而有所變化，卻始終如影隨形地散布在我們的四周，並且散發出柔和而豐盈的氣味，以及存在於這當中的一切契機。有那麼一次，樹木之間的霧氣是如此的緻密。疾風呼嘯著，我們所穿的雨衣是如此輕巧地在雪面上滑動，這使我們簡直能夠像海豹一樣在雪上移動。我們爬上那座由碎石與垃圾、廢棄物堆成的山頂；我趴了下來，安妮・麗瑟蓓跨坐在我的背上，希爾薇格跨坐在耶爾的背上，我們就這樣趴著、一路從頂端滑動到下方。這是我所經歷過最美妙的一天。我們一而再、再而三地玩著這個遊戲。我感受到她的腿夾住我的背；她扣住我肩膀的方式；當我們加速時，她所發出的興奮呼喊；當我們一路滑到坡道底端時，我們翻了個觔斗、四肢竟糾結在一起——這樣的觔斗，真是妙不可言。在此同時，濃霧彷彿靜止般，籠罩於潮溼、墨綠的樹枝間，一層單薄、飄落的雪花貼上我們的臉。

那一年冬天，我們還發現許多新的場所——比如說，位於道路下方並環繞整片小型房屋住宅區、芬那上方的闊葉林區。我們之前一直以為，這兩個區域是完全分離的；突然間，兩處就這樣被串聯起來。那條通往下方，以及我們在前往芬那時必須通過最後一小段的老舊礫石路，居然有著上半段；我們過去不曾見過住在那一帶的孩子們，他們在森林裡也有一座足球場，面積很小，但那裡擺的球門是真的。又比如說，安妮．麗瑟蓓與希爾薇格家下方的那條街道——最高處的那幾棟房屋，離她們家其實也就只有一箭之隔。事實證明：與我們同班的達格．馬涅是希爾薇格的鄰居。他們彼此間住得這麼近，這真是令人驚訝——他們明明就分屬兩個迥異的世界，而一片帶狀的森林將他們兩家的屋子連接起來。騙了我們的，或許就是森林。森林的寬度不會超過二十公尺，或許只有三十公尺——然而，它在房屋之間構成了某種實質、顯著的差異，以致於我們在情感上認定的距離長達數百公尺。這樣的概念，也適用於這一整座由小型房屋所構成的住宅區，而且還不僅止於此——這點同樣適用於垃圾山，假如我們選擇從法羅灣延伸的道路一路直走（還幾乎沒人這麼做過），而沒有往右下方拐進那條通向霍夫爾營區的路，我們就會突然來到那裡。假如我們在那條往東指向學校的綿長、筆直道路盡頭往右轉，再走上幾百公尺，一整座垃圾山就會光鮮亮麗地浮現在樹林之中。那些在過往完全與世隔絕、簡直自成一片天地的地點，突然竟然被連結起來。有多少人會知道，歇爾納其實就位於耶爾斯塔德溪邊呢？那就是我們可從桑德納斯步行抵達的耶爾斯塔德溪，就在島嶼的對面！或者，我們也可以從到校的那條路上拐進一條捷徑。

另一個使人驚喜的事實在於：協助我們打掃的賀雅爾太太，與她的丈夫一同住在安妮．麗瑟蓓家隔壁的那棟房子裡。他們膝下並沒有子女；一旦友人來訪，她總是很開心。我有時獨自一人前往，有時則與其他人到他們家去。當她在我們家裡打掃的時候，我對她簡直無話不說——甚至會吐露我沒有告訴媽媽和爸爸的事情。她教我如何用我收到的那把鑰匙開鎖；關鍵在於一路插到鎖孔的最深處以後，**稍微**將鑰匙拉出，**然後**再扭轉它。

有關石頭的事情，我也是告訴了賀雅爾太太。我們時不時就對駛過下方道路的車輛扔石頭；某次，其中一顆石頭居然命中目標。那一次，我把事情原委告訴她。那顆石頭，是我扔的。我們站在那道綠色的籬笆邊；當時耶爾沒能扔中一輛車，我拿起一顆石頭、等著下一輛車出現。那顆石頭比我的手還要大，而且很重——這使我必須將它推出去、而不是扔出去。彎道上出現一輛車，正沿著那片臺地往上開，正在「嗡嗡」作響。現在！

那顆石頭劃破空氣；在它開始墜落的同時，我就預知到它會命中。但它砸到車頂發出的撞擊聲是如此高亢，這對我來說始料未及。我也沒有料想到：汽車的剎車在下一秒鐘發出尖叫，僵硬的輪胎滑動著、刮擦著瀝青路面。

耶爾驚恐地望著我。

「我們快逃吧。」他說。

他爬上那些大石塊、衝過路面，再爬上那片像鞋跟一樣突出的小岩壁，消失無蹤。

我像是完全癱瘓一樣，呆站在原地。我就是動彈不得。我太過恐懼了。即使我已經聽見下方的車門被碰一聲甩上、汽車引擎發動、開向就我所知自己所站的位置，我仍然無法移動。

半分鐘以後，那輛車開上道路、逐漸接近。我淚如雨下，雙腿顫抖著。當我看到那輛車在我上方三公尺處停下時，我幾乎無法站直。那輛車的駕駛並非只是打開車門，從車內鑽出——他重重地將車門甩上、大動作跳了出來，臉孔因暴怒而通紅。

「扔石頭的就是你！」他大吼道。他正順著那片臺地往下走。

我點點頭。

他扣住我的雙臂，搖晃著我的身子。

「你差一點就把我給搞死，你懂不懂？要是那顆石頭砸中擋風玻璃的話！你到底懂不懂！現在不管怎樣，這輛車已經**廢了**！把車頂補好要花多少錢，這你知道嗎？你根本出不起的！」

他放開我。

我一直哭，哭到看不清眼前的景象。

「你叫什麼名字？」他說。

「卡爾．奧韋。」我說。

「你姓什麼，說出來！」

「克瑙斯高。」

「你住在這裡？」

「不。」

「那你住在哪裡？」

「北丘圓環路。」我說

他伸展一下身子。

「我會聯繫你。」他說。「或者我們應該說，我會聯繫你爸爸。」

他的長腿只需兩大步就跨越那道斜坡，坐進車內、重重地甩上車門，車身輕輕地震顫一下，便從現場駛離。

我跌坐在地面上，抽抽噎噎著。一切希望都破滅了。

耶爾旋即從上方處的庭園裡喊我；他一路跑過來、問了一大堆關於剛才發生什麼事情、誰說了哪些話的問題。我知道：由於那顆石頭是我扔的，而且我供出了我的名字，他暗自為此感到慶幸。但他最先想要知道的一點是：我當時為什麼不開溜。我們有充分的時間，完全可以一走了之。要是我溜之大吉，那名男子就永遠逮不到我；他也就永遠不會知道，扔石頭的人是我。

「我不知道。」我一邊將淚水擦乾。「但是，我就是做不到。我突然間就動彈不得了。」

「你想過跟家裡的人講一下嗎？」耶爾說。「這樣是最安全的。如果你將事情發生的經過告訴他們，他們會氣得要死，但這件事情終究會過去。如果你什麼都沒說，他又打電話過來，那就更糟糕了。」

「我不敢。」我說。「這種事情，我說不出口。」

「你有說你爸叫什麼名字嘛？」

「沒有，我只說我的名字。」

「但是，你又不在黃頁電話簿的名錄上！就算他得打電話，他也得打給你爸。而你沒說你爸叫什麼名字。」

「我沒說。」我說。我內心重燃一絲希望。

「既然這樣，你就不必說什麼了。或許，最後什麼事也沒有！」耶爾說。

當我到家時，賀雅爾太太就在我們家裡。她看出我哭過，問我發生了什麼事情。我請她保證，不要跟任何人講起這件事情。她保證；因此我就說了。她用手拂過我的臉頰，並且建議我最好還是將這件事告訴雙親。我說，可是，我不敢說。這件事情就這樣擱著。接下來的那幾天當中，只要電話一響起，一種比我早先體驗到的恐懼還要強烈、濃重的害怕情緒，使我全身僵硬。那幾天當中，一道陰影始終籠罩著我的內心。不過打電話來的始終是別人，而不是那名男子；因此我竟然開始認為這件事情最後將會不了了之、無疾而終。

這時候，他打過來了。

電話鈴聲響起，爸爸在樓下接起電話，通話持續了大約三分鐘。隨後我聽到樓上話機的「喀嚓」聲（意謂著他掛斷電話）。他走上樓梯，步伐堅決而剛毅。他走進媽媽的房間裡。房裡傳出高亢的話聲。我坐在床上哭。幾分鐘以後，我房間的門被打開了。他們兩人走了進來。這是前所未見的。他們的表情既陰沉又嚴厲。

「卡爾．奧韋，剛剛有個男子打電話過來。」爸爸說。「他說你扔了一顆大石頭，砸中他的車、把車頂給毀了。真有這回事啊？」

「是。」我說。

「你怎麼能夠**幹**出這種事情？」他說。「你到底是哪根筋不對勁？你差點沒把他弄死！你到底懂不懂？卡爾．奧韋，你懂不懂這件事情有多嚴重？」

「懂。」我說。

「如果石頭砸中擋風玻璃，他可能會直接從路肩摔下去，或者撞上另一輛車。他會死的。」媽媽說。

「是。」我說。

「現在我還得支付修理費。那將會花上好幾千克朗。我們沒那麼多錢！我們要上哪裡去弄這麼多錢？」

「我不知道。」我說。

「下三濫的小屁孩。」他一邊說，一邊別過身去。

「而且對於這件事情，你什麼都沒說。」媽媽說。「發生這件事情以後，已經過了一個星期。你知道嘛，發生這種事情，你總得告訴我們哪。你得保證，往後有類似情況，你會告訴我們。」

「我會的。」我說。「可是，我有跟賀雅爾太太講啊。」

「跟**賀雅爾**太太講！」爸爸說。「而不是跟我們講？」

「是啊。」

他用自己特有、夾雜著冷酷與暴怒的目光瞪我。

「你為什麼要這樣做？你怎麼會想對車子扔石頭？那很危險的，你應該理解啊？」媽媽說。

「我們以為不會砸中。」我說。

「『我們』？」爸爸說。「你不只一個人？」

「還有耶爾。」我說。「只不過，那顆砸中的石頭是我扔的。」

「看樣子，我還得跟普雷斯巴克摩促膝長談才行。」爸爸說道，並且望著媽媽。接著，他轉身面向我。

「今天晚上，還有接下來的兩個晚上，你被禁足了。這個星期以及下個星期，你不會拿到零用錢。懂不懂？」

「懂。」我說。

然後他們就走了出去。

一切都會過去。就連這件事情也會過去。犯行與被揭穿之間的那股黑暗，是最為恐怖、難熬的——那段期間，一切看似正常，其實已經不正常了。一切在其僵硬、宛如例行公事般的表面下震顫起來。大約在一年前，就真發生過一件使我翹家的事情。招致意外的不是石塊，而是一把刀。除了我以外的其他所有小孩，都收到一把童軍專用刀——原因在於我的年齡太小，也太不負責任。然而就在某一天，爸爸以一種幾近於典禮般莊重、肅穆的方式，將一把刀交給我。他說，他們信任我。我對他所買的是女生專用的刀感到失望，但我掩飾住這種失望；你不能指望大人會注意童軍刀的刀鞘上畫著裙子、而不是長褲的這種細節。相反地，我任由自己表達對這把刀的喜悅之情——畢竟我現在可以和其他人一起割東西、切東西、劈砍、拿著刀具比劃了。我唯一需要留意的，就是別讓他們看到刀鞘。就在同一天，我跟著雷夫·托爾一同刻出了一把劍。我將一根長木條的一端削尖、使之看起來像刺針，還將一塊短木片固定在上面，作為劍柄使用。我們手上拿著劍，在別墅區內恣意地遊走。我們發現兩個小女孩，她們待在各自的玩偶童車旁邊；我們跟蹤了她們一會兒，接著發動攻擊——這是遊戲，我們是海盜，她們則是遇劫的船。我們一再用劍戳刺玩偶童車的布幔。小女孩們高聲尖叫起來；我們向後退去。她們說，她們會檢舉這件事情。我們開始感到害怕，牢牢地盯住她們。她們先是回到家去，再走出來，開始朝古斯塔夫森家以及我們家的屋子走去。想到可能的後果，我們怕得要命，決定翹家。我們爬上山，走進山頂上的森林裡，繼續跋涉而行——此舉意謂著，我們走到那片位於歐爾納上方的斷崖。我和雷夫．托爾以前都不曾到過那裡。那裡離我們的家很遠；我認為我們可以睡在那裡，在第二天早上繼續躲藏。我們在斷崖邊坐定，朝遠方眺望。太陽低垂著。在日光的映照之下，那片於我們眼前延展開來的景觀與地貌幾乎成了金黃色。我們待了大約半個小時；接著，雷夫．托爾想要回家。他說，他肚子餓了。我努力說服他留下來；我們已經翹家逃跑了，不能就這樣回家去。然而他堅持自己的立場；此刻的他絕不肯睡在戶外。而我十分害怕黑暗，要我獨自睡在戶外，是完全不可能的。因此我就跟著他回家了。當我到家時，爸爸就守在庭院裡堵我。他猛力拉住我的手臂、一路將我拖到我樓上的房間裡，並且說我被禁足了。就算我使用的是一把劍，而不是那把童軍刀，那把刀仍然被沒收了。這當中的差異，他們根本不理解。拿著刀子亂揮是不可想像、也不可理喻的。我們揮動的是一把木劍，他們應該沒收那把木劍才對。不過他們沒收了刀子。我聽見他們談論這件事情。爸爸說：瞧瞧這個，瞧瞧這刀鞘，它已經被毀掉了。他指的是我為了蓋住刀鞘上的裙子圖案（畢竟，男童軍的刀鞘上是長褲圖案），在刀鞘上鑿出的所有小洞。他將此視為我態度隨便、不成熟。就在我當天晚上以及隔天晚上被禁足而待在房裡時，我看到雷夫．托爾還在外面玩耍。他老爸狠狠地賞了他一個大巴掌，這件事情就算告一段落了。而他才不在乎被呼巴掌。

不過，這件事情終究過去了。一切都過去了。那些小女孩收到了新的玩偶童車；汽車駕駛將車頂修好；居家軟禁令終遭解除；我又開始收到零用錢。每天晚上，在屋外的道路上以及下方的森林裡滿布著玩耍的孩童；那座森林不分晝夜、也不分季節，始終是開放的。安妮．麗瑟蓓和希爾薇格始終不曾到下面來；一直以來，都是我們到上方找她們。如此一來，我們就有了兩個世界。其中一個世界位於我們家的屋子外；在那裡，我們每天晚上都能加入聚在那裡的一大群孩子，一起踢足球、在街道上玩耍、在下方的森林裡用雲杉的枝條堆房子，到處亂跑、將臉鼻湊近我們在這個區域內所能找到的每一個角落。當天氣變得嚴寒、地表結冰時，我們就在歐爾納溜冰。溜冰鞋的鋼製鞋底摩擦冰面，發出美妙絕倫的聲響，回聲則從圍繞著溜冰場的低矮山丘傳來——這使那裡每天都充滿著一種劇烈而純淨的歡樂感。她們所居住、位於上方的區域則是另一個世界——那裡的一切顯然都與我們家周遭的氛圍相同，一樣有著到處亂竄、亂鑽的小孩，他們同樣會在這裡的街道上踢足球、在黑暗中玩遊戲，同樣會在這裡玩跳繩與跳橡皮筋遊戲，當湖水結凍時，他們會在這裡溜冰；當雪片從天而降時，他們則在這裡滑雪。不過，這當中仍然存在著差異。那股喜悅感，彷彿存在於另一種層次——關鍵不在於我們所做的活動，而在於我們跟誰一起從事這些活動。這種喜悅感是如此劇烈，以致於就算她們不在那裡，我仍經常感受到這種喜悅。就算是我們在達格．羅薩爾家車庫裡打桌球的晚上、我們在森林裡一條新路徑旁幾間棚屋外摸索著的晚上、我們在耶爾房間裡下象棋的晚上，或者我在床邊脫衣服的晚上，對安妮．麗瑟蓓的思念以及她的整體容貌，總是突然能以某種無以名之的力量震懾我，使我因快樂與渴望而沉醉不已。除此之外，我的情感也不僅止於她一人；這些情感也適用於她那位美麗的媽媽、她那位身材寬闊而魁梧的爸爸（他擔任潛水員；位於他們家地窖的浴室裡就擺著幾只黃色的氧氣筒）、她的弟弟與妹妹、他們家所有的房間，以及遍布屋內各處、近乎無所不在的甘美氣味。她房間裡的所有物品和我房間裡的物品相比，都截然不同——大量的洋娃娃、洋娃娃的服裝，色調是清晰且可觀的粉色系。我們一起從事的也就是這些活動；她的喜悅與熱情增強了活動的本質、綻放出耀眼的光芒。或許這一點在學校裡特別明顯；我們安分地待在自己所屬的一邊，直到某個特定情境將我們聚合在一起。比如說：當大家圍坐成一圈、開始玩「傳指環」的遊戲時，她會把指環遞給我。或者說：她在「寬寬橋[32]」遊戲裡的最後一列抓住我、伸出雙臂將我摟住。又或者說：當我們在玩「鬼抓人」、當我追趕她時，她會故意跑得比較慢，讓我能夠較輕鬆地逮到她。噢，假如我可以作主，我將會一輩子追著安妮·麗瑟蓓，只要我最後能夠張開雙臂擁抱她，那就好了。

我是否理解，這些是不會長久的？

不，當時的我並不理解這一點。我滿心以為這些情景只會持續永不止息。春季來臨了，伴隨著解脫。長達半年的時間裡，我足蹬踝靴或長筒靴。某一天，我穿上那雙新買的慢跑鞋。那種穿著它跑動的感覺，就像要飛起來一般。那讓所有動作變得惱人且笨拙的拉鍊褲與拉鍊外套，被輕便的長褲與輕巧的夾克所取代。連指手套、圍巾與毛線帽被打包塞到一邊去。雪橇、溜冰鞋、滑雪板和墊盤被收進車庫與收納清潔用具的小屋內，腳踏車和足球則被取來。隨著日子一天接一天地過去，那長期以來總是低垂於天邊、光線總是顯得如此耀眼悅目的太陽愈升愈高，天氣很快就變得如此暖熱，我們晨間穿著的夾克，在我們於日正當中之際從學校返家時，即已被塞進背包裡。但在春回大地的所有徵兆之中，最重要的當屬那幾個星期中在住宅區裡瀰漫著的木材與垃圾的氣味。凜冽的夜晚；逐漸染上藍色調的黑暗；從仍然被雪堆掩蓋的邊溝裡騰起的寒氣；積雪仍然冷硬如冰，甚而摻雜著礫石；所有待在戶外的小鬼們發出的噪聲；有人在路上追著足球跑；其他人騎著腳踏車、沿著邊溝上上下下，或者在人行道上玩耍；所有人身上都散發出活力與歡快；我們終於可以盡情跑動、盡情騎乘腳踏車、恣意大呼小叫、恣意歡笑。而在此同時，去年收割的草料燃燒時發出刺鼻、卻又豐饒富麗的氣味突然從四面八方撲鼻而來，時時緊跟著我們。我們有時會跑到高處查看情況；那低矮而綿密、宛如橘紅色小波浪的火焰，其色澤在薄暮的輝映之下竟變得如此豔麗、幾近於溼潤。一名通常雙手佩戴手套、肩膀上揹著草耙的母親或父親會驕傲地監視著火焰，他們彷彿某種來自中產階級下層的騎士。有時候，當所有在冬季被積聚在庭院裡的廢棄物被燃燒時，他們監看的篝火火勢可是相當旺盛。

那篝火又是怎麼回事？

它在此處如此格格不入，顯得相當古樸，以致於那堆火無法與周遭景物產生連結。古斯塔夫森家露營用篷車旁邊的那堆火，是要幹什麼用的呢？安妮．蕾妮的玩具怪手旁邊那堆火，是要幹麼呢？坎尼斯壯家那些潮溼、淡金色露天家具旁邊的那堆火，是有什麼用途呢？

火勢在一系列由紅與黃構成的色澤中向天際延展、吞噬劈啪作響的柴薪，將發出「嘶嘶」聲的塑膠熔化，一會兒在這裡竄出、一會兒又在那裡騰起，其模式無法預測，既顯得美麗，卻又不可理喻。那些火在我們這群稀鬆平常的北歐人之中、在一九七〇年代這些平凡無奇的夜裡燃燒，究竟是要幹麼呢？

另外一種世界隨著篝火變得明顯，也隨著它消失無蹤。那是屬於水與空氣的世界、屬於土地與山岳的世界、太陽與繁星的世界、雲彩與天幕的世界，那古老的一切過去總是存在於那裡，而且一直都存在，這導致我們沒有想到它們。但我們看到，火**來了**。而我們一旦看到了，火就變得無處不在：在所有壁爐與烤箱裡、在所有的工廠與工坊裡、在所有於路面上行駛或者在夜間停放於車庫裡或屋外的汽車裡。火在那些地方燃燒著。就連汽車也顯得如此古樸。而當然了，這種浩瀚的古老之感，存在於萬物之中：從石屋到木屋，再到管線中流動或者流出管線的水源。但由於一切事物的發生，對每一個世代來說都是第

32 Bro bro breja，一種相當古老的團體舞步遊戲，起源可追溯自十七世紀。

一次；而新的世代又已切斷跟舊世代的連結。就算這些事物都還存於人類的意識中，它們想必也已經被壓縮到底層——在我們的認知中，我們不僅是生活在一九七〇年代的現代人，就連我們周圍的環境也都顯得如此現代、屬於一九七〇年代。而我們的情感——那些在春夜裡於我們體內流通、甚而棲居在我們內心的情感——也都是現代的情感，除了我們自己的故事以外，完全不夾雜其他任何敘事。而對我們這些小孩子而言，這就意味著沒有任何歷史。一切都是第一次發生。我們始終不曾念及：就連那些情感也都是古老的，或許不若水與土壤那麼古老，但起碼與人類的存在一樣古老。不對，我們憑什麼會想到這些呢？那些在我們胸中流淌著，引領我們高喊、尖叫、笑鬧、哭泣的情感就是我們所獨有的，是我們的一部分；那些情感，差不多就像我們打開冰箱時會亮起的燈泡，或者有人在房屋前按下時會響起的門鈴那樣。

我是否真的以為，這些都將會天長地久？

是啊，當時的我這麼覺得。

不過，實情的發展並非如此。四月下旬某一天，我告訴安妮．麗瑟蓓，放學後我們要到上面找她們。

她則回答，我們不能過去。

「為什麼不行？」我說。

「其他幾個人要過來。」她說。

「誰啊？」我說。我心想，該不會是叔叔、姑姑，還是別的什麼人吧。

「這是祕密。」她露出自己那狡猾的微笑。

「是我們班上的人嗎？是瑪麗安娜，還是希爾薇格、烏妮？」

「這是祕密。不准你們過來。再見咯！」她說。

我走到耶爾面前，將她的話轉達給他。我們決定，仍然要到上面去，並且偷偷監視她們。放學以後，我們先回到家裡、放好背包，打算走另外一條路來到她們家的社區，先是穿越那座下方森林的營建工地（最初幾棟住房的地基現在已然擺設完畢），在樹木之間偷偷摸摸地行走，繞過那片沼澤，往上走到介於她們兩家房屋之間的迴轉區。

那裡空無一人。

她們待在室內嗎？

我們不能按門鈴，我們甚至本來就不該出現在那裡。我們繼續朝下方走。耶爾想到一個絕妙好主意：去按維孟德家的門鈴。他出來應門、站在門邊，圓臉上帶著慣有、滯悶的傻氣。是啊，她們剛剛循著那條路下去了。

她們是獨自出去的嘛？

不是，有另外兩個人跟著。

是哪些人？

嗯，他沒看到是誰。

是男孩子，還是女孩子？

他覺得是男生。他最初還以為是我們，因為我們過去常來這裡。但現在他理解到，是兩個不同的人來咯！

他笑了起來。耶爾也笑了起來。

那會是誰呢？

他們又跟她們做了些什麼事呢？

「走，我們跟過去。」我對耶爾說。

「可是，她們本來就不希望我們來。」耶爾說。「難道我們就不能到維孟德家裡坐一會兒嘛？」

我睜大雙眼，瞪著他。

「好吧。」他說。

「別跟其他人講起這件事情。」我對維孟德說。他點點頭。隨後我們就穿越那片屬於他們家的空地，來到街道上。

她們跑到哪裡去了呢？

就我們所知，她們可能一路往下走、來到那家商店。但某個聲音告訴我，她們就在這幾棟房屋的附近。我們踏上那條她們家下方的街道。考量到總共有四個人，要聽到她們的動靜，應該相當容易。

「我們就在這裡往上走吧？」我一邊說，一邊在拐進達格・馬涅家與她們家房子的岔路口前停下腳步。

耶爾聳聳肩。

我們循著那條短短的礫石路面上行。達格・馬涅家的房子，座落在一塊小小的窪地上。房屋的側面有座車庫，裡面雜亂無章地擺放著各式工具、腳踏車與汽車輪胎。露臺下方則放置著一堆堆柴薪。

當我們來到最高處時，達格・馬涅就待在房屋短邊一側的窗口、打量著我們。為了使他不致於誤認為我們要來拜訪他，我們快步穿越他家的空地，避免與他對上眼神，並且繼續往下走、進入另一邊的森林。春天正在到來；長期以來近於白色的草梗開始發綠，但樹上的葉子尚未真正長出。因此我們能夠一眼望穿那片仍顯稚嫩的闊葉林。

有人在那裡。我看出希爾薇格家旁邊那片斜坡的下方，有某個紅色與藍色的物體在移動。

「她們在那裡。」耶爾說。

我們停下腳步，無聲地站著。

那群人相當興奮，高聲談笑著。

「你能看出是誰嘛？」我低聲說。

耶爾搖搖頭。

我們更加靠近。每當我們觸及一棵樹，我們就會躲藏在樹幹後方。當我們離他們僅剩二十公尺左右，我們便縮在一塊岩石後方。

我抬起頭來，望著她們。

跟她們在一起的，是艾文德與耶爾・B。

艾文德與耶爾・B。

噢不，操他的！艾文德與耶爾・B就是我們班上的同學罷了。他們是鄰居，也是彼此最要好的朋友，住在斯維爾家的對面；斯維爾則住在西芙家的對面。而從我們家所在的那條路上，就能夠望見西芙家的屋子。

我們跟他們之間，又有什麼區別？

幾乎沒有任何區別！

他們是最要好的朋友。我與耶爾是最要好的朋友。艾文德是全班最厲害的人之一；我也是全班最厲害的人之一。耶爾・B和耶爾・霍康都只與我們混。

但是，艾文德比我帥。他有著鬈髮、高聳的顴骨、細小的雙眼。我則長著暴牙，以及挺凸的屁股。而他比我強壯。

現在他抓住一棵腐朽的樹，企圖掰斷。耶爾・B則站在另一邊，使盡全力頂住。安妮・麗瑟貝與希爾薇格則站在一邊看戲。

他們在向她們秀肌肉。

嘔，操，操！

我們該怎麼辦？假裝若無其事，走到他們的面前？就這樣，六個人一起玩？

我轉向耶爾。

「我們該怎麼辦？」我耳語道。

「我不知道。」他以耳語回答我。「也許揍他們一頓？」

「哈哈。」我低聲說。「他們比我們強壯。」

「不管怎樣，我們可不能一整天都躺在這裡啊。」他小聲說著。

「這樣的話，我們走吧？」

「是的，就這麼辦。」

我們躡手躡腳地離開那裡，就像到達此地時一樣謹慎。當我們來到岔路口時，耶爾問我是否想去維孟德家裡坐一會兒。

「我絕對不去！」我說。

「我還是會去那裡坐一坐。」他說。「再見。」

「再見。」

我走了幾公尺以後，轉過身來望著他。他找來了一根樹枝，猛力揮擊著；他先是用那根樹枝揮打著自己其中一邊的膝蓋，然後再揮向另一邊，同時繼續沿著人行道往上走。我幾乎一路哭著回家。為了不讓別人看見我，我選擇那條經過足球場的小徑。

那天是星期五。星期六一大早，我就跑到耶爾家；但他要跟雙親到城裡去。爸爸和媽媽正在打掃整間屋子、進行吸塵。英格威和施泰納一起搭公車到城裡去；因此，沒有人能陪我。我走進浴室裡、將門鎖上，在洗衣籃裡翻找著，找到那條膝蓋部位因汙漬而完全發黑、相當難看的棕色燈芯絨長褲。我穿上這褲子、鑽回我的房間裡，翻出那件恐怖的黃色針織毛線衣。我套上毛線衣，趁著一時間無人查看的空檔走到樓下的鍋爐間。那雙擺在鍋爐間的靴子，是我最難看的一雙鞋；我將它們拿到門廊上，套上去。這樣一來，就只剩下夾克了。我從衣鉤上取下自己在去年收到的單薄灰夾克；現在已經穿不太下了，而且挺髒的。再者，拉鍊已經壞掉了。我只能將就著穿上去。由於裡面那件黃色毛線衣會顯現出來，這樣其實也滿好的。

我穿著這整套醜陋無比的衣服，開始往上方走向安妮．麗瑟蓓所住的社區。我一直低著頭，我要讓那些看到我的人理解我有多麼難過。這趟散步的目的，就是要撞見安妮．麗瑟蓓；如果真的遇上了，我要讓她瞧瞧，她所造成的後果。我身上所穿的這些骯髒、醜陋的衣服，低垂著的腦袋，這一切的目的，就是要讓她搞懂。

我不願意按門鈴；要是她來應門，我就得跟她講話。不對，我的用意是要讓她在偶然間看到我，讓她自己理解：為了她對我所做的事情，我感到多麼難過。

當我已經來到維孟德家的房屋前，而她仍然不見蹤影之際，我便拐進那條通向她家房子的街道——即使這個舉動會毀掉整個計畫。畢竟我來到這裡，如果不是為了要見到她和希爾薇格，又是要幹麼呢？

也許來找比約恩．赫伊？

他比我們小一歲；事實上，跟他一起玩的想法簡直是不可理喻。不過他有在踢足球，與他同年齡的小孩相較，他算是相當成熟。

我在迴轉區上站了一會兒，盤算著是否該去找比約恩・赫伊。但一看到她所住的那棟房屋，我就覺得難過。因此過了一會兒，我就向下走進森林區，穿過那幾塊新劃分出來的空地。那裡立著挖土機、幾間簡陋的棚屋；棚屋那陰暗的窗口宛如空虛的眼睛，瞪著眼前的空茫。我踏上那條平坦的道路，在那裡站了一會兒，端詳著那棟正在興築、全新的教會聚會中心建築。接著，我再望向那片草坪（那次，我們就在那裡踢足球），以及擋在通往垃圾山（它從離該地一百公尺處開始延展）的小徑前方的柵門。我開始緩慢地向下走。艾文德與耶爾・B住的地方就在我此刻穿過的高地中央處、藏在小片的岩壁與樹木後方。我們曾經到過那上面幾次，跟他們一起玩；他們則曾在冬季降雪之前跟著我們一起到歇爾納溜冰。我們也參加過在耶爾・B家裡舉辦的一次慶生宴。還到斯維爾家參加過一次慶生宴。那次我弄丟了本來要給他的十克朗紙鈔；當我來到派對上時，本來裝著錢的信封已經空空如也，盛裝出席的我開始哭泣起來——這樣的舉動很不好、相當不好，不過這也是有原因的，十克朗可不是小數字。幸好他的爸爸跟我一起去找錢；我們沿著我來到這裡的路途往回找，那張亮藍色的十克朗紙鈔就落在黑色的瀝青路面上。這麼一來，他們就不會再以為我耍詐，不會以為我私自把錢幹走、假裝不小心弄丟了錢。

路邊那座庭院有一片草坪。那個留著黑長髮、五官有點像印第安人的小男孩站在草坪上，正要著一顆球。

「哈囉。」他說。

「哈囉。」我說。

「你能頂幾下？」他說。

「四下。」我說。

「哈，哈。」他說。「那可真是啥都不算。」

「你自己又能頂幾下？」

「我剛剛就頂了十六下。」

「讓我瞧瞧。」我說。

他把球放在地上、腳踏在球皮上。然後他將鞋底向後抽、輕輕彈一下，把球向上方頂。他踢了一下、兩下、三下；隨後球便彈得太遠了。他必須伸長了腳，才能踢到最後一下，將球送上了樹籬。

「這樣是四下。」我說。

「那是因為你在旁邊看，讓我想東想西的。再一次。你能等嗎？」他說。

「能。」

這一回，他將球頂到相當於膝蓋的高度；這麼一來，操作就變得比較容易。那顆球在他的雙膝之間來回彈跳了五次，隨後才掉落到地上。

「八下。」我說。

「是。」他說。「不過，現在換你頂給我看。」

「我得回家。」我說。

「好吧。」他說。

他的爸爸是一名身材肥胖、頂著一頭灰髮、戴著眼鏡的男子；他正站在窗邊打量我們。我奔向另一端的人行道，猛然想起自己身上那套又醜又髒的衣服。我放慢腳步，再度開始垂頭喪氣地走著。

當我往下方走動的時候，爸爸正在私人車道上倒車。他向我招招手、要我過去。他將身子湊到前排乘客座上，把車門打開。

「進來，我們要到城裡去。」他說。

「可是我身上的衣服超醜的啊。我不能先換衣服嗎？」我說。

「胡說八道。你給我進來！」

我將後座旁邊的小桿子向上推，正想要把椅背往前折。

「你來坐前面。」他說。

「前面？」我說。

我從來沒坐到前面過。

「是。沒時間跟你耗著。動作快！」

我按照他所說的話做。我一關上車門，他就猛力踩油門，往下方行駛。

「我看得出來，你有點髒兮兮的。」他說。「不過我們只需要開一小段路。沒關係的。」

我開始撥弄著安全帶，腦中一片空白，直到繫好了扣環，我們開上橋面，我才回過神來。

「我打算開到魚市場港口區，然後再到樂器角[33]。你要跟嘛？」他說。

「好的。」我說。

他駕駛時，只用單手扶住方向盤，另一手放在排檔桿上，手指間還掐著一根燃燒著的香菸。一如往常，他開得很快。

我們沉默許久。

我們的左手邊就是風嶼。那裡的船塢有著外觀酷似巨蜥的起重機吊臂，以及專屬的玻璃纖維池。船塢外圍的停車場，此刻只停著不到半滿的車輛。外部的海灣內，立著一座龐大的井臺。那是一座即將在下週被拖出的混凝土深水平臺。

當我們開過那條短短的隧道、接近松耶爾[34]時，他朝我投來一瞥。

「今天，你有在外面跟耶爾玩嘛？」他說。

「沒有，他們在城裡。」

「天曉得，我們也許會撞見他們。」他說。

然後，我們之間再度陷入沉默。

這讓我感到很苦痛，他現在心情非常好，值得我以除了沉默之外的其他方式對待他。但是，我又該說些什麼呢？

過了一會兒，我想到一個話題。

「你要把車停在哪？」

他注視著我。

「我們會找到停車位的。」他說。

「停在上面的射擊練習場旁邊，怎麼樣？每個星期六，那邊總是有空位。」

「如果其他地方全滿了，再停那邊。」他回應。

他在泰爾島上找到了一個停車格，下車後在高聳的木屋之間大步而行。我得小跑步才能跟得上他。想到身上這套難看的衣服，我感到很丟臉；這副裝扮的我看起來很蠢。同時，我密切注意與我們錯身而

33　Musikkhjørnet，愛蘭達爾的一家樂器行與音樂產品店，現已不存。

34　Songe，距離愛蘭達爾約二十五公里的聚落。

過的人們，查看他們是否盯著我或者笑出聲來。

在魚市場裡，爸爸在等待的同時瞄了那些玻璃櫃一眼。

「我們就買一些蝦回去。你說呢，韋韋？」

我點點頭。

「然後或許也買一條鱈魚回去，怎麼樣？」

我沒有答話。

他望著我，臉上露出一抹微笑。

「你不喜歡鱈魚，這我知道。但是牠們很營養。等你長大了，你就會喜歡牠們了。」

「對於這個，我可是強烈懷疑啊。」我說。

我多麼想要掙脫自己的心防，向他描述發生的事情，就像跟媽媽相處時那樣；但是要跟他溝通，就是沒有那麼容易。不過我很高興他帶我來這裡——讓他理解這一點，是很重要的。

輪到他時，他向店員比劃著、說明他要買什麼；另一名女店員盯著他瞧。但當她注意到我正在望著她的時候，她立刻低下頭，繼續打包那些她面前砧板上的魚。當爸爸站在櫃檯前、周邊擁擠不堪、他一邊比劃一邊說話的時候，這讓我想到：他想將他周邊的一切人事物全部甩開。這與他的外貌、長滿鬍鬚的臉孔、淺藍色的雙眼、看似微微彎曲的雙唇無關，也跟他那修長、纖細的體型無關。這跟他所「散發」的某種特質有關。

「好咯。」他收下零錢，將那只裝有魚蝦的白色袋子握在手中，說道。「我們走吧！」

戶外的天幕一片灰濛濛。一如往常，週六的人行道與徒步區滿是人潮。我們繼續沿著那家名叫「花粉」的設計用品店前緣往前，走向樂器角。我在他的身邊輕輕地跳了幾下，想讓他理解我覺得很開心。

當他望著我的時候，我對他露出微笑。從海峽吹來的風拂過他的頭髮，他伸手將頭髮撫平。

「你能不能先拿著袋子一下？」他在樂器角的店裡這麼說。我點點頭、接過袋子；同時他迅速地翻動盒子裡的一張張唱片。

我們上床就寢時，爸媽通常會播放音樂；每逢週五與週六，他們更是會這樣做。我在最終入睡前所聽到的，通常就是這樣的樂聲。當他獨自坐在工作室裡，他通常也會播放唱片。施泰納曾經說過，爸爸曾帶一張平克·佛洛伊德的唱片到班上，在上課時間放給他們聽。當他描述這件事情的時候，他的聲音帶著尊敬之意。

「你不挑一卷錄音帶嘛？」爸爸突然說道。同時，他的目光仍然緊盯著自己面前的唱片。

「可是，我沒有卡式錄放機啊。」我說。

「你可以先借英格威的來播。」爸爸說。「而且我想，之後送你一只錄放機當聖誕禮物，很合情合理。先準備幾卷錄音帶，總是不錯的。畢竟，要是沒有了錄音帶，有錄放機又有什麼用！」

我膽怯地走到卡帶區。卡帶擺在幾只懸掛在牆面的架子上，不像唱片那樣放在盒子裡。其中一只架上擺滿了貓王的卡帶。有一卷的封面是身穿皮衣、膝上擱著吉他、面露微笑的貓王；我挑了這卷卡帶。

爸爸買了兩張唱片，當他將唱片擱在櫃檯上時，他告訴店員，他兒子要買一卷卡帶。店員拿著一把小鑰匙，走到卡帶的貨架區。我指著那卷封面是貓王照片的卡帶。他將鎖打開、取出來，裝進店家的小袋子裡，再放在裝有爸爸所購物品的大袋子旁邊。

「不錯喔。」當我們走向車子的時候，爸爸說。「貓王，你知道嘛，我長大期間，他可是最偉大的。艾維斯·普里斯萊，我們都這樣稱呼他。我仍然保存他的幾張舊唱片，放在祖父和祖母的家裡。改天我們可以帶回我們家，你覺得怎麼樣？你想聽嗎？」

「好的，那應該很棒。英格威或許也會想要聽。」我說。

「它們現在恐怕很值錢唷。」他說。他停下腳步，將那串鑰匙從口袋裡取出。我望著那幾艘停靠在雄豬海峽裡、靠近特隆姆島一側水灣內的大型油輪，體型是如此巨大，以致於與旁靠著的低丘相較，油輪似乎來自另一個星球。

爸爸解開靠近我一側的車門鎖。

「回程的時候，我也可以坐前座嘛？」我說。

「可以。」他說。「不過，就只有今天。懂不懂？」

「懂。」我說。

他將那些袋子放到後座、點燃一根香菸，然後才繫上安全帶，而我早已將我的安全帶綁好了。接著，他發動車子。回程的路途中，我一會兒望望卡帶的包裝、一會兒望向窗外。那條沿著長堤伸展的道路被車陣所迴堵，大約到了港灣區盡頭（拜爾廣播與電視臺位於港灣區的一側，另一側則是由低矮白色石屋所構成、旗幟隨風飄揚的魚市場），車流才比較順暢。希爾斯島就位於海峽的斜對角，波浪掀起一陣陣白沫；島嶼上的一座山丘有著一個由木屋構成的聚落，山腳下則是一處渡輪停靠點，更遠處則是「普斯涅斯機械工坊」，再過去就多半是幾乎覆蓋整座島嶼的森林地。而在靠陸地的一側，道路上下蜿蜒、往遠處延伸，那條通向加油站的路上布滿了房屋與浮動碼頭；再過去就是松耶爾、風嶼，接著則是那條向上通往橋面的道路。所有景物彷彿都被南風吹拂、搖動著。那些關於安妮．麗瑟蓓的念頭又緩緩地滲入、蒙蔽我的心智。或許這都是那座混凝土深水平臺的錯；原因在於我曾想過帶著她與希爾薇格到橋上去、看看它被拖出水面時的情景。現在，這個想法可行不通了。或者說……這行得通嘛？每晚我上床就寢之前，我總是想著：她還沒進過我的房間參觀。有朝一日，她將會坐在那裡、坐在我的床位上，周圍淨是我的收藏與物品，這個念頭總是在我內心引燃猶如小型煙火秀的喜悅。她就在這裡，安妮．麗瑟蓓，就在我的房間裡！

艾文德憑什麼突然間可以上去找她，而我就不行？

必須除掉艾文德。我們得殺回去才行。

但是，我們又該怎麼做呢？

海峽在我們的下方朝東面與西面凸出。一艘輕便快艇正在駛入海峽區，貼近陸地行駛；我看見艇尾站著一條人影，並且握住舵柄。

爸爸打亮方向燈、向左方拐去，同時放慢車速，等著兩輛車駛離；接著他駛過那條路，開進通向我們家房屋的最後一條坡道。雷夫．托爾、勞夫、耶爾．霍康、特隆德、大耶爾、耶爾，以及肯特．雅恩正在街上踢足球。當我們從他們旁邊駛過、開進我們家的私人車位時，他們望向我們。

我下車時，向他們舉手致意。

「你要一起來玩嘛？」肯特．雅恩喊道。

我搖搖頭。

「我們要吃飯了。」

我們一離開他們的視域、踏上那條通往我們家房子的小路時，爸爸就握住我的手。

「讓我看看。」他說。「那些疣，還沒消失嗎？」

「沒。」我說。

他放開我的手。

「你知道該怎麼做，才能將它們除掉嘛？」

「不知道。」我說。

「這樣的話，讓我告訴你吧。我知道一個很古老的方法。等一下你就到廚房來，我會告訴你。你很想除掉的。不是嘛？」

「那當然啦。」

上樓之後，我首先就是將長褲與毛衣扔進洗衣籃裡，重新穿上自己今天大清早穿過的那套衣服。然後我將那卷卡帶的正面朝外、靠牆擺放在書桌上；這麼一來，我在房間裡的任何位置都能看見它。在那之後，我才走進廚房。爸爸坐在廚房裡，他面前擺著一只裝滿蝦子的小碗。稀粥正在電爐上煮著；媽媽正在客廳裡澆花。

「我們剛好可以趕在你吃飯以前，完成這件事。」爸爸說。「這幾乎就像魔法一樣。當我還很小的時候，我的外婆就對我這麼做過。這一招真管用。那時候，我的雙手可是長滿了疣。幾天以後，它們就『噗哧』一聲，消失不見了。」

「那她到底做了什麼？」

「現在，你就看清楚囉。」他站起身來，打開冰箱、取出一個白色盒子並打開來，裡面裝著培根。

「首先，我要用培根塗抹你的手指。然後我們到庭院裡，把這些培根埋掉。幾天之後，你那些疣就會消失不見。」

「真的嘛？」

「那當然啦！這就是奧妙之處啊！真的會消失不見。你就等著看吧。把手伸出來。」

我伸出其中一只手。他握住我的手，抽出一片培根，謹慎且徹底地用來塗抹過我所有的手指，接著再塗抹手背、手心。

「另一隻手也伸過來。」他說。我將另一手伸出。他取來另一片培根、以同樣的動作塗抹。

「現在，我已經替你都塗到了吧？」他說。

我點點頭。

「這樣的話，我們就到外面去。這個拿著，你得拿著這盒培根，親手埋掉。」

我跟著他走下樓；由於我雙手拿著培根，我得套上靴子，沒辦法用手輔助。他手上握著一根鏟子。

我緊緊地跟在他後面，繞過房屋，走近那片樹籬邊、面向森林的菜園。

他以鏟子觸及泥土，一腳將鏟子往下踩、開始挖掘，幾分鐘以後，他停下動作。

「現在，你把培根埋在這裡面。」他說。

我照做了。他將那個坑重新填平。我們隨後就走回屋內。

「現在，我可以洗手了嘛？」我問道。

「那當然。」他說。「我們剛剛埋下的那些培根，已經將疣帶走囉。」

「那究竟要花多久啊？」

「嗯……一個星期，或者兩個星期。這就取決你的信念有多麼堅定了。」

吃完飯後，我走到街道上。這個時候已經沒人在踢足球了，不過耶爾・霍康、肯特・雅恩和雷夫・托爾倒是還待在戶外，他們正衝向那堵沿著道路延展的牆，想試試看他們從牆面上摔下以前，能夠衝多高。如果他們的速度夠快，他們能夠衝上牆面大約三、四步；接著重力會吸附住他們、一把將他們往下拽。要是你衝得太高，你會直接墜落、背部著地；因此這項練習的關鍵就在於多做、少說。我第一次嘗試時很謹慎，事實上這也成了我唯一一次嘗試——原因在於，在我之後登場的耶爾・霍康太過驕傲自大，結果摔落進邊溝；這一撞導致他的胸口一時無法呼吸，他發出一聲撕心裂肺、高亢的慘叫，同時奮力抑制住湧出的淚水。我們所有人都失去繼續嘗試的興致。

耶爾・霍康站起身來、別過臉，背對著我們，讓呼吸恢復平順，當他再度轉身時，大家都看出他哭過。不過，沒人對此多說什麼。

為什麼不呢？

如果換成是我，他們準會說上一兩句。

「我們現在要做什麼呢？」肯特・雅恩說。

就在這時，克雷皮騎車下坡。他輕輕地從其中一側晃到另外一側；他穿著黑色夾克、頭戴黑色毛線帽，那胖呼呼、紅通通的五官就像他掛在腳踏車手把兩端的那兩只B-Max超市購物袋那樣，不住地搖晃著。他就是現年十七歲、住在離我們家最遠端的那棟房裡的霍瓦德的爸爸。我們相當崇拜這個小夥子，但極少見到他。有些傳聞指出：他的爸爸是個酒鬼。因此，當他此刻拐進我們所站的那條路上時，我看到自己脫身的機會。我跟在他近旁跑了一小段路，假裝瞧著掛在手把上的袋裡裝了什麼。

「袋子裡面裝了啤酒瓶！」我對其他人喊道，並且停下腳步。

克雷皮只是望了我一眼。不過其他人都笑了起來。

隔天，我們待在耶爾的房間裡，寫著要給安妮・麗瑟蓓的情書。他們家的房子和我們家的屋子一模一樣，房間也長得一模一樣，傾斜的方向亦完全相同。然而，兩者的差異也大到不可理喻——原因在於，他們家認定實用才是最重要的。他們家擺放手扶椅，為的是坐在上面很舒服——然而，手扶椅並不怎麼美觀。我們的房間都經過吸塵、有著幾近數學公式般的嚴謹與清潔，但他們家裡就完全不是這樣了。他們家的桌面上，乃至於地板上堆放著忙到一半時，臨時扔下的一切物品與工具。他們的生活以特有的方式，與這棟房子合而為一。我們家的屋子想必也是如此，只不過我們的生活方式和他們不同。對於耶爾的爸爸來說，全家只有他能取用所有工具的念頭簡直是不可理喻；相反地，他對於小孩教養的方式，在於讓耶爾與葛蘿盡可能多接觸他從事的一切勞務。他們家下方有一張可以用來從事木工的長凳，他們就在上面修修剪剪、又敲又打、黏貼與刮磨著各式原料；如果我們想要組一輛肥皂箱車，我們就會去找他。爸爸在我們家的庭院花費不少時間經營、整修，看起來美麗又對稱；而他們家的庭院就不是這樣了。它的經營與管理顯得更加主觀，主張實用——比如說實在並不怎麼雅觀的堆肥可以占據大片空間，而結構簡單、簡直像雜草的馬鈴薯栽植區在房屋後方的一大塊土地上恣意生長。我們家的屋後則是一片平直又嚴整的草坪，栽種著一叢叢杜鵑花的環狀花床。

耶爾的房間在他們家屋子裡的位置，與我的房間相同；他姊姊葛蘿的房間在建築物內的位置，與英格威房間的位置相同。他們家雙親的房間則位於中間，這點和我們家一模一樣。耶爾可以不受拘束地在所有房間進進出出、隨心所欲地在樓梯上跑動；如果他想吃三明治，他可以自己從冰箱裡取來佐料、自己動手塗抹麵包。當我待在他家的時候，我享有相同的待遇——只要我想這麼做，我也可以在他們的房間之間跑動，或者跟耶爾一起塗三明治。我們通常會坐在客廳裡，一起聽他所持有、克努特森和路德維森[35]的唱片，並且取笑唱片裡的音樂，或者取笑他——他不只對所有歌詞如數家珍，甚至還能用與歌手完全相同的方式演唱這些歌曲。他不會踢足球；他並不擅長所有類型的球類運動，這和他全身上下的協調

35 Knutsen & Ludvigsen，俄斯騰．多曼（Øystein Dolmen）與古斯塔夫．洛倫森（Gustav Lorentzen）組成的挪威雙人樂團，活躍期為一九九〇年代末期。

性不甚相符，不過這跟他的興趣也有關係。我常對打球或比賽抱有興趣，而他對此從來不感興趣；對他來說，那種在草地上踢了一整個漫長下午的足球賽；在夜幕降臨、所有人離場返家之際所體驗到的那股濃烈的意猶未盡之感，是完全陌生的。他在學校裡的表現也不怎麼樣，閱讀與算術能力都很糟，對於他讀過或者在課堂上聽到的內容，他很少能夠對他人轉述——不過他的生活過得也挺好的，無論是足球還是學校課業，對他來說都不重要。他擅長模仿；在學校裡，已經開始有一大批人聚集在他的周邊，想要看他的模仿秀。他樂此不疲；笑聲能使他的表現愈來愈誇張、愈來愈大膽，笑聲對他而言簡直就是汽油，不過在他眼中，這個其實也不重要。他的內心似乎有著屬於自己的小小世界——比如說，他喜歡畫圖。他可以窩在自己的房間裡，畫圖畫上一整天。他也喜歡組裝飛機模型。他那有如口哨聲般的大笑，有時近於歇斯底里。他相當喜歡噴屁；或許喜歡的程度超過其他所有事物。不管怎麼說，他對此做過很多實驗，而且常常談論這件事。

他家裡有個姊姊，或許使他最初不像我那樣、被小女生們的世界所吸引。但寫情書的念頭，還是深深地吸引了他。情書的文字由我來撰寫；他負責畫插圖。那張圖描繪一個小男孩踐踏著一顆心，另外兩個小男孩則站在一小段距離外觀看。我在圖下方用紅色簽字筆寫道：**艾文德擊碎了我們的心**。那封信有五行句子。

親愛的安妮．麗瑟蓓
我們的心破碎了
回到我們身邊吧
妳聽見了嗎

我們如此深愛妳

我們不能將這封信和這張畫交給她；她很可能亮給別人看，甚至給學校裡的人看，這樣一來，我們會非常丟臉。我們最後決定要**讓她看到**。我們把那封信和那張畫當成兩張傳單一般、捲成一團，拿著它們走到她家。我們從賀雅爾太太家、循著那塊形狀有如鞋跟的岩壁向上走，進入那片她家窗戶下方的空地。我們將礫石往窗戶扔；她隨即出現。我們首先將我們的作品高舉、讓她看到；她對我們微笑。接著，我們將它撕成碎片、踐踏了一番，然後就離開那裡。不管怎樣，她現在知道我們的感受了。現在，輪到她表態了。

耶爾在岔路口停下。

「我去維孟德家裡待一下。」他說。「你要跟來嘛？」

我搖搖頭。在我往下方走的途中，我想著，或許我也應該到某個新同學的家裡看看。也許去找達格·馬涅？但是這看起來會很詭異，因此我最後還是回到家裡，躺到自己的床上，閱讀了一陣子。直到英格威走進來，問我是否想一起到外面踢足球。我想要跟去。我最喜歡的，莫過於和英格威一起玩。我們通常在室內活動，一起玩遊戲或者聽音樂，而出了家門，我們就各做各的事情；我們在學校放假期間仍會一同去游泳、踢足球、打桌球或羽毛球，而當他像現在這樣、相當無聊而又沒有（除了我以外的）玩伴可以找的極少數情況下，他也會找我。否則他就跟他的朋友們一起混；我則會去找我的朋友們。

在這一個多小時內，我們將球踢過來、又踢過去。有一小段時間，英格威對著我的方向射門；我則練習開球。接著，我們繼續練習傳球。

我身上的疣消失了——這簡直是奇蹟。它們變得愈來愈小，大約三週後，就完全消失了。我雙手的皮膚變得如此平滑；這使人難以想像，我雙手的外觀曾經與現在如此不同。

但是安妮・麗瑟蓓並沒有回來。過去，當我扯下她的毛線帽，或者拉動她的圍巾、從後面遮住她的雙眼時，她總會欣喜地尖叫；而現在，她只感到惱怒，甚至生氣。當我看到她與希爾薇格跟著艾文德和耶爾・B一起上公車時，我感到一陣椎心之痛。每晚睡前，我所遐想的若不是我死掉、她在理解到自己真心想與我在一起的願望（而今已因我躺在花環覆蓋的棺木裡而不再可能實現）之際感到巨大的傷痛與深沉的懊悔，就是我在各種情境下拯救她們，或者以其他方式化身為一道光芒，使她意識到自己的錯誤、回到我的懷抱裡。在那樣的時刻，死亡還真是個甜蜜的想法，因為將要為自己所作所為感到懊悔的可不僅僅是安妮・麗瑟蓓——爸爸也將感到懊悔。站在我這個英年早逝者的靈前、痛哭流涕。這座獨棟小屋住宅區的所有居民，都將齊聚於此；因為我已經死了，他們對我的所有想法都得隨之改變。我真實的為人、個性將會首次真正凸顯出來。是的；死亡真是舒適而美妙、帶給人心許多慰藉。但是，就算我對安妮・麗瑟蓓的事情感到難過，她畢竟還在，我每天會在學校裡見到她，只要她還在學校，我就仍能感到希望——即使這種希望極其渺小。因此，我想到她時在內心感受到的那種陰暗與另一種三不五時籠罩我內心、壓迫我並使一切變得歹毒的陰暗，是截然不同的。耶爾能夠感受到這種陰暗。某天晚上，我們待在他的房間裡。他問我，我到底是怎麼回事。

「沒什麼特別的啊。」我說。

「你啊，你有夠安靜的！」他說。

「這樣啊。我只是覺得有夠難過的。」

「為什麼難過？」

「我不知道。沒什麼特別的理由。我就只是覺得難過。」

「我有些時候也會這樣覺得。」

「會嗎？」

「是的。」

「明明沒發生什麼特別的事情，你卻感到難過？」

「是的。我也有這種感覺。」

「這我本來不知道。」我說。「我不知道，別人也會這樣覺得。」

「我們可以把這種感覺稱為……『這樣』。當我們這樣覺得的時候，我們可以這麼說。我們可以說『我現在覺得這樣』；這麼一來，對方馬上就理解了。」他說。

「真是個好主意。」我說。

我在生活中學到了更多新的單字；比如說，英格威教了我一個單詞。那是「打炮」的正式用詞；叫做「性交」。這項新知是如此震撼人心，我直到帶著耶爾來到山上，才敢告訴他這項知識。「這個動作叫做**性交**。」我告訴他。「但是，你別跟別人說，你是從我這邊聽來的！請你保證這一點！」他保證。近日，他愈發頻繁地到山上的維孟德家裡作客；維孟德有時甚至也到他家裡來找他。我對此大惑不解，並將我的想法告訴他。你為什麼要跟維孟德窩在一塊？他既蠢笨又肥胖，是全班最廢的人。耶爾始終沒有好好回答過這個問題，他只說，他就喜歡待在那裡。我問：「為什麼？你們在那裡做的事情，到底有什麼特別之處？」耶爾說：「這個嘛，大多數時候，我們就只是坐著畫圖……」上課時間，當大家準備分成兩人一組，開始從事一些活動的時候，他有時甚至會與維孟德一組，而不是來找我。過去，他可是自動自發、毫不遲疑地和我同組。有那麼一、兩次，我曾跟著他到維孟德的家裡坐坐；我會這麼做，也是因為這樣能離安妮．麗瑟蓓近一些。但是，我覺得他們做的事真無聊。當我這麼說，並且建議做點其他事情的時候，他們就聯合起來密謀，打算繼續做手邊的事情。但這對我沒差——要是他願意跟全班最廢的豬頭窩在一塊，那就請便。除此之外，我們仍然是鄰居，他每天下午依舊會來找我，而且就在那年春季，我們開始一起在足球隊集訓。整條街上幾乎所有小孩，都參加了集訓。訓練場地位於霍夫爾；我媽媽和耶爾的媽媽輪流開車載我們到練球場地。當我開始練球時，媽媽買給我一件連身運動套裝。這是我的第一件運動套裝；事前，我可是相當期待。我想像自己收到一件和英格威的一樣、如玻璃般光滑的藍色愛迪達運動衫——或者還更好，一件Puma運動衫，或者至少是一件Hummel運動衫、一件Admiral運動衫。但她買回家的，居然是一件沒有任何徽標的運動衫，上頭繪有白色條紋；就算我覺得這種顏色很醜，那還是最糟糕的。最糟糕的一點是：那布料非但不是閃亮的，質感還相當黯淡，顯得有點粗糙。這衣服沒能輕巧地蓋住身體，反而僵硬地貼合在我身上，如此一來，我那本已挺凸的臀部就變得更加明顯。當我穿上的時候，我根本沒法思考別的事情。就算我在足球場上跑動、練球時間開始，我內心仍然只想著這件事情。我追著球跑，並且想著：我的屁股就像顆氣球一樣大。我心想：我穿著一件難看的棕色連身運動衫，我看起來就像個白痴。白痴、白痴、白痴。

儘管如此，我沒有把這些話告訴媽媽。當我收到衣服的時候，我假裝很開心。她為我在城裡奔波、找到這件運動服，花了一筆錢。如果我說我不喜歡，她首先會覺得我不知感恩；其次，她會因為沒選對衣服而難過。而這是我所不樂見的。我說，喔，這真是太好看了，超讚的。完全就是我想要的。

那年春季，足球訓練當中很古怪的一點在於：我內心的設想與我真正上場後的表現，差異甚大。我的內心溢滿了自己即將進球、盤球的想法與情緒，溢滿了關於我那件難看連身運動衫與自己屁股很大的情緒，這些情緒甚至延伸到我的暴牙上——而球場上的我則到處遊蕩、實際上完全是個隱形人。練球的小鬼頭實在太多，大量的手臂、雙腿、甚至腦袋追著球跑，差不多就像一大群蚊子。而教練叫得出名字的小孩又少得可憐——這樣的小孩想必和他們來自同一個街區，或者是他們自己的兒子、兒子們的朋友。某天晚上，我第一次表現出與眾人不同之處。當時有人一腳將球踢進其中一座球門後方的森林裡；它消失不見了，所有人都得走進森林裡、尋找那顆球。在密集尋找了兩、三分鐘左右之後，仍然沒人找到球。突然間，我發現它就在眼前——就藏在一株灌木叢下方，在薄暮的映照之下閃著白光，很是美麗。我知道自己的機會來了，我知道我應該要大喊：「我找到球咯！」並且帶著它衝回球場上，享有這份正當且合理的榮耀。但是我不敢。我反而只是一腳將它踢回球場上。「球在那裡！」有人喊道。「是誰找到的？」另外一個人叫道。我則跟著其他所有人走出森林，對此一語不發，這因而成為了一個謎。

第二次的情形也一樣；只不過這對我來說顯得更具有奉承的意味。我在距離球門大約十公尺或者十二公尺遠左右的人群裡跑動；球飛來飛去，眾人的軀體胡亂地碰撞著；突然間，那顆球安靜地躺在我面前一公尺處。我使盡全力一踢；它從遠端門柱飛入，應聲破網。

「進球！」有人喊道。

「剛才是誰射門？」

我什麼話也沒說、什麼事也沒做，只是沉默地站著。

「誰進球？沒有人？」教練喊道。「那麼，就這樣吧。繼續練習！」

也許他們以為這是一顆烏龍球；或許他們正是因此而相信，沒人承認自己剛才有射門。但即使我不敢說出自己剛才有進球，那總是我第一次進球。那次練習賽剩餘的時間內，以及在返家的車程上，這個念頭在我的內心閃閃發亮。媽媽當時坐在車內等著我們。當我們奔向她的車、我所說出的第一句話，就是我進球了。

「我有進球！」我說。

「真棒！」媽媽說。

當我們回到家，我在餐桌前坐定並且準備吃晚餐的時候，我又說了一遍。

「我今天有進球！」

「你們踢比賽嗎？」英格威說。

「沒有，我們還沒開始比賽。今天只是練球。」我說。

「這樣啊，那就不算數。」他說。

幾滴淚水從我的雙頰上滑落。爸爸用他那強硬、惱怒的目光瞪著我。

「**這種事情**，哭個屁！」他說。「這種**小事情**，你總得吞下去！」

這時，我開始嚎啕大哭。

我太愛哭，是一個很嚴重的問題。只要有人罵我、糾正我，或者我預料到他們將要責罵或指正我的時候，我就開始哭。最常看到我哭泣的人是爸爸；在他的面前，只要他講話變得大聲，即使我知道他最討厭看到我哭泣，我還是開始哭。我就是無法克制。他經常大聲說話；他一這麼做，我就開始哭。我在媽媽的面前則非常少哭泣。在我整段成長歷程中，這種情形僅僅發生過兩次，都發生在我開始參加足球隊練球的那年春季。第一次的情況極其令我感到震撼。

當時我跟一整票人待在下方的森林裡，我們圍成一圈站著，英格威班上的艾德蒙也在場。其他人還包括了施泰納、達格．羅薩爾、雷夫．托爾與勞夫。大家嘰嘰喳喳，交談聲不絕於耳。海鷗的叫聲從遠端的烏比基爾湖畔傳來；即使黑暗愈來愈貼近地面、罩住森林樹下的空間，天空仍是閃亮的。話題圍繞在老師們與學校；我們聊到翹課，聊到留校察看、在第一節課開始前提早到校。接著他們開始聊到，英格威班上有個很厲害的傢伙。一直以來，我只是站著聽他們講話，對於能夠跟這些比我大的男生一起活動感到開心；但突然間，我終於有機會加入談話。

「我是全班最厲害的。」我說。「不管怎樣，在閱讀、寫作、自然科學與社會科學，我是最厲害的。還有地方史。」

英格威瞪著我。

「卡爾．奧韋，不要炫耀。」他說。

「我沒有炫耀，這是真的啊！」我說。「那還用說嘛！我五歲就學會閱讀了，比全班其他所有人還要早。現在我的閱讀能力已經很流利了。就拿艾德蒙來說吧。他大我四歲，而其實呢，他根本就不會閱讀！這還是你親口說的唷！這樣的意思就是，我比他強。」

「你現在給我閉嘴，不准再炫耀了！」英格威說。

「可是，這明明就是真的啊！不是嘛，艾德蒙？也許，你就是不會閱讀，這總是真的吧？你還需要課業輔導，這總是真的吧？你妹跟我同班。她也不會閱讀。或者說，只會讀一點點。這些話，總不是謊話吧？」

這時奇怪的事情發生了，艾德蒙眼中突然充滿了淚水。他整個人轉過身去、離開那裡。

「你這是在幹麼？」英格威對著我嘶吼。

「可是這明明就是真的啊。」我說。「我是我們班上最厲害的，他則是他們全班最廢的。」

「你回家去。」英格威說。「現在。你沒有資格跟我們窩在一塊。」

「這種事情，由不得你做主。」我說。

「給我閉嘴，滾回家去！」他咆哮道，用雙手扣住我的肩膀、一把將我推開。

「是是是。」我一邊說，一邊開始往上方走。我穿越那條道路，從正門偷偷溜了進去，在屋內脫下外衣。我說的明明就是實話。他憑什麼推我？

當我躺到床上、開始閱讀的時候，我的眼眶裡盈滿了淚水。這真是不公平，我說的明明就是實話。這真是不公平、真不公平。

媽媽下班回家。她沏了茶，將晚餐調理妥當。英格威當時還沒回家；所以我們兩人單獨用餐。她問我剛剛是否哭過。我說是啊。她問我為什麼。我說英格威剛剛推我。她說，她會跟他談談這件事情。我讓她看看一封我寫給外公的信件。她表示，外公看到信會很高興的。她遞給我一只信封；我將那封信塞進信封裡，她寫上名字與地址，並保證第二天會投遞出去。之後，我就走回自己房裡，躺上床開始閱讀時，我聽見英格威回到家、踏在階梯上的腳步聲，以及隨後走到媽媽所在的廚房裡。躺在床上的我心想：現在她將會告誡他，不准推擠我、也不准叫我閉嘴。英格威垂頭喪氣的樣子，在我眼前浮現。我聽見他們的談話聲、踏在走廊的腳步聲；接著房門被推開了。

我馬上看出媽媽臉上的怒意，立刻在床上坐挺身子。

「英格威所說的話，是真的嗎？」她說。「你就因為艾德蒙不會閱讀，而取笑他？」

我點點頭。

「算是吧。」我說。

「你難道不理解，這樣會讓艾德蒙很難過？你不能這樣對其他人講話啊，這你難道不懂嗎？」

她又往前走了幾步，全身擋在我的前方。她的雙眼變得細小、聲音淒厲而尖銳。英格威站在她的後方瞪著我。

「卡爾．奧韋，這一點，你理解嗎？」她說。

「他哭了。」英格威說。「而把他弄哭的人就是你。你懂不懂？」

我突然間弄懂了。媽媽所說的話就像一道殘忍無情的光、映現出所發生的一切。真正可憐的人是**艾德蒙**——即使他比我大四歲。他好難過——而把他弄得如此難過的人，是我。

「**歐歐歐歐歐齁歐歐歐**。」我抽抽噎噎著。「**歐歐歐齁歐歐歐歐**。」

媽媽彎下腰來，用手拂過我的臉頰。

「媽媽，對不起。」我哽咽著說。「以後我永遠不會再這樣做。我保證，我全心全意地保證，我以後絕對不會再做這種事。」

當我請求原諒時，我劇烈地哭泣、尖聲叫喊，而非用平常的聲音說話——此舉使媽媽對我感到憐憫，但對英格威就不管用了。過了好幾天，他才算是忘記了那件事情。哪怕艾德蒙就只是他班上的一個同學，不是他生命中重要的人，更不是他最要好的朋友之一，他還是過了好幾天才忘記這件事。我能理解，但也不能理解。

媽媽另一次將我弄哭，是在我們兩人某天晚上一同外出散步。她想到芬那買點東西，打算走路過去，而不是開車。非常樂於跟她獨處的我，就跟著她一起去。我帶上了手電筒；小徑上顯得很昏暗，就在我們到達以前，我們經過一間房子，我用手電筒直接照向那房子裡一扇昏暗的窗前。

「不要這樣做！」媽媽嘶吼道。「那裡面有住人！不要這樣直接用光照別人家的客廳！」

我迅速地將光線轉向地面，努力克制想要哭泣的衝動，但幾秒鐘後，我還是不得不放棄。我發出一陣陣綿長的抽噎與哀鳴。

「你這麼難過啊？」媽媽望著我。「我得制止你，這一點你總該理解。你剛才所做的事情，實在不怎麼有禮貌。」

我哭起來，倒不是因為我被糾正——因為糾正我的人是**她**，我才會哭起來。

但不管怎麼說，她並未因為我哭泣而勃然大怒。

在外面，我幾乎不曾哭泣過。或者應該說，當我跌倒、弄痛自己的時候，我當然會哭泣——大家都是這樣，一旦淚水盈滿你的眼眶，你也無法抑制住。來到下方這片社區、想到我們家裡來找我的人並不多——這個事實取決於我無力影響、左右的其他因素。我經常跟他們吵架，跟雷夫．托爾吵得尤其激烈——我們對於所有事物的意見都不一致，對於誰有權力做主的意見更是不一致，但即便我們兩人都同樣強硬、不願讓步，大家都還是跟他一起玩，而不是跟我玩。只要我們人多勢眾（比如說在下方的冷杉林裡堆茅屋，或者在草地上踢足球），這一點就不那麼明顯；但當我們只剩三、四個人的時候，情況就會很明顯。當我與比我大的小孩窩在一塊時，這一點也不明顯。就拿達格．羅薩爾來說吧；如果出了什麼問題，我對他將會唯命是從，他怎麼做，我就怎麼做，不會抗議，不會說這件事情不是這樣、不是那樣，而這其實也很自然，他畢竟大我一歲。某一次，我告訴耶爾：達格．羅薩爾主宰我；我主宰耶爾；耶爾主宰維孟德。他對此很不爽，說我從沒主宰過他。「但我明明就有啊！」那時，我這麼說。「我決定我們該做哪些活動。」「但是你**沒有主宰**我。」耶爾說。「那樣有很重要嗎？」我說。「我不都已經說了，達格．羅薩爾主宰我。我不也說了，你主宰維孟德？我主宰你，這樣有很嚴重嗎？」是的，這的確很嚴重；耶爾露出僵硬的表情，他全身上下散發出一種顯著的不悅感。沒多久，他就消失了。其他人還會因為比這更微不足道的事生悶氣。某天下午剛放學、時間還早，我們一群人就獨自站在路上——肯特・雅恩、耶爾・霍康、雷夫・托爾和我。一輛龐大的貨車駛過，貨箱裡滿載著來自上方某處、一座爆破場的石塊。

「你們看到沒。」我說。「那是一輛賓士！」

對於汽車、船艇和摩托車，我毫不在乎；我對它們一無所知，但由於其他人都偏好此道，有時我總得對此講幾句話，就只是為了證明：我也懂這一行。

「根本就不是，賓士才不生產大型貨車。」耶爾・霍康說。

「你沒看到那顆星星嘛？」我說。

「你是腦袋壞掉了，還是怎樣？那個根本就不是賓士標誌的星星！」他說。

「明明就是，那一定就是。」我說。

耶爾・霍康咯咯笑了起來。有那麼一瞬間，他那原本就已渾圓的雙頰竟變得比平時還要肥厚。

「總之，賓士鐵定也製造大型貨車。我讀到過這一點。我有一本書，上面這麼寫。」

「我倒是想要瞧瞧那本書呵。」耶爾・霍康說。「你的謊言簡直臭不可聞，大錯特錯。對於大型貨車，你根本一竅不通。」

「那你呢，只因為你爸爸工作的時候使用營建機械，你就懂？」我說。

「是啊，我其實懂這些東西。」他說。

「喔喔——喔。」我以諷刺的口吻說。「就只因為你爸爸買給你一對迴轉滑雪板，你自以為很了解迴轉滑雪板。但是，你還不會用它來滑雪。放眼全世界，就屬你最不懂得怎麼用滑雪板。所以，你要怎麼懂得這所有的裝備啊？特別是你還不知道怎麼使用？人人都說你被慣壞了，你的確也被寵壞了。你想要啥，就有啥。」

「我可完全沒有這樣。這只不過是你眼紅罷了。」他說。

「我有什麼理由要嫉妒你？」我說。

「現在，卡爾．奧韋，你就別再鬧啦。」肯特．雅恩說。

耶爾．霍康最初僅僅是別過臉去；現在，他整個人都背對著我。

「憑什麼是**我**別再鬧了，而不是耶爾．霍康？」我說。

「因為耶爾．霍康說得對。」肯特．雅恩說。「那輛車不是賓士。而且，擁有滑雪板的也不只他一個人。我也有。」

「那只是因為你爸爸死掉了，就只是因為這樣，你媽媽才買一大堆東西給你。」我說。

「不是這樣的。」肯特．雅恩說。「那是因為她希望我擁有這些東西。同時這也是因為，我們買得起這些東西。」

「但是你媽媽是店員。」我說。「店員哪賺得了這麼多錢。」

「所以啊，當**老師**就比較高尚囉？」此刻也已經有意加入爭辯的雷夫．托爾開口。「你以為我們沒看到你家空地上的那片牆嘛？醜得要死，而且就快要塌了，原因就在於你爸爸不知道必須要用鋼筋混凝土。他居然只用水泥來塗牆！怎麼會有這麼愚蠢的人呵？」

「還有啊，他以為自己是市政府委員會的一員，就自命不凡。」肯特．雅恩說。「當他開車經過的時候，就像這樣，他用一**根**手指問候我們。所以，你只管閉嘴就行。」

「憑什麼要我閉嘴？」我說。

「噢不，你可千萬別閉嘴，你如果有意願，請你繼續站在這裡、拚命地講話吧。不管怎樣，我們不打算跟你玩了。」

然後他們就跑開了。

這種意見不合，不曾持續太久；短短幾個小時以後，我通常就可以再度跟他們玩在一起。然而，某種現象仍正在發生；我愈來愈常感到孤立無援、走投無路。當我出現時，其他人——是的，甚至包括耶爾在內——愈來愈常迴避我。在某些場合，我其實理解到：他們就是在躲我。在我們所住的社區裡，情況就是這樣：一旦某人針對他人說了些什麼，其他人立刻就開始重複這些評論，突然間，所有人都在講著這件事情。他們說：我總是以為自己最行、我無時無刻不在炫耀。而現在的情況其實就是：我的確是最行的，我所知比別人豐富，難道還有什麼規定，要求我假裝自己什麼都不知道嗎？當我知道某件事情的時候，正是因為那件事情**就是**這樣，我才會知道原委。說到炫耀，其實**所有人**總是都在炫耀。就拿人見人愛的達格．羅薩爾來說吧，他每一句話，或者每兩句話的開頭都是「我不是要炫耀，不過……」藉此再接著描述自己的豐功偉業或是別人對他的讚賞與佳評，難道不是這樣嘛？

的確，他就是這樣做的。所以這跟我所做出的事情無關，反而跟我這個人有關。否則，當我們在街上踢足球的時候，勞夫為什麼開始以「大師」稱呼我？畢竟我根本沒做什麼特別的事情。他說：「你以為自己的足球技術好得不得了，『大師』，可不是嘛？」但我唯一所做的就是指出，某些情況下我們應該怎麼處理。當我親自參與足球訓練營、其實**知道**這些問題的時候，我難道不應該指出來嘛？我們一大群人不應該鬧哄哄地擠在一塊；我們必須分散開來、將球傳給彼此或盤球，而不是像一鍋粥黏在一起。

但在那年的春季，我也掌握了最終的話語權。當學校的課堂時間重新調整，以便針對結業式活動進行準備，老師將我們要在全學年最重大的一天（也就是最後一天）向家長們舉行公演的劇本講義發給我們的時候，如果主角不是我，誰又能擔當主角？

不是雷夫．托爾、不是耶爾．霍康、不是特隆德、不是耶爾。就是我。

我，我，我。

他們當中的任何人都記不住這麼多的臺詞；所有男生當中，就只有我、艾文德或許再加上一個斯維爾能辦到這一點。最後，老師選我擔任主角也就不是偶然了。

當她宣布這件事情時，我開心得不能自已。

學期的最後一週，我們每天都進行排練，我每天都是全班的焦點（甚至包括安妮．麗瑟蓓在內）。結業式當天陽光普照，而且所有的家長都出席了。他們穿得相當正式，坐在沿著牆面擺放的椅子上，用自己帶來的相機拍照。當我們帶著滿腔熱忱表演、講述我們的臺詞時，他們陷入全面的肅靜；表演結束時，他們對我們報以如雷的掌聲。

然後我們吹奏了直笛、演唱了幾首歌。接著，我們收到成績單。老師預祝我們享有一個愉快的夏天。之後，我們衝到學校操場上、奔向那些正等著我們出來的所有車輛。

手上拿著成績單的我不耐煩地與耶爾站在一起，在媽媽那輛福斯金龜車旁邊等她。她和瑪莎一同走出來，兩人之間有說有笑，直到距離我們只有一公尺左右時，她們才看到我和耶爾。

媽媽穿著米黃色長褲與鏽紅色上衣，袖口微微捲起。她的長髮垂落到背上，足蹬淺褐色的涼鞋。當時的她剛滿三十歲；而身穿褐色條紋洋裝的瑪莎大她兩歲。

當時的她們都還是年輕女子；但我們那時並不知道這點。

媽媽站在車前許久，在提包裡翻找著汽車鑰匙。

「你們的表現真棒。」瑪莎說。

「謝謝。」我說。

耶爾沒說什麼，只是對著太陽瞇起眼睛。

「找到了。」媽媽說。她將車門鎖解開，我們便鑽進車內，大人坐在前座、小孩坐在後座。她們各自點燃一根香菸。隨後我們便在燦爛的陽光下，一路開回家。

那天晚上，我站在門口，望著媽媽在臥室裡吹乾頭髮。有時候，當爸爸不在家，我在屋子裡會追著媽媽到處跑、對她無止境地嘮叨著。由於吹風機那嗡嗡的聲響並不利於交談，現在我則保持安靜，轉而觀察她，看著她低下頭，以握著梳子的一隻手掀起頭髮，伸向另一手握著的吹風機。她有時會朝我投來一瞥，露出微笑。我走進房間裡。牆邊那張小桌子上擺著一封信。我無意偷看；但我大老遠就看到第一個名字是「席瑟爾」，也就是媽媽的名字，而且，整個名字居然比媽媽的全名還要長；「席瑟爾」和「克瑙斯高」是我已經很熟悉、不必刻意判讀的名字，但它們之間還夾了第三個名字。我更靠近一些。上面寫著「席瑟爾·諾魯恩·克瑙斯高」。

諾魯恩？

那是誰啊？

「媽媽！」我說。

她放下吹風機，彷彿這能讓她聽清楚我說的話，接著她望著我。

「媽媽。」我再度開口。「那個信封上面寫什麼？那是誰的名字啊？」

她關掉吹風機。

「你說什麼？」

「那是誰的名字！」

我朝那只信封點點頭。她趨身湊向前、取來那只信封。

「那個啊，那是我的名字。」

「可是上面印著『諾魯恩』！妳明明就不叫諾魯恩！」

「是這樣沒錯啊，那是我的中間名。席瑟爾・諾魯恩。」

「妳一直都叫這個名字嘛？」

我感到一股絕望重重地壓向我的胸口。

「是啊，沒錯，我這輩子都叫這個名字。你不知道嗎？」

「不知道啊，妳之前為什麼不說？」

一、兩滴淚水從我的臉頰上滑落。

「噢，親愛的。」媽媽說。「我本來以為這個沒有什麼大不了的。席瑟爾就是我常用的名字。『諾魯恩』只是一個中間名。某種多出來的名字。」

我靈魂深處感到震驚不已。這倒不是因為這種名字導致的；真正的原因在於我先前竟然不知道這件事。媽媽原來有著別的名字，而我對此一無所知。

是否還有更多我不知道的事情？

一個月之後，大約在漫長的暑假過了一半左右，我們開車來到外蘇格奈地區、歐爾峽灣旁的索貝爾沃格——外公和外婆就住在這裡，我們要在他們家待上兩星期。我很期待這次的行程，當我在出發那天早上、黎明之際被叫醒時，全身似乎被某種不真實的光輝所籠罩。汽車後車廂簡直就要塞爆了，媽媽和爸爸坐在前座，英格威和我坐在後座，我們會開上一天一夜。這時候，即便是我們再熟悉不過的事物——包括那條通向十字路口，並在其後往上通到橋面的道路在內——看起來都不太一樣了。它現在已不再屬於那棟房屋以及我們在那裡面的生活，它現在屬於我們踏上的漫長旅程，這趟旅程與每一座丘陵、每一道山頂、每一座小島和每一只岩礁共享著興奮與期待。

當我們開到橋面前方的十字路口時，我還是一如往常地雙手合十、默念那段直到目前為止每次都靈驗的禱詞：

良善的上帝呵，
請保佑我們，讓我們今天不致於撞車。
阿門

我們開向內陸地區，開過那廣袤而顯單調的針葉林區、駛過布滿著綿長而低矮軍用棚屋與大片松林泥炭地的恩耶爾地區、掠過畢格蘭峽灣和露營區、開上擁有年代久遠農莊與農田，以及沿途設有眾多銀質路標與告示牌的瑟帖爾峽谷，並且還沿著一條在好幾個定點上幾乎直接通向民宅與農家庭院的道路行駛。人口較密集的聚落區逐漸消失；感覺就像是房屋放開了我們、一間接一間地掉落，大致上就像那年夏天稍早的情景（當時有人用一根繩子將一只超大型的汽車內胎綁定在一艘船的舷邊；隨著船身加速，孩子們一個接一個從胎口落下，最後只剩內胎還固定在舷邊）。我看到溪邊閃閃發亮的沙洲、覆滿綠色植被且愈發陡峭升向天幕的山丘，期間還會看到一面光禿而厚實的岩壁、染滿了各類漸層的灰，丘頂生長著幾棵紅通通的松樹。我看到溪流與瀑布、湖泊與平原。我們行車時，太陽逐漸升高，一切都浸淫在那澄澈而強勢的日光中。那條狹窄的道路，柔和、不著痕跡地順著地貌中所有的窪地與凸起處、岩壁與彎道延展，某些位置上，如牆面一般綿密的樹木分居道路的兩側；而在另外一些位置上，路面則會突然抬升，使人驚豔的觀景臺猛然閃現在眼前。

休息站三不五時會在路旁閃現，旁邊則是小小的礫石堆；全家人可以坐在那裡，坐在那質地粗糙的木桌前用餐、車子就停在旁邊（最好還將後車廂與各扇車門保持敞開）的樹蔭下，通常會在一座小湖泊或者某條溪的旁邊。所有人都會在桌上擺著保溫熱水瓶；許多人會帶上大型冷藏箱；還有一些人甚而會帶上手提式瓦斯爐。當我看到這麼一個休息站時，我就會問：「我們很快就要休息了嗎？」——畢竟休息和搭乘渡輪一樣，都是這趟旅程的焦點。我們在後車廂也放有大型冷藏箱，還帶了保溫熱水瓶、果汁，以及一小堆塑膠杯與塑膠餐盤。這時候爸爸會說：「不要那麼嘮叨。」原因在於他想要一次開得遠一點。這就意謂著，我們至少得開過瑟帖爾峽谷、經過霍夫登與豪謝里村，然後還要開上豪謝里山；直到那時，我們才有可能找個合適的地方休息。而我們也不會看到第一個地點就停下，不會的，不會的；我們在路上停留的次數如此稀少，那就得選風景格外秀麗的地點。

一旦到了山上，地勢顯得一片平緩。我們視域所及內，不見任何樹木或灌木叢。道路筆直往前延展。某些區域布滿了石頭，散落在被某種我覺得也許是苔蘚或地衣淺淺覆蓋的地面上。其他區域則由赤裸、扁平、久經磨蝕的岩壁構成。裂縫中的積水閃動著；積雪晶亮生光。由於這一帶的能見度良好，爸爸開得比較快。路邊到處都是相當高聳的柱狀雪堤；英格威說它們是如此高聳，積雪在冬季可以一路堆疊到頂部——這簡直難以置信，積雪可是有好幾公尺高啊！

日光閃閃發亮；山勢朝四面八方延展著，而我們呢？我們繼續往前疾駛，將一座接一座休息站甩到背後——直到爸爸沒有事先通知就突然打起方向燈，放慢車速，拐進其中一處休息站前。

休息站位於一座小湖泊旁邊，湖呈橢圓形，顯得一片漆黑。湖泊對面的山勢微微隆起，湖的一側則有一團偌大的雪堆——位於湖泊的一處流入口，下緣是中空的，幾乎成了藍色。

我們四周一片寂靜。在與單調的汽車引擎聲獨處數小時後，這股寂靜很奇怪——它彷彿並不屬於這片景觀，反而屬於我們。

爸爸打開後車廂，拿出那只大型冷藏箱，放在木板製成的桌面上；就在他取來保溫熱水壺、裝著杯盤的袋子時，媽媽立刻開始取出冷藏箱裡的東西。我和英格威跑到湖邊，彎下腰去、觸摸一下湖水。冷得要死！

「小朋友們，我們要不要在這裡泡個澡啊。」爸爸說。

「噢不要，水冷得要死。」我說。

「你們難道是那種膽小鬼嘛？」他說。

「可是水冷得要死，就跟**冰**一樣！」我說。

「是，是，是，這個我理解。我只是在開玩笑。我們沒時間泡澡。」

我和英格威走到那團雪堆前，摸起來是如此堅硬，以致於我們不能像事先預想的那樣，從上面抓出一把雪球。而爸爸和媽媽在場時，我們也不能走到上面去，直視正下方的湖水。

我從雪堆上硬掰下一小塊扔進水裡；它落在水面上，如一小片冰山般載浮載沉。當我回到家以後，我至少可以宣稱：我們在七月中旬扔過雪球。

「來吃飯吧。」媽媽喊道。

我們坐了下來。我們各自收到一只餐盒，裝著三個三明治、水煮蛋。桌上還擺著一盒消化餅。我們的杯裡裝著果汁，塑膠的杯緣帶來某種不同的口感，但我還是很喜歡這果汁，讓我想起我們到野外露營與度假，或者到郊外採集莓果、一起野餐的情景。其實，我們這樣度假的次數就只有一次，那是去年夏天的事情。當時，我們與祖父、祖母一起到瑞典。這時，一輛車從我們背後咆哮著駛來；車聲彷彿先在我們的背後震顫、增強，並在某種撞擊之後再度漸次減弱、終至完全消失。媽媽和爸爸的咖啡杯冒著蒸氣。一輛掛著露營拖車的汽車，從另一個方向駛來。我一邊將果汁喝光，一邊注視那輛車。車速很緩慢，開始打方向燈，拐進休息站時，爸爸轉過身來。

「那個白痴在這裡幹麼？」他說。「這裡就只有一張桌子，他是沒看到嗎？」

他再度坐挺，擱下咖啡杯，從襯衫胸前的口袋裡取出那只繪有狐狸圖案的菸盒。

那輛掛著露營拖車的轎車，在距離我們只有幾公尺處停下。車門開啟，一名身穿米色短褲、黃色T恤、頭戴一頂棕色釣魚帽的肥胖男子從車內鑽出。他打開那輛露營拖車的車門、鑽到裡面；在此同時，一名女子從轎車的另一道車門鑽出。她也相當肥胖，穿著一件有摺痕的淺灰色彈力褲、厚實的羊毛衫。她的嘴角刁著一根未點燃的香菸；她那灰黃的頭髮顯得濃密，額前架著一副大眼鏡、鏡片髒汙不堪。她在湖畔坐定，一邊抽菸、一邊望向遠處。

我開始吃最後一塊三明治。

那名男子將一張露營用的桌子扛出來。他將露營桌攤開，放在車身與我們的桌子之間。爸爸再度轉過去看。

「這些人是白痴還是怎樣？」他說。「我們在這裡好端端坐著、準備吃東西，然後他就到這裡來，用這種方式硬擠？」

「沒有那麼嚴重吧。」媽媽說。「這裡的風景很漂亮啊。」

「**剛才**這裡的風景是很漂亮沒錯，直到那個白痴來了為止。」爸爸說。

「他能聽到你講話。」媽媽說。

那名男子將冷藏袋放到桌邊，發出刺耳的聲響。那名女子走向他。

「他們是德國人。」爸爸說。「他們什麼東西都聽不懂。我們可以想說啥就說啥。」

他將咖啡一飲而盡，站起身來。

「不行，現在我們得走了。」

「小朋友都還沒吃完哪，我們沒有那麼需要趕時間吧。」媽媽說。

「是這樣喔，好吧。」爸爸說。「那就先把東西吃完。動作快點。」

他將那根抽到一半的香菸扔到地上，拿著玻璃杯和咖啡杯走到湖邊、沖洗乾淨、隨後再與餐盤、熱水壺一併收進袋子裡。他蓋上冷藏箱，將所有東西收進車內。那名男子與那名婦人一邊望向湖泊對面平淺的緩坡、一邊用我聽不懂的語言交談著。他比手劃腳起來。遠處有個物體在移動。媽媽將三明治的包裝紙揉成一團、塞進一只袋內，接著站起身來。

「那麼，我們走吧。」她說。「下次停車休息的時候，再吃消化餅。」

我害怕的情況還是發生了。

爸爸替我把座位往前推；我鑽進車內。在車外待過、呼吸新鮮空氣以後，車內的菸味就變得很明顯。英格威從另一邊鑽進車內。他皺了皺鼻子。

「我覺得，暈車藥的效果似乎沒那麼好了。」他說。

「如果你開始覺得不舒服，就跟我們講一聲。」媽媽說。

「如果你們不要一直抽菸，可能會有幫助。」他說。

「小鬼，你給我閉嘴。」爸爸說。「不要抱怨。我們現在可是在度假。」

車子繼續緩慢地在路面行進。我抬頭望向窗外，看著剛才那名男子所指的定點。那邊似乎有某些東西。綠色的背景中浮現一片灰色的區域，並緩慢地向遠處移動。那到底是什麼東西呢？

我輕輕推了推英格威；當他注意到我的時候，我便指著窗外。

「那是什麼東西？」我說。

「也許是馴鹿。我們去年就看過。你不記得了嘛？」他說。

「我記得啊，可是，那時候的距離近得多。現在那些，就跟老鼠一樣小！」我說。

我們逐漸沉入車程中那種幾近於昏睡的恍惚狀態。車子駛過山區、往下來到羅爾谷，接著來到歐達爾。這是一座地處哈當厄峽灣盡頭、顯得髒汙的小鎮；歐達爾同樣處於山岳遠端，散發著相同的魔力。但是，即便環境破舊且充滿汙染，這裡仍和我們在短短幾個小時以前離開的出發地之間有著令人屏息凝神、完全不可理喻的差異。挪威南部地區的景觀主要由低矮的岩石與山壁、繁茂的小森林、緊挨著既寬敞又貧脊地貌分布的各式樹種所構成，我所定居的那座島嶼上，海拔最高點也不過是一百二十公尺；而在這片總是猛然將你包圍住的景觀中，**龐大的**山脈就是最主要的特徵——山的純淨與簡約是如此主宰著一切，以致景觀中其他所有細節都只能屈服、消失無蹤——當一棵白樺木置身於其中一座無比美麗、永遠屹立不搖的山岳下方時，無論樹有多高大，又有誰會在乎它呢？然而，最引人注目的差異並非規模，而是各種色彩。這一帶的色彩更加深沉、富麗——挪威西岸地區的綠色，遠比其他地方來得深邃——同時也顯得更加澄澈，天幕也是一樣的道理。與我家的天空相比，這裡的藍色天幕更為深沉、更加澄淨。峽谷一側顯得翠綠，栽植著農作物；在春季與初夏時節，各式果樹的開花使此地瀰漫著一股氛圍似於日本的白，山巔呈迷霧般的藍色，各處均被積雪所覆蓋；而且，噢，是的，峽灣就座落於兩排聳立的山脈之間；某些地方的色調呈綠色，其他地方則是藍色，閃亮的陽光映照各處，日光達到的深廣，足以與山岳的高聳相提並論。

在這樣的地貌景觀中乘車前行，總是令人震撼——原因在於，先前與你錯身而過的一切景物使你完全無法預料到這一帶的景致。隨後，當我們繼續沿著峽灣的北面行駛時，其他陌生的景色與元素逐一浮現；例如能通電的圍柵、紅色穀倉、白色舊木屋、啃著青草的母牛、一長排沿著峽谷邊際分布的茅草晒乾架。拖拉機、草料收割機、肥料井、擱在前庭的棕色長筒靴、拖曳著陰影的溫帶落葉林、馬匹，還有那些一般住房區地下室的店舖。沿路上，我們能看到擺著小攤位販售心形櫻桃或草莓、以手寫的招牌標價的小孩子們。這裡的生活，異於我們平時在家的生活；我可能會突然看見一名穿著碎花洋裝、圍著一條（在我所住的地方看不到的）圍巾、彎腰駝背的老太太，或者在某一片田野、某一條礫石路上看見一名頭戴黑色鴨舌帽、身穿藍粗布工作服、身形佝僂的老頭。但是，無論在這些不同的地方體驗了多少印象（名字當然也構成了這些印象——寧靜峽谷、山楊鎮、皇原、性鎮、應威鎮、猿峽谷、羊毛流鎮、閣樓屋、辛沙灣——那陌生、充滿異國色彩的發音變成了我的最愛，辛沙，我操，**那**是什麼東西來著）、無論這些色彩有多麼澄澈、無論那大量的細節與特徵有多麼不同，一股荒蕪的氛圍依舊籠罩在這個社區上空，這氣息並未籠罩住這些人以及他們所從事的活動，而是籠罩住他們走動的空間，對他們來說，這樣的空間似乎太大了——或許是由那炙熱、閃耀的陽光所造成的，或許是由廣袤、湛藍的蒼穹所導致的，又或許是由那排向天邊延伸的山岳所造成的——或者說，我們就只是開車路過，除了英格威在那個公車候車站前踉踉蹌蹌走出車外、大肆嘔吐以外，我們沒有在任何地方真正停留；又或者說，這是因為我們在這裡不認識任何人，與我們眼前所見的一切毫無任何關聯。當我們終於來到辛沙灣[36]的碼頭邊、爸爸停

36 Kinsarvik，靠近挪威西海岸的小鎮，距離卑爾根以東約七十公里。

好車、我們從車內鑽出時，那種荒蕪與可怖已經不復存在；我們反而覺得這裡一切都很好、環境相當宜人：從各輛汽車音響傳來的電臺播報聲、開開關關的車門、活動筋骨或四處走動的人們、在車陣旁邊謹慎地將一顆球在彼此之間踢來踢去的小孩子們——也有些小孩會像我和英格威這樣，走到其中一端的販賣部前面，想瞧瞧有沒有什麼值得我們用度假零用錢購買。

一客冰淇淋？

是啊，那是一定要的。

英格威買了一塊覆著巧克力脆皮的船狀冰淇淋。我則買了一杯附有紅色小湯匙的冰淇淋。我們拿著冰淇淋，踩著歡快的步伐走上突堤碼頭，在邊緣坐定、低頭望著海水，以及既溼潤又肥厚、大片分布、覆蓋住山岳在水面映影的海藻。我們看到那艘渡輪從遠方駛近。空氣中瀰漫著海水、海藻、綠草與廢氣的氣味，陽光烘烤著我們的面孔。

「你現在還覺得不舒服嘛？」我說。

他搖搖頭。

「我們忘記把球帶過來啦，真是可惜。」他說。「不過他們也許在沃爾根有賣球。」

他用和外公一樣的腔調說出「沃爾根」一詞。

「是的。」我一邊說，一邊對著陽光瞇起雙眼。「你覺得，我們能夠趕上這艘船嗎？」

「不知道。我希望可以。」

我的雙腿輕輕地搖晃著，一邊用湯匙刮下一大塊冰淇淋塞進嘴巴裡。如此大塊、如此冰冷，我必須用舌頭將冰在口腔內來回攪動幾次，才能忍受隨之而來的刺痛感。我一邊吃冰淇淋，一邊轉過身去、望向我們的汽車。爸爸仍坐在車內；他將車門打開，一條腿在地面上、正在抽菸。陽光映射在他的墨鏡鏡面上。媽媽則站在旁邊；她在車頂擺了一盒心形櫻桃，拿出幾顆來吃。

「那我們明天要幹麼？」我說。

「不管怎樣，我明天會跟外公到馬廄裡。他已經說了，他要把所有東西都教給我，這樣我以後就可以臨時管理那個地方。」

「你覺得，那裡現在可以游泳嗎？」

「你是一個大蠢蛋。」他說。「峽灣裡面的水，就跟山區湖泊的水一樣冰冷。」

「那究竟是為什麼？」

「拜託，這裡的地理位置很北了呀！」

幾輛車開始發動引擎。遠處那艘渡輪上的艙門升起。英格威站起身來，開始朝我們的車走去。我很快將僅剩的冰淇淋吃光，在他的後面跑著。

這趟渡輪將我們載到歐白芷峽谷；在那之後，向上開往維加山的車程成為旅途的下一個焦點。那狹窄而陡峭的道路朝上方周而復始地蜿蜒著，某些路段的坡度竟是如此陡峭，使我害怕會翻車、摔落到後方的峽谷裡。

「想必不少觀光客，都在這裡體驗到驚喜。」當我們繼續往上開的時候，爸爸這麼說。顫慄的我，打量著我們正下方的斷崖。「你知道嗎，他們按住剎車來減速。這很危險，會要人命的。」

「那我們現在是怎麼開？」我說。

「我們現在開下坡檔。」他說。

我們可不是觀光客，我們知道這裡的一切如何運作，那種停在路肩、引擎蓋打開、冒著煙的車身，絕對不會是我們。但這番話才剛剛說完，情勢就變得很險峻——在下一處彎道上，一輛掛著露營拖車的汽車迎面駛來，嚇了我們一跳。就差幾公尺，兩輛車幾乎要對撞。不過爸爸踩了剎車；那輛汽車也踩了剎車。爸爸微微地向後倒車，使路面的寬度足以容納這兩輛車。那輛車的駕駛開過時，還招了招手。

「爸爸，你認識他嘛？」我說。

我從後照鏡看出他臉上的微笑。

「沒有，我不認識他。因為我先讓他過去，他才招招手、向我致謝。」

接著我們又駛過一座貧瘠的高原，然後往下進入另一座峽灣區。這裡的山岳，高度與哈當厄峽灣周圍的那些山岳相仿；但從各方面來說，它們顯得比較柔和、稜角並不那樣犀利，這一帶的峽灣也比較寬闊，某些地區的景觀甚至接近於湖泊。哈當厄峽灣周圍的山岳在說：「怎麼回事啊？」這裡的山岳則在說：「別擔心，一切都會水到渠成。」

「我們輪流睡覺吧，你看怎麼樣？」英格威說。

「這倒是沒問題。」我說。

「好吧。」他說。「那就我先睡吧？」

「睡吧。」我說。他便將頭枕在我的膝蓋上、閉上雙眼。當他以這種姿勢入睡時，我感到很舒服；他的頭部溫暖且舒適，那種感覺就像是在兩個位置上同步進行的某件事，也就是窗外那變化萬千、被我所密切關注與端詳的景觀，以及將頭部枕在我膝上、睡得正香甜的英格威。

當我們準備停車、第二次登上渡輪時，他醒了過來。我們站在甲板上，享受著那撲向我們面頰的海風。半小時後，我們再度坐進車內；那時，我便將頭部枕在英格威的膝上，而後沉沉睡去。

我醒來之際，理解到我們離目的地已經不遠了。我們愈接近大海，周圍的山勢就愈低、植被就更顯得茂密——只不過，我們當然並未真正接近挪威南部那備受侵蝕的地貌及其彎曲的特質。這些道路都沒能在我心中留下印象。我望向窗外，卻無法將眼前所見與某個特定的事物連結起來，直到我突然辨識出莉赫斯騰山為止——也就是那座隔著峽灣與外公外婆家的房子相對、在峽灣彼端急降數百公尺的那片垂直山壁。很長一段時間以來，這座山總是橫陳在我們前方——但除了我們現在所採取的角度之外（向上開、就在山的旁邊行駛），從其他的視角根本無法辨識它。我的胸口隨著興奮之情而緊繃。我們到了！是啊，瞧瞧，那座瀑布在那裡！那座禮拜堂在那裡！那座旅館在那裡！還有那塊印著「薩布爾」的告示牌！那棟房子就在那邊！外公和外婆的房子！

爸爸放慢了車速，拐上那條礫石道路。汽車先是從鄰居家前駛過，接著繼續通過一道門柵，那間小木屋浮現在右手邊；車子開上最後一小段陡峭的路面，來到那棟屋子前。幾乎就在車子真正停下以前，我隨即打開了車門、一躍而下。外公站在那道迂迴田地的另一端。他身穿養蜂工人的裝束，站在蜂房旁邊。白色的連身裝、白色帽子，並以一條白色的長面罩覆蓋住頭部。他的一舉一動都顯得緩慢；即使他舉手向我們致意時亦不例外。看起來，他簡直就像置身於深水區，或者身穿另一種類型的重力裝，在某一顆陌生的星球上行走。我舉起手來，朝他招了招手。隨後我奔入屋內；外婆就在廚房裡。

「我們差點就在維加山撞上一輛車！我們當時就像這樣往上開。」我一邊說，一邊用手指在黃色的塑膠桌布上比劃著；同時，她以那雙溫和的深色眼睛望著我、面露微笑。

「然後，有一輛後面拖著露營用篷車的汽車這樣開過來……」

「你們能夠安然無恙地抵達，真是太好了。」她說。媽媽從另外一扇門走進來。我聽見從門廳內傳來、必定是爸爸搬動行李所發出的噪聲。英格威在哪裡啊？難不成他已經去找外公了？跟著那一大群嗡嗡亂飛的蜜蜂？

我急匆匆地跑上農莊的庭院；情況並不若我想得那樣。英格威在幫爸爸搬行李。身穿太空裝的外公仍然站在遠處，他以慢得嚇人的動作，從蜂房裡取出幾片薄板。陽光已然從農莊上隱退，但仍然照射著小湖後方、山丘上的那幾棵冷杉。一股微弱的風掠過屋舍，掃過我上空的樹冠。謝爾坦從遠處的牛棚走了過來；他身穿連身工作服與靴子。他有著黑色的長髮，戴著長方形鏡框的眼鏡。

「晚安啊。」他說道，並在車身前止步。

「哈囉，謝爾坦，哈囉。」爸爸說。

「旅途都順利吧？」謝爾坦問。

「那當然啦。是的，一切都很順利。」

謝爾坦比媽媽小十歲；那一年夏天，他才剛滿二十歲。他的神態顯得嚴肅、甚至面有慍色，即使這始終沒有波及到我身上，我還是挺怕他的。家中的手足，就只剩他還住在父母的舊家；大女兒雪爾蘭與丈夫馬格涅以及他們的兩個兒子楊恩．奧拉夫與安．克莉絲汀住在克里斯蒂安桑，而他們很快就會到這裡來。二女兒茵恩目前在讀大學，與伴侶摩德以及他們兩歲的女兒茵薇莉定居在奧斯陸。謝爾坦和外公經常吵架，我理解到：作為外公唯一的兒子，謝爾坦並未達到父親的期許。他們本想讓他在時機成熟時，接管這座農場。而他現在正修習船舶管線修理工人的學程，要在省內某一座造船廠工作。但謝爾坦最重要的特質（也就是人們談論他時，最常講起的一點）在於：他是共產黨員。狂熱的共產黨員。我爸媽和他見面時，他就常常跟他們討論政治；對話總是不知所以然地被引到那個方向，他那略顯陰晦、退縮的目光隨之一變，顯得灼熱有神。當我們家裡聊到謝爾坦時，爸爸總是會嘲笑他——此舉最主要是為了逗弄嚴格來說不算是共產黨員、但在大多數政治議題上仍與爸爸意見相悖的媽媽。爸爸就是個投票給挪威自由黨的老師。

「我這就去把這身衣服換掉，好好沖個澡，現在有嘉賓來訪，我可不希望身上散發出牛棚的氣味。」謝爾坦說。「我想，裡面已經為你們準備好餐點了。」

當他來到樓上的浴室時；即便我還身處戶外，我仍能聽見樓梯發出的「嘎吱嘎吱」聲。這裡樓梯的「嘎吱」聲，居然如此響亮！

客廳裡已經為我們擺妥了一頓豐盛的餐點。除了麵包與各式佐料以外，桌上還擺著一只裝有薄麵餅的碟子，以及一疊仍然熱騰騰的煎餅。媽媽在廚房與客廳之間來回走動。她十六歲時就搬出了雙親的舊家，而後與爸爸結婚，在二十歲時生下英格威，從那時起就與自己所建立的家庭同住；但即便如此，每次我們一回到這裡，她馬上就融入了這裡的規律與步調。就連她說話的方式都變了——與其他場合相較，她在這裡的講話方式更接近自己的雙親。而爸爸就完全不同了，他在此地幾乎總是陷入迷茫。當爸爸與相當健談、常對每一種場合與情境都有親身經歷的外公談話時，他總是擺出那種正式、使他看起來變得如此陌生的姿態——但我仍然認得這種姿態，因為當他與其他家長、同事們談話時，他表現出的就是這種姿態。外公這樣表現其實並不怎麼禮貌，他完全全沉浸在自己的世界裡。所以爸爸為什麼要呆坐在那裡，漫應著「對啊，就是說啊」、「嗯嗯」、「你說得對呀」、「嗯哼」、「嗯哼」呢？媽媽也變得不一樣了，她更加談笑風生，這種種變化加權、總計起來對我們來說是正面的（哪怕不是高度正面的）：爸爸消失不見了，媽媽變得更活潑了，而這間屋子裡可沒有在家裡時的那種種規定，我們在這裡可以想做什麼、就做什麼。要是我們當中有人弄翻了一杯牛奶，那也沒啥大不了的——外公和外婆理解這種事情難免。我們甚至可以把雙腿翹到桌面上（是的，當然了，前提是爸爸此刻不在客廳）、恣肆鬆垮垮地癱坐在那張有著橘色與米黃條紋的棕色沙發上；如果情況許可，我們甚至可以躺在沙發上。我們也處理他們的日常工作，雖然我們能幫的不多。沒人覺得我們礙手礙腳。完全相反──他們期望我們盡己所能幫點忙，將牧草下方的草耙乾淨放到乾草架上、蒐集雞蛋、將糞肥鏟入地窖中、用餐前協助將餐具擺上桌，採收已經成熟的紅醋栗、黑醋栗及鵝莓。這一帶的家戶都是敞開的──人們登門拜訪時可不敲門，他們只會在門廊上喊一聲、突然間就站在客廳內，極其自在輕鬆地坐下來、和外公喝起咖啡。外公對這樣的來訪也不會大驚小怪；他直接開始說話，彷彿只是在繼續一段幾秒鐘前被打斷的對話。會這樣來訪的人都很古怪，其中一名大腹便便、衣著邋遢、身上散發出輕微臭味、聲音宏亮、通常會在黃昏時晃晃悠悠地騎著機車前來的男子尤其怪異。他的方言腔是如此渾厚，導致我有一半都聽不懂他在說什麼。當他到來時，外公會顯得容光煥發；但至於外公是否特別喜歡他，我們可就不得而知了，因為幾乎所有訪客都能讓他容光煥發。即使外公本人恐怕不曾想過這個念頭，我還是很確定他很喜歡我們：我們一直都在，這對他來說就足夠了。而外婆就不一樣了。不管怎麼說，考量到她對我們閒聊的一切表現出的興趣，她一定就是很喜歡我們。

媽媽安靜地站著、注視著桌面，鐵定是在檢查一切是否都已經端上桌。外婆在廚房裡拔下咖啡壺；那蒸騰的煮沸聲，被一道迅捷的輕嘆打斷。爸爸將行李放置在我們的房間裡，就放在我們的頭頂上方處。外公先是將養蜂裝束脫下、放在地下室，然後才走上門廳。

「天哪，挪威的子民可真是長大咯！」當他看到我們的時候，他說。他走上前、輕輕地拍拍我的頭，彷彿我是一條狗。然後他拍了拍英格威的頭，坐了下來。在此同時，外婆手裡拿著咖啡壺、從廚房走出來。爸爸和謝爾坦都還在階梯上走動著。

外公的身材短小、有著一張圓臉；除了一層單薄、如花圈般的頭髮以外，他其實已經禿頭了。他的嘴角經常匯聚著少許的菸草汁。他從鏡片後方投射出的目光看似犀利；但一摘下眼鏡，他的眼睛就完全變了、變得活像剛睡醒的小嬰孩。

「看來都準備好了，我還真是來對時機咯。」他一邊說，一邊將一片麵包放在餐盤上。

「我們聽見你在地下室裡。」媽媽說。「所以，這個應該不是偶然。」

她注視著我。

「那一次，我們聽到你在門廳搗亂——那還是在你真正進來**之前**十分鐘的事情。你記得嗎？」

我點點頭。爸爸和謝爾坦面對面、坐在桌前。外婆開始倒咖啡。

正在將奶油塗上自己那片麵包的外公抬起頭來。

「在他進來**之前**，你們就聽到他的動靜了？」

「是啊，這樣很奇怪吧？」媽媽說。

「你聽到了嗎，這是一種預兆。」外公說著，並且直視著我。「這意謂著，你將會很長壽。」

「啊哈哈，所以是這個意思啊？」媽媽說著，笑了起來。

「是啊。」外公說。

「你應該不會真的相信吧？」爸爸說。

「他還不在那邊，你們就已經聽見他了？」外公說。「這是很令人震撼的。也是有意涵的——這難道不是有某種重要的意義嘛？」

「喔唷。」謝爾坦說。「約翰訥斯，你老囉，怎麼變得如此迷信啦。」

我注視著外婆。她的雙手顫抖著；當她準備要倒咖啡時，咖啡壺搖晃得如此厲害，她可是使出自己最堅定的意志力才讓咖啡從管口流出、倒進杯中，而沒有灑出來。媽媽也注視著她；當她想必打算幫忙、因而站起身時，外婆就已跌坐回椅子上，反而伸手摸找著麵包籃。看著這麼遲緩的動作，是相當痛苦的；

事實上有幾滴咖啡在小碟子上。不可理喻的一點是：身為一個成年人的她，居然無法順利倒咖啡而不灑出來（這本是如此簡單的一件事）。而不尋常的一點則在於：一個人那雙似乎不住顫抖的手，竟然會使我興致盎然地緊盯著她的每一個動作。

媽媽將手貼靠在我的手上。

「你不吃一塊煎餅嘛？」她說。

我點點頭。她撈起一塊煎餅，放在我的餐盤上。我塗抹了大量的奶油，撒了糖粉。媽媽拿起那只裝著牛奶的壺子，將牛奶倒進我的玻璃杯裡。這些牛奶是直接從牛棚裡取來的，還相當溫熱、微微泛黃，小小的凝塊在裡面漂動。我望著媽媽。她為什麼要倒這個？我不能喝這種牛奶啊，很噁心，是直接從乳牛身上擠的，而且不是隨隨便便從某一頭乳牛身上擠的——就是從那隻此刻站在外面、屎尿不斷的乳牛身上擠的。

我將那塊煎餅吃光，接著又撈來一塊。爸爸則向外公提了幾個問題；對方慢條斯理地回答。謝爾坦此刻的嘆息聲，比他獨處時的嘆息還明顯。他要麼就是早已聽過這一切內容，要麼就是不喜歡他所聽到的。

「我們今年想要到莉赫斯騰山健行。」爸爸說。

「真的唷？」外公說。「這是個好主意。那邊的風景很棒。你們從山頂可以眺望七個教區。」

「我們對此很期待。」爸爸說。同時，媽媽則與外婆談論起他們去年從我們在特隆姆島家裡帶走的一棵橡樹與一株冬青。他們將植物種植在這裡。

我決定去看看那些植物。

爸爸的目光停留在我身上。

「卡爾・奧韋，你怎麼不把你的牛奶喝完？」他說。「那牛奶是完全新鮮的，這你是知道的。你在別的地方弄不到比這個還要好的牛奶。」

「這我知道啊。」我說。

當我沒有作勢要喝牛奶時，他牢牢地盯住我。

「把牛奶喝光，小子。」

「可是它還有點熱啊，而且裡面還有凝塊。」我說。

「你現在對自己的外公外婆竟然這麼失態，不懂得感恩。」爸爸說。「給你吃、給你喝的東西，你就得吃完、喝完。不要再討論了。」

「這個小男孩習慣喝加熱殺菌過的牛奶。」謝爾坦說。「裝在紙盒、從冰箱裡拿出來。這邊的超市也有賣。他當然可以喝這個啊！我們明天就可以去買。他畢竟不習慣直接從乳牛身上擠的牛奶。」

「這根本沒有必要。」爸爸說。「這邊的牛奶一樣好。甚至可能更好。只因為他被慣壞就另外去買牛奶，真是有夠不智。」

「我個人最喜歡喝加熱殺菌過的牛奶。」謝爾坦說。「我完全同意你兒子的立場。」

「那就這麼辦。」爸爸說。「如果這不是只因為你習慣站在弱者的一方，那就這麼辦。不過你要搞清楚，這件事情跟教養有著更大的關係。」

謝爾坦露出微笑、低下頭去。我將那只裝有牛奶的玻璃杯舉到嘴邊，暫時停止用鼻子呼吸、努力想著除了那些白色凝塊以外的其他東西，然後喝了四大口、將牛奶飲盡。

「你瞧瞧。」爸爸說。「怎麼樣，很好喝吧？」

「是。」我說。

用完餐以後，即便天色已晚，我們仍詢問是否可以到外面散散步。我們獲得了許可，便套上鞋子、走進農莊、走向那座穀倉。微薄的暮色宛如一道蜘蛛網，罩住我們周邊的一切事物。物體的外型仍然存在；它們的色彩若非發灰，就是已經消失不見。英格威將牛棚門板的搭扣拉起，推開門。門似乎很沉重；他不得不使出全身的重量才得以頂開。棚內簡直伸手不見五指。秣槽上方那排髒汙孔隙透進的一抹微光，使我們能夠辨識出事物的輪廓。那三隻母牛都待在自己的秣槽裡；當牠們聽見我們時，牠們便挪動身子。其中一頭轉過頭來。

「母牛，小母牛，來來來。」英格威說。

牛棚內溫暖舒適。那頭得以在泥溝的另一邊、某種隔間裡獨處的小牛蹬著地，來回走動。我們趨身向前、湊在邊界處。牠以害怕的雙眼望著我們。英格威拍拍牠。

「乖，乖，小牛真乖。」他說。

雜草蔓生的，可不僅僅是那扇門而已；所有的牆面、地板與窗戶也都爬滿雜草，這個空間似乎下沉過、現在已經沒入水面下。

英格威打開乾草棚的門。我們在乾草上爬動，並且鑽上閣樓，打開那座小型雞舍的門。雞舍裡的地板滿布著羽毛和鋸木屑。幾隻母雞安坐在棲木上，一動也不動，瞪視著正前方。

「看來這裡沒有蛋了。」英格威說。「我們要不要也到上面去，看看那些水貂？」

我點點頭。當他回到外面關上穀倉那高聳的門板時，一隻小白貓像一隻箭般從我們的身邊溜過、奔入橋下，消失無蹤。我們往下走到橋邊，企圖將牠引出來；我們知道牠就藏在那邊的某個位置，但牠就是躲著、不出來。我們最後還是放棄了，開始走向那三座西側最遠端、剛好在森林邊的水貂棚。當我們接近時，撲面而來的辛辣氣味簡直令人無法忍受；我只能以嘴巴呼吸。

我們停在水貂棚前方時，所有的獸籠裡都傳出沙沙聲和拍擊聲。

噢，真是恐怖。

這片位於森林旁邊的區域更顯昏暗。水貂們在籠內來回走動的時候，牠們的爪子觸及籠中的金屬、發出「喀嚓喀嚓」的聲音。我們走到其中一隻的旁邊。那隻黑色的動物盡可能地跑得老遠，並轉過頭對著我們嘶吼。牠的牙齒閃閃發亮，黑色的眼睛則像黝黑的石塊。當我在二十分鐘後與英格威躺在我們被分配到、位於樓上的那張床上時（我們的腳貼靠彼此的頭部；他的頭部靠在彼端的枕頭上、閱讀著一本足球雜誌），我心中就是在想著牠們。牠們一整夜來回奔動，而我們則呼呼大睡。接著，來自下方客廳的談話聲突然變得大聲。媽媽、爸爸正與謝爾坦討論。大聲說話，並不意謂著很恐怖；與此相反，這反而使人感到心安。他們想要某個東西，是如此想要取得、以致於他們必須喊出聲來，而不能只是耳語或者喃喃自語。

次日清晨，外公走進來，問我們想不想去幫忙拉漁網。我們想跟；幾分鐘以後，我們就緊跟在外公後面，走下那條通向峽灣的小徑，我們一起拿著一只白色的空桶子。

那條小船停泊在一段距離外，旁邊有一枚紅色浮筒。霧氣濃厚，船像是飄浮在空中。外公將小船拉到岸邊，我們便躍上船去。英格威先是用船槳抵住船底，而後再坐上槳架旁邊的划手座位，開始划槳。外公在船尾就座，並且在必要時指點他。我則坐在船頭，朝霧中望去。此刻，對岸的莉赫斯騰山幾乎完全不見蹤影；我們所能看到的，只有溼潤、迷濛視野中一抹堅硬、灰暗的物體。

「這一帶非常少起大霧。」外公說。「至少在一年當中的這種時節。」

「外公，你上過莉赫斯騰山嘛？」英格威說。

「有啊，噢噢噢，那是當然的啦。」外公說。「好多次咯。但是，距離現在也已經好幾年了。」

他趨身湊向前，以雙臂抵著大腿。

「某一次，我曾在那裡加入過搜救行動。那是挪威第一起真正的空難。你們聽說過那件事情嘛？」

「沒有。」英格威說。

「那時候的霧，就跟現在一樣。那架飛機直接撞進了莉赫斯騰山。我們聽見了撞擊聲，你們可以理解嘛。我們根本不知道發生了什麼事情。但是，那架飛機隨後據報失蹤了，警長得帶人上山搜索。所以我就跟著去了。」

「你們找到飛機了嘛？」我說。

「有啊。但是所有人都死了。我看到機長的腦袋，我一輩子都不會忘記那個景象。他的頭髮才剛剛梳理過哪！整整齊齊梳到後腦勺。毫無亂髮，無懈可擊。我一輩子都忘不了。」

「那麼，它是撞在哪裡？撞在那道山壁上嗎？」英格威說。

「不是的，我們從這裡望不見那裡。不過，那片高原上聳立著一座岩壁。飛機就在那裡墜毀。我們還得往上爬到殘骸所在的位置。稍微靠左舷一點！」

英格威的雙眼瞇成一條縫。他想必是在努力記住，「左舷」是哪一邊。

「就是這樣，對極啦。」外公說。「你喔，划槳划得挺好！嗯，那次的事件鬧得很大。所有的報紙都報導了。廣播也一堆人在講。」

我們前方就是一片灰茫茫的網，上面閃動著紅色浮筒。

「卡爾．奧韋，你可以把它取來嘛？」外公說道。我趨身向前、用雙手抱住它，心臟劇烈地搏動著。

但它的表面很滑，馬上就從我的手裡滑開。

「你得從下面抱住才行。」外公說。「我們再試一次。稍微往後面划一點。對，就是這樣。」

這一次，我總算成功地將它弄上船邊。英格威收回船槳。外公開始將漁網拉開。最初，魚隻看起來就像黑暗中閃閃發亮的小光點；然後牠們愈變愈大、愈來愈清楚，隨即就在不停地翻騰中被拉過舷邊的欄杆。牠們是如此閃亮、純淨，背上有著灰褐色或者深淺不一的藍色圖案，黃色的眼睛、淺紅色的嘴、犀利的鰭與尾巴。我用雙手握住其中一條魚，牠扭動著身子；當我下一秒鐘看到牠動也不動、躺在我雙腳邊的船底時，我實在難以相信，牠掙扎的力道竟能如此猛烈。

外公謹慎地將牠們從網眼中取下，隨後再將牠們扔進桶裡。我們捕到了二十條魚，大多數是綠青鱈，也有少數幾條鱈魚和阿拉斯加鱈，還有兩條鯖魚。

當英格威開始往回划的時候，我突然聽見一道低沉，同時夾雜著「呼呼」與「嘩嘩」的聲音，有點像高速疾駛的帆船發出的聲音。我轉頭觀望。大約在三十公尺外，幾片背鰭游動著、劃破水面。

我感到害怕。

「那個是啥？」英格威說道，並將槳舉起。「那邊？」

「哪邊？」外公說。「喔唷！那是一群海豚。牠們已經在這裡待了好幾天囉。這種事情很少發生，但也沒那麼不尋常。把牠們看清楚了。看到海豚是吉兆啊，你們了解嘛。」

「是這樣喔？」我說。

「是啊，那當然。」他說。

外公在地下室的水槽邊將魚隻洗乾淨。地下室更像是洞穴，而非附屬於一棟屋子的某個房間。混凝土質的地板常因溼氣而變滑，天花板相當低矮，爸爸甚至無法抬頭挺胸地站直——但這對身材矮小的外公來說完全不成顧慮。牆面上的架子堆滿他們在漫長人生行路中所蒐集、累積的各式工具與物品。當他清洗完畢，那些在短短幾個小時前還活蹦亂跳的魚已經裝進被塑膠殼包住的冷凍櫃時，我們就協助他在小木屋前的草地上清洗漁網，天空還下著雨，直到媽媽喊說晚餐好了。

他們通常在吃完晚餐後睡覺。才過了一天就已經顯得焦躁不安的爸爸，在門廊上用食指對我打手勢。

「來吧，我們去外面走走。」他說。

我穿上長靴和雨衣，跟著他走過那片田野。他大步向前行，迅疾地掃視著周圍，似乎藉此將這片地貌與景致盡收眼底。濃霧覆蓋著那片由雲杉構成的森林。樹幹之間有著一座湖泊；湖水黑得發亮。一輛拖拉機在更遠處的道路上駛過。

「你喜歡這裡嘛？」爸爸說。

「是啊，是啊。」我說著，不確定這番對話會有什麼結果。

「你考慮過住在這裡嗎？」

他停下腳步。

「是啊，會啊。」我說。

「有朝一日，我們也許可以接管這裡。若是這樣，你喜不喜歡啊？」

「住在這裡？」

「是啊。當時機到來，這並不是全然不可想像的。」

我覺得這座農場會由謝爾坦繼承，不過我並沒有說出口。我若真這麼說，就會毀了他所享受的美好一刻。

「來吧，我們走一走、看一看吧。」他再度走動起來。

住在那裡？

喔唷，這可真是個陌生的想法。想像爸爸待在這裡、待在這棟被周邊景物包圍的房屋裡——這是不可能的。爸爸會將茅草晒乾嘛？爸爸會動手割草並塞進筒倉嘛？爸爸會在田間撒肥料嘛？爸爸會坐在客廳裡的那張藤椅上、收聽天氣預報嘛？

當我作為一個孩子來到那裡時，過去對我而言並不存在、一切都屬於當下；然而我仍能感知到其存在。外公終其一生都定居在那裡；這個事實以某種方式，形塑了我對他的印象。但如果外公能夠作為一種概念或形象、被某種元素所代表，那元素並不是他在自己人生中所完成的事蹟（畢竟，我對此所知甚少——而我又無法將自己所知的那一小部分，與任何東西進行比較）。不是的；在我的眼中，代表外公的概念只有一樣東西，也就是那輛他所擁有、用來處理所有農務的二行程小型拖拉機。那輛拖拉機呈現了外公的本質。車體是紅色的、微微生鏽；你得用腳踩踏一根鐵桿、才能順利發動；一根小小的變速桿，其中一只把手附有黑色圓球，另一只把手則用來加速。當他用這臺機器收割、製備乾草的時候，他會走在它的後面，拖拉機前方則會暫時安裝上一種巨大、略似剪刀的器械，將迎面而來的草割下。他會用它來載運重物；這時他會接上一節附設有綠色座位的四輪馬車，隨後坐上座位、駕馭著自己的車輛（此刻幾乎立即成了一輛貨車）。我覺得，很少有比在此時跟他共乘拖拉機、坐在後方的裝卸臺上、跟著他前往位於沃爾根那兩家商店等場所還要美妙的事情。他會到店裡取罐裝的蟻酸，或者一袋袋的草料、人工肥料。車子的行駛速度是如此緩慢，以致於我們簡直可以徒步與它並肩而行；不過那不重要，車速可不是重點，其他的一切才是重點：引擎的「軋軋」排氣聲，在我們行駛時飄過路面上、聞起來如此甘美的廢氣，坐在裝卸臺上，時而湊在其中一邊、時而將身子從另一邊探出的那種自由感，我在旅途中所能夠觀望的一切（包括外公在我前方那戴著大鴨舌帽、顯得矮小的形影），還有我們要去商店的事實——抵達卑爾根的郵輪就在那裡停靠，我們可以在街上晃晃，手上最好還抓著一客冰淇淋；外公則處理他需要處理的事情。

他們在農場上還有一輛用來短程載運重物的手推車。他們每天早上會用來將一桶桶牛奶拉到路邊的牛奶攤，載運牛奶的卡車在那裡將貨接走。推車是金屬製的，輪子就像腳踏車的車輪一樣大。別人家裡沒有的東西，還包括長柄大鐮刀（包括那三把附有木柄的大型鐮刀、我們必須彎腰而行方能揮動的小鐮刀），以及小屋外那顆偌大的磨石（他們也正是在那裡磨這些鐮刀）。那些有著三根細長利齒的乾草叉。那扁平而粗重、用來將牛糞肥扔進（看上去只是牛棚地上的一個洞）肥料井的鏟子。還有那通電的鐵絲網（那年夏天，英格威第一次騙我對著它尿尿——但也僅此一次）。還有那些晒乾草的架子——它們是詭譎、細長、膽怯的存在，要是人們從一大段距離外沒看見它們，或者在黑暗中沒能看清（此時它們的外型更像是列好陣線、準備接戰的軍隊），架子就兀立在所有農莊的外圍，等著人們來施捨。外婆煎煎餅用的那只大圓盤。那只黑色的華夫餅烘烤模。那些用來處理牛奶的篩子與過濾機器；還有那些牛奶桶，桶身肥厚、頸口短小、彷彿沒有頭部。它們先是被裝滿了牛奶，然後被擺上推車，肩併著肩、一同被推下斜坡，突然間變得尊貴而嚴肅起來——當然，前提是當車輪觸及路面上的坑洞時，它們完全不會略顯歡快地前後擺動著。還有它們到了最後所發出興奮的「呼嚕」聲與喋喋不休的雜音。還有，噢，外公每天下午都站在上方的牛棚邊，用歌聲將母牛們一路哄回家來。

「來吧，乳牛！」他唱道。「來吧，乳牛！來吧，乳牛！」

當老家的那一票朋友詢問，我們暑假去了哪裡、做了些什麼時，我如何能夠向他們描述這一切哪？

這是不可能的，而這本來就是不可能的。這兩個世界截然不同、毫無通融的餘地，在我的內心以及外在世界裡，都是如此。

我們待在外公外婆家的兩週當中，原本陌生的事物變得熟悉；但那原本為我們所熟悉、我們在一天左右的車程後返抵並見到的事物反而陌生了起來，或者已然沉入一道陌生的深井之中。我們開過特隆姆橋後方的下坡，向上拐進通往我們家房子的最後一小段路。那棟染著褐色汙斑、漆著紅色線條、被一片乾枯且呈燒焦般褐色草坪所圍繞的房子，那陰暗的窗戶或許正略顯鬱悶地瞪視著我們，突然間，我彷彿認得它，卻又似乎不認得——就算我的目光熟悉我所見到的一切，它同時也抗拒著，就像一雙全新、晶亮生光、彷彿拒絕適應新環境並堅守自己殊異的本性、經過幾個星期的損耗才變得與其他平常鞋子沒兩樣的慢跑鞋。當我們駕車返回時，這種新鮮感就籠罩在這座獨棟小屋住宅區之上；它彷彿就在這新鮮感中游弋著，幾天之後才沉靜下來。

爸爸將車停好、關掉引擎。那隻白色的小貓咪正躺在媽媽的膝上熟睡。牠已經在籠子裡喵喵叫、哀鳴了一整個早上；當牠總算可以離開籠子裡時，牠就在後座來回跑動、躍到後車窗的下方，直到媽媽抓住牠，牠才入睡，安靜下來。牠有著一雙鮮紅色的眼睛，即使貓毛厚實且濃密，牠那藏在底下的身軀其實非常羸弱。牠的頭部尤其如此——當我拍拍牠、手部觸及牠那小小的頭骨時，我才驚覺到這一點。牠的脖子也很單薄——相當、相當單薄。

「小白要住在哪裡啊？」我說。

「喔，這算啥名字啊？」爸爸說著，推開車門、走到車外。

「可以在地下室裡給牠一個房間。」媽媽說。她一隻手將那隻貓抱在胸口、另一手則拉開車門。

爸爸將座椅倒下、往前收起。我下車、踏在礫石路面上，雙腿虛軟而無力。英格威從另一側下車；我們兩人都跟著爸爸走到大門口。他打開門鎖、走進鍋爐室，打開窗口，將水管的其中一頭伸出去。他將水管的另一端拴緊、固定在水龍頭上；隨後他提著灌溉器走到戶外。媽媽、英格威和我則走進地下室，我們給了那隻仍在熟睡的貓咪一只附有毯子的籃子，在牠面前擺上一只裝水的碗，以及另外一只裝著從冰箱裡取出的幾片香腸的碗。最終，我們再將一只低矮、裝有貓砂的塑膠桶放在角落。

「現在我們將所有的門都關上，獨留這一扇。」媽媽說。「這樣牠醒來的時候，就不會偷偷溜走了。」

就在灌溉器那細細的水柱從其中一端灑落到另一端、爸爸將行李從停在下方的車內扛來之際，英格威、媽媽與我坐在廚房裡吃宵夜。當天是星期日，所有超市已打烊；所以媽媽便從索貝爾沃格帶了麵包、奶油與一些可供塗抹的佐料。我們一邊吃，一邊喝茶；我的茶裡加了牛奶以及三茶匙的糖。

突然間，那隻貓的叫聲從門廳傳來。我們全都站起身來、走到外面。牠站在臺階上，一見到我們，就又迅速跑下去。我們跟在後面；媽媽喊著牠。牠立刻跑過地板、從我們身邊溜過，奔上樓梯、直衝客廳，然後消失不見。一連好幾分鐘，我們到處走動、搜找、喊著牠；而後是英格威發現了牠。牠躲在那片書架與牆壁之間的狹縫內——如果不搬動整個書架，根本搆不著牠。

媽媽取來裝著水和食物的碗，擺在書架旁邊；她說，當牠想要出來時自己就會出來。隔天早上，我走進客廳時，牠仍待在原地一動也不動。當天晚上，牠才走出來、吃了一點點東西，然後又溜了進去。牠在裡面足足住了三天。但當牠後來又走出來時，牠就再也沒退回去。牠仍然有點擔驚受怕，但也愈來愈習慣我們。又過了一星期，牠會到處跑動、玩耍、跳上我們的膝蓋，在我們輕拍牠時發出滿足的「嗚嗚」一聲。牠每天晚上都會站在電視機前、用貓掌拍打電視螢幕的畫面。牠對足球特別感興趣。牠完全不理會所有球員，全心全意、聚精會神地跟著那顆球來回跑動。牠三不五時會走到電視機的後方，想瞧瞧自己身處何處。

在開學的同時，牠開始咳嗽。這有點詭異。那聲音聽起來就像一個待在地下的人。早晨緩慢、不經意地變得愈來愈凜冽；到了某一天，水窪的表面結了一層玻璃般的薄冰。幾個小時以後，薄冰消失了，但秋天的確已經到來。房屋上方、山丘樹木的葉片發黃、轉紅，隨風從樹枝上旋轉落下。媽媽生了病。我早晨到學校去，幾小時後回到家時，她都躺在床上。當我在房間裡、跟她說話的時候，她幾乎無力將頭從枕頭上抬起。小白也同時生了病；牠幾乎總是躺在自己的籃子裡、咳嗽著。當我在學校裡的時候，我常常想著牠過得怎麼樣；我每天放學回家後的第一件事，就是進到地下室。我多麼希望牠早早康復！但恰好相反，牠病得愈來愈重，當我某天回到家、奔向牠的時候，牠不在籃子裡，而是縮在角落、倒在混凝土質的地上，扭動著身體、同時嘶叫著。我伸手搭住牠；但牠仍然繼續扭動著身子。

「媽媽，媽媽！」我喊著。「牠要死了！牠快要死了！」

我狂奔上樓、猛力拉開臥房的門。她睡意迷濛地轉向我，臉上露出微笑。

「妳得打電話給獸醫！」我說。「現在，馬上！情況已經很緊急了！」

她謹慎地坐起身來。

「發生了什麼事情？」她說。

「小白快要死了！牠倒在那邊，一直扭動著身體。牠覺得很痛！妳得打電話叫獸醫！馬上就打！」

「可是卡爾・奧韋，這點我們做不到的。」媽媽說。「恐怕怎麼做都沒有幫助了。而我現在生病……」

「妳現在就得打電話！」我尖叫著。「媽媽，媽媽，牠快要死了！妳難道不懂嗎？」

「不，我沒辦法的。這真的非常不幸，但這是行不通的。」

「可是小白要**死了！**」

她輕輕地搖搖頭。

「媽媽！」

她嘆了一口氣。

「當我們帶牠走的時候，牠想必就已經生病了。另外，牠也有白化症。通常牠們都比較虛弱。沒有什麼可以做的了。對於這件事情，我們無能為力了。」

我一雙淚眼瞪視著她，隨後我重重地甩上門、直衝到地下室。牠側躺著，一邊用腳爪摳抓著地板、一邊嘶叫著。牠全身一陣陣抽搐。我彎下腰來，輕輕地拍拍牠。接著我衝到戶外、奔入下方的森林、一路來到水畔。然後我再往上衝、跑到另一邊去。我哭個不停。當我們家的屋子再度進入我的視域時，我使盡全力往上奔、來到家門前，我必須再努力一次、說服她才行。她又不是獸醫，她哪裡知道他們能做什麼以及不能做什麼？我打開門，停下腳步。裡面一片寂靜。我謹慎地溜進儲藏間。牠又躺回那只籃子裡，頭部稍微向後仰、靜止地躺著。

「媽媽！」我叫喊著。「妳得過來一下！」

我急奔上樓，再度打開臥房的門。

「牠現在完全不動了。」我說。「妳能不能來看看，牠是已經死了呢？還是牠已經恢復健康了呢？」

「你就不能等到爸爸回來嗎？」她說。「他很快就會回來的。」

「不行！」我說。

媽媽看來思慮重重，注視著我。

「好，我就來。」她將被單掀到一邊去、雙足觸地，站起身來，每一個動作都同等遲緩。她身穿一件白色睡衣，頭髮散亂、臉部蒼白，與健康時的她相較，她此刻的體態比較羸弱。她一隻手伸向櫃子，撐住自己的身體。我奔下樓、在儲藏間的外面等著。突然間，我不願意獨自一人待在下面。

她彎下腰、以手觸摸牠。

「我真的很難過。但是，牠恐怕已經死了。」她說。

她注視著我，站起身來。我撲向她。

「現在牠不再覺得痛了。」她說。

「不痛了。」我說。

我沒有哭。

「我們現在就把牠埋掉嘛？」我說。

「我們最好還是等英格威和爸爸回來，好嘛？」

「好吧。」我說。

這件事就這樣結束了。媽媽仍躺在床上。爸爸回家後將那隻貓抱到庭院裡的一角，我與英格威緊隨其後，我們在地上挖了一個坑，將貓咪埋進去，再以土掩蓋。爸爸沒有在這座墳前立起十字架。

我們留下兩張這隻貓的照片。第一張照片中，牠舉著腳爪站在電視機前；當時牠很想抓住一名泳者。第二張照片中，牠躺在沙發上，身旁則是我和英格威。牠的頸間還綁著一只藍色的蝴蝶結。

是誰將蝴蝶結綁在那裡？

那一定就是媽媽。我知道她會做這種事情；但就在我寫下這件事情的那幾個月期間，就在這串被喚醒、與諸多人事物相關的記憶流之中，她幾乎是缺席的，她彷彿根本就不在場，是的——你可能聽起別人說過某些事情，卻因不曾親身體驗過而有了錯誤的記憶，她彷彿就屬於這種錯誤的記憶。

為什麼會變成這樣？

如果童年是一口井，井底若是有人存在，那人就是她；我的母親，媽媽。親手打理、烹飪我們三餐的人是她；每天晚上，我們也會待在廚房裡、圍坐在她身邊。購買衣服、縫紉或針織衣服的人就是她；衣服出現破洞與裂縫時，修補、縫合的人是她。我們摔倒、膝蓋擦傷時，拿著裹傷布過來的人是她；在我鎖骨骨折時，開車載我到醫院的是她；而當我長了疥瘡（這可就沒那麼富有英雄氣息了），她帶我看醫生。當一個年輕女孩死於腦膜炎、我在此同時感冒之際，憂心不安、迅速坐進車內、踩足油門一路開向庫克園安養院區、雙眼泛著恐懼的人是她。讀故事給我們聽的人是她；當我們泡澡時，替我們洗頭髮的人是她；浴後替我們將睡衣整備好的人是她。在那些夜晚開車載我們到足球場的是她；參加家長會、在學校結業式與其他家長一起出席、替我們拍照的人是她。在那之後，將那些照片剪輯、黏貼成一整本相簿的人是她。替我們烘烤生日蛋糕、烤聖誕節的餅乾、為了懺悔星期二[37]烘烤麵包的人還是她。

她為我們做了母親能夠為兒子所做的一切。如果我臥病在床、高燒不止，走進房裡、將一塊浸過冷水的布放在我前額上的人是她；將溫度計插進我屁股、測量肛溫的人是她；端著水、果汁、葡萄、消化餅進來的人是她；在半夜起床、穿著睡衣進來查看我們是否還安好的人是她。

她一直都在——這點我知道，但我卻記不起來。

對於她讀故事給我聽，我毫無記憶；對於她曾經將任何一片裹傷布貼在我的膝蓋上，或者參加過任何一次的學校結業式，我毫無記憶。

怎麼會變成這個樣子？

她挽救了我——原因在於，要是沒有她的存在，我就得在成長歷程中獨自面對爸爸，要是如此，我透過任何一種方式、結束自己的性命，也只是遲早的事情。但是她在那裡；爸爸的陰沉受到一股平衡而抵銷，我活了下來，哪怕我活得一點都不快樂，那與童年時期的平衡也毫無關係。我活著，養育了自己的子女。大致上，對於他們，我只努力做到一點——讓他們不要害怕自己的爸爸。

他們並不害怕自己的爸爸。我知道這一點。

當我踏進他們所處的房間時，他們不會縮成一團、不會低下頭去，他們不會一找到機會就開溜——不會，如果他們望著我，他們的眼神也顯得不在乎、若無其事。如果我要被某些人無視，那我倒是非常樂於被他們無視。一旦他們年滿四十、而完完全全忘記了我的存在，那我可就要鞠躬致謝、接受這樣的禮遇了。

爸爸一直都非常清楚知道這點。他始終不缺自知之明。八〇年代初期的某個晚上，他對普雷斯巴克摩說，是媽媽挽救了他的孩子們。問題在於：這樣是否就已經足夠。問題在於：導致我們在這麼多年以來受到他的惡待（一名分分秒秒、持續使我們害怕的男子），她有沒有責任。問題在於：抵銷掉這股黑暗，是否已經足夠。

她做了一個選擇，她留在他的身邊。她肯定有自己的理由。

他也一樣。他也做了一個選擇，他也留下了。整個七〇年代乃至八〇年代的最初數年間，他們就是這樣過生活，在提貝肯社區的房子裡並肩生活著，養育著兩個孩子、擁有兩輛車、打理兩份工作。他們在家門外過著一種生活；在家裡面對彼此時過著另一種生活；當他們在家裡面對我們的時候，則換上另外一種生活方式。小時候的我們就像人群之中的小狗，只對其他小狗、或者與狗相關的事物感興趣，對

37　Shrove Tuesday，基督教大齋節首日的前一天，在西歐等地以狂歡節或化妝舞會等方式慶祝。

於在那裡發生的其他一切事情、那些就在我們頭頂上發生的事情則始終一無所知。爸爸在外面有著什麼樣的形象，我幾乎一無所知——某些傳聞也會輾轉流傳到我耳裡，但它們始終不構成任何意涵。我知道他總是衣著筆挺；但我當時可不知道這有什麼意義，直到我成年、與他初入杏壇時執教過的幾個學生見面時，我才能領會到他所扮演的這個角色。一名年輕、身形苗條、衣著整齊的男老師從自己的歐寶阿斯科納轎車上躍下，踏著堅定的步伐走進教師休息室、擱下裝滿文件的公事包，倒上一杯咖啡，與同事們簡短寒暄、在上課鈴聲響起時走進教室裡，將那件棕色的燈芯絨西裝外套掛在椅背上，目光掃過全班鴉雀無聲、望著他的學生們。他的黑色鬍鬚刮得整齊，有著一雙閃亮的藍眼睛，以及一張俊美的臉孔。班上的男生都頗害怕他，他很嚴苛、絕不容忍任何愚蠢的舉動。而班上的女孩都很迷他——因為他很年輕、深具魅力，與其他老師不同。他喜歡教學，而他的確也教得很好，當他講述起自己熱衷的事物時，他能讓學生們如痴如醉地聽著、神往不已。歐布斯費德[38]是他最喜歡的作家。不過他也很喜歡辛克[39]以及比約恩博[40]（其中一位當代作家）。

他與同事的互動相當得體，但他也總是保持距離。距離體現在衣著方面；其他老師可能會穿牛仔褲和針織套衫，或者一連好幾個月穿同一套西裝。距離體現在他表現出的客觀性；距離體現在肢體語言、姿態與魅力。

他對他們的所知，總是多於他們對他的所知。對他來說，這是一條生命準則，適用於所有人，甚至還包括他的雙親與兄弟。或者說：也許，他們更是首當其衝。

當他從學校下班回到家時，他會坐進自己的工作室、準備晚間的會議：他除了是好幾個委員會的會員，還是挪威自由黨在市議會與勞動諮委會的代表，而根據他自己的說法，在某段期間，他可是該黨的國會議員參選人。但他所說的話並不總是真實的；他很擅於在自己的人脈中操弄真相，不過他在學校與政治事務上就不會這麼做。他在那兩個領域中的表現可靠且嚴謹。他也是格里姆斯塔德一個集郵俱樂部的會員，並且以自己的收藏品參加過好幾次展覽。他在夏季忙於園藝工作；考量到那是七〇年代一處新落成社區的別墅式庭院，他可是相當有志向，甚至表現出完美主義。他對一切植物生長的興趣傳承自他的母親；他們談話時最常聊到的，也許就是不同的植物——灌木叢、樹木，以及相關的經驗談。日照、土質、溼度、酸鹼值。嫁接、修剪、灌溉。他沒有任何朋友，一切社交性質的互動只發生在教師休息室與家庭中。他經常拜訪雙親、兄弟與其他親戚，而他們也常常拜訪他。他面對他們時，會表現出一種對英格威與我而言相當陌生的風格；為此，我們總是狐疑地觀察著。

媽媽的生活則與他的生活相異。她有許多女性友人，絕大多數是她的同事，不過也有些其他的朋友（比如說，鄰居們）。她跟她們交談（或者用爸爸的話來形容，「咯咯叫」）；她們若非在煙氣繚繞的客廳裡做針線活（這在七〇年代很常見），就是吃著她們所烤的餅乾。她對政治感興趣，堅信強而有力的國家、周延而完善的醫療體系、每人均享有相同的權利；而她想必也認同女權運動與和平運動，反對資本主義與愈發猖獗的物質主義，而且想必對丹曼[41]所發起的「未來掌握於我們手上[42]」運動抱持同理——簡單地說，她屬於左派。她曾說過，她在二十歲與三十歲之間陷於某種昏睡狀態，一切就只是為了工作、育兒，使得生活能夠運轉下去，經濟條件很拮据，你必須努力奮鬥，日子才能過下去，不過她在剛過三十歲後

38 Sigbjørn Obstfelder（1866-1900），挪威小說家與劇作家。
39 Hans E. Kinck（1865-1926），挪威作家及哲學家。
40 Jens Bjørneboe（1920-1976），出生在克里斯蒂安桑的挪威作家。
41 Erik Dammann（1931-），生於奧斯陸的挪威作家與社會批評家。
42 Framtiden i våre hender，一九七四年於奧斯陸所發起的社會運動，主張環保、綠色永續。

不久重新發現了自我，以及自己所身處的這個社會。爸爸極少閱讀他不得不閱讀的書刊以外的東西；但媽媽則對文學抱有真摯的興趣。她是個理想主義者，而他是個務實主義者；她是追尋者，而他講求實際。

他們共同教養我們，但我卻缺乏對於教養的體驗——我總是清晰地區分他們，將他們視為兩個完全分離的個體。但對他們本人來說，這想必還是不一樣的。我們晚上要睡覺時，他們還醒著、彼此交談，假如他們不是在討論政治或文學，就是在聊鄰居、同事以及我們這些孩子們。他們偶爾會兩個人一起去倫敦，去萊茵河河谷度假，或者到山區度假；他們外出時，我和英格威要麼在外公、外婆家裡、要麼在祖父、祖母家裡。與我同學的雙親相比，他們對家務的分工顯得更平等；爸爸會洗碗和烹飪，而其他人的爸爸可不會這麼做。再來就是那個時代相當常見的自給自足了；所有被他從這座島嶼外圍釣上來的魚，還有那數百公斤的不同種類莓果——暮夏與秋季時節，我們開車、千里迢迢地到內陸採集，榨成汁、調製成果醬，倒進瓶子與玻璃罐中。一整個冬季，它們陳列在地下室的各排貨架上，在從天花板小洞透進來的光照下，閃動著微光。當爸爸發現覆盆子、黑莓、藍莓、越橘莓與雲莓時，他會出於喜悅高聲叫喊。還有能釀酒的黑刺李。他們也付費，獲得在特隆姆島上的果園裡採水果的權限，摘取蘋果、梨子和李子。再來就是爸爸的叔叔阿爾夫在克里斯蒂安桑家裡的那棵櫻桃樹，當然還有外婆與祖母的那些果樹。我們的日常生活井然有序、一目了然；星期天，我們會享用正式、搭配餐後甜點的晚餐。平日的餐點多為不同形狀、種類的魚肉。我們始終熟知隔天上學的時間，有多少節課、上哪些科目，而晚間所做的事情同樣受到固定框架的約束，原因也在於受到季節的強烈制約——如果下雪了或者結冰了，我們就可以滑雪或溜冰。要是水中的溫度達到十五度以上，嗯，那麼不管天氣是晴是雨，我們可以去游泳。在這從秋季移轉到冬季、由春入夏、在不同班級之間流轉生活中唯一真正的不確定因素，就是爸爸。我對他的恐懼竟是如此強烈，以致於就算我使出自己最堅定、決絕的意志，我還是無法重新建構這種恐懼——在日後的生活中，我不曾再體驗過、甚或接近我對他心懷的那些感受。

樓梯上傳來腳步聲。他來找我了嘛？

他雙眼中的狂怒。他拉下嘴角、雙唇不由自主地分開。然後還有他的聲音。

當我坐在此地、藉由我的內心之耳聽見那聲音時，我差點就哭出來。

他的怒火就像捲浪襲來，席捲了各個房間、朝我撲來，狠狠地猛擊我，一而再、再而三地猛擊，隨後才退卻。在那之後，或許會出現長達數週的平靜。不過那仍然算不上寧靜——無論是兩分鐘後還是兩天之後，事情完全可能重演。你從來不會收到任何預警。他突然間就站在那裡、暴跳如雷。無論他是否動手打人，都無關痛癢了——當他擰住我的耳朵、牢牢攫住我的雙臂，或者一把將我拖到某個位置，好讓我瞧瞧自己幹了什麼事情時，情況同樣惡劣，使我感到恐懼的並非疼痛，我害怕他、他的聲音、他的面孔、他的身軀、從他身上冒出的怒火，這才是我所害怕的。這種恐懼不曾鬆脫；在我童年的每一天之中，始終緊跟我不放。

在那些衝突之後，我想要死。我想死——這就是我所有過最美好、也最暖熱的遐想之一。以這種方式對待他，真是再好不過了。我死了，他就會呆站原地，想著自己幹了什麼事情。這樣一來，他只能感到懊悔。噢，瞧他懊悔成那副樣子！我望見他仰面朝天、站在那裝著我的小小棺木前方（我那幾顆再也發不出「r」捲舌音的暴牙還露了出來），絕望地絞著雙手。

這樣的一幕情景，是多麼舒心唷！我幾乎就要為此重新感到開心。而那時畢竟還是童年時期，善惡之間的距離要比成年時期短得多。你只需要將頭探出門外，總是會發生許多新鮮又刺激的事情。光是走到高處的B-Max超市等公車就已經稱得上是冒險，哪怕我一連好幾年、幾乎每一天都到那裡等車。為什麼？我不知道。但當一切沉浸在霧中且因溼氣而閃閃發亮、踝靴被殘留在瀝青路面上的雪泥浸溼、森林中殘留著一團團的白雪、我們一群人站著聊天或玩遊戲，或著追著女孩子們跑、將她們絆倒、摘下她們的毛線帽，或者直接將她們一肘推進雪堆裡的時候（我感覺她們當中的某人相當貼近我；我會用力抱緊她的腰肢，或許是瑪麗安娜的腰，也許是西芙或瑪麗安——我總是特別喜歡她們當中的某一人，也比其他人更關注她們），我全身所有神經就感到一陣震顫、胸中湧現一股喜悅——為了什麼？噢，就是為了那溼潤的積雪，是的。為了那溼潤的拉鍊夾克。為了那些所有可愛的女生們。為了那鍊條發出「嘎吱嘎吱」聲、轟然駛來的公車。為了當我們走進室內時殘留在窗戶上的蒸氣；為了我們所有的尖叫與高喊；就為了安妮．麗瑟蓓在那裡，她仍是如此甜美、充滿喜樂，一如往常地頂著深色頭髮、雙脣紅潤如昔。每天都是一場派對，一切因而讓人感到緊張、興奮，沒有任何事情是真正可預期的。當公車開來的時候，事情才正要開始呢——迎向我們的是一整天的學校生活，蘊含著我們將溼答答的外衣懸掛在衣鉤上，不穿鞋子、雙頰紅潤、頂著一頭亂髮、幾縷溼淋淋的頭髮從兜帽下方冒出、輕手輕腳地走進教室時所經歷的轉變。下課休息，我們渾身不耐地衝上樓、穿過長廊、奔下階梯、越過學校操場、跑下斜坡、來到空地上。然後我們回到家裡，播音樂、閱讀，甚或還繫上滑雪板、一路滑下坡，來到其他人也經常出沒的烏比基爾。接著我們以那種唯有童年時期才能找到的爆發力衝下坡、交叉著腿、頂著滑雪板往上走，然後再度滑下坡，就這麼一直玩到天色漆黑、伸手不見五指。此時我們轉而將身子微微向前傾、把滑雪杖夾在腋下，聊起存於天地間的一切。

厚達數公分水層覆蓋住的小灣表面閃現了浮冰。從那些位於我們上方森林裡、外觀宛如穹頂的房屋內散發出的光線；每當有人變換姿勢、藍色的迷你滑雪板相互刮擦，或者嵌入溼潤的雪層時，黑暗會增強所有的聲音。那輛在狹小礫石路面上行駛的是一輛福斯金龜車，車主是那些住在高處房屋的人——車燈的光線掃遍地面，一切在短短的幾秒內陷入鬼魅般的光照中。隨後，黑暗再度籠罩了我們。

童年就是由這類難以數計，而且同等緊湊的時刻所構成的。其中某些時刻將我送入興奮、近於狂喜的雲端——比如說，我和圖妮開始在一起的那天晚上。當時我半跑半滑地從那片（從其晶亮的表面來看，積雪最近才剛被鏟乾淨）坡道上衝下；當我來到我們家屋外、道路之間的暗處時，我仰躺在雪地上、凝視著上空那片綿密、潮溼、無光的黑暗，感到一種無比純淨的快樂。

其他的某些時刻，則像在我腳底下裂出的一個洞——比如說，媽媽提到自己第二年將要去進修的那天晚上。當她提起時，我們正在吃宵夜。

「那所學校在奧斯陸。」她說。「就只有一年。我每個星期五回來，會在這裡待滿整個週末。然後，我會在星期一回到那裡。三天待在這裡，四天待在那裡。」

「這樣我們就要跟爸爸獨處咯？」英格威說。

「是的，對啊，這樣會很妥善的。這樣一來你們就可以多跟彼此相處。」

「妳為什麼要上學？」我說。「妳已經是大人啦。」

「這個是在職進修。我要多學習一些和我這一行相關的東西。你知道嗎，這將會很有趣的。」

「我才不要妳走。」我說。

「就只有一年啊。」她說。「而且，我每星期有三天會待在這裡。假日也都在。我還可以放長假。」

「不管怎樣，我才不要。」我說。

「我可以理解你的心情。不過，一切都會很順利的。爸爸很想多多跟你們相處。下一年，就會不同了。那時候是爸爸要去進修，我則會待在家裡。」

我喝下最後一口茶、幾乎將整張嘴緊閉起來，只讓茶微微滲入，藉此避免將陷在杯底、漆黑而溼黏的茶葉吞下。

我半站起身來，雙手將那只沉重的茶壺舉到杯前，倒了茶、再把它放回原位。茶水幾乎成了黑色——泡了太久變得過於濃烈。我加了大量牛奶以及滿滿三茶匙的糖。

「喝茶還加糖唷。」英格威說。

「是啊，怎麼了嘛？」我說。

同時，爸爸的腳步聲從樓梯上傳來。

救命喔，我怎麼已經把茶杯全裝滿了！這下子我得坐在原位，喝光所有的茶。但是英格威不需要顧慮這個，他站起身溜了出去。

爸爸拖著陰沉的動作，從旁邊走過。他打開電視機，坐到手扶椅上。

「你不拿點什麼吃的嘛？」媽媽說。

「不必了。」他說。

我再多倒了一點牛奶、藉此讓茶水冷卻，分成三大口喝光。

「感謝您安排這一餐。」我說著，站起身來。

「不客氣。」媽媽說。

媽媽的消息是令人震驚的。但在我事後走回自己房間裡時，我並沒有覺得震撼。現在才四月，她要到八月才會開始在那所學校上課。還要再過四個月。在童年時代，四個月就堪比永恆。媽媽的在職進修課程就像我未來要進入初中部、堅信禮儀式，或者十八歲的生日那樣，以一種含糊的方式隸屬於未來。我們正處於童年之中；童年的時間，是廢止且不存在的。也就是說，那些時刻倏忽即逝，而蘊含著這些時刻的日子，往前的方式卻幾乎悄然無息。就算到了學校結業式當天、我們已經不再是三年級的學生時，我仍然沒有想到，她就要離開我了。這當中，也許還有一整個暑假啊？直到她開始在寢室裡收拾衣服、打開的行李箱擱置在地板上，我才開始意識到這點。同時，還有其他許多事情；隔天就要再度開學，身為四年級生的我們無疑是全校最年長的孩子。我們會進到新教室，而更重要的是，我們也會分配到一名新的班導師。我的房間裡擺著新的背包；衣櫥裡掛著新衣服。想到這一切，我頓覺心窩一緊；不過即使我在看到她收拾行李時覺得難過，這難過的程度也並不比她平常上班時、我心中的難過嚴重。

她停下手邊打包與收拾的動作，望著我。

「我星期四就會再次回家了。」她說。「也就只有四天而已。」

「我知道。」我說。「妳該帶的東西，都記得帶上了嗎？」

「我想我該帶的都帶了。」她說。「你可以幫我蓋一下行李箱嗎？把膝蓋頂在這裡，這樣我就可以確實蓋好。」

我點點頭，幫忙她蓋好。

爸爸走上樓來。

「妳現在弄好了嗎？」爸爸說道，朝行李箱點點頭。「這個讓我拿。」

媽媽抱了我一下，隨後便跟著他走下樓梯。

我從浴室的窗口觀察他們。當她坐進那輛綠色福斯金龜車時，看起來就像她準備去上班、某個稀鬆平常的下午——也就是說，一切都一樣，除了那只放在後車廂的行李箱以外。我招了招手；她也對我招招手，發動引擎，往上方倒車並且換檔。那輛車以其甲蟲般的動作駛上道路，而後消失無蹤。

現在將會發生什麼事情呢？

現在，每天的生活將會變成什麼樣子？

撐起日常生活的人是媽媽；她是我和英格威生活的中心，我們知道這一點，爸爸知道這一點。但是她或許不知道這一點。要不然，她怎麼能就這樣離開我們？

刀叉碰擊著瓷質餐具；挪動的手肘；僵直的背部，以及一動也不動的頭部。所有人一語不發。這就是我們三個人，父親和兩個兒子——我們坐著用餐。我們周圍的所有方向，全都瀰漫著典型的七〇年代風格。

沉默正在增長。我們三人都察覺到了；這可不是那種突然間就能鬆動、瓦解的沉默，這是會持續一輩子的沉默。是的，你可以在沉默中說些什麼、你可以交談，但這種沉默不會隨之停止。

爸爸將骨頭放在用來裝蝦殼與骨頭的餐盤上，又給自己多撈了一塊炸肉排。英格威與我各自只分到一塊。

英格威吃完了。

「感謝您安排了這一餐。」他說。

「還有甜點。」爸爸說。

「我不想吃了。」英格威說。「不過，還是謝謝你。」

「為什麼你不想吃了？」爸爸說。「是鳳梨加鮮奶油。你喜歡的東西。」

「那會讓我長一堆青春痘。」英格威說。

「那就這樣吧。」爸爸說。「你可以離開餐桌了。」

當英格威起身時，爸爸望著我，彷彿英格威不存在似的。

「卡爾・奧韋，你總會想吃甜點吧？」

「是啊，那還用說嘛，這是我所知道最可口的東西。」我說。

「很好。」爸爸說。

我坐在原位、望向窗外，等著他用完餐。我聽見英格威房間裡飄出的樂聲。一群小孩在街上聚集起來；他們在地上擺了兩顆石頭，象徵球門，我很快就聽見踹踢足球的沉悶碰擊聲——以及那低沉的叫聲。他們踢足球的時候（不管是怎麼個踢法），他們的叫聲總是變得比較高亢。

最後爸爸總算站起身，取過那些餐盤、在垃圾箱邊上刮乾淨。他將一只裝有鳳梨和鮮奶油的碗放在我的面前，也替自己拿了一碗。

我們一語不發地吃光。

「感謝您安排了這頓飯。」我說著，並且站起身來。爸爸什麼話都沒說；不過他也站起身，將咖啡壺裝滿水，從櫃子裡取來咖啡包。

然後他轉過身來。

「是的。」我說。

「你聽著。」他說。

「你可不要因為英格威臉上有青春痘就嘲笑他。懂不懂？我不想聽到這種事情。」

「不會的。」我應道，並等著他是否還要再多說什麼。

爸爸轉過身去，將咖啡包的一角剪開。我則走到英格威的房間。他正坐著彈電吉他；那是一款黑色、仿Les Paul的電吉他。當我頭一次聽見那樂器的演奏聲時，我極為驚訝——因為我本來極為確信，若沒有擴音器，它根本發不出聲音。但它的確發得出樂聲；滿臉青春痘的他可就坐在那裡、輕輕撥弄著樂器，發出低沉且刺耳的聲音。

「我們來玩點什麼吧？」我說。

「我現在就已經在彈啦。」他說。

「我是說玩個紙牌遊戲，你這個白痴。」我說。

「『打掃斯德哥爾摩』[43]？」他說。

「哈哈。」我說。「那個就只能玩一次。而我已經玩過了。你難道不能教我一組和弦嗎？」

「現在不行。下次再說。」

「拜託啦。」

「那就一個。」他說。「你坐這裡。」

我在他身旁的床沿坐下。他將吉他放置在我的膝蓋上。他的三根手指按在指板上。

「這個是E。」他說道，然後將手抽開。

我將手指擺放在他剛才所擺的位置上。

「很好，現在你可以彈奏了。」他說。

我彈奏著，但我所聽到的，只有零星幾根弦的聲音。

「你得更用力按才行。然後你還得留意，不要讓其他手指蓋過剩餘的那幾根弦。」他說。

「好的。」我再度嘗試。

「這樣很好。」他說。「對，就是這樣。現在你已經會彈E了。」

我將吉他遞給他、站起身來。

「你現在記得起來，是哪些弦了嗎？」他說。

「EADGBE。」我說。

「正確。」他說。「現在你只需要組一個樂團。」

「但這麼一來，我得跟你借吉他。」我說。

「你別想。」

我沒說什麼。畢竟事情總是說變就變。

「嘿，你明天什麼時候開始上課？」我換了個話題。

「第一節課。」他說。「你也是嘛？」

「不是，我覺得是十一點鐘。」

「『覺得』？」

「不是啦，我是說我知道。那爸爸呢？」

「他鐵定也是第一節課。」

很好。這麼一來，我就可以在家裡獨處幾小時。

我走進自己的房間裡。新買的背包放在書桌旁邊。我過去用了好幾年的藍色四方形背包，已經顯得太小、過於稚氣。我現在收到的新背包則是墨綠色，由一種散發出美妙氣味的人工合成織料製成。

我嗅聞了背包一下。接著我播放起《胡椒中士寂寞芳心俱樂部樂隊[44]》，並且仰躺在床上，凝視著天花板。

43　挪威語的動詞「玩」與「彈」(spille）為同一個單字。

44　*Sgt. Pepper's Lonely Hearts Club Band*，披頭四在一九六七年發行的錄音室專輯名稱。

事情一直以來都變得好得多！
事情一直變得更好！
更好，更好，更好！
事情一直變得更好！
更好，更好，更好！
事情一直以來都變得好得多！

這音樂使我振奮不已；我一手揮舞著，搖頭晃腦起來，全身感到莫名的喜悅。**更好，更好，更好！**我跟著唱起來。**更好，更好，更好！**

當我們從公車上湧下時，我們望見學校那泛著黑斑的外觀，所有窗戶正閃閃發亮。現在我們是比較年長的學生了，知道要守什麼規矩、要做哪些事情。然而就在那些頭髮剛梳得整齊、盛裝出席的一年級新生與家長們在旗竿旁邊聆聽校長的致詞時，我們則到處遊蕩，要嘛吐口水、要嘛就貼靠在遮雨棚下方的牆邊，聊著自己暑假都做了些什麼。農場上的三頭母牛已經不夠看了；但即使我們唯一的假期目的地是索貝爾沃格、我曾經在楊．奧拉夫與其他人家裡單獨待上一個星期，我總還是有些可以說的話題，因為我的一個小表妹（她名叫梅瑟，有著閃亮的金髮，住在奧斯陸城外）當時也在那邊。我跟她玩在一起；就算這個故事不若麗絲貝的哥特堡之行那麼令人驚豔，還是聊勝於無。

其中幾個小女生從我所看不見的隱密地點撈出繩帶，開始跳躍。

噢不，她們是在**跳舞**。

我們只能哄騙她們，讓她們轉而使用繩帶來跳高；如此一來我們就可以加入，而不至於在其他男生的面前丟人現眼。其中兩人各自從一側拉住繩帶，我們輪流奔過去，雙腿躍起、腳掌落地，在另外一端站定。

看著這些小女生以優雅、俐落的姿態率先躍入空中，真是一件賞心悅目的事情。

隨著「嗖」的一聲，她們就已穩穩地站在彼端。

隨後我們將繩帶拉高，直到只剩下一個人為止。

由於現在安妮．麗瑟蓓也跟了過來，我多麼希望自己是最後一人；但正如過往的經驗一樣，最後一個要跳的是瑪麗安娜。

她跑動時發出的「噠噠噠」聲音；她躍起時所發出的「嗖」一聲；然後她就達成任務了。

她露出羞怯的微笑，以食指將那披肩的金髮撥到一邊去。我內心想著，接下來這一年中，我是否會愛上她。

恐怕不會。畢竟她是我們班的同學。

也許我會愛上同年級某個別班的學生。

或者，嘿，誘人的未來啊，我說不定會愛上某個**別校的**學生？

第一節課時，我們拿到課表、幾本新的課本。然後，我們輪流講述自己在暑假做了哪些事。第二節課時，我們將要推選新的學生委員會。我與西芙上學年共同擔任班代表；我認為自己連任乃是理所當然，只是看要怎麼選而已——直到艾文德舉起手，表示自己也想參選。總計六個人參選。艾文德成了其中一個參選人的事實，迫使我打破一條不成文的規定：在任何情況下，不得把票投給自己。我心想，選情也許會陷入膠著；這麼一來，區區一票也將至關重要。被發現把票投給自己的風險，我認為完全不存在。這可是不記名投票，看到我們在紙條上所寫的內容、可以藉由筆跡拆穿我的就只有老師，但她是不能散播八卦的。

結果，我可是大錯特錯。

我在那張小紙片上以大寫字母寫下「**卡爾．奧韋**」，摺起後，遞給手裡拿著一頂帽子、到處蒐集選票的老師。她在黑板上寫下六個參選人的名字。在所有人選當中，她偏偏就選索爾薇來唱票。索爾薇每唱出一票，老師就在黑板上的人名後方劃上一個叉叉。

過了好一會兒，我的選票才浮上檯面。起先，艾文德幾乎囊括了所有的男生選票。接著我驚恐地認知到：裡面幾乎已經沒有紙條了。我一票都沒拿到！這怎麼可能呢？

不過，我的那一票終於出現了。

「卡爾．奧韋。」希爾薇說。老師在我的名字後方劃上一個叉叉。

希爾薇繼續唱票，連喊了三次「艾文德」。

「現在帽子裡面一定已經空了吧？好囉，我們看這邊。我們班今年度學生委員會的代表，就是艾文德和瑪麗安娜！」

坐在板凳上的我低下頭去。

一**張**票。

這怎麼可能呢？

而這甚至還是我投給自己的票。

但我可是全班最棒的啊！至少挪威語是這樣。還有**自然科學與社會科學**！我的數學在班上是第二強的，或許應該說排名第三。但整體表現呢？就整體的表現，還有誰會比我好？

好啦，就算是艾文德贏了。但是才一張選票？這怎麼可能呢？

完全沒有人投票給我？

這當中一定有什麼問題。

沒有人？

當我打開家門時，爸爸正好就站在門內側。

我戰慄了一下。

他是怎麼辦到的？

難道他就站在那裡、等在那裡？

「你得幫我到B-Max超市跑一趟。」他說。「這裡。」

他遞給我一張購物清單與一張百元鈔票。

「所有零錢都得還給我。懂不懂？」

「懂。」我說著，並且放下背包、跑上街去。

在這個世界上，如果要說我對什麼事情相當仔細，那就是零錢了。B-Max剛開張不久時，英格威某次購物後回家時帶回的零錢太少。爸爸揍了他一頓——他以前從來沒有被揍得那麼狠過。這並不是說他很少被揍；英格威被揍的次數可多了。比我頻繁多了。是的，在所有方面，我受到的處分總是比較輕。即使是我的就寢時間，也比他的就寢時間來得寬鬆。

我望了望那張紙條。

一公斤馬鈴薯
一盒漢堡牛肉
兩顆洋蔥
咖啡（粗研磨）
一個鳳梨罐頭
兩百五十克淡奶油
一公斤柳橙

鳳梨？我們現在又要吃甜點啦？而且還是在星期一？

我將這些商品放進購物籃裡，花了幾分鐘翻了翻櫃檯旁邊架上的幾份報紙，付了錢、將找回的零錢收進口袋，然後跑回家去。那只相當沉重的袋子，在我手上晃動。

我將袋子遞給站在樓上廚房內的爸爸，把錢一併給他——當我站在原地，等著他告知我可以離開時，他將錢塞進口袋。他沒說我可以離開。

「坐！」他指了指椅子。

我坐了下來。

「小子，抬頭挺胸坐好！」他說。

我挺直了背。

他將那些表面仍沾滿泥土的馬鈴薯從袋子裡取出，開始擦洗。

他現在是想要怎樣？

「嗯？」他一邊說，一邊轉頭望著我，雙手則繼續在水龍頭冒出的水柱下方勞動著。

我望著他，表情充滿疑惑。

「老師有沒有說些什麼？」他說。

「老師？」

「是啊，**老濕**。開學第一天，她都沒跟你們交代些什麼嘛？」

「嗯，她歡迎我們大家。然後我們收到課表，還有幾本書。」

「你的課表長什麼樣子？」他問，一邊走到電爐旁邊的櫃子前、取來一只湯鍋。

「要不要我去拿來？」

「不必了，不必了。你總該還記得某些內容吧？課安排得好嗎？」

「很好。」我說。「非常好。」

「那樣就好。」他說。

那天晚上，我理解到媽媽不在家的意涵。

所有的房間都死滅了。

爸爸窩在樓下的工作室裡。客廳和廚房則是一片死氣沉沉。我偷偷溜進那裡。當我獨自一人待在森林裡、而森林在自顧不暇之際不願意接納我時，某種感覺會將我籠罩。現在，這種感覺被喚醒了。

那些房間就只是房間——當我走進時，它們空洞地張大嘴巴。

但很幸運的是，我自己的房間並非如此。那裡一如往常，友善、輕柔地將我圍繞住。

隔天，斯維爾和耶爾．霍康在B-Max超市外朝我走來。同班的另外幾個人將我們圍住。

「卡爾．奧韋，你昨天投給誰？」耶爾．霍康說。

「這是祕密。」我說。

「你把票投給你自己。你只得到一票，這是因為你把票投給你自己。」

「沒有。」我說。

「就是有。」斯維爾說。「我們已經問過全班所有人了。沒人把票投給你。既然這樣，就只剩下你了。你明明就把票投給自己。」

「沒有。」我說。「那不是真的。我沒有把票投給自己。」

「那是誰投的？」

「我不知道。」

「但是，我們已經詢問過所有人了。沒有人投給你。你把票投給自己。快點承認吧。」

「沒有，那不是真的。」我說。

「可是我們已經問過所有人了。就只剩下你了。」

「那麼就是，有人撒謊。」

「為什麼會有人想在這種事情上撒謊？」

「這我怎麼會知道。」

「撒謊的人是你。你把票投給你自己。」

「沒有。我沒有。」

謠言傳遍了全校，但是我一概否認。一而再、再而三地否認。大家都知道這是怎麼回事；但只要我不承認，就沒有人能夠**真正**確認這件事情。他們認定，這非常符合我的作風。我自以為是一號人物。但我才沒有這麼想。會把票投給自己的人，都是無名小卒。不過我不曾跟著去偷摘蘋果、不曾跟著在商店裡偷東西、不曾用彈弓射擊小鳥或者用玩具槍對車輛或行人發射櫻桃籽；當其他人將體育課老師反鎖在器材室庫房，或者在代課老師的座椅上插圖釘、將板擦用水徹底浸溼時，我從來沒有參與過，我反而要他們住手、告訴他們這麼做是不對的，但此舉也無助於提升我的名譽。然而我知道我是對的、其他人所做的一切都是錯誤的。有時我會向上帝祈禱、要祂寬恕他們。比方說：當他們罵髒話的時候，一段禱詞就會從我的內心騰起。**慈悲的上帝呵，請祢饒恕罵髒話的雷夫．托爾，他不是故意的**。我自己則會說：見鬼去、下地獄去、去他的、真是該死、殺千刀的、靠北、王八蛋、靠腰、鬼扯蛋、下三濫、喝尿去、看在耶穌分上、看在上帝分上。但儘管如此，我除了自我防衛之外，不罵髒話、不撒謊、不搞破壞、不騷擾老師，而且頗注重自己的服裝與外表。我希望自己所說的一切都是對的，一直想要盡力而為——但即便如此，我的地位仍然相當低下，沒有人會說他或她喜歡我。但我也還不至於淪為邊緣人、沒有落到每個人都避免接觸我；就算真有人（比如說，雷夫．托爾和耶爾．霍康）排擠我，我也總還是可以找其他人。例如：達格．羅薩爾和達格．馬涅。而當所有人聚集在一起時，沒有人會被禁止加入——大家都屬於這個群體，包括我在內。

不過當然了，關在家裡讀書還是比較容易。

我是基督徒的事實，並沒有改善我的處境。這其實是媽媽的錯。她在前一年的某天，針對漫畫下了一道禁令。那天我很早就回到家，爸爸仍在上班還沒回家，我既開心又歡喜地奔上樓。

「你餓了嘛？」坐在客廳裡的她望向我。她的膝蓋上擺著一本書。

「是的。」我說。

她站起身，走進廚房，取來麵包與一些搭配麵包的佐料。

戶外的雨點，宛如空氣中的一道道刮痕。幾個掉隊、剛剛才下公車的人走在街道上；他們套著雨衣隨附的帽套，身子微微向前傾。

「我今天看了一下你在看的其中幾本漫畫。」媽媽一邊切下一片麵包。「你到底在讀什麼東西？我感到非常震驚。」

「震驚？」我說。「這是什麼意思？」

她將那片麵包放置在我的餐盤上，打開冰箱、取來硬乳酪與人造奶油。

「你看的那些東西，真是恐怖至極！裡面就只有暴力！人們拿槍互射，還為此哈哈大笑！你還太小，不能讀這種東西。」

「可是大家都在讀啊。」我說。

「這種論點沒道理。你不需要因為大家都在做，就跟著這樣做。」

「可是我覺得這樣很酷啊。」我將人造奶油塗抹在麵包上。

「是啊，正是因為這樣，這才如此恐怖、駭人。」她坐了下來。「那些漫畫所呈現、對人類的觀點，是很恐怖的。尤其是對女性的觀點。你懂不懂？我不希望你養成這樣的價值觀。」

「跟殺人有關的價值觀？」

「是的，這只是其中一個例子。」

「可是這只是在開玩笑！」我說。

媽媽嘆了一口氣。

「茵恩正在撰寫一篇關於漫畫集裡暴力元素的學士論文。這你知道嘛？」

「不知道。」我說。

「這樣對你很不好。」她說。「就是這麼簡單。不管怎樣，這點你總理解。這些東西對你很不好。」

「我以後也不能再看了嗎？」

「不行。」

「啥？」

「這個是為了你自己好。」她說。

「我不能看嘛？可是媽媽，媽媽……永遠不行嗎？」

「你可以看唐老鴨。」

「**唐老鴨**？」我尖叫起來。「根本**沒有人**在看**唐老鴨**！」

我哭了起來，逃回自己的房間裡。

媽媽跟了進來、在床沿坐定，以手撫摩著我的背。

「你可以讀書啊。」她說。「那樣就好多了。你、我和英格威，我們可以到圖書館去。是在城裡的圖書館，一星期一次。你在那裡想借多少書，就可以借多少書。」

「可是我才不要看書，我要看漫畫！」我說。

「卡爾．奧韋。我已經決定了。」

「可是**爸爸**明明就在看漫畫！」

「他是大人。」她說。「情況不一樣。」

「我**永遠**不能再看漫畫了嗎？」

「我今天晚上還要上班，不過我們明天可以到圖書館去。」她說著，並且站起身來。「我們就這麼說定吧？」

我沒有答腔。她走了出去。

她想必是搜到某一期講述二戰的《奮戰》或《勝利屬於我們》漫畫冊，漫畫裡所有的德國兵（不管是叫佛利茨、薩爾克萊德還是別的什麼名字）全都在微笑中被擊斃，還充滿他們在血戰方酣時對彼此吼叫的話語，例如「豬頭！」或者「天哪！」還是什麼別的。或者說，她翻到的也有可能是《X9間諜》或《特別精選輯》的漫畫集——絕大多數女郎身著比基尼泳裝上陣、有時甚至一絲不掛。看著莫迪斯特·布蕾絲寬衣解帶，真是太舒服了——但這只有我獨處時才適用，否則，裸體的景象真是令人困窘。每當「利剪阿格登[45]」出現在兒童節目之中、而媽媽和爸爸都在場的時候，我都會臉紅——原因就在於，他在開場中用望遠鏡偷窺一個裸女。有些時候，某一部電影或電視劇裡的幾個人物還真的與彼此打炮了——如果這種情節發生在晚上我可以看電視的時段，一切變得完全令人無法忍受。我們全家——包括媽媽、爸爸，以及他們的兩個兒子——可都坐在客廳裡，接著電視機上出現有人在打炮的畫面，這下子你又該把視線往哪裡擺呢？

噢，這真是太不幸囉。

但是那些漫畫是我為自己所留的，媽媽過去從來沒瞄過它們一眼。

而現在，我突然間就不能看漫畫了？

還有比這更不公平的事情嘛？

我哭泣起來，感到非常憤怒：我再度走進她所在的房間，說她沒有權力禁止我。在此同時，我知道這場仗已經輸了，她已經下定決心，如果我繼續吵個沒完，她就只會告訴爸爸——面對他，毫無任何反抗機會可言。

我借來的那幾本漫畫冊悉數被歸還；其他的漫畫則全部被扔掉。隔天我們就去了圖書館，各自辦了一張借書證，這件事情就這麼了結，從今以後只能看書了。每週三，當我從愛蘭達爾圖書館的臺階上走下時，兩手各提著一只裝著書的袋子。我跟著同樣借了一大堆書的媽媽和英格威一同走到車前、坐車回家、躺回自己的床上，幾乎每晚都在讀書，甚至週六與週日一整天都是如此——唯一的間斷，就是我到戶外活動（時間長短取決於具體從事哪些活動）的時候。過了一週，我就只能將所有讀完的書歸還給圖書館，然後再借新的。我讀過圖書館裡所有的套書，最喜歡的就是那個名叫波可摩托[46]、住在大西部的小男孩；不過我也很喜歡楊恩，當然還有哈迪兄弟、《鮑勃賽雙胞胎》[47]與凱蒂[48]。我很喜歡《著名五人幫》[49]；我也孜孜矻矻地將一系列的偉人傳記讀完，讀了關於亨利·福特、湯瑪斯·艾爾發·愛迪生、班傑明·富蘭克林、富蘭克林·D·羅斯福、溫斯頓·邱吉爾、約翰·F·甘迺迪、李文斯頓與路易斯·阿姆斯

---

45 Agaton Sax，瑞典作家尼斯·奧洛夫·符蘭森（Nils-Olof Franzén, 1916-1997）筆下的童書人物。

46 Pocomoto，英國作家雷克斯·狄克森（Rex Dixon）筆下的童書角色。

47 *Bobbsey Twins*，美國連載童話故事集。

48 Kitty Drew，起源於一九三〇年代的美國偵探小說人物。

49 *The Famous Five*，伊妮德·布萊頓（Enid Blyton）在一九四二年寫成的青少年冒險小說。

壯的事蹟——我讀到最後一頁總是淚流滿面，因為所有人都死掉了。我讀了《我們一起去探險[50]》系列、還有關於世界上著名與不著名探險事蹟的書籍；我閱讀了帆船與太空之旅的書籍。英格威讓我閱讀由丹尼肯[51]（他聲稱所有偉大文明都是源自於與外星人的會晤）所寫的書籍，以及阿波羅登月計畫（從那些太空人試飛戰鬥機、企圖刷新速限紀錄的時期寫起）的書籍。我也讀了爸爸手中所有由黃金峽谷出版社發行、封面陳舊但華美的男童故事全集；其中讓我印象最深刻的一本當屬《獨木舟的龍骨上》（講述一個爸爸和他的兩個兒子到野外搭帳篷露營，還看到一隻所有人都以為已經絕種的大海雀）。然後我還閱讀了一本講述某個在戰間期被一艘英格蘭飛船所引誘的小男孩的書；我讀完朱爾．凡爾納所有的書，最喜歡的是《海底兩萬里》與《環遊世界八十天》——不過，我也喜歡另一本名叫《一張彩票》的書（講述泰勒馬克一戶窮人家贏得大樂透的故事）。我讀過《基督山恩仇記》、《三個火槍手》、《二十年後》與《黑色鬱金香》。我讀過《小公子方特洛伊》、我讀過《孤雛淚》與《塊肉餘生記》、我讀了《被遺棄的孤兒》與《金銀島》，而由於《新森林的孩子》是別人送給我、而非我借閱的書籍，我一而再、再而三地閱讀，因而相當喜歡。我閱讀了《叛艦喋血記》，傑克．倫敦[52]的小說，關於貝都因人、抓捕海龜的盜獵者、偷渡者與賽車手的書籍；我讀了一個在美國南北戰爭期間參戰、擔任鼓手的瑞典小男孩的書；我讀了講述那些踢足球的小男孩的書，關注他們所踢的每一個足球賽季；我還讀了由英格威從學校帶回家、更傾向於探討問題的書籍。這些書描述那些懷了孕、即將生產的少女，或者那些遊手好閒、進而開始吸毒的少年——這對我來說與其他書籍沒什麼差異，我什麼都讀，真的什麼都讀。我在霍夫爾營區一年一度的跳蚤市場上找到一套洛孔博爾[53]的小說系列，我買下來、孜孜不倦地讀著。我還閱讀了某套以一個名叫伊妲的小女孩為主角的書，只不過那套書至少分為十四部。我讀了爸爸保存的所有舊版《偵探小說書庫》；當我買得起以克努特．葛里布[54]為主角的小說時，我就買了下來。我讀過關於克里斯托弗．哥倫布與麥哲倫的書籍，也讀過關於瓦斯科·達·伽馬、阿孟森與南森的書。某一年聖誕節，外公和外婆送我和英格威《一千零一夜》與挪威民間故事集；我全都讀完了。我讀了亞瑟王與圓桌武士的故事。我讀過羅賓漢、小約翰與瑪麗安的故事；我讀過《彼得潘》還有《乞丐王子》。我讀過那些於二戰期間在丹麥境內計畫顛覆的小男孩，以及在雪崩中奮勇救人的小男孩們的故事。我讀到一名詭異、矮小男子的故事；他住在海灘上，靠著他在灘頭挖到的沉船殘骸維生。我讀的另一些故事，與在軍艦上擔任見習生的英國男孩們有關。我還讀了義大利人馬可·波羅會見成吉思汗的探險故事。我一本書接一本書看、一袋看完再換下一袋，就這樣一週又一週、一個月接一個月地看。我從自己所讀的一切書籍中學到：我們必須要勇敢，勇氣或許是所有特質中最重要的，不管我們從事什麼事情，我們都得誠實、正直，而且永遠不要背棄他人。另外我還學到：永遠不要退縮、永遠不要放棄，原因在於如果我們堅忍不拔、昂首闊步、勇敢而真誠，無論我們因此而變得多麼孤獨、不管我們到最後因此變得多麼封閉，我們終究會得到獎勵。我經常想到這一點；當我孑然一身時，這是我最常懷抱著的遐想之一。總有一天我要重回故地、衣錦還鄉。我要成為大人物，提貝肯社區的所有人將不得不對我心生景仰、不管他們願意與否。我知道，這絕非一蹴可幾之事；當歐斯耶爾講了一堆羞辱我和某個我所心儀女生的話，我直接跟他對幹。他完全將我壓倒在地、跨坐在我身

50 *Vi var med-Serien*，以諾曼地登陸、達爾文探險、發明飛機等史實為各冊主題的挪威語兒童、青少年讀物。

51 Erich von Däniken（1935-），瑞士作家。

52 Jack London（1876-1916），美國作家，被譽為商業作家的先驅。

53 Rocambole，由法國作家彼埃爾·愛利克斯·龐森·德·特萊爾（Pierre Alexis Ponson du Terrail, 1829-1871）所營造的小說角色。

54 Knut Gribb，挪威作家史文·艾維斯塔（Sven Elvestad, 1884-1934）筆下小說中的人物。

上，開始用雙手的食指狂戳我的胸口與雙頰，同時哈哈大笑、揶揄我的時刻，我所贏來的絕非尊敬。當時很不巧地，我的嘴裡塞滿了黃色的火狐軟糖；我企圖將它吐在他身上，結果連這一點都失敗了。最後反倒是我自己臉上留下黏糊的黃色汙漬。我對他說：你全身都是尿味，你這爛狗屎。這可是真的，他的確就是這樣。而且還不僅如此——他就像一條鯊魚那樣，也有著兩道齒列，其中一排牙齒藏在另外一排內側，我也將周邊一眾圍觀者的注意力引到這噁心至極的景象之上；不過這又有什麼用呢，我被壓在地上、被徹底打敗，對於事態的發展完全無能為力。我透過閱讀汲取了上述的理想（尤有甚者，「榮譽」等概念在他們當中同樣適用——即使他們不會直接使用這些單詞，它們對他們來說仍是同等的清晰，而且仍然適用）——而這種結果，實在完全悖離了這些理想。我很虛弱、疲軟、肥胖；我並不強壯、動作不快、沒有勇氣。與他們相反的是，我**接觸到**這些理想、背得滾瓜爛熟、他們當中任何人都永不可能將這些理想背誦得和我一樣流利；但當我還無能實現之際、當我莫名其妙就哭起來的時候，這些又有什麼幫助可言呢？對於英雄氣概如數家珍的我，身上散發的特質居然如此懦弱——這感覺真不公平。不過也有一些書籍描述軟弱的特質；其中一本書就像一道持續數個月的波浪、承載著我，指引著我。

那一年秋季，我生病了。白天，我臥病在床，過得相當無趣。某一天早上，爸爸去上班以前帶了幾本書進來，是他童年時期（五〇年代）讀過的書，先前被放在地下室裡；我可以借閱這些書籍。其中幾本書由基督教出版社發行；不知出於什麼原因，它們在我內心留下最強烈的印象。其中一本在我心中留下的印象，甚至不可抹滅。那本書講述一個喪父的小男孩，與生病的媽媽一起住在家中。他照顧媽媽，生活窮困，完全靠小男孩的努力度日。一群（或者說，一整個幫派）其他小男孩專找他的麻煩。他們不僅僅追打他這個異類；他們也大罵髒話、偷東西。由那個少年幫派的成功與那名敏感、關愛自己母親、誠實主角的失敗構成的不公不義，簡直令人無法忍受。我因為這不公不義而哭泣；我因邪惡而哭泣；而這些不斷變化的情勢（良善持續遭到漠視與打壓，不公不義的壓力則陡增到極限）使我感到一陣撕心裂肺之痛，這導致我下定決心，要成為一個良善的人。從那時起，我要行善舉、在自己有能力幫忙時幫忙、永遠不幹傻事。當年的我九歲；我周邊沒有人自稱是基督徒，這包括媽媽、爸爸以及其他人的雙親（歐文德．桑茲是唯一的例外——也正是出於他的信仰，他不去電影院、不看電視、不喝可口可樂、不吃零食）。當然了，小孩們更不可能自稱是基督徒。所以，我就這樣在一九七〇年代末期的提貝肯社區展開這項一人專案。在我早晨起床以及晚間就寢時，我開始向上帝禱告。秋季，當其他人聚集在低處的提貝肯舊社區、準備偷摘蘋果時，我勸他們住手，因為偷竊是罪孽。我不曾同時對所有人這麼說——一群人的反應（人們彼此之間瞎起鬨、慫恿他人做這件事或那件事）與一個人的反應（當事人被迫面對面、正視反對的力量，無法躲進群體中、眼閉起來）之間的差異，我可是心知肚明。所以我就這麼辦了；我走到那些跟我最熟悉的人（也就是說，那些跟我同年齡的人）面前，逐一告訴他們，偷東西是罪孽，請三思，你並不是非得這麼做不可。但是我不想落單，所以我跟著他們、在籬笆旁邊停下來，望著他們在黃昏時分偷偷摸摸地穿過那片舊田野。當他們在回家途中邊走邊大口吃下蘋果、身上的拉鍊夾克因內袋塞滿水果而變形之際，我就走在他們旁邊。如果有人問我要不要吃，我一口謝絕——收受贓物的人並不比小偷良善。

某年的復活節，當我們去索貝爾沃格拜訪外公與外婆時，我認識了一個玩伴；我相當固執地要求他別罵髒話。我曾經無數次請他別再罵髒話；我還記得，當他某天下午跟著我去拜訪外公和外婆、對我的勸諫依舊置之不理時，我害怕極了。在那之後，他會避開我；我則藉由想著自己「做了正確且良善的事情」，來承受這個事實。我在公車上會起身讓座給老年人、在他們走出超市門口時詢問需不需要幫忙提東西、從來不會追著汽車跑、從來不會把東西砸爛、不曾試著用彈弓把鳥打死、走路會注意不踩到螞蟻或甲蟲；即使我和耶爾每年春季去採花、將鮮花送給媽媽或爸爸時，一想到我奪走了一條生命，我的胃部就隨之一緊。

那年冬季下雪時，我想要幫助老年人鏟雪。那是某個星期一、放學後的時間；前一夜剛下過大雪，我試著說服耶爾，讓他跟我去幫其中一名老人將私人車道上的雪鏟乾淨。我還沒暗示那老人鐵定會賞我們一點零錢、表達謝意，他就願意跟我一起去。爸爸最近剛買了一根新的雪鏟；那是一根紅色、所謂的「南挪威鏟」，閃閃發亮、相當好看。由於他當天早上才用來將我們家車道上的積雪鏟乾淨，我料定他那天不會再用到它了。我拿起鏟子、大步離去，與拿著自家那把綠色南挪威鏟的耶爾並肩而行。那間被我選中的屋子，座落在下方的彎道處；我們按鈴時，一名老年男子前來應門。當他理解到我們的來意並非像其他許多人那樣朝他的屋子扔雪球，而是要將他家前方路面的積雪鏟乾淨時，他頓時容光煥發起來。那是一項粗重的工作，不過也很有趣；我們清出了一條通到邊溝外緣、能讓我們將雪運走的路面。我們將雪拋到邊溝外緣，雪塊隨後崩解、滾入溝內。灰濛濛的天幕顯得凝重；雪塊是如此的潮溼，如果你握住它，水竟會從雪裡流出。托恩爾群島的方向傳來霧角聲[55]。乘著滑雪板或坐在扶手雪橇上的小孩從旁經過；剛下班、正在返家路上的車子行駛在後坡，發出低沉的顫動聲。我們費了一小時，將那條私人車道的積雪鏟乾淨。當我們走到上方處、告訴那名老男人時，他向我們道了謝、然後關上門。耶爾用責難的目光望著我。

「我們難道不值得一點小費嘛？」他說。

「是啊，是啊，應該要收到啊。可是他什麼東西都不給我們，又不是我的錯……」

「我們忙了這一切，全都是做白工咯？」

「看起來是這樣沒錯。」我說。「不過那又不會怎樣。走吧，我們閃人吧。」

他有點陰沉地跟在後面走。當我們踏上我們屋子前方的那條路時，我看到爸爸站在門口。我彷彿感覺心臟停止跳動，胃部猛然一緊，以致於我幾乎無法呼吸。怒火在他的雙眼中狂燒。

「你現在給我過來！」當我走上私人車道時，他吼道。我低下頭，踏出最後那幾步。

「看著我！」他說。

我抬起頭來。

他一拳揍向我的臉頰。

我抽噎起來。

隨後他一把拉住我那件拉鍊夾克的前緣、將我往牆邊壓。

「你拿了我那把南挪威鏟！」他暴吼道。「那可是全新的！那是我的東西！拿我的東西的時候，你給我放尊重點！你懂不懂？而且你也沒有先問過！我還以為被偷了！」

我哭個不停、抽噎著，這導致我幾乎沒聽懂他說了什麼。他重新抓住我的夾克、一把將我推進門去，將我壓向正對面的牆。

「以後不准再做這種事情！永遠不！給我到你樓上的房間裡待著，直到我叫你出來，你再出來！懂不懂？」

「是的，爸爸。」我說。

他重重地甩上自己工作室的門。我開始脫衣服，雙手顫抖著。我將連指手套與毛線帽摘掉，將踝靴脫掉，接著才脫拉鍊長褲與拉鍊夾克，最後脫掉厚重的毛衣。我待在自己樓上的房間裡，躺在床上。我

55 大霧之中，用來提醒船隻的一種信號。

的內心淌著血、變得一片通紅。我啜泣著，淚水如湧泉般灑落在枕頭上；同時，一股狂暴、我不知道該如何處置的怒火在我的內心猛力拉扯。我恨他，我非得報復不可。我要報復。他等著瞧吧。我要把他打爛。把他打爛。

這時我突然驚覺到：那個善良的小男孩，會怎麼做呢？一個真正的基督徒，會怎麼做呢？基督的精神就在於寬恕。

當我想到這一點時，一股暖意遍及我的全身上下。

我要寬恕他。

這真是個偉大的想法。

而這使我成為一個偉大的人。

但我只有在獨處時才會如此想。當我與他共處一室時，他簡直將存在於我內心的一切全都吞掉——我根本無法想著其他的東西，我的內心再度變得只剩下他。

與爸爸獨處的第一天，將會形塑接下來這一年中的所有其他日子。作為早餐而被擺在桌上、已經塗抹完畢的三明治；放在冰箱的餐盒；我回家時得去買菜；他煮飯時，我得坐著回答他的問題；有時我感覺輕微的背痛、像是被刀扎到一樣，還要忍受他那句永恆的「**小子，抬頭挺胸坐好**」——有時我得坐在原位、直到他煮完飯為止；另外幾次，他會突然說「你可以走了」，彷彿他理解到，我覺得這些陪伴他、以半小時為單位計算的時間是多麼麻煩——然後我們就吃晚飯。就寢之前，我們不是獨自待在外面、就是待在樓上；他要麼去開會，要麼坐在樓下工作。每個星期，我們會挑一天放學後到史托雅大採購。某幾個晚上，他會到樓上來、跟我們一起看電視。那時，我們的行為極其拘謹——我們抬頭挺胸地坐著、紋風不動，一句話都不說。如果他問我們問題，我們只簡短地回答。

在那之後，他逐步將注意力從英格威身上移開，轉而愈來愈關注從來不敢像英格威那樣陰沉、寡言的我身上。

但這一招也並不總是見效。

他從樓梯上傳來的腳步聲，就是一個惡兆。如果我在播音樂，我會將音量轉低。如果我正躺著看書，我會坐起身來、避免讓自己看起來鬆鬆垮垮。

他會到這裡來嗎？

那當然了。

門被推開、他就站在門口。

時間是八點鐘；打從四點鐘吃過飯以後，他就不曾到樓上來。

他的目光在房間裡逡巡著，最後停留在書桌上。

「你在那邊擺了什麼？」他走進房間裡、舉起那副紙牌遊戲。「我們來玩牌吧？」

「好啊，我們可以玩玩。」我說著，並且擱下手邊的書。

他坐到床上、湊到我身邊。

「我來教你一種新的紙牌遊戲。」他說。他將那副紙牌遊戲高舉，然後將所有的牌撒落到地板上。

「這個就是『打掃斯德哥爾摩』。喏，現在請你打掃吧。」

我本來還以為他真的想要玩牌；因此當他只是在開玩笑，我覺得如此失望。隨後我又想到，我將得被迫跪在地上、把所有的牌撿起來，而他則坐在床上、恣肆取笑我——這導致某個字從我嘴裡冒出。

要是我當時稍微謹慎點，我永遠不會說出這個字。

「靠！」我說。「你為什麼要這樣做？」

他整個人僵住了。他揪住我的耳朵，站起身來，擰著我的耳朵。

「你竟敢罵你自己的父親？」他更加用力地擰著。我哭了起來。

「現在你這個爛小子，把東西收好！」他說道。當我彎下腰、開始撿牌的時候，他仍然揪著我的耳朵不放。

等到我把牌都撿完以後，他才鬆開手，走出房間。又過了一會兒，吃宵夜的時間到了，不過他還待在工作室裡。當我們走進廚房時，他已經將一切準備好了。

次日，他並沒有按照往常那樣，在他煮晚餐期間叫我進去。直到晚餐煮好，他才喊了我的名字。我們坐了下來，一語不發地盛著抹著肉汁的鯨魚排、馬鈴薯與洋蔥；我們在絕對的沉默中用餐，我說完「感謝您準備這一餐」，就直接離開餐桌。爸爸洗了碗，在客廳裡吃掉一顆柳丁（我從氣味能夠辨識出來），喝掉一杯咖啡（我從咖啡壺發出的「嗡嗡」聲能判斷出來）、走到樓下的工作室，在工作室裡播放了一點音樂，然後才穿上衣服、走到戶外的車前，開車上路。

隨著車開下坡、引擎的轟鳴聲一消失，我便打開門、走進客廳，一屁股坐進那張棕色的皮製手扶椅上，把腳翹到桌面上。我再度站起身來，走到廚房，拉開冰箱看看裡面有什麼：兩個已經塗抹完畢的三明治；這就是我們的宵夜。我拉開旁邊櫥櫃的門，取來裝著葡萄乾的盒子、倒了一整把葡萄乾，一口吞入嘴裡，同時將盒裡的葡萄乾表面弄平。我一邊嚼著葡萄乾、一邊走回客廳，打開電視機。《偷渡者》會在六點半重播。那是一部講述一艘太空船、無比陰森的影集；播出時間其實是在禮拜五晚上，但我們不准收看。只不過媽媽和爸爸都不知道：影集重播時間正好是他們不在家的時間，我們開心極了。

英格威走了進來，坐到沙發上。

「你在吃什麼？」他說。

「葡萄乾。」我說。

「我也要。」他說。

「別拿太多。」當他站起身時，我說。「不然爸爸會注意到。」

「我不會拿太多的。」英格威說著，打開了櫥櫃。

「你要不要來幾顆杏仁果？」他喊道。

「好的。不過別拿太多。」我說。

在黑暗中，窗外路面上的街燈幾乎成了橘色，下方的瀝青路面也閃動著橘光。屋後的冷杉，同樣閃著橘色微光。但冷杉後方的那座森林處在一片黝暗之中，彷彿一座墳墓。坡道最陡峭的區域傳來一輛摩托車痛苦的哀鳴聲。

「拿去吧。」英格威將幾顆杏仁果放在我那張開的手掌。我清晰地辨識出他散發的氣味。那是一股既嚴肅又羸弱、近於金屬般的氣味。他的汗味和皮膚的氣味不同。他的皮膚散發著金屬般的氣味。當我們打架時，我認得這股氣味；當他在我身上搔癢的時候，我認得這股氣味；又比如說，當他偶爾躺著看書時，我會將鼻子湊向他的胳臂、嗅聞著那股氣味。我愛他。我愛英格威。

就在《偷渡者》開播前五分鐘，英格威站起身來。

「我們把大門鎖起來。」他說。「然後我們把所有的燈都關掉。這樣一來，屋內就會暗得多。」

「不要。」我說。「不要這樣做！」

英格威笑了起來。

「你這樣就怕了啊？啊？」

我站起身，擋住他的去路。他用雙臂抱住我、把我舉起來，將我放到他的後方，繼續走向樓梯口。

「不要這樣做。」我說。「拜託你！」

他再度笑了起來。

「我現在要到樓下去，把門鎖上。」他在樓梯間說著。

我追著他跑。

「英格威，我是認真的。」我說。

「這我知道啊。」他說。他將門鎖上、站在前面。「不過，當只有我們兩個人在家的時候，這些事情我說了算。」

他把燈關上。

屋內陷入一片迷濛的昏暗；隔壁房間的燈光成了唯一的光源，在微光映照下，他的微笑呈現出魔鬼般的猙獰。我跑上樓坐在那張手扶椅上。我聽見他將開關一個接一個關上的聲音。門廳、茶几上方那盞燈以及廚房天花板那盞燈。然後是沙發上方牆面上的四只小燈座，最後是電視機上的那盞燈。當這一集節目開始時，除了那盞微弱的戶外燈、電視機那搖曳不定的微光以外，屋內一片黑漆漆的。開演的第一幕就很陰暗：一名站著的男子揮動著大鐮刀，然後轉過身來——他的「臉」並不是臉，只是一只面具。他的手指尖和腳趾尖伸得老長；一種恐懼就像一陣痙攣、在我的內心猛力糾結成一團。但我還在看節目，我得看著。當這集節目在半小時後結束時，英格威站到我的後方。

「你什麼都別說。」我說。「你什麼都別做！」

「卡爾．奧韋，你可知道？」他說。

「不知道，不知道，不知道！」我說。

「我可不是你所以為的那樣。」他一邊說，一邊湊近我。

「你就是！」我說。

「我不是英格威。」他說。「我是別人。」

「你哪是什麼別人！」我說。「你是英格威！說，說你是英格威！」

「我是電子人，而這個……」

他拉開襯衫。「這個不是血與肉。這個是鋼板和電路。它看起來像是血與肉，但並不是血肉。我不是人。」

「你就是人！」當我這麼說的時候，我已經哭出來了。「你就是英格威！英格威！說，說你是英格威！」

「現在，你跟我到地下室去。嘿嘿嘿……」

「**英格威**！」我尖叫起來。

他面露微笑，望著我。

「嘿，我只是在開玩笑而已啊。」他說。「你總該不會真的以為，我是個電子人吧？」

「不准你這樣搞。」我說。「現在馬上把燈打開。」

他朝我踏近一步。

「不要！」我尖叫。

「好啦，好啦。」他說。「我們把燈打開。我們現在來吃飯吧，你說呢？你餓了嗎？」

「你先把燈打開。」我說。

他按下小燈座的開關，再打開電視機上那盞燈；新聞已經開播了。我們走進廚房裡，開始吃宵夜。英格威替我們泡了一點茶；只要我們在事後將一切打理、收拾乾淨，就不會有什麼問題。對爸爸來說，我們趁他不在家時打開電爐、泡起燒茶用的沸水，完全是不可想像。在那之後，我們取來足球遊戲，而且站到茶几上——英格威的房門敞開著，在他房裡震耳欲聾的則是我最愛的專輯：皇后合唱團的《歌劇之夜》。

當我們聽見爸爸的車聲從戶外傳來時，我們趕忙將東西收拾乾淨、溜回各自的房間裡。當我們獨自在家時，他會把英格威喊來、問我們都做了些什麼，過得怎麼樣。不過當天晚上的他就只是直直走進客廳，在電視機前就座。

他以這種方式退居一旁，對我真是一種解脫。只不過，他可不想這樣；我感覺到他並不情願。屋內的空氣彷彿因為這種感覺而變得沉重，就像一個沒人能夠達到的要求。

當他下一次上樓來找我們時，情況變得很失控。當時的我已經開始病懨懨的，出現感冒症狀、發著燒，過去一小時內身體更燙了。我坐在英格威的床上、靠著牆壁，正讀著他的其中一本雜誌。他坐在書桌前，正在寫作業。唱盤機裡轉動、播放的是新城之鼠[56]的專輯。

此時門被拉開了；爸爸站在門口，望著我們。

他的心情很好，雙眼神采煥發。

「你們在放音樂呵。」他說。「真是好聽。這是誰的專輯？」

「新城之鼠。」英格威說。

「就是『貧民窟之鼠』。」爸爸說。「當我說『Crystal Palace』就是『Kristallpalatset』（水晶宮）的時候，你們還笑得不可開交。記得嘛？你們還不信咧！」

他臉上帶著笑容，走進房間裡。

「卡爾・奧韋，你也喜歡這音樂嗎？」

我點點頭。

「來吧，我們來跳舞吧。」他說。

「爸爸，我生病了。我覺得我在發燒。我沒力氣。」

「來啦。」他一邊抓住我的雙手，把我拉起來、開始抓著我轉來轉去。

「爸爸，不要！」我說。「我生病了！我沒力氣！」

但他執意繼續，拉著我轉動、愈轉愈快，動作愈來愈狂熱。這真是不可承受，我簡直就要嘔吐了。

「**爸爸，住手！**」最後，我尖叫起來。「**停！**」

他停下的動作，就像他剛開始時那樣迅疾、唐突。他將我扔到床上，走了出去。

媽媽每週五回家時，我就持續待在她旁邊；這麼一來，我就能比其他所有人更貼近她。如果她最先見到我，爸爸就不能將我遣進我的房間裡——然而，要是他們坐著談話，他就可以叫我回房去。當她在週日晚上或者週一早晨離開時，爸爸似乎即已更加迫近我們，或者說，至少更加接近我。我再度開始被喊進廚房裡、被要求描述學校都發生了什麼事；同時，他則煮著東西。我們在沉默中用餐；他一洗完碗，

56 The Boomtown Rats，一九七五年在愛爾蘭都柏林成立的搖滾樂團。

便下樓、閃進自己的工作室裡。他有時候會上樓來，跟我們一起看電視。但他通常在樓下待到吃宵夜的時間，那就好像只有我和英格威待在家裡。這倒不是說，他不在我旁邊的時候，我做了什麼他在場時我不會做的事情。大多時候，我只是躺著看書。媽媽現在沒有定期載我們到圖書館去，而我已經讀完學校圖書館的所有藏書；因此，我開始翻找爸爸和媽媽的書架。我閱讀阿嘉莎．克莉絲蒂的書；閱讀斯湯達爾的《紅與黑》，我閱讀了整套的法國短篇小說，我讀了一本由楊恩．米謝利[57]所寫的書，我讀了一本托爾斯泰的傳記。我開始自己動筆寫書，內容與一艘帆船有關。但當我寫完最初十頁，花了一大半篇幅清點哪些人在船上、他們有哪些補給品、他們載走哪一種貨物時；英格威說，現在早就沒人寫帆船的書了，帆船時代的人才會寫這種書，現代人都只寫現代的東西。我那時就不再繼續寫了。我在那年秋天還自己編了一份報紙，總共做出了三份；我將它們分發到上方鷹架旁邊的三個郵筒裡，一份給卡爾森、一份給古斯塔夫森，還有一份給普雷斯巴克摩；不過我沒有收到任何回音，彷彿它們只是憑空消失、從不曾存在過。

我在室內過著一種生活，到了戶外則過著另一種生活——我始終如此，所有孩子想必也是如此。週六晚間的電視機前面，更沉靜、也更溫順地圍坐在雙親與手足旁，與我在下方森林裡所見到，享受全面且無盡的自由、因而可以恣意而為的他們相比，想必截然不同。到了秋季，差異變得特別明顯。春夏，我們大半的生活都在戶外度過；孩童與成人世界之間的聯繫，是迥然不同的。但當秋季伴隨著黑暗降臨時，兩者之間的連結彷彿被切斷，只要家門一在我們的背後掩上，我們就滑入自己的世界裡。那短暫、陰暗、淒冷的夜晚被那肉眼不可見、朦朧景物所蘊含的一切張力所填滿。秋季就是黑暗、地土、水體、空穴。秋季是鼻息、歡笑、手電筒投放出的光錐、用雲杉枝搭建成的簡陋小屋、營火，以及到處跑來跑去、成群結夥的小孩子。在此之後浮現的房間與空間，就更是如此。即使我不被允許帶人回家、就算這個地區的其他任何小孩均不曾進過我的房間裡，我總是可以到他們家裡坐坐。我偶爾到其中幾人的家裡，更常的時候則到其他人的家裡。那年秋季，我參觀了達格．羅薩爾的房間。在黑暗的戶外一路狂奔、雙頰通紅的我們可以安坐在室內、玩起大富翁遊戲，他那兩張披頭四專輯（一張是紅色，另一張是藍色）的其中一張則在卡式錄音機裡播放起來。我喜歡收錄他們早期那些簡約、歡愉歌曲的紅色專輯；進入副歌時，我們可以引吭高歌、以一種不重視語義層面、絕大多數時候隨著樂音飄移的英語跟著唱，簡直就是在尖叫。不過在此同時，那張藍色專輯愈來愈常被播放——因為我們開始迷上那張專輯裡陰沉、更顯陌生的曲調。

那些夜晚是我人生中最快樂的時光。它們並無任何特殊之處；因此這顯得很詭異。我們所做的事與所有小孩所做的事情無異——坐著玩遊戲、聽音樂、喋喋不休瞎聊著腦海裡轉動的一切想法。

但我挺喜歡那間房屋裡的氣味，我喜歡待在那裡。當我們走進屋內時，我喜歡我們剛剛脫離、賦予萬物某種陌生色彩的黑暗，特別是溼氣濃重的時候——此刻你可以用全身去體驗，而不僅是用雙眼去觀看。我喜歡路燈泛起的光圈。當我們群聚在一起的時候，我喜歡那些黑暗中的談話聲，以及在我周邊活動的身軀所呈現出的氣氛。我喜歡從峽灣入口處傳來的霧角聲。我在那些夜晚的想法是：什麼事情都可能會發生。我喜歡到處遊走，與各種東西不期而遇、面對各種情境。在夜間，興建於浮動碼頭上方森林裡的那幾座棚屋空空如也，屋子窗邊亮著燈，我們就站在窗邊、朝裡面窺探。裡頭放的是色情刊物嗎？是的，正是如此。沒人膽敢破窗而入偷走，但現在，這個可能性突然變得顯著。而我們知道：很快就會

57 Jon Michelet（1944-2018），挪威作家。

有人這樣做了，搞不好我們自己就會這樣做。那個時期，你可能在某天早上於外面的街上看到一張色情雜誌的夾頁；那個時期，你可以在邊溝裡、草坪上、橋下找到色情雜誌。究竟是誰放在那裡的，我們不得而知；彷彿通過上帝之手散落各地，就像木海葵、黃花柳、溢滿出來的小溪流，或是因著雨水而變得溼滑不堪的峭壁那樣，成為大自然的一部分。而棲地也為那些色情雜誌帶來獨有的特色：夾頁要麼輕軟而潮溼、要麼就是在重新變乾之後顯得一觸即碎；通常顯得慘白、髒汙，因塵土而變得不潔。

當我想到那些色情刊物的時候，我內心一陣飢渴。這種渴望與我們談論它們的方式（那是某種強硬的存在，某個為我們所訕笑、興致勃勃觀看的東西）全然無關。不對，這種渴望潛藏在他處，是如此深沉，導致正常的思緒始終無法企及。

這個獨棟小屋住宅區中，你可以想像許多人會在家裡藏色情雜誌。無一例外地，他們就是那幫會在時機到來時搞來機車、開始抽菸、有時候逃學的人；簡單地說，就是那些群聚在芬那加油站的人。那幫惡人。因此對我來說，善惡兩大勢力乃是勢不兩立的。色情刊物屬於惡的那一邊，但我感到內心充滿強烈的饑渴，讓我不住地吞嚥口水；同時，我受到強烈地吸引。當我看到裸女的照片，我全身酥軟。這真是既恐怖又美妙；世界彷彿隨之門戶大開、地獄陡然現身，黑暗在光線閃閃發亮之際降臨，我們只想站在原地，不停翻閱、再翻閱——我們簡直可以在冷杉沉重的樹枝下待上一輩子，嗅聞著土壤與山丘散發出的溼氣、凝視著那些圖片。那些女人彷彿直接從泥沼裡、從發黃的秋葉裡挺立而出——至少她們與這些景物緊密地連結。那些照片的一部分，常常已經被撕走；但我們已從剩餘的殘頁看足了女體的凹凸有致、柔軟與硬挺之處，這使得我們確知這美好的感覺永遠不會離我們而去。每次一聽說有新的刊物，我們會立刻跟進、尋覓。

這種時候，耶爾成了最心急的人之一。早在二年級的時候，他就已經將他爸爸的《我們男人幫》偷偷帶出來——我們坐在森林裡，注視著雜誌上那些袒胸露乳的女人。在此同時，為了使他人不對我們起疑，我們高聲而嘈雜地談論著唐老鴨和黛西做了些什麼，假裝我們在看漫畫。

現在，色情刊物就放在那幾座棚屋裡。

我們騎車在屋子周邊繞著，但那些門都鎖住了——而我們又還沒大膽到打破玻璃、扯下窗子的搭鉤、一躍而入、將那些刊物偷走。

但那股慾望被喚醒了，轉而流向他處。森林裡、廢車殘骸周圍的矮林？

B-Max超市旁邊公車站對面的邊溝？

橋下的森林裡？

那座垃圾山！操，當然的啊！那裡一定有一大堆這種東西。數百本？幾千本？

九月下旬的週日早晨。爸爸外出釣魚、媽媽待在客廳裡、英格威騎腳踏車到島嶼東側的某處；穿著藍色牛仔褲、米黃夾克的我則走出門外，踏上那潮溼的草坪，向上朝耶爾家走去。我的內心興奮莫名——我們總算要到垃圾堆裡尋寶了。太陽閃閃發亮，但黎明破曉時分下過雨；在那些日光無法企及的區域（例如我們家外面那些冷杉樹枝下方的陰影處），柏油路面仍因溼氣而發黑。

當我來到耶爾家門前時，他已準備就緒。我們跑動起來，衝上坡、踏上那條綿長直路，沿途房屋前方的草坪上，放置著幾條被防水布罩著的船艇，大多數是塑膠輕艇，不過也有幾艘較小的平底船，以及一艘頗有名氣、貨真價實的艙式遊艇。草坪泛著黃色；那些房屋後方的樹木顏色在橘與紅之間變換；天幕一片湛藍。我們將夾克脫掉、綁在腰間，繼續走，經過雪地爾家的房子，踏上那條礫石路、穿過那道標誌著道路盡頭以及小徑開端的邊門。新落成的會館就座落在田野另一端；由金髮少女們所組成的基督教青年協會附屬合唱團正是在那裡練唱、集會。

那條沿著小徑流動的小溪溢滿到邊緣；淺綠色溪水遲緩地流向下方那道平淺的斜坡。所有曾湧入，並且覆蓋住這條小溪的石楠、草梗與植被，帶給溪水這樣的色調。竊竊私語著、訴說著小溪仍在流動的，唯有表面那些淺淺的漣漪。斜坡變得更加陡峭、溪水往下方急奔。我們開始跑起來。小徑上的白色石頭看起來死氣沉沉、在陰影下泛著灰色；能被太陽照射到的石塊則閃閃發亮、泛著一抹黃光。前方的一小段距離外，有人正在往上走；我們開始放慢速度。那是一對老夫妻。老太太頂著一頭灰髮、身穿一件厚實的羊毛衫；老先生穿著一件手肘上覆蓋著皮革的棕色燈芯絨西裝夾克，拄著拐杖而行。他的嘴巴張開、下頷輕顫著。

我們轉過身來，回頭望著他們。

「是湯默森。」耶爾說。

他在我們二年級的時候教過我們；但從那之後，我們就沒再看到過他。

「我還以為，他很久以前就死掉咯！」我說。

我們取道老舊的捷徑、穿越森林，來到垃圾山頂邊緣。白色的小型塑膠垃圾袋與黑色的大垃圾袋在流瀉的陽光下閃閃發亮。十來隻海鷗在一小段距離外尖叫著、飛來飛去。我們往下爬，身陷一堆廢棄物之間。某些地方，廢棄物堆疊得如大山、足足是我們身高的四倍多；但在其他位置，各種東西就只是散落一地、毫無堆疊的跡象。我們找尋的是購物袋與紙箱，也的確找到一大堆，裡面甚至裝有報紙——老年人常閱讀的那種週報。《居家報》、《最極致》與《挪威週刊》，還有那種小女生常讀的週刊，《星途》、《新世代》與《浪漫》，以及一捆捆的日報（大多數是《世道報》與《阿格爾德郵報》，但也不乏《我們的國家報》、《晚郵報》與《挪威日報》）。我們翻找到《晚郵報》旗下發行的雜誌、《女性與衣著》、女生們愛看與馬術有關的雜誌、唐老鴨漫畫集，還有一本六〇年代末期、厚重的《幽靈》漫畫冊（我馬上扔到一邊去）。我們也翻找到一本《節拍》漫畫、幾本《米奇船長》與一本《X9間諜》口袋書。我對這些東西本身是很滿意沒錯，然而這無法改變一個事實——我們在尋找的那些刊物，例如《男人們》、《嬉戲》、《雞尾酒》與《現時快報》，也許還有幾本外國週刊（這一帶流傳著幾本丹麥雜誌，其中一冊叫做《性週末》——此外還有幾本英語和瑞典語的色情刊物）——居然都不見蹤影了。我們連一本色情書刊都沒找到！這是怎麼回事？難道有人比我們先抵達這裡？不可能沒有這種書！

又過了一小時，我們決定放棄，溜進石楠叢裡，閱讀著我們所找到、那些稀鬆平常的報刊。但我想要體驗某種截然不同的事物。這一整天，我總能在腹部感受到那種飢渴。這也許就是我無法真正滿足、安靜待在這裡的原因。我感到某種失落。我站起身來、在樹木之間稍微閒晃一下，然後又往那條下方的小溪走去。或許我們應該在溪中涉水而行？

「我們在水裡走走吧？」我喊道。

「可以啊。但我得先把這個讀完。」耶爾說話的同時，視線並未移離報刊。

我走到那兩只裝有我們所找到空瓶的袋子前面。絕大多數是那種細長、貼有「愛蘭達爾釀酒廠」黃色標籤的棕色酒瓶；不過也有幾只比較粗短的綠色海尼根酒瓶。我取來一只海尼根酒瓶。玻璃外緣還殘留著少許的草屑與泥土，我心想：它鐵定已在一座庭院裡埋了一段時間，直到冬季即將到來、人們在庭院打掃時，瓶子才被挖了出來。

我的腹部依舊感受到那股飢渴。

我翻動手上的酒瓶。墨綠色的玻璃在日光下閃閃發亮。

「你覺得小雞雞可以塞進裡面嗎？」我說。

耶爾擱下膝上的報刊。

「可以啊。」他說。「當然了，前提是瓶口不能太細。你打算試試看嗎？」

「是的。」我說。「你也要試嗎？」

他站起身，走上前來，取出一只瓶子。

「你覺得，這裡會有人看見我們嗎？」他說。

「哪會有人，你這個白痴。我們就在森林裡面。不過為了安全起見，我們可以稍微往那邊移動。」

我們走到一棵高大的冷衫前。我鬆開腰帶，把長褲褪至膝蓋高度，一隻手掏出小雞雞、另一手握著瓶子。我將小雞雞壓向瓶口；冷硬的觸感碰上龜頭那柔軟、溫熱的皮膚。實際上，那瓶口太緊了；但我稍微旋轉一下瓶口，同時往內壓，小雞雞仍然滑了進去。一股震顫傳遍了我的背；同時我的小雞雞膨脹著，瓶口似乎愈來愈緻密地包住它。

「我弄不進去。」耶爾說。「這行不通啊。」

「我可以！看！」我說。

我轉身面向他。

「可是不能在裡面打炮。」我說。「裡面空間太小，啥事也幹不了。瓶子就像山一樣硬！」

為了顯示瓶子有多麼堅硬，我鬆開那只酒瓶。它直直地垂落在兩腿之間。

「哈哈哈！」耶爾笑了起來。

我正要將小雞雞拉出來，此時一陣刺痛感傳來。

「噢！天殺的！」

「那是啥啊？」耶爾說。

「噢噢噢！噢！**操他的！**」

那是一股彷彿被刀子，或者一塊尖銳的碎玻璃刺到的感覺。我使盡全力拉扯，將小雞雞從瓶子裡弄出來。

我的龜頭上停著一隻黑色甲蟲。

「**救命啊！見鬼啦！見鬼啦！見鬼啦！**」我大呼小叫起來，同時掐住那隻不知是甲蟲，還是什麼東西的玩意兒（反正是有著大鉗子的黑色物體），試圖拉開，使盡全力將牠扔得老遠，同時我來回跑動、不停揮動著雙臂。

「那是啥？」耶爾說。「那是啥？那是啥啊，卡爾．奧韋？」

「一隻甲蟲！牠咬我的小雞雞！」

他先是張開嘴望著我。接著，他開始笑起來。這正好是他會覺得好笑的事情。他笑得前仰後合、翻倒在地。

「你不准把這件事情告訴任何人！」我一邊束緊腰帶。「懂不懂？」

「不——懂——！」耶爾說。「哈哈哈！」

我三度逼迫他保證絕對不准說出去。同時，我們手上各自提著袋子往上走。驕陽晒著我們的頸間。

我也為了自己剛才罵髒話而簡短地禱告一下、請求主的寬恕。

「我們現在就到下面去，在芬那把這些瓶子回收掉，怎麼樣？」耶爾說。

「那邊收空啤酒瓶嘛？」我問。

「噢對了，他們不收。」耶爾說。「那我們得把這些瓶子藏起來。」

我們往回走，跨越那片田野，越過那條小溪，並將裝有空瓶的袋子放在禮拜堂正下方的那座小樹林裡。我們折下幾株蕨類植物、幾株草，盡可能完全掩蓋住，同時環顧四周，確認是否有人，然後平靜地離開（我們都知道，奔跑會引來注意）。我們先是向上行、來到禮拜堂旁邊的那條路，接著再循那條路向下走。

雪地爾站在自家地下室的門外，腳踏車上下顛倒，放置在他的前方。他一隻手放在踏板上、轉動著一個輪子，另一手則握著一只裝有潤滑油的小塑膠瓶，正在給鍊條上油。那閃亮的黑髮垂落在臉龐前。

「哈囉。」他說。

「哈囉。」我們回應。

「你們上哪去了？」

「到垃圾山上面。」

「你們在那邊幹麼？」

「在找色情刊物。」耶爾說。我瞥了他一眼。他在幹麼？這可是祕密！

「你們找到了嗎？」雪地爾微笑著說，並望向我們。

耶爾搖搖頭。

「我家裡有一大疊，你們想要借嘛？」他說。

「要啊，操，當然啊！」耶爾說。

「你家真的有？」我說。

他點點頭。

「你們現在就要嘛？」

「我現在得回家吃飯咯。」我說。

「我也是。」耶爾說。「不過我們現在可以帶走，先藏在森林裡。」

雪地爾搖搖頭。

「這樣可不行，這樣它們就毀了，你們得帶回家才行。不過沒關係，今天晚一點我再帶著，到下面去找你們。」

「那可就太好了，可是我們得在外面見面。你絕對不能按門鈴。懂嗎？」

「這樣齁？」他說道，並且瞇眼微微一笑。「你害怕我會把那些刊物給你爸爸看，嗯？」

「不是啦，反正……他會問東問西。而你之前又沒到過那邊。」

「好啦。」他說。「那你們五點鐘的時候到外面來。我會在那裡。如何？」

「可是那時候電視在播英超聯賽啊。」我說。

「那就六點鐘。到時候不要又來跟我說，你們要看幼幼臺！」

「那好吧，就六點。」

媽媽坐在廚房裡看書。收音機廣播正放著，電爐上煮著稀粥。湯鍋的其中一側被牛奶染成了白色，爐子之間也散布著暖熱而幾乎發乾的牛奶與米飯。我因而理解到：這鍋粥已經燒焦了。

「哈囉。」我說。

她放下手邊的書。

「哈囉。」她說。「你跑到哪裡去啦？」

「沒去哪。」我說。「就只是到處晃晃。我們找到了幾只空瓶子，禮拜一會拿去回收。」

「真好。」她說。

「妳今晚要弄披薩嗎？」我說。

她面露微笑。

「我就是這樣打算的。」

「太好了。」我說。

「你有沒有讀一下你收到的書啊？」

我點點頭。

「我昨天開始讀。看來挺棒的。我現在要進房間裡，繼續讀。」

「去吧。」她說。「我們再過十五分鐘吃飯。」

她每週五回到家時，總是會帶點東西回來；這回她帶的是一本書，《地海巫師》，作者名叫娥蘇拉．K．勒瑰恩；我才讀了最初兩頁，就知道這是一本非常、非常棒的書。但當我躺在床上閱讀時，我的內心仍無法平靜——因為媽媽在家，而我想盡量多花時間和她共處。而從另一方面來說，她就在這裡；即便我躺在我的床上、而她坐在廚房裡，她的存在為我的生活帶來的解脫感（特別是爸爸當她在場時從來不會妄動，從來不會大發雷霆，反而每次都能夠冷靜下來）仍舊鮮明。

我和英格威、爸爸一同收看英超足球賽。他一如往常地買了太妃糖。我與英格威得各自填寫一張彩票，每張上面共有八行。我猜對五個數字；他們為此哈哈大笑，答對率還不到一半，我乾脆去骰骰子算了。爸爸說，猜對五個數字與猜對十個數字的難度是一樣的。不過他覺得：由於挪威運動博彩公司會付錢給那些猜對十分的人，那些只拿到五分的人應該要付錢給他們。英格威猜對七個數字、爸爸猜對十個，然而不幸的是，這次那些猜對十個數字的人領不到錢。

當一切結果揭曉時，時間是五點五十八分。戶外，雪地爾騎著腳踏車，在一陣「嘶嘶」聲中滑下坡來，一只裝得滿滿的塑膠袋被固定在後座的包裹托架上。我站起身來，表示我要到外面晃晃。

「你現在去外面要幹麼？」爸爸說。「兒童節目開演了啊？」

「我沒有興趣看。」我說。「而且我跟耶爾有約了。」

「有約定了，我的老天爺。」爸爸說。「好吧，只要你在晚上八點以前到家，或許就可以吧。」

「你要出門啦？」媽媽走到門邊說道。「我本來還在想，你會一起來烤披薩呢。」

「我本來其實很樂意啊，不過我有約了。」

「我們家的兒子開始跟別人有約咯。」爸爸說。「你確定是耶爾？不是什麼小女朋友？」

「確定啊，那當然啦。」我說。

「記得在八點鐘到家。」媽媽說。

爸爸站起身來。

「席瑟爾，我們很快就得每晚獨處咯。」他說道，用手抓住腰帶釦環、將褲頭拉高，拂了拂自己的頭髮。我已經衝出去，因而沒聽到媽媽回答了什麼。我的喉頭因興奮與激情而一陣哽咽，全身上下震撼不已。我在門廳套上那雙慢跑鞋——如果我們夠走運，森林地面現在應該已經乾了——以及那件藍色羊毛衫，還有那件媽媽剛縫過的藍色緊身無袖背心。我拉開門並衝向跨坐在腳踏車上、一腳蹬在踏板上而另一腳著地的雪地爾，耶爾站在他身邊。他倆都將目光投向我。

「我們到船庫那邊去，那邊不會有人看見我們。」我說。

「那好吧，我騎車轉轉，我們待會兒在底下見。」雪地爾說。

耶爾和我衝下那道斜坡、踏上小徑，越過那條小溪、繼續向前跑，地面彷彿就在我們的腳步下顫抖著。我們穿越田野與那條礫石路面，直到踏上草地才稍微減速——就在這時，雪地爾的身影在山頂上、那棟白色舊房子的旁邊浮現。

雪地爾比我們年長兩歲，經常獨來獨往，至少這是我們對他的理解。那高聳的顴骨、細小的雙眼及閃亮的黑髮使他像個印第安人，女生們對他很有興趣。不久前，這種傾向就開始顯現。幾乎每天都有人在談論雪地爾，並且等候他——突然間，到處都能聽到他的名字，這當中的弔詭之處也許不在於他在暗處沉潛一段時間後突然浮上檯面；詭異之處在於，那些談論他、向他表明好感的女生為此還感到某種驕傲，彷彿**她們**因為做出這麼一個非凡的選擇而變得有魅力，甚至比他本人還要有趣。而他只是繼續過平常的生活、騎著腳踏車到處遊蕩，幾乎總是獨自一人，也總是友善地對待我們。

他騎的是一輛附有彎把的橘色DBS競賽用腳踏車；其中一邊把手的膠帶已經鬆脫、顯得支離破碎。他將後座的行李托架拉起，拿起袋子，然後一路閒晃到躺臥在草地上、嘴裡各刁著一根草梗的我們面前。

「現在看A書的時間到囉！」他一邊將袋子倒過來，讓刊物散落草地上。

太陽低垂在我們後方的山脊上空；他的身形拖曳出一道綿長、向下延伸的陰影。小灣內的島上傳來海鷗淒厲的叫聲。全身酥軟的我取來一份刊物，趴了下來。我每次就只盯著一張圖片、每次就只關注某張圖片的一部分，例如雙乳（我只需要輕輕瞄上一眼，全身就感受到一陣陣興奮）、例如雙腿（當我遐想著雙腿之間那個或多或少微微岔開、或多或少閃耀著紅光、邊緣處還常出現一、兩根手指的孔隙時，那近乎狂野的渴望就在我內心被喚醒），或者比如說那通常張開而扭曲的嘴巴、那有時是如此渾圓且曼妙，而讓我再也無法安靜趴著的美臀——然而關鍵並不在於這些身體部位的本身，而是某種讓我優游、徜徉於其中的事物，那更像一片沒有開端或盡頭的海洋；打從第一刻、目光觸及第一張圖片起，即已身處這片海洋的中心。

「你有沒有看到超級大的下面啊，耶爾？」我說。

他搖搖頭。

「不過這裡有對奶子超大的。你想看嘛？」

我點點頭。他將那份刊物高舉到我面前。

雪地爾坐在我們上方幾公尺處；他拿著一本雜誌，翹著二郎腿。但才過了幾分鐘，他就將雜誌扔到一邊、站起身來。

「這幾本我已經看過很多遍了。」他說。「我很快就會需要一些新的。」

「你是從哪裡弄來這些的？」我問，一邊用手遮蓋雙眼。

「我當然是用買的。」

「**用買的**？」我說。

「是的。」

「可是它們已經很舊了啊？」

「是二手書刊，笨蛋。城裡有一家理髮廳，他們也賣二手書刊和雜誌。那邊有一大堆A書。」

「**你**可以買？」

「當然了。」他說。

我注視他幾秒鐘。他是在跟我開玩笑嗎？

看起來不像。

我繼續翻。下一張照片是兩個女生在網球場上。她們身著打網球時常穿的窄裙（其中一人的窄裙是淺藍色；另一人則穿白色的），白色的網球衫、手腕上繫著防汗帶、打網球時穿的白長襪、白色網球鞋。

她們手上各自拿著一根球拍。她們總不會是要去打球吧？

我翻到下一頁。

其中一人躺在草坪上、撩起網球衫，展現乳峰。她的頭部往後仰。她是否也沒穿小內褲？噢不。

很快地，這兩人都變得一絲不掛。她們跪在網子旁邊，翹臀高高地舉向天邊。這真是太棒了。太讚了。太讚了。

「你看，耶爾。」我說。「兩個人在打網球。」

他迅速地朝我投來一瞥，點點頭。他深深地被自己手上的刊物吸引、懶得浪費時間在我身上。

雪地爾走到下方那座老舊、已顯得腐朽的碼頭旁邊，將那些想必是他在那片泥濘滿布的灘頭找到的石塊扔進水裡。湖面原本一片寧靜；每一顆扁平的石頭落進湖面時，都激起一圈圈的小波浪。

當他在我們面前停下腳步時，我也許已經翻閱完三、四本刊物。我抬頭望著他。

「可以趴著看書，真是舒服。」我說。

「哈哈哈！所以你喜歡這樣趴著，還有磨蹭！」他說。

「是的。」我說。

「我想鐵定也是這樣。」他說。「不過我現在得閃人了。如果你們想要留下這些刊物，那就帶走吧。我已經看膩這些了。」

「我們**可以**帶走喔？」耶爾說。

「請便。」

他將腳踏車的腳柱往上踢開、向我們招招手，然後開始朝高處走去。他一隻手托住手把的中心，看起來簡直像在牽著一隻動物。

耶爾必須將這些雜誌藏在自己家裡——這是當然的了，以致於當我們一小時後於我們家的屋外分開時，我們對此甚至不置一詞。

媽媽調理的披薩都有著厚底、邊緣還高高地捲起——絞肉、番茄、洋蔥、蘑菇、青椒和乳酪所構成的內餡，看起來就像一片被往四面八方延伸的綿長山脈包圍住的臺地。週六晚上，我們一如往常地坐在客廳的餐桌旁。我們不曾邊看電視邊吃飯，那是不可想像的事情。爸爸切了一小片披薩、放在餐盤裡給我。我則從那只容量一公升的瓶子倒著可口可樂；可口可樂的白色字母直接印在綠色瓶身上，而不是像其他瓶子那樣，印在一張紅色標籤上。挪威南部地區沒在賣百事可樂，我只有在挪威盃賽事期間才喝過百事可樂，除了搭乘地鐵，還有早餐時間向我們無限量供應的玉米穀片以外，能喝到百事可樂就是參加賽事最大的好處之一。

吃完披薩，爸爸問我們，想不想玩一種新遊戲。

我們想玩。

媽媽將餐桌收拾乾淨。爸爸則到工作室取來一本筆記簿及四枝筆。

「席瑟爾，妳要來一起玩嗎？」他向已經開始洗碗的媽媽喊道。

「好呀。」媽媽說道，並且走向我們。她的手臂與額頭上還沾著泡沫。「我們準備玩什麼？快艇骰子？」

「不是。」爸爸說。「我們每個人都會分到一張紙，要在紙上寫下國家、城市、海洋、湖泊和山岳的名稱。每一種各占一個欄位。然後我們要決定一個字母，並且要在三分鐘以內寫下以這個字母開頭的名稱，寫得愈多愈好。」

我們之前沒玩過這種遊戲，不過聽起來很有趣。

「贏了有沒有獎品？」英格威說。

爸爸露出微笑。

「贏家可以獲得榮譽。贏了遊戲的人，可以當一家之主。」

「你們就先玩吧。我來幫大家煮一點茶。」媽媽說。

「我們先試玩一輪。」爸爸說。「等妳回來以後，我們再開始玩真的。」

他望著我們。

「M，以字母M開頭。懂嗎？」他說。

「懂。」英格威回答道，已經開始振筆疾書。他用手遮住自己的紙張。

「懂。」我說。

我在屬於山岳的一欄寫下「白朗峰」（Mont Blanc）；在屬於城市的一欄寫下「曼達爾」（Mandal）、「莫里斯敦」（Morristown）、「彌約爾峽谷」（Mjondalen）、「莫爾德」（Molde）、「馬爾摩」（Malmö）、「梅特羅波利斯」（Metropolis）以及「慕尼黑」（München）；我想不出任何海洋，也想不出任何溪流。然後是國家的名稱。真的有以字母M開頭的國家嗎？我在腦海裡逐一檢視自己所想得起來的國名。但就是想不到。莫河（Moelven）。那是河川的名稱嗎？「摩城」（Mo i Rana），不管怎樣，那總是一座城市的名字。美國中西部呢？喔我想到了，密西西比（Mississippi）！

「時間到。」爸爸說。

我只需要瞄一眼他們面前的紙張，就可以推斷出他倆都贏了我。

「卡爾．奧韋，念一下你寫了什麼。」爸爸說。

當我念到莫里斯敦的時候，爸爸和英格威都笑了起來。

「不准笑我！」我說。

「莫里斯敦只存在於《幽靈》裡。」英格威說。「你還以為它存在於現實中喔？」

「是啊？不然呢？莎拉在紐約的聯合國總部工作，它明明就存在啊。所以憑什麼說莫里斯敦不存在？」

「卡爾．奧韋，答得好。就憑這一點，你可以拿到半分。」爸爸說。

我朝英格威扮了個鬼臉。他則用訕笑來回應我。

「現在茶弄好囉。」媽媽說。我們取來自己的杯子，我在自己的茶杯裡加了大量的糖及牛奶。

「我們現在開始認真玩。」爸爸說。「我們就玩三個字母。在睡覺時間之前，我們大概也只能玩這麼多了。」

事實顯示，媽媽所知就和我一樣少。或者應該說，她並不像英格威或爸爸那樣專心致志。而這對我來說可真是再好不過了；這麼一來就變成我們兩個對抗他們兩個。

當第一輪遊戲結束、爸爸清點分數時；她說，她改名了。

「我已經改回自己小時候的名字了。」她說。「所以我現在叫做哈特洛伊，而不是克瑙斯高。」

我感到一陣心寒。

「妳不再叫做克瑙斯高了？」我說道，張著嘴巴注視著她。「但是，妳是我們的媽媽啊！」

她露出微笑。

「是啊，我當然是啊！我這一輩子都是你們的媽媽啊！」

「可是，這是為什麼？妳為什麼不跟我們用同一個名字？」

「你知道嘛，我出生時的名字是席瑟爾．哈特洛伊，那才是我的本名。克瑙斯高是爸爸的名字。也是你們的名字！」

「你們要離婚了啊？」

爸爸和媽媽都露出微笑。

「沒有啊，我們沒有要離婚。」媽媽說。「我們只是叫不同的名字罷了。」

「不過，有個壞消息。」爸爸說。「我們不能再見到祖父和祖母了。他們不喜歡你們的媽媽改名字，所以他們不想見到我們。」

我注視著他。

「可是，聖誕節呢？」我說。

他搖搖頭。

我開始哭起來。

「這有啥好哭的啊，卡爾・奧韋。」爸爸說。「這肯定會過去的。他們只是現在很生氣而已，他們一定漸漸就沒那麼氣了。」

我重重地將椅子向後一推，站起身跑進自己的房間裡；當我關上門的時候，我聽到有人跟過來。我撲到床上、嚎啕大哭，臉埋進枕頭裡，淚如泉湧。我過去不曾哭得這麼慘。

「嘿，卡爾・奧韋。」爸爸在我後方說道。他在床邊坐了下來。「你沒有必要反應這麼激烈吧。祖父和祖母這麼有趣嗎？」

「是！」我將臉貼在枕頭上，高聲尖叫。我的全身隨著一陣陣痙攣般的啜泣，縮攏成一團。

「但是，他們現在不想見你的媽媽。這樣的話，跟他們見面恐怕就沒那麼有趣了吧？你應該了解這一點的。他們甚至不想要見到我們。」

「她為什麼要改名字！」我尖叫著。

「那是她本來的名字。」爸爸說。「這是她的願望。這麼一來，不管是你、我、祖父還是祖母，都無權否認她的這項權利。不是這樣嗎？」

他將手搭在我的肩膀上，停留了一秒鐘。隨後他就起身離開。

當我不再流淚時，我取來媽媽買的那本書，繼續閱讀。我在意識最深處認知到：英格威已經上床就寢、滑門已經關上、爸媽在客廳播放起音樂，但這些都沒在我心裡留下任何印象。從第一句開始，我就深陷於故事的情節之中；我愈往下讀，就陷得愈深。故事的主角是個住在一座小島上、名叫格得的小男孩。當人們發現他擁有超能力的時候，他便被送往一所訓練巫師的學校就讀。在學校，人們發現他的能力超出了正常範圍；某一次，過度驕傲的他打算在其他人面前炫耀，因而打開了通往另一個世界——也就是冥府（死者的王國）——的大門。一道陰影從冥府偷溜出來。格得差點死掉；在那之後的許多年，他虛弱、毫無精力，他的性命被做上了記號，那道陰影則如影隨形地跟住他。他逃避那道陰影，藏在世間一個隱蔽的地點，放棄了自己所有的理想及抱負，同時也知道：他掌握的那些簡單魔法不過只是空泛的手勢與話語。還有另外一種魔法是更深層的，與存在的一切本質緊密相連。它的目的在於保持生死間的平衡，而這其實才是巫師真正的使命。萬物、乃至於一切生命都有著與其本質相符的名字；唯有真正知道這些生命與事物的真實名字，我們才能夠駕馭它們。格得具備這個能力，但他對此並不自知；原因在於每一道符咒、每一項法術都會擾亂這種平衡，導致某處發生某些他無法察知的事情。因此，他所定居的小鎮上的村民認定他是個糟糕的巫師，他甚至無法表演任何一個小鎮巫師必須要能夠掌握、最簡單不過的法術。他很年輕，看起來相當凝重，臉上有一道大疤痕。他對寒氣相當敏感。但當情況十分緊急，他真的被迫要使用自己的技能時，他會使用這些技能。某一次，有個小孩性命垂危。他跟著那個小孩，從死神的國度將生命的氣息帶了回來，但這個舉動實際上極其危險——如果真有某種平衡是不能被擾亂的，那就是生與死之間的平衡。然而他還是這麼做了；這導致他自己陷入垂死的處境。小鎮上的居民，此刻才第一次看清楚他的真實能耐。而那道被他從冥府所放出、長期以來始終在人世間逡巡、尋找他的那道陰影終於找到他了——他每次動用自己的魔法時，陰影都能察覺，並且逐漸接近他。他必須離開。他也的確乘船開溜了——他來到海上、航行於各座島嶼之間，進入最為偏遠的海峽之內。那道陰影離他愈來愈近。在幾次對峙之中，格得與死神錯身而過；接著他們迎來了最龐大、也是最後一次的正面衝突。他始終努力找出那道陰影的名字。他翻找著自遠古以來即已寫成、關於各種生物與存在的書籍；他詢問過其他更加聰明的法師；但一切都是枉然，這真是個缺少姓名、不為人所知的存在。然後他恍然大悟。待在海上、獨處於孤舟中、受到陰影節節進逼的他恍然大悟。那道陰影名叫格得。那道陰影與他同名。他就是那道陰影。

讀完全書最後一頁以後，時間已近十二點；我關上燈，熱淚盈眶。

他就是那道陰影！

那年秋冬，我每週至少會有一天（但通常是兩天）獨自待在家裡。爸爸那時還在開會；英格威要麼去參加學校音樂社團的排練、要麼參加足球或排球隊的練習、要麼就待在朋友家裡。我很喜歡在家裡獨處，沒有人使喚我，也沒人要求我做各種事情，真是妙不可言。不過在此同時，我倒也沒有那樣痴迷於這種狀態。窗外，天色愈來愈早暗下，而我在窗邊各個房間裡走來走去時留下的倒影看起來是如此不自在——那些影子彷彿與死神、乃致於眾死者合而為一。

我知道那是我想多了；但這樣的認知又有什麼幫助呢？

當我沉浸在閱讀的世界裡時，情況變得尤其恐怖；當我將視線從書本上移開、抬起頭並站起身來時，我彷彿無法與**任何地方**產生連結。我的感受就是孑然一身、無依無靠，陷入徹底而絕對的孤獨中，黑暗就像一堵外牆，將我徹底隔離。

是的，假如我能夠趕在爸爸回到家以前將浴缸裝滿水，那就太好了；他可不喜歡我一直泡澡。他說，每週泡一次就夠了。而就像其他我所做的一切那樣，他對這一點也是嚴加看管。但我現在如果善加利用這份自由、將浴缸裝滿水，爬進浴缸裡、打開錄音帶播放器、讓那溫熱的水浸泡我的全身上下，我就能從外而內看清自己，我的腦袋就彷彿成了一顆骷髏，似乎有著諸多**洞穴般**的凹孔。我歌唱著、而歌聲轉向我，我將頭部浸入水下、感到無比害怕。我什麼都看不到！有人可以偷偷摸摸地附在我身上！那裡有人在嗎！我潛入水面下的那兩、三秒（或許四秒），在時間上構成了一處空洞。有人恐怕已經溜進了這道空洞中。也許沒有人溜進浴缸裡，畢竟那裡一個人也沒有；但他們恐怕已經溜進屋內了。

這種情況下，我能夠採取的最佳對策是將廚房或者我房間裡的燈光關掉，然後向外望。當窗面不再出現任何映影時，能看到窗外座落著其他房屋、還有其他家庭在活動，而某些時候，戶外也有其他小孩在走動。沒有比這個更令人心安的景象了。

就在這樣的一個晚上，我跪坐在廚房的板凳上、朝外望向黑暗時，窗外的風雪相當猛烈而駭人。暴風咆哮著、掃過戶外的地景，屋簷上的排水管發出嘎嘎聲、煙囪則發出陣陣哀鳴。窗外一片漆黑；路燈下方的黃色光線區域內不見任何人跡，舉目所見淨是呼嘯的暴雪。

一輛汽車駛上坡道，拐進圓環路，朝我們家的屋子開來。難道要來我們家嘛？是的；車子開上私人車道，停了下來。

那會是誰呢？

我從廚房裡竄出、衝下樓，並且奔入門廳。

我在門廳停下腳步。

怎麼可能會有人來拜訪我們？

這又會是誰呢？

我感到害怕。

我走到大門前，鼻尖湊在那片粗糙的窗格上。我不需要開門；我只需要站在原地、看看自己是否認得來人是誰。

車門打開了，一條人影**滑出**車外！

那條人影竟用**四條腿**走路！

不，不，不！

它像一頭大熊那樣，搖搖晃晃地朝我走來，在門鈴下方停步，然後站起身來！

我往後退。

這到底是什麼東西？

門鈴「叮咚」響起。

然後，那條影子再度恢復四條腿著地的姿勢。

該不會是恐怖的雪人？光腳的野蠻人？

可是怎麼會出現在這裡，出現在提貝肯社區？

那道影子再度站起身、按下門鈴，然後再度跌坐下去。

我的心臟劇烈地搏動著。

不過，我總算想起來了。

是的，沒錯。

就是那個列名於市政府委員會成員、領有殘障證明的男子。

一定就是他。

恐怖的雪人是不會開車來這裡的。

我打開門的同時，那條人影正開始從門口爬開。

它聞聲轉過身來。

就**是**他。

「哈囉。」他說。「你爸爸在家嘛？」

我搖搖頭。

「不在。」我說。「他正在開會。」

這名留著鬍鬚、戴著眼鏡、嘴角總是垂著一小抹唾液、經常用自己那輛特殊訂製的車載著青少年、在這一帶活動的男子嘆了一口氣。

「你可以代我向他打聲招呼，告訴他我來過這裡。」

「好的。」我說。

他藉由雙臂使力、將身體從門邊移開，隨後打開車門、擠入座位上。我睜大雙眼打量著他。一旦進入車內，他那原本無助、緩慢的動作就消失無蹤了——他非常刻意地發動引擎，迅速地倒車上坡，接著才開上路面、消失無蹤。

我關上大門，走回自己樓上的房間。我才剛躺回床上，大門就被拉開。

我聽出是英格威回來了。

「你在家啊？」他在樓梯間喊著。我坐起身來，走出房間。

「我餓瘋了。」他說。「我們現在就來吃宵夜吧？」

「現在才剛過晚上八點耶。」我說。

「愈早吃愈好。」他說。「這樣的話，我可以幫我們燒一壺茶。而且，我簡直快要餓昏了。」

「弄好以後就叫我一聲。」我說。

十五分鐘以後，我們坐在桌前吃著三明治，面前各擺著一大杯的茶水。

「晚上有輛車來過這裡，是嘛？」英格威說。

我點點頭。

「那個是市政府委員會成員的殘障男子。」

「他想要幹麼？」英格威說。

「我怎麼會知道。」

英格威望著我。

「今天有人說到你的事情。」他說。

我全身發冷。

「是這樣喔？」我說。

「是的。是愛倫。」

「她說了什麼？」

「她說，你走路的方式真是奇怪。」

「她才沒這麼說！」

「她就是這麼說。也真的是這樣啊，這是真的啊。你走路的方式有點怪，你自己都沒有想過嗎？」

「我才**沒有！**」我尖叫起來。

「有啦，有啦，明明就有。」英格威說。「可憐的小傢伙，連走路都走不穩。」

他站起身來，開始在廚房地板上緩慢、吃力地走動；他每跨出一步，都裝出一副就要跌倒的樣子。我淚水盈眶瞪著他。

「我走路的方式跟其他所有人完全一樣。」我說。

「這些話可不是我說的，是愛倫說的。」他再度坐定。「你知道的，人們會聊起你的事情。你有點好笑。」

「**我哪有這樣！**」我一邊尖叫，一邊抓起三明治、使勁朝他扔去。他低下身去。三明治砸中電爐的平面，發出輕微的「砰」一聲。

「小男孩現在居然生氣啦？」他說。

我拿著茶杯，站起身來。英格威也跟著起身。我將熱茶潑向他，茶水灑到他的肚皮上。

「卡爾．奧韋，你生氣的樣子實在有夠可愛的。」他說。「好可憐的小男孩。說不定，我可以教你怎麼好好走路？畢竟，我對這個很在行唷。」

我淚如泉湧；但這並非導致我什麼東西都看不清楚。我視線模糊的原因是：我內心竄升的怒火像一道紅色的迷霧，籠罩了我的腦海。

我飛身撲向他、使盡全力揍他的肚子。他扣住我的雙臂、將我纏住。我企圖掙脫，但被他牢牢扣住。

我企圖踢他，他則更用力地將我往他身邊湊緊。我企圖咬他的手，被他一把推開。

「很好，很好。」他說。

我再度撲向他；我腦中唯有一念，那就是揍他的口鼻。假如我手上握著一把刀，我也將會毫不遲疑地捅他的肚子。不過他對這一切瞭若指掌，這種情況過去已經發生太多次了。所以他就重施故技：牢牢地將我扣住、緊緊地抱住我，並且說我真是個可愛的小男孩、我生氣的樣子真是可愛極了——直到我嘗試咬他、他再也無法將我的頭部頂開，他才將我推開。這回我並沒有再度跳到他的身上，而是從廚房裡跑開。茶几上擺著一只裝有水果的小碟子，我取來一顆柳橙，用力地砸在地板上。它爆裂開來，一束細弱的橙汁隨即噴出，灑到牆面的壁紙上，並且往下擴散。

英格威站在門邊，凝視著這一切。

「你做了什麼？」他說。

我望著他。接著我又低下頭，凝視著地毯上的汙斑。

「你得洗乾淨，你這個白痴。」我說。

「那是洗不掉的。」他說。「要是洗了，汙斑只會變得愈來愈大片。要是爸爸看到這一切，他會氣瘋的。你為什麼要做這種事情？」

「反正他又不一定會看到。」我說。

英格威只是一味地望著我瞧。

「是啊，你總是可以這麼希望。」他說。他彎下腰將那顆柳橙撿起，然後走進廚房。我從隨之傳來的刮擦聲能夠聽出，他將水果埋進垃圾桶的最深處。當他走回來時，他手上拿著一塊抹布，接著他將地板擦乾。

我全身顫抖得如此劇烈，以致於連站都站不太穩。

那片汙斑顯得細長。我實在無法想像，當爸爸回到家時，怎麼能夠逃過他的眼睛。

英格威將茶壺以及那兩只茶杯洗乾淨。他將長條狀麵包扔到一邊去，把桌面上的碎屑擦拭乾淨。我坐在餐桌前的椅子上，以雙手掩面。

英格威在我面前停下腳步。

「對不起，我不是故意要把你弄哭的。」他說。

「你明明就是故意的。」

「可是，瞧你生氣成這副樣子。」他說。「這很有趣嘛，你懂嗎？我已經跟你道過歉了。」

「明明就不是這樣。」我說。

「什麼東西不是這樣？」

「我走路的樣子很奇怪。」

「拜託，少來了。」他說。「所有人走路的方式都不一樣。重點在於能夠往前走就好。我只是開開玩笑，嗯？我只是想要捉弄你而已。而我也做到了。你走路的樣子，並不比其他任何一個人奇怪。」

「你確定？」

「就像落下來的炸彈一樣確定。」

當爸爸回到家時，我已經上床了。我躺在黑暗之中，聆聽著他的步伐。他的腳步並未如我所預想、停在走廊上，而是繼續朝廚房走去。他在廚房閒晃了一下才到別處。而這一回，他也沒有停下腳步。

他並未察覺到我做的事情。

我們得救了。

隔天晚上，我跟耶爾一起上游泳課。我們各自揹著一只肩背包，先從霍爾特搭公車來到市區的總站，接著向上走到史汀塔體育館。我的提袋裡裝著一條深藍色Arena泳褲、一頂在側面繡有挪威國旗的白色Speedo泳帽、一副Speedo泳鏡，還有肥皂與毛巾。我們從前一年冬天以來便加入愛蘭達爾游泳俱樂部。那個時候，我們還幾乎完全不會游泳；單是不受阻礙地從游泳池的其中一端來到另一端，對我們來說就已經極其費力，簡直是不可能的任務。然而我們被預期達到這項目標，這是加入游泳俱樂部最基本、不可動搖的要求。游泳教練（一名穿著木鞋、雙臂上滿是刺青的男子）則沿著池邊跟著我們、不斷地大呼小叫。因此沒過太久，我們就達成了這項目標。我們的泳技稱不上好；不管怎樣，與那些三不五時在游泳池走來走去、身材修長、四肢纖長、但肌肉仍然相當結實、張著嘴巴、戴著昆蟲般蛙鏡、在泳池裡**猛進奔騰**的較年長男孩們相比，我們的泳技並不算好。我有時心想：與他們相比，我們更像是蝌蚪——不停拍擊著、掙扎著、奮力往前游，卻也完全可能被水流推到一旁。但即使我們的泳技日後變得更精湛、很快就能在一節訓練時段游上一千公尺，驅策我繼續游動的，仍然不是我所取得的進步。我知道自己永遠不會成為競賽等級的泳者。當比賽開始、我使出一切努力時，我的表現始終不夠好；我甚至無法超越耶爾——不對，我所喜歡的，是一切其他的元素。那是某個在我們搭上巴士時即已啟動，而且在黑暗中繼續往前、一路來到愛蘭達爾的元素。夜幕中，我們步行在市區空蕩的街道上。前往游泳訓練時，我們總會在那幾家最受我們喜歡的商店前駐足片刻，然後才走進游泳池所在的場館。場館是一座大型建築物，由市政府經營、以一種詭異方式揉合內外環境。當我們還披著冬裝、站在入口處時，我們似乎就已經被捲進室內。隨後我們遵循了由脫衣、淋浴、換上泳衣所構成的一整道儀式，十五分鐘後近乎一絲不掛地

（除了一小片布料以外）站在游泳池畔；直到那時，我們才可以躍入透明得可怖、冷涼而且散發出氯氣的水中。這才是我所喜歡的東西。在場館大廳內來回擺蕩的聲音；窗外的漆黑與昏暗；泳道之間那一條條猶如珊瑚項鍊的分隔繩；池畔起點的跳水板；我們游完泳以後那長達半小時的熱水澡（著裝與卸裝的步驟則顛倒過來）；我們則從蒼白、瘦弱、有著大腦袋、近於光裸的小男孩變回原形，衣著整齊地站在冬季的戶外，潮溼的頭髮從毛線帽下探出、皮膚散發氯氣的氣味，四肢則感到一股甘美的疲倦。

我也喜歡戴上泳鏡與泳帽時那種被鎖入自己世界中的感覺；競賽時（起點的跳水板下方，就有我自己專屬的泳道），這種感覺格外明顯。但我游泳時，那種太空人般孤寂的思緒，往往變得混亂，有時甚至充滿了恐慌。水可能會滲入泳鏡裡，會拍擊眼睛、刺痛雙眼、導致我難以看清楚，而這當然會攪亂我的思緒。我可能因此將水吞進嘴裡；我可能會在轉彎時游得一團亂、因而氣喘吁吁，將更多的水吞進嘴裡。而我可以看出，身旁各道的人已經大幅領先我。那股想要「贏」的聲音，彷彿對我說出這一點；也只有在這時，我才能開始與之交談。就在我竭盡所能地翻騰著、散發出某種近於驚恐的光彩時，這段源自我內心的對話（那就好比身處碉堡深處的軍官正在冷靜地討論時，戰火就在他們頭頂上炸裂）或許正相當沉靜地進行著；但即便這導致我加速、使我在幾秒鐘內真正竭盡所能，仍完全於事無補，耶爾仍然領先我，這是我無法理解的。我其實比他好，我懂的東西遠比他多，我想獲勝的意志力也遠比他強。然而他的手觸及**那邊**的護欄，而我卻只能觸碰到……………**那邊**的護欄。

因此，當教練吹響哨音，這次的訓練告一段落時，我不無解脫地將雙手搭在池邊，撐起身子、追上耶爾，跑過鋪著瓷磚的地板，奔入淋浴間。淋浴間裡的動作彷彿比較慢；不管怎麼說，當我們一脫下泳帽與泳褲、站到蓮蓬頭下方、閉著眼睛感受到在體內擴散的暖熱，不用說什麼或做什麼，甚至在游泳池對大眾開放的此刻，準備進入泳池的男子之一開始自顧自地唱歌並發出笑聲時，我們的動作的確變慢了。

裡面的氣氛如夢似幻；出現在門邊的白皙身體帶著緩慢、內斂的動作站到蓮蓬頭下方；沖向瓷磚地板水柱發出的「嘶嘶」聲與外面微弱的噪聲混雜在一起；使空氣變得飽和的蒸氣；還有人們一旦開始與彼此交談時，話語那空洞的敲擊聲。

游泳課結束之後，我們通常會佇立良久，等到那些跟著我們一起練習的人都先離開為止。耶爾的臉孔面向牆壁；由於我想遮掩住自己的臀部，我的臉孔朝外。我三不五時會在他不察時望著他。他的雙臂比我的單薄，但是他仍然比較強壯。我比他高一點點，但他的動作比較快。不過這並非他游得比我快的原因。原因在於：他更想要游泳。這和他畫的圖相比，是另外一回事——畫圖就只是他具備的某個技能，某種存在於他身上、他始終具備的技能。除了人物以外，他能夠維妙維肖地畫出所有東西。房子、船隻、車子、樹木、坦克車、飛機、火箭。這簡直就是一個謎。我會依照既有的圖片模仿，但他可從不這麼做；而他的媽媽又從來不讓他使用尺或橡皮擦。他所說的句子當中，三不五時會冒出一些奇怪的單詞；比如他會講出「歡想」與「四方邊」，他也會說出「一**條**柳橙」，而非「一**顆**柳橙」。就算我每次糾正他，他依舊繼續這麼說——彷彿這些字就像雙眼的顏色或齒位一樣，是他身上恆常不變的一部分。

隨後他注意到我在偷瞄，便迎視我的目光。他的雙脣浮現一抹微笑，站起身來，以雙手手掌壓向蓮蓬頭的噴嘴，水柱被切斷、水流在他的手指下方變得渾厚。他笑了起來，轉身面向我。我向他攤開雙手。我的指尖泛紅，因潮溼而變得浮腫。

「看起來就像葡萄乾。」我說。

他也看看自己的指尖。

「我的也是這樣。」他說。「想像一下，當我們游泳的時候，全身都變成這個樣子！」

「蛋蛋一直都是皺巴巴的啊。」我說。

我們兩人都彎下腰、往下面望。我用手指緩慢地撫摩過那堅硬、但仍然敏感的皮膚皺摺處；一股快感掠過我全身。

「這樣搔癢可真是舒服。」我說。

耶爾環顧四周。接著他將水關掉，到那一排掛著毛巾的掛鉤前方。我拿了一塊肥皂，肥皂在我手中掉下，落在地板側滑到角落的牆壁，停在一處柵格下方。我關掉水，正準備跟著耶爾離開的時候，突然對於那塊肥皂擱在地上的念頭感到無法忍受。我把它撿起來，扔進牆邊一個紙簍裡面。我接著將臉埋進毛巾那乾燥的毛圈裡。

「想像一下，以後我們小雞雞上面長毛，會是什麼樣子啃。」耶爾說著，雙腿張得開開、走了幾步。

我笑了起來。

「想想看，毛會長得超長！」我說。

「一直長到膝蓋！」

「那我們得梳一梳才行！」

「或者綁個馬尾！」

「或者去找理髮師！我想要把小雞雞上面的毛剪一剪，謝謝！」

「這樣呵。那你希望怎麼剪？」

「把毛全部理光，謝謝！」

此時門被推開。我們止住笑聲。一名較年長且肥胖、有著哀傷眼神的男子走了進來。當他禮貌地朝我們點點頭，而後羞赧地轉過身、準備脫掉泳褲時；歡笑消失後，在我們內心留下的那道真空旋即被一陣吃吃的竊笑填滿。就在我們取來各自的游泳用品、正要走出淋浴間時，耶爾高聲說：「他的鳥一定超大！」

「或者超級小！」我用同樣高亢的聲音說道。接著我們重重地甩上門、奔入更衣室裡。我們在那裡坐了一會兒，一邊笑著、一邊揣測那名男子是否聽見我們說的話，而後那沉靜的氛圍也緩緩地融入了我們的內心，我們開始略顯散漫地收拾我們的個人物品、穿起衣服。此時，除了觸及亞麻油地氈的雙腳、摩擦著褲腿的腿部、劃過夾克的胳臂、櫃子開關時所發出的僵硬「喀嚓」聲、有人或許撐不住三溫暖間的熱氣而兀自嘆息的聲音以外，我們再沒有聽到其他聲音。

我從置物櫃中取出提袋，把東西放進袋子內。我先是拿著蛙鏡、仔細端詳一會兒；它可還是簇新的，我因為擁有它而感到喜悅。接著是泳褲、泳帽、毛巾，最後則是肥皂盒。肥皂盒有著柔和、圓滑的輪廓，散發出綠色光澤與輕微香氣，與其他所有的游泳裝備相比，屬於另一個截然不同的層次；那是一種私密、能夠被連結到媽媽與她的私人物品（耳環、戒指、小瓶子、腰帶飾釦、胸針、圍巾與披巾）的層次。她自己沒有意識這類層次的存在，一定是這樣沒錯；否則，她那次也不會買給我那頂女用泳帽。因為女用泳帽處在同一種層次裡。如果真有什麼人盡皆知的事情，那就是：不同的層次，絕對不能混雜在一起。

耶爾所用的置物櫃就在我身邊。他幾乎已經換完裝了。我起身將內褲拉上，取來那條羊毛長褲，先將其中一條腿塞進褲管內、接著是另一條腿。我將褲子再拉得高一些，使鬆緊帶高高在腰部以上。隨後我才轉過身來，在那堆衣服中尋找襪子。我只找到其中一只襪子，我在那堆衣服中再翻找了一次。

另一只並不在那裡。

我望了望置物櫃內。

裡面空空如也。

噢不！

不，不，不。

我迅速地再度翻找了那堆衣服，一件接一件地搖晃著，急切地希望那只襪子會落在我面前的地上。但是它不在那裡。

「你在幹麼？」耶爾問道。坐在對面長凳上的他差不多穿好衣服了；他望著我。

「我找不到另一腳的襪子，你有看到嗎？」

他趨身向前，望了望長凳下方。

「沒有看到。」他說。

噢不！

「可是，一定落在某個地方。」我說。「你難道就不能幫我找嘛？拜託啦！」

我聽出自己的聲音有一絲顫抖。但就算耶爾聽出了這一點，他對此也毫不在乎。他彎下腰，目光掃過所有長凳的底下。我則走到淋浴間查看，襪子也許不小心被夾在毛巾裡面、在途中掉落在地上。然而那裡也沒有。也許我不慎將它和泳褲包在一起收好，但對此毫不自覺？

我小跑步回到原地，將提袋內的物品倒在地上。

但是，我就是找不到那條襪子。

「所以，襪子不在那裡？」我說。

「不在那裡。」耶爾說。「但是，卡爾．奧韋，我們現在得閃人了。公車很快就要開走了。」

「我得先找到那條襪子。」

「明明就不在這裡。我們已經**到處**找過了。難道你就不能不穿襪子走路嘛？」

我沒有答話。我再度將每一件衣服搖過一遍、再度彎下腰、檢查每一張長凳下方，也再一次走進各個淋浴間查看。

「不行，我們現在得走了。」耶爾說。他將手錶舉高、定在我眼前。「要是我沒有趕上公車，他們準會氣瘋的。」

「我現在就穿衣服，你能幫我找嗎？」我說。

他點點頭，開始心不在焉地來回走動，目光掃過地板。我穿上T恤和毛衣。

也許襪子就在頂端的架子上？

我站到長凳上張望著。

襪子依舊不見蹤影。

我穿上長褲與外罩式滑雪褲，將夾克的拉鍊拉上，然後坐下來，繫上踝靴的鞋帶。

「你現在**得**出來了。」耶爾說。

「我就來。你在外面等。」我說。

當他走出去時，我再度衝進淋浴間裡。我在紙簍裡東翻西找、用手掃過窗臺，甚至打開了通向游泳池大廳的門。

但我什麼都沒找到。

我走出去時，耶爾已經站在街道上。當我趕上他以前，他竟已開始衝下坡去。

「等等我！」我吼道。但他無意停下腳步，甚至沒有轉過身來。我加快速度，在他背後拚命追趕。我在黑暗中衝下坡、衝過那些色澤變得灰暗的樹木、奔入下方路面的光亮處。我每跨出一步，那沒穿襪子、赤裸的腳就刮擦著踝靴那粗糙的皮革。在我的內心，有個聲音正嘶吼著：**我把襪子給搞丟了。我把襪子給搞丟了**。**我把襪子給搞丟了**。同時，我的頭腦內開始發出「滴答」的聲響。當我跑動時，有時會聽到這種聲音；我的腦海裡發出「滴答」聲，是從我左側太陽穴後方的某個位置傳來的。聽來像是某種**滴答**、**滴答**的聲音。很像是某個東西鬆動了，或許反而更像是太陽穴裡的某個東西正在刮擦著另一個東西；即使這聲音令人感到不安，我還是不能將這件事告訴任何人。他們只會說我發瘋了，笑得不可開交。

滴答，滴答，滴答。

滴答，滴答，滴答。

我沿途追在耶爾的背後跑，衝到那家賣零食的小商店前方。平時我們總會走進店裡；當我們從店裡走出時，我們手上拿著的袋裝甜食就是那些旅途當中的焦點。耶爾在店門外等著；他不耐煩地微微跳動。我到達店門外時，我便停下腳步。被鏟雪車鏟起的雪堆，導致我們所站的位置比平時高出了半公尺；這道全新的視角，使得整間商店隨之改觀。它變得更像是一座地窖；而這種近似於地窖的感覺改變了一切。一眼望去，那些貨架只不過是「一些貨架」；那些貨品不過就只是「一些貨品」，擺放在一座房屋裡、某個再尋常不過的房間內；我沒有在內心清晰地闡述這些念頭，這些想法不過是某個輕觸我內心的念頭，在剛閃現的同時就消失無蹤了。

耶爾打開店門走了進去。

我跟了進去。

「我們現在有在趕時間嘛？」我說。

「有的。」他說。「公車再十一分鐘就發車了。」

那名本來坐在辦公室內的店員擱下手中的報紙，走進商店內。她帶著冷漠、甚至或許夾雜著一抹輕蔑的神情，站到櫃檯後方。她年事已高，看起來頗令人反感，下巴有著一塊胎記，胎記上則伸展著三根相當長的灰白毛髮。

其中一整面牆上布滿著菸斗、清理菸斗用的通條、捲菸紙、捲菸機、菸草盒、香菸盒、雪茄盒，以及顏色、形狀各異的鼻菸盒。所有的陳列物品上都印著不同的鉛字體，以及犬隻、狐狸、馬匹、賽車、帆船、面帶微笑的黑人、抽菸的水手、躺臥而表情冷漠女人的有風格的小照片。裝滿甜食的貨架則覆蓋了對面的牆。我們兩人現在就站在貨架前打量著。與菸草類貨品相異的一點在於，這些甜食與零嘴沒有包裝紙；巧克力、牛奶糖與酒膠糖就這樣放在各自所處的透明塑膠盒內、展現自己真實的面貌。它們與我們之間，不存在任何的圖像——我們所看到的，也就是我們所得到的。那些黑色的酒膠糖嘗起來帶點鹹味或甘草味；黃色的嘗起來則有檸檬味；橘色的是柳橙口味；紅色的是草莓口味；棕色的就是巧克力口味。那些被稱為「小新兵」、表面堅硬、正方形的小巧克力塊內餡是堅硬的焦糖，這挺符合我們因其外型而產生的期待；那些心形巧克力的內餡則是一團柔軟、嘗起來有著杏子口味的果凍狀物質，這也不出我們的預期。這些顏色代表的意涵適用於酒膠糖與焦糖，但有極少數例外；有幾個夜晚，我們企圖勘測這些差異與例外。某幾塊黑色牛奶糖的口感就和墨綠色的一樣，而某些墨綠色牛奶糖嘗起來更像綠色的糖果、更接近喉糖，更接近尤加利樹的氣味——也就是說，吃起來更像是淺色系糖果——而非典型綠色糖果的口味（如果你只憑著顏色推論，你很容易以為它們的口味和綠色糖果相同）。還有一些黑色的糖果口味酷似「丹麥王[58]」——也就是說，那種夾雜著一抹褐色的橘色糖果。而這當中的古怪之處就在於，這種事情從不會相反過來——夾雜著褐橘色的「丹麥王」，口味從來不會和黑色的牛奶糖一樣。而我們也從沒有找到有著尤加利樹顏色，口味卻與綠色或黑色糖果相同的牛奶糖。

「你想要買什麼？」店員問道。

耶爾將他的錢擱在玻璃櫃檯上，身子湊向前，想看清楚櫃檯出售哪些糖果。我們正在趕時間，顯然讓他有壓力。

「呃……」他說。

「快一點啦！」我說。

此時，所有的話語突然從他嘴裡一股腦地冒出。

「三顆這種的、三顆這種的、三顆那種的，然後來四顆這種的、一顆這種的、一顆這種的。」他一邊指著各種不同的盒子。

「三顆什麼……？」店員一邊打開一只空空的紙袋，並且轉身面向展示櫃。

「那種綠色的牛奶糖。嗯，我看來四顆好了。然後是三條紅白色的，那種拐杖棒棒糖，妳知道的……還有**五顆**奶嘴糖……」

當我們各自拿著一小袋糖果，從店裡走出時，距離公車的發車時間只剩下四分鐘。但是我們告訴彼此，我們趕得上——隨後，我們便衝下臺階。階梯因不斷被踩踏的積雪而變得溼滑不堪，我們只能扶住欄杆，以致我們很難全速衝刺。這座城市就位於我們的下方。在街燈的映照之下，原本潔白的街道看起來變成了黃色；從公車總站開出以及駛進公車總站的巴士，看起來就像雪橇；還有那座以紅色磚石蓋成、有著綠色尖頂的大教堂。黑色的天幕則像一座拱門，覆蓋在萬物之上；無數閃亮的繁星點綴其上。還剩下十階或者十五階臺階時，耶爾就鬆開欄杆、開始狂奔，跑了幾步以後，他便站不太穩了；他讓身體恢復平衡的唯一機會，就在於盡可能地繼續跑動。他宛如失速一般衝下坡，隨即更換了策略，轉而企圖往下滑；但他衝刺的速度實在太快了，因此他的身體被往前拋、直接摔進路旁的雪堆裡。這一切實在發生得太快——直到他已然躺在那裡，我才笑出聲來。

58 Kongen af Danmark，一種散發出茴香氣味的硬糖。

「哈哈哈！」

他一動也不動。

他這一摔，好像摔得不輕唷？

我全速走完最後的一小段距離，在他身旁停下腳步。他先是簡短、啜泣般地吸了幾口氣。隨後，他突然空洞、遲緩地喘了一大口氣。

「**靠**。」他低聲耳語道，並且用手搥胸。「**靠**、**靠**、**靠**。」

「能不能請你別罵髒話啦。」我說。

他倉促、但極其陰沉地望了我一眼。

「你撞傷了嘛？」我說。

他再度喘息起來。

「你喘不過氣啦？」

他點點頭，並且坐起身來，恢復正常的呼吸，眼裡泛著淚水。

「不管怎麼說，我們現在趕不上公車了。」我說。

「我現在呼吸不太順。」他說。「我可沒有在哭。」

當他試圖起身時，他的身子往側面一靠，面露痛苦且不自然的怪相。

「你還能走路嘛？」我問道。

「當然。」他說。

我們在一棟購物中心大門口看到我們原定要搭乘的公車開始移動、拐上路面、在街角處消失。下一班車還要等上半小時。

我們在公車總站的候車大廳找地方坐，在照相亭旁邊的長凳上吃光我們買來的零嘴。那裡沒什麼人。兩名青少年買了炸薯條與漢堡，他們的車則停在總站外，引擎持續空轉著。一名酒鬼坐在地上、頭部往前低垂，正在睡覺。那名正在小店裡顧店的女生身旁，有一名女性友人作陪。

耶爾將一塊紅白相間的焦糖塞進嘴裡。

「嘗起來是什麼味道？」我說。

他以充滿疑惑的表情望著我。

「當然是紅色跟白色的！」他說。「那是一塊紅色和白色相間的焦糖嘛。」

「但是，嘗起來可不一定就是如此。」我說。「想像一下，今天如果是我吃掉，嘗起來卻和綠色牛奶糖一樣呢？」

「你現在到底在講什麼鬼話？」他說。

「是，但是你可以想像一下，如果它嘗起來跟蜜餞一樣呢？」

「蜜餞？」

「你腦袋是有洞，還是怎樣？」我說。「我們又不能確定，每顆糖嘗起來都跟外表一樣！」

然而，他就是不懂。過去，我也並不完全確定自己弄懂這一點。但是，達格・羅薩爾和我曾有一次將各自的黑色螺帽狀糖果塞進嘴裡；我們四目相對，然後異口同聲地說，它嘗起來明明就像**綠色的**糖果！

而就在同一年的秋季，我們家裡來了客人：祖父、祖母、古納、祖父的哥哥阿爾夫及他的妻子希爾薇到我們家。我們吃著蝦子、螃蟹，還有爸爸幾天前湊巧用網子撈到的一隻龍蝦。就在我們用餐時，希爾薇望著爸爸說道：「想像一下，這隻龍蝦是你憑一己之力抓到的耶。牠實在**很可口**。」

「牠真的很可口。」祖母說。

「沒有比龍蝦更美味的東西了。」爸爸說。「但是我們當然無法知道，我們每個人的感覺是否都一樣。」

希爾薇望著他。

「你這話是什麼意思？」

「我知道我自己在吃牠的時候，**我**覺得口感怎樣。」爸爸說。「但我不知道妳吃牠的時候，**妳**覺得牠的口感怎樣。」

「牠吃起來當然就是龍蝦啊！」希爾薇說。

所有人都笑了起來。

「但是妳又怎麼知道，龍蝦對妳而言的口感和對我而言的口感是一樣的？就拿妳知道的來說吧，我也大可以覺得牠嘗起來像蜜餞。」爸爸說。

希爾薇欲言又止。她低下頭望著那隻龍蝦，然後又望向爸爸。她搖搖頭。

「這我不能理解。」她說。「龍蝦明明就擺在那裡。而牠吃起來就是**龍蝦**。不是蜜餞！」

其他人再度開始笑了起來。我覺得爸爸說得對，但我並不真正知道原因是什麼。我呆坐在那裡許久、沉思著這個問題。我一直彷彿就要恍然大悟，然而就在我即將要弄懂這背後的道理之際，它又從我的思緒裡溜開。這個想法對我來說，似乎顯得太浩瀚、太不可捉摸了。

不過我心想，對耶爾來說，這個想法恐怕更加不可捉摸。這時門被推開了；我望向門口。來人是史提格。當他看到我們的時候，他的眼神隨之一亮，朝我們走來。

「哈囉。」他說。

「哈囉。」耶爾說。

「哈囉。」我說。

「你們沒趕上公車，嗯？」他坐在了我們的身邊。

耶爾搖搖頭。

「你要不要嘗嘗看？」耶爾將袋子遞出去。史提格微笑，選了一塊奶嘴形狀軟糖。這樣一來，我也得請他吃點什麼。老天啊，為什麼耶爾要做這種事情？再怎麼說，我們現在手上的糖果實在稱不上多。

史提格大我們一屆，每週在城裡上三次體操課。他參與全國等級的體操競賽，但他並沒有散發出優越感——例如，他與參與全國游泳競賽、對我們不屑一顧的史諾里相當不同。史提格相當和善；事實上，史提格是我所認識最和善的人之一。公車駛來時，他坐到我和耶爾面前的座位。當公車開到長堤盡頭時，我們的閒聊開始變得枯燥乏味；此時他就轉過身，在車程的剩餘時間內安靜地坐著。在那之後，我和耶爾也都一聲不吭地坐著；只要我內心一想到那只弄丟了的襪子，我就感到一陣重擊。

不，不，不。

會發生什麼事情呢？

會**發生**什麼事情呢？

噢不，噢不，噢不。

不，不，不。

我們晚半小時才回到家，也許會讓他更關注我。也許他會站著、恭候我回到家。不過，他也可能忙著處理別的事情——若能如此，我就安全了。只要我能夠從門廳走進鍋爐間，一切就沒事了——鍋爐間懸掛著別雙襪子，我可以藉機換襪子。

巴士開上橋面，風勢吹拂著車體。車窗震顫著。即使這裡只有我們要下車，總是想要先盡早閃人的耶爾還是站起身來、拉了一下下車鈴的繩索。公車站牌位於坡道底部。當我在這一站下車時，我總是覺得良心不安——這麼一來公車就得重新發動，直到開上數百公尺高的山頂，才真正能夠開始加速。過去，我一度非常內疚、導致我在下一站才下車（也就是位於高處、B-Max超市旁的站牌）——當我獨自一人坐車時，我尤其會這麼做。即使是現在、那只襪子狠狠在我思緒裡灼燒的此刻，當耶爾拉動下車鈴的繩索、公車不勝惱怒地開始剎車以便放我們下車時，我的內心仍因良心不安而微微刺痛著。

我們等在被鏟開的積雪堆旁邊，直到公車再度拐彎、駛出為止。史提格舉起手來，向我們致意。隨後我們直接穿越那條街道，繼續沿著小徑向上走，通向獨棟小屋住宅區。

通常，我會踢踢戶外的臺階，將鞋上的積雪抖掉，然後用靠在牆邊、用來刷褲腿的掃帚將褲腿刷乾淨。但今天若這樣做，他會聽到這些聲音。我只是稍微刷了刷褲腿、小心翼翼地打開門，偷偷溜進去，然後無聲地關上門。

不過這樣就足夠了。我聽出他工作室的門打開了；那道通往門廳的門也被開啟。

他站在我面前。

「你遲到了。」他說。

「是的，對不起。」我說。「耶爾在路上滑倒了，我們就因為這樣剛好錯過了公車。」

我開始解開套有襪子那隻腳上的踝靴鞋帶。

他沒有要走開的打算。

我將靴子脫下、放在牆邊。

我抬頭望著他。

「怎樣？」他說。

「沒事，啥事也沒有。」我說。

我的心臟在胸口怦怦直跳。此時站起身來、單腳套著踝靴走在地板上，顯然不是什麼好主意。安靜站在原地，等著他走開也不是什麼好主意，因為他不打算走開。

我開始緩慢地解開鞋帶；同時，一個想法躍上我的心頭。我解下自己的圍巾，放在踝靴旁邊；當鞋帶完全鬆開，我開始將靴子脫下時，我一手取來圍巾、企圖用來遮蓋那赤裸的腳。圍巾半蓋住我沒穿襪子的腳；我站挺身子。

「你的襪子在哪裡？」爸爸說。

我低頭望著自己的腳，接著又迅速地瞄了他一眼。

「我找不到。」我說道，再度低下頭。

「你**弄丟了**？」他說。

「是的。」

在不到一秒鐘的時間裡，他就欺到我身上，牢牢地扣住我的雙臂、將我壓向牆邊。

「你把你的襪子給**弄丟了**？」

「是的！」我尖叫著。

他搖晃我的身體。接著，他鬆開我。

「你到底是幾歲啊？你以為我們家有很多錢嗎？你到處亂跑、衣服到處亂丟，你以為我們買得起嘛？」

「買不起。」我仍舊低著頭，淚水盈滿了眼眶。

他抓住我的耳朵，用力地擰。

「該死的小鬼！」他說。「你得把自己的東西收好！」

「是。」我說。

「以後你別想再到游泳池去！懂不懂？」

「什麼？」我說。

「**以後你別想再到游泳池去！**」他說。

「可是……」我抽抽噎噎地說。

「**沒有可是！**」

他鬆開我的耳朵，朝門邊走去。然後，他轉身面向我。

「你還沒長大。今天晚上，你已經充分地證明了你還沒長大。以後你別想再到游泳池去。這就是最後一次。懂不懂？」

「懂。」我說。

「好了，給我滾上樓。今天晚上你也別想吃宵夜了，直接睡覺去。」

下一週，我沒去游泳。然而我是如此渴望參加游泳訓練。我在事發兩週後裝得若無其事，收拾好行李，與耶爾、達格．羅薩爾一起坐公車過去。我三不五時會感到害怕；但我的內心有個聲音說，一切都會沒事的。而後來也真的沒事——當我那次回到家時，一切一如往常，他也沒再說過我不准再去游泳之類的話。

那是十二月初某一天；當時距離我的生日只有三天，媽媽則將在兩天後回到家。我在廁所裡拉屎；這時候我聽見爸爸的車拐了進來、停在私人車位上，但緊隨著這熟悉聲音的，並非那同樣令我感到熟悉、大門開啟與關閉的碰撞聲。門鈴倒是響了起來。

現在是怎樣？

我連忙擦乾淨屁股、拉起拉鍊穿好褲子，打開浴缸上方的窗戶，探頭朝外望去。

爸爸站在下方，穿著一件新的禦寒夾克、及膝短褲與一對藍色及膝長襪，腳上套著一雙藍白相間的滑雪靴。所有的裝備都是全新的。

「動作快！我們要去滑雪咯！」他說。

我匆匆忙忙地披上衣服，走向屋外。他已經開始將我的滑雪板與雪杖固定在車頂欄杆上，旁邊還放著一對簇新、Splitkein生產的木製長滑雪板。

「你買了滑雪板？」我說。

「是啊，不錯吧！這樣一來，我們就可以一起去滑雪了。」他說。

「很好呀。」我說。「那我們要去哪？」

「我們到島的外圍試試看。」他說。「在霍夫爾。」

「那邊有滑雪道嘛？」

「那裡當然有！」他說。「最好的滑雪道，都在霍夫爾。」

我對這件事滿懷疑的，但沒有多說什麼。我只是在他身邊坐定。穿著新衣服的他，看起來就像個陌生人。然後，我們一路開車到霍夫爾營區；直到他停車、下車以前，我們兩人一語未發。

「我們到囉！」他說。

他開過了整片霍夫爾營區。營區有著大量紅色的房屋與棚屋，那些建物在戰後仍被保留了下來；而當然了，是德國人蓋出這些建物與那片射擊場（我聽說本來是一座機場）。還有那些挺立在山壁上與森林邊緣礫石灘上的混凝土砲座，以及那些森林更深處、既低矮又使人興奮莫名的碉堡。每逢五月十七日下午，我們到戶外活動時，都會到碉堡區玩耍——我們會爬到碉堡上，或者在內部玩耍。現在，他將這一切景物甩到後面，繼續沿著一條森林裡、盡頭是一處小型沙坑的窄路行駛，最後在沙坑旁停車。

當他從車頂拉下滑雪板時，他取來一只提袋，裝著同樣由他所購買、為滑雪板打蠟的工具。我們開始用Swix生產的藍色滑雪板蠟，給滑雪板上蠟（他閱讀其中一條滑雪板蠟背面的說明後說，這是最棒的產品）。他看來相當不熟悉綑綁的方式，需要比我更長的時間套上滑雪板，接著他將雙手套進雪杖上的環圈裡。不過他並沒有從下往上插進去（如果這樣做，即使你沒能握住雪杖，環圈也不會鬆掉）——不對，他可是直接將雙手插進去。

這簡直就像不知好歹的小小孩拿著雪杖的樣子！

看到他這樣做很令我苦痛；但我不能發表任何意見。我只是將雙手抽出來、然後再度插進去——假如他有注意到我的動作，他就能察覺該怎麼做才對。

但是，他並沒有望向我。他抬起頭來，看向沙坑上方的小山脊。

「我們上路吧！」他說。

當然，我過去從來沒看過他站在滑雪板上；但我可真是沒有想到，他居然不會滑雪。他就是個不會滑雪的人。當他前行時，他並沒有順勢與滑雪板一同滑動，反而像是用雙腳走路，步態短促、東倒西歪，身子搖晃不穩。他的動作不時變得僵硬，不得不將雪杖插到地上，才不至於猛然跌倒。

我想，這只是因為他才剛開始滑雪，他應該很快就能適應節奏、正常發揮，順暢滑動起來。我們來到山脊上。從樹木的間隙，可以隱約望見那片灰暗、夾雜著泡沫般白色浪尖的大海。我們也開始循著朝遠處延展的滑雪道行進；然而，他仍然以相同的方式前行。

他有時還會轉過頭來，對我露出微笑。

我覺得他真是可憐。我簡直就要當場尖叫出聲。

爸爸真可憐。爸爸可憐、真是可憐。

同時，我覺得這一切真是困窘。我自己的爸爸竟不會滑雪，而我始終與他保持一段距離，這樣路過的行人才不會以為我們彼此認識。他就只是一個在前面滑動的人、一個遊客；而我獨自在外行動，我深諳此道、我更是個本地人。

滑雪道再度延伸進入森林；然而即使此處已經無法望見大海，海的呢喃、噪聲仍殘留在樹木之間，不停起伏。海水與腐爛藪縷的氣味仍舊無所不在，與冬季森林間其他微弱的氣味（這其中最為明顯的，當屬白雪那詭異、夾雜著剛硬與柔和的氣味）混合在一起。

他停了下來，靠在雪杖上休息。我站到他的身旁。一條船從地平線上緩緩地滑向我們的方向。灰色天幕散發出光芒。一片位於托恩爾群島的那兩座燈塔上空、呈灰黃的微弱光域，揭露了太陽此刻的位置。

他注視著我。

「你滑得開心嘛？」他說。

「是啊。」我說。「你呢？」

「那當然。」他說。「我們再滑一段吧？我們很快就得收工了。還得煮晚餐呢。好啦，快點上路吧！」

「你不滑在前面嗎？」

「不了，你先滑吧。我待在後面。」

這種新的安排，在我的腦海裡造成一團徹底的混亂。要是他在我後面滑動，他就會看出我是怎麼滑雪的；而由於我會滑雪，他將會發現自己的動作是如何笨拙。我彷彿透過他的眼睛，觀看自己每次揮動雪杖的動作。這種認知就像刀刃一般刺著我的內心。才滑了幾公尺，我就放緩了速度，開始以更緩慢、更顯得顛簸的動作滑行，稍微與他的動作相似，但又不至於那樣笨拙（要是我做出笨拙的姿態，他就會弄懂我在搞些什麼——這種情況更糟糕）。下方，散發出白色泡沫的波浪緩慢地拍擊著碎石灘。暴風將某幾處定點、覆蓋在石頭上的雪吹起。一隻海鷗從我們上方滑過；牠的雙翅紋風不動。我們正往車子停靠的位置前進。就在最後一小段坡道上，我心生一念，變換了節奏，使盡全速衝刺了幾公尺，接著假裝自己失去平衡、跌進滑雪道旁邊的雪堆裡。我盡速起身，並且在他滑過我身邊時將身上的雪掃掉。

「你得站穩才行。」他說。

回家的車程中，我們一語未發。當我們在房屋前方朝內拐、我們的滑雪之旅總算劃上句點時，我感到解脫。

當我們站在門廳，將身上的滑雪裝束脫下時，我們同樣一聲不吭。但當他拉開那扇通向樓梯口的門時，他突然轉向我。

「在我煮晚飯的時候，你得陪我。」他說。

我點點頭，並且跟著他走上樓。

他在客廳停下腳步，望著牆面。

「這到底是怎麼回事。你之前看到過這個嗎？」他問。

我早就完全忘記了柳橙汁汙斑的事情。當我搖頭時，我臉上的驚駭看起來是如此真摯，以致於他趨身湊向前、用手指拂過那道細長的汙斑時，就已經不再注意到我。他的想像力再怎麼豐富，也不可能料到，我曾經在那裡將一顆柳橙扔到地上。

他站挺身子，走進廚房裡。我一如往常地坐在那張三腳凳上。他從冰箱取來一盒鱈魚肉、放在流理臺上，然後從櫥櫃裡取來鹽巴、胡椒與麵粉，把所有調料撒在一只餐盤上，接著將那柔軟、黏糊糊的魚片放上去。

「明天放學以後，我們就開車到城裡去，替你挑選生日禮物。」當他這麼說的時候，他並沒有望著我。

「我要跟去嗎？這難道不應該是個祕密嘛？」我說。

「你知道自己想要什麼東西。」他說。「一件足球衣，對不對？」

「對。」

「既然這樣，你大可以試穿看看，這樣我們就知道衣服合不合身。」他一邊從餐刀上摳下一小片奶油、彈進煎鍋裡。

我想要的是利物浦隊的足球衣。但當我們來到 Intersport 體育用品店時，陳列的商品中並沒有這款球衣。

「我們能不能問問這邊的員工？也許他們還有庫存。」

「如果沒有掛在這裡的話，那就是沒有。」爸爸說。「你選一件別的。」

「可是我支持的是利物浦啊。」

「那你就選一件埃弗頓的。都來自同一座城市。」

我望了望那件埃弗頓球衣。一件由茵寶製造、搭配白色短褲的藍色球衣。

我望著爸爸。他看起來很不耐煩，數度環顧四周。

我將那件球衣套在自己的針織毛衣上，並將那件短褲舉高看了看。

「這一件也挺好看的。」我說。

「那我們就這麼說定啦。」爸爸取來那件球衣，走到櫃檯前準備付錢。店員將商品包裝好。他則翻動著自己那肥厚皮夾裡的紙鈔、將頭髮往後撥，望向窗外的街道——此時距離聖誕節還有三個星期，街上擠滿了採購的人潮。

生日那天，我在破曉時分醒來。那只裝著足球衣的包裹放在我的衣櫃裡。我等不及要穿上了。我拆掉包裝紙，取來衣服並湊近鼻尖；天底下難道還有比新衣服更美妙的氣味嗎？我套上那件有著閃亮織料的短褲，再穿上足球衫——它的織料質感就比較粗糙、幾乎刮擦著皮膚。接著我套上那雙白襪。然後我走進浴室裡，攬鏡自照。

我轉過身，然後再轉回來。

相當美觀。

這並不是利物浦隊的球衣，不過相當美觀，而且還來自同一座城市。

突然間，爸爸一把拉開浴室的門。

「小子，你在幹麼？」他說。

他瞪著我瞧。

「你竟然拆開了禮物！」他咆哮起來。「**自己一個人拆！**」

他扣住我的手臂、將我拉進我的房間裡。

「你現在**包回去！**」他說。「**現在！**」

我一邊哭、一邊將球衣脫掉，盡可能仔細地摺好、塞回包裝紙裡，用唯一一條還有點黏性的膠帶貼回去。

爸爸在旁盯住我的一舉一動。我一完成，他就一把從我手中搶走禮物，走了出去。

「其實我本該沒收才對。」他說。「但我現在會先忘記這件事情，直到你收到你的其他禮物為止。畢竟今天是你生日。」

我知道我會收到什麼禮物，甚至還在店裡試穿過這件球衣，我原來還滿心相信；重頭戲就在**這一天**，我在**這一天**可以穿上新球衣。那時我還沒有想到我們下午吃蛋糕時，我會收到其他禮物。要想讓他理解這一點，根本就是不可能的。但有道理的人是我，而不是他。那件球衣明明就是我的！在這一天，它就歸我了！

其他人起床以前，我躺在床上哭泣。當我走進廚房時，媽媽相當高興地祝我生日快樂。她用烤箱加熱她在前一天烤的法式小圓麵包，也準備好了水煮蛋；但這一切對我來說都沒差了，對爸爸的仇恨使一切蒙上陰影。

下午，我們吃了蛋糕、喝過汽水。我的慶生會上，從來不曾邀請過任何客人；這次也不例外。我相當陰沉而不順從，一語不發地吃完蛋糕。當爸爸將禮物放在我的面前、臉上還浮現出對今天早晨事件毫無認知的微笑時（彷彿我們其實還可以重新開始似的），我只是低下頭，不帶任何喜悅地拆開那件埃弗頓球衣的包裝。

「超好看的啊。」媽媽說。「你不試穿看看啊？」

「不必了。我在店裡就試穿過了。挺合身的。」我說。

「你就穿上去。讓媽媽和英格威瞧一瞧。」爸爸說。

「不要。」我說。

他瞪著我。

我拿著那套球衣走進浴室，換裝完畢，接著再走出來。

「帥呆了。」爸爸說。「我敢說你是今年冬季足球場上最強悍、威猛的傢伙。」

「我現在可以脫掉了嗎？」我說。

「先等我們將所有禮物都看過一遍再說。」爸爸說。「這個禮物，是我送你的。」

他將一個呈四邊形、**肯定是**錄音帶的小型包裹遞給我。

我將禮物打開。

那是羽翼合唱團[59]新推出的卡帶：《回到根本》。

我望向他。他的目光則望向窗外。

「怎麼樣，不錯吧？」他說。

「當然啦，噢，那當然。這是羽翼合唱團的新專輯耶！我現在就想播放！」

「先稍等一下。」他說。「你還有一些禮物要拆。」

「這個小東西，是我送你的。」媽媽說。

媽媽給的禮物，體積很大，但相當輕。那會是什麼東西呢？

「只是某個可以讓你擺在房間裡的東西。」她說。

我拆開。那是一張有著四條木製椅腳的板凳，座位處有著網子。

「現在你可以坐板凳咯，你好好地享受吧。」英格威說。

「太感謝了。」我說。「以後我看書的時候，可以坐在上面！」

「然後還有一件禮物，是我送的。」英格威說。

「噢，真的？」我說。「你買到了什麼？」

那是一本關於吉他演奏的基礎樂理書籍。

我以閃亮的眼神望著他。

「太感謝你了。」我說。

「這個是針對獨奏、音階和所有樂理的。」他說。「非常簡單。這個黑點標示你要按的位置。這個簡單到連你都能懂。」

當晚，我聆聽著《回到根本》。

英格威走了進來，他說，齊柏林飛船樂團的鼓手約翰・博納姆，參與了其中一首歌的演奏。他也在報紙上讀到，有個挪威牧師參與某一首歌開頭的演奏。我們想到，那首歌必定是專輯裡的第一首歌——〈接待〉。收音機廣播曾播過這曲子。

「那邊。」英格威說。「再播一次！」

我也再聽了一遍。

一個微弱、嘶啞的老年男子唱腔訴說著：**現在，且讓我們從《新約聖經》的角度來看待吧**。

保羅・麥卡尼、琳達・麥卡尼、丹尼・萊恩、史蒂夫・霍利或者勞倫斯・祖柏都聽不懂他說了什麼，但我和英格威是挪威人，我們能聽懂——這個念頭，真是太令人陶醉了。

一如往常，整個聖誕節假期、甚至上午的時間，爸爸顯得相當和善。直到跨年夜將近、商店總算每天再度營業幾小時之際，媽媽到市區採購食品與煙火。她或許曾暗示過：像爸爸過去一貫的做法那樣、

---

59 Wings，一九七一年由前披頭四樂團成員保羅・麥卡尼所創建的英國樂團。

花幾百克朗購買火箭筒造型的大煙火，實屬不必要之舉。不管怎樣，那回就由她來處理煙火的採購，爸爸則退居幕後。

結果並不怎麼理想。

爸爸通常會向我們展示他買的火箭筒造型大煙火，並且說：是啊，我們今年可以屌打古斯塔夫森好幾條街。或者說：今年一定要讓它炸得夠嗆！夜幕降臨時，我們還能看到他站在戶外那片因積雪而閃閃發亮的草坪上，詭計多端、謹慎地規畫煙火的發射。一小撮頭髮總是會垂落到他的臉龐上；而由於他留著鬍鬚，他的臉幾乎完全隱沒在黑暗中。他會將晒衣架固定在雪地上，把最龐大的那幾枚火箭筒裝在架上，把一整批瓶子或其他附有孔洞的物品排開，將其他火箭筒一一插在上面。當他準備就緒，我們還得等到十一點半。直到這時，他才會喊我們過來——我們要放煙火、迎來新的一年。他先從小支的開始放；我和英格威被分到的可能是幾支三連裝的小炮杖，或者幾支仙女棒。接著，他會開始施放大型鞭炮，並在午夜十二點整射出最大根的火箭筒。事後他都會宣稱，今年有好多好看的煙火，但就跟往年一樣，我們放的才是最好看的。這一點尚有討論的餘地，因為不只我們花大錢買煙火——古斯塔夫森家與卡爾森家也都這麼做。

但就在今年的跨年夜，爸爸這個「煙火之王」居然讓位了。

我思考了一段時間，想著這是怎麼回事。然而不管如何，我預感到後果會很嚴重。不，那不是預感，我**知道**一定會有後果。

晚上十一點三十幾分時，媽媽說，我們或許可以到外面去，發射那枚火箭筒造型的大煙火了。我聽了下巴都要掉下來。

「『那枚』火箭筒？」我說。「我們只有一枚啊？一**枚**火箭筒？」

「是啊。」媽媽說。「一枚就夠了吧？很大一枚唷。店裡的人還說，這可是他們店裡所能找到最棒的。」

爸爸兀自訕笑著。他跟著我與英格威走到戶外，來到屋後的休息區，站到我和英格威的身旁。我們就準備在那裡放煙火。

那枚火箭筒真的夠大，這點她倒是說對了。

她企圖將火箭筒塞進一只瓶子裡，不過瓶子太小了，瓶身與火箭筒都翻倒了。她挺直背，環顧四周。她那件閃亮的皮質風衣敞開著；她長靴的拉鍊拉下；這導致她移動身子時，那對靴子就像兩朵即將綻放的詭異花種。她的頸子上圍著厚實的紅棕色圍巾。

「我們需要比較大的東西，才能把火箭射出去。」她說。

爸爸一語不發。

「爸爸通常會用晒衣架。」英格威說。

「對耶，就是啊！」媽媽說。

只有在夏季，我們才會使用那座木製、此刻擱在牆邊的晒衣架。媽媽取來放在雪地上，將火箭筒壓上去，但就是無法成功。她拎著那枚火箭筒，再度站起身。一枚枚煙火在我們周圍引爆，一陣接一陣的爆炸不間斷地湧現在空中；由於天幕多雲且迷濛，再加上星團產生的視覺效果，所有的色彩與圖案全變成一道道飄忽不定的微光。這導致我們僅僅是瞥見、而非真正看清楚了這些煙火。

「妳擺在側邊如何？」英格威說。「爸爸通常都這麼做。」

媽媽按照他的話做。

「現在十二點鐘咯。」爸爸說。「妳還不趕快把煙火給放了啊？」

「是。」媽媽說。她從口袋裡掏出一只打火機，蹲坐下來、守護那一抹小小的火焰，同時像在跑動一樣扭開身體。火焰一觸及熔線，她就迅速跑到我們身邊。

「那就新年快樂咯！」她說。

「新年快樂。」英格威說。

由於熔線上的火焰已經燒到火箭筒前，那裡發出「嘶嘶」聲，我什麼話也沒說。隨後火焰熄滅了，聲音也隨之止息。

「噢不。」我說。「它不管用了。它就只是『嘶嘶』叫！我們就只有一枚煙火！妳怎麼只買了一枚啊？妳怎麼能這樣？」

「好啦，今年的跨年夜就這樣啦。」爸爸說。「明年的跨年夜，也許最好還是讓我來處理煙火咯？」

當我們離開火箭旁、重新進入暖熱的室內、周圍滿是所有歡快鄰居的高喊與爆裂聲時，我與媽媽同樣痛苦——這是前所未有的痛苦。最讓人痛心的還是：她已經盡力而為了。這其實就已經是她最大的能耐了。

放完煙火兩週後的一個下午，我站在低處的歇爾納，雙腿凍得直打哆嗦。這個社區裡的所有小孩幾乎都參加了「先進營」——也就是挪威工黨的青年社團；我也不例外。他們安排了一次滑雪競賽，會分發號碼牌，參加的人都能拿到獎牌。但站在戶外、等著輪到自己出發時，還是冷得要死。而當輪到我的時候，滑雪板變得滑溜溜的，我始終無法真正全速衝刺，成績也因而吊車尾。我一觸及終點線、收到獎牌以後，便調頭往家的方向滑。黑暗籠罩在各棵樹的樹枝之間；酷寒啃噬著我的腳趾；滑雪板不停滑動著，就算我岔開腿而行，我還是上不了那道最陡峭的坡。我不得不側身行走。那條點著街燈、活像一條綿長彩帶的街道終於浮現在暮色之中，我們家的屋子就在對街。我步履蹣跚地過街、踏上專用車道，解下滑雪板、擱在屋牆邊，打開大門，同時停下腳步。

那是什麼氣味？

祖母？

祖母在這裡嗎？

不對，別鬧了，這根本是不可能的。

也許爸爸去了克里斯蒂安桑一趟，將這股氣味一併帶回家了？

噢不對，天啊，樓上的廚房裡有人在講話！

我迅速將滑雪靴脫掉。我注意到雙腳襪子是溼的；這樣一來，我可不能繼續穿著走進房間裡，地上會留下印痕。我小跑步穿過門廳、進入鍋爐間，晒衣繩上掛著一雙新襪子。我穿上新襪子、盡速上樓，停了下來。

樓上，那股氣味變得更加濃烈。毫無疑問，祖母就在那裡。

「韋韋，是你嘛？」爸爸說。

「是。」我說。

「你進來一下。」他說。

我走進廚房。

祖母就坐在廚房裡！

我奔上前，緊緊抱住她。

她露出微笑，用手輕輕拂過我的頭髮。

「你真的長大了唷！」她說。

「妳在這裡幹麼呢？妳的車在哪裡？祖父又在哪裡？」我說。

「我搭公車來的。」她說。

「公車？」

「是啊。我兒子獨自帶小孩，所以我覺得我可以過來看看、順便幫一點忙。你知道嘛，我也已經替你們煮好飯了。」

「那妳要待多久？」

她笑了起來。

「嗯，我想我應該明天就搭公車回家吧。也總得有人照料一下祖父嘛。不能放他獨自一人太久。」

「的確。」我說著，一邊再度抱緊她。

「好啦，好啦。你先到你自己的房間待著。等到晚餐煮好了，我再叫你。」爸爸說。

「不對不對，你聽著，他得先收下禮物才行。」祖母說。

「對了，謝謝妳之前送的聖誕禮物。」我說。「相當別緻。」

祖母此刻彎下腰，將一只提袋拎起，取出一只小包裹遞給我。

我將包裹拆開。

那是一只印有斯塔特俱樂部徽標的杯子。

杯子是白色的，其中一面印著俱樂部的徽標，另一面則印著一名身穿黑短褲與黃色球衣的足球員。

「噢，一只斯塔特俱樂部的杯子！」我說道，並且再給她一個擁抱。

在那裡看到祖母，是很奇怪的一件事。我記得，她幾乎總是和祖父一同出現；而我更是幾乎不曾看過她與爸爸獨處。我將自己的房門微微打開，因而能夠聽見他們在廚房的閒聊聲。某些時候，當其中一人起身、做些什麼的時候，隨之而來的就是沉默。接著他們會再稍微交談；祖母一邊笑、一邊講故事，爸爸則低聲呢喃一句什麼。他會高聲喊我們；我們一同用餐，他的表現與平日相比竟是如此不同，他似乎總是在貼近，也總是在遠離。某些時候，他會留神聆聽祖母說的話，然後將眼神轉開，完全抽離當下，或者起身做點什麼事情，然後他就能夠再度望著她、露出微笑，說出一句逗得她發笑的評論，然後再一次將目光別開。

她在隔天晚上離開，回去前給了我與英格威一個擁抱。爸爸開車載她到市區的公車總站。我開始播放《橡皮靈魂》，並且躺下來讀一本關於居禮夫人的傳記。當專輯的第二首歌〈挪威的森林〉開始播放時，我將目光從書頁上移開、靜靜地躺著、凝視著天花板，同時任由音樂中的氛圍以其特有、不可理喻的方式滑進我體內，將我抬舉到與音樂一樣的位置。那是一種妙不可言的感覺。不僅僅只是音樂本身很美妙，這種氛圍還蘊含著某種其他的元素——這一切與我所處的空間，或者那片屬於我的世界全然無涉。

我曾經擁有過一個女孩，或者我應該說，是她擁有我……

她讓我看了她的房間，這感覺是否很不錯，就在挪威的森林？

太美妙了，真是太美妙了。

在那之後，我繼續閱讀居禮夫人的傳記，直到晚上十點鐘，我關上燈，逐漸滑向夢鄉。當位於房間裡、處於我周邊的一切事物被一些我不知道從何而來、但仍然被我所接受的幻覺稀釋時，房門突然被打開了，天花板的吊燈也亮起。

是爸爸。

「你今天吃了多少顆蘋果？」他說。

「一顆。」我說。

「你確定？祖母說，她有給你一顆蘋果。」

「是？」

「但是你在晚餐之後也吃掉一顆。這件事，你記不得了嘛？」

「噢不！我完全忘記這件事情了。」我說。

爸爸關上燈，一語不發地離開，並將門帶上。

隔天吃完晚餐以後，他叫我過去。我走進廚房裡。

「坐下。」他說。「有一顆蘋果要給你。」

「謝謝。」我說。

他給我一顆蘋果。

「你就坐在這裡吃掉。」他說。

我迅速地抬頭望了他一眼。他迎視我的目光；他的眼神顯得凝重。我低下頭去，開始啃著那顆蘋果。

當我啃完時，他又塞給我一顆新的。

他是從哪裡弄來這些的？難不成他背後就藏著一整袋蘋果，還是之類的？

「這邊，再給你一顆。」

「謝謝。」我說。「可是，我一天只能吃一顆啊。」

「你昨天就吃掉兩顆，不是這樣嘛？」

我點點頭，接過那顆蘋果吃光。

他再塞給我一顆。

「喏，這邊還有一顆是給你的。今天是你的幸運日。」

「我已經吃飽了。」我說。

「把你的蘋果吃掉。」

我還是吃了，但速度遠比啃掉前兩顆蘋果時慢。那些我咀嚼的果肉，彷彿直接落在剛下肚的晚餐上面；我似乎能夠感受到下方那冰冷的果肉。

爸爸再將一顆蘋果塞給我。

「我吃不下了。」我說。

「昨天的你可是一點底線都沒有。」他說。「你忘記了嗎？你吃掉兩顆蘋果，就只因為你想要吃？今天，你想吃幾顆蘋果就吃幾顆蘋果。吃。」

我搖搖頭。

他湊向前來。他的雙眼透露出絕對的冷漠。

「把你的蘋果吃掉。現在。」

我開始嚼，每吞一口，胃就緊縮成一團。我不得不連吞好幾口口水，才不致於嘔吐。

他站在我背後。我根本不可能逃走，只能哭著吃蘋果；吞下果肉以後，我又哭了起來。最後，我再也吃不下了。

「我已經很撐了！我吃不下了！」我說。

「吃光光啊。」爸爸說。「既然你是如此喜歡蘋果。」

我嘗試再咬下一、兩口，但是這已經行不通了。

「我吃不下了。」我說。

他注視著我。接著他拾起那顆啃到一半的蘋果，扔進流理臺下方的垃圾桶。

「你可以滾回自己的房間了。」他說。「現在，我希望你已經學到了教訓。」

當我坐在自己的房間裡時，我實際上只渴望一件事情，那就是趕快長大。長大意謂著獨立自主、決定我的人生。我憎恨爸爸，但我還在他的掌握之下，沒有任何能逃脫他權力的道路。不過在我的思緒與想像的世界中（我的想像力可是受到眾人誇讚），情況可就不一樣了：我能徹底打爛他。我在想像的世界中能夠成長、變得比他還要巨大、用雙手扣住他的雙頰、狠狠地擰他，使他的雙唇張開，變成他經常模仿我的那種愚蠢嘴形（也就是說，我受到暴牙影響的那種嘴形）。在那裡，我可以一拳揍在他的鼻子上、打斷鼻梁、鮮血直接噴出。或者還有更好的：他的鼻梁壓進他的腦內、導致他當場死掉。我可以推他去撞牆、讓他摔下樓梯，我還可以扣住他的脖子，將他的臉往桌面砸。我內心大可有著這樣的想法；但是，只要我跟他同處一室，一切的念頭就彷彿溶解了，他就是我爸、是個成年男子，他比我強壯得多，一切都得按照他的意志進行。他可以一把掐碎我的意志，視之如無物。

這或許就是我不自覺將房間轉變成一片廣大戶外的原因。有一段時間，我只是看書，幾乎什麼事情都不做。當我閱讀的時候，安靜躺在床上的我卻始終在外面的大千世界裡移動——這不僅是存在於此時此地、蘊含著所有陌生國度與陌生人群的這個世界，還包括了過去曾經存在過的世界（例如那些講述石器時代小男孩「熊掌」的故事書），以及那即將到來的世界（例如法國科幻小說家朱爾．凡爾納書中描述的世界）。再來就是音樂了——樂聲也能以其氛圍、在我內心激蕩起的強烈情感打開這個房間。音樂所帶來的情感與我在日常生活中經歷的其他情感毫無共同點。我最常聽的就是披頭四與羽翼合唱團；然而我也會聽一些英格威最喜歡的音樂。長期以來，他鍾愛包括加里．格利特、爛泥巴樂團、史萊德樂團、甜蜜樂團、彩虹樂團、現況樂團、匆促樂團、齊柏林飛船樂團和皇后樂團在內的藝術家或樂團。不過他對音樂的喜好在他就讀初中時改變了，那些老舊的卡帶開始逐步讓位給另一種截然不同的音樂，就好比即興樂團的單曲、行刑者樂團那張名為〈不再有英雄〉的單曲、新城之鼠與衝擊合唱團的黑膠唱片、騙子69和電力站樂團的錄音帶，以及他在廣播電臺裡唯一一個流行音樂節目《特別流行》播出時錄下的那些歌曲。他開始結交到一些對同類型的音樂感興趣，也同樣彈奏吉他的朋友們。其中一人名叫包德．托斯坦森。五月初某一天，爸爸離家在外幾個小時，我們家因而無人看管。包德跟著進到英格威的寢室；他們在房裡彈奏起吉他、聆聽起唱片。片刻之後，有人來敲我的房門——英格威想讓包德瞧瞧某件東西。我躺在床上閱讀；但當他們走進來的時候，我還是跳了起來。

「瞧瞧這個。」英格威說，一邊走到那張我掛在書桌上方、牆上的貓王海報。「你來猜猜看，背面是什麼東西？」

包德搖搖頭。

英格威撥掉海報上的黏膠、從牆面上取下海報，翻到背面。

「瞧瞧這個。」他說。「是約翰．里頓[60]！他居然掛反了，將貓王擺在正面！」

兩人大笑起來。

「我可以跟你買下這張嘛？」包德說。

60 John Rotten，英國歌手、編曲家John Lydon（1956-）的藝名。

我搖搖頭。

「這是我的。」

「但是，你明明就掛反了！」包德說著，同時再度笑了起來。

「我哪有掛反。這明明就是貓王的海報！」我說。

「艾維斯，他啥都不是。」包德說。

「有啦，總還有個艾維斯．卡斯提洛[61]哪。」英格威說。

「喔，是啊，的確。」包德說。

他們兩人離開以後，我更靠近些、仔細打量著那張海報的正反兩面。那個名叫約翰．里頓的歌手簡直醜翻了。而貓王真是帥翻了。憑什麼要我將醜男擺在正面、將帥哥藏在背面？

每年春季，我們就在戶外做著我們慣常做的事情；割下白樺樹的枝條、將瓶子綁在殘幹之上、隔天再將瓶子取回，喝下滿瓶閃亮、濃稠的樺樹汁液。我們切下柳樹的樹枝，並用樹皮製作口哨。我們還採來大束銀蓮花，獻給我們的媽媽。嗯哼，我們那時已經長大了，不適合最後這一項了；但這是某種善意的表達。因此，當我們某天早上只有三節課的時候，我就帶著耶爾走進森林裡。我知道某個區域的銀蓮花特別繁茂，我們若從遠處望去，會覺得地面上有積雪。這對我來說，其實還是有些折磨的——花朵是有生命的，摘下就等於將它們給弄死，但這背後的動機總還是良善的；我們藉由花朵的幫助，得以散播喜悅。光線如箭矢一般落在樹枝之間；翠綠的苔蘚閃閃發亮；我們各自採集了一大束花，拿在手上、一路跑回家。

當我回到家時，在家的人是爸爸。當我來到時，他正站在洗衣間。當他轉身面向我時，他的舉手投足都夾帶著憤恨。

「我採了一些花要給你。」我說。

他伸出手來接過花朵，然後一把扔進大水槽裡。

「只有小女生才會採花。」他說。

他這番話並沒有說錯；對此，他想必感到極為可恥。某一次，他的兩個同事到我們家來，他們看到我站在樓梯間。由於那時候是冬天，我頂著一頭頗長的金髮，同時我還穿著一件紅色貼身褲襪。

「你家的小女兒真可愛。」其中一人說。

「你知道嗎，他是個小男孩。」爸爸回答。當時的他面露一抹微笑；但我對他是如此了解，我知道，他並不開心。

我對衣服很感興趣；當我得不到我想要的鞋子時，我就會哭；當我們乘船出遊、船上太冷的時候，我就會哭；當爸爸講話變得大聲的時候，是的，我就會哭。而在某些情境下，大聲說話是很自然的。如果他心裡想著「我生的這個兒子到底是怎麼回事」——請問，這又有什麼奇怪之處呢？

他也頻繁、甚至一再地說，我就是一個媽寶。而我也的確是個媽寶。我很渴望媽媽。當她在那個月底確定要搬回我們家久住時，沒有人比我對此更感到快樂。

那年暑假結束、我即將要升五年級時，輪到爸爸出遠門了。他將要搬去卑爾根，住在某個名叫「方

61　Elvis Costello（1954-），英國創作歌手，與「貓王」（Elvis Presley, 1935-1977）同名。

托夫特學生住宅區」的地方。他準備攻讀北歐語言的碩士學位，並進一步成為大學講師。

「實在很遺憾，我不能每個週末都回家。」就在他即將啟程前不久，他在晚餐桌前這麼說道。「或許每個月最多只能回家一趟。」

「那真是太遺憾了。」我說。

我跟著走到私人車道上，準備跟他說再見。他將各只行李箱放在汽車後車廂，接著坐到乘客座上；這回要由媽媽開車載他到機場。

這是我所看過最莫名其妙的景象之一。

爸爸和一輛小型福斯金龜車並不相襯，就是這樣。如果他還真要坐進一輛小型福斯金龜車裡，那他實在不應該坐在乘客座上——那看起來幾近於怪誕，而當媽媽坐在他旁邊、發動汽車引擎、一邊扭頭一邊倒車時，就更顯得怪誕。

爸爸根本就不是什麼乘客，這點無庸置疑。

我招了招手。爸爸微微舉起手來。然後，他們就開遠，消失不見了。

我現在還能忙些什麼事情呢？

跑到從事木工與手工藝的小棚屋裡，用鋸子鋸東西、釘東西、切割、劈砍，藉此證明自己的一切價值嗎？

走進廚房裡，製作華夫餅？煎蛋？泡茶？

還是乾脆坐下來，將雙腿翹到客廳的茶几上？

不對，我完全知道該做什麼。

走進英格威的房間裡、取來他其中一張唱片，開始播放，並且將音量調到最高。

我按下播放鍵。

我將音量調到近乎最大聲，打開房門，信步走進客廳。低音樂聲幾乎讓牆板搖晃起來。音樂從隔壁的房間裡**泉湧而出**。我閉上雙眼，開始隨著音樂的節奏前後搖晃身體。我搖了一會兒以後，就走進廚房裡，取來厚片巧克力吃光。音樂在我的四周轟鳴著；但我並未真正融入其中，它就像餐桌或牆面上懸掛的圖畫那樣，更像是整棟房子的一部分。隨後我再度前後搖晃起身體，此時的我彷彿已將音樂一口吞下，使之存於我的體內；當我閉上雙眼的時候，這種體驗就更加強烈。

樓下似乎傳來某人的叫喊聲。

我睜開雙眼，屏住呼吸。

難道他們忘記帶東西因而折返了？

我狂奔進英格威的房間裡，將音樂轉至最小聲。

「你到底**在**幹麼啊。」英格威從樓下喊道。

啊哈。真是幸運啊。

「啥事也沒有。」我說。「我只是借你的一張唱片來聽聽。」

他上到樓梯間。他的後面，還跟了另外一個男孩。我先前從未見過他。也許是排球隊的隊友？

「你是發瘋了，還是怎樣？」英格威說。「你這樣會把擴音器**搞爛**的。現在鐵定已經壞了。該死的大白痴！」

「我不知道哪。」我說。「對不起！我跟你說一千次對不起。」

另一個男孩面露微笑。

「這位是特隆德。」英格威說。「至於這位白痴呢，就是我的弟弟。」

「弟弟，你好啊。」特隆德說。

「哈囉。」我說。

英格威走進自己的房間裡，稍微調高音量，仔細聆聽著擴音器的反應。

「謝天謝地，沒被你搞爛。」他一邊說，一邊挺起腰。「算你走運。要不然的話，你得賠我一副新的。要是壞了，我絕對不會放過你。」

他注視著我。

「他們出門多久了？」

我聳聳肩。

「半個小時吧。」我說。

英格威關上自己房間的門。我又在客廳裡待了一會兒，但我隨即看到戶外的瑪麗安娜與希爾薇格。她們拉動著一輛嬰兒推車散步著。我走出門外，跑向她們。

「我們一起走吧？」我說。

「好啊，可以啊。」她們說。「你要上哪裡去？」

「到上面去。」

「你要去找誰？」

我聳聳肩。

「這是誰家的小孩？」

「蘭納森家的小孩。」

「他們付給妳們多少錢啊？」

「五克朗。」

「妳們想存下來，買點什麼東西嘛？」

「沒有想要特別買什麼。也許買件夾克，之類的。」

「我也想要買一件新夾克，一件黑色的Matinique外套。妳們看過嘛？」我說。

「沒看過。」

「袖口很寬，那裡的織料也比較特殊。有點像是帶了褶子。正面還附著一處開口，可以遮住拉鍊。妳想要買什麼樣的夾克啊？」

瑪麗安娜聳聳肩。

「我想，就一件風衣吧。」

「一件風衣？窄版的？」

「也許吧。相當短的那種。」

「我認識的男生，就只有你會聊衣服。」希爾薇格說。

「我就是知道嘛。」我說。最近，我逐漸發覺到，要跟女孩子交談，是一件難事。當你一把偷摘下她們的毛線帽，或者對她們喊一些亂七八糟的話語時，所謂的「互動」通常也就僅止於此。嗯，你也許可以跟她們聊聊回家作業，然後就無話可說了。而我突然間想到了，她們對衣服總是很感興趣。既然這樣，那就聊聊衣服吧。

當我們幾乎來到B-Max超市前，我就跟她們說再見，隨後奔下斜坡，來到那座荒蕪的遊樂場，接著再衝上那片長滿青草的陡坡、經過那破敗的舊廢車殘骸，之後再走到那座經過重重踐踏、同樣顯得荒涼破敗的足球場，接著繞經普雷斯巴克摩家的籬笆，拐到他們家房屋的正面，按下門鈴。不過耶爾正在吃晚飯——晚飯後，他還要到維孟德家裡作客。

嗯哼。

就連這條街道都顯得荒涼而無人跡。今天是禮拜日，此時正是晚餐時間，人們可能正在用餐或在某人家裡作客，或者與自己的雙親出去玩了。

接著我恍然大悟：英格威明明就帶了人到家裡來嘛！或許我可以跟他們一起待在房間裡。我跑到下方，但他們的腳踏車已經不見了，他們鐵定已經出門了。

既然這樣，我又該如何是好呢？

天空顯得陰沉，戶外並不特別暖和。現在，「岬角」浴場想必空無一人。

我緩慢地朝下方的突堤碼頭走去。那裡想必也是毫無人跡可言，但就算沒別的事情可做，我至少總能看看停在那裡的小船，吸入長期瀰漫在那裡，由玻璃纖維、木料、汽油及海水共同混合成的古怪氣味。

那裡其實一點都不荒涼——一整票人聚集在那裡。

我謹慎、不著痕跡地在他們之中遊走。他們有些人擁有小艇，坐在小艇上、朝水面吐痰，並且聽著另外那些站在浮動碼頭上、沒有小艇的人的話語。這些沒有小艇的人湊在船主們旁邊。我置身於他們之中，卻不曾幻想過擁有一艘小艇；這是如此不切實際，就像我在一本書中讀過的，某個次日一覺醒來發現自己突然回到維京海盜時代小男孩的遭遇一樣不切實際。不對，如果我真的幻想擁有某樣東西，那就是一雙英格威也有的、繪有淺藍Nike徽標的全新白色網球鞋、嶄新的淺藍Levi's牛仔褲，或者一件淡藍色的卡塔琳娜式夾克。或者是一雙全新的Puma足球鞋、一件Admiral連身運動衫，或者一條Umbro出品的短褲。我相當喜歡那些黑色與白色的Adidas奧運紀念用鞋。我還想要一雙護腳的護脛、一只繪有Puma徽標的提袋。冬天時，我想要有Atomic出品的障礙滑雪賽雪橇、Dynastar製造的雪杖。我想要專門針對障礙賽的滑雪長褲，以及一件貨真價實的羽絨外套。由Splitkein生產的玻璃纖維滑雪板，以及新的Rottefella固定器。還有那種頗具薩米人[62]風格、鞋尖總是形成一個小小「@」形狀的亮色皮靴。我要一件白色的襯衫，還有一件紅色的無領長袖運動衫。我想要一雙白色雨靴，而不是我目前擁有的深藍色膠靴。我也盼望收到一條我曾見過的亮紅色珊瑚項鍊；當然，一條白色項鍊也可以。

我並不怎麼常想到汽車、摩托車與船艇。不過我也有一些最偏好的廠牌，只是不能將這一點告訴任何人。船艇：一艘十呎長、配有五馬力山葉馬達的With Dromedille小艇。機車：鈴木機車。汽車：BMW。我會選出這些，最主要是品牌名有著Y、Z、W這種不常見的字母。出於同樣的原因，我超級喜愛漢普頓狼隊[63]——第一支我真心支持的足球隊，即使後來利物浦變成我的最愛，我的心仍為狼隊悸動——他們的主場是莫利紐球場，隊徽是出現在橘色背景裡的狼頭，有什麼東西能夠取代它們呢？

我經常想著長褲、夾克、毛線衣、鞋子與運動服裝，因為我想要帥氣的外表，並且獲得勝利。我最景仰的運動員或許就是約翰・麥肯羅；當他在一記裁決之後露出凶狠而危險的眼光、抬頭狠瞪著裁判、在發球前拍動網球、使其在草皮上彈跳時，我總會焦慮而困惑地想著：不，別這樣做，別這樣做，這樣會完蛋的，你承擔得起這一分的損失，別這樣做！——而當他仍然這樣做的時候，我幾乎不敢看著那畫面：他開始痛罵裁判，同時極其用力地將球拍摔在地上，使它飛落到好幾公尺外。我是如此地認同他，以致於他每次輸球，我總會哭泣——此時的我無法待在室內，我得到街上去，我就這樣坐在人行道的邊

62 Sami，分布在北極圈周圍的原住民族，居住地遍及芬蘭、挪威、俄羅斯、瑞典領土。

63 Wolverhampton Wanderers FC，成立於一八七七年，為英格蘭足球聯賽創始成員。

緣，雙頰被淚水所浸溼，為他的輸球感到惋惜與不捨。同樣的道理也適用於利物浦足球隊。某次他們輸掉了英格蘭足總盃決賽，我淚水盈眶地衝上街頭。那時，我支持的球員是埃姆林．休斯；他就是我當時最關注的球員。不過我當然也關注其他球員，尤其是雷伊．克萊門斯與還沒有轉隊到漢堡與紐卡索的凱文．基岡。我曾在英格威的其中一份足球報刊上，讀到一篇比較凱文．基岡與其繼任者肯尼．達格利什的文章。這篇文章逐一檢視了兩人的各項特質，而即使兩人各有不同的優缺點，他們的賽事成果大致仍是相同的。但那篇文章指出的一件事，卻深深地烙印在我心裡。文章寫道：凱文．基岡性格外向；而肯尼．達格利什性格內向。

就算只是讀到「內向」這個詞，我已經感到困惑不堪。

我很內向嗎？

我是否並不內向？

我哭泣的次數，豈不是高於我歡笑的次數哪？我難道不是將自己關在房間、老是閉門讀書嗎？

這樣應該算是內向吧？

內向、內向，我可不想要內向。

這是我最不想要的特質，這是最為劣等的特質。但我就是很內向；這項認知便像某種癌症，在我的思緒裡漸次擴散、成長。

肯尼．達格利什在大多數時候，都是內向而低調的。

救命喔，我也是這個樣子耶！可是，我並不想要這樣下去！我想要變得外向。外向！

我穿過森林、踏上回程，爬上一棵樹，想看看從那個位置能夠望到多遠。一小時以後，當我走到路口時，我正好和媽媽撞個正著——她開著那輛福斯金龜車上斜坡。我朝她招了招手，但她並沒有看到我；我使盡全力追著那輛車跑，先是往上衝刺了一段、再往正前方狂奔了一小段路，最終來到家門前。她在家門口停下、鑽出車外，將提包斜揹在肩膀上、鎖上車門。

「哈囉。」她說。「你能來幫我一起烤麵包嘛？」

爸爸很可能就是在這一年，鬆開對我們的管控。

許多年以後，他會說，他正是在卑爾根的那段期間，開始養成酗酒的習慣。

「我睡不著。因此，我開始在每天晚上喝一點點酒，然後才上床就寢。」他說。

隨後他也描述到，他在卑爾根的那段期間，交了一個女朋友。

這一點會被發現，也是純屬偶然。九〇年代初期的某一個夏日，我去探視他。當時的他喝得爛醉。我告訴他，我將會在冬天搬到冰島。他說，喔，冰島喔，他去過那邊一次，他去過雷克雅未克。

「你沒去過那裡吧？」我說。「你幾時去過那裡？」

「那是在我住卑爾根的時候，這你總知道吧。」他說。「我在那邊交了一個女朋友，她是冰島人。我們一起到雷克雅未克。」

「在此同時，你跟媽媽之間還有婚約？」

「是啊。我三十五歲，而且住在學生宿舍。」

「你不用為自己開脫。你想做什麼，就做什麼。」

「兒子啊，謝謝你。」

這件事最初發生時，我們對此都懵懵懂懂；我們也缺乏面對這種事情的經驗，以致於無法想像。對我來說，唯一重要的就是他不在家。但就算這棟房子終於敞開了心胸、我有生以來頭一次在家裡可以想做什麼就做什麼，他仍然以一種奇怪的方式繼續存在於屋內。若是我進門時不小心將砂礫帶入門廳、吃飯時將碎屑掉落在桌面上——是的，就算只是吃梨子時，汁液滴落到下巴——我仍然會想到他，這個念頭就像閃電一樣將我劈開。我當時就會聽見他的聲音說：小子，難道你連吃個梨子都得弄得像豬一樣髒嘛。而當我考試成績很好的時候，我仍然想要向他描述，而不是向媽媽訴說——畢竟這可不是同一碼事。同時，外在世界也緩慢地改變了——有好有壞。我們在那溫柔的孩童世界裡遭受的打擊顯得沉悶、甚而不清不楚，原因在於那些事看似意義無比重大，實際上卻一點也不重要；但這個世界正變得愈發尖銳、清晰，一層猶疑地帶被抹除了，我們所不喜歡的就是**你**以及**你**所說的話——而這就是一種明確的限制。但在此同時，某些事物卻悄然開啟；這些事物與我的個人存在並不那麼契合，但或許影響了我，因為我就是其中的一環，而這一環跟我的家庭**完全沒有關係**，那種感覺是屬於**我們的**、屬於我們這些在外的人。就在我開始讀五年級的那個秋季，我對班上近乎每一個女生都感到極為入迷；但我不覺得她們彼此迥然不同。我內心的某種特質使我能夠相當輕易地貼近她們。這種重大缺陷，其實是男孩所面對的最嚴重缺陷——但在當時，我對此毫無認知。

那年秋天，一位比較年長、名叫霍斯特太太的女老師來指導我們。她任教我們班的好幾個科目。她很喜歡教導話劇，會將一些小節編成劇本；而我總是自願報名參演。這是就我所知最美好的事情之一；我享受大家盯著我瞧的感覺，以及那種扮演他人的體驗。我很會扮演女生，深諳此道。我將頭髮輕輕撥到耳後、微微地噘嘴、邊走邊輕輕地搖屁股、以比平常更顯做作的口氣說話。霍斯特太太有時會被我逗笑到眼淚直流。

某一天晚上，我跟斯維爾待在一塊。他同樣喜歡戲劇表演，在學校課業表現也很好，長相甚至與我如此相似。有兩名代課老師甚至誤以為我們是雙胞胎兄弟。當時我建議，我們一路騎車到霍斯特太太家去。她就住在我們那座住宅區以東的三公里外。

「好主意。」斯維爾說。「可是，我的腳踏車爆胎了。如果走過去或是慢跑過去，那也未免太遠了。」

「我們搭便車過去。」我說。

「那好吧。」

我們走到下方的路口，站在道路的邊緣。過去這一年以來，我搭過很多次便車。我通常會與達格・馬涅結伴，前往的目的地不外乎霍夫爾營區、羅亭根，或者其他某個我們經常出沒、逗留的區域。我們招到便車所需要的等待時間，單次不曾超出一小時。

今天晚上，我們招的第一輛車就停了下來。

車內是兩名年輕人。

我們鑽進車內。車內的音樂相當大聲，低音樂器的演奏聲使車窗玻璃「喀喀」作響。駕駛轉過身來面向我們。

「你們要去哪裡？」

我們講出了地名。駕駛隨即換檔、踩足了油門，我們的身子被甩向汽車的椅背。

「你們是要去找誰啊，住那麼遠？」

「霍斯特太太。」斯維爾說。「她是我們學校裡的一個老師。」

「啊哈！」那名乘客座的青少年說道。「所以你們打算去搞破壞，對吧？我們小時候也幹過這類事情。殺到老師的家裡去，把他們嚇得屁滾尿流。」

「不是的，不完全是這樣。」我說。「我們只是要去問候她。」

他轉身面向我。

「問候？為什麼要問候？是跟作業有關，還是怎樣的？」

「不是啦，我們就只是想要問候她而已。」我說。

他再度轉身面向前方。接下來，他們保持沉默、一語不發。駕駛在路口緊急剎車。

「下車吧，孩子們。」駕駛說。

我有些良心不安；我理解到，他們對我們感到很失望。但是，我們也實在不能撒謊。所以，我反而真心誠意地向他們道了謝。

他們顛簸著駛入黑暗之中。

斯維爾與我走在那條礫石路面上。高大的闊葉木伸展著樹枝、立於道路兩旁。我們不曾進入過那棟屋內，但我們知道位置。

兩輛汽車停在屋外。屋內所有的窗口都透著燈光。

我按了門鈴。

「是你們啊？」當霍斯特太太前來應門時，她驚訝地說。

「我們在想，來這邊跟妳打一聲招呼。」我說。

「我們可以進來嗎？」斯維爾說。

她猶豫著。

「嗯，你們可知道，我家裡現在有客人。我其實不方便接待你們，不過你們大老遠跑過來，就只是要來問候我？」

「是的。」

「喔，那你們就進來吧！如果你們願意，你們可以停留半個小時。家裡其實還有一些小餅乾。你們可以吃一點餅乾。還有果汁！」

我們走進屋內。

客廳裡坐了一大群成年人。霍斯特太太向他們介紹了我們。我們各自在茶几前的小凳子上就座。她在我們面前各自擺上一只裝有三片消化餅的小碟子，以及一杯果汁。

她提到，我們可是她最得意的門生，而且非常擅長戲劇表演。

「你們現在能不能演一小幕戲給我們瞧瞧？」不知是誰這麼說。

霍斯特太太望著我們。

「這個我們辦得到。」我說。「你準備好了沒有？」

「那當然。」斯維爾說。

我將頭髮攏到耳朵後方、噘了噘嘴，我們就這樣演了起來，完全即興的演出，但整群人還是被我們給逗得哈哈大笑。這幕戲演完以後，我們鞠躬致意、臉頰微微泛紅，但為了贏得的掌聲而對自己感到相當滿意。

當年的聖誕節前夕，我在化裝舞會上再度成功地演了一次——當時我和達格·馬涅裝扮成女人、化了全妝、身穿洋裝、提著手提包，我的模仿是如此的逼真，以致於沒有人認出我來。就連達格·羅薩爾也認不出我——我在他身旁至少站了五分鐘，隨後他才猛然驚覺，這個陌生的小姑娘究竟是誰。

但即使我對於男扮女裝、對於與女生閒聊她們感興趣的話題完全不感到羞恥，我其實也跟她們當中的一、兩個人在一起過。這當中最可愛的女生是瑪麗安娜；這段關係維持了兩週，我們一同去溜冰，她便坐到我的膝蓋上、親吻了我。當她舉辦慶生派對時，我是唯一出席的男生。那時她也坐在我的膝蓋上；

我在此同時緊抱住她，她則繼續與女生朋友們聊天。那時，我們同樣會與彼此調情、愛撫。但到了最後，我再也受不了了；即使我喜歡她（即使她稱不上國色天香，毫無疑問地，她仍是全校最可愛的女生之一），也許還有點可憐她（她孤苦伶仃地與媽媽、姊姊住在一起，她們的生活相當窮困；她從來不曾收過什麼新衣服，她的媽媽盡全力修補、重新利用手邊的舊衣物或從親戚那邊得到的衣服），當我來到她的房間時，我竟然只感到空虛。當我們接吻時，對於幽閉的恐懼困住了我。我想不計一切代價逃出那裡——最後，我催促達格．馬涅替我傳話，表示一切都結束了。就在同一天，我犯了一個大錯。滂沱大雨之中，她在我的後方跑著；出於純粹的反射動作，我將腿往後一伸。她被絆倒、鼻子撞在人行道上，鮮血直流，她哭了起來。但這還不是最糟糕的——最糟糕的是，在事後她對我所發洩的暴怒，而圍在她身旁支持她的一眾女孩們更是同仇敵愾。隨後的幾個星期，我相當「受歡迎」——這是一種可悲的說法。我完全沒有惡意，我只是出於好玩才這樣做，但無人理解我。有時，那些女生似乎真的恨我入骨，認定我就是人渣；但在其他的某些場合，竟又完全不同了，她們不僅想與我說話，在我們於彼此家中及學校舉辦的派對上，她們甚至還想與我一起跳舞。我對她們的態度也顯得模稜兩可——至少對班上的女生是如此。從其中一方面來說，即將在學校待滿五年的我是如此熟知她們，以致於我對她們完全冷感；而從另一方面來說，她們身上開始發生變化，藏在毛衣下方的酥胸成長得愈發豐滿、她們的臀部變得愈來愈寬——就連步態也變了，她們似乎突然高我們一等，當她們在物色男生的時候，她們的目光突然投放到高我們兩到三個年級的男生身上。我們那清脆而高亢的聲音在某種程度上不加隱藏地欣賞她們擁有的一切——但在她們眼中，我們形同空氣。不過，即使她們是這麼的重要，她們對自己所追尋的世界仍然一無所知。對於男人、女人及慾望，她們又懂得什麼呢？維布爾．史密斯作品中的女人可是在風暴大作的戶外被強行施暴、帶走的，她們讀過他的書嘛？肯．福萊特作品中的一名女子閉著眼睛、躺臥在一個滿是泡沫的浴缸裡，一名男子刮她的陰毛——她們讀過嗎？克努特．法德貝肯的《昆蟲之夏》書中一章，男子在茅草堆裡強行脫下女子的內褲——我對這一章倒背如流，她們讀過嗎？她們可曾摸到過色情刊物？至於音樂，她們又懂得什麼呢？她們只喜歡那些所有人都喜歡的東西，「孩子們[64]」與熱銷金曲榜上的其他垃圾，這對她們一點意義都沒有，並不真的有意義。對於音樂是什麼、音樂可以是什麼樣貌，她們啥都不懂。她們簡直連怎麼著裝都不懂，穿著最古怪的衣飾到校，對此卻毫無自覺。而她們居然藐視我？我可讀過維布爾．史密斯、肯．福萊特及克努特．法德貝肯的作品，我翻看色情書刊已經好幾年了，我聽的可都是那些真正有分量的樂團，而且我懂得著裝。而我居然比她們還不值？

為了要彰顯事物真正的本質，我在音樂課耍了一次小小的把戲。我們每週五都會舉辦一個名叫「班級高峰會」的活動——由六名學生自選一首歌曲播放，讓全班投票表決優勝者。不管我放的是什麼，我選的曲目總是敬陪末座。齊柏林飛船樂團、皇后樂團、羽翼合唱團、披頭四、警察樂隊、果醬樂團、史奇洛樂團——結果總是一樣，就只得到一兩票，只能墊底。我知道她們投票時反對的並非這些音樂，她們反對的是我。她們其實根本沒在聽音樂。這很讓我感到惱火。我向英格威訴過苦。他不僅僅理解這有多麼讓人生氣，他也並不喜歡那些最流行的音樂。他想到一個欺瞞她們的招數。當時「孩子們」還沒有推出第二張唱片。某個星期五，我帶著「最壞！」樂團的第一張唱片《物質疲乏》（英格威在幾天前才弄到的）到校，我說，這可是「孩子們」下一張專輯的搶先預購版。音樂老師領會到我的計畫，因此播放了那張放在白色內套唱片中的第一首歌。我還說，這張唱片實在太新，護套的封面還沒設計好。對其他人來說，「最壞！」樂團的東西爛到不能再爛；上回我在班上播放他們的單曲〈乾淨的手〉，結果她們事後一連

64 The Kids，一九七九年成立於挪威的硬式搖滾樂團。

好幾天對我尖叫：「乾淨的手！乾淨的手！」但是，當唱片的最初數個樂音流瀉而出、在教室裡迴響時，她們居然跟著哼唱，而且興致愈來愈高昂。票選活動結束之際，這股興奮之情達到了頂點——結果顯示，假冒「孩子們」的「最壞！」樂團贏得壓倒性的大勝利。噢，當我站起身來，表示她們選出的根本不是「孩子們」，而是「最壞！」樂團時，勝利在我的雙眸裡閃閃發亮。我終於能說，她們一點都不在乎音樂，操縱她們偏好與品味的，乃是其他的東西。試想一下，她們一定會氣得要死！不過，她們對此無法提出反駁。我的資質實在是太優秀，以致於根本懶得欺騙她們。

當然，我只能吞下這些後果。我自命不凡，以為自己是一號大人物；我總是喜歡那些奇奇怪怪的東西，而不是順應其他所有人的喜好。但實際情形也並非如此——我就是喜歡那些好的音樂，而不是那些劣質的音樂，這總不是我的錯吧！而拜英格威、他那些（曾被我孜孜矻矻研讀過的）音樂雜誌、他曾播放給我聽的樂團作品，我持續拓展自己對音樂的學養。像是雜誌樂團、怪人合唱團、行刑者合唱團、頭腦簡單樂團、艾維斯·卡斯提洛、史奇洛樂團、僵硬小指、XTC，以及包括肉身之軀、藍點、最壞樂團、割裂、斯塔萬格大合唱、壓抑、歇斯底里混凝土與浩劫在內的挪威樂團。他也教授我彈奏更多個吉他和弦；而當他不在家時，我會拿著黑色吉普森琴撥，肩上則是芬達生產的黑色琴帶。我甚至還買了一組鼓樂演奏教材，削了兩根小尖棒，將幾本書排成一圈擺放在我周圍的地板上，左邊有腳踏鈸，旁邊是小鼓，擺在外緣的那三本書則當成雙皮筒鼓。唯一知道這些事情的，就是與我往來愈發密切的達格·馬涅。我們主要待在他位於高處的住家、播放著唱片，並且努力用他的十二弦吉他跟著演奏。不過他有時也會下來找我，我們會看各自的漫畫（此時，媽媽的禁令變得寬鬆）、聆聽我的錄音帶，聊著女生，聊著我們將要成立的樂團，尤其是樂團要取什麼名字。他希望取名為「達格·馬涅的無名門徒」；我希望取名為「血栓」。我們都同意，兩個其實一樣好。直到事情真正開始有進展、我們突然將要登上舞臺演出之際，我們才需要決定。

一整個冬季，就以這樣的日子度過了。我們第一個班級派對，也是在那年冬季開始舉辦的。我們玩著「郵差來敲門」遊戲、在地板上連走帶跑、緊貼著彼此臉頰舞動著，緊緊抱著那些和我們同班已有五年光陰、簡直比自己家裡手足還要熟悉的女孩們。當我突然間緊緊擁抱住安妮・麗瑟蓓的身體時，我的腦海簡直就要爆炸了。她的頭髮所散發出的香氣；那雙一如過往綻放出無比蓬勃生機、閃亮有神的眼睛。噢，還有那對躲藏在單薄白色襯衫底下的小巧乳房。

這該是多麼**美妙的**感覺啊？

這是一種全新、在這麼多年以來不曾體驗過的感覺；但現在，我已經感受到了。現在，我渴望再度前往那樣的境界。

冬季過去了。春季則挾帶著那特有、每日將夜晚漸次推遲的光線翩然到來。還有那冷冽的春雨——緩慢地使積雪溶解、消失。也正是在一個這樣的三月早晨，在黑暗與陣雨的交逼之下，我一如往常地走進廚房用早餐。當天要值早班的媽媽已經出門了。她忘記關掉收音機。當我還在自己的房間裡時，我就已經理解到，昨天夜裡出事情了——我聽不懂播報員的話語，但光是那腔調就使我聽出其中的戲劇性與非比尋常。我塗了一片三明治，擺上一片莎樂美腸，給自己倒上一杯牛奶。那是一起發生在北海上的事故，一座鑽油平臺傾覆、沉入水下。雨滴緩慢地沿著窗格外緣滑落。落向屋頂的雨滴發出一陣微弱、擊鼓般的聲音；這聲音又像一層薄膜，包住整棟房屋。雨水持續順著屋頂的天溝流下。位於上方處的古斯塔夫森家門外，一輛車的車前燈點亮、引擎發動起來。這是一起災難，失蹤者多不勝數，沒有人知道確切的數字。當我在半小時以後（拖著塞進雨靴裡的長褲褲管，以及穩穩地沿著頸畔紮好的雨衣兜帽）走到B-Max超市時，所有人無一例外，都在談論這件事情。大家直接或間接認識有家人（不外乎父親或兄弟）在那座鑽油平臺工作的人。那座平臺的名稱是亞歷山大．謝爾蘭號，其中一根支柱想必斷了。造成這種事的，是百年一見的大風浪嗎？是炸彈造成的嗎？還是施工的疏誤造成的？

即使我們當天的第一節課是數學課，老師還是開始談起這起事故。我很好奇，此刻的祖父會如何評論此事。他總是對我們說，石油，就是我們生活中一切事務的基礎。石油就是我們的未來。但是，其他的資訊來源提出了與此相異的訊號：電視播報的其中一則新聞，開頭是石油即將枯竭的預測——消耗的速度遠超出我們的想像，再過二十五年，將會消耗殆盡。我對他們提及的年分（二〇〇四年）感到興味盎然——那還是好久以後的事情，實際上相當不真切，但新聞卻以一種犀利、殘酷的現實來探討，而且有別於你在各式科幻小說與漫畫看到的內容。因此，簡直使人震驚不已：二〇〇四年**真的**會到來嗎？就在**我們**有生之年？在此同時，這些人聲音中陰沉的腔調委實嚇到了我，對於某種即將耗盡的資源，我感到難過。我不喜歡這種情況；我希望所有事物能夠被保留、永存。一切終止的事物，都使人心驚。我因此希望吉米．卡特能夠連任總統；我為此寄望，奧德瓦爾．努爾利[65]與挪威工黨能夠贏得下一次大選。我喜歡吉米．卡特。就算奧德瓦爾．努爾利看起來總是那樣疲倦、憔悴，我還是很喜歡他。我不喜歡摩根．葛利斯崔普[66]與奧洛夫．帕爾梅[67]；他們身上透露著某種圓滑、不良善的特質，這從他們的嘴型與目光就能看出來。愛納．傅特[68]與雷烏夫．史坦[69]也都有這種特質，只不過沒那麼明顯罷了。不過我挺喜歡哈娜．科萬摩[70]。我不喜歡果爾達．梅厄[71]；而即使梅納罕．比金[72]簽署了大衛營協議，我仍然不喜歡他。愛爾．沙達特[73]的特徵就很難判斷。這一點也適用於布里茲涅夫[74]，即使我們必須使用完全不同的標準來評斷他。當我看到他身穿厚重的毛皮大衣、頭戴寬大的皮帽、如蒙古人般細瘦雙眼上方的一對濃眉、面無表情、如機器人般對著下方的閱兵儀式隊伍（包括一列接一列由發射架所推出、向前滑的導彈，周圍則是數以千計外表一模一樣、僵硬向前行進的士兵）揮手致意時，我實在無法將他視為一個人看待——他是某種截然不同、與任何人事物均無關聯性的存在。

那麼，我是否喜歡派爾．柯雷佩[75]？

是啊，我還挺讚賞他的。不管怎麼說，我曾真摯地盼望他推出的「柯雷佩振興方案」能夠奏效。

我還挺喜歡漢斯．哈蒙德．羅斯巴克[76]。不過，我覺得講話總是低聲私語、發著古怪的「r」捲舌音、雙肩細瘦不堪、有著骷髏一般的大腦袋與一雙黑色濃眉的特里格弗．布拉特利[77]簡直就是怪胎。

---

65 Odvar Nordli（1927-2018），挪威工黨政治家，於一九七六年至一九八一年間擔任該國首相。
66 Mogens Glistrup（1926-2008），丹麥律師與政治家。
67 Olof Palme（1927-1986），瑞典政治家，曾兩度出任該國首相，於第二任首相任內遇刺。
68 Einar Førde（1943-2004），挪威新聞記者暨隸屬於挪威工黨的政治家，曾任該國教育與教會事務部長。
69 Reiulf Steen（1933-2014），挪威工黨政治人物。晚年出版回憶錄，講述自身的精神問題與挪威工黨的困難。
70 Hanna Kvanmo（1926-2005），挪威政治人物，於一九七三年至一九八九年間為該國國會議員。
71 Golda Meir（1898-1978），以色列猶太裔政治家，該國迄今唯一一位女總理。
72 Menachem Begin（1913-1992），以色列第六任總理，於一九七八年因大衛營協議得到諾貝爾和平獎。
73 Anwar Sadat（1918-1981），埃及前總統，於一九七八年與比金共同獲得諾貝爾和平獎。
74 Leonid Brezjnev（1906-1982），生於現屬烏克蘭的前蘇聯領導人。
75 Per Kleppe（1923-2021），挪威經濟學家，曾任該國財政部長。
76 Hans Hammond Rossbach（1931-2012），挪威前國會議員。
77 Trygve Martin Bratteli（1910-1984），挪威政治家，曾於一九七〇年代兩度出任挪威首相。出版回憶錄《夜霧中的囚徒》（*Prisoner in Night and Fog*）。

約有十五分鐘，大家都在談論北海的災難；隨後，講課活動一如往常進行著，這意謂著我們繼續演算著課本的習題。老師則在各排座位之間來回走動；一旦有人舉手求助，老師就過去協助。同時，窗外的黑暗逐漸退去，晨光漸次露臉。課間休息時，有人說，平臺內部或許存有一些氣孔，躲在那裡的人可以存活好幾天。其他幾個人則說，當時在平臺上的人之中，沒有任何來自這一帶的學生家長，不過其中一個羅亭根的學生的爸爸失蹤了。所有謠言究竟從何處來，是極難察知的；這些傳言的真實程度，亦極難求證。我們的下一節課是挪威語。當老師在講桌後方坐定時，我就舉起手來。

「卡爾．奧韋，怎麼啦？」

「妳已經改完我們的作文了嘛？」

「這個嘛，你還要再等等。」她說。

但是，她鐵定已經改完作文了。因為她隨即在黑板上逐一講解某些單詞與規則，想必就屬於我們在上週四交給她批改的作文當中，常犯的錯誤類型。

情況也正如我所說的：她從提袋裡取出我們那厚厚的一大疊習字簿，擱在講桌上。

「這一次，有非常多寫得相當好的作文。」她說。「我真的很想將它們全部朗讀一遍。不過，很遺憾的是，時間不夠用。因此，我選出了四篇作文。這並不意謂著，它們就絕對是最棒的。全班所有人的作文，都寫得很好。」

我望向那一大疊習字簿，嘗試辨識出自己的本子。

不管怎樣，我可以肯定的是：擺在最頂端的那一本，不是我的。

安妮．麗瑟蓓舉起手來。

她身穿一件白色羊毛衣。真是太適合她了。那黑色的頭髮與黑色的雙眼，與白色的衣料相襯；她那對紅色的嘴脣，以及在她進入暖熱環境之際總是會變得通紅的雙頰，也與衣著極為相襯。

「怎麼了？」老師說。

「在妳朗讀的時候，我們可以織東西嗎？」安妮．麗瑟蓓說。

「可以啊，沒有問題啊。」老師說。

四個女生彎下腰去，從各自的背包裡取出針織勞作。

「那我們也可以寫作業嗎？」耶爾．霍康說。

有人笑出聲來。

「耶爾．霍康，你得像其他人一樣先舉手。」老師說。「不過，答案當然是『不行』。」

耶爾．霍康露出了微笑，他的雙頰微微泛紅——這倒不是因為他遭到了糾正，而是因為他敢於表達意見。當他在全班面前發言時，他總是會微微地臉紅。

老師開始朗讀。第一篇並非我的作品。不過我心想著，反正還有三篇哪；我將雙腿伸出桌腳的下緣。我很喜歡早上的前幾節課。此時窗外一片黑暗，我們彷彿坐在某個發光的座艙裡，所有人的頭髮都還有點亂、還有些睡眼惺忪，隨著日間的時光向前推進，我們動作中那柔軟、迷濛不清的部分也變得愈來愈犀利，直到所有人到處亂跑、異口同聲地尖聲叫喊、興奮地睜著雙眼、雙臂如鳥翅般拍擊為止。

第二篇作文也不是我所寫的；第三篇也不是。

當她舉起第四本習字簿時，我擔憂地望著她。那想必不是我的吧？

啊哈。她不會朗讀我的作品。

我的內心因失望而沉到了谷底；同時，另一種想法則高高地騰起。我的作文是首屈一指的；她和我都知道這一點。然而，即便如此，她上次沒有朗讀、現在也沒有朗讀我的作品。既然是這麼回事，好好寫作還有啥意義可言？下一回，我就偏要寫得愈爛愈好。

她總算擱下手邊那篇無藥可救的劣文。

我舉起手來。

「妳為什麼沒有讀我的作文？」我說。「它很爛嗎？」

有那麼一秒鐘，她的雙眼先是瞇成一條縫。接著她才睜大雙眼，露出微笑。

「我收到二十五篇作文。我總不可能全都朗讀一遍，這一點你也很清楚。其實，你的作品可是我最常拿出來朗讀的作文之一。現在，總該輪到這些文章了。」

她輕輕地拍拍手。

「這一次，這些文章真的都非常出色。你們的想像力實在非常豐富！我對所有的作品，都感到非常滿意與開心。」

她對站起身、走上前的耶爾．B點點頭。身為班上風紀股長的他，將這些作業簿發下去。我迅速地翻閱自己的作業簿。每一頁差不多出現一處錯誤。她在最後一頁寫道：「卡爾．奧韋，你的想像力非常豐富，這很棒。只不過，這個故事的結尾好像有點太唐突了？你犯的錯誤不多，不過，你的筆跡還得更工整才行！」

我們這次寫的主題，與未來有關。我寫到太空之旅。也就是說，我花了如此大量的篇幅描述太空人各式不同的訓練專案，以致於在寫到出發時，我已經耗掉了十頁的篇幅。因此，我在沉思片刻之後寫道，由於技術故障，太空之旅臨時取消了，太空人還沒來得及執行任務，就得折返了。

我在某處寫到「旅館」（Hotel）。她在那裡以紅筆多加上一個「l」。我舉起手來；她走到我的面前。

「『旅館』的拼字裡面包括一個『l』。我知道這一點，我是在一本書上看到這個的。所以我很確定。」

她湊上前來。她的雙手散發出一股肥皂的氣味；而她的頸間則散發出夏季般香水的氣味。

「嗯哼，是啊，從一方面來說，你是對的。但從另外一方面來說，就不是這樣了。英文裡面的『旅館』，只有一個『l』。挪威語則有兩個。」

「『鳳凰旅館』（Hotel Phoenix）裡面只有一個l。它在挪威。而且還是在愛蘭達爾！」我說。

「關於這一點，你是對的。」

「既然是這樣，這個不算寫錯吧？」

「不算錯，就這麼說吧。而且，卡爾．奧韋，這篇作文寫得很好。」

她挺起腰、走回講桌前。即使這些話語僅僅只有我才知道，我仍然感到心暖。

窗外的風雨仍未停歇。學校操場外緣的樹木搖晃著、發出「嘎吱嘎吱」的呻吟；當課間休息結束、我們走進體育館時，強風吹拂那高聳牆板的力道是如此猛烈，以致於那聲音聽來就像是浪間的撞擊。通風系統發出一陣陣嚎叫與轟鳴；整座建築物似乎活躍起來、宛如一隻裝滿了各式房間、通道與通風井的巨獸。牠躺臥在學校的旁邊，在沮喪與無望中恣肆吟唱、哭訴起來。當我坐在更衣室裡的長凳上脫下衣服時，我心裡想著，或許，真正神氣活現的是那些聲音。它們起起伏伏；它們彷彿輕輕地旋轉著；它們似乎置身於一場遊戲之中，一下子往這邊跑、一下子又跑到那邊。我全身赤裸著站起身來，取來毛巾，走進已經瀰漫著蒸氣且相當暖熱的淋浴間。我站在一眾身形蒼白、皮膚宛若大理石般潔白的男孩之中，任由暖熱的水淋遍我的軀體——水先是觸及我的頭頂，隨即迅速往下流、覆蓋我的胸口、臉、頸部與背。頭髮黏附在前額上；我緊閉雙眼。這時候有人叫喊起來：

「托爾勃起咯！托爾勃起咯！」

我睜開雙眼，望向斯維爾。正是他在叫喊著。他指向那狹窄的空間——托爾就站在那裡，兀自微笑著，雙臂垂掛在側身，他的小雞雞則向外伸挺著。

托爾的小雞雞，是全班男生當中最大的——而且，沒錯，恐怕也是全校最大的。它就這樣懸掛在他的雙腿間、不住地擺動與搖晃，活像一條貨真價實的早餐香腸。而這也已經不是什麼祕密咯——他的褲襠處始終顯得相當緊實，他的小雞雞就這樣朝斜上方伸展，使所有人都能夠看到那形狀。是的，它的確又大又壯觀。但此刻，它膨脹起來，顯得無比龐大。

「哎唷喂啊！」耶爾·霍康叫喊起來。

所有人都望向他，氣氛很快就熱絡起來，當然，必須有人做點什麼才行。這種非比尋常的天賜良機，絕對不能白白浪費掉。

「走，我們帶他去見亨賽爾太太！」斯維爾喊道。「快快快，動作快，不然它就要縮回去咯！」

亨賽爾太太是我們的體操課老師。她來自德國，挪威語說得並不特別流利，她相當嚴格、整潔且拘謹，她那副細瘦的眼鏡，以及總是同樣梳得一絲不茍的髮髻，也都再次凸顯這些特質。她極其講究、重視細節，但同時又顯得心不在焉；簡單地說，我們把這個稱為自負。身為體操課老師，她對我們而言是噩夢般的存在——原因在於她極其酷愛各式器材，而且幾乎從來不准我們踢足球。她今天身穿藍色體操服裝與白色長襪、頸間掛著口哨，還正在體育館將器材整備好。斯維爾一建議我們將托爾抬去晉見她，所有人都意識到，這真是太完美了。

「不行，不准你們這樣做！」托爾說。

斯維爾與耶爾·霍康走上前，抓住他的雙臂。

「就是現在，上啊！」斯維爾叫喊道。「快點，再來兩個人！」

達格・馬涅往那邊走去，他與耶爾・B一同抓住托爾的腿部、抬了起來。當他們將托爾抬出淋浴間時，托爾抗議著、身子不住地扭動；不過，他這番掙扎並不是認真的。我們則跟著他們一起走。這一幕真是令人嘆為觀止——全身一絲不掛、巨大的陰莖高聳而勃起的托爾被四個同樣一絲不掛的男生扛著，他們後面則跟著一支由更多全裸男孩所組成的隊伍——他們穿過更衣室，走進偌大而冷涼的體育館。年約三十多歲的亨賽爾太太就待在彼端。她轉過身，面向我們。

「你們是要怎樣？」她說。

那些人扛著托爾、**跑到**那邊去。當他們來到亨賽爾太太的面前時，他們就將他的身子立起來，彷彿他就是一尊正待接受檢驗與視察的雕像，就這樣讓他站了大約五秒鐘，隨後又將他放倒、再度扛著他衝進更衣室。

亨賽爾太太只說了這麼一句：**不行，不行，小男生們，這樣做真的不行**。而且，她也沒有採取任何反制措施。她沒有暴吼，更沒有大聲尖叫，沒有張大嘴巴，她的眼睛沒有突出怒瞪，下巴也絲毫沒有要掉下來的樣子；我們或許本來希望她這樣反應。只不過，我們還是辦到了——我們得以向她展示了托爾的大雞雞。

事後，在更衣室裡，我們討論著可能的後果。沒幾個人覺得會被懲罰；原因也很簡單，要是她繼續追著這件事情不放，這對她將會很尷尬。但是，我們只是自欺欺人罷了。校方後續的反應相當大——校長前來探視我們班，那四個當初將托爾扛起的男生遭到留校察看與處分，我們其他人則被臭罵一頓，這件事傳得人盡皆知。唯一從這場危機中全身而退、還保留了榮譽的人就是托爾——他一方面像是受害者（無論是校長、班導師還是亨賽爾太太，都認定這是一起霸凌事件），另一方面則像勝利者（現在包括女生們在內的所有人都知道托爾生理上這項近於非凡的特徵，而他不費吹灰之力就辦到了這一點）。

那天晚上，我全身赤裸、攬鏡自照許久，瞄著自己的鏡影。

這件事，可是說比做還容易。我們家唯一一座全身鏡懸掛在樓梯旁邊的門廳內。就算家裡沒其他人，我還是不能一絲不掛地站在鏡前，因為他們可能會突然進來。就算我的反應像閃電那樣快，當我的臀部逃上樓去時，他們仍然會瞥見的。

不行，我得照照浴室裡的鏡子。

不過，那面鏡子只能呈現出臉部。如果你先貼近那面鏡子，同時雙腿盡可能向後彎，你幾乎能夠望見全身，但這樣的視角很奇怪，看到的畫面也不具參考性。

因此，我等到媽媽在晚餐後洗好碗、手裡拿上一份晨報、在客廳裡就座、品味一杯咖啡的時候，才展開行動。我走到廚房，取來一張椅子。如果她問我拿那張椅子要做什麼，我可以說我洗澡的時候，想把播放器放在上面。如果她問我，為什麼不能像往常那樣放在地板，我可以說我聽過，電器碰到水是很危險的，而當我泡澡的時候，水經常會噴濺到地板上。

不過她什麼都沒有問。

我鎖上門、脫光衣服，將那張椅子放在牆邊，然後站到上面去。

首先，我迎視著身體的正面。

我的小雞雞並不像托爾的。它看起來更像是一小團軟填料，或者更像某種羽毛；畢竟，當我用手指抓住它的時候，它輕輕地顫抖著。

我用手握住它。它能伸到多長呢？

隨後我扭動身子，從側面望向它。從這個角度看，它其實顯得比較長。

不管怎樣，班上除了托爾以外，其他所有人的小雞雞想必也都是這樣子，不是嗎？

我側身站著時，我的雙臂看起來就比較不堪。雙臂是如此的單薄。而我的胸也顯得單薄。我是突然從一張在挪威盃參賽期間的照片看出了這一點：我的上半身愈是接近頭部，就變得愈細瘦。但是，我並不希望我的身體長成這個樣子。在健身、鍛鍊的時候，我有時會做伏地挺身；但我總是作弊，原因就在於：實際上（這也只有我本人知道），我連一下都撐不起來。

我從椅子上爬下，開始在浴缸中注水。噴嘴就位於那道短小、外觀近似鐵梁、標有紅色與藍色圓圈（活像兩隻眼睛）的結構下方。水吐出時，我快步走進自己的房間並取來錄音帶播放器，將《不法分子：突擊隊》（我在洗澡時常聽）塞進去、擺在椅子上，按下播放鈕，接著謹慎地爬入浴缸裡。水的暖熱沁入我的皮膚，這使我難以坐進浴缸裡。不過，我還是辦到了這一點：我坐進浴缸裡，站起身來、再坐進去，然後又站起身來，直到我的皮膚習慣了水溫為止。我可以躺在那裡，任由暖熱的水覆蓋我的全身，同時縱聲高唱著，並且夢想自己會獲得讚賞，想像所有我認識的女生對此將會怎麼說。我唱道：我覺得好寂寂寂。我覺得寂寂寂。我覺得寂寂寂。我覺得寂寂寂。我覺得寂寂寂。我覺得寂寂寂。寂，我好寂。我好寂。我好寂寞。我覺得好寂寞。我覺得好寂寞、寂寞、寂寞，寂。我覺得好寂寞、寂寞、寂寞，寂。寂寞，寂寞。哦我覺得**超寂寞**。超寂寞。有夠寂寞。有夠寂寞。有夠寂寞。有夠寂寞。我覺得有夠寂寞。我覺得有夠寂寞。我覺得有夠寂寞。

我清晰地辨識出史汀[78]歌聲中每一處微小的變化，就連尾聲的哀鳴都不例外。在此同時，我沉醉不已地用拳頭敲打著浴缸的邊緣。這首歌播放完畢時，我用毛巾將雙手擦乾，將卡帶換面、往前快轉到〈真

78 Sting，英國歌手 Gordon Matthew Thomas Sumner CBE（1951-）的藝名。

理探戈〉，我最愛的另一首歌。

噢，〈真理探戈〉！

泡完澡，我走進房間，在衣櫃裡翻找著自己能夠穿的衣服。畢竟，這一夜還剩下幾個小時。

我得穿那件白鈕釦的淺藍色襯衫，以及那條深藍色Levi's牛仔褲。

「我們到底什麼時候才要採買五月十七日、國慶日需要的衣服啊？」我走進客廳，來到媽媽的面前問她。

「現在也才三月底呀。」她說。「我們的時間還很充分。」

「可是，現在也許比較便宜？」我說。

「我們再看看吧。你知道嗎，我們現在手邊的閒錢也不是很多。畢竟爸爸在進修。」

「但是，我們總該還有一點點錢吧？」

她露出微笑。

「你當然會收到國慶節的新衣服。」

「還有鞋子。」

「還有鞋子。」

正如聖誕節是冬季的焦點，對我們而言，五月十七日的國慶就是屬於春季的亮點。我們在學校裡會唱〈我們也是一個國家〉、〈紅白藍的三色挪威〉與〈是的，我們就是愛〉；我們讀到關於亨瑞克．維耶蘭[79]的事蹟，以及一八一四年發生在埃茲沃爾[80]的故事。我們在家裡翻出了繩索與旗桿，還把所有的長笛、管樂器翻找出來。國慶日當天，國旗就在所有的旗桿上升起、飄揚；大清早，各個不同的家庭就已走出家門、站到屋外，身穿傳統民俗服飾、洋裝或正式的西裝，如果天冷或下雨，還會再披上一件風衣或禦寒大衣。小孩子的手裡則揮動著旗子，有些人還揹著裝有樂器的護套，原因在於：我們的鄰居之中，在樂隊裡演奏者大有人在。這類人會先穿著制服登場，稍後才更換為派對的服飾。特隆姆島學校樂隊的制服包括一件鵝黃色的外套、兩側有著一道白色條紋的黑長褲，以及一頂長得很像字母i上面的小圓點、貌似外籍兵團成員常戴的黑扁帽。他們的胸口掛滿了他們在參加過的無數次演奏會中所獲得的徽章。一輛接一輛的汽車從私人車道上滑出，開上了街頭、進入城裡；汽車駕駛得將車停在遠離市中心的地段，原因就在於人們從四面八方湧入，遊行隊伍即將通過的那條長路兩側全都塞滿了人。而我們就是遊行隊伍的主力。我們在泰爾島上，我們的旗幟上則繡著桑德訥斯學校的校徽——這列漫長簡直無止境的遊行隊伍由愛蘭達爾的所有學校、甚至所有市區外圍學校的學生組成，能在遊行時高舉桑德訥斯學校的旗幟，我們頗感驕傲。隨後我們會分為兩列，走過這座城市的所有街道，穿越這片我們時時必須留意的人海——我們得留意自己的雙親，得向他們招招手；而他們會為我們照相，他們可能就站在任何一個位置上。

這一天（一九八〇年五月十七日）的慶祝活動與我到那時為止所參加過的挪威國慶相較，是很不一樣的。我們那天起床時，天空下著雨。由於我得在自己的新衣服上加套一件雨衣，我覺得這很遺憾。我收到一條淺藍色Levi's牛仔褲、一雙粉白Tretorn網球鞋，以及一件在腰際上方收緊的灰白色夾克。我對那條牛仔褲尤其感到滿意。汽車車門的開關聲此起彼落；各個家戶庭院之間的通道上不時傳出叫喚聲，氣氛緊張而不失興奮與期待。當我們來到泰爾島上的停車場時，雨勢綿密且持續不斷——此時我們得知，我

79 Henrik Wergeland（1808-1845），挪威劇作家、詩人暨歷史學家。

80 Eidsvoll，挪威東部市鎮名，亦為一八一四年挪威憲法的起草地點。

們要跟羅亭根學校的某一班學生並行。我曾與他們當中的幾個人踢過足球，但絕大多數人對我來說都是生面孔。

一名女孩轉過身來。

她有著如波浪一般、自然垂落的金髮，還有藍色的大眼睛。她對我露出微笑。

我並未以微笑回應她，但她的目光仍停留在我身上。接著她再度轉回前方。

遊行隊伍開始往前走。一支樂隊在遠處的前方演奏著。我們的其中一位老師開始歌唱；我們也跟著唱起來。在約莫二十分鐘左右的行進之後，許多人開始感到不耐煩；小男孩尤其更顯得躁動，我們開始笑鬧。當其中幾個男生用手中的旗子掀起女生們的裙襬時，其他人很快就有樣學樣——此時我欺向那個金髮的小女孩，而幸好達格．馬涅也跟我一同行動——這導致我成為某件事的一分子，而不再是獨自一人。我將旗桿伸到她的裙襬下、將下緣翻起；她轉動身子、用手將裙襬往下按住，一邊喊著：**停手，停手**。不過，那雙注視著我的眼睛卻露出笑意。

為了不讓人起疑，以為我是故意接近她，我對其他幾個人也這樣做。

「住手！」這回她說道，向前躍了幾步。「不要那麼幼稚！」

她真的生氣了嗎？

幾秒鐘過去了；隨後她轉過身來，露出微笑。一個短暫的微笑，但這樣就已足夠。她並不覺得我很幼稚。

但我一回想起來，她難道不是操著挪威東部的方言口音？

她是當地人？還是她只是訪客嘛？

這樣的話，我以後就不會再見到她了。

但是，事情不是這樣的。冷靜一點。訪客不會參加學校的遊行隊伍！

我突然想起自己握在手上的那根旗子，便將它舉高。去年國慶節，我在遊行中走過親友面前時，竟讓那根旗子在地上拖曳——對此，爸爸感到很惱火。

達格．馬涅露出自己最燦爛的微笑。相機的閃光一亮，倏忽即逝。他的雙親就站在最前方。他們彼此長得並不相似；穿戴在他們身上的正式服裝，看起來顯得很陌生。

我再度望著那名女孩。

她的個子相當矮，身穿一件亮粉紅色夾克，淺藍色洋裝與一雙白色薄襪子。她頂著一頭自然垂落的金髮，鼻子小巧、嘴巴頗大，下巴則有著一個小裂縫。

我感到胃痛。

當她轉過身來、防止裙擺被拉起時，夾克鬆開了，下方的衣料又極其單薄，我因而看出她擁有一對豐滿的乳房。

噢，慈悲的上帝呵，請讓我跟她在一起吧。

「哈囉，卡爾．奧韋！」媽媽突然從某處喊道。我環顧四周。就在那裡。他們站在鳳凰酒店前方那條街道的對面。媽媽招了招手、將相機舉到眼前，爸爸則向我點點頭。

就在我們走回市中心的路途中，她轉過身來、再度望著我。沒過多久，遊行隊伍鳥獸散；她消失在茫茫人海之中。

我甚至不知道她叫什麼名字。

在由各校所參加、穿過整座城市的遊行活動結束後，所有人就開車回到各自的家裡、在家用餐並換衣服，或許還看看電視上關於全國各地國慶節孩童遊行的播報。隨後大家再度鑽進各自的車內、身著較為輕便的服裝、開車到霍夫爾營區（慶典的重頭戲將在那裡登場）。這裡有販賣熱狗、冰淇淋與汽水的攤販；有販賣樂透彩券、提供湯博拉[81]的攤販；營區的遊戲組織得井井有條，無數小孩口袋裝著（彷彿正在熊熊燃燒著的）十克朗紙鈔，一會兒跑到這邊買熱狗，一會兒跑到那邊大玩套袋賽跑[82]，衣袖沾了番茄醬、嘴邊還有殘留的冰淇淋、手上抓著一瓶插著吸管的可樂。我們還沒有大到足以完全擺脫掉這些動作與習慣；但與前幾年相較，我們的舉止或許變得比較沉著。一整個下午，我則兀自追蹤、找尋著那名參加遊行的女孩；只要一件粉紅夾克或一件藍色裙子出現在我的視域之中，我的心臟就幾乎要停止跳動。但她始終未曾真正現身，她並不在那裡。即使我知道她就讀哪一個班級、即使我曾經與她同班的兩個學生踢過足球，我還是不能詢問他們——我若是問了，他們馬上就會明白我在搞什麼花樣，他們鐵定會將流言散布出去。但是我深知，我遲早會再見到她——這座島嶼並沒有那麼大。

爸爸在兩星期後搬回家住；他很驕傲自己能夠在寥寥數月之內取得學位。他已經將自己過去集郵的收藏品賣掉；他亦辭掉曾擔任的公職；家裡的庭院堪稱完美。對於初中部教師的這份工作，他則感到厭倦。因此，他當時所做的事情就是找尋新工作。如果他找到新工作，我們就要跟著他搬家。他盼望著，接下來這一年，就是他在普通初中部任教的最後一年。

那年初夏，他購入了一條小艇。那是一艘有著二十五馬力、山葉外置引擎的拉娜十七型小艇。當他頭一次從愛蘭達爾駕著小艇、駛入海峽的時候，我與英格威就站在浮動碼頭上。他站在那條滑行在水面的小艇方向盤後面；即使他既沒有微笑，也沒有招手致意，我還是理解到，他對自己的成就很驕傲。

他放慢了速度，船身沉入水中；但下沉的幅度不夠大，導致他無法像事先計畫的那樣，拐進我們當時所站的位置。船身過度向外，因而撞上浮動船塢。他將船身往後倒、再次換檔，滑了進去。他將繫船的繩索拋給媽媽；而她並不知道該怎樣使用。

「一切都好嘛？」我說。

「當然好囉，你也看到了嘛。」他說。

他手上拿著那只紅色油桶，走上岸，用擋雨布蓋住船身，在那裡站了一會兒、檢查一下船。我們隨後才上車，一路往上開——即使這是媽媽的車，爸爸仍坐在駕駛座上。

這一學年度開始時，我得在下午跟著他去布網；大清早就得起床、將那些網收起。我們吞下一、兩個三明治，因疲累而感到惱怒；隨後我們走進黑暗中，他發動車輛、往下開到那寂靜且空無一人的浮動碼頭邊，解開覆蓋在船身上那片綠色的遮雨布，將紅色油桶擺放到定位，解開索具，啟動引擎，小心地將船身往外倒。我坐在船首的擋風玻璃後方；由於天氣很冷，我龜縮著身體、雙臂緊緊貼住身子，握成拳頭的雙手則插在口袋裡。就算這艘船比那條老舊的輕艇來得快，我們仍花了半小時才開到島嶼的外緣。爸爸採站姿，以雙手握住方向盤，聚精會神地穿越那條位於海岸與耶爾斯塔德島之間的狹窄水道；這年夏天，他曾經踏上位於水道的一座小礁岩。我們一駛入海峽，他就坐了下來；接著我們繼續開船，波浪輪番重擊著塑膠船殼的下緣，濺起的水花劃破空氣。他習慣在相當靠近岸邊的區域布網。而我的任務則是站在船首、拉住將這些網子綁定的浮標。這很困難，它們的表面很滑——要是我沒在第一次嘗試時就

81 Tombola，帶有博彩性質的抽獎遊戲。

82 Sack race，又稱袋鼠跳、布袋跳。

得手，爸爸就會吼叫起來、要我皮繃緊一點，只需要把它們拉起來就行了。我的雙手老早就凍得直發顫；海水當然是冰冷的，而在一年當中的這個時節，開闊的外海上總是颳著大風。爸爸的頭髮被狂風吹得散亂；當他倒船、再一次駛向浮標的時候，他的雙眼因惱怒而閃閃發亮。要是我這一輪仍然抓不住，他就會將我痛罵一頓，我會開始哭泣，而這讓他更加憤怒，他或許會大步上前、命令我抓住方向盤，然後親手拉起。這種時候他可能會說：往那個該死的浮標開啊，**往浮標開啊**，我明明就說過了啊，你這個白痴！你什麼東西都不會啊？我說駕船沒有那麼容易。他則會說，不是「搭船」，是駕船！要發「R」音，駕船！我冷得直打哆嗦，哭了起來。爸爸將身子湊在欄杆上，一把將浮標拉上船。隨後，當我們跟著波浪的節奏擺動、晨光如一道條紋在地平線上閃現、他將漁網往上拉動時，他雙眼中的怒火緩慢地熄滅，此時的他會試圖粉飾自己剛才暴怒的失態——不過已經太遲了，酷寒不僅僅貫穿了我的雙手，也滲入了我的靈魂之中，我對他的仇恨程度，是一個人對自己父親所能感到仇恨的極限。在我們往回開、魚隻仍在桶子裡撲騰之際，我們彼此不發一語。當他在雜物間清洗魚隻時，我打包好自己的背包、迎向這一天——我們班上的同學才剛要展開一天的生活，而我已經苦撐了好幾個小時。

同一年的秋季，我們終於實現了成立樂團的夢想。我建議的名稱最終雀屏中選，我們在夾克上、我們的背包上寫下「血栓」一詞，並且在新建的禮拜堂地下室練習。達格．馬涅替我們爭取到了這個場地；他的媽媽在一名身兼教會理事的醫師家裡擔任清潔工。他也是能夠演奏，並且真正展現某種程度音樂天賦與才華的唯一一人。他能夠彈奏吉他與演唱；我演奏吉他；肯特．雅恩則演奏他媽媽買給他的低音電吉他；達格．羅薩爾則擔任鼓手。那一年聖誕節前夕的結業式上，我們將在體育館演奏。英格威曾經教過我彈奏〈愛上老師〉的和弦（「孩子們」樂團最暢銷的作品）；就算演奏這首曲子（至少對我來說）簡直是某種自我羞辱，它畢竟還是英格威所知最簡單的曲子，而它想必也是唯一一首為我們的成員所知、簡單到可以讓我們共同演奏的樂曲。當然了，這個樂團之後的表現簡直荒腔走板——所有人只按照自己的步調彈奏，肯特．雅恩在一片樂聲之中竟直接為他的低音電吉他調音，想當然耳，事後大多數人都走上前來、向我們抱怨。就連幾個四年級學生也來抱怨——他們完全有理由抱怨，因為我們真的不會演奏，但當我們在事後穿著破爛的牛仔褲與牛仔夾克、綁著頸巾、呆站在學校操場上時，那種感覺仍然無與倫比。我們可是六年級學生，很快就要升到初中部了，而且我們可是以**樂團**的身分演奏啊。由於肯特．雅恩和達格．羅薩爾都不願意繼續參與演奏，這個樂團在那之後就直接解散了——這算是某種挫敗，但我和達格．馬涅仍保持合作，我們在他家裡錄歌，聆聽音樂、幻想著能夠迎來一次重大的突破，例如參加那年夏季將在市區舉辦的「故事之夜」晚會——新成立的樂團可以在那裡演奏。比我們年長五歲、就住在橋頭的霍瓦德是全市唯一的龐克樂團成員。我到他家拜訪他，問他是否能夠幫我們一把、讓我們參與演奏。他不能做出任何保證，但他會找人談談，我們再看看情況會怎麼發展。

那年的春季，我們在學校的家長會上演奏了兩首歌；達格．馬涅彈奏吉他、我負責小鼓。第一首歌是（由我自填歌詞的）〈踐踏花花公子〉；第二首則是歐耶爾．亞力山德森的〈斜坡〉。在我們開始演奏前，我針對龐克樂風向在座的家長簡短說明。

「最近這幾年來，英格蘭的藍領勞工階級之中興起了某種全新的音樂型態。」我說。「在座的大家，可能有人聽過這種風格，稱之為『龐克』。演奏『龐克』音樂的人並非多麼厲害的音樂家，他們就只是反叛者，一心只想對這個社會發起叛亂。他們身穿皮夾克、綁著細鉚釘腰帶、全身上下都插著安全別針。安全別針簡直就是他們的象徵。」

我滿腔熱血地望向我的聽眾——他們當中有理髮師、祕書、護理師、居家護理師及家庭主婦。當時我十二歲；過去五年以來，每逢聖誕節與暑假，他們就像在聆聽市長，或者伯利恆的約瑟那樣，看著我在臺前發言。總之，我現在再度站在那裡——這一回，我變成了龐克的發言人、「血栓」樂團的團員。

「現在，我們邀請各位稍微品味一下這種音樂型態。我們要演奏一首我們自己譜寫的歌曲，〈踐踏花花公子〉。」

然後，始終站在我身邊、肩膀上還揹著十二弦吉他的達格．馬涅就開始演奏。我則有點不在乎地敲打起小鼓、開始唱歌。

我們下一次的演奏機會，是班上每週一小時的康樂活動時間。那次，我們仍演奏相同的兩首歌。當我們表演完畢時，幾乎所有人都對我們吹著口哨。班導師，也就是那個留著紅鬍子的芬斯達爾走到達格．馬涅面前，告訴他，他的吉他演奏，開始突飛猛進了。

這讓我感到一陣刺痛。

為求力爭上游，我寫信給當時播出某個能讓兒童與偶像同臺演出節目的挪威國家廣播電臺（同時確保信絕對不會外流）。我寫道，我很想與歐耶爾．亞力山德森同臺、演奏〈斜坡〉。

長期以來，我總是懷抱著這個夢想；但我不曾收到任何答覆，一夜成名、竄升為流行音樂巨星的希望也隨之緩慢地死滅。但同時，另一股希望則被點燃——在某一輪的足球練習過後，我們的教練歐文德將我們召集起來，他說，我們或許可以參加斯塔特對彌約恩谷俱樂部[83]的預賽。對在前一年曾到克里斯蒂安桑體育館觀看準決賽、見證斯塔特俱樂部在最後一秒鐘確保奪金，與另外數百人一同衝進足球場、站在更衣室外面高歌、慶祝、高聲讚揚球員們，甚至還能一把扯住史文．馬泰森[84]球衣（當然了，一名目光貪婪的成年人下一秒鐘就將它從我的手中搶走）、數年來總是在隔週日到場觀看所有主場賽事（而伯父古納其實還稍微認識馬泰森，他們之間夠熟悉，以致於他還可以為英格威親筆簽名）的我來說，在克里斯蒂安桑體育館出賽的意義真是太重大了（我不僅有機會被廣大的觀眾看到，甚至還可能被球員們注意到）。我所效力的球隊可是這個區域最優秀的隊伍之一，我們以極大的差距贏得大多數比賽。自從我加入以來，我們每一年都贏得系列賽。而我將自己當前的情形（全隊最糟糕的球員之一，動作慢，技術也不怎麼樣）視為某種暫時的狀態；我以為自己**其實**很厲害、我以為自己**其實**能夠像其他人那樣精通所有技能、我以為自己發光發熱不過是早晚的問題罷了。而這正是因為，我**在思緒中**可以跟約翰那樣，從各種千奇百怪、無中生有的角度進球，也可以像漢斯．克里斯欽那樣，在邊線上迅疾擺脫任何人的防守。我只需要讓身體與我的思緒合作、合而為一就行了，這樣一切就都搞定了。既然如此，憑什麼認定體育館的預賽不會像在霍夫爾練球那樣，突然發生這種情況呢？我在秋季的這幾週以來持續**變得更強**了，難道不是嗎？突然間，我其實**就能夠**晃過一個接一個的防守者了耶？嗯，是這樣沒錯。一切都聚集在我的腦海之中。而即使我還沒能按照自己所盼望的表現出這些技能，我還是保住了在中場的先發位置。這可真是詭異。那一年的初春，我們在新落成的特隆姆島體育館外的礫石場上踢了春季的第一場練習賽，對手來自羅亭根學校。賽事進入下半場時，我被換下場——當我走下球場，我的眼中噙著淚水。就算我低下頭，教練還是看出來了。我繼續走向更衣室時，教練開始在後方追趕我。我本該在此時停下腳步、留在場內看完球賽才對；但我對於被換下場感到無比失望，因而無法承受，而我更不希望有人看到我在哭泣。

「怎麼回事啊，卡爾．奧韋？」他說。

---

83 Mjøndalen IK，一九一〇年成立於挪威東南部彌約恩谷的運動社團，曾在冰上曲棍球與足球有所斬獲。

84 Svein Mathisen（1952-2011），挪威足球員，因癌症病逝。

「沒事。」我說。

「是因為你被換下場嗎？所有人都得上場練練球，這你是知道的。這不代表你被踢出球隊了。絕對不是這樣的。只有今天是這樣。今天是練習賽哪。」

我在淚眼中硬擠出一抹微笑。

「沒事的啦，完全沒問題的。」我說。

「確定？」

「確定。」我一邊說，一邊再度感到淚水湧上。

「那就這樣子吧。」他說。

在那之後，我心想，他或許是覺得我很可憐，或者不願意再體驗這種情況，才讓我繼續留在球隊裡。這種想法可不怎麼讓人感到愉悅；不過，最重要的一點在於，即使我的缺陷多不勝數，我還是獲准繼續留在隊上。

我們在歐爾納練球、踢了主場的賽事。那是一座位於布拉特克里夫大型住宅區下方的球場；絕大多數與我踢球的都是本地人。

就是在那裡，我再度見到她。

六月最初幾天晴朗無雲，天空湛藍。其中一個半場擺上了木柱，我們就在木柱圍出的空隙間踢球——原因在於罰球區內及中場圓圈周邊的草已經被翻起，表面顯得凹凸不平，而就算太陽的角度相當低、樹木綿長的陰影直直伸入場中，陽光還是如此炙熱，以致於到處跑動與爭球的我們額頭上與頸間流滿了汗水。鳥兒在沿著球場長邊生長的樹上歌唱；海鷗淒聲尖叫著；三不五時還有車輛轟鳴著駛過，遠處割草機的轟隆聲此起彼落。那些位於下方、臨時搭建作為更衣室的棚屋裡傳來尖叫與笑鬧，一大群小孩在歐爾納那片呈褐色、暖熱的水中游泳；我們在此同時則喘著大氣、踢著球，我們之間甚而還擺著低矮的小水罐。我在這個球季加入了最優秀的球隊，隊友都大我一歲，而由於我的出生日期，我在明年就會與那些小我一歲的人同隊踢球——這就是去年情況的再現。我們在系列賽中遙遙領先，再過一個月，我們就要角逐挪威盃；我們充滿希望地一路高歌猛進、殺到在烏勒瓦爾球場[85]舉行的總決賽。我穿著Umbro白色短褲；每次練球完以後，我總會以鞋油細心塗抹自己那雙白色Le Coq Sportif足球鞋，當我腳上套著鞋、扭動著腳掌時，我仍能感受到激蕩、強烈的喜悅。

這天晚上，四個女生在球場邊從腳踏車上躍下，車停在一旁，走上那座球場長邊的山，坐了下來，居高臨下、有說有笑地看著我們踢球。過往也確實有女生出現，用這種方式觀看我們踢球。但我過去從未在那裡見到她。那就是她，毫無疑問。這回她身穿一條藍色牛仔褲與白色T恤。

剩餘的練球時間，我滿腦子都是她。我所做的一切，都是為了她而做。當我們練球完畢，伸展了四肢、將裝著運動飲料的瓶子在彼此之間傳過一輪以後，我就與拉許、漢斯．克里斯欽一同坐在她們正下方的草地上。他們對她們喊了一些話，想要羞辱她們；他們收到的答覆則是一陣大笑，以及同樣羞辱的字眼。

「你們認識她們？」我盡可能裝出不在乎的口吻。

「是啊。」拉許興味索然地說。

「嗯，她們跟你們同班喔？」

85 Ullevaal Stadion，落成於一九二六年，位於奧斯陸的專業足球場，亦為挪威國足的主場。

「是啊，是凱莎與蘇瓦。另外兩個跟漢斯·克里斯欽同班。」

這麼一來，她的名字不是凱莎就是蘇瓦。

我將身體向後靠，雙手托住草地，瞇著眼望向那橘黃色的陽光。有人將頭部浸入邊線上的水桶裡。隨後他挺起身子、甩了甩頭。水滴在空中形成一道閃閃發亮的弧線，但旋即消失無蹤。他以雙手拂過那溼潤的頭髮，他的手指有點像耙子。

「我之前見過其中一個。」我說。「就是坐在最右邊的那個。她叫什麼名字啊？」

「凱莎？」

「是的，就是她嘛？」

拉許望著我。他有著鬈髮、雀斑，神情有點粗俗。但他的眼神相當溫和，並且總是微微地泛著光芒。

「我們是鄰居。」他說。「我學會走路以來，我就認識她了。你有興趣嘛？」

「沒有。」我說。

拉許伸出一根手指，用力地戳了我的胸口好幾下。

「唷唷。」他獰笑起來。「我幫你介紹一下吧？」

「介紹？」我說著，突然感到口乾舌燥。

「是啊，你這位萬事通先生，這個動作不就叫這個名稱嘛？」

「的確啊，是這麼稱沒錯。不過，還是不用了，至少現在不用。或者說，完全不必了。我是說，我沒有興趣。我只是覺得好奇。我覺得，我好像曾經見過她。」

「凱莎，她挺漂亮的。」拉許說。隨後他耳語道。「她的奶子超大。」

「是啊。」我說。我轉過身去，沒有什麼顧慮，逕自望著她。拉許則是笑了起來，並且站起身來。她望著我。

她望著我。

我也跟著起身，隨著拉許進到更衣室。

「我可以嘗一點嘛？」我說。

他將運動飲料拋給我。我向後仰，將那綠色的液體透過細長的塑膠管一路直噴進喉嚨。

「你要不要跟來游泳？」他說。

「不了，我得回家。」我說。

「想想看，如果凱莎也要游泳的話呢？」他說。

「喔，要是這樣就好咯。」我說。他朝我投來一瞥。我拒絕似地猛搖頭。他露出微笑。其他人跟在我們後面，一路手舞足蹈地晃進來。我在更衣室只換掉T恤與鞋子，穿上連身運動夾克，將提袋放在腳踏車後的行李架上，取道那條穿過森林的老舊礫石路面、一路騎回家去。只要是陽光沒有持續映照的地方，空氣就突然變得凜冽；由於那些冷涼、昏暗的小區域裡藏著大群蚊蠓，我不得不將嘴巴緊閉。去年的一場火災以後，近旁的那道山脊已然一片光禿；而夕陽就在完全沒入接續而來的下坡道及如一堵牆般聳立在道路兩旁、生長得綿密的大型雲杉後方照向那道山脊。我仍然騎著自己小時候所騎的那輛腳踏車，一輛英國DBS多功能自行車；座墊與手把都已被盡可能地拉高，這讓它看起來有點像某種競技型腳踏車——也就是腳踏車笨拙地擺脫其原型的過渡。我全速疾駛，避開各式各樣坑洞與隆起處，還不時在後輪鎖住的情況下側滑，同時高聲吟唱著：

趕快！

嘟迪迪里嘟嘟
趕快！
嘟迪迪里嘟嘟
趕快！
嘟迪迪里嘟嘟

前方來了一艘航空母艦
他站在上面微笑，慢慢接近
他的一雙邪眼骨碌碌，說自己贏
是上帝派來的使者
他的髮長及膝
他看起來就像小丑，只做自己想做的

趕快！
嘟迪迪里嘟嘟
趕快！
嘟迪迪里嘟嘟
趕快！
嘟迪迪里嘟嘟

在我耳裡，《艾比路》[86]第一首歌〈一起來〉聽來就是這個樣子。或者可以說，我知道他們並不是這樣唱的，但當我在森林中加速騎下坡、全身上下浸漬在純淨的快感時，這又有什麼關係呢？我在下方的路口處剎車，讓一輛汽車先通過，接著再度加速、使盡全力飆過向上通往另一端的礫石路面。我恐怕吞下了一兩隻小蚊子，企圖咳出來，但並沒有成功。我切穿斯比德曼波最高處的那條大路，再循著腳踏車道向下騎到芬那加油站——那夥人正坐在戶外的桌旁，而不是像冬季那樣待在咖啡廳裡。他們的腳踏車和機車，則停在一小段距離外。我已經不再那麼害怕到那裡去，最糟的情況就只是他們當中的某人評論我；但我也不喜歡被講話。因此我選擇從街道的對面騎過他們面前。今晚，我們班有三個人待在那裡；除了約翰，我還看到托爾與烏妮，然後就是與我同年級不同班、曾跟我在一起過的瑪麗安娜。如果他們真的有看到我，他們也對我毫不在乎。

我騎腳踏車的時候，回家的最快途徑便是沿著公路騎；但我仍然在那道繼續往上延伸、通到小徑的坡道旁下車，開始將它往上牽。那些樹木將我後方、指向公路的景觀遮蔽起來時，地貌就變得更具鄉間氣息——我覺得，這項變化值得我多花一分鐘探索。

此時一切只剩下森林，我的視域之內不見任何房屋或道路，舉目所見都是樹木——高聳，有著寬闊樹冠及茂密綠葉的闊葉木，林間還有許多巧囀的鳥兒。那條由經年踩踏的土質與散落各處、小片裸裎岩壁構成的小徑，在多處被渾厚、猶如史前動物的樹根所貫穿。沿著溪溝生長的草厚實且繁茂；更深處的矮林中則散落著樹幹光滑、被掀翻的樹木，已然枯死的樹枝之間到處長滿了植被。就我的記憶所及，它

86　*Abbey Road*，披頭四的第十一張專輯名稱。

們一直都在那裡；更遠端則是一道山脊，高聳的幼林與新長出的樹木間仍可發現老樹的殘梗。當你踏上這條小徑、走完最初幾百公尺時，你會覺得這座森林深不可測。它的確深不可測，而且充滿各種奧祕。我們在秋冬可以感知到那道從枝條間繞經整片營建區的道路往下探、遍布卵石的綿長斜坡，還有其中一棟房屋允許自己探頭、露臉的橘色屋頂——這些影像都還不難排解。問題倒不在於世界對想像力設置了界限——相反地，想像力為世界設置了界限。但我這回到外面來可不是為了玩耍；我只是想沉浸在喜歡的事物之中，好好培養凱莎的眼神所帶給我的自由感。

凱莎，她叫做凱莎！

腳踏車在我身旁顛簸著；我踏上坡道、繼續穿越那微微向下行的區段，並在來到那條路上、也就是會館旁邊時再度跨上腳踏車。一群小孩子在雪地爾家的外面踢足球。他的爸爸穿著一件短褲與鬆開釦子的短袖襯衫，坐在露臺的一張露營椅上；他那掩蓋在襯衫衣料下的肚皮挺凸著。他身旁的一只烤肉架正冒著煙。

噢，這算是什麼氣味啊！

湯姆站在對面洗車。他戴著一副偌大鏡片的飛行員眼鏡，穿著下緣顯得破爛的牛仔短褲；除此之外，他身上沒穿戴其他衣物。音樂從那幾扇敞開的車門裡湧洩出來——這使得那輛車看起來活像一隻笨拙的蒼蠅，而我也認出那是虎克博士的曲子。隨後我來到坡道上，望著那位於遠方綠樹外圍、閃動著藍光的海峽，以及位於彼端的白色天然氣貯放槽。當我往下方行進時，風吹得我眼淚直流。新的一群小鬼頭在我們家外面的街道上踢足球。瑪麗安娜的弟弟、耶爾・霍康的弟弟、班特的弟弟，還有楊・阿特勒的弟弟。他們跟我打招呼；我並沒有理會他們，只管從腳踏車上躍下、牽上我們家的車道。那裡停了兩輛汽車——分別是安妮・梅恩的那輛大型雪鐵龍轎車，以及達芬妮的２ＣＶ轎車。我本已完全忘記她們會來拜訪的事情；當我看到她們的時候，我的內心喜悅而震顫不已。

當我到家時，她們與媽媽一同待在客廳裡。她烤了蛋糕（大概吃到剩下三分之一），也烹煮了咖啡。此刻的她們正輪番吞雲吐霧，閒聊著。我跟她們打招呼；她們問我過得怎麼樣，我說一切都很好，我剛才去足球訓練營。她們問我，是否已經開始放假了？我說是的，這種感覺真棒。安妮．梅恩掏出一袋M牌花生巧克力。

「你也許已經長大了，這個恐怕不適合你咯？」

「如果是要吃M牌，沒問題，沒問題。」我說。「我不覺得，我有老到不能吃這個。這沒問題的。」

我取來那袋巧克力，轉身正要走入廚房之際，安妮．梅恩說：「老天，你背上寫的是什麼東西啊？『創傷』（Trauma）？」

她笑了起來。

「他的那支足球隊，就叫做『創傷』隊。」媽媽說。

「創傷！」達芬妮說。這下子她們三人全笑了起來。

「這有什麼奇怪的嘛？」我說。

「你知道嗎，這就是我們工作中處理的東西。某件恐怖的事情發生時，人們可能會出現創傷反應。看到這個字出現在你的背上，還挺逗趣的。」

「這樣啊。」我說。「可是，它不是這個意思。它來自『圖魯瑪』（Thruma），特隆姆島的舊名字。它其實來自於維京時期。」

當我走進自己的房間時，她們仍然笑個不停。我用收音機播起特別樂團的音樂、躺到床上看書；同時，最後的幾抹餘暉投射到我正對面的牆壁上。戶外那片區域逐漸變得寂寥。後續幾個禮拜，我持續想著凱莎。她的兩個形影，一再出現於我的內心。其中一個畫面是：頂著一頭金髮、有著藍色雙眼的她轉身面向我，身上還穿著五月十七日國慶節時的淺藍色衣服。另一個畫面中，全身裸裎的她躺臥在我面前的草坪上。在我每天晚上入睡以前，我眼前幾乎都會浮現這個畫面。一想到那雙雪白豐滿的乳房、那對粉紅色的乳頭，我的內心就感到一陣陣刺痛。我躺在床上，一邊扭著身子，一邊遐想著我和她所做的、各式模糊但激情的動作。我在其他場合預見的另一幕情景，在我內心喚醒了其他的情感；我從島上的峭壁一躍而起、在空中飄浮、遭受陽光直射之際看見她閃閃發亮的身影——一陣近乎狂野的歡呼從我胸口迸發，而我的雙腳幾乎就在此時觸及鏡般光滑的水面、身體墜入那藍綠色的深海。我下墜幾公尺後，水體將我撐起，我划著緩慢的動作重新浮上水面，周圍布滿了泡泡、雙脣感受到鹹味，胸口洋溢著使人心癢不已的快樂。或者說，在晚餐桌前，當我正剝下一小塊鱈魚肉的皮，或者正要將一口肉泥塞進嘴裡（肉的肌理使人感到不自在），口腔內的食物愈塞愈多，占了許多空間；但當我一口咬下時，那一大團肉竟然毫無抗拒、直到盡頭處才黏附住牙齒——此時她的形影會突然出現；那是如此耀眼、動人，以致於圍住我的其他一切事物都沒入陰影中。但我並沒有在現實中看到她。我們兩人分處的住宅區之間的直線距離大約就只有一公里；但社交上的距離可就更為遙遠，而且無法以腳踏車或公車代步。凱莎就是一場夢，是腦海中的一個形影，是天空中的一顆星星。

然後，某件事情就此發生了。

當時我們在歐爾納比賽。春季的賽程其實已經告一段落，但其中的某場比賽被取消、因而延期舉行；因此我們在暖熱的草地上到處跑動著。平常會觀賽的那十個或十五個觀眾也在旁看著。此時我從眼角瞄見三個人沿著邊線走過來。我馬上就知道，是她來了。在比賽剩餘的時間裡，我注意著山坡上那些觀眾，就如同我關注著球的走向。

比賽結束以後，一個女生走到我的面前。

「我可以跟你談談嘛？」

「可以啊，當然可以啊。」我說。

某種如此狂野、導致我不得不微笑的希望，在我的內心燃起。

「你知道凱莎是誰嘛？」她說。

我的臉發紅，低下頭去。

「知道。」我說。

「我是要來問問，她跟你在一起的機會。」她說。

「妳說什麼？」我說。

一股暖流從我的內心湧現，我的胸口彷彿被鮮血所灌滿。

「凱莎想要知道，你要不要跟她在一起。」她說。「你要嗎？」

「要。」我說。

「那很好。我會告訴她的。」她說。

她準備離開。

「她在哪裡？」我問。

她轉過身來。

「她就在更衣室那邊等著。」她說。「我們之後就在那邊見吧？」

「好的，這樣很好。」我說。

當她繼續走遠時，我只是呆站在原地，兀自低頭望著地面。

「上帝呵，感謝祢。」我在內心說道。因為，這件事情現在成真了。現在我跟凱莎在一起咯！

這可是真的？

我真的跟凱莎在一起了嘛？

跟**凱莎**？

內心激蕩、翻騰不已的我，開始沿著邊線走動。我馬上就認知到，在此同時，我可碰上了一個大問題。現在她就站在那邊，恭候我的到來。我將被迫對她說幾句什麼，我們總得一起做點什麼。那麼，該做什麼呢？

在走進更衣室的途中，我可以假裝沒看到她，或者只是對她微笑一下，這樣我就可以進去換衣服了。

但是，當我走出來的時候……

柔和的夜晚，空氣中瀰漫著青草的氣味，到處都能夠聽見群鳥的巧囀聲，我們贏了比賽，從更衣室裡騰起的話聲聽來既高興又興奮。凱莎就與另外兩個女生一同站在離更衣室僅有咫尺之遙的路上。她牽著自己的腳踏車；當我望著她的時候，她朝我的方向投來簡短的一瞥。她露出微笑。我也以微笑回應她。

「哈囉。」我說。

「哈囉。」她說。

「我只是要換一下衣服，換好以後就出來。」

她點點頭。

我躲在那間作為更衣室的棚屋裡，一邊盡可能遲緩地換衣服，一邊焦躁地試圖想到某種能夠保全顏面、全身而退的方法。在猝不及防的情況下見到她，實在太不幸了，行不通的。所以，我必須找到某種讓她能夠信服的說詞。

我要回家寫作業？我一邊想，一邊卸下內側因汗水而溼滑不已的護脛。不行，這會讓她對我印象不好。

我將護脛收進提袋裡，剝下另一條小腿的護脛，同時透過那扇微小的窗口望向戶外的湖。我解下腳上的飾帶、捲起來。已經有人開始走出更衣室。喬斯坦的雙手套上守門員手套，揍了約翰的臉頰，約翰則對他說：「老天爺，你是白痴還是怎樣？」約翰還尖叫著：「住手，你這個大白痴！」而我實在非常想要大喊「我跟凱莎在一起了」，但是，我終究沒有這樣做。反之，我站起身、套上自己那條閃亮的牛仔褲。

「呵呵，好一條乳臭未乾的長褲。」喬斯坦說。

「你的才是乳臭未乾的長褲。」我說。

「這個？」他朝自己那件有著紅黑雙色條紋的長褲點點頭。

「正是。」我說。

「這一條是龐克褲，你這個白痴。」他說。

「根本就不是。那是在Intermezzo店裡買的，那是一家有夠乳臭未乾的店。」我說。

「所以這條腰帶也很乳臭未乾囉，啊？」他說。

「不會。」我說。「那一條是龐克腰帶。」

「很好。」他說。「但是不管怎樣，你那條長褲實在有夠乳臭未乾。」

「去他的，我才沒有乳臭未乾。」我說。

「但是你有夠娘炮。」約翰口裡冒出這麼一句。

娘炮？那是什麼意思？

「哈哈哈！」喬斯坦笑了起來。「來啊，娘炮！」

「那你又怎樣，你這個只會靠爸的小廢物。」我說。

「我爸就是因為我才變有錢的，嗯？」他說。

「才怪。」我一邊說，一邊拉起自己那件藍白雙色Puma背心的拉鍊。

「那就再會囉。」我說。

「再會囉。」他們說。接著，我就毫無準備地走出更衣室。

「哈囉。」我說著，並且在她們面前停下腳步，雙手抓住腳踏車的手把。

「你們好厲害唷。」凱莎說。

她身穿一件白色T恤。那雙乳房在衣料下挺凸著。一件Levi's 501牛仔褲，腰間繫著一條紅色的塑膠腰帶。白色的襪子、一雙繡著淺藍色Nike徽標的白色網球鞋。

我吞了吞口水。

「妳這麼覺得喔？」我說。

她點點頭。

「你就跟我們一起到上面來，嗯？」她說。

「其實，我今天晚上不巧很忙，真是太該死了。」

「你很忙喔？」

「是的，我恐怕得馬上離開。」

「那真是太可惜了。」她說著，並且迎視我的目光。「那你要去哪裡？」

「我已經答應我爸爸，要幫他一件事情。他正在一面牆上塗灰泥。可是，我們難道不能明天見嗎？」

「可以啊。」

「那麼，在哪裡？」

「我放學後可以到你家去。」

「妳知道我住哪裡？」

「提貝肯，不就是那邊嘛？」

「是那邊沒錯。」

我伸出腿，跨坐在腳踏車上。

「那就先這樣啦，保重！」我說。

「好的，再見，明天見。」她說。

我假裝毫不費勁地騎車離開；但我一離開她們的視線就猛踩踏板、身子向前傾，像個瘋子一般沒命似地飆車。這真是妙不可言，卻又無比恐怖。我會到你家去，她可是這麼說的。她已經知道我住在哪裡。而她想要跟我在一起。而且還不只如此。我們**已經在**一起了。我已經跟凱莎在一起咯！噢，我所渴望的一切，竟然唾手可得！但是，一切也沒那麼順利。我該跟她談些什麼呢？我們又能做些什麼呢？

當我在半小時之後拐進我們家的車道上時，媽媽坐在屋後的戶外座椅上讀報；她面前的露營用小桌上擺放著一杯咖啡。我走到那邊去，坐在桌前。

「爸爸跑到哪裡去了？」我說。

「他出去釣魚了。」她說。「比賽踢得怎麼樣啊？」
「很好，我們贏了。」我說。
隨之而來的是一陣沉默。
「發生什麼事了嘛？」媽媽望著我。
「沒事。」我說。
「你有什麼心事嘛？」
「沒有，其實啥事也沒有。」我說。
她對我微笑一下，然後繼續讀報。普雷斯巴克摩家的屋子裡，傳來收音機的廣播聲。我將目光投向那裡。瑪莎此刻的坐姿就跟媽媽一模一樣；一份攤開的報紙，擺放在她面前的露營用小桌上。普雷斯巴克摩本人則站在更遠處、那道通向森林的石牆邊；他趨身向前、湊向菜園裡的一道花床，手裡牢牢地抓著一把鏟子。一個出現在小徑上的動作，吸引我看向那處。我馬上就看出那人是佛雷迪；他患有白化症，那粉白色的頭髮極其容易辨識。他就讀四年級，背上揹著弓箭。
我再度瞄了媽媽一眼。
「媽媽，妳知道『娘』究竟是什麼意思嘛？」我說。
她放下手邊的報紙。
「娘？」她說。
「是啊。」
「不知道，我其實不知道。不過鐵定是『女性化』的簡稱。」
「總之，就是像女人一樣？」

「是的，就是這樣。你為什麼要問這個？有人這樣稱呼你嘛？」

「不是，不是，沒這回事。我是在今天比賽完以後，聽到這個詞的。是別人被這樣稱呼。我只是以前從沒聽過這個詞罷了。」

她凝視著我。我看出她正想要說些什麼，因此就站起身來。

「好囉，好囉。」我說。「我最好把這些足球服裝收進家裡囉。」

晚餐後，我走到英格威的房間，告訴他今天發生了什麼事。

「我剛剛跟凱莎在一起咯。」我說。

英格威從攤開在書桌上的教科書前抬起頭來，露出微笑。

「凱莎？我可從沒聽說過她。那是誰啊？」

「她在羅亭根上學，讀六年級。她超級可愛的。」

「這一點我毫不懷疑。」英格威說。「恭喜。」

「謝謝。只不過，有一件事情……我也許需要一點建議……」

「嗯？」

「我不知道……我其實並不認識她。我不知道……我們要做什麼。總之，她明天要到這裡來。我甚至不知道我該說什麼！」

「一切都會很好的，別想這麼多啦，一切都會很順利的。你們總是可以親熱！」英格威說。

「哈哈。」

「卡爾・奧韋，一切都會很順利的。你要以平常心看待。」

「你這麼覺得？」

「當然。」

「那好吧。」我說。「你都在忙些什麼？」

「寫作業。讀化學。還有地理。」

「我覺得，開始讀高中，一定很酷。」我說。

「你要一直K書。」英格威說。

「是啊。」我說。「但不管怎樣，那還是很酷。」

英格威再度埋首於書堆之中。我則走回自己的房間裡。英格威的高一生活即將結束，如果我的理解正確，他一心一意想要讀的是社會組——而爸爸希望他去讀自然組。這有點奇怪，畢竟爸爸任教的科目是挪威語和英語。

我播放起保羅．麥卡尼[87]的第三張個人錄音室專輯，躺到床上，思索著第二天應該說些什麼、做些什麼。三不五時，我全身上下感到一陣震顫。想想看，我可真和她在一起咯！或許此刻的她正躺在自己家中、自己房裡的床上，一心想著我呢？或許她正縮在被子裡面、或許她全身上下僅穿著小內褲躺在床上呢？我趴在床上，以下體磨蹭著床墊，同時唱起〈臨時祕書〉，想著恭候著我的一切。

她在我們吃完晚餐後一小時到來。我一而再、再而三地走到那扇面對街道的窗戶前，而我也盡己所能、充分準備。然而，當我看到她騎著腳踏車上坡時，我仍然感到震驚。短短的幾秒鐘之內，我甚至無法呼吸。肯特．雅恩、耶爾．霍康、雷夫．托爾與歐文德可都待在外面，他們正靠著各自的腳踏車而站，當他們同時轉身、望向她的時候，一股驕傲流遍了我的全身。提貝肯社區的居民，可從沒看過比她還要正的妹子。而她就是來找我的。

我穿上鞋子和夾克，走了出去。

她在他們面前停下腳步，站著和他們交談。

我推著腳踏車、牽引到他們跟前。

「卡爾．奧韋，她想知道你住在哪裡耶！」耶爾．霍康說。

「喔唷，是這樣啊？」我對他說。我迎視凱莎的目光。「哈囉，妳還是找到這裡來啦。」我說。

「是啊，那倒不難。我不知道確切是哪一間房子，不過……」她說。

「我們走吧？」我說。

「好的。」她說。

我騎上腳踏車。她也騎上她的腳踏車。

「再會！」我對那四個仍然駐足在原地的男生說道。隨後我轉向她。「我們可以往那邊騎。」

「非常好。」她說。

我知道，他們正睜大眼、瞪視著我們的背影；我知道，他們此刻嫉妒我的程度可謂非比尋常。他們心裡想著：靠，他是怎麼辦到的？他在哪裡認識她的？而且，看在上帝的分上，他又是怎麼跟她在一起的？當我們一路騎到坡道上方時，凱莎便從腳踏車上躍下。我也跟著這麼做。一陣微風掠過森林間，我們周圍的樹葉發出一陣「沙沙」聲——隨後，一切又歸於寧靜。只有輪胎在瀝青路面上滑動的聲音；套著褲腿的大腿摩擦的聲音；她涼鞋那軟木製鞋跟觸及路面所發出的聲音。

我稍微等了一下，使她能夠跟上、與我並肩而行。

87　Paul McCartney（1942-），英國歌手暨搖滾音樂家。在現代音樂史上有著相當重要的地位。

「妳這件夾克真漂亮。」我說。「是在哪裡買的？」

「謝謝。」她說。「在克里斯蒂安桑的『巴扎索』商店買的。」

「啊哈。」我說。

我們來到駝鹿巷的巷口。她的乳房晃動著，始終吸引著我的目光。她是否已經注意到這一點？

「我們可以到商店裡，看看那邊有沒有人在。」我說。

「嗯嗯。」她說。

她是否已經後悔了？

我現在該親吻她嘛？這樣做對嘛？

現在我們已經來到山頂上，我將腿跨越腳踏車的座墊，等到她將雙足踏上踏板，才開始騎車。又一陣微風拂過；我單手抓住手把，半轉過身子、面向她。

「妳認識拉許嘛？」我說。

「拉許，認識啊。」她說。「我們是鄰居。而且我們是同班同學。你認識他嗎？啊，你當然認識他，你們在同一個球隊。」

「是的。」我說。「妳昨天有看完整場比賽嘛？」

「有啊，當然。你們超棒的！」

我沒有答腔。我另一手抓住手把，呼嘯著騎下那條通往商店的小坡。商店沒開，店外毫無人跡。

「這邊一定沒人。我們何不騎到妳家那邊呢？」

「可以啊，沒問題。」她說。

我下定決心：只要機會一出現，就親吻她。至少握緊她的手。總得做點什麼才行，現在我們都已經在一起了。

凱莎是我的女朋友！

然而機會並未出現。我們騎車切過那條貫穿森林的老舊礫石路、往上騎到歇爾納，那裡空無一人。然後我們繼續往上騎到她家的房子，在屋外停車。一路上，我們之間的交談不多；但我們還是多少說了一些話，這至少不會淪為一場大災難。

「媽媽和爸爸現在在家裡。所以你不能進去。」她說。

這是否意謂著，當他們不在家的時候，我就可以進去？

「的確不行。」我說。「不過時候也不早了。我也許得騎車回家了。」

「是啊，而且距離挺遠的耶！」她說。

「我們明天見吧？」我說。

「那時候我不行。」她說。「我們要搭船出遊。」

「那禮拜四呢？」

「可以，那你要到這裡來嗎？」

「我可以到這邊來。」

我們交談時，腳踏車一直停在我倆之間。我就是無法趨身湊向前、直接親吻她。而她或許也不想要這樣在自己的家門外被親吻。

我坐上腳踏車。

「那我就閃人咯。」我說。「再見咯！」

「再會。」她說。

隨後我全速騎車離開那裡。

不，我仍然沒有取得什麼進展。我沒有突破些什麼，不過事情也沒糟糕到無可救藥。我理解到，不能一直這樣瞎攪和下去，我們不能就只是這樣瞎聊，要是這樣搞，一切會完蛋的。我必須親吻她，我們必須要真正地「在一起」。但是該怎麼做呢？我的確曾與瑪麗安娜調情過，但我可沒那麼在乎她，這對我來說不是什麼大問題，我就只是伸出雙臂攬住她、抱緊她，然後親吻她。當我們並肩而行時，我就牽起她的手。但我沒法對凱莎這樣做，我不能就只是沒來由地伸出雙臂攬住她，萬一她不願意呢？要是我沒能搞定，又該怎麼辦呢？必須要突破，而且下一次見面時就必須突破。千真萬確。而且還得在一個隱蔽、沒人看見我們的好地方。

感謝這次船遊！我有了整整兩天的時間規畫。

就在我入睡以前，我想到，我星期四要練球。這意謂著我得打電話、告訴她這件事情。次日，我一整天都為此而擔驚受怕。我家裡的電話放置在門廳內，如果我不關上滑門，任何人在那裡都能將所有的話聽得一清二楚。但我若關上滑門，他們一定會因此而感到好奇。所以最理想的方案是從電話亭打給她。芬那加油站外的那座公車站旁邊，就有一個公用電話亭；我盡可能拖得夠晚（也就是說，八點鐘剛過）才騎車到那裡去。沒有什麼特別事情的時候，我得在八點半回到家裡。原因在於：在一般的平日，我得在晚間九點半上床就寢，就算我認識的所有人上床就寢時間都比我晚得多，這條規定仍然十分死硬、不容質疑。

我將腳踏車停放在電話亭外，在電話簿裡翻找到她家的號碼。我一而再、再而三地思索自己該講些什麼。

我迅速地輸入電話號碼的所有數字，但獨漏最後一碼。我等了幾秒鐘，努力使呼吸保持平穩，然後才輸入最後一個數字。

「這裡是佩德森。」一名女子的聲音說。

「我想要找凱莎。」我倉促地說。

「你是哪位？」

「卡爾・奧韋。」我說。

「你等一下。」

接著是一陣沉默。我聽出逐漸遠去的腳步聲，以及說話的聲音。一輛公車緩慢地往下開、滑進候車處。我更用力地將聽筒湊在耳邊。

「哈囉？」凱莎說。

「是凱莎嗎？」我說。

「是的。」她說。

「我是卡爾・奧韋。」我說。

「這我總聽得出來！」她說。

「嗨。」我說。

「嗨。」她說。

「我明天要練球。」我說。「所以我沒辦法按照我們先前說的那樣，騎到妳家來找妳。」

「那我可以去找你。你們應該還是在歐爾納踢球吧，嗯？」

「是的。」

一陣靜默。

「好玩嘛？」我說。

「啥？」

「你們搭船出去玩，有趣嘛？」

「很好玩啊。」

一陣靜默。

「那麼，我們就明天見咯！」

「好的。再會囉。」她說。

「再會。」

我掛斷電話，迎視著一名曾與爸爸共事過的老教師的目光。他坐在公車上；當我看見他的時候，他就將目光別開。我推開電話亭那扇髒兮兮的門，鑽了出去。外面的空氣很暖熱，因那輛轟鳴作響的公車排放出的廢氣而滯悶不已。一個育有兩個小孩的家庭坐在芬那加油站外，正在吃著冰淇淋。就在我騎車經過時，約翰推開門、走出加油站。他手裡抓著一頂安全帽。他足蹬木鞋、上半身赤裸著。

「哈囉，卡爾．奧韋！」他喊道。

「哈囉。」我也朝他喊道。

他戴上那頂黑色面罩的黑色安全帽，躍上一輛摩托車的後座。摩托車駕駛用腳使勁踢了兩下，發動車子。隨後，他們就在機車的轟鳴聲中開過我的後方。當他們駛過時，約翰伸出一只手臂揮舞著。我的額頭因汗水而顯得溼滑；我用手拂過頭髮，我的手也汗流不止。不過頭髮顯得乾爽俐落，前一天晚上我才洗過頭髮，目的就是要在明天見到凱莎時亮出完美的髮型。我在山頂上、B-Max超市外面的公車站剎車，伸出一隻腳，貼靠住人行道的邊緣。

突然間，我知道該怎麼做了。

短短幾個星期以前，我曾與以托爾為中心的一整群人到過這裡。他修整了自己的腳踏車，裝上機車的座墊，還在正面裝上一只全新的大型齒輪。他炫耀這輛車，使出「翹孤輪」的技術來回騎動，同時沿途吐口水在瀝青路面上。跟他在一起的梅瑟也在那裡；我只是被動地觀望著。我與達格·馬涅碰巧撞見他們，就這樣留下來。托爾騎到梅瑟面前、親吻了她。接著他從內側口袋取出一只手錶（他將它掛在一條鍊子上），望著手錶說道：來看看我們能夠舌吻多久吧？梅瑟點點頭；接著他們就湊向彼此、開始舌吻起來。你可以看出他們如何地在對方的口腔裡喇舌。她閉上雙眼，伸出雙手緊抱住他；他的雙手則插在口袋裡，雙眼睜開著。所有人都張大眼睛凝視著他們。過了十分鐘，他舉起那只手錶、挺直背。他用手背將嘴巴擦乾。

「十分鐘。」他說。

對啊，就是要這樣做才對。我會取出手錶，詢問她：來看看我們能夠舌吻多久吧。我只需要這樣做就成了。

我將腳往前一蹬，往下方騎向霍夫爾營區。我只需要找個合適的地點。當然要在森林裡進行，但是要在哪裡呢？在她家那邊嘛？不成，我並不怎麼擅長在那邊找路。最好是某個離此地不遠的位置。

也許，還是別在我們家這邊吧。

我們畢竟要在她家見面。

不過，當然了，那是一定要的。就在芬那加油站、那條上行小徑旁邊的森林裡。就在那邊的闊葉木下方。那裡堪稱完美。在那邊，沒人會看見我們。森林裡的地表相當柔軟；還有那從樹冠間美妙地篩落的光線。

隔天下午，為了避免成為第一個來到球場的人，每次遇到上坡道，我就下車、牽著車走。只不過這樣也沒什麼幫助——當足球場呈現在我眼前時，除了那些轟鳴著、喀嚓喀嚓作響、以各自的韻律和節奏在周圍噴水的灑水器以外，那裡什麼也沒有。克里斯欽與漢斯．克里斯欽坐在入口處的圍籬上，在日照中瞇起雙眼，望著我。

「都沒有人帶球來啊？」我說。

他們搖搖頭。

「你真的跟凱莎在一起啦？」克里斯欽說。

「是啊。」我咬咬嘴脣，忍著別微笑。

「她很可愛唷。」他說。

克里斯欽從來沒跟任何妹子在一起；他不是那種人。但在去年夏季的挪威盃期間，就在我們到達的同一天晚上，他在學校外面的小店買了一份色情雜誌。然而就在他躺在睡袋裡、凝視著那些撩人遐想照片的時候，他那位擔任男童足球隊教練的爸爸當場活逮他，這對他來說實在太不幸了。他被迫在整個營區裡、當著所有人的面將色情雜誌扔進垃圾堆，還得向他爸爸道歉。

「是啊。」我說。

過了一會兒，歐文德就帶著鑰匙與幾顆球過來。我們在最遠的球門周圍幾座灑水器之間跑動，開始射門——歐文德關閉了水源開關，並將那些灑水器從球場上搬走。當所有人都到來以後，我們先是繞著足球場跑了幾圈、伸展四肢、進行幾次傳接球練習，接著將球門搬動到其中一個半場的兩個側邊，踢起七人制足球賽。直到練球時間結束前，凱莎才與那三個（以前就曾經跟她到過這裡的）女生到場。她對我招招手。我也對她招招手。

「卡爾．奧韋，專心點！」歐文德吼道。「先練球，再去找妹子！」

訓練結束以後，我將頭浸泡在邊線上的水桶裡，努力裝得若無其事。不過這絕非易事；她就坐在上面，看著我踢球的不僅只有她，還包括她的女性友人——這樣的認知，不停在我的意識裡熊熊燃燒著。

她總算走下來了。

「你要去換衣服啦？」她說。

我點點頭。

「我跟你去吧。在那之後，我想要跟你說一件事情。」

說一件事情？她打算分手嘛？

我走動起來。她伸出手來，差一點就觸及我的手。她只是不小心的嘛？我是否能夠握住她的手？

我望著她。

她對我露出微笑。

我迅速地握住她的手。

我們背後響起了口哨聲。是拉許和約翰。他們還朝天翻了個白眼。我面露微笑。她謹慎地握住我的手。

穿越足球場的路途，可不曾像這天晚上那麼漫長。緊握著她的手，簡直成了不可承受之重——我一直感到自己需要將手抽回來，好讓那種無法承受的快樂之感劃上句點。

「那你就動作快吧。」當我們到達更衣間時，她說道。

「好的。」我說。

坐在室內長凳上的我，將頭靠在牆邊。我的心不住地搏動。但是，我隨即變得警醒；我匆匆套上衣服，走了出去。她們就站在球場外圍，還牽著各自的腳踏車。我走到那邊，站到凱莎身旁。她看起來很開心。她用小手將一縷貼在前額上的鬈髮撥開；她塗抹著粉紅色、近乎呈透明的指甲油。那些女性友人們坐上各自的腳踏車，彷彿在示意著什麼；接著她們就騎車離開了。

「禮拜六，我會獨自一個人在家。」她說。「我已經告訴過媽媽，蘇瓦會過來。所以她會做披薩，買可樂給我們。不過，蘇瓦並不會過來。你有興趣來嘛？」

我吞了吞口水。

「好啊。」我說。

我們隊上的另外幾個男生，從棚屋裡朝我們大呼小叫起來。凱莎的其中一手扶著腳踏車的把手，另一手則垂落著。

「那我們閃人吧？」我說。

「走吧。」她說。

「到下面去吧？」我問。

她點點頭。我們騎上腳踏車，騎上那條滿布著陰影的礫石路；我騎在前面、凱莎則緊隨其後。我在那道綿長斜坡的最頂端輕輕地剎車，這樣一來，我們才能肩並肩、一同往下方滑動。陽光照亮另一邊的山脊。在空中成群飛舞的蚊蚋，就好像被人撒出的一團團金屬絲。下坡途中，出現一條往右邊拐、顯得陳舊的林間小路；我突然想到，它或許會引向某個理想的地點。我頂著被風吹動的頭髮，向凱莎喊道：那邊，我們往上面騎。她點點頭。我們拐進那條小路；我們鐵定循著上坡道騎了十公尺，隨後就慢得不得不跳下車。她什麼話也沒說；我也是。我們只是逕自走在那片覆蓋著草地的上坡道，坡道上錯落著樹皮和折斷的樹枝。當我們來到頂部，得以望見林間的更深處時，我理解到，這樣是行不通的；地上滿是殘幹，殘幹逐漸消失的地區則長著如牆壁般綿密的冷杉。

「不行。」我說。「這邊沒什麼好待的。我們繼續騎。」

凱莎仍然一語不發，她只管坐上腳踏車；同時我則再度往下方滑動。她整個人站在踏板上、使用手剎車的程度遠比我勤快。

不行，只有芬那加油站上方的那條小徑才算數。

這個想法使我全身感到一陣恐慌。就像站在一座山巔的最頂端、低頭望著水面，同時認知到：你可以繼續膽小、龜縮，或者戰勝恐懼、倒栽蔥式地躍下。

她是否知道將會發生什麼事情？

我偷偷地瞄她一眼。

噢，瞧瞧那雙鼓動著的乳房。

噢，噢，噢。

但是她看起來很凝重。這意謂著什麼呢？

我們從腳踏車上跳下，朝上方走向鄉間的公路，闊葉木的樹冠在我們的上方延展，那一道道深沉的陰影投映在我們身上。自從離開歇爾納之後，我們就沒再跟對方說過話。如果我得說些什麼，必須是重要的話才行；不能說些隨便、無關痛癢的廢話。

她穿著一件粉綠色的棉質褲，腰間繫著一條絲帶，大腿附近的褲管還顯得鬆鬆的，但在臀部與鼠蹊部則突然收緊。她穿著T恤，外面則套著一件單薄、微微泛黃的白色開襟羊毛衫。她穿著涼鞋，腳部因而裸裎著。腳趾上的指甲油，與手指的顏色相同。她的其中一腳掛著一件踝飾。

她看起來真是美妙極了。

當我們上到那條鄉間公路、我們與那即將發生的美事之間，僅隔著一段綿長的下坡與一段綿長的上坡時，我實在想要從她身邊騎車逃離。我只想猛踩踏板、從她的生命中消失。要是我真這麼做了，我也沒有任何理由就此停下。我可以騎車離開這棟房子、離開提貝肯社區、離開特隆姆島、離開東阿格德爾郡、離開挪威與歐洲，我屆時即可將一切拋諸腦後。到時候，我會被稱為「騎腳踏車的荷蘭人」。我被定罪、注定要永遠騎著腳踏車在世界各地遊走，手柄上的燈投射出一道鬼魅似的微光、映在公路上。

「我們到底要去哪裡？」當我們下坡的時候，她說道。

「我知道一個好玩的地方，離這裡不遠。」我說。

她仍然一語不發。我們騎過芬那加油站。我向上指著樹木之間的空間；一旦地勢開始變得陡峭，她就再度跳下車。她的額頭上浮現一層薄膜般的汗水，閃閃發亮著。我們走過那棟古老的白色房屋、那座陳舊的紅色穀倉。天幕湛藍且澄澈。太陽無聲、熾烈地懸掛在西方的山巔上。陽光使那一層層的樹葉變得灼熱。空氣中瀰漫著鳥兒的鳴叫聲。我幾乎要嘔吐出來。我們走上那條小徑。正如我事先所預想的，光線從樹枝的縫隙間篩落而下，就像觸及下方的水面那樣，產生折射。一道道光柱斜插向地面。

我停下腳步。

「我們可以把腳踏車停在這裡。」我說。

我們就這樣做了。我們把腳踏車的側柱往下踢、將車子停好。我開始走進森林裡；她跟在後面。我找尋一片適合躺下來的區域。表面必須是草地或苔蘚。在森林裡，我們的腳步聲聽來顯得高亢而不自然。

我不敢望向她。不過，她就在我的正後方。那邊。那邊很適合。

「我們可以在這裡躺著。」我說。當我坐下的時候，我並沒有望著她。她猶豫地在我身旁坐下。我將手插進褲袋，抓到那只手錶拿出來，伸向她。

「我們來計時，看看我們能夠喇舌多久吧？」我說。

「啥？」她說。

「我這邊有手錶。」我說。「托爾撐了十分鐘。我們可以撐得比他還久。」

我將手錶放在地上，記下現在的時間，七點四十二分。我雙手搭在她的肩膀上，輕輕地將她向後推，同時湊向她的雙脣。當我們躺在地上時，我將舌頭伸入她的嘴裡；我的舌頭觸及她的舌頭，它就像一隻柔軟、靈敏的小動物。我開始在她的口腔中轉動自己的舌頭。我將雙手平貼身體兩側，除了嘴巴與舌頭以外，我並未觸摸她。我們的身體，就好像樹冠下方兩條被拉起的小船。我專心讓自己的舌頭盡可能順暢、不受阻礙地擺動；但我又想著她那近在咫尺的雙乳、想著她那近在咫尺的大腿，想著她大腿之間躲藏在長褲內、深藏於小內褲下的事物——這些念頭始終在我內心熊熊地燃燒。但我不敢撫摸她。她緊閉著眼睛，她的舌頭在我的舌頭周邊攪動著。我則睜著雙眼，摸索那只手錶抓過來看，現在已過了三分鐘。她的嘴角流出少許的唾液。我以鼠蹊部頂住地面，同時不斷地喇舌，喇舌，再喇舌。這可沒像我所以為的那麼美妙；這其實很費力。當她扭著頭時，幾片乾枯的樹葉在她下方發出「嘎吱」聲。我們的嘴裡滿是黏糊糊的唾液。已經過了七分鐘。還剩四分鐘。「唔。」她說。這聲音聽來並不愉悅，肯定出了什麼問題。她將身體稍微移開。但我並沒有放鬆，我的頭部跟著欺上，同時繼續喇舌。她睜開了雙眼，但並沒有望著我，而是兀自望著正上方的天空。九分鐘。我的舌根感到疼痛。唾液不斷從嘴角流下。我的牙套不時觸及她的牙齒。事實上我們只需要撐到十分鐘又一秒就能打敗托爾，不必再多了。對，就是現在，我們贏過他了。不過，我們還可以完全擊敗他。十五分鐘總沒問題吧。也就是說只要再五分鐘。但我的舌頭感到疼痛，彷彿在口腔裡愈來愈大。當唾液還熱呼呼的時候，你壓根就不怎麼會注意到；但當口水冷卻、沿著下頷流下，你簡直要作嘔起來。十二分鐘。這樣也許夠了吧？現在，這樣夠了嘛？不行，再撐一下。再撐一下，再多撐一下。

時間剛好來到七點五十七分。我將頭別開。她則坐起身來，兀自用手擦乾嘴巴，並沒有望著我。

「我們撐了十五分鐘！」我一邊說，一邊站起身來。「我們比他多了五分鐘！」

我們的腳踏車還停在遠端的小徑前，閃閃發亮著。我們朝那邊走去；她將黏附在長褲與羊毛衫的小枝與樹葉掃掉。

「等一下，妳的背部也黏著什麼東西。」我說。

她停下腳步。我將沾附在那件針織羊毛衫的垃圾撥掉。

「好囉。」我說。

「我現在得回家了。」當我們走到腳踏車前時，她說。

「我也要回家了。」我說著，並且指向遠處。「有一條捷徑，可以直接穿過森林。」

「再見。」她坐上腳踏車，騎上那條崎嶇不平的小徑。

「再見。」我抓住腳踏車的手把，開始往上方走。

那天晚上，我躺在床上，遐想著她那雙雪白、豐滿的乳房，以及我們本可以在林間地上所做的一切，直到我入睡為止。我得打電話給她，因為我們還沒決定我星期六什麼時候要過去；但我拖到隔天一整天、甚至一路拖到禮拜六當天，直到無法繼續拖延時，我才在當天下午兩點再度騎腳踏車到公共電話亭。還有另一個問題：我其實必須在晚上八點半到家，這個門禁與我現在的生活水火不容。我當然不能只因為得回家睡覺就在晚上八點動身返家——我要真是這樣做，她會怎麼看待我？我向媽媽暗示過，那天晚上我有重要的事情得處理，我是否可以在外面待到九點半，或者乾脆十點呢？她想知道我要做什麼。我說不能告訴她。她說，如果我不能說，那我就不准做。我們必須知道你在哪裡、做些什麼。如果你告訴我們，我也許會答應。這一點你總明白吧？是啊，這我理解。我調整自己的態度，打算坦誠告訴她，並且提到凱莎。但是我得先聯絡上她才行。

天空烏雲密布。灰暗且乏味的雲層似乎將地表景觀的一切色彩吸乾。道路是灰色的；邊溝裡的石塊是灰色的；就連樹上的綠葉也摻上了某種晦暗、毫無光彩的基調。過去這幾天所積累的暖熱，也一併消逝無蹤。氣溫倒也沒那麼低，或許還有十六、七度，但天氣已經冷涼到我在騎車下坡時，必須將夾克的鈕釦一路扣到頸口。氣壓使得夾克像顆小汽球那樣膨脹起來。兩輛公車停在車站；這裡實際上本是某種供迷你巴士停靠的總站。有時候，公車會在那裡停上一整夜。此刻，公車引擎處於發動狀態，將駛往不同的方向，其中一輛會開向島上，另外一輛則駛向市區，駕駛座的窗戶是打開的——這麼一來，司機就可以與彼此閒聊。

我將腳踏車停靠在那座綠色、造型酷似一頂帽子的玻璃纖維電話亭後方。一條小溪穿越枝條、灌木叢與成堆的垃圾，從那裡流過；那些垃圾大多是芬那加油站買的巧克力糖包裝紙，我瞄到有「焦糖奶」巧克力糖、散裝的「嗜好」軟糖、Nero太妃糖、「勇者」可樂糖，還有一片「泡泡吹」口香糖的藍色包裝紙。不過那裡也有好幾只閃閃發亮、沒貼任何標籤的瓶子，幾份報紙及一只裝滿垃圾的紙箱。我從口袋裡掏出硬幣，鑽進電話亭裡，從上方投幣。就在我撥打電話簿中的號碼時，笑話從我的腦海中一閃而過：「為什麼我的母貓不能躺在電話簿旁邊？」然後，我又想到一個笑話：「為什麼我不能在水母旁邊吃東西？」

以及：「當小男孩的爸爸被困在海關時，為什麼小男孩就不能划槳了？[88]」我抓著話筒、食指按在那個號碼上，我佇立許久，透過那塵埃密布的玻璃窗向外望，實際上卻無法接收我所看到的事物。不過我最後還是鼓起勇氣，將話筒按向耳邊、撥打了那個號碼。

「哈囉？」一個聲音說。

是凱莎！

「嗨。」我說。「這是卡爾．奧韋。妳是凱莎嘛？」

「是。」她說。「嗨。」

「我們忘記決定我什麼時候過去了。嗯，有沒有哪個時間對妳比較方便？對我來說都沒什麼差。」

「呃呃。」她說。「其實，這個已經取消了。」

「取消？妳沒辦法嘛？妳的爸媽不是要出門嗎？」

「倒不是這樣的。可是……嗯……唔……我不能……是的，總之，我不能繼續跟你在一起了。」

啥？

她在提分手啊？

可是……我們在一起才五天！

「哈囉？」她說。

「已經結束了啊？」我說。

「是的。」她說。「已經結束了。」

我什麼話也沒說。我聽見她在聽筒彼端的呼吸聲。我的淚水順著我的雙頰滴落。頗長的一段時間過去了。

「嗯嗯，那你就多保重啦。」她突然說。

「妳多保重。」我說道，掛斷電話，隨後走到公車站。我淚眼迷濛，試著用手擦乾淚水，一邊抽抽噎噎地牽起腳踏車準備上路。我簡直看不清楚眼前的車道。她為什麼這樣做？為什麼？還偏偏就選了現在、一切本已開始好轉的此刻？偏偏就選這一天、我們本來要在她家裡獨處的這一天？她在幾天前還那麼喜歡我，所以，她現在憑什麼突然就不喜歡我了？難道是因為我們之間沒怎麼說話的緣故？

而她是如此可愛。她是如此、如此的可愛。

殺千刀的，下地獄去吧。

去他的狗屎蛋，殺千刀的、見她的大頭鬼去吧。

還有，真是該死的、下三濫王八賤婊子。

當我來到B-Max超市時，我用夾克袖口將淚水擦乾。此時正是週六商店即將打烊之際，停車場上停滿車輛、人們提著購物袋還帶著一眾小孩，而且是一大群小孩。不過，要是他們看見我的淚水，會想著是風吹所造成的吧？畢竟，我騎腳踏車哪。

我騎上那條直線道前方的小坡。我的內心開始浮現若干虛無、模糊的小空間；足足有十秒鐘的時間，我可以毫無任何思緒地走動、甚至不知道自己的存在。隨後，凱莎的形影突然沉降、壓在我身上——已經結束了，我抽噎了一下。我無法阻止這種感覺。

我鎖上腳踏車、停放在屋外，在門的內側停下腳步，藉此判讀屋內其他人的位置。此時此刻，我格外不想撞見任何人。由於屋內聽來相當平靜，我就走到樓上的浴室，好好地將臉徹底洗淨，接著才走進

88 皆是挪威語中，發音近似的笑話。

自己的房間、坐到床上。

過了一會兒，我走到英格威的房間裡。他正坐在床上彈吉他；當我走進時，他抬起頭來。

「怎麼啦，你剛剛哭過喔？」他說。「是凱莎嘛？她跟你分手了啊？」

我點點頭，再度哭了起來。

「喂，卡爾．奧韋。」他說。「這件事情很快就會過去的。還有許多其他妹子，正在恭候你。畢竟到處都是女生啊！你只管把她忘了吧。這又沒那麼恐怖。」

「是，就是這麼恐怖。我們在一起才五天而已。而她又是那麼可愛。我就只想要跟她在一起。我不要跟別人在一起。而且還偏偏是今天。今天我們本來要在家裡獨處。」

「你稍等一下。」他站起身來。「我來播一首歌給你聽。這樣也許有幫助。」

「什麼歌啊？」我問，一邊坐到椅子上。

「你等等。」他翻找著一只放在架上、裝著唱片的箱子。「這個。」他說道，並且將一張「最壞！」樂團的唱片高舉、伸到我面前。那是《沒有回頭路》。

「噢，是這張唱片啊。」

「把歌詞聽清楚了。」他晃了晃手中的唱片，先將中央的圓形對準唱盤，將整張唱片放進去，舉起唱針伸向已經開始捲動的第一首歌。一陣輕微的刮擦聲之後，率先登場的是砰砰作響、精力充沛的鼓聲，隨之而來的則是貝斯、吉他、電子琴與其他樂器的演奏聲。然後是那刺耳、無比誘人的吉他即興重複樂段，以及歌手帶著斯塔萬格口音的唱腔：

當我說我知道的時候，這並不誇張

我們的關係並非完好無傷
你嘗試抗拒一切
直到脆弱的保險套破裂
永恆不變的計畫與視野
分分秒秒間就被毀滅
你給我一個擁抱；而我想多給你一點
但此時一道禁令已然出現

「現在，聽清楚了。」英格威說。

一切終將結束，一切必將結束
你躺下並沉沉睡去、醒來即面對新天地
不期不待，現在已經沒有回頭路
什麼話也別再說，快穿上你的大衣離去

「是。」我說。

我們與平庸僅有一線之隔
我聽見我說的話，變得怒不可遏

我們喝得爛醉，變得多愁善感
但是對話仍然受到了汙染
你傷透了我的心，還讓我染上性病
我到現在還沒擺脫盤尼西林
我們為何得頂向那面尋常的舊牆
即使我們認知到，我們毫無興趣

一切終將結束，一切必將結束
你躺下並沉沉睡去、醒來即面對新天地
不期不待，現在已經沒有回頭路
什麼話也別再說，快穿上你的大衣離去

「一切終將結束。」當這首歌播完的時候，英格威說。那唱針無須手動調整，自行恢復到原本的狀態。

「我懂你的意思。」我說。

「一切必將結束；你躺下並沉沉睡去、醒來即面對新天地。」

「你好點了嗎？」

「有啊，一點點。你能不能再播一次？」

幸運的是，當我們吃晚飯的時候，爸爸和媽媽都沒有發現我哭過。吃完飯後，我就到外面去；我實在太過浮躁而無法待在屋內，而由於街上空無一人、我最熟悉的那些人又都去度假了，我便一路閒晃到下方的碼頭一帶。一整票人就站在那邊——他們圍成一圈，靠著永恩今年新買的那條小艇。那一年買船的人還不少，這當中包括了耶爾．霍康與肯特．雅恩；其中一人買了GH10快艇、另一人則入手同樣長達十英尺的With Dromedille機動艇，兩條小艇都配有五馬力的山葉舷外引擎。

我走向他們。

「瞧瞧，這會兒『娘炮』也來咯。」當我停下腳步時，永恩這麼說。

那個字眼又出現了。

他們笑了。我因而認知到，他們不懷好意。

「哈囉。」我說。

永恩拉動繩索幾下、啟動馬達。

「卡爾．奧韋，過來。」他說。

「不要。」我說。「我才不要。」

「我要讓你瞧瞧一個東西。」他一邊說，一邊望向自己的弟弟。「當我對你下令時，你就倒船。」

他的弟弟點點頭。

「來啦。」他一邊走到船頭。

我猶豫地向前跨了幾步。當我在碼頭邊緣止步時，他冷不防伸出雙臂、抱住我的雙腿。

「倒船！」他對他弟弟喊道。

那條船往後開。我蹲坐下來，雙腿被拉扯、我跌倒了，接著我被拉離開邊緣，就因為永恩不放開我的雙腿，船則繼續向後開。我緊緊抓住碼頭的邊緣。永恩的弟弟增加船速、船的引擎呼嘯著，我的雙腿還懸掛在船身上、身軀橫在水面之上、雙手仍抓著碼頭邊緣。我尖叫起來，要他們停手，開始哭泣。圍觀的人臉上露出一抹微笑，沒有人幫我。

「這樣就夠囉！」永恩吼道。

我被拉著或許持續了一分鐘。永恩的弟弟再往前開了一小段，永恩才放開我的腿。我撐起身子，流下淚水的同時盡速快步離開那裡。直到我上到峭壁邊，才漸漸不哭了——我在那裡坐了一會兒，置身於那彷彿被由枯乾的草、野花與經日晒而暖熱的山岩散發的氣味填滿而顯得飽和、靜謐的暖空氣之中。

我思考著，是否要打電話問凱莎，她為何要分手；這樣一來，我才能學到一點教訓，以應對下一次的機會。不過這太複雜了。我內心已經知道她的猶疑與我的碎念：怎樣啊，這件事已經結束啦，她就是不想繼續跟我在一起了。我站起身來，拖著鬆軟、仍然顫抖不止的身體走回家。我在浴室用冷水沖洗臉部良久，拉上窗簾、不願讓戶外的任何事物從窗口透入，播放起火車頭[89]的《黑桃A》——不過這音樂並不合適，我轉而放起保羅．麥卡尼的個人新專輯，開始讀起一本我用自己的錢所購買、由巴格利[90]寫的書。書名是《金山》；我以前就讀過這本書。故事講述了南美洲的金字塔與龐大的水下洞穴。書中的主角們潛入洞穴，找尋也為其他人所尋覓的寶藏……

當我就座、正要吃宵夜時；媽媽望著我，露出微笑。

「卡爾．奧韋，你也許可以開始用止汗劑了？我明天可以幫你買一瓶。」她說。

「止汗劑？」我傻呼呼地說。

「是啊，你不這麼覺得嘛？你快要開始讀初中了，之類的。」

「你其實有體臭。」英格威說。「你要知道，沒有女生會喜歡那種味道。」

原來這就是**原因**喔？

但當我事後在房間裡詢問英格威的時候，他露出微笑，說他很懷疑，分手一事是否真的那麼簡單。

第二天早上，爸爸進來說我不能一整個夏天都這副德性、躺在床上看書。我得到外面活動。他問我要不要去游泳。

我一語不發地闔上書本，看都不看他一眼，走了出去。

我在路障上坐了好幾分鐘，將礫石扔過路面。但我不能一直坐在這裡；這樣一來大家就會看出我沒事可幹、無人陪伴。因此，我走向下方那棵路邊的大櫻桃樹（從那裡過去，就是克里斯騰家的草坪），想看看那些櫻桃是否已經夠成熟、可以吃了。那棵樹的所有權並不怎麼明確；有些人說那是野生的櫻桃，也有人說那棵樹屬於克里斯騰家，但不管如何，自從我們已經大到足以爬樹，我們幾乎每天都會爬上那棵樹、將櫻桃摘光——目前為止，沒有人抱怨過。我對每一根樹枝都瞭若指掌，我可以一路爬近樹頂、爬到樹枝的末端，直到開始搖晃不穩為止。那些櫻桃還沒真正成熟，外皮堅硬，其中一側仍然是綠色的，但另一側已經稍微轉紅。對我來說，將外皮咬掉、咀嚼並吞下果肉，把果核吐得老遠，就已經足夠了。

當我仍坐在那裡的時候，永恩從下方騎腳踏車經過。他一隻手扶住行李架上的汽油桶、另一手控制著腳踏車。當他看到我的時候，他謹慎地剎車、隨後停下。

「卡爾．奧韋！」他喊道。

我迅速地從樹上爬下。我爬下樹所需的時間，與他離開腳踏車、走到那棵樹旁邊所費的時間一樣

89　Motorhead，成立於一九七五年六月的英國重金屬樂團。

90　Desmond Bagley（1923-1983），英國新聞記者與驚悚小說家。

久——當我要踩上地面時，他距離我僅有幾公尺。我們的目光輕微地相觸；隨後我開始狂奔衝進森林裡。

「我只是想說聲對不起！」他說。「為了昨天的事情！我聽得出來，你那時在尖叫！」

我連轉身都沒有。

「我不是故意的！到這邊來，這樣我才能跟你握個手、和解一下！」他說。

我心想著：哈哈。同時，我繼續在灌木叢與沼澤之間蹣跚而行，直到我站在頂部、能看見他閒晃回自己的腳踏車旁邊為止。等到他跳上車，繼續搖晃不穩地騎向小艇停靠處後，我才走回去。但是，那些堅硬而苦澀的櫻桃已然失去吸引力；所以我也不再注意那棵樹，反而往上方急行、希望在街上遇見我認識的熟人。某些時候，如果他們在自家窗口看見你，他們會走出家門。我便繼續散步，同時望向道路兩旁的庭院。周圍毫無人跡。大夥兒要麼開著自己的船到外海去、要麼開車到島嶼外緣的浴場、要麼就是還在上班。杜芙．卡爾森的丈夫躺在那片泛黃草坪中央的日光浴床上，身旁擺著一部收音機。耶爾、特隆德與文琪的媽媽，也就是雅各布斯太太則坐在露臺的陽傘下，正在抽菸。她頭戴一頂白色遮陽帽。此外，她還穿著連身、布料顯得輕薄的白色衣服。他們家那兩歲的弟弟坐在她身旁的地上，我始終能夠透過縫隙望見他。後方有人叫我。我轉過身。是耶爾；他狂奔過來、雙手手掌向前伸，活像兩把刀刃。

他在我面前停下腳步。

「你的維孟德跑到哪裡去了？」我說。

「度假去了。」耶爾說。「他們今天去度假了。你要不要跟上船來看看？」

「可以啊，那我們要上哪去？」我說。

耶爾聳聳肩。

「耶爾斯塔德島？或者旁邊那些小島礁的其中一座？」

「走吧。」

耶爾所擁有的只是一條划艇；因此，與其他有船的人相較，他沒辦法去太遠的地方。然而，我們仍能乘著這艘小艇到小礁岩前方；某些時候，我們沿著島嶼內緣一連划上好幾公里。他沒興致進入海峽。

我們爬上船去。我試著把船推離岸邊。他把船槳放到槳架上，以身子抵住船的底板、極其費勁地划動著（船槳被壓得很低），整張臉扭曲成一副痛苦的怪相。

「噢。」他每划動一下就呻吟一聲。「噢。噢。」

我們緩慢地滑過淺藍色的海面；有時候，吹向陸地的微風會在海面掀起陣陣漣漪。在更遠處、海峽的浪尖則是白色的。

耶爾轉過身來，目光投向那座小島嶼，用其中一根槳微微調整航向，然後再度開始呻吟——我則用手拂過水面，雙眼聚焦在小艇後方、幾乎無法目測的湧流。

當我們接近時，我站起身來、跳上岸，將小艇拉進一座小灣裡。我並不會打繩結；因此，耶爾得停泊在其中一根小型鐵條邊。外海群島的每一座小圓丘上，似乎總有著這種小鐵條。

「我們來游泳吧？」他說。

「可以啊。」我說。

在面向海峽的那一側，一道或許有兩公尺高的小丘上，浮現出一塊裸露的岩壁。我們就從那裡跳入水中、潛水。即使海風使我們感到冷涼，水其實相當溫暖；因此我們游泳近一個小時，然後才上岸、躺在岩壁上，將身體弄乾。

當我們都穿上衣服時，耶爾從口袋掏出一把點菸用的打火機，向我展示著。

「你從哪裡弄來的？」我說。

「從小屋拿的。」他說。

「我們要燒東西嘛？」

「是的，我差不多就是這個意思。」

那片岩壁上的裂縫裡都生著小草；這座小島嶼的中央則有著一小片草地。

耶爾蜷伏著身子、用手遮擋住打火機，對著一小株草梗點火，很快就燒起來，浮現一道澄澈、近於透明的火焰。

「借我玩玩。」我說。

耶爾站起身來，撥開額前那抹僵硬的瀏海，將打火機遞給我。

「哈囉！」我說。「當心點！火開始擴散了！」

耶爾一邊笑，一邊開始以腳蹬地，企圖將火踩熄。他差一點點就成功了；但在一小段距離外，某塊他剛才已經滅火的區域突然又燒起來。

「你看到了齁！」他說。「它自己開始燒起來了！」

他踩踏火苗。我則走到那一小片草地上點火。同時，一陣強風颳來。火焰像一小片帆布般被掀起。

「來幫幫忙啊，滅火很麻煩耶。」我說。

我們使盡全力、又踩又跳，才將火焰弄熄。

「把打火機還來。」耶爾說。

我遞給他。

「我們來同時在好幾個不同的地方點火。」他說。

「好啊。」我說。

他在自己站的位置上點了火，將打火機遞給我。我跑到另一邊去點火。當我再度跑到他面前時，他已經移動到新的位置，點了新的火。

「你聽到那爆裂聲沒有！」他說。

的確如此。草地上的火焰發出一陣陣刮擦聲與爆裂聲，並且緩慢地往前擴張。從我點火的位置看去，火焰的外形就像一條蛇。

又一陣風吹來、狠狠地推了我們一把。

「唷，唷，唷。」當火焰高度已經達到十公分時，耶爾說著。火勢愈發猛烈。

他開始像個瘋子那樣拚命踩踏。突然間，這招居然失靈了。

「快來幫忙啊。」他喊道。

我從他的聲音中聽出一抹逐漸顯露的恐慌。

我也開始踩踏起來。又一陣風吹來；現在，好幾道火焰已經與我們的膝蓋同高。

「噢不。」我尖叫著。「我操，那邊也燒得好厲害！」

「把你的T恤脫掉，我們用T恤滅火！我看過電影這麼演！」

我們脫掉各自的T恤、揮擊著地面。風勢繼續撕扯著那些火焰；風每撕扯一下，火勢的擴散就更加明顯。

現在，火勢已經一發不可收拾。

我們像瘋子一樣揮擊著、踩踏著，但完全沒用。

「不行咯。」耶爾尖叫起來。「我們滅不了。」

「沒辦法了。情況只會變得愈來愈糟！」我說。

「我們該怎麼辦？」

「我不知道。你覺得，我們能用㞗斗嘛？」

「㞗斗？你是腦袋壞了還是怎樣？」

「沒有啊，我腦袋沒壞啊。」我說。「這只是一個建議。」

噢，噢，噢。現在火燒得太大了。就算我離火焰好幾公尺，我仍感到炙熱。

「快溜啊，你動作快點！」耶爾說。

火焰仍在草地上爆裂與刮擦、手舞足蹈，愈燒愈廣之際，我們跳上船、解開纜索。耶爾坐到船槳的後方，開始划槳——與出發時相比，此時他划得更賣力了。

「幹。」他不停地說。「瞧瞧燒成那樣！燒成那樣！」

「是啊，當初又有誰會想到呢？」我說。

「不管怎樣，反正我不信。」

「我也不信。只要沒人看到就好。」

「應該不會怎麼樣。」耶爾說。「最重要的一點是，沒有人看見**我們**。」

當我們抵岸時，我們將那條划艇拖進森林深處，以便隱藏一切痕跡。我們的T恤都沾滿了灰，我們將衣服泡在水裡浸溼、又扭又擰。我們也脫下短褲，好好沖洗了一番，以策安全。要是有人問起，我們就說，我們穿著短褲游泳，結果在水裡把內褲弄丟了。然後我們也跳進水裡、浸泡了一陣子，藉此將燃燒的氣味除掉。接著，我們就各自回家。

我從大老遠就看出，房屋正前方的庭院裡空無一人。我在門廳停下腳步，那裡一片沉寂無聲。我偷偷摸摸地溜進鍋爐室、晾起T恤，隨後赤裸著上半身走進我的房間裡，從衣櫥取來一件新的T恤，並且換掉短褲。

從英格威房間裡的窗戶，我看到爸爸正躺在那張草坪的日光浴床上。他可以一連好幾個小時靜止不動，活像蜥蜴般躺在日光下。而他的皮膚也晒成了古銅色。附近的某處傳來收音機的聲音；媽媽想必坐在客廳窗戶下緣的露天座椅上。

一小時以後，她將一瓶止汗劑交給我。那是「MUM男人專用止汗劑」，玻璃瓶裝，藍色的，散發出芬芳的甜味。我心想：男人專用。我已經是個男人了。不管怎麼說，我總是個青少年了。再過幾個星期，我就要開始讀初中，我會使用止汗劑。

她說，在我清洗腋下之後，我只需要在那裡抹搽幾次止汗劑即可；但我得先洗澡，絕對別沒洗澡就塗，否則氣味只會更難聞。

她離開以後，我就照著她所說的話做，還多嗅聞了一下自己身上的新氣味。然後我繼續讀我正在看的書，也就是我最喜歡的《德古拉》——這是我第二次閱讀，但此刻的興奮絲毫不亞於第一次。

「餐點煮好囉！」媽媽從廚房裡喊著。我將書放到一旁，走到廚房去。

爸爸坐在平時常坐的座位上；他晒得黝黑，他的雙眼也是一片陰鬱。媽媽將滾燙的開水倒進茶壺、放到我們之間的桌面上。

「瑪莎邀請我們今天到他們的小屋坐坐。」她說。

「門兒都沒有。」爸爸說。「她有沒有說什麼別的事情？」

媽媽搖搖頭。

「沒特別多說什麼。」

我低下頭，在不顯露自己急著逃離那裡的前提下，盡快把東西吃完。

附近的某個地方傳來引擎的發動聲。它先是乾咳般地響了幾聲，然後又陷入沉寂。爸爸站起身來，朝窗外望去。

「古斯塔夫森不是去度假了嘛？」他說。

沒有人答話。他望著我。

「是這樣沒錯啊。」我說。「可是勞夫和雷夫．托爾沒有去度假。只有他們待在家裡。」

那輛車再度發動起來。這回，引擎顯然衝得太過迅猛。接著駕駛換了檔，那陣乾咳般的噪聲迅疾地起伏著。

「不管怎樣，有人在開他們的車。」爸爸說。

我站起身，想要看看。

「坐下！」爸爸說。

我坐回原位。

「現在發生了什麼事啊？」媽媽說。

「那些該死的小屁孩沒徵得自己父母的同意，就把他們的車開走。」爸爸說。

他轉過身，注視著媽媽。

「這真是不可思議呵，不是嘛？」他說。

那陣悶燃、劈砍般斷斷續續的噪聲一路飄上路面。

「他們都**沒在管**自己家的小孩啊？雷夫．托爾和**卡爾．奧韋**同班。而他居然偷自己雙親的**汽車**？」他說。

我嚥下最後一小塊三明治，在茶水裡多摻了一點牛奶，以便盡速變涼，使我能夠一口飲下。我站起身來。

「感謝您準備這一餐。」我說。

「不用客氣。」媽媽說。「你現在要上床就寢了嘛？」

「我想是吧。」我說。

「那麼，晚安囉。」

「晚安。」

就在我熄燈以前，他走了進來。

「起來。」他說。

我坐起身來。

他凝視我許久。

「卡爾．奧韋，我聽說你抽菸。」他說。

「啥？」我說。「可是我沒抽菸啊！我發誓，我憑自己的榮譽發誓。」

「那可不是我聽到的說法。我聽說，你抽菸。」

我迅速地抬起頭、迎視他的目光。

「有沒有？」他說。

我低下頭。

「沒有。」我說。

他伸出手，揪住我的耳朵。

「你明明就有。」他一邊擰著我的耳朵。「你沒有嘛？」

「沒——！」我尖叫著。

他鬆開手。

「這個是勞夫說的。你的意思是，勞夫騙了我？」他說。

「是的，不管怎樣，他就是在撒謊。因為我**沒有**抽菸。」

「勞夫為什麼要撒謊？」

「我不知道。」我說。

「還有，你為啥要哭？如果你心安理得的話？卡爾・奧韋，我太懂你了。我知道你有抽菸。但是，你以後是別想再這樣做了。這件事情就先到此為止。」

他轉身離去；他此時的神情，和他進來時一樣陰沉。

我用羽絨被擦擦眼睛，躺回床上、凝視天花板片刻；突然間，我完全清醒過來。我從沒抽過菸。但是他已經知道：我幹了某件事情。

他怎麼知道的？

他怎麼**能**知道？

第二天，我們實在無法不接近那座小島——我們從島旁邊划過。

「呵呵呵，島上現在可是一片漆黑囉！」耶爾說道，他靠在槳旁休息。

我們大笑起來，笑到差一點跌進水裡。表面看來，即使那一年夏季與其他所有夏季完全一致——我們前往索貝爾沃格、我們造訪祖父與祖母的小屋。我若不是跟著特定幾個人到處閒晃，就是待在家裡、獨自躺在床上看書——但內在本質已經出現明顯的不同。那年夏季結束時，等著我們的新學年可不像其他所有學年度那樣；遠非如此，校長在六月的結業式上對我們致詞，他發表演說，因為我們現在已經從桑德訥斯小學畢業，我們在那裡的日子已經結束了，暑假結束以後，我們將在羅亭根學校就讀初中部一年級。我們不再是孩子了；我們是青少年了。

整個七月，我在一處果蔬農場工作；大清早，我就得頂著炙熱的驕陽站在田野之中，採收或包裝草莓，篩選紅蘿蔔。中午時分，我坐在一道岩壁的旁邊，盡速將自己帶的餐盒吃完，這樣才來得及騎腳踏車到耶爾斯塔德溪邊、好好泡個澡，再回去工作。我賺到的所有錢，都將成為挪威盃期間的零用錢。賽事進行的那週，爸爸和媽媽會到山區旅遊。那年夏季飽受熱浪的侵襲；我們在礫石場上踢了其中一場比賽，天氣實在太酷熱，以致於我不支而癱倒在地，被送進該區域中心的某個野戰醫院。我在傍晚時分恢復了體力。某人在遠處播放起羅西音樂的〈除此之外〉。我抬頭望向帳棚內的頂部；出於某種我不理解、但已經接受的原因，我感到一種未曾經歷的快樂。

這是否跟我在那些日子裡與謝爾混在一塊、唱著警察樂隊的歌曲（地鐵車廂的壁板上還傳來陣陣回音）、搭訕我不認識的女生、向某個街頭攤販買了一堆附有掛鉤的紀念章（其中包括特別樂團與衝擊合唱團的徽章），以及我在清醒時總是戴著的一副黑色墨鏡有關係呢？

是的，這絕對可能是原因。謝爾大我一歲；全校男生當中，就屬他最受女孩子青睞。他的媽媽是巴西人；但他可不只是有著深色的雙眼、黑頭髮、長相俊美而已，他還相當強硬、受到所有人尊敬。因此，他對我沒有什麼意見，對我大有助益——我的地位迅速提升起來、使我一舉超越了提貝肯與當地那些小混混。他們不想和我有關係；但是謝爾與我保持友好，所以那票人又算什麼東西呢？在那次的奧斯陸之旅中，我也和拉許有所交流——其實，就連這一點也已遠超出我預先的期望。

這很可能就是我對自己處境感到莫名開心的原因。不過也可能是那首歌：羅西音樂的〈除此之外〉，如此華美而動人。在我周圍，在那仍然閃亮、有著微弱藍色基調的陰暗夏夜裡，存在著一整座大城市。城裡不只滿布我完全不認識的人們，甚而還有許多唱片行——架上擺著數以百計，甚至數以千計優質樂團的作品。那些我過往只在書本上讀過的地名，卻隨著這些樂團的表演行程而呈現在我面前。遠處隨時可聞的車流與嘈雜聲；無所不在的話聲與笑鬧；布萊恩．費瑞高唱著：「**除此之外——一無所有。除此之外——一無所有。**」

八月中旬某個深夜，我們全家到托恩爾群島捕螃蟹。爸爸買了一只功率強大的水下探照燈；除了潛水蛙鏡、蛙鞋與一只空空的白桶子之外，他還帶上了一根草耙。就在我們登島時，一大群海鷗騰飛到空中、尖叫著掠過我們的頭頂，其中幾隻甚至猛然往下撲，差點就擦撞到我們。那是一幕粗暴而駭人的景象；但當我們來到島嶼的外側、我們眼見寧靜而黝黑的海面時，情勢便平靜下來。媽媽升起火；爸爸開始換裝，他套上蛙鞋、滑入水畔、雙手持著手電筒，戴上潛水蛙鏡沉入海面下。當他再度浮上時，呼吸管噴濺出一片有如小瀑布的水花。

「這裡什麼也沒有。」他說。「我們到更遠處試試看。」

英格威和我緩慢地走在厚片般的岩石上。海鷗尖叫著，仍然跟在我們後方。媽媽負責打理食物。他再度浮上水面。這回，他手裡抓著一隻還在撲騰著的大螃蟹。

「把桶子拿來！」他喊道。英格威一路走到水畔。爸爸將螃蟹扔進桶子裡，隨後再度游向遠處。我感到有點不自在；捕螃蟹不應該用這種方法，我們應該使用長耙子、在海灘邊緣走動，並且開探照燈才對。而從另一個角度來說，此刻的島上除了我們以外，再無他人。

不久之後，桶子裡就裝滿了不停爬動的活海鮮。爸爸坐在火堆邊取暖。我們則烤著熱狗、喝起汽水。然後他用一桶海水澆在那堆柴火上，火勢在「嘶嘶」聲中熄滅。就在我們走回船邊的途中，我在岩石的一處小縫隙裡發現一隻死掉的海鷗。我觸摸牠。牠的身體溫熱。我突然感到一陣心寒，全身顫慄起來。牠還沒死透嘛？我再度彎下腰、用手指輕輕觸碰牠那白色的胸口。毫無反應。我站起身來。牠就這樣倒在那裡，真是太悲慘了。這倒不是因為牠已經死掉了，而是因為牠身上的色彩乃至於線條在我看來都近於可憎。那橘色的鳥喙、黃黑相間的雙眼、偌大的翅膀，還有那滿布汙垢、外觀活像爬蟲類動物的鳥足。

「你在那邊找到了什麼？」爸爸在我背後說道。

我轉過身去。他用手電筒直接照著我的臉。我伸出一隻手遮擋光線。

「一隻死掉的海鷗。」我說。

他將手電筒的光壓低。

「讓我瞧瞧。」他說。「牠在哪？」

「那邊。」我指著。

一瞬間，牠就被手電筒的光線照亮，那幕景象宛如一座手術檯。我的雙眼出於反射而眨起來。

「這樣的話，或許有幾隻小海鷗的日子並不好過。」他說。

「你這麼覺得嘛？」我說。

「是啊，牠們可都是有子女的。牠們那麼瘋狂地追著我們不放，就是這個原因。過來吧。」

我們駛向那座閃亮的城鎮，穿越海峽、抵達碼頭邊。整段航程中，螃蟹發出的細微「喀嚓」聲，以及被裝滿的桶子裡傳來的鬼魅般「咯咯」聲，始終不絕於耳。爸爸一回到家裡，就直接將牠們水煮了。這批活螃蟹被從桶子裡拉出來、活活地倒進正在煮沸的水中、那夾雜著灰白與葉褐色的外殼緩緩地翻倒，然後死掉——目睹過程中的殘忍之處，反而帶來某種解脫感。

爸爸在我們夜遊後的兩天就搬到克里斯蒂安桑。他在文尼斯勒的一所高中找到工作；由於通勤實在太遠了，他便在一間斯雷夏的高樓租了一間公寓。他開了三趟車、向別人借了拖車，將他所需要的一切運到那邊——從那之後，他只在週末才會出現在我們家裡。又過了一陣子，他連週末也不回家了。他希望能在克里斯蒂安桑找到一棟房子，我們則在隔年夏天搬去那裡。

他離開這裡，真是一大解脫。那年秋天，我剛要進入那所他已任職達十三年的學校就讀，而他正好換了工作——這真是太幸運了，簡直不可思議。假如他繼續在那裡工作，我將會持續感受到他緊盯住我的目光，做出一絲一毫的舉動以前，都還得先把可能的後果想過一遍。這對英格威來說是如此；但對我來說就不是如此。

初讀初中的那幾天，與我六年前剛成為小一新生的經歷頗為相似。所有老師都是新面孔，因而顯得陌生；所有的建築物看來耳目一新，因而顯得陌生；除了我們班的同學之外，甚而全校所有的學生都是新面孔，同樣顯得陌生。這裡適用其他的規範與規矩；這裡流傳著其他的謠言與故事；這裡的氣氛截然不同。沒人會在初中部玩耍。沒人跳橡皮筋；沒有人跳繩；沒有人拋球；沒有人玩捉迷藏、老鷹抓小雞或鬼抓人的遊戲。足球是唯一的例外——就像小學中低、高年級的學生，這裡的初中生也踢足球。不；初中學生下課時，就是群聚、鬼混。會抽菸的一夥人聚在遮雨棚旁邊的一個角落，交談笑鬧著、不停把玩打火機與香菸——有些人身穿皮夾克，有些人穿著牛仔夾克，幾乎所有這類人都有某種摩托車，因為機車就是他們生活的一部分。某些流傳的、與其中幾人有關的謠言指出，他們偷過東西，他們到學校時已喝得爛醉，他們甚至吸過毒，對此他們當然既不否認、也不承認，他們彷彿被包覆在某種夾雜著神祕與腐敗的靈氣之中。在開學第一天就與他們站在一塊、發出嘶啞笑聲的人若不是約翰，又會是誰呢？窩在那裡的那夥人蔑視教育，也憎恨學校，他們當中的大多數人都極其重視現實，讀八年級的時候即一心只想入社會去、開始工作，而他們也如願以償了，所有對學校沒希望的人都如願以償了，學校也巴不得趕快擺脫他們。但除了叼在嘴角的香菸以外，他們實際行為與其他學生沒有什麼兩樣——其他學生也是到處搞小圈圈、不停談話笑鬧。女孩們自己一掛、男生們另成一掛。有時候，幾個男生騷擾幾個女生時，跑動與噪聲總會浮現；還有那麼幾次，兩個男生打起架來——此時所有待在學校操場上的人就會像被潮浪捲走的游泳者那樣，直接被吸進去，要想抗拒，是不可能的。

我們花了數週才適應全新的校園生活。我們得測試一切。我們得調查清楚一眾老師的界限與偏好。我們得找出適當的幅度。找出牆內適用哪些規則、牆外又適用哪些規則。

我們的自然科學教師，就是那位曾經拖著爛醉之身來學校的拉爾森。無論他是在一天之中的哪個時辰上我們班的課，他看起來總像是睡在沙發上、剛剛才被搖醒一般。他總是顯得有些遲鈍而不專心，但酷愛實驗、煙氣與爆裂，所以我們喜歡他的講課。音樂課老師康拉德，也負責領導康樂社團；他總穿著寬鬆的襯衫，再套一件黑色背心。他的臉圓圓的，戴著眼鏡、留著鬍鬚，頭有一點禿了。他天性愉悅、充滿青春活力，堪稱人見人愛。我們的數學老師則是曾當過英格威班導的維斯塔德；他是個氣色飽滿紅潤、戴著眼鏡、目光犀利的禿頭男。家政老師則是頭髮灰白，宛如女傳教士、佩戴眼鏡，看上去是如此真心誠意想要教導我們煎魚餅、水煮馬鈴薯的韓笙。我們的班導師寇洛南則教授英語課、挪威語、基督教相關知識與社會科學科目；他是個將滿三十歲的高瘦男子，面部瘦削而嚴謹、缺乏耐心，通常與我們保持距離——但在某些時候，他會靈光一閃、展現出驚人的熱忱與同理心。

這群老師並不像小學中低高年級的教師，給予我們整體的評語及回饋；不，我們在這裡的所有表現均透過成績顯現。這在班上營造出一種全新的緊繃與興奮——突然間，我們對於彼此強項與弱項所抱持的一切猜想都被斬釘截鐵地證實了。要想隱瞞自己的成績，是不可能的——或者更正確地說，你可以保密，但別人會認為你很沒品。我保持在「佳」、「特佳」，某次甚至提高到「優」，也有某次向下滑落到「尚可」；但就算我沒有隱瞞自己的成績，一走出教室，我還是保持低調。原因在於，最近幾個月以來我開始意識到——在學校裡表現好是沒用的，與人們的想像恰巧相反，「優」意謂著虛弱無能、沒個性，而不像其原本蘊含的意涵。長期以來，我的地位始終搖搖欲墜；現在我嘗試力挽狂瀾、讓自己重新變得有面子。當然了，要怎麼做，我沒有很具體的想法；一切都建立在印象與直覺上，這關乎人們在其他場合怎麼對待你、怎麼與你交流。因此，足球就是我非常顯著的優勢；我憑這種方式認識了許多八、九年級的學生，其中包括四、五個備受所有人（包括男孩與女孩）尊敬的傢伙。比如說，我可以自由地加入羅尼、耶爾．赫耶、謝爾或者他們的那個小團體，不會有人滿腹狐疑地瞪著我，或者開始騷擾我——全班只有我有這種禮遇。這倒不是因為他們在乎我，我沒有從他們那邊得到過多少東西，但那不是最重要的；最重要的一點在於，我其實能夠站在那裡，而且被他人看到站在那裡。一夜之間，耶爾、耶爾．霍康與雷夫．托爾搖身一變，從小皇帝變成了小智障，他們在這裡什麼屁都不是，只能重新來過，至於他們能否在這三年當中變得受歡迎，只有上帝才曉得呢。除了在教室裡，我就此對他們不屑一顧——只不過，教室裡的事現在也已經完全不算數了。

開學最初幾週之中，拉許成了我最要好的新朋友。他與我同年級，他的言行舉止煥然一新；他住在我們這些來自提貝肯的人鮮少駐足的布拉特克里夫，而他也踢足球。他很外向，認識許多人，跟所有人相處甚歡。他有著薑黃色的頭髮，總是顯得很開心、高聲大笑，表現得相當有自信，會捉弄所有人，但極少使壞。他的爸爸是歐洲盃滑冰錦標賽冠軍，多次在世界盃與奧運賽場上競技，包括那年在斯闊谷[91]舉行的冬奧會。他們家地下室的育樂間裡，擺放著數量可觀的獎盃、獎牌、證書，以及一大束已然發乾、枯萎的花環。他是個友善體貼，但意志堅定的男子；而他的太太則是一名對周遭所有人都非常善良的丹麥女子。

有了像拉許這樣的朋友，我徹底洗去了自己身上一切與提貝肯有關的色彩。同時，我也改變了——幾乎每天都有變化。我對任何善舉頓時失去興趣，反而開始罵髒話、偷摘蘋果、朝路燈和建築工地的棚屋玻璃窗砸石塊、課堂上頂嘴，也不再向上帝禱告。這真是何等的自由呵！我超級喜歡偷摘蘋果——愈有危險，我的興致就愈高。在早上到校途中將腳踏車停靠在路肩，偷偷溜進一座庭院裡，明目張膽地弄來五顆、十顆蘋果，隨後就自顧自地坐上腳踏車，騎到學校去，彷彿什麼事情都沒發生——這帶給我某種特殊的感覺，某種我過往不曾體驗、甚至不知道其存在的美妙感覺。我闖入的其中一座庭院是新蓋的；一株小蘋果樹孤零零地立在中央處，樹上僅有一顆蘋果。你不需要太多同理心就能領會到：對那家人的爸爸來說，那顆蘋果很重要，他今年春季才栽種了這棵樹。他的兩個年幼子女可是每天都在等著那顆蘋果（是的，「那顆蘋果」）成熟。那是他們自家的蘋果。我每天上學時總看到它掛在那裡、搖來晃去；最後我動手摘了它。

我不會在夜晚（天色昏暗，幾乎不會被發現）偷摘。不——我會在大清早上學時這麼做。我只管將腳踏車停到一邊去，爬過籬笆、踏過草坪、將蘋果摘到手，在走回腳踏車的途中就大口咬下。一整個世界

---

91 Squaw Valley，位於美國加州，為一九六〇年冬奧運動會之賽場。

隨之大開。我還沒在商店裡偷過東西，不過這個念頭總是存在著，我一直在盤算著這種可能性。但是，我在家裡除了變得更多話、更開心也更坦白以外，倒是沒怎麼改變，對此媽媽恐怕也沒有多想，原因在於過去的自由被如此強烈地連結到爸爸的存在——唯有在我們與他獨處時，他的怒氣才會真正爆發出來。我與媽媽和英格威獨處時，就總是這副樣子。我對媽媽總是無話不談——但我極少跟她談到那些與外界直接相關的事情。這種事情，是我在遊蕩時會想著的——各式各樣的念頭、遐想，就這樣從我內心湧現。但現在，我開始對於會跟她說，以及不會跟她說的話有著更強烈而明確的意識；我理解到這當中的重要性，其中一個世界必須保持澄淨與明亮，同時不受另一世界的眾多綿長陰影所汙染。

那一年秋季，這兩個世界都向我開放，但並不像是自動打開的車庫電捲門，那是一處靈活、如器官或組織般運作的開口，彷彿被一條肌肉操縱。爸爸每週五回到家時，屬於家裡、環繞在我近旁的世界隨之封閉起來，舊的模式再度出現，我盡可能不待在家裡。然而，雖然屬於家的那個世界是如此熟悉，也總是那樣的不可靠，外在的世界則是完全無法被看透的——或者更正確地說，那些發生的事情都顯得清晰、明確、無可置疑，真正如薄暮般模糊不清的，則是那些導致事發的原因。

每週五，康樂社團會在學校的舊體育館舉行活動。所有初中學生都能參加。這麼多年以來，那裡對我而言始終是個神祕的場所——深具吸引力，卻又不可企及。我曾經見過英格威穿戴整齊才到那裡去，我知道那裡可以跳舞，打桌球和撞球，買可樂與熱狗，有時候還會放電影，有時則舉辦音樂會及特殊活動。大家常談論到，我們會在某個風和日麗的好日子獲准進入這個猶如童話故事的地方——女孩們出於某種原因對這個社團有著強烈的認同，彷彿社團就是為了她們訂做，她們因而最常討論著。不過，我們有時也會談到。

第一次參加活動的那晚，當我騎腳踏車到達時，我感到自己彷彿即將獻身於某種真正的宗教儀式。空氣相當冷涼。我在那道通向校園的上坡騎著車，與好幾個七年級的女生錯身而過。她們可都盛裝打扮，此刻的外貌與平日截然不同。我將腳踏車停在建築物外面、掠過站著抽菸的那票人，付清了入場費，走進那間原本晦暗、但被色澤鮮豔的聚光燈與閃動的鏡球改變了氛圍的體育館。震耳欲聾的音樂，從兩座大型擴音器迸出。我環顧四周。有許多八、九年級的學生；他們當然看都不看我一眼。不過在場絕大多數人都是像我一樣的七年級生。對這個俱樂部感到新鮮、好奇的，也就只有我們這群人。

舞池空空如也。絕大多數女生都坐在牆邊的各張桌子前；絕大多數男生則聚集在側面的廂房內（裡面擺著桌球桌與撞球桌）、入口外圍。每逢夜晚，總是會有一幫騎著機車的人聚集在那裡。其中好幾個人是不久之前才從初中部畢業、以致於已經不再注意那邊出現哪些女生的男生。

但我在那裡可不是要打乒乓球，或者手拿一瓶可樂，站在停車場上。我喜歡音樂；我喜歡女生，我喜歡跳舞。

我不敢貿然踏入空空如也的舞池。但隨著一兩個女性友人開始跳起舞來、另外兩人也跟進時，我就也跟著進入舞池。

我在舞池內跳著舞，沉浸在韻律與知道自己處於眾目睽睽之下所帶來的快感中。一首曲子，兩首曲子；隨後我走出舞池，尋找我認識的熟面孔。我買了一罐可樂，在拉許和艾瑞克的桌前就坐。

我整個人的本質與存在——我對服裝的興趣、修長的眉毛與平滑的臉頰、我那自以為是的態度，以及無法隱藏的學習天賦，打從一開始就註定會在青春期前帶來災難。我在那幾個週五晚上的行為舉止，沒能讓我更受歡迎。但我對此一無所知。我看不到外人眼裡的我，我僅僅由內心體驗這一切，〈Funky Town〉那充滿魅惑、泉湧般的韻律，蜜蜂合唱團古怪的假聲唱腔，斯普林斯汀那首動人的〈饑渴的心〉，那閃閃發光的黑暗，那所有在舞池裡扭動著酥胸與玉腿的女生們，她們的嘴與雙眸，令人興奮的汗味與香水氣味——這就是一切。在那幾晚的舞蹈之後，我回到家時常感到頭暈目眩——家中那尋常的擺設與場景彷彿被以某種神祕的方式施了魔法，頓時看來陰森、近於鬼魅般朦朧；然而卻又充滿了希望與契機，顯得無比富麗、誘人。喂，哈囉，我們在聊的可是體育館耶！在那裡的人是希爾薇、海耶、烏妮和瑪麗安娜！是耶爾・霍康、雷夫・托爾、特隆德和斯維爾！那些塗著芥末醬和番茄醬的熱狗！那裡的桌椅與教室的課桌椅沒有什麼兩樣。我們通常會在上體育課時抓著牆板上的肋木。但當黑暗降臨、閃光填補了空間時，那就不再有什麼區別了——一切都被吸入陰沉、使人滿懷希望的魔光中，一切就只剩下黑暗的雙眼、柔軟可愛的嬌軀、劇烈搏動著的心臟、發出刮擦與爆裂聲的神經。我懷著飽受震撼的心，在頭一個星期五離開康樂社團；下一個星期，滿心充滿期待、興奮的我再度來到那裡。

整項活動最宜人的一點，就在於有較輕易親近女生的機會。通常來說，她們是不可企及的；過去幾個月以來，她們的行為舉止染上了某種世故、厭煩的色彩。我們大多行為則都顯得幼稚。課間休息時，她們就坐在附設有太陽能面板的牆邊、帶著自己的收錄音機，聊天或做一點針線活，要進入她們的圈子簡直不可能。我其實試過，畢竟我還是說著她們的語言，但始終沒什麼成果，上課鈴聲響起時，每個人都各自回到教室去。

但在課餘時間的康樂社團，情況就不一樣了：我可以直接走到她們其中一人的面前，問她想不想跳舞。只要我們的標準別設得太高、直接邀請九年級最美麗、身邊圍繞著最多蒼蠅的女生，這樣問總是會被接受的。她們會答應。之後我們只需一同走進舞池裡，緊貼著她那柔軟而暖熱的身體，一再地扭動身體、直到歌曲播放完畢。我們寄望這能帶來一些進展，或許她會偷偷地瞄一眼、露出慧黠的微笑；但就算最後我們沒發展出什麼關係，這些時刻本身還是極為寶貴——這更是因為，她們身上蘊含著一片全然裸裎、屬於未來的極樂天堂。所有我交往過的女生——包括安妮．麗瑟蓓、圖妮、瑪麗安娜及凱莎——都跟我讀同一所學校，也都來參加康樂活動；當我看到她們與別人在一起的時候，我的內心仍感到一陣刺痛，她們對我來說早就死滅、徹底過氣了——我對她們的期望，就只是別把我的為人告訴其他人，尤其是凱莎。我現在已經理解到，在森林發生的那件事情很荒謬，我完全是個白痴，就像一條狗那樣感到丟臉，而且老早以前就決定永遠不向**任何人**講起此事——就連拉許也不例外。尤其不能告訴拉許。但她沒有什麼理由感到丟臉；而當她身處我旁邊的時候，我也格外留意她，以防她湊上前來、低聲耳語一句什麼，導致所有人都看向我。這種情況並未發生。相反地，輪番重擊我的，是我始料未及的；打從四年級開始，我就相當關注讀同年級、不同班的莉絲。她長得相當甜美。我很喜歡盯著她瞧。她微笑的方式、她身著的服飾、她個性中犀利的特徵——如果她不喜歡某件事情，她會一口回絕，她無所畏懼。但她的舉止相當柔和；當我們開始讀七年級的時候，她的身材已然發育得豐滿而美妙。我的目光愈發明顯地聚焦在她身上。她是瑪麗安娜的摯友；在我主動與她分手後產生的爭執逐漸退散之後，我們有時會坐在一起聊天，或者放學後一同回家。某一次，也正是在這樣的場合，她將莉絲當天稍早對我的評語轉述給我聽。

當時我走進那間舊體育館（日間被作為餐廳使用），我們在比較長的下課休息時可以到那裡待著、吃我們自備的三明治。當我走進那裡；坐在一張周圍已無其他空位桌邊的莉絲看到我時，她說：「哎噁，他真是有夠噁心！我一看到他，就全身發抖！」

「不過我不這麼覺得。」瑪麗安娜轉述給我聽時，她補上這麼一句。「我也不覺得你是娘炮。」

「娘炮？」我說。

「是啊，所有人都這麼說啊。」

「啥？」

「你自己都不知道？」

「不知道。」

在我正式變成「當事人」以前，眾人之間彷彿存在著某種祕密協議，避免公開以這種詞彙稱呼我。但那次與瑪麗安娜談話過後，大家似乎都在暗中收到通知，之後，他們開始直接這樣稱呼我。簡直以光速傳播著——突然間，我就成了「娘炮」。所有人都這樣叫我。班上的女生、其他各班的女生、班上的幾個男生、其他各班的男生，是的——即使在足球隊裡，我仍然被冠上這種稱號。某次練球時，約翰突然轉向我說「你真是個天殺的的死娘炮」。就連那些比較年幼、住在小型獨棟房屋住宅區的四年級學生也食髓知味，開始喊我是娘炮，娘炮，娘炮——我所到之處，這種喊聲簡直此起彼落。判決正式宣布，沒有比這個還要糟糕的了。假如我和某個人吵架——比方說，克莉絲汀・塔瑪拉——她會迴避爭論，直接說「你真是有夠娘炮」，藉此將我徹底鬥倒。「你這個娘炮。」「哈囉，娘炮！」「過來一下咩，娘炮。」我被壓垮了。除了這個以外，我幾乎不想別的事情；它就像一堵陰鬱的牆、聳立在我的意識之內，我根本不可能甩脫。這就是最糟糕的了，我完全無能為力。

就算我一連幾天沒表現得那麼陰柔、女性化，大家還是不會改口「你其實並不娘！」——不對，事情不是這樣運作的。這個概念會變得根深柢固，或許永存。他們找到了我的痛處，並且狠狠踩住。拉許是唯一的例外，他只說，我聽了那些話只需要聳聳肩就行了。為此，我相當感謝他。當這件事四處流竄，我最初所想到的就包括拉許不願意繼續跟我當朋友了，他會為此損失慘重。然而他並沒有與我絕交。耶爾、達格・馬涅與達格・羅薩爾也都沒有這麼說過我。而當然了，老師和家長也都沒有這樣形容過我。但其他所有人全都這麼說。這個措辭牢牢地掐住我的其他所有特質，不管我做了什麼，還是沒做什麼，那一點關係也沒有——我就是個娘炮。

某一節生物課，索斯達爾太太正要替我們講解性知識時，足球隊的守門員、與我們同年級的喬斯坦偷偷溜進了教室、坐在一張凳子上。最初他並沒有被發現，直到講課開始，索斯達爾太太談到同性，這時他爆笑出聲。「這些東西，卡爾．奧韋最清楚咯！他就是同性戀！讓同性戀來講這些東西唄！」隨之而來的笑聲稀稀落落，他太過分了，而他也立刻被趕出教室，不過種子已經播下。我或許也是個同性戀喔？難道這就是我的問題所在？我也開始思考這個問題。我很娘，甚至也許是個同性戀，這下子一切希望都破滅了。那也沒有什麼好活的咯。一片陰暗降下，從來沒有比現在更陰暗的時刻了。

我當然沒告訴媽媽這件事。但幾個星期之後，我鼓起勇氣、向英格威提起。當我趕上他的時候，他正在朝上方的商店走去。

「你在趕時間嘛？」我說。

「是這樣沒錯。」他說。「怎麼啦？」

「我遇上了一個問題。」我說。

「這樣喔？」他說。

「他們給我取了個綽號。」我說。

他迅速地瞥了我一眼，彷彿他其實並不想知道這件事。

「什麼綽號？」他說。

「是……這是……」

他停下腳步。

「他們說你是**什麼**？說出來啊！」

「嗯，他們說我很娘，我很娘。」

英格威笑了起來。

他怎麼還笑得出來？

「卡爾．奧韋，這沒有那麼糟糕吧。」他說。

「拜託，老天爺，這當然很糟糕！你總該懂吧？」

「那你就想想大衛．鮑伊。他可是雌雄同體。你知道嗎，如果你是搖滾樂手，這一點其實很好。大衛．西爾維安[92]也是。」他說。

「雌雄同體？」我說著，感到如此失望，他什麼都不懂。

「是啊，具有兩種性別。有一點像女人，又有一點像男人。」

他注視著我。

「這件事總會過去的，卡爾．奧韋。」

「看來並不是這樣。」我說道，轉過身繼續往家的方向走。同時，英格威則繼續向上走。

我的推測是正確的，對我的戲弄不曾真正消失，但不管怎樣，我終究習慣了，反正就是這樣，我就是個娘炮，就算這些想法最是讓我感到痛苦、就算它投射出極其綿長的陰影，我身邊仍然有夠多的事情發生——絕大多數所帶來的經驗還都相當劇烈，足以抵銷掉那些事情。

我們到處遊蕩。過去，我的確也總是四處閒晃。但當我與耶爾一起遊蕩時，對我們來說，重點在於找到只屬於我們的祕密地點。現在情況則完全相反。當我跟拉許一起行動時，我們要找尋那種可能發生某些事情的地點。我們到處搭便車；如果霍夫爾營區一帶有什麼活動，我們就搭便車到那裡去；我們到希爾斯島、去到東側，待在B-Max超市外面，期待著不一樣的事情，期待著某人到來，或者窩在下方的芬那加油站，在市區到處遊蕩。就算我們沒有要鍛鍊，我們還是騎腳踏車到那座新落成的體育館去，我們還騎到會館（基督教青年協會附屬合唱團練唱的地點），就因為體育館有女生、合唱團裡有女生，這就是我們唯一所談論、所思考的東西。女生，女生，女生。誰的奶子大；誰的奶子小。你可以設想哪些人將會變得很漂亮，而哪些人現在就已經很漂亮。還有誰的屁股最美。誰的雙腿最美。誰的眼睛最漂亮。我們或許有機會把到誰、誰又是完全不可企及的。

某個陰暗的冬夜，我們搭乘公車前往海斯騰海峽。一名基督教青年協會合唱團的金髮女生就住在那裡；她的體型有點圓胖，但美得出奇，即使她大我們一歲，我們依舊對她感興趣。我們敲了敲她家的門，隨後就坐在她的房間裡、漫談著各種話題，因湧起的興致感到炙熱。在回家的公車上，我們兩人內心盈滿各種情緒，這使我們幾乎無法言語。

某個週末，媽媽到克里斯蒂安桑拜訪爸爸。拉許得以在我家留宿，我們大啃洋芋片、喝起可樂、吃著冰淇淋，同時看著電視。當時是春天，隔天就是五月一日，電視將在當天夜裡播出一場搖滾音樂會——這只是為了讓那些會在街頭亂竄、亂扔石頭的奧斯陸青少年乖乖待在家。我們那時手邊沒有色情書刊；就算是我們獨自在家，我也不敢將它帶進這間房子裡。我們只能將就讀著克努特·法德貝肯所寫的《昆蟲之夏》——我已經無數次讀過那本書的某一章節，以致於書本被攤開時，就剛好停在那一頁上。我們得出的結論是：我們不能就這樣坐困愁城，我們得設法帶幾個妹子回來。拉許建議，就邀蓓塔。

「蓓塔？」我說。「哪一個蓓塔？」

92 David Sylvian（1958-），英國音樂家，與坂本龍一及多位音樂家合作過。

「就是那個住在上面社區的女生啊，那還用說。她超級可口的。」拉許說。

「**蓓塔**？」我幾乎吼了出來。「可是她比我們**小**！」

這輩子以來，我總會見到她。她比我小，因此我從來不曾考慮過她。但是拉許說，現在她可是已經長大了唷，這可是他親眼看到的，她的雙乳及一切都發育有致囉。而且她很正！超級正！

這部分我倒是沒看到。不過他既然已這麼說，那就……

我們迅速穿上夾克，狂奔到上方的社區、按了她家的門鈴。對於我們就這樣出現，她感到驚訝，但是到她家裡來？不行，她辦不到，反正今晚不行。

我們說，那好吧，那就下次吧！

是啊，下一次吧。

我們走下坡，縮回電視機前方、望著一個接一個樂團的表演，一邊閒聊電視節目，以及所有應該也坐在這裡跟我們一起看電視的人。我從來沒考慮過同班的西芙；而她突然間變得非常有魅力，我們甚至還到她家按門鈴。我們完全不知道可能會發生什麼事情。

所以我們繼續這樣遊蕩，內心焦躁、被絕望的饑渴所填滿。我們翻看色情書刊，單是望著圖片，就足以使我們感到生理上的痛楚。她們是如此接近，卻又如此遙遠、無比的遙遠，但這並不妨礙她們在我們內心喚醒那些極端強烈的情緒。當我看到一個女孩時，我感覺就要以最大的聲音咆哮起來，將她撲倒在地、將她身上的衣服剝光。這個想法使我心悸；我的喉頭隨之哽咽起來。當她們站在我們近旁時，在衣服底下，她們的身體其實是完全赤裸的——單純從理論上來說，她們完全**可以**脫下衣服。這真是不可理喻；這個念頭真是無可救藥。

大家怎麼能夠到處遊蕩，深知這一點，最後卻又不至於暴走啊？

他們在壓抑嘛？他們假裝啥事也沒有嘛？

不管怎樣，我辦不到。這就是我腦海中唯一的想法，從我早晨起床到夜晚就寢，都是如此。是的，我們翻看色情刊物。我們也到處打牌，一切都以紙牌遊戲開場與收尾。我們到別人家裡作客；我們前往康樂社團；我們聽音樂、踢足球、盡可能地多游泳、偷摘水果，到處遊蕩，一會兒跑到這裡、一會兒又跑到那裡，同時無休止、毫不間斷地交談。

雪絲汀？

瑪麗安娜？

杜芙？

小蓓塔？

克莉絲汀？

莉絲？

安妮．麗瑟蓓？

凱莎？

瑪麗安？

蕾妮？

蕾妮的姊姊？

蕾妮的**老媽**？

在那段時間，我對我們周圍的女孩瞭若指掌——在那之後，我對任何事物的掌握再也沒能達到這樣的高度。往後的日子裡，我能夠質疑《澳洲之旅》究竟是不是一本優質的小說，或者作為一個作家，赫爾曼・布洛赫[93]是否優於羅伯特・穆齊爾[94]。但我始終不曾質疑過：蕾妮非常漂亮，與包括西芙在內的女生相比，她完全高出她們一個檔次。

拉許自己也忙著許多活動；他常常與爸媽搭乘帆船出海，亦曾獨自乘著歐式獨木舟出航。他相當擅於滑雪，技術遠比我精湛，他有時候會跟他爸爸一同前往歐密爾或侯夫登；而他也始終與艾瑞克、史文恩等老朋友保持交情。當他忙於其他事物時，我通常就待在自己房間放音樂、讀書、與英格威或媽媽講話。我會進到森林裡，或者到山上去——我已經不再下到碼頭邊或是進入提貝肯舊社區。

暮冬某個星期日，我騎車到拉許家找他。他準備跟他爸爸與史文恩到歐密爾去，進行障礙式坡道滑雪。這是他們老早就規畫好的，我不能跟去，因而非常失望。出乎我意料的是，我竟然淚水盈眶。拉許看到了我在哭。我迅速地別過臉去，騎腳踏車離開那裡。流淚是行不通的——沒有比這個更糟糕的了。

當我回到家時，他打電話過來。還有空位，我可以跟去。他們可以順道來載我。我本來應該要拒絕、藉此顯示我不在乎，並且說明：當然了，那些淚水（我注意到他不喜歡有人哭泣）不是什麼淚水，只是飄進我眼睛裡的垃圾，一小陣風掃過我的角膜。但我無法拒絕，歐密爾是一座相當龐大的障礙式滑雪坡，附有電梯與一切設備，我從沒在那裡滑過，因此我將自傲嚥下，跟著他們去滑雪。

他的爸爸以一種屬於五〇年代、我前所未見的優雅風格滑雪。但是淚水一定讓拉許心煩意亂。我也相當心煩。現在我明明就已經十三歲了，為什麼那些眼淚不能遠離我？尤其是現在，我再也無法為流淚找到任何藉口的現在？

某一節木工課，約翰試著激怒我；我氣得要死，使盡全力用一只雕刻碗砸他的腦袋，並且淚如泉湧。他想必很痛。我被趕到走廊上。不過他只是哈哈一笑；事後他走到我的面前，還跟我道歉。他說他不知道我會哭，他不是故意的。所有人都看到了這一幕，看到我是何等的軟弱、下賤，我先前為了表現得更強硬（就像那些凶狠的男生一樣）所做出的一切努力，就此付諸東流。進入這所新學校的第一天，約翰就曾經對著老師露屁股；某一天早上，他來到學校時，眉毛甚至已經刮掉了。他開始翹課。所有人都認定，他將是在八年級就開始工作的其中一人。他終將獲救。我則努力自救。拉許家的車庫有重訓的機器；那是他爸爸的東西，但他也練習舉重。某一天下午，我請他讓我試試看。

「當然可以啊，你就試試看嘛。」他說。

「你能舉起幾片？」我說。

他說了。

「你能多加幾片上去嗎？」我說。

「你不會自己弄嘛？」

「我不知道該怎麼弄。」

「那好吧。來吧。」

我跟著他下樓。他將槓片放上，把橫槓擺到定位，然後望著我。

「我得自己操作才行。」我說。

「你在開玩笑嘛？」他說。

「我不是在開玩笑。你先去忙你的吧，我一會兒就上來。」

93 Hermann Broch（1886-1951），將政治理論與群體心理學投入文學創作的奧地利作家。

94 Robert Musil（1880-1942），奧地利作家暨工程師。

「好吧。」

他離開以後，我就坐到椅墊上。我根本無法拉動橫槓。不管我怎樣使力，它一動也不動。我將半數槓片抽掉；然而，我還是無法順利拉起，只能微微牽動一下，也許只有兩、三公分。

我知道，要將橫槓拉動到貼近胸口的位置，再將雙臂伸直舉起來。

我又抽掉兩塊槓片。

但是我仍然無法拉動。

最後，我只能將所有槓片全抽掉、躺在椅墊上，拉著橫槓（也就只剩下橫槓），上上下下拉動幾次。

「怎麼樣啊？」當我走上來時，拉許說。「你能舉起多少？」

「沒像你那麼多片。」我說。「我得把兩片抽掉。」

「不過這樣還不錯啊！」拉許說。

「就是吧。」我說。

經過這麼多年來，打從我一年級時和安妮．麗瑟蓓在一起之後，我曾經想過：我每次都有學到一點新的教訓。我每跟一個新的女孩在一起，情況將要能夠漸入佳境。凱莎是我最後的敗筆。在她之後，是的，一切都會好轉的，我那時就已知道這是怎麼一回事，不會再犯錯了。

不過，事態的發展可完全不是這個樣子。

我愛上了蕾妮。她與我同年級。她是全校最美的女生。根本沒人可堪與她競爭。她比其他人都美，不過她也相當害羞，我從來沒看過這種女生。她身上存在某種脆弱的特質；這使人很難不為此感到著迷、心懷遐想。

她有一個名叫杜芙、就讀九年級的姊姊。她的特性與蕾妮完全相反——她也很美，但那屬於一種更狂野、更挑逗、也更使人困惑的美。姊妹倆都吸引一眾追求者。

蕾妮很不直接；她屬於那種會讓你端詳、暗中渴望的女生（至少我是這樣做的）。她有著細小的雙眼、高聳的顴骨、雙頰蒼白而平滑，常常會微微臉紅，身材高瘦而苗條，會微微歪著頭。當她走動時，總是會絞著雙手。只不過她身上也有著姊姊的某種特質，當她發笑時，你有時還就能看出這點。她那雙灰綠色的眼睛會隨之一亮，伴隨著那種偶爾才會浮現的固執與堅定——這和她平時予人的強烈印象（撩人遐思的脆弱性質）實在極不相稱。她是一朵玫瑰花，她的確是。我觀察她；就像她一樣，我也開始在走路時微微地歪著頭。我藉由這種方式取得與她的聯繫；藉由這種方式，我們之間浮現出一種連結。我其實也不能抱更多的指望了，我是如此的崇拜她，導致我根本沒膽親近她。詢問她是否願意跳舞的念頭，真是荒謬。要直接稱呼她更是不可想像。只要能夠遠觀、作夢，我就很滿足咯。

結果，我倒是與希爾妲在一起了。她詢問我的心意。我答應了她。她和蕾妮是同班同學，身形寬闊而有力，簡直就像個男子，比我還高出半個頭。她的五官美麗、端正，予人友善之感。結果才過了兩天，她就跟我分手了——原因也正如同她所講的：「你壓根就不愛我——你眼裡只有蕾妮。」我說，不是這樣的啊，妳誤解我了。但是，她說的當然是對的。人盡皆知，我腦中只有蕾妮。下課時段，我們待在學校操場上時，我總是知道她在哪裡、她跟誰在一塊。這種關注，不可能完全沒人察覺到。

某一天，拉許說，他聽到某人轉述蕾妮的話；她說，就算我是個「娘炮」，就算我曾經在木工課上哭鬧，就算我在足球場上動作很慢、在重量訓練時連槓鈴都舉不起來，她其實一點都不討厭我。

在學校的操場上，我注視著她。她迎視我的目光、露出微笑，隨後將眼神別開、臉部微微泛紅。

我心想，現在機會既然已經浮現，我得善加把握。我心想，機不可失、時不再來。我心想，反正我也沒有什麼好損失的。嗯，如果她說「不」，反正生活還是一切照常進行。

相反地，如果她說了「好」……

因此，我在某個星期五派拉許詢問她。他倆是同班六年的老同學，他對她相當熟悉。當他回來時，他的脣邊掛著一抹微笑。

「她說，好啊，她喜歡你啊。」他說。

「真的嘛？」

「當然囉。現在起，你跟蕾妮在一起了。」

這一切再度開始。

我現在可以走向她了嘛？

我朝她所在的方向望去。她對我露出微笑。

既然如此，我在那邊要說什麼呢？

「你現在就過去吧。」拉許說。「記得代我向她獻吻。」

他並沒有將我推過學校操場。不過，他所做的也與此相去不遠。

「嗨。」我說。

「嗨。」她說。

她低下頭，其中一只腳輕輕地在瀝青路面上扭動著。

仁慈的上帝呵，她可真是美翻咯。

喔唷，噢唷，阿唷。

「謝謝妳說『好』。」我冒出這麼一句。

她笑了起來。

「不用客氣啊。你下一節課是什麼課？」她說。

「下一節課？」

「是啊？」

「呃呃……是挪威語嗎？」

「你問我呀？」她說。

上課鈴聲響起。

「我們之後見吧？我的意思是，放學以後？」我問。

「好啊。我要先到上面的體育館鍛鍊。在那之後，我們就可以見面。」她說。

問題不在於這樣是否能夠行得通；問題在於，這種模式要過幾天才會失靈、她才會提分手。我對此心知肚明；然而不管怎樣，我還是努力嘗試，我得奮鬥，沒有人事先會知道結果的。在我清醒著的分分秒秒，她始終存在於我的內心——從某方面來說彷彿某種擴張的情感狀態（一種固定不變的情感），某方面則像一種更顯得迷濛、對她個性與本質的認知。是啊，我必須要奮鬥，哪怕我其實並不知道自己在奮鬥什麼。我甚至不知道，這場奮鬥到底是為了什麼。留住她，是啊，可是該怎麼做呢？藉由「做我自己」嘛？請容許我發笑吧。不對，我得充分利用他人才行，我所理解的就是這麼多，接下來的那幾天當中，我拖著她去找幾群不同的朋友，這樣一來所有的對話才不致於全落在我的肩上。我跟著蕾妮到上方的體育館、跟著蕾妮到歇爾納、跟著蕾妮到希爾斯島的渡輪停靠點。堅信禮的授課將於秋季學期開始，因此我們在學校裡各自收到一本《聖經》。我想到，我可以問她，她怎麼處理自己手邊那本《聖經》，那時我就可以說，我把我的那本給扔了。我藉此開了某個話題，然後我還可以詢問我遇見的其他人，他們把《聖經》放到哪裡去了。蕾妮聆聽我說話；蕾妮跟著我行動；蕾妮開始感到無趣。她就是一朵玫瑰花；我們在路口相吻，我們手牽手、走在學校的操場上，但我就只是個小男孩，就算現在我已經拔掉了牙套，我的牙齒白淨、清爽又齊整，情況還是控制不住了。與我在一起的蕾妮感到窮極無聊。某天晚上，當她跟著我到足球訓練營時，我見到她從觀眾席上走下、消失無蹤，在練球的最後一整個小時，她完全不見人影。我走進室內、跟著其他人一道換衣服，並且預感到某些事情不甚對勁，我在設置了接待櫃檯與可樂自動販賣機的入口處停下腳步，走到外面：蕾妮．拉斯穆森就在那裡，維達爾．伊克爾也在那裡，他們有說有笑，我從她發笑的方式中理解到：一切都玩完了。維達爾．伊克爾前一年就從九年級結業，他是經常群聚在芬那加油站的那夥人，他現在可就靠在自己騎過來的機車旁。

我走到觀眾席上，坐了下來。

半小時以後，希爾妲走了過來。她坐到我的身旁。

「卡爾．奧韋，我收到了壞消息。」她說。「蕾妮跟你吹了。」

「是啊。」我別過臉去，這樣她才不會看出我在流淚。但是她已經看到了——她站起身來，像是被什麼東西給燒到一樣。

「你在哭嘛？」她說。

「沒有。」我說。

「你是真的愛她喔？」她以一種透露著驚異的聲音問道。

我沒有答話。

「喂，卡爾．奧韋。」她說。

我用手擦乾淚水、擤了擤鼻涕，然後緩慢、充滿震顫地屏住呼吸。

「她現在還站在外面嘛？」我說。

她點點頭。

「需要我跟著你出去嘛？」

「不用，不用，妳快走吧。」

她一消失在觀眾席其中一端的門後方，我就起身，一把將提袋揹上，走了出去。我再擦了一次眼淚、快步通過長廊，向外走到入口處，並且打開門。他倆就像先前那樣，仍然站在那裡。

我低下頭，迅步走過。

「卡爾．奧韋！」她說。

我不予答話。他們一消失在我的視域之內，我就拔腿狂奔。

蕾妮跟維達爾在一起。我在一連數個月內陷於崩潰狀態，不過隨後春季到來，這個季節憑自己的力量將這一切全數沖走。某一個星期，八、九年級生到外地參加營隊活動；在校的就只剩下七年級學生，而就在那幾天之中，某種躁狂狀態在我們之間散布著，我們開始偷襲那些女生。其中一人偷偷溜到後方、掀開她們上衣；另外一人則從正面奔來，以雙手推著那雙裸裎的乳房，那女生則試圖掙脫、嚎叫起來——但這叫聲，始終沒有高亢到引起任何老師注意。我們在教室之間的走廊上這麼做；我們在學校操場上這麼做；我們在沿著學校道路分布、那些無人居住的區域這麼做。一些流傳著的謠言指出：密尼、厄斯騰與經常在芬那加油站群聚、鬼混的其他人曾經插過雪絲汀，他們將她牢牢抓住、脫下她的長褲，將一根手指插進她體內。因此，我和拉許某天晚上走到她家去。我們心想，也許我們可以經歷類似的美事唷。但當我們按下門鈴時，前來應門的是她的爸爸；後來雪絲汀來了，當我們詢問我們是否可以進來時，她嘴裡冒出清楚的「不」字，我們永遠不准**進來**，我們到底在想什麼東西？

但她眼中散發出的光芒比我們還要更恬不知恥；她完全知道我們要什麼。幾個星期以後，我們在霍夫爾營區舉辦的船艇博覽會上不期而遇。當時我和拉許負責管理「創傷」足球隊的攤位、販賣樂透彩券，發現一張先前我們沒注意到的中獎彩券，便在交班的時候一併將它帶走。隨後我們到處遊蕩、觀看著各種船艇和往來的人流，時間長短拿捏得恰到好處、不啟人疑竇——我們打算稍微作弊。然後我們湊巧來到攤位前，停下腳步、各買了一張彩券，並將它們攤開；當我遞上我買的彩券、詢問是否中獎時，拉許將自己買的那張與中獎彩券對調。當時是約翰與克里斯欽顧攤。當拉許把那張得獎的彩券遞給他們時，他們不相信他。他們說，那是一張已經過期的彩券。我們矢口否認，態度是如此強硬，導致他們最後提議，分給我們一半的獎品。我們同意了；我們的腋下夾著那盒超大型巧克力、漫步離開那裡，不住地歡笑著，卻又對我們所贏到的東西感到驚慌。我們在一小段距離外，與雪絲汀不期而遇。

「妳想不想跟來啊？」拉許說。

「當然。」雪絲汀說。當她這麼說的時候，我的身體起了奇怪的反應。我們穿越森林、一路向下方走到那片鵝卵石灘，躺在灘邊、開始吃巧克力。

她身穿紅色長褲與一件藍色拉鍊外套。當我小心翼翼地用手撫摸她的大腿時，她什麼話也沒說。當我用手撫摸她的大腿內側時，她仍然什麼話也沒說。拉許在另一邊做起同樣的動作來。

「我知道你們想怎樣。」她說。「但是你們是得不到的。」

「我們又沒有要怎樣。」我一邊說一邊吞著口水，喉頭因情慾而厚重起來。

「又沒有要怎樣。」拉許說。

我愛撫著她的鼠蹊部，將整隻手貼在上面，恐怕也吼出了我的快樂與挫折。拉許偷偷將一隻手摸上夾克的拉鍊、拉下，手伸進襯衣下方。我也做了同樣的動作。她的皮膚溫暖而雪白。我撫摸著那雙乳房，感受著它們。那對乳頭相當堅挺；那是一雙結實的乳房。我再度開始撫摸她的大腿，重新將手貼上她的鼠蹊部。但隨後，就在我不住地吞口水的同時，我犯了一個大錯，我將她長褲的拉鍊拉下。

「不要。」她說。「你到底在幻想什麼？」

「沒有啊。」我說。

她坐起身來，拉下襯衣。

「巧克力還有剩下的嘛？」她說。

「有啊，有啊。」拉許說。隨後我們坐在那裡吃巧克力、若無其事地看海。就在濤浪拍擊那些低矮又光禿的小島嶼時，浪花看起來就像白色的雪堆。幾隻海鷗拍動著翅膀飛過。當巧克力盒裡已經空空如也，我們站起身來，穿越森林、走回博覽會的展場區。雪絲汀跟我們說再見，也許待會兒見。我們決定回家去。只不過，我們還得走到我們停腳踏車的攤位。我們的教練歐文德就站在那裡；當他見到我們時，他看起來並不客氣。我們否認一切。他說他不能證明什麼，但他知道我們幹了什麼。要不然，我們怎麼會對減半的獎品感到滿足呢？我們矢口否認。他說他感到很失望，他在那一天裡不願再見到我們。我們就騎車回家去。

到了星期一，開始上課前，拉許掀開西芙的毛衣；我將雙手放在她的雙乳上。她尖叫著，說我們真的很幼稚，接著平靜地走開了。

第一節課是挪威語課。我們每個人都得從圖書館借一本書，在接下來的一週當中閱讀，寫一篇關於這本書的作文。我說圖書館的所有藏書，我全都讀完了。寇洛南並不相信我。可是，這是真的。只要他挑出任一本書、詢問書中都寫些什麼，我總是能回答。最後，他允許我針對另外一本書寫作文。這意謂著我在那節課其實沒事可幹。我找到一本講述歷史的書籍，坐到最靠近窗邊的凳子上。戶外瀰漫著霧氣，但相當溫暖。學校的操場一片空蕩。我翻閱了那本書，望著書上的圖片。

突然間，我看到一名裸女。她是如此的瘦弱，以致於臀部看起來就像碗一樣。她身上所有肋骨一清二楚。她的雙腿之間有著一小簇黑色的毛髮。她的背後則是成排固定在牆面上的鋪位；我看出躺在鋪位上的其他女體。

我的內心震顫著。

這倒不是由於她是如此的瘦弱。我心驚的原因是：即使她的身體裸裎著，她並無任何吸引人之處，以及下一頁出現的圖片——一大堆死屍擱在一座極深的墓穴前，而墓穴裡則塞滿更為大量的死屍。我接下來的所見：腿就僅僅是腿、手僅僅是手、鼻子就僅僅是鼻子、嘴巴就只是嘴巴。不過就只是從某個地方長出，此刻被扔在地面上、倒在那裡的東西。當我站起身時，我感到不舒服，而且相當困惑。由於我沒事可幹，我便走了出去、在屋牆邊坐定。被霧氣蒙蓋的陽光，仍然相當暖熱。那片被混凝土與瀝青圍住的開放空間中央處，聳立著一座小山；生長在小山上各處裂縫與罅隙裡的草高聳著，隨著柔和的風勢緩慢地起伏。那種不適感並未消退；它也與我所見到的事物有關、屬於同一件事情的另一環。那翠綠的草、黃色的蒲公英、西芙裸裎的雙乳、雪絲汀結實的大腿、書中那名猶如骷髗的女子。

我站起身來，再度走進室內，喊著耶爾。他走上前來，用疑惑的眼神打量著我。

「我找到了一張裸女圖。」我說。「你想看看嘛？」

「當然。」他說。我翻開那本書擺到他面前，指著那名活像骷髗的女子。

「就是她咯。」我說。

「噢，我操。」耶爾說。「真噁！」

「怎麼回事啊？」我說。「她明明是裸女啊。」

「不，不，我操。」耶爾說。「她看起來就像死人一樣。」

的確是這樣沒錯——她看起來就像一個活死人，或者像是活著的死神。

接下來那個週末，我和媽媽前去探視爸爸。在爸爸住的公寓裡見到他，是某種詭異的經驗。公寓位於一棟高樓的頂部，裡面的一切全是白色的，從窗口透射進來的陽光填滿了整個房間，家具又其少無比——乍看之下，那裡簡直像是沒有人住。

他在那裡都做些什麼？

他開車載我們到祖父與祖母的家裡，我們就在那裡用餐；隨後，他開車載我們回家。沒有人確切知道，我們下次來訪會是什麼時候；這當中不確定的因素太多了，房子必須賣掉、我們得買新房、我們還得轉學、媽媽必須找到工作，所以我對此沒有多想。但我並不排斥離開這個區域、離開這所學校。我感覺已經將手上的牌全打光了。我一再地犯錯。比如說，某一天的體操課結束之後，我站在教室外的走廊上時，雪絲汀走到我的面前。

「卡爾．奧韋，有件事情，你可知道？」她說。

「不知道。」我雖然這麼說，卻已預感到最壞的情況——因為她的神情極其輕蔑。

「我們剛在更衣室裡聊到你。」她說。「我們的結論是，全班所有的女生，沒有人喜歡你。」

我什麼話也沒說，只是兀自注視著她，一股龐大、劇烈而強力的憤怒制伏了我。

「你聽到沒有？」她繼續說。「全班所有的女生之中，沒人喜歡你！」

我使出全身的力氣，狠狠對她的臉頰摑了一巴掌。這動作很突然；隨著那響亮的巴掌聲，她的臉變得通紅——人們轉過身來看。

「你這個垃圾！」她尖叫起來，直接一拳揍在我的嘴上。我揪住她的頭髮，使勁拉扯起來。她揍了我的肚子、踢了我的脛骨，也一把揪住我的頭髮。整個場合變成一陣亂拳、腳踢與拉扯頭髮。而我呢——我這個可憐蟲、軟腳蝦、卑微的小廢物——我竟然哭了起來，一切突然變得如此沉重，我的嘴裡冒出了一陣病態的嗚咽聲，在那短短的幾秒鐘內，我們周邊就圍了一大群人：他們當中有人尖叫著，他哭咯。我也聽到了這番話，但我竟然無法自制，接著我感到一只大手貼在我的脖子上，那人是寇洛南，他同時抓住雪絲汀，問道：「這到底是什麼意思？你們在**打架**？」我說，沒事的。雪絲汀說，啥事也沒有。老師各用一隻手扣住我們的背部、將我們帶進教室裡，我簡直就跟白痴沒有兩樣、受人恥笑，因為我不僅違背了永遠不哭泣的規則，我甚至還違背了絕對不跟女生打架的規則，雪絲汀則被盛讚為英雄——她不僅被揍了，甚至還擊了，而她也沒有哭泣。

一個人的毀滅，真的有止境嗎？

寇洛南說，我們必須與彼此握手和解。我們也這麼做了。雪絲汀說了「對不起」，並對我露出微笑。她的微笑並無輕蔑之意，從方方面面來說，那是一抹發自內心的微笑——彷彿我們還真的有什麼共通點。那又有什麼意涵呢？

五月最後一週，天氣真正變得暖熱。我們全班到布克灣游泳；舉目所見白色的沙灘、碧藍的海、天空中炙熱的驕陽。

安妮．麗瑟蓓浮上水面。

她身穿一件比基尼泳褲、白色T恤。T恤已經溼透了，那雙渾圓的乳房清晰可辨。那浸溼、黝黑的頭髮在陽光的映照下閃閃發亮。她露出最燦爛的微笑。我注視著她；我實在是情不自禁。但我察覺到旁邊似乎有點動靜，就轉過頭去——寇洛南可就站在那裡，他也注視著她。

我們的目光並無任何差異，我馬上就領會到這一點——他的所見與我的所見相同，他所想的和我所想著的亦相同。

想著**安妮．麗瑟蓓**。

她十三歲了。

那一刻絕不超過一秒鐘；我一望向他，他就垂下頭去，不過這樣即已足夠。對於我在前一刻甚至還不知其所以然的某件事情，我算是多了一分理解。

三天以後，爸爸到學校來接我；我們要去看一棟房子。位於克里斯蒂安桑市區外二十公里處，座落在一條溪邊，我們也許會買下來，我現在必須誠實地表達我的想法。爸爸說那裡有一座牛棚、那是一棟落成於十九世紀的舊房子、它挾帶著很多資產、我們可以管理一座普通的庭院與一座菜園、那裡生長著偌大的老果樹、我們甚至也許能養隻母雞，此外還能夠栽種自己的馬鈴薯、紅蘿蔔與藥草——爸爸的口吻讓我已然下定決心，不管我是否真的喜歡，我都會對他說：我喜歡這房子。

當我們頂著藍天，在綠草與下方晶亮生光的溪水相伴來到那裡時，我在各扇窗戶之間跑來跑去、四處張望與窺探——這是為了讓他看看我（那一點都不虛假，只是有點誇大）的興奮之情，這件事情就此定案。如果我們贏得競標，我們就會買下房子。媽媽申請在護校的工作，爸爸會繼續在高中任教，我會在這裡的一所新學校開始上學。至於英格威要怎樣，則還沒有那麼確定。事實上他不願意搬家。有生以來，這是他頭一次頂撞爸爸。他們吵起架來，而這是我前所未見的。我們過去從沒和爸爸吵過架。他總是將我們狠狠地罵翻，我們只能逆來順受。

但是英格威挺直了腰，悍然拒絕。

爸爸氣瘋了。

但英格威說了「不」。

「我才不要在克里斯蒂安桑讀最後一年。」他說。「憑什麼要我這樣做？我所有的朋友都在這裡啊。我只剩一年就畢業啦。搬到另一個地方、重新開始，根本就沒道理。」

他們在客廳裡對峙。英格威已經和爸爸一樣高了。

這是我前所未見的。

「你也許以為你已經成年了，但你還沒成年。」爸爸說。「你得跟你的家人一起住。」

「不要。」英格威說。

「那就這樣啊。」爸爸說。「你倒是說說看，你自己準備怎麼過日子？我一分錢都不會給你。」

「我去貸款。」英格威說。

「你以為會有人讓你貸款？」爸爸說。

「我有權利申請辦理學貸，我已經查清楚了。」英格威說。

「你還沒開始學習，就要辦理學貸？夠狡猾。」爸爸說。

「如果我得這麼做，我就真得這麼做。」英格威說。

「那你要住哪裡？」爸爸說。「房子會賣掉，這你知道。」

「我會去租一個房間。」英格威說。

「隨你的便。但是我們絕對不會幫助你。一塊錢都別想。懂不懂？你要是想繼續住在這裡，那就請便，但是之後別夾著尾巴跑過來、找我們幫忙。你得自食其力。」爸爸說。

「那就這麼辦。」英格威說。「這真是太棒了。」

這件事就這樣落幕了。

七年級的最後一個上課日，我要搬家的事情已經為眾人所知。過去七年與我同班的同學們，替我買了臨別禮物。首先，我收到了一株甘藍菜頭——原因在於我的名字，某些人稱呼我「卡爾」（Karl）；若以純正的方言腔發音，就變成了「甘藍菜」（Kål），我的暱稱也逐漸成了甘藍菜。而由於我長得像猿猴，我還收到一隻猴子的布偶。

就是這樣。

隨後我們走出校門；我往後不會再見到他們了。

不過，還沒有真正結束。那個晚上，我們班要在烏妮的家裡舉行派對。其中幾個女生在同一天下午就先見面，將一切實務打理好，我們其他人則在傍晚六點鐘騎腳踏車前來。派對的活動空間遍及庭院與地下室的育樂空間，就在我們朝外能夠望見的山丘被屬於夏夜的陰暗所覆蓋、我們所在社區所有房舍的紅屋頂在夕陽的餘暉下閃閃發亮之際，就算沒有人喝酒，情況還是緩慢地開始失控。那些祕而不宣、積累了一年的想法與情慾開始探出頭來。某人的雙手摸進某人的襯衣下方；這並非偷襲或殘忍的欺凌，你能聽見庭院裡、紫丁香花叢之間傳出的私密、炙熱的喘息聲，他們的嘴脣輕觸，他們的嘴脣相吻。有幾個女生將上衣全脫光，她們頂著自己那雄偉、豐滿的乳房到處走動，正在逐漸成形的是某種初入青春期的狂歡。短短一個月前還放話、說不喜歡我的同一批女生們竟一個接一個對我投懷送抱，她們坐到我的膝蓋上；她們親吻我，用雙乳磨蹭著我的臉頰。我曾經暗自在我的內心排序那些女生（其中幾個人在秋季緩慢地往上爬升，另外幾個人則向下掉）；但現在已經不具意義了，已經不具影響力了，不管是誰送上門來都沒差了，我用頭部壓向她們那雪白而柔軟的雙乳、親吻了她們那堅挺且深色的乳頭、愛撫著她們的大腿與雙腿之間，而她們沒有說不，這天晚上她們當中沒有任何一個人嘴裡說不，她們反而趨身湊向前並親吻我，她們的雙眸既陰鬱又熱情，但亦夾帶著疑惑，彷彿我的雙眼也同樣挾帶著疑惑。此刻幹出這些事情的，真的是我們嗎？

那一年夏天以後，我再也沒有見過她們當中的任何一人。當我在網路上搜尋她們，想看看她們現在長得什麼樣子，或者想知道她們過得如何的時候，我沒找到相關的搜尋結果。她們並不屬於存在於網路上的那個階級；她們屬於那個家長多半是勞工或公職人員、在中心以外區域成長的階級，而除了她們自己的生活以外，在其他所有的場域裡，她們想必仍然遠離中心與焦點。關於我在她們眼中究竟算個什麼東西，我不得而知；想必只是一抹微弱的記憶、某個她們在孩童時代曾經認識過的人，在那之後，她們在生活中已與彼此有過那麼多的交流、發生的事情多不勝數，其力道又是如此猛烈，導致孩童時期的小事件，分量竟不如一輛汽車駛過時揚起的塵埃或一張小嘴對綻放的蒲公英吹氣時（想瞧瞧它們如何飛舞），花朵上那蓬鬆的毛粉。我們自己的人生敘事宛如一小片草坪，一個接一個的小故事在上方擴散、墜落在草葉間，而後消失無蹤——噢，這最後一幕不也很美妙嗎？

當那一大落家具被車載走，媽媽、爸爸和我坐進車內，開下坡越過那座橋時，我內心大大地解脫了。我想著，我永遠不必再回到這裡了。這是我最後一次見到我此刻所見的一切。那些消失在我後方的房屋與地點也從我的生活中消失了，而且是永遠消失了。而我沒能預感到的是：這片地貌與景觀中的每一處小細節、每一個住在那裡的人都被精準且翔實地刻印在我的記憶中——記憶彷彿發揮了絕對的同理心。

木馬文學170

我的奮鬥3：童年島嶼

Min Kamp 3

作者	卡爾·奧韋·克瑙斯高（Karl Ove Knausgård）
譯者	郭騰堅
副社長	陳瀅如
總編輯	戴偉傑
責任編輯	丁維瑀
行銷總監	陳雅雯
行銷企畫	趙鴻祐
封面設計	蔡佳豪
內頁排版	宸遠彩藝工作室
出版	木馬文化事業股份有限公司
發行	遠足文化事業股份有限公司（讀書共和國出版集團）
地址	231 新北市新店區民權路 108-4 號 8 樓
電話	（02）2218-1417
傳真	（02）2218-0727
Email	service@bookrep.com.tw
郵撥帳號	19588272 木馬文化事業股份有限公司
客服專線	0800-221-029
法律顧問	華洋法律事務所　蘇文生律師
印刷	前進彩藝有限公司
初版一刷	2024 年 5 月
定價	新台幣 600 元
ISBN	978-626-314-645-7
EISBN	9786263146433（EPBU）、9786263146426（PDF）

First published with the title *Min Kamp Tredje bok* in 2009 by Forlaget Oktober, Oslo
Cover photo © Sam Barker

國家圖書館出版品預行編目

我的奮鬥 . 3, 童年島嶼 / 卡爾 . 奧韋 . 克瑙斯高 (Karl Ove Knausgård)
作 ; 郭騰堅譯 . -- 初版 . -- 新北市 : 木馬文化事業股份有限公司出版
: 遠足文化事業股份有限公司發行 , 2024.05
528 面 ;　14.8x21 公分 . -- (木馬文學)
譯自 : Min kamp. 3
ISBN 978-626-314-645-7(平裝)

881.457　113003906